M000317434

Marivaux

La Vie
de Marianne

*Édition présentée, établie et annotée
par Jean Dagen*
Professeur à l'Université de Paris IV

Gallimard

PRÉFACE

Marivaux a longuement appris à ne pas écrire un roman. Écrire un roman sans autre dessein que de divertir, la Marianne de cinquante ans qui rédige l'« histoire de sa vie » — elle se garde de dire ses « mémoires » — ne peut s'y résigner. Elle n'écrit pas comme le ferait un auteur avec dans la tête un modèle ou un genre auquel conformer son récit : « Marianne n'a aucune forme d'ouvrage présente à l'esprit. » Elle se déclare portée par l'élan naturel de sa mémoire, de sa pensée, de sa parole : d'une mémoire qui se plaît à reconstituer le tissu des faits, d'apparence souvent anodine, dont s'est formée son expérience ; d'une pensée nourrie par les années de cette « connaissance du cœur et du caractère des hommes » que les souvenirs viennent éveiller ; de sa parole, puisqu'il convient d'admettre que, faute de style et le parti étant pris de ne pas s'en donner un, la conteuse s'exprime comme conversant avec son amie, en « babillarde », ainsi qu'elle se qualifie par jeu. Congédier de cette façon catégories et normes, c'est libérer l'esprit du récitant, permettre à un esprit de femme spontanément enclin à la glose de composer à son gré la substance de ce qui ne sera plus seulement narration. La liberté nouvelle qu'il s'arroge autorise une fidélité plus grande envers le réel, le réel de l'histoire qu'on ne saurait concevoir

comme l'agencement de faits bruts, le réel d'une dic-
tion qu'on ne saurait imaginer indifférente aux
manières de la narratrice. Ainsi s'ordonnent les prin-
cipes d'une poétique originale inscrite en clair dans la
trame de ce roman dénaturé.

  Roman tout de même à nos yeux, s'il se démarque
de ce qu'on méprisait à l'époque sous le nom de
roman, Marianne *ne traduit pas tant la proscription*
du romanesque, le déni des droits de l'imagination,
que la volonté de lier le récit au développement d'une
« science » de l'homme. Plus intimement qu'en aucun
autre, une philosophie y pénètre l'histoire. Contempo-
rain du Gil Blas *de Lesage, dont le quatrième et der-*
nier tome paraît en 1735, et du Philosophe anglais ou
Histoire de Monsieur Cleveland *de l'abbé Prévost,*
publié de 1731 à 1739, le livre de Marivaux ne raconte
pas, comme le premier, l'ascension hésitante d'un
héros picaresque vers une sagesse horatienne et une
lucidité ironique, ni, comme le second, le long retour
vers la foi d'un bâtard aventureux, entraîné sur les
mers par la passion jusque dans une île d'utopie et
dans l'Amérique des sauvages, exposé au libertinage,
puis à l'inceste, faisant de chacun des épisodes de sa
vie une phase de son « épopée métaphysique ». Il ne
s'agit pas pour Marianne d'affronter l'histoire des
peuples, d'expérimenter une doctrine politique, de
réinventer une religion ou une sagesse; elle
n'emprunte pas les chemins de terre fréquentés des bri-
gands, ni les chemins de mer menacés de tempêtes. Se
préoccupe-t-elle seulement de son bonheur? La Julie
de Rousseau s'en souciera bien davantage, s'obligeant
à l'accorder, selon les principes et dans la pratique,
avec les lois de la nature, celles de la morale et l'ordre
de la société. Julie est d'un autre temps, où les risques
de la vertu et les violences du sentiment suscitent de
nouveaux héroïsmes; déjà, exposées l'une au préjugé

social et aux manigances d'un maître libertin, l'autre à la séduction d'un roué, Paméla et Clarissa, les cousines anglaises de Marianne, traversent de plus noires aventures et sont plus résolument sacrifiées à l'esprit d'édification. À la différence de ses rivaux immédiats et de ses successeurs, l'auteur de La Vie de Marianne *ne se complaît ni dans l'imbroglio, ni dans la démonstration morale ou l'enquête métaphysique. C'est pourquoi, sans doute, il atteint à ce rare équilibre dans l'amalgame ou l'alliage que semble exiger le « roman philosophique ». Car, il faut beaucoup de prévention pour en douter, Marivaux conçoit l'histoire de Marianne comme son roman philosophique.*

Il bâtit l'intrigue sur un événement véritablement romanesque (« ce début paraît annoncer un roman », dit la narratrice), mais antérieur à la vie consciente de l'héroïne : Marianne n'a pas de famille, pas de nom, pas de fortune, de bonnes gens l'ont retirée d'un carrosse attaqué par des voleurs qui n'ont laissé vivants qu'un chanoine de Sens qui a pris la fuite (devait-il servir dans la suite — jamais écrite — à identifier l'orpheline?) et cette petite fille de deux à trois ans, écrasée sous le corps d'une jeune femme de vingt ans, belle, de noble condition apparemment, sa mère selon toute probabilité. Cette probabilité, Marianne, parvenue à la prime adolescence après des années à la campagne auprès d'un curé et de sa sœur, personnes charitables et vertueuses, n'hésite pas à la tenir pour certitude. Amenée à Paris et restée seule par la mort de sa mère adoptive, elle se fait un devoir de confirmer sa noblesse de naissance par sa noblesse d'âme et la pureté de ses mœurs. Elle joue son sort dans ses relations avec quatre ou cinq personnes seulement, dans ses déplacements entre autant de maisons parisiennes; on aura beau ajouter deux églises et deux couvents, le cercle de l'action est resserré. Une histoire d'amour paraît constituer l'axe du récit : Marianne et Valville, jeune homme de grande lignée, s'aiment ; mais sur la conventionnelle histoire d'amour l'emporte, dans l'esprit et le cœur de la belle enfant, l'affection qu'elle voue à celle qui l'a élue pour fille et qui se trouve être — c'est beaucoup prêter au hasard, comme par défi — la propre mère du jeune amant.

De même qu'il est appelé à se méprendre sur le vrai sujet de l'histoire, le lecteur l'est à regarder comme dramatiques les épisodes en apparence anodins d'une vie de couventine ; le récit lui propose même de s'émouvoir pour un enlèvement qui, parodie discrète, se révèle n'en être pas un. Au terme de la huitième partie, Marianne est reconnue dans sa personne même, sa quête a atteint son objet ; importe-t-il désormais qu'elle épouse Valville ? A-t-on besoin d'un dénouement ? Faut-il que l'histoire s'achève ? Tout n'est-il pas conclu, dès lors qu'est entérinée la qualité propre du personnage, membre de fait d'une aristocratie qui ne doit rien aux titres ? Le lecteur sait d'ailleurs, et depuis le début, que la narratrice des mémoires est devenue comtesse, il sait qu'elle n'a pas cédé, malgré la déception amoureuse, à l'attrait de la vie claustrale.

Il en va de même de Tervire : son histoire a son terme dans le récit qu'elle en fait à Marianne. Cette religieuse de trente-sept ans environ conte à Marianne, dans les trois dernières parties du roman, comment une succession de malheurs l'a conduite, fille noble délaissée par une mère remariée, à faire profession. Dans ses mémoires parlés, elle ne parvient cependant pas jusqu'au moment d'expliquer son choix, elle ne décrit pas la vie décevante du couvent, son récit s'arrête aussi, étrange analogie, sur une « reconnaissance », mais d'un autre genre : celle de Tervire et d'une mère à son tour délaissée, sombrant dans le dénuement et la maladie. Il reste à la fille déçue et bientôt esseulée peu de chemin à faire pour rejoindre le couvent. Dans l'intervalle qu'il laisse vacant, le romancier pourrait multiplier hasards et aventures : qu'ajouterait-il d'essentiel à un destin désormais parfaitement lisible, clos comme un cycle par la mère retrouvée et promise à une mort prochaine ?

Ce que l'auteur attend de son lecteur, c'est qu'il s'intéresse à l'opposition des deux histoires, qu'il interprète leurs correspondances : deux itinéraires dans la société, deux caractères de jeune fille, des rapports en contraste de fille à mère, mère réelle et mère adoptive, et de part et d'autre la tentation ou le piège du couvent, voilà de quoi nourrir la comparaison expressément annoncée par les deux narratrices, de quoi justifier une méditation sur la destinée féminine et, au-delà, sur ce qu'est une femme assumant sa condition humaine au point de faire naître de son expérience le modèle, philosophique et non pas seulement moral, qui hante les épisodes de ce diptyque romanesque.

D'une pareille conception du roman, selon laquelle la fiction épurée entretient l'exercice constant de l'intelligence aux prises avec des événements par eux-mêmes sans grandeur, il n'est pas indispensable de chercher l'inspiration hors de l'œuvre de Marivaux. Naturellement, il a lu les romans baroques et renvoie à La Calprenède, *il s'inspire de* Don Quichotte *en écrivant* Pharsamon *ou les* Nouvelles Folies romanesques, *il s'adonne tour à tour au grand roman traditionnel, à histoires emboîtées, grands sentiments et aventures héroïques (*Les Effets surprenants de la sympathie*) et à l'expérimentation du récit impromptu et pluriel (*La Voiture embourbée*). Mais quand il multiplie ainsi les tentatives et diversifie les styles, quand il applique la parodie au* Télémaque *afin de se donner les chances d'inventer un réalisme nouveau, il*

*s'est mis à la recherche d'une formule originale de
roman. Et c'est encore ce qu'il vise au travers des*
Lettres sur les habitants de Paris, *au travers de ses
essais divers et des variations du* Spectateur français.
*Le succès des comédies, entre 1720 et 1725, pouvait
confirmer Marivaux dans la certitude qu'il possédait
son style : c'est, d'ailleurs, ce qu'il répète, ce qu'il
revendique hautement, et pour des raisons qui sont
aussi d'ordre philosophique. Il écrit, dit-il, comme il
écrit parce qu'il pense comme il pense. S'il y a une
phrase à la Marivaux, c'est qu'elle traduit des « idées »
— il utilise par prédilection le même mot du* Spectateur au Miroir *—, des « idées » et des pensées propres
à cet esprit singulier qu'il convient de laisser travailler
et produire en toute et légitime indépendance. À partir
de la réforme cartésienne, prolongée dans la littérature
par la réflexion de ce « moderne », malgré tout exemplaire, qu'est Houdar de La Motte (Marivaux lui
demeure fidèle de l'Introduction de* L'Homère travesti
*à son dernier écrit), raison et jugement ont conquis
leur autonomie; il n'importe plus désormais d'écrire
que pour faire part de pensées propres, non emprun-
tées, non imitées, non conventionnelles, se refusant
donc à une rhétorique et à des genres prédéterminés. À
pensée libérée, manière et style libérés. En consentant
à faire totalement siens les principes de la philosophie
« moderne », l'écrivain se rejoint lui-même, il devient,
à tous égards, ce qu'un écrivain doit être, un inventeur. Ce sont là certitudes auxquelles les œuvres
donnent corps à partir de 1720. Mais il ne manque pas
de contemporains pour ironiser sur cette littérature
jugée précieuse ou « métaphysique ». D'Alembert
pourtant, dans l'*Éloge de Marivaux, *apprécie que*
Marianne *prodigue « les raffinements de l'esprit et du
cœur » et il compare son auteur à la fois à « Démocrite
pour la critique, à Sénèque comme moraliste, et à*

Fontenelle pour l'esprit et pour les grâces ». Prévost, lui, dès 1736, excuse chez Marivaux l'irrégularité de l'expression par « la finesse et la vérité » des analyses; l'auteur du Pour et Contre *vient de lire la cinquième partie du roman, il demande qu'on ne soit pas « surpris qu'un écrivain qui s'attache à développer aussi exactement les facultés du cœur que Descartes et Malebranche ont fait celles de l'esprit, conduise quelquefois ses lecteurs par des voies qui leur semblent nouvelles, et qu'il emploie pour s'exprimer des termes et des figures aussi extraordinaires que ses découvertes ». Il ne s'agit plus aujourd'hui de pardonner un air d'extravagance, mais de saisir comme le produit d'une poétique longuement méditée, patiemment ou peut-être impatiemment mise à l'épreuve, ce roman justement « écrit dans une sorte de langue étrangère » parce qu'il traduit une « révolution de vision [...] aussi grande que celle de Kant » (Claude Roy). S'il avait lu Marivaux — qui est mieux que son précurseur —, Proust hésiterait peut-être avant d'écrire qu'il est « stupide de dire pour parler d'un livre "C'est très intelligent" ».*

D'autant que l'intelligence de l'intelligence est, chez Marivaux, de se connaître, de se donner à voir, d'avouer qu'elle ne saurait se montrer sans quelque coquetterie. Elle a ses certitudes, mais ne faut-il pas qu'elle les dise, donc qu'elle se hasarde ou se compromette dans un langage forcément singularisé? Parler, écrire, Marivaux en a la conscience aiguë, et en cela aussi il est véritablement un écrivain des Lumières, oblige à s'inquiéter du rapport imparfait qu'entretiennent les évidences de l'esprit et les faits de l'existence. Et cette réflexion implicite, inhérente au cours même de son roman, en accroît sensiblement le charme, elle peut apparaître comme l'explication principale de ce charme : elle court, en effet, à la jonction

*de ces champs de la parole qui relèvent respectivement
de l'apodictique et de l'assertorique, s'il est permis de
pasticher Kant. On dirait honnêtement la même chose
en rappelant que chez Marivaux il n'est pas d'innocence qui ne se sache innocence et qui, par
conséquent, ne commence à se démentir à peine elle se
montre. Arlequin est séduisant parce qu'il ne peut
ignorer qu'il tient le rôle d'Arlequin. Dans ce soupçon
de nécessaire affectation, prend forme le personnage de
Marianne; c'est là aussi que prend sa source la philosophie du roman.*

UN ROMAN PHILOSOPHIQUE

*Ils furent nombreux, en 1734, à reconnaître le style
de Marianne dans le jargon de l'île de Babiole. La
comtesse de Marivaux n'avait-elle pas donné à la
taupe Moustache, personnage burlesque de
L'Écumoire, le modèle de ses commentaires de psychologie alambiquée, amphigouriques autant que
superficiels? La parodie du fils Crébillon rejoignait les
moqueries de Voltaire: métaphysique et viande creuse
selon l'auteur des* Lettres philosophiques. *Fallait-il
que ce nouveau roman déconcertât!*

*C'est la phrase de Marivaux que Moustache tourne
d'abord en dérision, phrase complexe à syntaxe lou-
voyante, où l'abstraction affectée de l'analyse s'habille
d'un vocabulaire ostensiblement concret et d'expressions du langage familier. Mais c'est, avec le style
qu'elle détermine, la pratique de la « réflexion » que
Crébillon met en cause. Or Marivaux a conscience de
devoir la nouveauté comme la consistance de son
roman aux « réflexions » répétées dont la narratrice
accompagne son récit. Elle a beau s'avouer coupable
de complaisance envers sa forme d'esprit lorsqu'elle les*

multiplie et les développe, elle a beau promettre qu'elle s'en abstiendra dorénavant, elle ne cesse de montrer, en s'en défendant, quel prix elle leur accorde; s'il est prévu que Tervire doit être moins « babillarde » que Marianne, il faut comprendre que la différence annoncée a du sens.

Les réflexions de Marianne dénotent, en effet, un tour d'esprit résolument philosophique. Quand la jeune fille souffre de devoir révéler tôt ou tard à Valville qu'elle loge chez une Mme Dutour, son historienne décrit ainsi le mouvement de sa pensée : « On va d'abord au plus pressé; et le plus pressé pour nous, c'est nous-même, c'est-à-dire notre orgueil; car notre orgueil et nous, ce n'est qu'un, au lieu que nous et notre vertu, c'est deux. » L'observation faite sur le vif de l'inquiétude conduit à distinguer ce qui dans la personne est essentiel, l'instinct égoïste, et ce qui est rapporté, la vertu ou les mœurs. Le premier élément est de nature et originel, le second d'éducation et acquis; le premier vaut à l'individu la « considération » des autres, le second ne lui vaut que leur estime. Car « nous nous aimons encore plus que nos mœurs » et l'éloge de nos qualités ne nous touche qu'autant qu'il les rapporte à l'être qui les possède. On voit que Marianne réagit et raisonne en disciple de Descartes; en cernant l'être de l'individu, elle engage une idée de l'homme, du partage en lui du naturel et du culturel ou de l'historique. La même exigence intellectuelle, le même scrupule analytique inspirent à la narratrice, rapportant l'état d'âme de Marianne abandonnée de Climal et préocccupée de l'opinion de Valville, cette pensée qui ne se cache pas de prétendre à la profondeur : « notre vie, pour ainsi dire, nous est moins chère que nous, que nos passions. À voir quelquefois ce qui se passe dans notre instinct là-dessus, on dirait que, pour être, il n'est pas nécessaire de vivre. » La per-

sonne, en son essence propre, doit, à ses propres yeux comme à ceux d'autrui, d'un amant par exemple, trop intéressé pour n'être pas tenté de juger sans assez de considération pour cette essence pure, demeurer étrangère aux aléas de l'existence. Ainsi, l'histoire de Marianne devient le support d'une anthropologie, le roman se réalise comme intrinsèquement philosophique.

Ce n'est pas qu'on ait eu tort de contester généralement à Marivaux la qualité de philosophe. Lui-même, par le truchement de l'inconnu de la vingt et unième feuille du Spectateur français, s'est défendu d'appartenir à la classe des métaphysiciens de profession : « *Laissez à certains savants, je veux dire aux faiseurs de systèmes, à ceux que le vulgaire appelle philosophes, laissez-leur entasser méthodiquement visions sur visions en raisonnant sur la nature des deux substances, ou sur choses pareilles.* » Ces philosophes-là ne nous apprennent que notre « ignorance invincible » et nous renvoient donc à notre unique tâche qui est de vivre avec les hommes, par conséquent de les connaître et de se connaître afin que chacun sache être envers chacun aussi bon qu'il se peut. Telle est la leçon de l'autobiographe inconnu du Spectateur. Marivaux la prolonge en théorie de la littérature dans ses Réflexions sur l'esprit humain à l'occasion de Corneille et de Racine. C'est bien à tort, y écrit-il, qu'on reproche aux littérateurs de n'entretenir leurs lecteurs que de choses qui les touchent et d'idées dont tout homme se croit capable, c'est à tort qu'on leur préfère métaphysiciens et savants, auteurs de systèmes et de théories si magnifiques qu'ils n'intéressent plus l'homme. En romancier et en dramaturge, Marivaux se range aux côtés de ces écrivains qu'il approuve de consacrer leurs œuvres à faire naître des pensées à hauteur d'homme, dont quiconque peut croire qu'il en *eût été l'inventeur. L'avertissement de la seconde partie de* Marianne *assignait à la fiction en cours la même visée : si* La Vie de Marianne *n'adopte pas « la forme ordinaire des romans », mais se donne pour le livre d'une « femme qui pense », pourquoi ne pas accorder à la « connaissance du cœur et du caractère des hommes » qu'il propose le prix qu'on lui prêterait dans « un livre intitulé* Réflexions sur l'homme *» ? Le roman procure, mieux que le théâtre sans doute, une vision véridique de l'homme, tel qu'il se montre à lui-même dans ce qu'il sait de sa nature propre, c'est-à-dire dans ses relations avec ses semblables ; car les éléments de cette vision s'imposent dans le temps, au fil d'expériences. Qu'on aperçoive là l'influence d'un empirisme lockien, ou l'aboutissement d'une recherche personnelle illustrée de nombreux essais, il est manifeste que la forme littéraire est dans* Marianne *conçue elle-même comme philosophique.*

La Marianne *narratrice ne cesse de dessiner le tour d'esprit du véritable « philosophe » : dans la femme philosophe qu'elle est, chez ceux où elle le reconnaît et dont elle fait l'éloge. Le mot jalonne le parcours romanesque. Mais quel sens lui attribuer ? Ainsi qu'on a pu le remarquer, ce sens est double : l'esprit philosophique se définit par ses deux fonctions essentielles, sa fonction critique, comme instrument d'examen et d'analyse, sa fonction axiologique, comme producteur de modèles et de valeurs morales. À s'en tenir, pour l'instant, à la première de ces fonctions, on observe que la narratrice est philosophe en ce qu'elle élucide les sentiments et les comportements de la jeune héroïne. C'est à interpréter ces actions, ces paroles, ces pensées de jadis qu'elle exerce sa clairvoyance. Elle les interprète en raison du moment, commentant le rapport des circonstances et des réactions, la part des motifs avouables et des motifs renfermés ; elle les interprète selon la continuité d'une existence.*

Or cette continuité est si évidente et les accidents de la vie, plutôt anodins pour la plupart ou aussitôt relativisés, paraissent si bien faits pour la confirmer que l'attention finit toujours par se fixer sur la « réflexion », que la réflexion peut se faire implicite, si elle n'est confiée à la perspicacité du lecteur ou de la destinataire du récit. Le travail d'analyse et d'explication apparaîtrait donc comme essentiel, et d'autant plus, on le verra, que la seconde Marianne reste au fond semblable à la première, qu'il n'y a, d'autre part, guère à s'inquiéter de l'avenir de la jeune fille. C'est, en effet, sur elle-même que la comtesse de cinquante ans attire l'attention, sur son effort de reconstruction et d'éclaircissement de son passé ; elle invite à mesurer la qualité de l'ordre et du sens qu'elle sait ainsi mettre dans sa vie. N'est-ce pas en s'imposant le devoir et en s'octroyant le plaisir de raconter quelques mois de sa jeunesse qu'elle devient un écrivain — non pas un auteur — et un philosophe ? La Vie de Marianne, c'est l'histoire d'une femme qui devient écrivain ; il lui a fallu cinquante ans pour se préparer à prendre la plume, elle a eu besoin de vivre une enfance et une adolescence hors du commun, mais l'expérience décisive commence avec les hésitations de ses premières phrases : une vie singulière, quelques « accidents » intéressants, et de l'esprit, cela ne suffit pas à faire l'œuvre.

Aussi, sans nier l'intérêt de ce qu'on a nommé « le double registre », faut-il noter que le mouvement du roman, le dynamisme vital qu'il libère sont évidemment le fait de celle qui énonce et restitue le cours de l'action. On a proposé de découvrir non pas deux mais trois registres dans Marianne. Ne vaudrait-il pas mieux, au regard de l'esthétique marivaudienne, estimer qu'il n'y en a réellement qu'un : la substance du livre est constituée moins de la distinction de ce qui

*est du passé et de ce qui est du présent, que de la
confusion, parfois indiscernable, et heureusement
telle, des deux plans chronologiques. Ce n'est, en
outre, qu'à la maîtrise dont bénéficie la narratrice,
usant librement d'anticipations et de retours, atté-
nuant ou gommant le pathétique, dégageant ainsi le
champ pour une réflexion objective, qu'est due la
tonalité d'humour heureusement entretenue tout au
long du récit. L'humour et l'esprit d'analyse ont le privilège d'accompagner la connaissance de soi.*

TECHNIQUE ROMANESQUE

*Avec l'air de s'en excuser par son inexpérience, pour
faire valoir, en réalité, la forme originale de son récit,
la comtesse répète qu'elle ne se fie à aucune règle,
aucun genre, aucune topique, aucun système; elle n'a
même pas ou ne veut pas avoir de style. C'est de ce
refus même et de cette indépendance que Marivaux
fait, dans* Le Spectateur français, L'Indigent philosophe *ou* Le Cabinet du philosophe, *le principe premier de ses porte-parole; au moment de se mettre à
écrire, ils se déclarent incapables de se prêter à quelque
formalisme que ce soit: heureuse incapacité,
puisqu'elle garantit l'authenticité de leur propos,
puisqu'elle permet de fonder une esthétique sur un fait
de nature. De même que la pensée se passe de préjugés
et d'idéaux, de même l'art se dispense de respecter les
règles et les lois des genres; on ira même, le roman
n'étant pas un genre ou étant un genre honni, jusqu'à
prétendre qu'on n'écrit pas un roman quand on en
écrit un, un roman, il est vrai, d'un genre nouveau. La
narratrice-philosophe de* Marianne *a bien retenu la
leçon: il n'est d'art que par la recherche du naturel,
lequel exige la libre expression de la raison et de la sen-*

sibilité personnelles. La seconde Querelle des Anciens et des Modernes, livrée autour d'Homère, a marqué l'affranchissement du goût et Marivaux a plus que quiconque ressenti à quel point la pensée et l'art perdaient à se soumettre à des contraintes formelles, corrélatives au surplus des contraintes morales et sociales d'une époque révolue. Opposant la perfection réglée de la Beauté, éternelle, irrécusable comme un dogme, aux grâces imprévisibles et inachevées du je-ne-sais-quoi, le philosophe du Cabinet *démontre qu'on ne peut que préférer à la première, immobile et muette, la mobilité, la diversité infinie de formes, la présence partout sentie et nulle part fixée du second. L'allégorie célèbre le prix de cette liberté nouvelle que le romancier, pour sa part, a conquise sur les survivances du chevaleresque dans* Pharsamon, *sur l'anticomanie homérique dans* L'Iliade en vers burlesques, *sur l'héroïsme spirituel dans* Le Télémaque travesti. *Le modèle littéraire est absorbé par la paléontologie littéraire en même temps que le modèle moral se dissout dans l'eau-forte cartésienne. Le libéralisme esthétique et intellectuel qu'il s'assigna, jeune romancier, de conquérir, qu'illustrèrent naguère, à tous égards, les* Lettres contenant une aventure, *le Marivaux de la maturité le met en pratique dans son théâtre, ses journaux, ses romans.*

Faut-il donc, au regard d'une pareille esthétique, définir le genre dont relèverait La Vie de Marianne, *ou convient-il d'admettre qu'il échappe à toute définition, comme* Jacques le Fataliste ? *Ne pas écrire un roman, c'est ne pas composer des « mémoires », mais s'accomplir au présent comme écrivain et penseur en rédigeant l'« histoire de [s]a vie » ; c'est entrer sur les épisodes reconstitués de son existence antérieure une réflexion qu'on attribuerait aussi bien à un moraliste ; c'est inventer un ouvrage qui tiendrait d'un journal a*

*posteriori et n'aurait donc pas à se terminer puisque
la personnalité actuelle de l'auteur s'y révélerait à
chaque instant. Mais ce faux journal a le rythme de
rédaction irrégulier d'une correspondance. Car la
Marianne quinquagénaire est supposée envoyer les
parties successives de son récit autobiographique à
une amie « dont le nom est en blanc », dans le manuscrit retrouvé. Ladite amie alléchée par des confidences
partielles a prié la comtesse de lui « donner [sa vie]
tout entière et d'en faire un livre à imprimer » : double
exigence, donc entreprise à double finalité. D'un côté,
il s'agit de satisfaire l'attente d'un public, de répliquer
aux critiques, de remplir les promesses égrenées de
partie en partie et de produire périodiquement son
texte, tout cela trouvant place dans le livre même, en
déterminant quelque peu le cours, suscitant un dialogue au moins indirect avec le lecteur : par exemple
dès l'avertissement de la seconde partie. D'un autre
côté, l'existence d'une destinataire présumée connue
pousse l'épistolière en mal de style à solliciter un jugement : « Celui [le style] de mes lettres vous paraît-il
passable ? » Et les questions vont se multiplier, sur
l'intérêt de l'intrigue, les délais entre les livraisons, le
comportement des personnages et l'avenir de l'héroïne
(finira-t-elle par épouser cet infidèle de Valville ? mais
tous les hommes ne sont-ils pas semblables à Valville ?), si bien que le meilleur des styles pour une narration ainsi conçue, ce pourrait bien être celui de la
conversation : « Figurez-vous qu'elle [la conteuse]
n'écrit pas, mais qu'elle parle. » Et le livre se laisse lire,
en effet, comme un échange parlé, la voix de la destinataire se faisant presque entendre dans les réponses
que sont censées provoquer ses remarques. La liberté
de ton de l'entretien permet de prendre quelque distance envers un événement dramatique, de réduire
l'intensité d'une émotion, de donner à ressentir la diffi-*

culté du portrait : « *On ne saurait rendre en entier ce que sont les personnes [...] il y a des choses en [elles] que je ne saisis point assez pour les dire [...]. Ce sont des objets de sentiment si compliqués et d'une netteté si délicate qu'ils se brouillent dès que ma réflexion s'en mêle [...]. N'êtes-vous pas de même ? il me semble que mon âme, en mille occasions, en sait plus qu'elle n'en peut dire...* » L'histoire de Tervire, contée de vive voix, devient une conversation au second degré. Style de correspondance ou de dialogue direct, faut-il se prononcer ? Il n'importe que de donner confiance dans la spontanéité de l'expression, dans la franchise du propos, qu'il soit narration ou commentaire, que de rendre crédible la présence d'une intelligence sensible, d'un écrivain vivant d'une vie double, la sienne et celle de l'héroïne.

Car ce livre singulier, qu'on dirait hybride si les diverses techniques dont il use ne se réunissaient dans la tension d'une âme enveloppante, est bien présenté pour une œuvre de fiction. Marivaux commence par jouer, sans fausse honte, à la découverte du manuscrit, oublié depuis quarante ans dans l'armoire d'une maison de campagne. Voilà le lecteur invité à entrer à son tour, sans façon, dans le théâtre de l'imagination. Faudrait-il se priver des commodités qu'elle procure ? Marivaux en a depuis longtemps exploré l'arsenal ; Le Spectateur français *sait exploiter les ruses diverses qui aident à introduire une histoire, sait pratiquer interventions d'auteur et adresses au lecteur. Mieux vaut revendiquer l'inévitable artifice pour mieux installer la vraisemblance où elle est indispensable. Pourquoi imputerait-on à l'auteur de* La Vie de Marianne *le projet d'un antiroman, au sens où le xxᵉ siècle entend la chose ? Il vaudrait mieux lui savoir gré de restaurer contre les théories rétrogrades de Mme Dacier, égérie des Anciens, et contre l'intellectualisme*

*sec de son ami La Motte, les droits contestés de l'ima-
gination et de la poésie. Un récit de fiction n'est pas
d'autant plus philosophique qu'il est moins romanesque.*

   *Non seulement le parcours aléatoire d'une histoire
fournit des motifs de réflexion, mais il répond à un
besoin essentiel. Marivaux a montré qu'il n'y était pas
insensible et qu'il pouvait être un inventeur d'histoires
virtuose : ainsi quand il agença les histoires emboîtées
des* Effets *surprenants de la* sympathie *selon le
modèle des constructions romanesques les plus
baroques, ou quand, avec* La Voiture embourbée, *il
expérimenta le pouvoir de l'imagination condamnée
aux improvisations gratuites. Lorsqu'il revient à la
comédie, il se met à emprunter le schéma de ses
intrigues à toutes les sources du romanesque, y
compris à ses propres romans de jeunesse. Non seulement, dans* Marianne, *il ne répudie pas le romanesque, mais il en accroît l'intensité, en renforce l'efficacité émotionnelle, en l'installant au plus près de la
vie intérieure. L'humour lucide de la narratrice équilibre une sympathie inquiète pour le sort de la jeune
Marianne et un jugement détaché sur le fonctionne-
ment des âmes. Cette complémentarité de l'imaginaire
et du pensé, autorisée par la complémentarité des techniques, Fontenelle l'eût commentée en disant que « le
vrai a besoin d'emprunter la figure du faux », tandis
qu'un lecteur moderne noterait, ainsi que le fait Primo
Levi, avec simplicité et en inversant le rapport : « Il
n'est pas important de savoir si un roman est classique ou expérimental, à condition que l'expérimentation ne soit pas si téméraire qu'elle nuise à la compréhension, à la transmission des faits. » Mais dans*
Marianne — *ou tel autre roman répondant à un dessein analogue, celui de Proust, par exemple, auquel on
l'a comparé —, n'arrive-t-il pas que « l'expérimentation » se révèle trop « téméraire » ?*

REPÈRES

Il semblerait que Marivaux ne multiplie les repères qu'afin qu'ils s'annulent, qu'ils apprennent au lecteur aussi peu que possible. D'abord le récit autobiographique est encadré par une chronologie qui est celle de la rédaction. Au début de chaque partie, la narratrice appelle l'attention de sa correspondante sur la lenteur ou la rapidité de ce travail, explique ses plus grands retards, imagine les surprises et les déceptions de la destinataire. Elle va jusqu'à présenter, en tête de la septième partie, une sorte de bilan, donnant à juger du rythme général de la production. Plus surprenant — le fait indique donc un parti pris manifeste —, les trois dernières parties sont pourvues chacune d'un prologue semblable, comme si elles n'avaient pas été publiées ensemble. Serait-ce là le cadre temporel déterminant, celui, supposé, de la rédaction et, effectif, de la publication ?

Le second repère chronologique est fourni par l'Avertissement et les premiers paragraphes du roman. On y apprend que le manuscrit en fut retrouvé par un ami de l'éditeur et qu'il date de quarante ans. Pourquoi lui attribuer quarante ans d'âge ? À quoi bon éloigner autant dans le passé les personnages et l'action ? Ce n'est pas pour les insérer dans un cadre historique. L'histoire est censée se dérouler au XVIIe siècle : Marianne aurait cinquante ans vers 1690; née en 1640, elle arriverait à Paris en 1656. Mais aucune indication sur les mœurs et la vie matérielle ne le confirme. Au contraire, la langue des dialogues, le pittoresque en particulier de la syntaxe et du vocabulaire de la lingère et du cocher, les discours d'effusion ou de patelinage des religieuses appartiennent bien à la société française du règne de Louis XV, comme ce qui est dit du maniement de l'argent, des modes et des temps de déplacement, de l'aspect du Paris que sillonne Tervire (et qui ne paraît pas être le Paris de 1642, l'année où Tervire, plus âgée que Marianne de vingt ans, en a vingt-deux). Volontairement oublieux de ces contingences historiques, jouant sans peine, économe qu'il est en fait de précisions historiques, de l'équivoque des périodes, Marivaux assure une sorte d'autonomie à son univers romanesque; il le situe dans un temps sans repère suffisant, soucieux surtout, semble-t-il, d'organiser un espace mental cohérent. Il se dispense ainsi, et sa désinvolture parle d'elle-même, de caractériser les états de la société et des esprits aux différents âges des vies de Marianne et de Tervire; rien non plus sur l'époque où vit l'éditeur. On s'évade d'emblée de l'historique.

La chronologie du récit ne coïncide pas davantage avec celle de l'Histoire : le lecteur de 1731 ne peut qu'avoir le sentiment d'être le contemporain de la narratrice, de rencontrer des personnages dont la psychologie, le comportement et le langage lui sont familiers. Ce lecteur se laisserait même abuser d'autant plus sûrement qu'il croirait, d'après quelques indices suffisamment suggestifs, reconnaître dans le roman des personnages de son temps. Le piège verrait son efficacité accrue par le sentiment de contemporanéité qu'apporte la publication échelonnée dans le temps présent des parties du livre. Quelques maigres détails qu'on n'ose dire réalistes contribueraient encore à l'illusion. La jeune Marianne ne peut être perçue que comme appartenant à la modernité du lecteur, mais représentent une humanité de l'un ou l'autre siècle : cette situation indéfinissable embarrasse, comme la position que prend Marivaux envers l'Histoire.

C'est, au contraire, avec rigueur que paraissent organisées les histoires de Marianne et de Ter-

*vire : agencée avec soin et présentée avec une insis-
tance marquée, la double chronologie se lit selon deux
échelles de temps : l'une est à la mesure des vies et le
calcul s'y fait par années ; l'autre est à la mesure de
l'existence quotidienne et le calcul s'y fait par jours,
parfois par mois. Cette double arithmétique permet à
la fois de proposer un schéma chronologique stable
et de rendre sensible la succession des phases d'une
existence ; de telle manière que les moments sur lesquels s'arrête la narration trouvent place dans le cadre
d'ensemble comme dans un tableau : un tableau
composé de scènes juxtaposées. Car la succession de
ces scènes et la chaîne de l'intrigue équilibrent mal
l'intérêt propre de chaque épisode. Le roman procède
par juxtaposition, répétition, échos et gradation de
scène en scène. Le temps y dessine un ordre méca-
nique : ainsi en va-t-il également dans les comédies de
Marivaux.*

*Comme dans les comédies, le moment compte plus
que la suite. Dans la pièce de théâtre,* La Double
Inconstance *ou* Le Jeu de l'amour et du hasard, *la
perception de la durée n'excède pas le temps de la
scène, où elle est intense ; à l'échelle de l'action, toute
contenue et annoncée déjà dans l'hypothèse initiale, la
temporalité est indifférente. De même, dans le roman,
la chronologie semble faite pour détacher les épisodes,
pour marquer le caractère arbitraire de leur succession. Que penser, en effet, de la malice mise à différer
l'histoire de la religieuse ? Annoncée dès la troisième
partie, puis, régulièrement, de partie en partie, elle ne
commence qu'à la neuvième, quand il semble qu'elle a
enfin trouvé « sa place », qu'elle a été assez soigneuse-
ment « amenée ». Marivaux remettait-il de lettre en
lettre la rédaction de cette histoire ? Ou bien enten-
dait-il montrer par ses hésitations affectées qu'il
demeurait libre dans la conduite de son roman ? Le*

récit de Tervire est-il imaginé ou écrit avant que ne le soit l'épisode de la vie de Marianne auquel il peut logiquement s'enchaîner ? Quelle que soit la solution, l'auteur marque par là, avec une aimable désinvolture, le pouvoir qu'il s'arroge de disposer à son gré de matériaux peut-être préparés : peut-être, en effet, car le nombre des jalons disposés au long du récit comme autant de pierres d'attente fait supposer des suites ou prévues de longue main ou virtuelles : les malheurs et les chagrins que Marianne se promet au début sont-ils ceux que par la suite elle rapporte ? « Je suis née, écrit-elle, pour avoir des aventures, et mon étoile ne m'en laissera pas manquer. » Il est plaisant, dans ces conditions, de se demander si Valville reviendra à Marianne (prologue de la huitième partie) ; l'auteur le sait-il qui « récite ici des faits qui vont comme il plaît à l'instabilité des choses humaines » ? Pourvu que l'illusion soit entretenue d'une exactitude parfaite dans le respect de l'architecture temporelle, l'auteur peut imaginer et ordonner à sa fantaisie, le lecteur spéculer inutilement sur l'avenir des héroïnes. À longue échéance, cet avenir est assuré ; dans l'intervalle qu'ouvre l'autobiographe, on pourrait loger à loisir des aventures nouvelles. Ne peut-on aussi se lasser d'une liberté désormais sans objectif suffisant ? La temporalité justifie l'inachèvement du livre : la raison, notons-le, n'est pas accessoire, elle tient à la poétique romanesque elle-même.

La division des existences au jour le jour souffre dès lors toute latitude. Il suffit d'écrire : « le lendemain », ou bien « dans deux ou trois jours », ou bien « il y avait déjà trois semaines que je vivais là dans une situation d'esprit très difficile à dire », ou encore, pour un laps de temps court, « je fus bien une heure dans cet état » (un de ces « accablements où l'on est comme imbécile »), pour que la continuité vécue paraisse

*indubitable, quelle que soit la diversité des situations
successives. La narratrice multiplie les rappels, mais
surtout les anticipations ou pressentiments, qui ne
sont le plus souvent qu'intuitions, témoignent de la
perspicacité du personnage, et de la densité de l'expérience vécue et simultanément pensée. L'irrégularité
du découpage, l'inégalité des épisodes (les huit premières parties couvrent, les premières pages exceptées,
quatre à six mois; la journée commencée à la fin de la
seconde partie s'achève à la fin de la troisième)
n'affectent aucunement une perception du temps
étroitement dépendante du temps de l'écriture ou de la
lecture. Ce libre maniement de la chronologie donne à
l'esprit la possibilité de circuler vers l'aval ou l'amont
de la scène en cours, il imite avec le naturel et la drôle-
rie qu'elles comportent les surprises du hasard. Tel épisode, étranger à la logique de l'histoire, n'intervient,
semble-t-il, que pour donner sa chance à l'aléatoire et
à l'humour qui l'accompagne : à quoi mène la querelle
de jalousie qui oppose, dans la cinquième partie, une
pensionnaire à Marianne, moment caractéristique, il
est vrai, de la vie du couvent ? Après une scène tendre
et gracieuse chez Mme de Miran, que viennent y faire
ces deux femmes pittoresques qu'on ne reverra plus ?*

La structure temporelle de La Vie de Marianne
*paraît assez strictement agencée pour que le lecteur ne
s'inquiète pas de la logique et de la vraisemblance de
l'histoire, mais assez peu nécessaire pour que
demeurent sensibles la liberté de l'invention et la finalité réelle du texte. Les précisions chronologiques
relèvent du faux-semblant, et l'on en dirait autant des
indications spatiales ou topographiques. On s'attend
que Marianne, si sensible à son atmosphère, fasse
connaître quelque peu son Paris. Elle le parcourt
pourtant à pied et en carrosse. Tervire ne met pas plus
de précision dans la description de ses itinéraires.*

Marivaux là-dessus ne saurait rivaliser avec Les
Illustres Françaises *de Challe ou l'auteur de* Manon
Lescaut. *Les éléments réalistes, la querelle célèbre de
Mme Dutour et du cocher par exemple, ne seraient-ils
que leurres ? La représentation du temps et des lieux
dans* Marianne *a cette précision sans conséquence
que leur confère le voyage dans « le monde vrai » du*
Cabinet du philosophe. *À ce réalisme mitigé qu'imagine Marivaux, le roman doit beaucoup de son
charme; le romanesque y acquiert légèreté et trans-
parence, au point que les jeux même graves de l'intelligence et de la sensibilité s'y peuvent dérouler dans
l'enjouement, avec une sorte de négligence naturelle.*

UN ROMAN DE FORMATION ?

*Qui est Marianne ? D'abord à peu près rien : une
enfant de deux à trois ans, sans famille, sans identité,
sans ressources. Au terme de la huitième partie du
roman, quand la jeune fille délaissée par son amant
est tentée par la réclusion claustrale, par la sérénité
supposée de la vie de religieuse, qu'est-elle devenue
après seize ans, dont moins d'une demi-année à
Paris ? Mais avait-elle à devenir ? Il convient d'en juger
à partir de son récit d'origine. Ce récit fait l'objet de la
première partie, mais il est répété tout au long du
roman : l'évocation en est plus ou moins condensée,
se réduit parfois à une allusion maligne.*

*Le propre de Marianne est non pas de déguiser ou de
taire ce commencement de vie, mais de le revendiquer
et même de le lancer comme par défi au visage d'interlocuteurs malintentionnés. Harangue « sans autre art
que ma douleur » devant la prieure du couvent et
l'inconnue pleine de compassion qui prendra le nom
de Mme de Miran, profession d'humilité pour décou-*

rager le jeune amant, rappel insistant devant sa « mère » afin qu'elle mesure la gravité du déshonneur public, protestation devant l'abbesse du couvent-prison en faveur d'une honnêteté qui n'a pas craint le comble de l'abaissement; plaidoyer dans un goût « noble et tragique » devant Varthon; redite à l'intention de Valville qu'elle dispense de la regretter; Marianne s'épuise à assumer ouvertement son péché originel. Et les autres ne se dispensent pas de l'évoquer à leur tour : avec tendresse comme Valville prenant le parti de la vertu devant Mlle de Fare; avec l'honnête discrétion de qui veut l'oublier, comme l'officier qui s'offre à épouser l'orpheline; avec la maladresse clationnante de la Dutour; avec aigreur, comme « la parente maigre » qui mène son enquête; avec, de la part de Varthon, la morgue mal contenue et faussement apitoyée de la rivale qui l'emporte. Marianne s'est imposé de redire cette même histoire sur tous les tons, de la subir de toutes les bouches pour qu'elle acquière enfin son sens, se vide de sa charge de malheur et de mépris, lui tienne lieu de brevet d'authenticité.

Les dernières épreuves de la jeune fille servent à l'abstraire de ce qui pouvait passer pour sa fatalité. Comparaissant devant le ministre, elle se libère de sa roture, ou plutôt de son inexistence civile, en l'acceptant publiquement, en se faisant même un titre de gloire de la reconnaissance infinie que lui dicte envers sa « mère » son défaut d'identité; aux yeux de Valville que sa « générosité terrasse », elle propose de satisfaire sans résister aux volontés de l'amant perdu; en présence enfin de Mmes de Miran et Dorsin et de Varthon, elle parachève son sacrifice libérateur en proclamant que sa misère est « ce qu'il y a de plus digne » en elle et que cette misère s'est trouvée « honorée » autant qu'elle pouvait l'être par la bonté de Mme de Miran :

vouloir davantage trahirait cette bonté en lui préférant un « excès de bonheur ». Marianne conclut quand elle observe : « mon affaire devenait la leur », l'affaire de ceux qui honorent la qualité de son âme. Cette âme qui s'est moins affranchie de son destin qu'elle n'en a fait son égide et son blason, que lui reste-t-il à accomplir pour se faire valoir et reconnaître ? Il ne lui reste qu'à comprendre que la retraite du couvent serait erreur ou lâcheté, qu'à s'élever jusqu'à l'objectivité sereine de l'autobiographe, l'équivalent de la dignité absolue qu'incarne de façon exemplaire Mme Dorsin.

L'ascèse de Marianne est la forme paradoxale que prend son accomplissement. Elle a d'emblée compris, ou deviné, que sa véritable noblesse ne s'affirmerait que dans le défi social : sa noblesse n'aurait pas besoin des preuves rituelles. La qualité qu'elle s'assigne — à la différence de la perfection qu'on croit atteindre dans le cloître — ne vaut que déclarée à la face de la société, infligée aux autres comme une leçon.

C'est pourquoi Marianne a besoin de se mesurer à autrui, de révéler sa nature dans des expériences successives. Cette nature n'est composée à l'origine que de deux données qu'on pourrait tenir pour accidentelles : elle est belle et elle a de l'esprit, deux dons du hasard que la narratrice s'attribue d'emblée, sans beaucoup plus de fierté que Fontenelle n'en tolère chez un homme qui se flatte d'avoir de la raison. Est-ce tout ? Non, Marianne apprend que le carrosse attaqué, les occupants assassinés, les vêtements de l'enfant sauvé révélaient dans les victimes des personnes de l'aristocratie. Dernier viatique : l'enseignement de la vertu que lui inculque jusqu'à son dernier souffle la sœur du vieux curé : « je ne perdis rien de tout ce qu'elle me dit et en vérité je vous le rapporte presque mot pour mot tant j'en fus frappée. » Que devenir avec cet héritage modeste ? Il est suffisant puisqu'il définit des valeurs,

*l'une sociale, l'autre morale. Il ne faut plus que
l'amour-propre pour mobiliser l'énergie individuelle
au service d'un idéal personnel. Intrépide sous les
dehors d'une fille à l'âme tendre, elle ne va cesser de
triompher. Inébranlable alors qu'elle paraît toute livrée
à son affectivité volontiers larmoyante, irrésistible
dans son usage de la rhétorique, dans ses accès cal-
culés d'humilité ou de charité, elle est experte à ne rien
concéder sans contrepartie décisive. Son moi, pleinement fondé à se montrer imperturbablement conqué-
rant, maintient en permanence esprit et volonté sous
les armes.*

La Vie de Marianne *présente bien l'apparence d'un
roman de formation, mais l'apparence seulement. Sur
cet aspect de l'œuvre aussi, Marivaux joue d'un effet
d'illusion. Sans doute l'auteur de* Pharsamon *et du*
Télémaque travesti *sait-il combien sont vaines ces
éducations romanesques : on y désapprend tout au
plus, on apprend donc à redevenir soi. Marivaux le
« moderne » ne partage pas exactement les vues de ses
contemporains sur la généalogie des esprits. Ses*
Réflexions sur Thucydide, *quoiqu'elles s'appliquent à
l'esprit d'une nation, sont instructives sur ce point.
L'auteur y réduit à presque rien la part de l'héritage
dans l'élaboration d'une culture ; il a fallu, chaque
fois, « que les hommes recommençassent à se former
sur nouveaux frais », c'est-à-dire à partir de leurs
seules dispositions naturelles et de leur énergie propre ;
à chaque recommencement « le choc continuel des
esprits suffi[t] seul pour accroître insensiblement la
mesure d'esprit qui se trouve dans la nation », suffit
« pour y jeter la matière de nouvelles idées ». Ce qui
vaut pour une nation vaut pour l'individu. La formation de chacun ne peut être qu'originale, expériences et
enseignement ne font que favoriser le développement
de germes naturels. C'est bien ce que signifie la ren-*

*contre prometteuse de Marianne avec Paris : la sympa-
thie qu'elle entretient spontanément avec l'animation
de Paris exprime sa vitalité latente. Le spectacle de la
grand-ville révèle seulement l'adolescente à elle-même,
éveille en elle une intuition essentielle.*

*Marianne, en effet, est tout de suite tout ce qu'elle
doit être. Aussitôt confrontée à la société parisienne,
elle a les réactions opportunes sans que son jugement
se donne le temps de les approuver. « L'instinct », ce
qu'elle nomme ainsi, parle en elle avec la pertinence de
la raison. La narratrice ne manque pas de signaler ce
don de femme, don exceptionnel que Tervire n'a pas,
et cela justifierait le choix de l'héroïne. « Avec une tête
de quinze ou seize ans », quand on est « abattue jusqu'aux larmes », délibère-t-on ? « Je pleurai donc, et il
n'y avait peut-être pas de meilleur expédient pour me
tirer d'affaire, que de pleurer et laisser tout là. Notre
âme sait bien ce qu'elle fait, ou du moins son instinct
le sait bien pour elle. » Elle montre en toute circonstance la même rapidité et la même justesse dans
l'appréciation : instinct ou intuition, « ce raisonnement coula de source, dit-elle, au reste il paraît fin, et
ne l'est pas ». La narratrice se plaît à répéter que dans
le sentiment immédiat de la jeune fille il y a toute la
matière d'un raisonnement, la substance d'une longue
analyse : « Au reste, tout ce qui me vint alors dans
l'esprit là-dessus, quoique long à dire, n'est qu'un instant à être pensé. » Sa tâche est de mettre au clair les
attendus informulés de jugements soudains. N'est-ce
pas sur un schéma analogue que se construisent les
comédies de Marivaux ? L'intelligence de la comtesse
Marianne se reconnaît aisément dans la perspicacité
naturelle de la jeune fille; rien d'étonnant qu'elle se
réjouisse à mettre en « réflexions » toute cette capacité
de pensée qu'elle porte depuis plus de trente ans en
elle, depuis le premier moment où il lui fut nécessaire*

de mesurer son pouvoir et d'exercer sa volonté.
L'homme, tel que le représente Marianne, ou aussi
bien le Jacob du Paysan parvenu, *ne se forme pas, il*
est plutôt porté à se déformer, il n'améliore pas sa
nature, il ne peut qu'apprendre à la connaître. C'est
sans doute pourquoi il fallait doter Marianne d'un ins-
tinct sûr et d'un égoïsme sans faiblesse.

PESSIMISME?

Marianne n'est pas présentée comme un modèle et
sa biographe doit à plusieurs reprises demander pour
elle l'indulgence; Jacob ne se donne pas davantage
pour un parangon de vertu, peu s'en faut qu'il ne suc-
combe à la corruption des mœurs. C'est que Marivaux
n'est pas écrivain à rééditer un Télémaque, *c'est sur-*
tout que Marianne et Jacob sont promptement amenés
à se faire de la joute sociale une idée qu'on jugerait
volontiers inspirée de Hobbes, de Spinoza tout au
moins. Sans doute, à leurs yeux, l'homme n'est-il pas
d'un naturel méchant, mais, porté à la rivalité, jaloux
de son pouvoir, animé par l'amour-propre, il inquiète.
Marianne, pour sa part, sachant ce qu'elle se doit et ce
qui lui est dû, s'apprête à résister, avec esprit et grâce,
aux violences du monde. Le charme sympathique du
personnage ferait oublier l'enjeu et les armes
employées. Le roman cache derrière la séduction du
personnage et la libre vivacité du récit la laideur d'un
monde avec lequel ce même séduisant personnage se
compromet un peu.
L'œuvre de Marivaux en effet doit sa résonance
grave à l'évocation d'une violence sociale qui se couvre
imparfaitement du masque de la civilisation. C'est
aussi cela que Marianne devine d'abord dans le fracas
de la ville; elle comprend aussitôt, avec son instinct

infaillible, quelles chances multiples s'offrent à « son ingéniosité » : « je devinais qu'on pouvait tirer de cette multitude de choses différentes je ne sais combien d'agréments que je ne connaissais pas encore ». Elle va donc se mêler à la compétition, contrainte, il est vrai, de s'y résoudre, mais si naturellement douée pour cela. Elle débute par un combat de coquetterie : séduire l'assistance masculine à l'église, pendant la messe, jouer de la toilette, de l'œil, de la nudité de la main et du bras, cela suppose une « science » spontanée en regard de laquelle Aristote « ne paraîtrait plus qu'un petit garçon » ; et cette enfant, qui en est à ses premières armes, a la conscience claire de l'enjeu, elle l'a confié au lecteur avant de partir pour l'église, elle sait quel désir la coquetterie suscite, que le déshonneur menace, que retenir les regards des hommes c'est s'attirer l'hostilité des femmes. Une guerre en somme, elle n'en doute pas, et cependant joue de ses avantages. Elle en jouera devant Climal, devant Valville, avec les femmes aussi, et tout au long du récit, variant ses ajustements selon l'effet attendu. C'est charmant parce que Marianne en réchappe, et autant qu'on feint d'oublier les espoirs mal contenus du libidineux Climal et la vie qu'il promet à Marianne, autant qu'on se fie à la bonne Mme Dutour qui affecte de croire que l'honnêteté d'une fille peut s'accommoder des calculs du tartuffe ; la lingère pourtant connaît le fin mot de ces intrigues et se rend comique à force de mauvaise foi : « est-ce qu'on trouble une bonne œuvre ? [...] Va-t-on éplucher si elle est mauvaise ? [...] N'avez-vous pas votre chambre ? Y aurais-je été voir ce qu'il vous disait ? » Le sort promis à Marianne serait celui de Manon, sinon de Margot la ravaudeuse (un rêve pour la stupide Toinon, l'ouvrière de la Dutour). Manœuvres et marchandages de l'amour, mêlés aux affaires d'argent et de religion, cela prend dans l'his-

*toire de Tervire un caractère plus manifestement
odieux : la violence s'y montre à découvert, avec le
projet d'enlèvement d'une religieuse — mais Marianne
aussi est victime d'un enlèvement —, avec le piège
tendu par l'abbé corrupteur à l'innocente Tervire.*

*Afin de préserver l'essentiel de sa vertu, de sauver
assez les apparences pour que la narratrice et le lecteur
ne soupçonnent dans sa conduite qu'une adroite équivoque, Marianne se comporte en disciple de Machia-
vel. Pourquoi sous-estimer la portée de remarques
d'autant plus parlantes en vérité que leur auteur, Mme
de Miran, est plus portée à l'indulgence envers sa chère
fille ? « Ah ! la bonne petite hypocrite », lui dit-elle, ou
encore : « Quelle dangereuse petite fille tu es,
Marianne. » Dangereuse, en effet, et sûre de l'être ; il est
vrai qu'elle l'est par ses exhibitions de vertu désintéressée, par ses protestations d'amour filial et de
reconnaissance, par ses humiliations pathétiques ;
mais, jugera-t-on innocente la satisfaction qu'elle
éprouve après un succès d'éloquence : « Oh ! voyez
avec quelle complaisance je devais regarder ma belle
âme, et combien de petites vanités intérieures devaient
m'amuser et me distraire du souci que j'aurais pu
prendre. » Admirable emploi de l'imparfait du verbe
« devoir » ; si atténuée qu'on la juge, voilà comme
s'exprime la satisfaction d'une « âme » qui fit assez
pour vaincre sans se compromettre. La même « âme »
s'impose-t-elle peu après un léger sacrifice : ce fut,
avoue la maligne personne, « un trait de prudence
rusée ». Ainsi les grandes scènes dont elle est l'héroïne,
les succès immanquables de ses plaidoyers réitérés,
s'accompagnent tout au long du roman des confessions sans remords de la diabolique Marianne ; car,
aussi longtemps que son image pour autrui ne coïncide avec l'idée qu'elle a d'elle-même, cette jeune fille
use d'une malice démoniaque pour imposer sa figure*

d'ange. C'est que, faute de fréquenter le diable et de lui emprunter quelques tours, la vertu s'exposerait aux méfaits du malin : dans le temps où Marivaux achève sa Marianne, *Duclos le démontre avec* L'Histoire de la baronne de Luz.

Marianne a deviné très tôt que tout est théâtre, qu'on n'a le choix que de tromper ou d'être trompé. À la veille de ses rencontres décisives, elle rassemble ses motifs, révise sa rhétorique, prépare les mouvements irrésistibles d'une dialectique du pire qu'elle ne manquera pas de conclure dans les larmes, les sanglots, les manifestations quasi incontrôlées d'une tendresse filiale absolue. Tant de maîtrise a quelque chose de tant soit peu invraisemblable et d'inquiétant, mais, de l'aveu même de la belle plaideuse, il faut aller pour triompher jusqu'aux excès du sublime. Marianne n'a pas eu besoin comme la demoiselle de la première feuille du Spectateur *de perfectionner devant le miroir ses « tours de gibecière » : elle dispose sans apprentissage d'une gamme suffisante de rôles ; spontanément actrice, capable comme les personnages du théâtre marivaudien de jouer jusqu'aux sentiments qu'elle éprouve, elle résout avec assez de maîtrise le paradoxe de Diderot.*

La comédienne ne se prive pas d'apprécier, au terme d'une scène, la qualité de son succès. Il lui plaît, par exemple, de voir le ministre rendre les armes après qu'elle a parlé et lâché son « torrent de pleurs » : « Mesdames, dit-il aux témoins du court procès, savez-vous quelque réponse à ce que nous venons d'entendre ? Pour moi, je n'y en sais point... » Et la belle éplorée promène un regard satisfait sur l'auditoire séduit. In petto, les « petites pensées » qui escortent ses grandes douleurs les tempèrent d'un souffle de gloire : peut-on absolument s'attrister quand on sait si bien régner sur les âmes ? Ainsi qu'elle en convient, on pleure alors

« *moins par chagrin* [...] *que par mignardise* ». *Un degré de plus dans la sincérité, et, après avoir réduit Valville au silence, elle s'avoue* « *tout émue de* [sa] *petite expédition* » : « *Cette dignité de sentiments que je venais de montrer à mon infidèle, cette honte et cette humiliation que je laissais dans son cœur, cet étonnement où il devait être de la noblesse de mon procédé, enfin cette supériorité que mon âme venait de prendre sur la sienne, supériorité plus attendrissante que fâcheuse, plus aimable que superbe, tout cela me remuait intérieurement d'un sentiment doux et flatteur; je me trouvais trop respectable pour n'être pas regrettée.* » *Le morceau est trop parfait pour n'être pas relu, il mêle si délicatement la puissance de l'amour-propre vainqueur à l'apitoiement malicieux envers le cher vaincu! quel retournement et comme il est ridicule, le pauvre garçon, avec son embarras et sa Varthon! Se donnât-elle pour* « *généreuse* » — *elle doit l'être ou passer pour cruelle* —, *la* « *vengeance* » *est nécessaire et* « *douce à tous les cœurs offensés* ». *Voilà qui sanctionne le machiavélisme de la vertu.*

Marivaux, on le sait, ne cultive pas l'illusion utopique. C'est trop peu dire, car il ne fait guère fond sur l'amélioration des hommes, leur savoir ne cessât-il d'augmenter en volume. Revenus à Athènes, les naufragés de L'Île des esclaves *se montreront-ils encore humains envers leurs serviteurs? Si M. Orgon estime que* « *dans ce monde, il faut être un peu trop bon pour l'être assez* » (Le Jeu de l'amour et du hasard), *c'est, comme le suggère d'Alembert, que la contagion de la bonté n'est pas à craindre. La jeune Marianne en paraît vite persuadée et la narratrice ne lui épargne pas les occasions de le vérifier. Le personnage a d'abord à se conquérir contre les ébranlements émotifs qu'elle subit. Après le traumatisme initial, l'adolescente connaît quand meurt la sœur du curé une* « *frayeur* »

*telle qu'elle « tombe dans l'égarement » ; elle s'évanouit
dans sa chambre d'auberge et y demeure quinze jours,
dépouillée, exposée à la fausse compassion du personnel de la maison, accablée d'une affliction extrême,
comme absente au monde et à soi. Quand Valville sur-
prend Climal à ses genoux, elle réagit au double scandale qu'elle ressent, avec la furie d'une fille échappant
à un viol. Quittant la Dutour au soir d'une journée
dramatique, elle confie son désarroi d'aventurière
éperdue : « J'étais comme enlevée, il y avait quelque
chose de trop fort pour moi dans la rapidité des événements qui me déplaçaient, qui me transportaient : je
ne savais où, ni entre les mains de qui j'allais tomber. » Amenée chez Climal mourant, elle ne sait
qu'appréhender le pire : « je me crus perdue. Allons,
c'en est fait, me dis-je », et, plus loin, après avoir tout
le temps du trajet donné libre cours à l'imagination la
plus noire, elle note : « je sortis du carrosse avec un
tremblement digne de l'effroyable scène à laquelle je
me préparais. » Se croit-elle délivrée de la malveillance
des hommes, elle s'afflige à la pensée de la mort de sa
bienfaitrice. L'enlèvement dont elle est victime l'affole
dès qu'elle comprend le piège et l'ultimatum que lui
transmet une abbesse, pourtant bienveillante, la laisse
« l'esprit bouleversé ; c'était de ces accablements où
l'on est comme imbécile ». C'est une « cruelle »
épreuve que de comparaître le lendemain, condamnée
par avance, exposée à la risée de l'opinion, au désaveu
de la noblesse, devant le ministre et ses persécutrices ;
l'épisode est perçu par chacun comme dramatique, au
point que Mme de Miran, apprenant la chose, « se
trouva mal ». Les crises jalonnent les quelques mois
de cette existence de jeune fille : elle répond d'abord
avec sa sensibilité à la violence, sourde ou visible, de
situations intolérables ; en dernier lieu, elle n'a d'autre
ressource, dans le déchaînement provoqué par le*

cynisme involontaire de Varthon, que de se réfugier dans l'idée de son anéantissement moral (« Oui, je ne suis plus rien ») et d'invoquer le jugement de Dieu.

Il y a donc bien ce côté sombre de l'initiation, cette série d'épreuves, ces tortures répétées de l'âme et du cœur : il y a la vilenie des hommes, la détestable jalousie des femmes, les préjugés, les castes, le pouvoir, l'argent. Il faut que l'âme passe sans se gâter au travers de ces monstruosités habituelles. Qui reprocherait à Marianne de se montrer trop habile, d'être assez ingénieuse pour gagner ses batailles en affectant, non sans quelque mauvaise foi, de les perdre, de pactiser un brin avec le diable pour mieux le berner ? Son histoire paraît, en somme, justifier un sentiment d'optimisme, mais la personnalité et la chance du personnage sont à ce point exceptionnelles qu'il convient d'imputer cet optimisme fallacieux à ce que La Vie de Marianne *conserve de véritablement romanesque.*

SATIRE

Est-on capable de tenir jamais un langage de vérité ? Cette interrogation essentielle traverse, sous diverses formes, La Vie de Marianne *: elle commande pensée critique et satire sociale. Quand la narratrice se demande quel style est le plus propre à garantir la véridicité de son récit, quand son exigence se répercute de partie en partie, sa réflexion fait écho au souci que Marivaux lui-même ne cesse de formuler. La théorie de l'écrivain prend constamment à ce sujet la forme d'un compromis : entre l'expressivité limitée de la langue et le degré de fidélité exigible à l'égard de ce qui est pensé. C'est sur le bien-fondé de ce compromis que* Le Spectateur français *s'appuie pour réfuter les critiques et cela peut justifier chez Marivaux le métissage* *des genres et des styles, aussi bien que son refus de se cantonner dans un type de littérature. L'idée cruciale est celle d'un manque irrémédiable; il y a donc toujours lieu de négocier, à la fois avec la langue et avec la vérité; il subsiste, par conséquent et quoi qu'on fasse, une marge d'inexactitude : mieux vaut ne pas ignorer que de la véridicité la plus authentique au mensonge le plus délibéré il n'existe qu'une différence de degré. En ce sens, les questions de rhétorique deviennent pour le romancier de* La Vie de Marianne *des questions de morale individuelle et collective. Et l'on aurait tort d'omettre ici cette rhétorique dans laquelle Marianne triomphe, celle du corps, sujette comme l'autre à des recherches d'expressivité qui ressemblent à des mensonges : il se trouve notamment que l'amour, en particulier dans ses premiers moments — Valville en fournit deux fois la preuve —, s'exprime surtout par des jeux de physionomie et des attitudes, un langage qui justement en dit toujours trop ou trop peu.*

Aussi Marianne, très experte elle-même dans le maniement des signes, prête-t-elle la plus grande attention au langage de ses interlocuteurs. Mme Dutour est jugée à la première conversation : « Je sentais, dans la franchise de cette femme-là, quelque chose de grossier qui me rebutait. » La querelle avec le cocher montre à quel point elle peut se laisser aller, de quels écarts de langage, de quelle bassesse d'âme elle est capable. Les propos qu'elle tient à Marianne sur sa conduite avec Climal ne sont pas propres à relever la dignité de la lingère. Mais quoi! une lingère pense et jure en lingère, et il y aurait mauvaise grâce à le lui reprocher : là-dessus, Marivaux, précédant une fois de plus Diderot, invite à considérer le déterminisme de la condition. Elle affecte la psychologie et le mode d'expression, non le cœur qui est bon. Brave femme tant que son intérêt et sa dignité ne sont pas en jeu, Mme Dutour sait se

montrer obligeante et juste envers Marianne et quand
elle mesure chez Mme de Fare l'effet désastreux de ses
protestations intempestives, elle déplore de tout son
cœur l'impair : « Hélas ! je suis bien fâchée de tout
cela, mon cher monsieur ; mais que voulez-vous ?
Devine-t-on ? Mettez-vous à ma place. » La balourdise
et l'insistance ne relèvent que d'une franchise et d'une
vanité incontrôlées. Marianne ne peut éprouver de
rancune : une sottise ne mérite pas d'être détestée
comme une trahison.

Pourquoi faut-il, au contraire, que la grossièreté de
Villot, grossièreté d'une tout autre qualité, inspire à sa
promise un mépris si parfait qu'elle le lui témoigne
sans précaution ? Sans doute sa conversation est-elle
d'une impayable platitude, mais des banalités sur le
temps qu'il fait, sur ce qu'il en résulte pour la santé et
le teint des belles personnes, ne classent pas définitive-
ment un homme. Si Marianne déteste les « pesantes et
grossières protestations de tendresse » de l'inconnu, si,
à l'entendre vanter ses projets et sa carrière, son
« cœur [s']en soulèv[e] », si « l'étrange discours » de
Villot s'offrant, et sa famille avec lui, à la pauvre
orpheline provoque de la part de la dédaignable fille
« un geste d'indignation », c'est que la médiocrité ici
attire le soupçon. Marianne s'est tout de suite inter-
rogée sur cet homme qui feint de s'éloigner et se laisse
présenter : « Qu'est-ce que tout cela signifie ? me dis-je
en moi-même. » La tricherie maladroite se dénonce
bientôt : Villot est le mari désigné de Marianne, il est
venu sur ordre, épouse par intérêt, a même la maladresse de mettre en balance le goût que lui inspire la
jeune fille et la grâce qu'il lui fait en acceptant sa
main. Charité menteuse du côté de Climal, charité ser-
vile du côté de Villot, hypocrisie des deux parts. La
Dutour valait mieux et les gens du peuple en général ;
leur grossièreté a quelque chose de franc, leur langue,

*avec ses solécismes et ses grivoiseries, libère de saines
vérités : du temps de ses œuvres en travesti,* L'Homère
et Le Télémaque, *Marivaux en tirait parti, il continue
dans ses comédies, épinglant les formes innombrables
de demi-vérité et de demi-mensonge.*

Pour la narratrice, comme pour l'écrivain — tous
ses écrits en témoignent, Le Paysan parvenu *notamment* — l'usage le plus pervers des mots est celui qu'en
font les dévots. Il suffit que Mme Dutour s'avise de
prendre le langage de la tartufferie pour qu'elle retrouve automatiquement leur casuistique fallacieuse.
Même le père Saint-Vincent, honnête prêtre, capable
des plus nobles paroles au chevet de Climal mourant,
a peur de découvrir toute la laideur du vice qu'a masqué le discours religieux : il voudrait interrompre la
confession ultime du Tartuffe repenti, comme il voulait que se tût Marianne : « n'en parlons plus », lui
dit-il, de peur que l'infamie de Climal fasse rire des
« vrais serviteurs de Dieu »; « tâchez même », ajoute-
t-il, proposant de redoubler le mensonge, « de croire
que vous avez mal vu, mal entendu » (le bon père
aurait dû lire Les Provinciales). Que Climal mette sa
tentative de corruption sur le compte d'un amour
d'inclination, qu'il s'agenouille devant Marianne
comme devant une idole en se défendant de rien faire
qui « touche à la probité », c'est selon la tradition littéraire. Mais la multitude de satires de détail manifeste
mieux la portée que prend l'examen critique. Tout
parle : l'embonpoint d'une prieure, saintement entre-
tenu; le portrait de ces « bonnes filles » de religieuses,
« belles images qui paraissent sensibles, et qui n'ont
que des superficies de sentiment et de bonté »; c'est,
au passage, un « air de dignité ou de prudhomie
monacale » posé sur une abbesse, laquelle offre
l'« image », l'image seulement, de la « pureté » et de
« la sagesse des pensées »; c'est un sermon qui

enseigne avec tant d'élégance la vanité des choses de ce monde qu'il ferait croire « que c'est presque toujours le péché qui prêche la vertu dans nos chaires » ; c'est, sans plus, le discours stéréotypé d'une nonne, discours à configuration variable et à usage multiple. Il s'agit d'autre chose que d'une forme banale d'anticléricalisme.

La vie de Tervire le démontre. On y voit autour de Mme de Sainte-Hermières le clan des dévots de province, solidaires comme des malfaiteurs, ce qu'ils sont au vrai quand un complot s'organise contre le mariage de Tervire ; faut-il que les dévots soient ingénieux dans le mal pour donner à leur méfait et à ses suites un tour si étrangement romanesque ! Les obscures machinations sont leur fait. Et ils couvrent si gentiment leurs passions cachées de mines ou de mots pieux ! Les « vues » de M. de Sercour se traduisent, par exemple, dans « une déclaration muette et chrétienne ». Sur ce milieu sinistre règne l'âme noire d'un abbé-tartuffe, le neveu de Sercour, libertin masqué, faussaire, scélérat cynique ; homme jeune et séduisant, usant de toutes les commodités que procure l'institution religieuse. La peinture en effet stigmatise un système foncièrement pervers : au nom de la vérité dont il se fait l'adepte et le défenseur, le dévot s'autorise toute fausseté ; pire, le conformisme religieux entretient, développe, éveille peut-être immanquablement l'hypocrisie, le calcul sournois, l'immoralité. La perversion étend son empire des déviations en apparence anodines, la piété superficielle des moines et des nonnes, aux crimes avérés. Si Marivaux, comme il est vraisemblable, n'incrimine pas l'emprise de l'Église sur les esprits, s'il n'institue pas sa Marianne porte-parole d'une morale rationaliste, il met en cause l'usage machinal ou cynique d'un langage stéréotypé, immuable, séparé de ce qu'il est censé traduire de sentiment ou de pensée.

La satire du discours dévot, Marivaux l'a mise dans la bouche même d'une religieuse : un expert, en quelque sorte, dont le récit se propose comme une démonstration. Tervire raconte son histoire avec l'intention de prouver à Marianne qu'elle fut plus malheureuse qu'elle, pour cette raison surtout qu'elle finit par céder à l'attrait trompeur de la vie monacale. Il faut donc que sa narration donne à comprendre, par son style et son ton, indépendamment même des événements de sa vie, pourquoi elle a pu se laisser abuser par l'apparence et le discours des nonnes au point de devenir une d'entre elles. Tervire a trente-sept ans environ quand elle avoue à Marianne son dégoût et accède à ce qui est enfin son langage de vérité.

MARIANNE ET TERVIRE

On serait tenté d'écrire, en simplifiant, que Marianne incarne l'énergie, Tervire la nostalgie. Tout énergie et intelligence, la première suit sa pente mais en montant, comme aurait dit Gide s'il avait lu le roman de Marivaux quand il écrivait Les Faux-Monnayeurs *: elle entend que son amour-propre impose sa vertu comme marque de sa noblesse. Son éthique fait pièce aux* Maximes *de La Rochefoucauld. Tervire n'a pas à prouver sa noblesse, elle ne fait que dépenser une même vertu en tentatives infructueuses pour rejoindre un état qu'elle n'eût pas dû perdre. Les malheurs de Marianne jalonnent son ascension : elle y gagne toujours ; ceux de Tervire sont sans profit, elle se livre à un perpétuel gaspillage de sensibilité et de charité. Ce qu'elle éprouve en quittant la maison de Mme de Tresle, sa grand-mère, qui vient de mourir, figure le cours habituel de sa sensibilité : « je ne pus la quitter sans me sentir arracher l'âme ; il me sembla que j'y* *laissais ma vie [...]. Elle disparut à mes yeux, cette maison que je n'aurais voulu ni habiter ni perdre de vue. » Tervire va de regret en regret, de détresse en détresse.*

Avec autant de dons pour être heureuse que Marianne, elle paraît faite seulement pour ressentir et mesurer ses chagrins. Elle prend à son compte cette phrase digne de Rousseau : « Vous savez bien qu'on a du sentiment avant que d'avoir de l'esprit. » On la croirait prête à tirer gloire de cette disposition naturelle de l'espèce humaine : « Nous qui sommes bornés en tout, comment le sommes-nous si peu quand il s'agit de souffrir ? » Sans dessein propre, incapable, semble-t-il, d'atteindre et surtout de retenir la joie ou le succès, elle s'abreuve de déceptions et de douleurs. Le sentiment de déréliction, la certitude latente d'être promise aux plus fâcheux caprices du sort s'accompagnent en elle d'une bienveillance et d'une indulgence telles qu'on ne peut qu'attendre d'elle qu'elle rende en définitive justice à ceux qui le méritent le moins. Quelle magnanimité, quelle confiance dans le sens du malheur ne lui faut-il pas pour se réjouir ou à peu près de retrouver sa mère misérable, malade et coupable : « Les circonstances attendrissantes où je la retrouvais, [...] le long oubli même où elle m'avait laissée, les torts qu'elle avait avec moi et cette espèce de vengeance que je prenais de son cœur par les tendresses du mien ; tout contribuait à me la rendre plus chère qu'elle ne me l'aurait peut-être jamais été si j'avais toujours vécu avec elle. » Voilà une rare subtilité d'émotion. Et quel goût de la macération mentale !

Il ne suffit pas à Tervire de préférer les mouvements profonds et tristes de l'âme, elle se donne aussi l'inquiétude de les pressentir et de s'y opposer. À peine devine-t-elle le déplorable état des Dursan, à peine aperçoit-elle de la mélancolie dans la passagère du car-rosse pour Paris, elle se met en devoir d'apprendre les causes des souffrances et d'y remédier. Elle se livre à ses œuvres réparatrices avec même de l'indiscrétion, avec surtout une indifférence parfaite à l'égard de ses propres intérêts. Une fois que s'est installée en elle l'intuition d'une déchéance à corriger, elle n'a de cesse qu'elle ne connaisse les victimes et tout de leur déplo-rable destinée; il lui faut peu de signes pour pressentir une détresse, qu'elle met, enquête achevée, une complaisance outrancière à traiter elle-même. Ainsi s'entêtant contre la résistance de sa grand-tante Dur-san, elle organise un vrai complot, conçoit, afin de provoquer la reconnaissance de la vieille dame et de son fils à l'agonie, une mise en scène macabre : confrontation digne de Greuze, avec des mots de drame ou de mélodrame. Le fils n'en meurt pas moins, sa femme révèle le fond de son âme intéressée et chasse Tervire du château; la tante est morte, elle aussi, tuée par l'émotion, c'est-à-dire par le zèle charitable de sa nièce. La charité en demande-t-elle tant ?

Faut-il comprendre que la passion de la charité aveugle comme toute passion et que le sentimenta-lisme sombre a sa logique déplorable ? Serait-ce que, livrée à une sorte de fascination du malheur et au goût intempérant des émotions et des larmes, Tervire n'a plus ni la volonté ni le besoin de penser des actions qu'elle ne peut juger que bonnes, que méritoires ? Quand l'élan irrésistiblement compatissant commande, la réflexion paraîtrait sans doute inopportune. Tervire fait, en tout cas, l'économie de l'esprit critique et de l'analyse raisonnable : la raison ne l'ins-pire que dans le réquisitoire admirablement éloquent qu'elle lance à la face de sa « sœur » indigne. Tout est simple dans sa démarche et ne cesse pas d'être émou-vant alors que pointe déjà l'excès du pathétique. En

*définitive, le lecteur ne doit point s'étonner de savoir
Tervire religieuse : elle s'était destinée à adopter sans
examen une vie toute remplie de l'amour de charité,
toute de sacrifice. Marivaux ne permet pas d'ignorer
que l'idéal aussi naïvement choisi est illusion.*

*Peut-être est-il permis d'interpréter comme un dip-
tyque plein de sens la double histoire des deux filles ;
peut-être le second volet, longtemps annoncé, n'a-t-il
rien d'accidentel. Le parallèle démontrerait que la lucidité ne peut se trouver que du côté de la conquête
sociale, du côté de l'amour-propre s'affirmant, de la
vertu se donnant à connaître et à reconnaître, c'est-à-
dire, si l'on consent à reporter sur l'histoire de
Marianne le mot du* Paysan parvenu, *du côté de la
corruption : « car l'âme se raffine à mesure qu'elle se
gâte ». Jacob dit encore de l'expérience du monde
qu'elle est « école de noblesse, de volupté, de corruption, et par conséquent de sentiment ». L'esprit de
Marianne, surtout quand il se déploie dans le texte de
la femme de cinquante ans, sait exploiter les bienfaits
d'une pareille « corruption », les effets de ce que
Chamfort nomme « la civilisation perfectionnée ». La
jeune fille a constamment, comme Jacob jouait de son
air engageant de gros garçon, joué de ses charmes et,
comme Jacob, joué sur les mots, joué sur les sentiments, usé et presque abusé des apparences, des sous-
entendus, d'une innocence qu'elle sait un rien menteuse. Elle est, heureusement, jeune, légère, avisée, elle
a la grâce qui efface jusqu'aux soupçons. Vieillie, sans
cette alacrité qui vaut encore mieux que la beauté, la
femme n'aurait d'autre ressource que la coquetterie
maussade du quiétisme et la dévotion. Sauf à rester
une fille sans identité, Marianne hasarde sa vertu, à
peine, et son honnêteté, en paroles et en mimiques.
Tervire, fille noble, se laisse malmener par le monde ;
esclave de sa franchise, martyre de son dévoue-*

ment, elle n'est à aucun moment suspecte de pactiser avec l'immoralité.

Le contraste des personnalités éclate dans leurs amours respectives. Le sentiment amoureux s'installe en Tervire à la faveur d'un acte de justice et de la compassion que lui inspire un jeune homme pauvre et inconnu qui est, sans qu'elle le sache encore, son cousin : « je le regardais en le plaignant, en lui voulant du bien, en aimant à le voir, en ne me croyant que généreuse. » Discret au point de ne se traduire qu'indirectement dans des gestes de reconnaissance ou des politesses attendries, l'amour des deux jeunes gens n'est clairement dit qu'au moment d'être condamné. Tervire s'éloigne avec la souffrance du « ressouvenir » : « il a fallu les oublier, ces expressions, ces transports, ces regards, cette physionomie si touchante qu'il avait avec moi, et que je vois encore, il a fallu n'y plus songer, et malgré l'état que j'ai embrassé, je n'ai pas eu trop de quinze ans pour en perdre la mémoire. » Chez Marianne et Valville se déclare, le temps d'un regard, une attirance toute sensuelle, que confirme sur-le-champ l'examen suggestif et comique du pied endolori de l'héroïne. Valville s'engage aussitôt dans cette passion jusqu'à ce que soit acquise la certitude du mariage; rassuré, il se livre à la fièvre d'une aventure nouvelle. Quant à Marianne, elle lutte pour faire reconnaître son amour aussi longtemps que son statut social est lié à l'autorisation d'épouser Valville; la chose admise, elle n'est pas assez magnanime pour abandonner sans combattre son amant à Mlle Varthon : elle a l'énergie et l'adresse de rendre l'infidélité insupportable à l'amant coupable, puis, magnanime de nouveau et, comme il convient dans pareille situation, ponctuant son discours d'un « torrent de larmes », elle déclare se vouer uniquement au cœur admirable de sa mère.

Marivaux a bien mis en présence deux figures anti-
thétiques, il a fait en sorte qu'apparussent avec leurs
contradictions deux logiques de vie, deux éthiques
incompatibles. En tout domaine, y compris la littérature, la conception des personnages et des situations
représentés doit se révéler déterminante. L'écrivain
note lui-même que si Marianne est « babillarde »,
c'est-à-dire philosophe, Tervire ne l'est pas. Chacun
remarque à quel point la tonalité du texte diffère d'une
histoire à l'autre. De ce parallèle marqué résulte,
semble-t-il, la nécessité de conduire jusqu'à son terme
la dialectique ainsi engagée : elle doit aboutir au des-
sin d'une figure exemplaire dont Marianne et Tervire
se rapprocheraient, moins inégalement qu'on ne serait
tenté de le croire.

DE BELLES ÂMES

Mme de Miran a le « cœur excellent » et une bonté
telle qu'elle lui « tiendrait lieu de lumière ». Le cœur de
Mme Dorsin « vaut bien » celui de son amie, sa bonté
est cependant d'« un caractère différent ». C'est que
l'esprit de cette dernière est capable de « toute la
finesse possible » : aussi paraît-elle moins bonne
qu'une personne à « l'esprit médiocre ». Par de telles
remarques s'annonce un portrait dont on ne doit pas
négliger la valeur symbolique. Marivaux stylise, on
n'en saurait douter, une Mme de Tencin dont il choisirait de ne retenir que les qualités éminentes qui, les
contemporains en conviennent, ornèrent sa vieillesse;
cette figure idéalisée relève à l'évidence d'un genre traditionnel auquel appartient également le portrait
d'Arthénice dans Les Caractères de La Bruyère; mais
c'est aussi un modèle humain qu'il propose :
Marianne, en effet, l'admire et peut prétendre l'imiter,

*au terme du moins de sa complète réhabilitation
sociale. Telle est la grandeur d'âme de Mme Dorsin
que sa bonté en devient littéralement imperceptible, ne
se donne donc point à connaître et semble dispenser
ses obligés de lui témoigner leur gratitude. Pourtant
son esprit décèle chez autrui les demandes informu-
lées, en instruit le cœur, l'échauffe de la compassion
utile et lui inspire « tous les degrés de bonté qui [sont]
nécessaires ». Son esprit, accueillant pour celui de
quiconque, se communique si discrètement que ceux
qui entrent dans son commerce en jouissent en « intelligences d'une égale dignité ». Son « âme forte, courageuse et résolue » se montre « supérieure à tout événement », ne « plie sous aucun accident humain ».
Peut-on douter que cet être exemplaire ne réunisse les
qualités réparties entre Marianne et Tervire, et apparemment opposées ?*

*De la même manière qu'elle autorise un jugement
relatif sur Mme de Miran — qui n'est plus qu'une
« mère » d'une incomparable tendresse, mais d'un
esprit « médiocre » —, Mme Dorsin fournit l'aune
avec laquelle mesurer tout autre personnage : il faut
être femme du plus grand mérite, comme vraisemblablement la narratrice, pour « avoir la force de
convenir du sien ». Deux traits essentiels valent qu'on
les retienne : Mme Dorsin n'est aucunement présentée
comme type de perfection féminine; avec son « esprit
mâle », son autorité d'« homme fait », l'égalité qu'elle
impose dans les relations de la société (« c'étaient des
hommes qui parlaient à des hommes »), elle s'identifie
à un idéal humain qui transcende la distinction des
sexes. D'autre part, l'excellence de cet homme
accompli s'assimile à l'excellence philosophique :
« l'impression qu'on recevait de cette façon de penser
raisonnable et philosophe que je vous ai dit qu'elle
avait, [...] faisait que tout le monde était philosophe
aussi. »*

Autour de Mme Dorsin, Marivaux dispose quelques âmes assez belles pour qu'on reconnaisse en elles comme des reflets ou des variantes du modèle achevé. C'est le ministre, d'abord, juge suprême de la qualité de Marianne : sa physionomie fait oublier son âge parce qu'elle atteste sa bonté et son sens de la justice ; parce que s'y peignent la douceur de ses mœurs et les grâces de son caractère. C'est aussi l'officier, venu proposer le mariage à une Marianne délaissée : sa noble pensée le met si bien au-dessus des préjugés, qu'elle le rend capable de préférer à la beauté de la jeune fille sa réputation de vertu, lui inspire, au nom de la raison, le mépris de l'amour ; il préconise, comme Mme Dorsin, l'égalité des âmes et Marianne remarque en effet : « C'était son âme qui me parlait ; je la voyais, elle s'adressait à la mienne, et lui demandait une réponse qui fût simple et naturelle. » La plus séduisante de ces figures, figures comparables, aux qualités si semblables qu'elles illustrent ensemble la même idée philosophique de l'homme, c'est Mlle de Fare. Avec toutes les grâces de ses dix-huit ans, avec son inexprimable légèreté, Mlle de Fare est le printemps même (celui de Botticelli, peut-être) ; on évoque, en la voyant, Hébé ou Flore (la Flore de Poussin sans doute) ; en même temps, dit la narratrice émerveillée, « on lui voyait une sagacité de sentiment prompte, subite et naïve, une grande noblesse dans les idées, avec une âme haute et généreuse ». Marianne, séduite aussitôt par la jeune fille qu'elle séduit à son tour, aspire à se donner une âme semblable. Marivaux ne pouvait plus clairement traduire en personnages son idéal humain, ni mieux dessiner la hiérarchie des êtres.

Cette figure rêvée, où l'on voit culminer le roman philosophique, il est souligné qu'elle résulte de la sublimation de l'amour-propre : ce principe constitutif de l'homme, communément dénigré par les mora-

listes, Marianne *propose de l'assumer sans fausse honte; celui de Mme Dorsin monte ses exigences à une telle hauteur que parler d'égoïsme n'a plus de sens. Il porte le respect des personnes jusqu'à cette volonté de justice qui dissout également les égoïsmes concurrents. Seule la générosité cartésienne peut servir de référence à pareille vision morale : les passions se sont épurées, une sorte d'équanimité supérieure va s'accomplir dans un mouvement universel de compréhension et de bienveillance.*

Il faut s'étonner de l'apparition dans ce roman de ces âmes rares adroitement greffées sur des êtres à qui l'auteur conserve des traits humains reconnaissables : produits d'une métamorphose morale, ces esprits savent, comme des génies intermédiaires, rendre leurs corps et leurs paroles immatériels et, tant ils sont lucides, communiquer par leur seule présence. Ils se distinguent des habitants d'un monde où l'on ne saurait se dispenser de recourir aux signes, de s'égarer par conséquent dans le maquis des langages, de disparaître dans les pièges des interprétations et des mensonges.

Dans le livre dont les héroïnes tendent par des voies inverses vers la même figure abstraite, les événements se trouvent réduits à presque rien, à ce qui ne serait que de l'anecdote si la réflexion ne les prenait en charge et, comme dans les contes, ne les fondait dans leur signification. Ce roman semble ne faire de place au réel que pour inciter à le dépasser ou à le détester : afin que l'imagination y joue plus librement, Marivaux lui attribue une origine un peu fabuleuse, il le détache de l'histoire et de la matérialité des choses, il l'écrit en marge des genres et dans un style sans norme. Il ne procède pas autrement dans ses comédies : le romanesque allié à la tradition italienne fait souffler un air de folie sur ce qu'il y subsiste de réalité.

Dans le théâtre et dans Marianne, *dans cette double histoire dont on abolirait en la bouclant la poésie volatile, l'intelligence se défie de la réalité qu'elle décompose, mais en retient suffisamment pour donner un objet à la sensibilité, entretenir les mouvements délicats du cœur. Le philosophe reste femme, l'esprit ménage sa part au charnel, de façon à satisfaire l'androgyne qui hante les écrits de Marivaux.*

Tout en concédant quelque chose au réalisme, La Vie de Marianne *n'accorde aucune attention, alors que le sujet s'y prêtait, aux contingences historiques, sociales ou économiques : il semble même qu'il les élude de parti pris, ce qui ne va pas à l'encontre de la pensée habituelle de Marivaux. Au contraire, les jeux improbables du hasard, venant confirmer la logique des deux histoires, attestent l'accord essentiel, à tout prendre inattendu, de l'imaginaire et du philosophique : confondant leurs poussées, ils engendrent ce dynamisme moral auquel Marianne et Tervire donnent les apparences de la vie. Le roman est ainsi conçu comme se portant sans cesse au-delà de toute* **histoire** *close et de toute forme arrêtée; sa nature, comme celle de l'idéal moral qu'il élabore, est de ne se laisser jamais saisir d'une appréhension décisive : « Ne me cherchez point sous une forme, j'en ai mille, et pas une de fixe. »*

JEAN DAGEN

La Vie de Marianne

ou les Aventures
de Madame la comtesse de ***

AVERTISSEMENT

Comme on pourrait soupçonner cette histoire-ci d'avoir été faite exprès pour amuser le public, je crois devoir avertir que je la tiens moi-même d'un ami qui l'a réellement trouvée, comme il le dit ci-après, et que je n'y ai point d'autre part que d'en avoir retouché quelques endroits trop confus et trop négligés. Ce qui est de vrai, c'est que si c'était une histoire simplement imaginée, il y a toute apparence qu'elle n'aurait pas la forme qu'elle a. Marianne n'y ferait ni de si longues ni de si fréquentes réflexions : il y aurait plus de faits, et moins de morale; en un mot, on se serait conformé au goût général d'à présent, qui, dans un livre de ce genre, n'est pas favorable aux choses un peu réfléchies et raisonnées. On ne veut dans des aventures que les aventures mêmes, et Marianne, en écrivant les siennes, n'a point eu égard à cela. Elle ne s'est refusé aucune des réflexions qui lui sont venues sur les accidents de sa vie; ses réflexions sont quelquefois courtes, quelquefois longues, suivant le goût qu'elle y a pris. Elle écrivait à une amie, qui, apparemment, aimait à penser : et d'ailleurs Marianne était retirée du monde, situation qui rend l'esprit sérieux et philosophe. Enfin, voilà son ouvrage tel qu'il est, à quelque correction de mots près. On en donne la première partie au public, pour voir ce qu'on en dira. Si elle plaît, le reste paraîtra successivement; il est tout prêt.

PREMIÈRE PARTIE

Avant que de donner cette histoire au public, il faut lui apprendre comment je l'ai trouvée.

Il y a six mois que j'achetai une maison de campagne à quelques lieues de Rennes, qui, depuis trente ans, a passé successivement entre les mains de cinq ou six personnes. J'ai voulu faire changer quelque chose à la disposition du premier appartement, et dans une armoire pratiquée dans l'enfoncement d'un mur, on y a trouvé un manuscrit en plusieurs cahiers contenant l'histoire qu'on va lire, et le tout d'une écriture de femme. On me l'apporta ; je le lus avec deux de mes amis qui étaient chez moi, et qui depuis ce jour-là n'ont cessé de me dire qu'il fallait le faire imprimer : je le veux bien, d'autant plus que cette histoire n'intéresse[1] personne. Nous voyons par la date que nous avons trouvée à la fin du manuscrit, qu'il y a quarante ans qu'il est écrit[2] ; nous avons changé le nom de deux personnes dont il y est parlé, et qui sont mortes. Ce qui y est dit d'elles est pourtant très indifférent ; mais n'importe : il est toujours mieux de supprimer leurs noms.

Voilà tout ce que j'avais à dire : ce petit préambule m'a paru nécessaire, et je l'ai fait du mieux que j'ai pu, car je ne suis point auteur, et jamais on n'imprimera de moi que cette vingtaine de lignes-ci.

Passons maintenant à l'histoire. C'est une femme qui raconte sa vie ; nous ne savons qui elle était. C'est la *Vie de Marianne* ; c'est ainsi qu'elle se nomme elle-même au commencement de son histoire ; elle prend ensuite le titre de comtesse ; elle parle à une de ses amies dont le nom est en blanc, et puis c'est tout.

Quand je vous ai fait le récit de quelques accidents de ma vie, je ne m'attendais pas, ma chère amie, que vous me prieriez de vous la donner tout entière, et d'en faire un livre à imprimer. Il est vrai que l'histoire en est particulière, mais je la gâterai, si je l'écris ; car où voulez-vous que je prenne un style ?

Il est vrai que dans le monde on m'a trouvé de l'esprit ; mais, ma chère, je crois que cet esprit-là n'est bon qu'à être dit, et qu'il ne vaudra rien à être lu.

Nous autres jolies femmes, car j'ai été de ce nombre, personne n'a plus d'esprit que nous, quand nous en avons un peu : les hommes ne savent plus alors la valeur de ce que nous disons ; en nous écoutant parler, ils nous regardent, et ce que nous disons profite de ce qu'ils voient.

J'ai vu une jolie femme dont la conversation passait pour un enchantement, personne au monde ne s'exprimait comme elle ; c'était la vivacité, c'était la finesse même qui parlait : les connaisseurs n'y pouvaient tenir de plaisir. La petite vérole lui vint, elle en resta extrêmement marquée : quand la pauvre femme reparut, ce n'était plus qu'une babillarde incommode. Voyez combien auparavant elle avait emprunté d'esprit de son visage ! Il se pourrait bien faire que le mien m'en eût prêté aussi dans le temps qu'on m'en trouvait beaucoup. Je me souviens de mes yeux de ce temps-là, et je crois qu'ils avaient plus d'esprit que moi.

Combien de fois me suis-je surprise à dire des choses qui auraient eu bien de la peine à passer toutes seules! Sans le jeu d'une physionomie friponne qui les accompagnait, on ne m'aurait pas applaudie comme on faisait, et si une petite vérole était venue réduire cela à ce que cela valait, franchement, je pense que j'y aurais perdu beaucoup.

Il n'y a pas plus d'un mois, par exemple, que vous me parliez encore d'un certain jour (et il y a douze ans que ce jour est passé) où, dans un repas, on se récria tant sur ma vivacité; eh bien! en conscience, je n'étais qu'une étourdie. Croiriez-vous que je l'ai été souvent exprès, pour voir jusqu'où va la duperie des hommes avec nous? Tout me réussissait, et je vous assure que dans la bouche d'une laide, mes folies auraient paru dignes des Petites-Maisons[1] : et peut-être que j'avais besoin d'être aimable dans tout ce que je disais de mieux. Car à cette heure que mes agréments sont passés, je vois qu'on me trouve un esprit assez ordinaire, et cependant je suis plus contente de moi que je ne l'ai jamais été. Mais enfin, puisque vous voulez que j'écrive mon histoire, et que c'est une chose que vous demandez à mon amitié, soyez satisfaite : j'aime encore mieux vous ennuyer que de vous refuser.

Au reste, je parlais tout à l'heure de style, je ne sais pas seulement ce que c'est. Comment fait-on pour en avoir un? Celui que je vois dans les livres, est-ce le bon? Pourquoi donc est-ce qu'il me déplaît tant le plus souvent? Celui de mes lettres vous paraît-il passable? J'écrirai ceci de même[2].

N'oubliez pas que vous m'avez promis de ne jamais dire qui je suis; je ne veux être connue que de vous.

Il y a quinze ans que je ne savais pas encore si le sang d'où je sortais était noble ou non, si j'étais bâtarde ou légitime. Ce début paraît annoncer un roman : ce n'en est pourtant pas un que je raconte ; je dis la vérité comme je l'ai apprise de ceux qui m'ont élevée.

Un carrosse de voiture[1] qui allait à Bordeaux fut, dans la route, attaqué par des voleurs ; deux hommes qui étaient dedans voulurent faire résistance, et blessèrent d'abord un de ces voleurs ; mais ils furent tués avec trois autres personnes. Il en coûta aussi la vie au cocher et au postillon, et il ne restait plus dans la voiture qu'un chanoine de Sens et moi, qui paraissais n'avoir tout au plus que deux ou trois ans. Le chanoine s'enfuit, pendant que, tombée dans la portière[2], je faisais des cris épouvantables, à demi étouffée sous le corps d'une femme qui avait été blessée, et qui, malgré cela, voulant se sauver, était retombée dans la portière, où elle mourut sur moi, et m'écrasait.

Les chevaux ne faisaient aucun mouvement, et je restai dans cet état un bon quart d'heure, toujours criant, et sans pouvoir me débarrasser.

Remarquez qu'entre les personnes qui avaient été tuées, il y avait deux femmes : l'une belle et d'environ vingt ans, et l'autre d'environ quarante ; la première fort bien mise, et l'autre habillée comme le serait une femme de chambre.

Si l'une des deux était ma mère, il y avait plus d'apparence que c'était la jeune et la mieux mise, parce qu'on prétend que je lui ressemblais un peu, du moins à ce que disaient ceux qui la virent morte, et qui me virent aussi, et que j'étais vêtue d'une manière trop distinguée pour n'être que la fille d'une femme de chambre.

J'oubliais à vous dire qu'un laquais, qui était à un des cavaliers de la voiture, s'enfuit blessé à travers les champs, et alla tomber de faiblesse à l'entrée d'un

village voisin, où il mourut sans dire à qui il appartenait : tout ce qu'on put tirer de lui, un moment avant
qu'il expirât, c'est que son maître et sa maîtresse
venaient d'être tués ; mais cela n'apprenait rien.

Pendant que je criais sous le corps de cette femme
morte qui était la plus jeune, cinq ou six officiers qui
couraient la poste[1] passèrent, et voyant quelques
personnes étendues mortes auprès du carrosse qui
ne bougeait, entendant un enfant qui criait dedans,
s'arrêtèrent à ce terrible spectacle, ou par la curiosité qu'on a souvent pour des choses qui ont une certaine horreur, ou pour voir ce que c'était que cet
enfant qui criait, et pour lui donner du secours. Ils
regardent dans le carrosse, y voient encore un
homme tué, et cette femme morte tombée dans la
portière, où ils jugeaient bien par mes cris que j'étais
aussi.

Quelqu'un d'entre eux, à ce qu'ils ont dit depuis,
voulait qu'ils se retirassent ; mais un autre, ému de
compassion pour moi, les arrêta, en mettant le premier pied à terre, alla ouvrir la portière où j'étais, et
les autres le suivirent. Nouvelle horreur qui les
frappe, un côté du visage de cette dame morte était
sur le mien, et elle m'avait baignée de son sang. Ils
repoussèrent cette dame, et toute sanglante me retirèrent de dessous elle.

Après cela, il s'agissait de savoir ce que l'on ferait
de moi, et où l'on me mettrait : ils voient de loin un
petit village, où ils concluent qu'il faut me porter, et
me donnent à un domestique qui me tenait enveloppée dans un manteau.

Leur dessein était de me remettre entre les mains
du curé de ce village, afin qu'il me cherchât
quelqu'un qui voulût bien prendre soin de moi ; mais
ce curé, chez qui tous les habitants les conduisirent,
était allé voir un de ses confrères ; il n'y avait chez lui

que sa sœur, fille très pieuse, à qui je fis tant de pitié,
qu'elle voulut bien me garder, en attendant l'aveu[1]
de son frère; il y eut même un procès-verbal de fait
sur tout ce que je vous ai dit, et qui fut écrit par une
espèce de procureur fiscal[2] du lieu.

Chacun de mes conducteurs ensuite donna généreusement pour moi quelque argent, qu'on mit dans
une bourse dont on chargea la sœur du curé; après
quoi tout le monde s'en alla.

C'est de la sœur de ce curé de qui je tiens tout ce
que je viens de vous raconter.

Je suis sûre que vous en frémissez; on ne peut, en
entrant dans la vie, éprouver d'infortune plus grande
et plus bizarre. Heureusement je n'y étais pas quand
elle m'arriva; car ce n'est pas y être que de l'éprouver
à l'âge de deux ans.

Je ne vous dirai point ce que devint le carrosse, ni
ce qu'on fit des voyageurs tués; cela ne me regarde
point[3].

Quelques-uns des voleurs furent pris trois ou
quatre jours après, et, pour comble de malheur, on
ne trouva, dans les habits des personnes qu'ils
avaient assassinées, rien qui pût apprendre à qui
j'appartenais. On eut beau recourir au registre qui
est toujours chargé du nom des voyageurs, cela ne
servit de rien; on sut bien par là qui ils étaient tous,
à l'exception de deux personnes, d'une dame et d'un
cavalier, dont le nom assez étranger n'instruisit de
rien, et peut-être qu'ils n'avaient pas dit le véritable.
On vit seulement qu'ils avaient pris cinq places, trois
pour eux et pour une petite fille, et deux autres pour
un laquais et une femme de chambre qui avaient été
tués aussi.

Par tout cela ma naissance devint impénétrable, et
je n'appartins plus qu'à la charité de tout le monde.

L'excès de mon malheur m'attira d'assez grands

secours chez le curé où j'étais, et qui consentit, aussi
bien que sa sœur, à me garder.

On venait pour me voir de tous les cantons voisins : on voulait savoir quelle physionomie j'avais,
elle était devenue un objet de curiosité ; on s'imaginait remarquer dans mes traits quelque chose qui
sentait mon aventure, on se prenait pour moi d'un
goût romanesque. J'étais jolie, j'avais l'air fin ; vous
ne sauriez croire combien tout cela me servait,
combien cela rendait noble et délicat l'attendrissement qu'on sentait pour moi. On n'aurait pas caressé
une petite princesse infortunée d'une façon plus
digne ; c'était presque du respect que la compassion
que j'inspirais.

Les dames surtout s'intéressaient pour moi au-
delà de ce que je puis vous dire ; c'était à qui d'entre
elles me ferait le présent le plus joli, me donnerait
l'habit le plus galant.

Le curé, qui, quoique curé de village, avait beaucoup d'esprit, et était un homme de très bonne
famille, disait souvent depuis que, dans tout ce que
ces dames avaient alors fait pour moi, il ne leur avait
jamais entendu prononcer le mot de charité ; c'est
que c'était un mot trop dur, et qui blessait la mignardise[1] des sentiments qu'elles avaient.

Aussi, quand elles parlaient de moi, elles ne
disaient point cette petite fille ; c'était toujours cette
aimable enfant.

Était-il question de mes parents, c'était des étrangers, et sans difficulté de la première condition de
leur pays ; il n'était pas possible que cela fût autrement, on le savait comme si on l'avait vu : il courait
là-dessus un petit raisonnement que chacune d'elles
avait grossi de sa pensée et qu'ensuite elles croyaient
comme si elles ne l'avaient pas fait elles-mêmes.

Mais tout s'use, et les beaux sentiments comme

autre chose. Quand mon aventure ne fut plus si fraîche, elle frappa moins l'imagination. L'habitude de me voir dissipa les fantaisies qui me faisaient tant de bien[1], elle épuisa le plaisir qu'on avait à m'aimer; ce n'avait été qu'un plaisir de passage, et au bout de six mois, cette aimable enfant ne fut plus qu'une pauvre orpheline, à qui on n'épargna pas alors le mot de charité : on disait que j'en méritais beaucoup. Tous les curés me recommandèrent chez eux, parce que celui chez qui j'étais n'était pas riche. Mais la religion de ces dames ne me fut pas si favorable que me l'avait été leur folie; je n'en tirai pas si bon parti, et j'aurais été fort à plaindre, sans la tendresse que le curé et sa sœur prirent pour moi.

Cette sœur m'éleva comme si j'avais été son enfant. Je vous ai déjà dit que son frère et elle étaient de très bonne famille : on disait qu'ils avaient perdu leur bien par un procès, et que lui, il était venu se réfugier dans cette cure, où elle l'avait suivi, car ils s'aimaient beaucoup.

Ordinairement, qui dit nièce ou sœur de curé de village dit quelque chose de bien grossier et d'approchant d'une paysanne.

Mais cette fille-ci n'était pas de même : c'était une personne pleine de raison et de politesse, qui joignait à cela beaucoup de vertu.

Je me souviens que souvent, en me regardant, les larmes lui coulaient des yeux au ressouvenir de mon aventure, et il est vrai qu'à mon tour je l'aimais comme ma mère. Je vous avouerai aussi que j'avais des grâces et de petites façons qui n'étaient point d'un enfant ordinaire; j'avais de la douceur et de la gaieté, le geste fin, l'esprit vif, avec un visage qui promettait une belle physionomie; et ce qu'il promettait, il l'a tenu.

Je passe tout le temps de mon éducation dans mon

bas âge, pendant lequel j'appris à faire je ne sais combien de petites nippes de femme, industrie qui m'a bien servi dans la suite.

J'avais quinze ans, plus ou moins, car on pouvait s'y tromper, quand un parent du curé, qui n'avait que sa sœur et lui pour héritiers, leur fit écrire de Paris qu'il était dangereusement malade, et cet homme, qui leur avait souvent donné de ses nouvelles, les priait de se hâter de venir l'un ou l'autre, s'ils voulaient le voir avant qu'il mourût. Le curé aimait trop son devoir de pasteur pour quitter sa cure, et fit partir sa sœur.

Elle n'avait pas d'abord envie de me mener avec elle; mais, deux jours avant son départ, voyant que je m'attristais beaucoup et que je soupirais: Marianne, me dit-elle, puisque vous craignez tant mon absence, consolez-vous, je veux bien que vous ne me quittiez point, et j'espère que mon frère le voudra bien aussi. Il me vient même actuellement des vues pour vous: j'ai dessein de vous faire entrer chez quelque marchande, car il est temps de songer à devenir quelque chose; nous vous aiderons toujours pendant que nous vivrons, mon frère et moi, sans compter ce que nous pourrons vous laisser après notre mort: mais cela ne suffit pas, nous ne saurions vous laisser beaucoup; le parent que je vais trouver et dont nous sommes héritiers, je ne le crois pas fort riche, et il vous faut choisir un état qui puisse contribuer à vous établir. Je vous dis cela, parce que vous commencez à être raisonnable, ma chère Marianne, et je souhaiterais bien, avant que de mourir, avoir la consolation de vous voir mariée à quelque honnête homme, ou du moins en situation de l'être avantageusement pour vous: il est bien juste que j'aie ce plaisir-là.

Je me jetai entre ses bras après ce discours, je

pleurai et elle pleura, car c'était la meilleure personne que j'aie jamais connue ; et de mon côté j'avais le cœur bon, comme je l'ai encore.

Le curé entra là-dessus. Qu'est-ce ? dit-il à sa sœur, je crois que Marianne pleure. Elle lui dit alors ce dont nous parlions, et le dessein qu'elle avait de me mener à Paris avec elle. Je le veux bien, dit-il ; mais si elle y reste, nous ne la verrons donc plus, et cela me fait de la peine, car je l'aime, la pauvre enfant. Nous l'avons élevée, je suis bien vieux, et ce sera peut-être pour toujours que je lui dirai adieu.

Il n'y avait rien de si touchant que cet entretien, comme vous le voyez. Je ne répondis point au curé, mais en revanche, je me mis à sangloter de toute ma force. Cela les attendrit encore davantage, et le bonhomme alors s'approchant de moi : Marianne, me dit-il, vous partirez avec ma sœur, puisque c'est pour votre bien, et que je dois le préférer à tout. Nous vous avons tenu lieu de vos parents que Dieu n'a pas permis que vous connussiez, non plus que personne de votre famille ; ainsi, ne faites jamais rien sans nous consulter pendant que nous vivrons ; et si ma sœur vous laisse bien placée à Paris, sans quoi il faut que vous reveniez, écrivez-nous dans toutes les occasions où vous aurez besoin de nos conseils ; pour nous, nous ne vous manquerons jamais.

Je ne vous rapporterai point tout ce qu'il me dit encore avant que nous partissions : j'abrège, car je m'imagine que toutes ces minuties de mon bas âge vous ennuient : cela n'est pas fort intéressant, et il me tarde d'en venir à d'autres choses ; j'en ai beaucoup à dire, et il faut que je vous aime bien pour m'être mise en train de vous faire une histoire qui sera très longue : je vais barbouiller bien du papier ; mais je ne veux pas songer à cela, il ne faut pas seulement que ma paresse le sache : avançons toujours.

Nous partîmes donc, la sœur du curé et moi, et nous voilà à Paris ; il fallait presque le traverser tout entier pour arriver chez le parent dont j'ai parlé.

Je ne saurais vous dire ce que je sentis en voyant cette grande ville, et son fracas, et son peuple, et ses rues. C'était pour moi l'empire de la lune[1] : je n'étais plus à moi, je ne me ressouvenais plus de rien ; j'allais, j'ouvrais les yeux, j'étais étonnée, et voilà tout.

Je me retrouvai pourtant dans la longueur du chemin, et alors je jouis de toute ma surprise : je sentis mes mouvements[2], je fus charmée de me trouver là, je respirai un air qui réjouit mes esprits. Il y avait une douce sympathie entre mon imagination et les objets que je voyais, et je devinais qu'on pouvait tirer de cette multitude de choses différentes je ne sais combien d'agréments que je ne connaissais pas encore ; enfin il me semblait que les plaisirs habitaient au milieu de tout cela. Voyez si ce n'était pas là un vrai instinct de femme, et même un pronostic de toutes les aventures qui devaient m'arriver.

Le destin ne tarda pas à me les annoncer ; car dans la vie d'une femme comme moi, il faut bien parler du destin. Le parent que nous allions trouver était mort quand nous arrivâmes : il y avait, dit-on, vingt-quatre heures qu'il était expiré.

Ce n'est pas là tout, c'est qu'on avait mis le scellé chez lui ; cet homme avait été dans les affaires, et on prétendait qu'il devait plus qu'il n'avait vaillant.

Je ne vous dirai pas comment on justifiait cela, c'est un détail qui me passe ; tout ce que je sais, c'est que nous ne pûmes loger chez lui, que tout était saisi, et qu'après bien des discussions, qui durèrent trois ou quatre mois, on nous fit voir qu'il n'y avait pas le sou à espérer de la succession, et que c'était dommage qu'elle ne fût pas plus grande, parce qu'elle en aurait mieux payé ses dettes.

N'était-ce pas là un beau voyage que nous étions venues faire ? Aussi la sœur du curé en prit-elle un si grand chagrin, qu'elle en tomba malade dans l'auberge où nous étions.

Hélas ! ce fut à cause de moi qu'elle s'affligea tant : elle avait espéré que cette succession la mettrait en état de me faire du bien ; et d'ailleurs ce voyage inutile l'avait épuisée d'argent, ce qu'elle en avait apporté diminuait beaucoup : et son frère, qui n'avait que sa cure, aurait bien de la peine à lui en envoyer encore. Pour comble d'embarras, elle était malade. Quelle pitié !

Je l'entendais soupirer : jamais cette chère fille ne m'aima tant, parce qu'elle me voyait plus à plaindre que jamais ; et moi, je la consolais, je lui faisais mille caresses, et elles étaient bien vraies, car j'étais remplie de sentiment : j'avais le cœur plus fin et plus avancé que l'esprit, quoique ce dernier ne le fût déjà pas mal.

Vous jugez bien qu'elle avait informé le curé de toute notre histoire ; et comme il y a des temps où les malheurs fondent sur les gens avec furie (car on ne saurait le penser autrement), cet honnête homme, en allant voir ses confrères, avait fait une chute six semaines après notre départ, accident dangereux pour un homme âgé ; il n'avait pu se lever depuis, et il ne faisait que languir ; et les fâcheuses nouvelles qu'il reçut de sa sœur venant là-dessus, il tomba dans des infirmités qui l'obligèrent de se nommer un successeur, et dont son esprit se ressentit autant que son corps. Il eut cependant le temps de nous envoyer encore quelque argent ; après quoi il ne fut plus question de le compter même parmi les vivants.

Je frissonne encore en me ressouvenant de ces choses-là : il faut que la terre soit un séjour bien étranger pour la vertu, car elle ne fait qu'y souffrir.

La guérison de la sœur était presque désespérée, quand nous apprîmes l'état du frère. À la lecture de la lettre qui nous en informait, elle fit un cri, et s'évanouit.

De mon côté, tout en pleurs, j'appelai à son secours : elle revint à elle, et ne versa pas une larme. Je ne lui vis plus, dès ce moment, qu'une résignation courageuse ; son cœur devint plus ferme : ce ne fut plus cette amitié toujours inquiète qu'elle avait eue pour moi, ce fut une tendresse vertueuse qui me remit avec confiance entre les mains de celui qui dispose de tout.

Quand son évanouissement fut passé et que nous fûmes seules, elle me dit d'approcher, parce qu'elle avait à me parler. Laissez-moi, ma chère amie, vous dire une partie de son discours : le ressouvenir m'en est encore cher, et ce sont les dernières paroles que j'ai entendues d'elle :

« Marianne, me dit-elle, je n'ai plus de frère ; quoiqu'il ne soit pas encore mort, c'est comme s'il ne vivait plus et pour vous et pour moi. Je sens aussi que vous me perdrez bientôt ; mais Dieu le veut, cela me console de l'état où je vous laisse, tout triste qu'il est : il a ses vues pour vous qui valent mieux que les miennes. Peut-être languirai-je encore quelque temps, peut-être mourrai-je dans la première faiblesse qui me prendra (elle ne disait que trop vrai). Je n'oserais vous donner l'argent qui me reste ; vous êtes trop jeune, et l'on pourrait vous tromper : je veux le remettre entre les mains du religieux qui me vient voir ; je le prierai d'en disposer sagement pour vous : il est notre voisin ; s'il ne vient pas aujourd'hui, vous irez le chercher demain, afin que je lui parle. Après cette unique précaution qui me reste à prendre pour vous, je n'ai plus qu'une chose à vous dire : c'est d'être toujours sage. Je vous ai élevée

dans l'amour de la vertu; si vous gardez votre éducation[1], tenez, Marianne, vous serez héritière du plus
grand trésor qu'on puisse vous laisser : car avec lui,
ce sera vous, ce sera votre âme qui sera riche. Il est
vrai, mon enfant, que cela n'empêchera pas que vous
ne soyez pauvre du côté de la fortune, et que vous
n'ayez encore de la peine à vivre; peut-être aussi
Dieu récompensera-t-il votre sagesse dès ce monde.
Les gens vertueux sont rares, mais ceux qui estiment
la vertu ne le sont pas; d'autant plus qu'il y a mille
occasions dans la vie où l'on a absolument besoin
des personnes qui en ont. Par exemple, on ne veut se
marier qu'à une honnête fille : est-elle pauvre? on
n'est point déshonoré en l'épousant; n'a-t-elle que
des richesses sans vertu? on se déshonore; et les
hommes seront toujours dans cet esprit-là, cela est
plus fort qu'eux, ma fille; ainsi vous trouverez quelque jour votre place; et d'ailleurs, la vertu est si
douce, si consolante dans le cœur de ceux qui en
ont! Fussent-ils toujours pauvres, leur indigence
dure si peu, la vie est si courte! Les hommes qui se
moquent le plus de ce qu'on appelle sagesse traitent
pourtant si cavalièrement une femme qui se laisse
séduire, ils acquièrent des droits si insolents avec
elle, ils la punissent tant de son désordre, ils la
sentent si dépourvue contre eux, si désarmée, si
dégradée, à cause qu'elle a perdu cette vertu dont ils
se moquaient, qu'en vérité, ma fille, ce n'est que
faute d'un peu de réflexion qu'on se dérange[2]. Car,
en y songeant, qui est-ce qui voudrait cesser d'être
pauvre, à condition d'être infâme? »

Quelqu'un de la maison, qui entra alors, l'empêcha
d'en dire davantage; peut-être êtes-vous curieuse de
savoir ce que je lui répondis. Rien, car je n'en eus
pas la force. Son discours et les idées de sa mort
m'avaient bouleversé l'esprit : je lui tenais son bras

que je baisai mille fois, voilà tout. Mais je ne perdis rien de tout ce qu'elle me dit, et en vérité je vous le rapporte presque mot pour mot, tant j'en fus frappée ; aussi avais-je alors quinze ans et demi pour le moins, avec toute l'intelligence qu'il fallait pour entendre cela.

Venons maintenant à l'usage que j'en ai fait. Que de folies je vais bientôt vous dire ! Faut-il qu'on ne soit sage que quand il n'y a point de mérite à l'être ! Que veut-on dire en parlant de quelqu'un, quand on dit qu'il est en âge de raison ? C'est mal parler : cet âge de raison est bien plutôt l'âge de la folie. Quand cette raison nous est venue, nous l'avons comme un bijou d'une grande beauté, que nous regardons souvent, que nous estimons beaucoup, mais que nous ne mettons jamais en œuvre. Souffrez mes petites réflexions ; j'en ferai toujours quelqu'une en passant : mes faiblesses m'ont bien acquis le droit d'en faire. Poursuivons. J'ai été jusqu'ici à la charge d'autrui, et je vais bientôt être à la mienne.

La sœur du curé m'avait dit qu'elle craignait de mourir dans la première faiblesse qui lui prendrait, et elle prophétisait. Je ne voulus point me coucher cette nuit-là ; je la veillai. Elle reposa assez tranquillement jusqu'à deux heures après minuit ; mais alors je l'entendis se plaindre ; je courus à elle, je lui parlai, elle n'était plus en état de me répondre. Elle ne fit que me serrer la main très légèrement, et elle avait le visage d'une personne expirante.

La frayeur alors s'empara de moi, et ce fut une frayeur qui me vint de la certitude de la perdre : je tombai dans l'égarement ; je n'ai de ma vie rien senti de si terrible ; il me sembla que tout l'univers était un désert où j'allais rester seule. Je connus combien je l'aimais, combien elle m'avait aimée ; tout cela se peignit dans mon cœur d'une manière si vive que cette image-là me désolait.

Mon Dieu! combien de douleur peut entrer dans notre âme, jusqu'à quel degré peut-on être sensible! Je vous avouerai que l'épreuve que j'ai faite de cette douleur dont nous sommes capables est une des choses qui m'a le plus épouvantée dans ma vie, quand j'y ai songé; je lui dois même le goût de retraite où je suis à présent.

Je ne sais point philosopher, et je ne m'en soucie guère, car je crois que cela n'apprend rien qu'à discourir; les gens que j'ai entendus raisonner là-dessus ont bien de l'esprit assurément; mais je crois que sur certaine matière ils ressemblent à ces nouvellistes[1] qui font des nouvelles quand ils n'en ont point, ou qui corrigent celles qu'ils reçoivent quand elles ne leur plaisent pas. Je pense, pour moi, qu'il n'y a que le sentiment qui nous puisse donner des nouvelles un peu sûres de nous, et qu'il ne faut pas trop se fier à celles que notre esprit veut faire à sa guise, car je le crois un grand visionnaire.

Mais reprenons vite mon récit; je suis toute honteuse du raisonnement que je viens de faire, et j'étais toute glorieuse en le faisant : vous verrez que j'y prendrai goût; car dans tout il n'y a, dit-on, que le premier pas qui coûte. Eh! pourquoi n'y reviendrais-je pas? Est-ce à cause que je ne suis qu'une femme, et que je ne sais rien? Le bon sens est de tout sexe; je ne veux instruire personne; j'ai cinquante ans passés; et un honnête homme très savant me disait l'autre jour que, quoique je ne susse rien, je n'étais pas plus ignorante que ceux qui en savaient plus que moi. Oui, c'est un savant du premier ordre qui a parlé comme cela; car ces hommes, tout fiers qu'ils sont de leur science, ils ont quelquefois des moments où la vérité leur échappe d'abondance de cœur, et où ils se sentent si las de leur présomption, qu'ils la quittent pour respirer en francs ignorants comme ils sont : cela les soulage, et moi, de mon côté, j'avais besoin de dire un peu ce que je pensais d'eux.

Je fus donc frappée d'une douleur mortelle en voyant que cette vertueuse fille, à qui je devais tant, se mourait ; elle avait eu beau me parler de sa mort, je n'avais point imaginé que sa maladie la conduisît jusque-là.

Mes gémissements firent retentir la maison, ils réveillèrent tout le monde ; l'hôte et l'hôtesse, se doutant de la vérité, se levèrent et vinrent frapper à la porte de notre chambre ; je l'ouvris sans savoir que je l'ouvrais : ils me parlèrent, et je faisais des cris pour toute réponse ; ils furent bientôt instruits de la cause de ma désolation, et voulurent secourir cette fille expirante, et peut-être déjà expirée, car elle n'avait plus de mouvement ; mais une demi-heure après, on vit qu'elle était morte. Les domestiques arrivèrent, il se fit un fracas pendant lequel je perdis connaissance, et on me porta dans une chambre voisine sans que je le sentisse. De l'état où je fus ensuite, je n'en parlerai point, vous le devinez bien ; et moi-même ce récit-là m'attriste encore.

Enfin me voilà seule, et sans autre guide qu'une expérience de quinze ans et demi, plus ou moins. Comme la défunte m'avait fait passer pour sa nièce, et que j'avais l'air raisonnable, on me rendit compte de tout ce qu'on disait lui avoir trouvé, et qui ne valait pas la peine qu'on y fît plus de cérémonie, quand même on m'aurait remis tout ce qu'il y avait. Mais une partie du linge fut volé avec d'autres bagatelles ; et de près de quatre cents livres[1] que je savais qui lui restaient, on en prit bien la moitié, je pense ; je m'en plaignis, mais si faiblement que je n'insistai point. Dans l'affliction où j'étais, je n'avais plus rien à cœur. Comme je ne voyais plus personne qui prît

part à moi ni à ma vie, je n'y en prenais plus moi-
même ; et cette manière de penser me mettait dans
un état qui ressemblait à de la tranquillité : mais
qu'on est à plaindre avec cette tranquillité-là ! on est
plus digne de pitié que dans le désespoir le plus
emporté.

Tout le monde de la maison paraissait s'intéresser
beaucoup à moi, surtout l'hôte et sa femme, qui
venaient tendrement me consoler d'un malheur dont
ils avaient fait leur profit ; et tout est plein de
pareilles gens dans la vie : en général, personne ne
marque tant de zèle pour adoucir vos peines, que les
fourbes qui les ont causées et qui y gagnent.

Je laissai vendre des habits dont on me donna ce
qu'on voulut, et il y avait déjà quinze jours que ma
chère tante, comme on l'appelait, et je dirais volontiers ma chère mère, ou plutôt mon unique amie, car
il n'y a point de qualité qui ne le cède à celle-là, ni de
cœur plus tendre, plus infaillible que le cœur inspiré
par la véritable amitié ; il y avait donc déjà quinze
jours que cette amie était morte, et je les avais passés
dans cette auberge sans savoir ce que je deviendrais,
ni sans m'en mettre en peine, quand ce religieux,
dont j'ai déjà parlé, qui venait souvent voir la
défunte, et qui avait été malade aussi, vint encore
pour savoir de ses nouvelles. Il apprit sa mort avec
chagrin ; et comme il était le seul qui sût le secret de
ma naissance, que la défunte avait trouvé à propos
de l'en instruire, et que je savais qu'il en était instruit, je le vis arriver avec plaisir.

Il fut extrêmement sensible à mon malheur, et au
peu de souci que j'avais de moi dans ma consternation ; il me parla là-dessus d'une manière très touchante, me fit envisager les dangers que je courais
en restant dans cette maison seule et sans être récla-
mée de qui que ce soit au monde : et effectivement

c'était une situation qui m'exposait d'autant plus que j'étais d'une figure très aimable, et à cet âge où les grâces sont si charmantes, parce qu'elles sont ingénues et toutes fraîches écloses.

Son discours fit son effet : j'ouvris les yeux sur mon état, et je pris de l'inquiétude de ce que je deviendrais ; cette inquiétude me jeta encore mille fantômes dans l'esprit. Où irai-je, lui disais-je en fondant en larmes ; je n'ai personne sur la terre qui me connaisse ; je ne suis la fille ni la parente de qui que ce soit ! À qui demanderai-je du secours ? Qui est-ce qui est obligé de m'en donner ? Que ferai-je en sortant d'ici ? L'argent que j'ai ne me durera pas longtemps, on peut me le prendre, et voilà la première fois que j'en ai et que j'en dépense.

Ce bon religieux ne savait que me répondre ; je crus même voir à la fin que je lui étais à charge, parce que je le conjurais de me conduire ; et ces bonnes gens, quand ils vous ont parlé, qu'ils vous ont exhorté, ils ont fait pour vous tout ce qu'ils peuvent faire.

De retourner à mon village, c'était une folie, je n'y avais plus d'asile ; je n'y retrouverais qu'un vieillard tombé dans l'imbécillité[1], qui avait tout vendu pour nous envoyer le dernier argent que nous avions reçu, et qui achevait de mourir sous la tutelle d'un successeur que je ne connaissais pas, à qui j'étais inconnue, ou pour le moins indifférente. Il n'y avait donc nulle ressource de ce côté-là, et en vérité la tête m'en tournait de frayeur.

Enfin, ce religieux, à force de chercher et d'imaginer, pensa à un homme de considération, charitable et pieux, qui s'était, disait-il, dévoué aux bonnes œuvres, et à qui il promit de me recommander dès le lendemain. Mais je n'entendais plus raison, il n'y avait point de lendemain à me promettre, je ne pou-

vais supporter d'attendre jusque-là ; je pleurais, je
me désolais : il voulait sortir, je le retenais, je me
jetais à ses genoux : Point de lendemain, lui disais-je,
tirez-moi d'ici tout à l'heure, ou bien vous allez me
jeter au désespoir. Que voulez-vous que je fasse ici ?
On m'y a déjà pris une partie de ce que j'avais ; peut-
être cette nuit me prendra-t-on le reste : on peut
m'enlever, je crains pour ma vie, je crains pour tout,
et assurément, je n'y resterai point, je mourrai plutôt, je fuirai, et vous en serez fâché.

Ce religieux alors, qui était dans un embarras
cruel, et qui ne pouvait se débarrasser de moi,
s'arrêta, se mit à rêver un moment, ensuite prit une
plume et du papier, et écrivit un billet à la personne
dont il m'avait parlé. Il me le lut ; le billet était pressant ; il la conjurait, par toute sa religion, de venir où
nous étions. *Dieu vous y réserve*, lui disait-il, *l'action
de charité la plus précieuse à ses yeux, et la plus méritoire que vous ayez jamais faite* ; et pour l'exciter
encore davantage, il lui marquait mon sexe, mon âge
et ma figure, et tout ce qui pouvait en arriver, ou par
ma faiblesse, ou par la corruption des autres.

Le billet écrit, je le fis porter à son adresse, et en
attendant la réponse, je gardais ce religieux à vue,
car j'avais résolu de ne point coucher cette nuit-là
dans la maison. Je ne saurais pourtant vous dire précisément quel était l'objet de ma peur, et voilà pourquoi elle était si vive : tout ce que je sais, c'est que je
me représentais la physionomie de mon hôte, que je
n'avais jamais trop remarquée jusque-là ; et dans
cette physionomie alors, j'y trouvais des choses terribles ; celle de sa femme me paraissait sombre, téné-
breuse ; les domestiques avaient la mine de ne valoir
rien. Enfin tous ces visages-là me faisaient frémir, je
n'y pouvais tenir ; je voyais des épées, des poignards,
des assassinats, des vols, des insultes ; mon sang se

glaçait aux périls que je me figurais : car quand une fois l'imagination est en train, malheur à l'esprit qu'elle gouverne.

J'entretenais le religieux de mes idées noires, quand celui qui avait fait notre message nous vint dire que le carrosse de l'honnête homme en question nous attendait en bas, et qu'il n'avait pu ni écrire ni venir lui-même, parce qu'il était en affaire quand il avait reçu le billet. Sur-le-champ je fis mon paquet ; on aurait dit qu'on me rachetait la vie ; je fis appeler cet hôte et cette hôtesse si effrayants ; et il est vrai qu'ils n'avaient pas trop bonne mine, et que l'imagination n'avait pas grand ouvrage à faire pour les rendre désagréables. Ce qui est de sûr, c'est que j'ai toujours retenu leurs visages ; je les vois encore, je les peindrais, et dans le cours de ma vie, j'ai connu quelques honnêtes gens que je ne pouvais souffrir, à cause que leur physionomie avait quelque air de ces visages-là.

Je montai donc dans le carrosse avec ce religieux, et nous arrivons chez la personne en question. C'était un homme de cinquante à soixante ans, encore assez bien fait, fort riche, d'un visage doux et sérieux, où l'on voyait un air de mortification qui empêchait qu'on ne remarquât tout son embonpoint[1].

Il nous reçut bonnement et sans façon, et sans autre compliment que d'embrasser d'abord le religieux ; il jeta un coup d'œil sur moi et puis nous fit asseoir.

Le cœur me battait, j'étais honteuse, embarrassée ; je n'osais lever les yeux ; mon petit amour-propre était étonné, et ne savait où il en était. Voyons, de quoi s'agit-il ? dit alors notre homme pour entamer la conversation, et en prenant la main du religieux, qu'il serra avec componction dans la sienne. Là-

dessus le religieux lui conta mon histoire. Voilà,
répondit-il, une aventure bien particulière et une
situation bien triste ! Vous pensiez juste, mon père,
quand vous m'avez écrit qu'on ne pouvait faire une
meilleure action que de rendre service à mademoiselle. Je le crois de même, elle a plus besoin de
secours qu'un autre par mille raisons, et je vous suis
obligé de vous être adressé à moi pour cela ; je bénis
le moment où vous avez été inspiré de m'avertir, car
je suis pénétré de ce que je viens d'entendre ; allons,
examinons un peu de quelle façon nous nous y prendrons. Quel âge avez-vous, ma chère enfant ? ajouta-
t-il en me parlant avec une charité cordiale. À cette
question je me mis à soupirer sans pouvoir
répondre. Ne vous affligez pas, me dit-il, prenez courage, je ne demande qu'à vous être utile ; et d'ailleurs
Dieu est le maître, il faut le louer de tout ce qu'il
fait : dites-moi donc, quel âge avez-vous à peu près ?
Quinze ans et demi, repris-je, et peut-être plus.
Effectivement, dit-il en se retournant du côté du
père, à la voir on lui en donnerait davantage ; mais,
sur sa physionomie, j'augure bien de son cœur et du
caractère de son esprit : on est même porté à croire
qu'elle a de la naissance ; en vérité, son malheur est
bien grand ! Que les desseins de Dieu sont impéné-
trables !

   Mais revenons au plus pressé, ajouta-t-il après
s'être ainsi prosterné en esprit devant les desseins de
Dieu : comme vous n'avez nulle fortune dans ce
monde, il faut voir à quoi vous vous destinez : la
demoiselle qui est morte n'avait-elle rien résolu pour
vous ? Elle avait, lui dis-je, intention de me mettre
chez une marchande. Fort bien, reprit-il, j'approuve
ses vues ; sont-elles de votre goût ? Parlez franchement, il y a plusieurs choses qui peuvent vous convenir ; j'ai, par exemple, une belle-sœur qui est une per-

sonne très raisonnable, fort à son aise, et qui vient
de perdre une demoiselle qui était à son service,
qu'elle aimait beaucoup, et à qui elle aurait fait du
bien dans la suite; si vous vouliez tenir sa place, je
suis persuadé qu'elle vous prendrait avec plaisir.

Cette proposition me fit rougir. Hélas! monsieur,
lui dis-je, quoique je n'aie rien, et que je ne sache à
qui je suis, il me semble que j'aimerais mieux mourir
que d'être chez quelqu'un en qualité de domestique;
et si j'avais mon père et ma mère, il y a toute apparence que j'en aurais moi-même, au lieu d'en servir à
personne.

Je lui répondis cela d'une manière fort triste;
après quoi, versant quelques larmes : Puisque je suis
obligée de travailler pour vivre, ajoutai-je en sanglotant, je préfère le plus petit métier qu'il y ait, et le
plus pénible, pourvu que je sois libre, à l'état dont
vous me parlez, quand j'y devrais faire ma fortune.
Eh! mon enfant, me dit-il, tranquillisez-vous; je
vous loue de penser comme cela, c'est une marque
que vous avez du cœur, et cette fierté-là est permise.
Il ne faut pas la pousser trop loin, elle ne serait plus
raisonnable : quelque conjecture avantageuse qu'on
puisse faire de votre naissance, cela ne vous donne
aucun état, et vous devez vous régler là-dessus : mais
enfin nous suivrons les vues de cette amie que vous
avez perdue; il en coûtera davantage, c'est une pension qu'il faudra payer; mais n'importe, dès
aujourd'hui vous serez placée : je vais vous mener
chez ma marchande de linge, et vous y serez la bien-
venue; êtes-vous contente? Oui, monsieur, lui dis-je,
et jamais je n'oublierai vos bontés. Profitez-en,
mademoiselle, dit alors le religieux qui nous avait
jusque-là laissés faire tout notre dialogue, et
comportez-vous d'une manière qui récompense
monsieur des soins où sa piété l'engage pour vous. Je

crains bien, reprit alors notre homme d'un ton dévot et scrupuleux, je crains bien de n'avoir point de mérite à la secourir, car je suis trop sensible à son infortune.

Alors il se leva et dit : Ne perdons point de temps, il se fait tard, allons chez la marchande dont je vous ai parlé, mademoiselle; pour vous, mon père, vous pouvez à présent vous retirer, je vous rendrai bon compte du dépôt que vous me confiez. Là-dessus, le religieux nous quitta, je le remerciai de ses peines en bégayant, car j'étais toute troublée, et nous voilà en chemin dans le carrosse de mon bienfaiteur.

Je voudrais bien pouvoir vous dire tout ce qui se passait dans mon esprit, et comment je sortis de cette conversation que je venais d'essuyer, et dont je ne vous ai dit que la moindre partie, car il y eut bien d'autres discours très mortifiants pour moi. Et il est bon de vous dire que, toute jeune que j'étais, j'avais l'âme un peu fière; on m'avait élevée avec douceur, et même avec des égards, et j'étais bien étourdie d'un entretien de cette espèce. Les bienfaits des hommes sont accompagnés d'une maladresse si humiliante pour les personnes qui les reçoivent! Imaginez-vous qu'on avait épluché ma misère pendant une heure, qu'il n'avait été question que de la compassion que j'inspirais, du grand mérite qu'il y aurait à me faire du bien; et puis c'était la religion qui voulait qu'on prît soin de moi; ensuite venait un faste de réflexions charitables, une enflure de sentiments dévots. Jamais la charité n'étala ses tristes devoirs avec tant d'appareil; j'avais le cœur noyé dans la honte; et puisque j'y suis, je vous dirai que c'est quelque chose de bien cruel que d'être abandonné au secours de certaines gens : car qu'est-ce qu'une charité qui n'a point de pudeur avec le misérable, et qui, avant que de le soulager, commence par écraser son

amour-propre? La belle chose qu'une vertu qui fait
le désespoir de celui sur qui elle tombe! Est-ce qu'on
est charitable à cause qu'on fait des œuvres de charité? Il s'en faut bien; quand vous venez vous appe-
santir sur le détail de mes maux, dirais-je à ces
gens-là, quand vous venez me confronter avec toute
ma misère, et que le cérémonial de vos questions, ou
plutôt de l'interrogatoire dont vous m'accablez,
marche devant les secours que vous me donnez,
voilà ce que vous appelez faire une œuvre de charité;
et moi je dis que c'est une œuvre brutale et haïssable,
œuvre de métier et non de sentiment.

J'ai fini; que ceux qui ont besoin de leçons là-
dessus profitent de celle que je leur donne; elle vient
de bonne part, car je leur parle d'après mon expérience.

Je me suis laissée dans le carrosse[1] avec mon
homme pour aller chez la marchande : je me souviens qu'il me questionnait beaucoup dans le chemin, et que je lui répondais d'un ton bas et douloureux; je n'osais me remuer, je ne tenais presque
point de place, et j'avais le cœur mort.

Cependant, malgré l'anéantissement où je me sentais, j'étais étonnée des choses dont il m'entretenait;
je trouvais sa conversation singulière; il me semblait
que mon homme se mitigeait[2], qu'il était plus flatteur que zélé, plus généreux que charitable; il me
paraissait tout changé.

Je vous trouve bien gênée avec moi, me disait-il; je
ne veux point vous voir dans cette contrainte-là, ma
chère fille : vous me haïriez bientôt, quoique je ne
vous veuille que du bien. Notre conversation avec ce
religieux vous a rendue triste : le zèle de ces gens-là
n'est pas consolant; il est dur, et il faut faire comme
eux. Mais moi, j'ai naturellement le cœur bon; ainsi,
vous pouvez me regarder comme votre ami, comme

un homme qui s'intéresse à vous de tout son cœur, et qui veut avoir votre confiance, entendez-vous ? Je me retiens le privilège de vous donner quelques conseils, mais je ne prétends pas qu'ils vous effarouchent. Je vous dirai, par exemple, que vous êtes jeune et jolie, et que ces deux belles qualités vont vous exposer aux poursuites du premier étourdi qui vous verra, et que vous feriez mal de l'écouter, parce que cela ne vous mènerait à rien et ne mérite pas votre attention ; c'est à votre fortune à qui il faut que vous la donniez, et à tout ce qui pourra l'avancer. Je sais bien qu'à votre âge on est charmée de plaire, et vous plairez même sans y tâcher, j'en suis sûr ; mais du moins ne vous souciez point trop de plaire à tout le monde, surtout à mille petits soupirants que vous ne devez pas regarder dans la situation où vous êtes. Ce que je vous dis là n'est point d'une sévérité outrée, continua-t-il d'un air aisé en me prenant la main, que j'avais belle. Non, monsieur, lui dis-je. Et puis, voyant que j'étais sans gants : Je veux vous en acheter, me dit-il ; cela conserve les mains, et quand on les a belles, il faut y prendre garde.

Là-dessus il fait arrêter le carrosse, et m'en prit plusieurs paires que j'essayai toutes avec le secours qu'il me prêtait, car il voulut m'aider ; et moi, je le laissais faire en rougissant de mon obéissance ; et je rougissais sans savoir pourquoi, seulement par un instinct qui me mettait en peine de ce que cela pouvait signifier.

Toutes ces petites particularités, au reste, je vous les dis parce qu'elles ne sont pas si bagatelles qu'elles le paraissent.

Nous arrivâmes enfin chez la marchande, qui me parut une femme assez bien faite, et qui me reçut aux conditions dont ils convinrent pour ma pension. Il me semble qu'il lui parla longtemps à part ; mais je

n'imaginai rien là-dessus, et il s'en alla en disant
qu'il nous reviendrait voir dans quelques jours, et en
me recommandant extrêmement à la marchande,
qui, après qu'il fut parti, me fit voir une petite
chambre où je mis mes hardes[1], et où je devais coucher avec une compagne.

Cette marchande, il faut que je vous la nomme
pour la facilité de l'histoire. Elle s'appelait
Mme Dutour ; c'était une veuve qui, je pense, n'avait
pas plus de trente ans ; une grosse réjouie qui, à vue
d'œil, paraissait la meilleure femme du monde ;
aussi l'était-elle. Son domestique[2] était composé
d'un petit garçon de six ou sept ans qui était son fils,
d'une servante, et d'une nommée Mlle Toinon, sa
fille de boutique.

Quand je serais tombée des nues, je n'aurais pas
été plus étourdie que je l'étais ; les personnes qui ont
du sentiment sont bien plus abattues que d'autres
dans de certaines occasions, parce que tout ce qui
leur arrive les pénètre ; il y a une tristesse stupide qui
les prend, et qui me prit : Mme Dutour fit de son
mieux pour me tirer de cet état-là.

Allons, mademoiselle Marianne, me disait-elle
(car elle avait demandé mon nom), vous êtes avec de
bonnes gens, ne vous chagrinez point, j'aime qu'on
soit gaie ; qu'avez-vous qui vous fâche ? Est-ce que
vous vous déplaisez ici ? Moi, dès que je vous ai vue,
j'ai pris de l'amitié pour vous ; tenez, voilà Toinon
qui est une bonne enfant, faites connaissance
ensemble. Et c'était en soupant qu'elle me tenait ce
discours, à quoi je ne répondais que par une inclination de tête et avec une physionomie dont la douceur
remerciait sans que je parlasse. Quelquefois, je
m'encourageais jusqu'à dire : Vous avez bien de la
bonté ; mais, en vérité, j'étais déplacée[3], et je n'étais
pas faite pour être là.

Je sentais, dans la franchise de cette femme-là, quelque chose de grossier qui me rebutait.

Je n'avais pourtant encore vécu qu'avec mon curé et sa sœur, et ce n'était pas des gens du monde, il s'en fallait bien; mais je ne leur avais vu que des manières simples et non pas grossières : leurs discours étaient unis et sensés; d'honnêtes gens vivant médiocrement pouvaient parler comme ils parlaient, et je n'aurais rien imaginé de mieux, si je n'avais jamais vu autre chose : au lieu qu'avec ces gens-ci, je n'étais pas contente, je leur trouvais un jargon, un ton brusque qui blessait ma délicatesse. Je me disais déjà que, dans le monde, il fallait qu'il y eût quelque chose qui valait mieux que cela; je soupirais après, j'étais triste d'être privée de ce mieux que je ne connaissais pas. Dites-moi d'où cela venait? Où est-ce que j'avais pris mes délicatesses? Étaient-elles dans mon sang? cela se pourrait bien; venaient-elles du séjour que j'avais fait à Paris? cela se pourrait encore : il y a des âmes perçantes à qui il n'en faut pas beaucoup montrer pour les instruire, et qui, sur le peu qu'elles voient, soupçonnent tout d'un coup tout ce qu'elles pourraient voir.

La mienne avait le sentiment bien subtil, je vous assure, surtout dans les choses de sa vocation, comme était le monde. Je ne connaissais personne à Paris, je n'en avais vu que les rues, mais dans ces rues il y avait des personnes de toutes espèces, il y avait des carrosses, et dans ces carrosses un monde qui m'était très nouveau, mais point étranger. Et sans doute, il y avait en moi un goût naturel qui n'attendait que ces objets-là pour s'y prendre[1], de sorte que, quand je les voyais, c'était comme si j'avais rencontré ce que je cherchais.

Vous jugez bien qu'avec ces dispositions, Mme Dutour ne me convenait point, non plus que

Mlle Toinon, qui était une grande fille qui se redressait toujours, et qui maniait sa toile avec tout le jugement et toute la décence possible ; elle y était tout
entière, et son esprit ne passait pas son aune[1].

Pour moi, j'étais si gauche à ce métier-là, que je
l'impatientais à tout moment. Il fallait voir de quel
air elle me reprenait, avec quelle fierté de savoir elle
corrigeait ma maladresse : et ce qui est plaisant, c'est
que l'effet ordinaire de ces corrections, c'était de me
rendre encore plus maladroite, parce que j'en devenais plus dégoûtée.

Nous couchions dans la même chambre, comme
je vous l'ai déjà dit, et là elle me donnait des leçons
pour parvenir, disait-elle ; ensuite, elle me contait
l'état de ses parents, leurs facultés[2], leur caractère,
ce qu'ils lui avaient donné pour ses dernières
étrennes. Après venait un amant[3] qu'elle avait, qui
était un beau garçon fait au tour ; et puis nous
irions[4] nous promener ensemble ; et moi, sans en
avoir d'envie, je lui répondais que je le voulais bien.
Les inclinations de Mme Dutour n'étaient pas
oubliées : son amant l'aurait déjà épousée ; mais il
n'était pas assez riche, et en attendant, il la voyait
toujours, venait souvent manger chez elle, et elle lui
faisait un peu trop bonne chère. C'est pour vous
divertir que je vous conte cela ; passez-le, si cela vous
ennuie.

M. de Climal (c'était ainsi que s'appelait celui qui
m'avait mis chez Mme Dutour) revint trois ou quatre
jours après m'avoir laissée là. J'étais alors dans notre
chambre avec Mlle Toinon, qui me montrait ses
belles hardes, et qui sortit, par savoir-vivre, dès qu'il
fut entré.

Eh bien ! mademoiselle, comment vous trouvez-
vous ici ? me dit-il. Mais monsieur, répondis-je,
j'espère que je m'y ferai. J'aurais, répondit-il, grande

envie que vous fussiez contente, car je vous aime de
tout mon cœur, vous m'avez plu tout d'un coup, et je
vous en donnerai toutes les preuves que je pourrai.
Pauvre enfant! que j'aurai de plaisir à vous rendre
service! Mais je veux que vous ayez de l'amitié pour
moi. Il faudrait que je fusse bien ingrate pour en
manquer, lui répondis-je. Non, non, reprit-il, ce ne
sera point par ingratitude que vous ne m'aimerez
point; c'est que vous n'aurez pas avec moi une certaine liberté que je veux que vous ayez. Je sais trop le
respect que je vous dois, lui dis-je. Il n'est pas sûr
que vous m'en deviez, dit-il, puisque nous ne savons
pas qui vous êtes; mais, Marianne, ajouta-t-il, en me
prenant la main qu'il serrait imperceptiblement, ne
seriez-vous pas un peu plus familière avec un ami
qui vous voudrait autant de bien que je vous en
veux? Voilà ce que je demande: vous lui diriez vos
sentiments, vos goûts; vous aimeriez à le voir. Pourquoi ne feriez-vous pas de même avec moi? Oh! j'y
veux mettre ordre absolument, ou nous aurons querelle ensemble. À propos, j'oubliais à vous donner de
l'argent. Et en disant cela, il me mit quelques louis
d'or dans la main. Je les refusai d'abord, et lui dis
qu'il me restait quelque argent de la défunte; mais,
malgré cela, il me força de les prendre. Je les pris
donc avec honte, car cela m'humiliait; mais je
n'avais pas de fierté à écouter là-dessus avec un
homme qui s'était chargé de moi, pauvre orpheline,
et qui paraissait vouloir me tenir lieu de père.

Je fis une révérence assez sérieuse en recevant ce
qu'il me donnait. Eh! me dit-il, ma chère Marianne,
laissons là les révérences, et montrez-moi que vous
êtes contente. Combien m'allez-vous saluer de fois
pour un habit que je vais vous acheter? voyons. Je
ne fis pas, ce me semble, une grande attention à
l'habit qu'il me promettait, mais il dit cela d'un air si

bon et si badin, qu'il me gagna le cœur, je vous
l'avoue. Mes répugnances me quittèrent, un vif sentiment de reconnaissance en prit la place; et je me
jetai sur son bras que j'embrassai de fort bonne
grâce et presque en pleurant de sensibilité.

Il fut charmé de mon mouvement[1], et me prit la
main, qu'il baisa d'une manière fort tendre; façon de
faire qui, au milieu de mon petit transport, me parut
encore singulière, mais toujours de cette singularité
qui m'étonnait sans rien m'apprendre, et que je pen-
chais à regarder comme des expressions un peu
extraordinaires de son bon cœur.

Quoi qu'il en soit, la conversation, de ma part,
devint dès ce moment-là plus aisée, mon aisance me
donna des grâces qu'il ne me connaissait pas encore;
il s'arrêtait de temps en temps à me considérer avec
une tendresse dont je remarquais toujours l'excès,
sans y entendre plus de finesse.

Il n'y avait pas moyen, non plus, qu'alors j'en péné-
trasse davantage; mon imagination avait fait son
plan sur cet homme-là, et quoique je le visse
enchanté de moi, rien n'empêchait que ma jeunesse,
ma situation, mon esprit et mes grâces ne lui eussent
donné pour moi une affection très innocente. On
peut se prendre d'une tendre amitié pour les personnes de mon âge dont on veut avoir soin; on se
plaît à leur voir du mérite, parce que nos bienfaits
nous en feront plus d'honneur; enfin on aime ordinairement à voir l'objet de sa générosité; et tous les
motifs de simple tendresse qu'un bienfaiteur peut
avoir dans ce cas-là, une fille de plus de quinze ans
et demi, quoiqu'elle n'ait rien vu, les sent et les
devine confusément; elle n'en est non plus surprise
que de voir l'amour de son père et de sa mère pour
elle; et voilà comment j'étais: je l'aurais plutôt pris
pour un original dans ses façons que pour ce qu'il

était. Il avait beau reprendre ma main, l'approcher de sa bouche en badinant, je n'admirais là-dedans que la rapidité de son inclination pour moi, et cela me touchait plus que tous ses bienfaits; car, à l'âge où j'étais, quand on n'a point encore souffert, on ne sait point trop l'avantage qu'il y a d'être dépourvue de tout[1].

Peut-être devrais-je passer tout ce que je vous dis là; mais je vais comme je puis, je n'ai garde de songer que je vous fais un livre, cela me jetterait dans un travail d'esprit dont je ne sortirais pas; je m'imagine que je vous parle, et tout passe dans la conversation. Continuons-la donc.

Dans ce temps, on se coiffait en cheveux[2], et jamais créature ne les a eus plus beaux que moi; cinquante ans que j'ai n'en ont fait que diminuer la quantité, sans en avoir changé la couleur, qui est encore du plus clair châtain.

M. de Climal les regardait, les touchait avec passion; mais cette passion, je la regardais comme un pur badinage. Marianne, me disait-il quelquefois, vous n'êtes point si à plaindre: de si beaux cheveux et ce visage-là ne vous laisseront manquer de rien. Ils ne me rendront ni mon père ni ma mère, lui répondis-je. Ils vous feront aimer de tout le monde, me dit-il; et pour moi, je ne leur refuserai jamais rien. Oh! pour cela, monsieur, lui dis-je, je compte sur vous et sur votre bon cœur. Sur mon bon cœur? reprit-il en riant; eh! vous parlez donc de cœur, chère enfant, et le vôtre, si je vous le demandais, me le donneriez-vous? Hélas! vous le méritez bien, lui dis-je naïvement.

À peine lui eus-je répondu cela, que je vis dans ses yeux quelque chose de si ardent, que ce fut un coup de lumière pour moi; sur-le-champ je me dis en moi-même: il se pourrait bien faire que cet homme-là

m'aimât comme un amant aime une maîtresse ; car
enfin, j'en avais vu, des amants, dans mon village,
j'avais entendu parler d'amour, j'avais même déjà lu
quelques romans à la dérobée ; et tout cela, joint aux
leçons que la nature nous donne, m'avait du moins
fait sentir qu'un amant était bien différent d'un ami ;
et sur cette différence, que j'avais comprise à ma
manière, tout d'un coup les regards de M. de Climal
me parurent d'une espèce suspecte.

Cependant, je ne regardai pas l'idée qui m'en vint
sur-le-champ comme une chose encore bien sûre ;
mais je devais bientôt en avoir le cœur net ; et je
commençai toujours, en attendant, par être un peu
plus forte et plus à mon aise avec lui. Mes soupçons
me défirent presque tout à fait de cette timidité qu'il
m'avait tant reprochée ; je crus que, s'il était vrai
qu'il m'aimât, il n'y avait plus tant de façons à faire
avec lui, et que c'était lui qui était dans l'embarras, et
non pas moi. Ce raisonnement coula de source, au
reste il paraît fin, et ne l'est pas ; il n'y a rien de si
simple, on ne s'aperçoit pas seulement qu'on le fait.

Il est vrai que ceux contre qui on raisonne comme
cela n'ont pas grand retour à espérer de vous ; cela
suppose qu'en fait d'amour, on ne se soucie guère
d'eux : aussi de ce côté-là M. de Climal m'était-il parfaitement indifférent, et même de cette indifférence
qui va devenir haine si on la tourmente ; peut-être
eût-il été ma première inclination, si nous avions
commencé autrement ensemble ; mais je ne l'avais
connu que sur le pied d'un homme pieux, qui entre-
prenait d'avoir soin de moi par charité ; et je ne
sache point de manière de connaître les gens qui
éloigne tant de les aimer de ce qu'on appelle amour :
il n'y a plus de sentiment tendre à demander à une
personne qui n'a fait connaissance avec vous que
dans ce goût-là. L'humiliation qu'elle a soufferte

vous a fermé son cœur de ce côté-là. Ce cœur en
garde une rancune que lui-même il ne sait pas qu'il
a, tant que vous ne lui demandez que des sentiments
qui vous sont justement dus ; mais lui demandez-
vous d'une certaine tendresse, oh ! c'est une autre
affaire : son amour-propre vous reconnaît alors ;
vous vous êtes brouillé avec lui sans retour là-dessus, il ne vous pardonnera jamais. Et c'est ainsi que
j'étais avec M. de Climal.

Il est vrai que, si les hommes savaient obliger, je
crois qu'ils feraient tout ce qu'ils voudraient de ceux
qui leur auraient obligation : car est-il rien de si
doux que le sentiment de reconnaissance, quand
notre amour-propre n'y répugne point ? On en tire-
rait des trésors de tendresse ; au lieu qu'avec les
hommes on a besoin de deux vertus, l'une pour
empêcher d'être indignée du bien qu'ils vous font,
l'autre pour vous en imposer la reconnaissance.

M. de Climal m'avait parlé d'un habit qu'il voulait
me donner, et nous sortîmes pour l'acheter à mon
goût. Je crois que je l'aurais refusé, si j'avais été bien
convaincue qu'il avait de l'amour pour moi ; car
j'aurais eu un dégoût, ce me semble, invincible à
profiter de sa faiblesse, surtout ne la partageant pas ;
car, quand on la partage, on ajuste[1] cela ; on s'imagine qu'il y a beaucoup de délicatesse à n'être point
délicat là-dessus ; mais je doutais encore de ce qu'il
avait dans l'âme, et supposé qu'il n'eût que de l'amitié, c'était donc une amitié extrême, qui méritait
assurément le sacrifice de toute ma fierté. Ainsi
j'acceptai l'offre de l'habit à tout hasard.

L'habit fut acheté : je l'avais choisi ; il était noble et
modeste, et tel qu'il aurait pu convenir à une fille de
condition qui n'aurait pas eu de bien. Après cela,
M. de Climal parla de linge, et effectivement j'en
avais besoin. Encore autre achat que nous allâmes

faire ; Mme Dutour aurait pu lui fournir ce linge, mais il avait ses raisons pour n'en point prendre chez elle : c'est qu'il le voulait trop beau. Mme Dutour aurait trouvé la charité outrée ; et quoique ce fût une bonne femme qui ne s'en serait pas souciée, et qui aurait cru que ce n'était pas là son affaire, il était mieux de ne pas profiter de la commodité[1] de son caractère, et d'aller ailleurs.

Oh ! pour le coup, ce fut ce beau linge qu'il voulut que je prisse qui me mit au fait de ses sentiments ; je m'étonnai même que l'habit, qui était très propre[2], m'eût encore laissé quelque doute, car la charité n'est pas galante dans ses présents ; l'amitié même, si secourable, donne du bon et ne songe point au magnifique ; les vertus des hommes ne remplissent que bien précisément leur devoir, elles seraient plus volontiers mesquines que prodigues dans ce qu'elles font de bien[3] : il n'y a que les vices qui n'ont point de ménage[4]. Je lui dis tout bas que je ne voulais point de linge si distingué, je lui parlai sur ce ton-là sérieusement ; il se moqua de moi, et me dit : Vous êtes un enfant, taisez-vous, allez vous regarder dans le miroir, et voyez si ce linge est trop beau pour votre visage. Et puis, sans vouloir m'écouter, il alla son train.

Je vous avoue que je me trouvais bien embarrassée, car je voyais qu'il était sûr qu'il m'aimait, qu'il ne me donnait qu'à cause de cela, qu'il espérait me gagner par là, et qu'en prenant ce qu'il me donnait, moi je rendais ses espérances assez bien fondées.

Je consultais donc en moi-même ce que j'avais à faire ; et à présent que j'y pense, je crois que je ne consultais que pour perdre du temps : j'assemblais je ne sais combien de réflexions dans mon esprit ; je me taillais de la besogne, afin que, dans la confusion de mes pensées, j'eusse plus de peine à prendre mon parti, et que mon indétermination en fût plus excusable. Par là je reculais une rupture avec M. de Climal, et je gardais ce qu'il me donnait.

Cependant, j'étais bien honteuse de ses vues ; ma chère amie, la sœur du curé, me revenait dans l'esprit. Quelle différence affreuse, me disais-je, des secours qu'elle me donnait à ceux que je reçois ! Quelle serait la douleur de cette amie, si elle vivait, et qu'elle vît l'état où je suis ! Il me semblait que mon aventure violait d'une manière cruelle le respect que je devais à sa tendre amitié ; il me semblait que son cœur en soupirait dans le mien ; et tout ce que je vous dis là, je ne l'aurais point exprimé, mais je le sentais.

D'un autre côté, je n'avais plus de retraite[1], et M. de Climal m'en donnait une ; je manquais de hardes, et il m'en achetait, et c'étaient de belles hardes que j'avais déjà essayées dans mon imagination, et j'avais trouvé qu'elles m'allaient à merveille. Mais je n'avais garde de m'arrêter à cet article qui se mêlait dans mes considérations, car j'aurais rougi du plaisir qu'il me faisait, et j'étais bien aise apparemment que ce plaisir fît son effet sans qu'il y eût de ma faute : souplesse[2] admirable pour être innocent d'une sottise qu'on a envie de faire. Après cela, me dis-je, M. de Climal ne m'a point encore parlé de son amour, peut-être même n'osera-t-il m'en parler de longtemps, et ce n'est point à moi à deviner le motif de ses soins. On m'a menée à lui comme à un homme charitable et pieux, il me fait du bien : tant pis pour lui si ce n'est point dans de bonnes vues, je ne suis point obligée de lire dans sa conscience, et je ne serai complice de rien, tant qu'il ne s'expliquera pas ; ainsi j'attendrai qu'il me parle sans équivoque.

Ce petit cas de conscience ainsi décidé, mes scrupules se dissipèrent et le linge et l'habit me parurent de bonne prise.

Je les emportai chez Mme Dutour; il est vrai qu'en
nous en retournant, M. de Climal rendit, par-ci
par-là, sa passion encore plus aisée à deviner que de
coutume : il se démasquait petit à petit, l'homme
amoureux se montrait, je lui voyais déjà la moitié du
visage, mais j'avais conclu qu'il fallait que je le visse
tout entier pour le reconnaître, sinon il était arrêté
que je ne verrais rien. Les hardes n'étaient pas
encore en lieu de sûreté, et si je m'étais scandalisée
trop tôt, j'aurais peut-être tout perdu. Les passions
de l'espèce de celle de M. de Climal sont naturellement lâches; quand on les désespère, elles ne se
piquent pas de faire une retraite bien honorable, et
c'est un vilain amant qu'un homme qui vous désire
plus qu'il ne vous aime : non pas que l'amant le plus
délicat ne désire à sa manière, mais du moins c'est
que chez lui les sentiments du cœur se mêlent avec
les sens; tout cela se fond ensemble, ce qui fait un
amour tendre, et non pas vicieux, quoique à la vérité
capable du vice; car tous les jours, en fait d'amour,
on fait très délicatement des choses fort grossières.
Mais il ne s'agit point de cela.

Je feignis donc de ne rien comprendre aux petits
discours que me tenait M. de Climal pendant que
nous retournions chez Mme Dutour. J'ai peur de
vous aimer trop, Marianne, me disait-il; et si cela
était que feriez-vous? Je ne pourrais en être que plus
reconnaissante, s'il était possible, lui répondais-je.
Cependant, Marianne, je me défie de votre cœur,
quand il connaîtra toute la tendresse du mien,
ajouta-t-il, car vous ne la savez pas. Comment, lui
dis-je, vous croyez que je ne vois pas votre amitié?
Eh! ne changez point mes termes, reprit-il, je ne dis
pas mon amitié, je parle de ma tendresse. Quoi!
dis-je, n'est-ce pas la même chose? Non, Marianne,
me répondit-il, en me regardant d'une manière à

m'en prouver la différence; non, chère fille, ce n'est pas la même chose, et je voudrais bien que l'une vous parût plus douce que l'autre. Là-dessus je ne pus m'empêcher de baisser les yeux, quoique j'y résistasse; mais mon embarras fut plus fort que moi. Vous ne me dites mot; est-ce que vous m'entendez? me dit-il en me serrant la main. C'est, lui dis-je, que je suis honteuse de ne savoir que répondre à tant de bonté.

Heureusement pour moi, la conversation finit là, car nous étions arrivés; tout ce qu'il put faire, ce fut de me dire à l'oreille : Allez, friponne, allez rendre votre cœur plus traitable et moins sourd, je vous laisse le mien pour vous y aider.

Ce discours était assez net, et il était difficile de parler plus français : je fis semblant d'être distraite pour me dispenser d'y répondre; mais un baiser qu'il m'appuyait sur l'oreille en me parlant s'attirait mon attention malgré que j'en eusse, et il n'y avait pas moyen d'être sourde à cela; aussi ne le fus-je pas. Monsieur, ne vous ai-je pas fait mal? m'écriai-je d'un air naturel, en feignant de prendre le baiser qu'il m'avait donné pour le choc de sa tête avec la mienne. Dans le temps que je disais cela, je descendais de carrosse, et je crois qu'il fut la dupe de ma petite finesse, car il me répondit très naturellement que non.

J'emportai le ballot de hardes, que j'allai serrer dans notre chambre, pendant que M. de Climal était dans la boutique de Mme Dutour. Je redescendis sur-le-champ : Marianne, me dit-il d'un ton froid, faites travailler à votre habit dès aujourd'hui : je vous reverrai dans trois ou quatre jours, et je veux que vous l'ayez. Et puis, parlant à Mme Dutour : J'ai tâché, dit-il, de l'assortir avec de très beau linge qu'elle m'a montré, et que lui a laissé la demoiselle qui est morte.

Et là-dessus vous remarquerez, ma chère amie, que M. de Climal m'avait avertie qu'il parlerait comme cela à Mme Dutour ; et je pense vous en avoir dit la raison, qu'il ne me dit pourtant pas, mais que je devinai. D'ailleurs, ajouta-t-il, je suis bien aise que mademoiselle soit proprement mise, parce que j'ai des vues pour elle qui pourront réussir. Et tout cela du ton d'un homme vrai et respectable ; car M. de Climal, tête à tête avec moi, ne ressemblait point du tout au M. de Climal parlant aux autres : à la lettre, c'était deux hommes différents ; et quand je lui voyais son visage dévot, je ne pouvais pas comprendre comment ce visage-là ferait pour devenir profane, et tel qu'il était avec moi. Mon Dieu, que les hommes ont de talents pour ne rien valoir !

Il se retira après un demi-quart d'heure de conversation avec Mme Dutour. Il ne fut pas plus tôt parti, que celle-ci, à qui il avait conté mon histoire, se mit à louer sa piété et la bonté de son cœur. Marianne, me dit-elle, vous avez fait là une bonne rencontre quand vous l'avez connu ; voyez ce que c'est, il a autant de soin de vous que si vous étiez son enfant ; cet homme-là n'a peut-être pas son pareil dans le monde pour être bon et charitable.

Le mot charité ne fut pas fort de mon goût : il était un peu cru pour un amour-propre aussi douillet que le mien ; mais Mme Dutour n'en savait pas davantage, ses expressions allaient comme son esprit, qui allait comme il plaisait à son peu de malice et de finesse. Je fis pourtant la grimace, mais je ne dis rien, car nous n'avions pour témoin que la grave Mlle Toinon, bien plus capable de m'envier les hardes qu'on me donnait que de me croire humiliée de les recevoir. Oh ! pour cela, mademoiselle Marianne, me dit-elle à son tour d'un air un peu jaloux, il faut que vous soyez née coiffée. Au

contraire, lui répondis-je, je suis née très malheureuse; car je devrais sans comparaison être mieux
que je ne suis. À propos, reprit-elle, est-il vrai que
vous n'avez ni père ni mère, et que vous n'êtes
l'enfant à personne? cela est plaisant. Effectivement,
lui dis-je d'un ton piqué, cela est fort réjouissant; et
si vous m'en croyez, vous m'en ferez vos compliments. Taisez-vous, idiote, lui dit Mme Dutour, qui
vit que j'étais fâchée; elle a raison de se moquer de
vous; remerciez Dieu de vous avoir conservé vos
parents. Qui est-ce qui a jamais dit aux gens qu'ils
sont des enfants trouvés? J'aimerais autant qu'on
me dît que je suis bâtarde.

N'était-ce pas là prendre mon parti d'une manière
bien consolante? Aussi le zèle de cette bonne femme
me choqua-t-il autant que l'insulte de l'autre, et les
larmes m'en vinrent aux yeux. Mme Dutour en fut
touchée, sans se douter de sa maladresse qui les faisait couler: son attendrissement me fit trembler, je
craignis encore quelque nouvelle réprimande à Toinon, et je me hâtai de la prier de ne dire mot.

Toinon, de son côté, me voyant pleurer, se
déconcerta de bonne foi; car elle n'était pas
méchante, et son cœur ne voulait fâcher personne,
sinon qu'elle était vaine, parce qu'elle s'imaginait
que cela était décent. Mais comme elle n'avait pas un
habit neuf aussi bien que moi, peut-être qu'elle avait
cru qu'en place de cela il fallait dire quelque chose,
et redresser un peu son esprit, comme elle redressait
sa figure.

Voilà d'où me vint la belle apostrophe qu'elle me
fit, dont elle me demanda très sincèrement excuse;
et comme je vis que ces bonnes gens n'entendaient
rien à ma fierté, ni à ces délicatesses, et qu'ils ne
savaient pas le quart du mal qu'ils me faisaient, je
me rendis de bonne grâce à leurs caresses; et il ne

fut plus question que de mon habit, qu'on voulut voir avec une curiosité ingénue, qui me fit venir aussi la curiosité d'éprouver ce qu'elles en diraient.

J'allai donc le chercher sans rancune, et avec la joie de penser que je le porterais bientôt. Je prends le paquet tel que je l'avais mis dans la chambre, et je l'apporte. La première chose qu'on vit en le défaisant, ce fut ce beau linge dont on avait pris tant de peine à sauver[1] l'achat, qui avait coûté la façon[2] d'un mensonge à M. de Climal, et à moi un consentement à ce mensonge ; voilà ce que c'est que l'étourderie des jeunes gens ! J'oubliai que ce maudit linge était dans le paquet avec l'habit. Oh ! oh ! dit Mme Dutour, en voici bien d'une autre[3] ! M. de Climal nous disait que c'était la demoiselle défunte qui vous avait laissé cela ; c'est pourtant lui qui vous l'a acheté, Marianne, et c'est fort mal fait à vous de ne l'avoir pas pris chez moi. Vous n'êtes pas plus délicate que des duchesses qui en prennent bien ; et votre M. de Climal est encore plaisant ! Mais je vois bien ce que c'est, ajouta-t-elle en tirant l'étoffe de l'habit qui était dessous, pour la voir, car sa colère n'interrompit point sa curiosité, qui est un mouvement chez les femmes qui va avec tout ce qu'elles ont dans l'esprit ; je vois bien ce que c'est ; je devine pourquoi on a voulu m'en faire accroire sur ce linge-là, mais je ne suis pas si bête qu'on le croit, je n'en dis pas davantage ; remportez, remportez ; pardi, le tour est joli ! On a la bonté de mettre mademoiselle en pension chez moi, et ce qu'il lui faut, on l'achète ailleurs ; j'en ai l'embarras, et les autres le profit ; je vous le conseille !

Pendant ce temps-là, **Toinon** soulevait mon étoffe du bout des doigts, comme si elle avait craint de se les salir, et disait : Diantre ! il n'y a rien de tel que d'être orpheline ! Et la pauvre fille, ce n'était presque

que pour figurer dans l'aventure qu'elle disait cela ;
et toute sage qu'elle était, quiconque lui en eût
donné autant l'aurait rendue stupide de reconnaissance. Laissez cela, Toinon, lui dit Mme Dutour ; je
voudrais bien voir que cela vous fît envie !

Jusque-là je n'avais rien dit ; je sentais tant de
mouvements, tant de confusion, tant de dépit, que je
ne savais par où commencer pour parler : c'était
d'ailleurs une situation bien neuve pour moi que la
mêlée où je me trouvais. Je n'en avais jamais tant vu.
À la fin, quand mes mouvements furent un peu
éclaircis, la colère se déclara la plus forte ; mais ce
fut une colère si franche et si étourdie, qu'il n'y avait
qu'une fille innocente de ce dont on l'accusait qui
pût l'avoir.

Il était pourtant vrai que M. de Climal était amoureux de moi ; mais je savais bien aussi que je ne voulais rien faire de son amour ; et si, malgré cet amour
que je connaissais, j'avais reçu ses présents, c'était
par un petit raisonnement que mes besoins et ma
vanité m'avaient dicté, et qui n'avait rien pris sur la
pureté de mes intentions. Mon raisonnement était
sans doute une erreur, mais non pas un crime : ainsi
je ne méritais pas les outrages dont me chargeait
Mme Dutour, et je fis un vacarme épouvantable. Je
débutai par jeter l'habit et le linge par terre sans
savoir pourquoi, seulement par fureur ; ensuite je
parlai, ou plutôt je criai, et je ne me souviens plus de
tous mes discours, sinon que j'avouai en pleurant
que M. de Climal avait acheté le linge, et qu'il
m'avait défendu de le dire, sans m'instruire des raisons qu'il avait pour cela ; qu'au reste j'étais bien
malheureuse de me trouver avec des gens qui
m'accusaient à si bon marché ; que je voulais sortir
sur-le-champ ; que j'allais envoyer chercher un carrosse pour emporter mes hardes ; que j'irais où je

pourrais; qu'il valait mieux qu'une fille comme moi
mourût d'indigence que de vivre aussi déplacée que
je l'étais; que je leur laissais les présents de M. de
Climal, que je m'en souciais aussi peu que de son
amour, s'il était vrai qu'il en eût pour moi. Enfin
j'étais comme un petit lion, ma tête s'était démontée,
outre que tout ce qui pouvait m'affliger se présentait
à moi : la mort de ma bonne amie, la privation de sa
tendresse, la perte terrible de mes parents, les humiliations que j'avais souffertes, l'effroi d'être étrangère
à tous les hommes, de ne voir la source de mon sang
nulle part, la vue d'une misère qui ne pouvait peut-
être finir que par une autre; car je n'avais que ma
beauté qui pût me faire des amis. Et voyez quelle
ressource que le vice des hommes! N'était-ce pas là
de quoi renverser une cervelle aussi jeune que la
mienne?

Mme Dutour fut effrayée du transport qui m'agitait; elle ne s'y était pas attendue, et n'avait compté
que de me voir honteuse. Mon Dieu! Marianne, me
disait-elle quand elle pouvait placer un mot, on peut
se tromper; apaisez-vous, je suis fâchée de ce que j'ai
dit (car mon emportement ne manqua pas de me
justifier : j'étais trop outrée pour être coupable);
allons, ma fille. Mais j'allais toujours mon train, et à
toute force je voulais sortir.

Enfin elle me poussa dans une petite salle, où elle
s'enferma avec moi; et là j'en dis encore tant, que
j'épuisai mes forces; il ne me resta plus que des
pleurs, jamais on n'en a tant versé; et la bonne
femme, voyant cela, se mit à pleurer aussi du meilleur de son cœur.

Là-dessus, Toinon entra pour nous dire que le
dîner était prêt; et Toinon, qui était de l'avis de tout
le monde, pleura, parce que nous pleurions, et moi,
après tant de larmes, attendrie par les douceurs

qu'elles me dirent toutes deux, je m'apaisai, je me
consolai, j'oubliai tout.

La forte pension que M. de Climal payait pour moi
contribua peut-être un peu au tendre repentir que
Mme Dutour eut de m'avoir fâchée ; de même que le
chagrin de n'avoir pas vendu le linge l'avait, sans
comparaison, bien plus indisposée contre moi que
toute autre chose ; car pendant le repas, prenant un
autre ton, elle me dit elle-même que, si M. de Climal
m'aimait, comme il y avait apparence, il fallait en
profiter. (Je n'ai jamais oublié les discours qu'elle me
tint.) Tenez, Marianne, me disait-elle, à votre place,
je sais bien comment je ferais ; car, puisque vous ne
possédez rien, et que vous êtes une pauvre fille qui
n'avez pas seulement la consolation d'avoir des
parents, je prendrais d'abord tout ce que M. de Climal me donnerait, j'en tirerais tout ce que je pourrais : je ne l'aimerais pas, moi, je m'en garderais
bien ; l'honneur doit marcher le premier, et je ne suis
pas femme à dire autrement, vous l'avez bien vu ; en
un mot comme en mille, tournez[1] tant qu'il vous
plaira, il n'y a rien de tel que d'être sage, et je mourrai dans cet avis. Mais ce n'est pas à dire qu'il faille
jeter ce qui nous vient trouver ; il y a moyen
d'accommoder tout dans la vie. Par exemple, voilà
vous et M. de Climal ; eh bien ! faut-il lui dire : Allez-
vous-en ? Non, assurément : il vous aime, ce n'est pas
votre faute, tous ces bigots n'en font point d'autres.
Laissez-le aimer, et que chacun réponde pour soi[2]. Il
vous achète des nippes, prenez toujours, puisqu'elles
sont payées ; s'il vous donne de l'argent, ne faites pas
la sotte, et tendez la main bien honnêtement, ce n'est
pas à vous à faire la glorieuse. S'il vous demande de
l'amour, allons doucement ici, jouez d'adresse, et
dites-lui que cela viendra ; promettre et tenir mène
les gens bien loin. Premièrement, il faut du temps

pour que vous l'aimiez; et puis, quand vous ferez
semblant de commencer à l'aimer, il faudra du
temps pour que cela augmente; et puis, quand il
croira que votre cœur est à point, n'avez-vous pas
l'excuse de votre sagesse? Est-ce qu'une fille ne doit
pas se défendre? N'a-t-elle pas mille bonnes raisons
à dire aux gens? Ne les prêche-t-elle pas sur le mal
qu'il y aurait? Pendant quoi le temps se passe, et
les présents viennent sans qu'on les aille chercher;
et si un homme à la fin fait le mutin[1], qu'il
s'accommode[2], on sait se fâcher aussi bien que lui,
et puis on le laisse là; et ce qu'il a donné est donné;
pardi! il n'y a rien de si beau que le don; et si les
gens ne donnaient rien, ils garderaient donc tout!
Oh! s'il me venait un dévot qui m'en contât, il me
ferait des présents jusqu'à la fin du monde avant que
je lui dise : Arrêtez-vous!

La naïveté et l'affection avec laquelle Mme Dutour
débitait ce que je vous dis là valaient encore mieux
que ses leçons, qui sont assez douces assurément,
mais qui pourraient faire d'étranges filles d'honneur
des écolières qui les suivraient. La doctrine en est un
peu périlleuse : je crois qu'elle mène sur le chemin
du libertinage, et je ne pense pas qu'il soit aisé de
garder sa vertu sur ce chemin-là.

Toute jeune que j'étais, je n'approuvai point intérieurement ce qu'elle me disait; et effectivement,
quand une fille, en pareil cas, serait sûre d'être toujours sage, la pratique de ces lâches maximes la dés-
honorerait toujours. Dans le fond, ce n'est plus avoir
de l'honneur que de laisser espérer aux gens qu'on
en manquera. L'art d'entretenir un homme dans
cette espérance-là, je l'estime encore plus honteux
qu'une chute totale dans le vice; car dans les mar-
chés, même infâmes, le plus infâme de tous est celui
où l'on est fourbe et de mauvaise foi par avarice.
N'êtes-vous pas de mon sentiment?

Pour moi, j'avais le caractère trop vrai pour me
conduire de cette manière-là ; je ne voulais ni faire le
mal, ni sembler le promettre : je haïssais la fourberie, de quelque espèce qu'elle fût, surtout celle-ci,
dont le motif était d'une bassesse qui me faisait horreur.

Ainsi je secouai la tête à tous les discours de
Mme Dutour qui voulait me convertir là-dessus pour
son avantage et pour le mien. De son côté, elle aurait
été bien aise que ma pension eût duré longtemps, et
que nous eussions fait quelques petits cadeaux[1]
ensemble de l'argent de M. de Climal : c'était ainsi
qu'elle s'en expliquait en riant ; car la bonne femme
était gourmande et intéressée, et moi je n'étais ni
l'un ni l'autre.

Quand nous eûmes dîné, mon habit et mon linge
furent donnés aux ouvrières, et la Dutour leur
recommanda beaucoup de diligence. Elle espérait
sans doute qu'en me voyant brave[2] (c'était son
terme), je serais tentée de laisser durer plus longtemps mon aventure avec M. de Climal ; et il est vrai
que, du côté de la vanité, je menaçais déjà d'être
furieusement femme. Un ruban de bon goût, ou un
habit galant, quand j'en rencontrais, m'arrêtait tout
court, je n'étais plus de sang-froid ; je m'en ressentais
pour une heure, et je ne manquais pas de m'ajuster
de tout cela en idée (comme je vous l'ai déjà dit de
mon habit) ; enfin là-dessus je faisais toujours des
châteaux en Espagne, en attendant mieux.

Mais malgré cela, depuis que j'étais sûre que M. de
Climal m'aimait, j'avais absolument résolu, s'il m'en
parlait, de lui dire qu'il était inutile qu'il m'aimât.
Après quoi, je prendrais sans scrupule tout ce qu'il
voudrait me donner ; c'était là mon petit arrangement.

Au bout de quatre jours on m'apporta mon habit

et du linge; c'était un jour de fête, et je venais de me lever quand cela vint. À cet aspect, Toinon et moi nous perdîmes d'abord toutes deux la parole, moi d'émotion de joie, elle de la triste comparaison qu'elle fit de ce que j'allais être à ce qu'elle serait : elle aurait bien troqué son père et sa mère contre le plaisir d'être orpheline au même prix que moi; elle ouvrait sur mon petit attirail de grands yeux stupéfaits et jaloux, et d'une jalousie si humiliée, que cela me fit pitié dans ma joie : mais il n'y avait point de remède à sa peine, et j'essayai mon habit le plus modestement qu'il me fut possible, devant un petit miroir ingrat qui ne me rendait que la moitié de ma figure; et ce que j'en voyais me paraissait bien piquant.

Je me mis donc vite à me coiffer et à m'habiller pour jouir de ma parure; il me prenait des palpitations en songeant combien j'allais être jolie : la main m'en tremblait à chaque épingle que j'attachais; je me hâtais d'achever sans rien précipiter pourtant : je ne voulais rien laisser d'imparfait. Mais j'eus bientôt fini, car la perfection que je connaissais était bien bornée; je commençais avec des dispositions admirables, et c'était tout.

Vraiment, quand j'ai connu le monde, j'y faisais bien d'autres façons. Les hommes parlent de science et de philosophie; voilà quelque chose de beau, en comparaison de la science de bien placer un ruban, ou de décider de quelle couleur on le mettra !

Si on savait ce qui se passe dans la tête d'une coquette en pareil cas, combien son âme est déliée et pénétrante; si on voyait la finesse des jugements qu'elle fait sur les goûts qu'elle essaye, et puis qu'elle rebute, et puis qu'elle hésite de choisir, et qu'elle choisit enfin par pure lassitude; car souvent elle n'est pas contente, et son idée va toujours plus loin

que son exécution ; si on savait tout ce que je dis là,
cela ferait peur, cela humilierait les plus forts
esprits, et Aristote ne paraîtrait plus qu'un petit garçon. C'est moi qui le dis, qui le sais à merveille ; et
qu'en fait de parure, quand on a trouvé ce qui est
bien, ce n'est pas grand-chose, et qu'il faut trouver le
mieux pour aller de là au mieux du mieux ; et que,
pour attraper ce dernier mieux, il faut lire dans
l'âme des hommes, et savoir préférer ce qui la gagne
le plus à ce qui ne fait que la gagner beaucoup : et
cela est immense !

Je badine un peu sur notre science, et je n'en fais
point de façon avec vous, car nous ne l'exerçons plus
ni l'une ni l'autre ; et à mon égard, si quelqu'un riait
de m'avoir vue coquette, il n'a qu'à me venir trouver,
je lui en dirai bien d'autres, et nous verrons qui de
nous deux rira le plus fort.

J'ai eu un petit minois qui ne m'a pas mal coûté de
folies, quoiqu'il ne paraisse guère les avoir méritées
à la mine qu'il fait aujourd'hui : aussi il me fait pitié
quand je le regarde, et je ne le regarde que par
hasard ; je ne lui fais presque plus cet honneur-là
exprès. Mais ma vanité, en revanche, s'en est bien
donné autrefois : je me jouais de toutes les façons de
plaire, je savais être plusieurs femmes en une.
Quand je voulais avoir un air fripon, j'avais un maintien et une parure qui faisaient mon affaire ; le lendemain on me retrouvait avec des grâces tendres ;
ensuite j'étais une beauté modeste, sérieuse, noncha-
lante. Je fixais l'homme le plus volage ; je dupais son
inconstance, parce que tous les jours je lui renouve-
lais sa maîtresse, et c'était comme s'il en avait
changé.

Mais je m'écarte toujours ; je vous en demande
pardon, cela me réjouit ou me délasse ; et encore une
fois, je vous entretiens.

Je fus donc bientôt habillée; et en vérité, dans cet état, j'effaçais si fort la pauvre Toinon que j'en avais honte. La Dutour me trouvait charmante, Toinon contrôlait[1] mon habit; et moi, j'approuvais ce qu'elle disait par charité pour elle : car si j'avais paru aussi contente que je l'étais, elle en aurait été plus humiliée; ainsi je cachais ma joie. Toute ma vie j'ai eu le cœur plein de ces petits égards-là pour le cœur des autres.

Il me tardait de me montrer et d'aller à l'église pour voir combien on me regarderait. Toinon, qui tous les jours de fête était escortée de son amant, sortit avant moi, de crainte que je ne la suivisse, et que cet amant, à cause de mon habit neuf, ne me regardât plus qu'elle, si nous allions ensemble; car chez de certaines gens, un habit neuf, c'est presque un beau visage.

Je sortis donc toute seule, un peu embarrassée de ma contenance, parce que je m'imaginais qu'il y en avait une à tenir, et qu'étant jolie et parée, il fallait prendre garde à moi de plus près qu'à l'ordinaire. Je me redressais, car c'est par où commence une vanité novice; et autant que je puis m'en ressouvenir, je ressemblais assez à une aimable petite fille, toute fraîche sortie d'une éducation de village, et qui se tient mal, mais dont les grâces encore captives ne demandent qu'à se montrer.

Je ne faisais pas valoir non plus tous les agréments de mon visage : je laissais aller le mien sur sa bonne foi[2], comme vous le disiez plaisamment l'autre jour d'une certaine dame. Malgré cela, nombre de passants me regardèrent beaucoup, et j'en étais plus réjouie que surprise, car je sentais fort bien que je le méritais; et sérieusement il y avait peu de figures comme la mienne, je plaisais au cœur autant qu'aux yeux, et mon moindre avantage était d'être belle.

J'approche ici d'un événement qui a été l'origine de toutes mes autres aventures, et je vais commencer par là la seconde partie de ma vie; aussi bien vous ennuieriez-vous de la lire tout d'une haleine, et cela nous reposera toutes deux.

SECONDE PARTIE

AVERTISSEMENT

La première partie de la *Vie de Marianne* a paru faire plaisir à bien des gens ; ils en ont surtout aimé les réflexions qui y sont semées. D'autres lecteurs ont dit qu'il y en avait trop ; et c'est à ces derniers à qui ce petit Avertissement s'adresse.

Si on leur donnait un livre intitulé *Réflexions sur l'Homme*, ne le liraient-ils pas volontiers, si les réflexions en étaient bonnes ? Nous en avons même beaucoup, de ces livres, et dont quelques-uns sont fort estimés ; pourquoi donc les réflexions leur déplaisent-elles ici, en cas[1] qu'elles n'aient contre elles que d'être des réflexions ?

C'est, diront-ils, que, dans des aventures comme celles-ci, elles ne sont pas à leur place : il est question de nous y amuser, et non pas de nous y faire penser.

À cela voici ce qu'on leur répond. Si vous regardez la *Vie de Marianne* comme un roman, vous avez raison, votre critique est juste ; il y a trop de réflexions, et ce n'est pas là la forme ordinaire des romans, ou des histoires faites simplement pour divertir. Mais Marianne n'a point songé à faire un roman non plus. Son amie lui demande l'histoire de sa vie, et elle l'écrit à sa manière. Marianne n'a aucune forme d'ouvrage présente à l'esprit. Ce n'est point un auteur, c'est une femme qui pense, qui a passé par différents états[1], qui a beaucoup vu; enfin dont la vie est un tissu d'événements qui lui ont donné une certaine connaissance du cœur et du caractère des hommes, et qui, en contant ses aventures, s'imagine être avec son amie, lui parler, l'entretenir, lui répondre; et dans cet esprit-là, mêle indistinctement les faits qu'elle raconte aux réflexions qui lui viennent à propos de ces faits : voilà sur quel ton le prend Marianne. Ce n'est, si vous voulez, ni celui du roman, ni celui de l'histoire, mais c'est le sien : ne lui en demandez pas d'autre. Figurez-vous qu'elle n'écrit point, mais qu'elle parle; peut-être qu'en vous mettant à ce point de vue-là, sa façon de conter ne vous sera pas si désagréable.

Il est pourtant vrai que, dans la suite, elle réfléchit moins et conte davantage, mais pourtant réfléchit toujours; et comme elle va changer d'état, ses récits vont devenir aussi plus curieux, et ses réflexions plus applicables à ce qui se passe dans le grand monde.

Au reste, bien des lecteurs pourront ne pas aimer la querelle du cocher avec Mme Dutour. Il y a des gens qui croient au-dessous d'eux de jeter un regard sur ce que l'opinion a traité d'ignoble; mais ceux qui sont un peu plus philosophes, qui sont un peu moins dupes des distinctions que l'orgueil a mises dans les choses de ce monde, ces gens-là ne seront pas fâchés de voir ce que c'est que l'homme dans un cocher, et ce que c'est que la femme dans une petite marchande.

Dites-moi, ma chère amie, ne serait-ce point un peu par compliment que vous paraissez si curieuse de voir la suite de mon histoire ? Je pourrais le soupçonner ; car jusqu'ici tout ce que je vous ai rapporté n'est qu'un tissu d'aventures bien simples, bien communes, d'aventures dont le caractère paraîtrait bas et trivial à beaucoup de lecteurs, si je les faisais imprimer. Je ne suis encore qu'une petite lingère, et cela les dégoûterait.

Il y a des gens dont la vanité se mêle de tout ce qu'ils font, même de leurs lectures. Donnez-leur l'histoire du cœur humain dans les grandes conditions, ce devient là pour eux un objet important ; mais ne leur parlez pas des états médiocres, ils ne veulent voir agir que des seigneurs, des princes, des rois, ou du moins des personnes qui aient fait une grande figure. Il n'y a que cela qui existe pour la noblesse de leur goût. Laissez là le reste des hommes : qu'ils vivent, mais qu'il n'en soit pas question. Ils vous diraient volontiers que la nature aurait bien pu se passer de les faire naître, et que les bourgeois la déshonorent.

Oh ! jugez, madame, du dédain que de pareils lecteurs auraient eu pour moi.

Au reste, ne confondons point ; le portrait que je

fais de ces gens-là ne vous regarde pas[1], ce n'est pas
vous qui serez la dupe de mon état. Mais peut-être
que j'écris mal. Le commencement de ma vie
contient peu d'événements, et tout cela aurait bien
pu vous ennuyer. Vous me dites que non, vous me
pressez de continuer, je vous en rends grâces, et je
continue : laissez-moi faire, je ne serai pas toujours
chez Mme Dutour[2].

Je vous ai dit que j'allai à l'église, à l'entrée de
laquelle je trouvai de la foule; mais je n'y restai pas.
Mon habit neuf et ma figure y auraient trop perdu;
et je tâchai, en me glissant tout doucement, de
gagner le haut de l'église, où j'apercevais de beau
monde qui était à son aise.

C'étaient des femmes extrêmement parées : les
unes assez laides, et qui s'en doutaient, car elles
tâchaient d'avoir si bon air qu'on ne s'en aperçût
pas; d'autres qui ne s'en doutaient point du tout, et
qui, de la meilleure foi du monde, prenaient leur
coquetterie pour un joli visage.

J'en vis une fort aimable, et celle-là ne se donnait
pas la peine d'être coquette; elle était au-dessus de
cela pour plaire; elle s'en fiait négligemment à ses
grâces, et c'était ce qui la distinguait des autres, de
qui elle semblait dire : Je suis naturellement tout ce
que ces femmes-là voudraient être.

Il y avait aussi nombre de jeunes cavaliers bien
faits, gens de robe et d'épée, dont la contenance
témoignait qu'ils étaient bien contents d'eux, et qui
prenaient sur le dos de leurs chaises de ces postures
aisées et galantes qui marquent qu'on est au fait des
bons airs du monde.

Je les voyais tantôt se baisser, s'appuyer, se redresser; puis sourire, puis saluer à droite et à gauche,
moins par politesse ou par devoir que pour varier les
airs de bonne mine et d'importance, et se montrer
sous différents aspects.

Et moi, je devinais la pensée de toutes ces personnes-là sans aucun effort; mon instinct ne voyait
rien là qui ne fût de sa connaissance, et n'en était pas
plus délié pour cela; car il ne faut pas s'y méprendre,
ni estimer ma pénétration plus qu'elle ne vaut.

Nous avons deux sortes d'esprits, nous autres
femmes. Nous avons d'abord le nôtre, qui est celui
que nous recevons de la nature, celui qui nous sert à
raisonner, suivant le degré qu'il a, qui devient ce
qu'il peut, et qui ne sait rien qu'avec le temps.

Et puis nous en avons encore un autre, qui est à
part du nôtre, et qui peut se trouver dans les femmes
les plus sottes. C'est l'esprit que la vanité de plaire
nous donne, et qu'on appelle, autrement dit, la
coquetterie.

Oh! celui-là, pour être instruit, n'attend pas le
nombre des années : il est fin dès qu'il est venu; dans
les choses de son ressort, il a toujours la théorie de
ce qu'il voit mettre en pratique. C'est un enfant de
l'orgueil qui naît tout élevé, qui manque d'abord
d'audace, mais qui n'en pense pas moins. Je crois
qu'on peut lui enseigner des grâces et de l'aisance;
mais il n'apprend que la forme, et jamais le fond.
Voilà mon avis[1].

Et c'est avec cet esprit-là que j'expliquais si bien
les façons de ces femmes; c'est encore lui qui me faisait entendre les hommes : car, avec une extrême
envie d'être de leur goût, on a la clef de tout ce qu'ils
font pour être du nôtre, et il n'y aura jamais d'autre
mérite à tout cela que d'être vaine et coquette; et je
pouvais me passer de cette petite parenthèse-là pour
vous le prouver, car vous le savez aussi bien que
moi; mais je me suis avisée trop tard de penser que
vous le savez. Je ne vois mes fautes que lorsque je les
ai faites; c'est le moyen de les voir sûrement; mais
non pas à votre profit, et au mien : n'est-il pas vrai?
Retournons à l'église.

La place que j'avais prise me mettait au milieu du
monde dont je vous parle. Quelle fête ! C'était la première fois que j'allais jouir un peu du mérite de ma
petite figure. J'étais tout émue de plaisir de penser
à ce qui allait en arriver, j'en perdais presque
haleine ; car j'étais sûre du succès, et ma vanité
voyait venir d'avance les regards qu'on allait jeter sur
moi.

Ils ne se firent pas longtemps attendre. À peine
étais-je placée, que je fixai les yeux de tous les
hommes. Je m'emparai de toute leur attention ; mais
ce n'était encore là que la moitié de mes honneurs, et
les femmes me firent le reste.

Elles s'aperçurent qu'il n'était plus question
d'elles, qu'on ne les regardait plus, que je ne leur
laissais pas un curieux, et que la désertion était
générale.

On ne saurait s'imaginer ce que c'est que cette
aventure-là pour des femmes, ni combien leur
amour-propre en est déconcerté ; car il n'y a pas
moyen qu'il s'y trompe, ni qu'il chicane sur l'évidence d'un pareil affront : ce sont de ces cas désespé-
rés qui le poussent à bout, et qui résistent à toutes
ses tournures[1].

Avant que j'arrivasse, en un mot, ces femmes faisaient quelque figure ; elles voulaient plaire, et ne
perdaient pas leur peine. Enfin chacune d'elles avait
ses partisans, du moins la fortune était-elle assez
égale ; et encore la vanité vit-elle quand les choses se
passent ainsi. Mais j'arrive, on me voit, et tous ces
visages ne sont plus rien, il n'en reste pas la mémoire
d'un seul.

Eh ! d'où leur vient cette catastrophe ? de la présence d'une petite fille, qu'on avait à peine aperçue,
qu'on avait pourtant vue se placer ; qu'on aurait
même risqué de trouver très jolie, si on ne s'en était

pas défendu; enfin qui aurait bien pu se passer de venir là, et que, dans le fond, on avait un peu crainte, mais le plus imperceptiblement qu'on l'avait pu.

C'est encore leurs pensées que j'explique, et je soutiens que je les rends comme elles étaient. J'en eus pour garant certain coup d'œil que je leur avais vu jeter sur moi quand je m'avançai, et je compris fort bien tout ce qu'il y avait dans ce coup d'œil-là : on avait voulu le rendre distrait, mais c'était d'une distraction faite exprès; car il y était resté, malgré qu'on en eût, un air d'inquiétude et de dédain, qui était un aveu bien franc de ce que je valais.

Cela me parut comme une vérité qui échappe, et qu'on veut corriger par un mensonge.

Quoi qu'il en soit, cette petite figure dont on avait refusé de tenir compte, et devant qui toutes les autres n'étaient plus rien, il fallut en venir à voir ce que c'était pourtant, et retourner sur ses pas pour l'examiner, puisqu'il plaisait au caprice des hommes de la distinguer, et d'en faire quelque chose.

Voilà donc mes coquettes qui me regardent à leur tour, et ma physionomie n'était pas faite pour les rassurer : il n'y avait rien de si ingrat que l'espérance d'en pouvoir médire; et je n'avais, en vérité, que des grâces au service de leur colère. Oh! vous m'avouerez que ce n'était pas là l'article de ma gloire le moins intéressant.

Vous me direz que, dans leur dépit, il était difficile qu'elles me trouvassent aussi jolie que je l'étais. Soit; mais je suis persuadée que le fond du cœur fut pour moi, sans compter que le dépit même donne de bons yeux.

Fiez-vous aux personnes jalouses du soin de vous connaître, vous ne perdrez rien avec elles : la nécessité de bien voir est attachée à leur misérable passion, et elles vous trouvent toutes les qualités que vous avez, en vous cherchant tous les défauts que vous n'avez pas : voilà ce qu'elles essuient.

Mes rivales ne me regardèrent pas longtemps, leur examen fut court ; il n'était pas amusant pour elles, et l'on finit vite avec ce qui humilie.

À l'égard des hommes, ils me demeurèrent constamment attachés[1] ; et j'en eus une reconnaissance qui ne resta pas oisive.

De temps en temps, pour les tenir en haleine, je les régalais d'une petite découverte sur mes charmes ; je leur en apprenais quelque chose de nouveau, sans me mettre pourtant en grande dépense. Par exemple, il y avait dans cette église des tableaux qui étaient à une certaine hauteur : eh bien ! j'y portais ma vue, sous prétexte de les regarder, parce que cette industrie-là[2] me faisait le plus bel œil du monde.

Ensuite, c'était ma coiffe[3] à qui j'avais recours ; elle allait à merveille, mais je voulais bien qu'elle allât mal, en faveur d'une main nue qui se montrait en y retouchant, et qui amenait nécessairement avec elle un bras rond, qu'on voyait pour le moins à demi, dans l'attitude où je le tenais alors.

Les petites choses que je vous dis là, au reste, ne sont petites que dans le récit ; car, à les rapporter, ce n'est rien : mais demandez-en la valeur aux hommes. Ce qui est de vrai, c'est que souvent dans de pareilles occasions, avec la plus jolie physionomie du monde, vous n'êtes encore qu'aimable, vous ne faites que plaire ; ajoutez-y seulement une main de plus, comme je viens de le dire, on ne vous résiste plus, vous êtes charmante.

Combien ai-je vu de cœurs hésitants de se rendre à de beaux yeux, et qui seraient restés à moitié chemin sans le secours dont je parle !

Qu'une femme soit un peu laide, il n'y a pas grand

malheur, si elle a la main belle : il y a une infinité
d'hommes plus touchés de cette beauté-là que d'un
visage aimable ; et la raison de cela, vous la dirai-je ?
Je crois l'avoir sentie.

C'est que ce n'est point une nudité qu'un visage,
quelque aimable qu'il soit ; nos yeux ne l'entendent
pas ainsi : mais une belle main commence à en devenir une[1] ; et pour fixer de certaines gens, il est bien
aussi sûr de les tenter que de leur plaire. Le goût de
ces gens-là, comme vous le voyez, n'est pas le plus
honnête ; c'est pourtant, en général, le goût le mieux
servi de la part des femmes, celui à qui leur coquetterie fait le plus d'avances.

Mais m'écarterai-je toujours ? Je crois qu'oui ; je ne
saurais m'en empêcher : les idées me gagnent, je suis
femme, et je conte mon histoire ; pesez ce que je
vous dis là, et vous verrez qu'en vérité je n'use
presque pas des privilèges que cela me donne.

Où en étais-je ? À ma coiffe, que je raccommodais
quelquefois dans l'intention que j'ai dite.

Parmi les jeunes gens dont j'attirais les regards, il
y en eut un que je distinguai moi-même, et sur qui
mes yeux tombaient plus volontiers que sur les
autres.

J'aimais à le voir, sans me douter du plaisir que j'y
trouvais ; j'étais coquette pour les autres, et je ne
l'étais pas pour lui ; j'oubliais à lui plaire, et ne songeais qu'à le regarder.

Apparemment que l'amour, la première fois qu'on
en prend, commence avec cette bonne foi-là, et peut-
être que la douceur d'aimer interrompt le soin d'être
aimable.

Ce jeune homme, à son tour, m'examinait d'une
façon toute différente de celle des autres ; elle était
plus modeste, et pourtant plus attentive : il y avait
quelque chose de plus sérieux qui se passait entre lui

et moi. Les autres applaudissaient ouvertement à mes charmes, il me semblait que celui-ci les sentait ; du moins je le soupçonnais quelquefois, mais si confusément, que je n'aurais pu dire ce que je pensais de lui, non plus que ce que je pensais de moi.

Tout ce que je sais, c'est que ses regards m'embarrassaient, que j'hésitais de les lui rendre, et que je les lui rendais toujours ; que je ne voulais pas qu'il me vît y répondre, et que je n'étais pas fâchée qu'il l'eût vu.

Enfin on sortit de l'église, et je me souviens que j'en sortis lentement, que je retardais mes pas ; que je regrettais la place que je quittais ; et que je m'en allais avec un cœur à qui il manquait quelque chose, et qui ne savait pas ce que c'était. Je dis qu'il ne le savait pas ; c'est peut-être trop dire, car, en m'en allant, je retournais souvent la tête pour revoir encore le jeune homme que je laissais derrière moi ; mais je ne croyais pas me retourner pour lui.

De son côté, il parlait à des personnes qui l'arrêtaient, et mes yeux rencontraient toujours les siens.

La foule à la fin m'enveloppa et m'entraîna avec elle ; je me trouvai dans la rue, et je pris tristement le chemin de la maison.

Je ne pensais plus à mon ajustement[1] en m'en retournant ; je négligeais ma figure, et ne me souciais plus de la faire valoir.

J'étais si rêveuse, que je n'entendis pas le bruit d'un carrosse qui venait derrière moi, et qui allait me renverser, et dont le cocher s'enrouait à me crier : Gare !

Son dernier cri me tira de ma rêverie ; mais le danger où je me vis m'étourdit si fort que je tombai en voulant fuir, et me blessai le pied en tombant.

Les chevaux n'avaient plus qu'un pas à faire pour marcher sur moi : cela alarma tout le monde, on se

mit à crier; mais celui qui cria le plus fut le maître
de cet équipage, qui en sortit aussitôt, et qui vint à
moi : j'étais encore à terre, d'où malgré mes efforts je
n'avais pu me relever.

On me releva pourtant, ou plutôt on m'enleva, car
on vit bien qu'il m'était impossible de me soutenir.
Mais jugez de mon étonnement, quand, parmi ceux
qui s'empressaient à me secourir, je reconnus le
jeune homme que j'avais laissé à l'église. C'était à lui
à qui appartenait le carrosse, sa maison n'était qu'à
deux pas plus loin, et ce fut où il voulut qu'on me
transportât[1].

Je ne vous dis point avec quel air d'inquiétude il
s'y prit, ni combien il parut touché de mon accident.
À travers le chagrin qu'il en marqua, je démêlai
pourtant que le sort ne l'avait pas tant désobligé en
m'arrêtant. Prenez bien garde à mademoiselle,
disait-il à ceux qui me tenaient; portez-la doucement, ne vous pressez point; car dans ce moment ce
ne fut point à moi à qui il parla. Il me sembla qu'il
s'en abstenait à cause de mon état et des circonstances, et qu'il ne se permettait d'être tendre
que dans ses soins.

De mon côté, je parlai aux autres, et ne lui dis rien
non plus; je n'osais même le regarder, ce qui faisait
que j'en mourais d'envie : aussi le regardais-je, toujours en n'osant, et je ne sais ce que mes yeux lui
dirent; mais les siens me firent une réponse si tendre
qu'il fallait que les miens l'eussent méritée. Cela me
fit rougir, et me remua le cœur à un point qu'à peine
m'aperçus-je de ce que je devenais.

Je n'ai de ma vie été si agitée. Je ne saurais vous
définir ce que je sentais.

C'était un mélange de trouble, de plaisir et de
peur; oui, de peur, car une fille qui en est là-dessus à
son apprentissage ne sait point où tout cela la mène :

ce sont des mouvements inconnus qui l'enveloppent, qui disposent d'elle, qu'elle ne possède point, qui la possèdent; et la nouveauté de cet état l'alarme. Il est vrai qu'elle y trouve du plaisir, mais c'est un plaisir fait comme un danger, sa pudeur même en est effrayée; il y a là quelque chose qui la menace, qui l'étourdit, et qui prend déjà sur elle.

On se demanderait volontiers dans ces instants-là : que vais-je devenir? Car, en vérité, l'amour ne nous trompe point : dès qu'il se montre, il nous dit ce qu'il est, et de quoi il sera question; l'âme, avec lui, sent la présence d'un maître qui la flatte, mais avec une autorité déclarée qui ne la consulte pas, et qui lui laisse hardiment les soupçons de son esclavage futur.

Voilà ce qui m'a semblé de l'état où j'étais, et je pense aussi que c'est l'histoire de toutes les jeunes personnes de mon âge en pareil cas.

Enfin on me porta chez Valville, c'était le nom du jeune homme en question, qui fit ouvrir une salle où l'on me mit sur un lit de repos.

J'avais besoin de secours, je sentais beaucoup de douleur à mon pied, et Valville envoya sur-le-champ chercher un chirurgien, qui ne tarda pas à venir. Je passe quelques petites excuses que je lui fis dans l'intervalle sur l'embarras que je lui causais; excuses communes que tout le monde sait faire, et aux-quelles il répondit à la manière ordinaire.

Ce qu'il y eut pourtant de particulier entre nous deux, c'est que je lui parlai de l'air d'une personne qui sent qu'il y a bien autre chose sur le tapis que des excuses, et qu'il me répondit d'un ton qui me prépa-rait à voir entamer la matière.

Nos regards même l'entamaient déjà; il n'en jetait pas un sur moi qui ne signifiât : *Je vous aime*; et moi, je ne savais que faire des miens, parce qu'ils lui en auraient dit autant.

Nous en étions, lui et moi, à ce muet entretien de nos cœurs, quand nous vîmes entrer le chirurgien, qui, sur le récit que lui fit Valville de mon accident, débuta par dire qu'il fallait voir mon pied.

À cette proposition, je rougis d'abord par un sentiment de pudeur ; et puis, en rougissant pourtant, je songeai que j'avais le plus joli petit pied du monde ; que Valville allait le voir ; que ce ne serait point ma faute, puisque la nécessité voulait que je le montrasse devant lui. Ce qui était une bonne fortune pour moi, bonne fortune honnête et faite à souhait, car on croyait qu'elle me faisait de la peine : on tâchait de m'y résoudre, et j'allais en avoir le profit immodeste, en conservant tout le mérite de la modestie, puisqu'il me venait d'une aventure dont j'étais innocente. C'était ma chute qui avait tort[1].

Combien dans le monde y a-t-il d'honnêtes gens qui me ressemblent, et qui, pour pouvoir garder une chose qu'ils aiment, ne fondent pas mieux leur droit d'en jouir que je faisais le mien dans cette occasion-là !

On croit souvent avoir la conscience délicate, non pas à cause des sacrifices qu'on lui fait, mais à cause de la peine qu'on prend avec elle pour s'exempter de lui en faire.

Ce que je dis là peint surtout beaucoup de dévots, qui voudraient bien gagner le ciel sans rien perdre à la terre, et qui croient avoir de la piété, moyennant les cérémonies pieuses qu'ils font toujours avec eux-mêmes, et dont ils bercent leur conscience. Mais n'admirez-vous pas, au reste, cette morale que mon pied amène ?

Je fis quelque difficulté de le montrer, et je ne voulais ôter que le soulier ; mais ce n'était pas assez. Il faut absolument que je voie le mal, disait le chirurgien, qui y allait tout uniment ; je ne saurais rien dire

sans cela ; et là-dessus une femme de charge, que
Valville avait chez lui, fut sur-le-champ appelée pour
me déchausser ; ce qu'elle fit pendant que Valville et
le chirurgien se retirèrent un peu à quartier[1].

Quand mon pied fut en état, voilà le chirurgien qui
l'examine et qui le tâte. Le bon homme, pour mieux
juger du mal, se baissait beaucoup, parce qu'il était
vieux, et Valville, en conformité de geste, prenait
insensiblement la même attitude, et se baissait beaucoup aussi, parce qu'il était jeune ; car il ne connaissait rien à mon mal, mais il se connaissait à mon
pied, et m'en paraissait aussi content que je l'avais
espéré.

Pour moi, je ne disais mot, et ne donnais aucun
signe des observations clandestines que je faisais sur
lui ; il n'aurait pas été modeste de paraître soupçonner l'attrait qui l'attirait, et d'ailleurs j'aurais tout
gâté si je lui avais laissé apercevoir que je compre-
nais ses petites façons : cela m'aurait obligée moi-
même d'en faire davantage, et peut-être aurait-il
rougi des siennes ; car le cœur est bizarre, il y a des
moments où il est confus et choqué d'être pris sur le
fait quand il se cache ; cela l'humilie. Et ce que je dis
là, je le sentais par instinct.

J'agissais donc en conséquence ; de sorte qu'on
pouvait bien croire que la présence de Valville
m'embarrassait un peu, mais simplement à cause
qu'il me voyait, et non pas à cause qu'il aimait à me
voir.

Dans quel endroit sentez-vous du mal ? me disait
le chirurgien en me tâtant. Est-ce là ? Oui, lui répondis-je, en cet endroit même. Aussi est-il un peu enflé,
ajoutait Valville en y mettant le doigt d'un air de
bonne foi. Allons, ce n'est rien que cela, dit le chirurgien, il n'y a qu'à ne pas marcher aujourd'hui ; un
linge trempé dans de l'eau-de-vie et un peu de repos

vous guériront. Aussitôt le linge fut apporté avec le reste, la compresse fut mise, on me chaussa, le chirurgien sortit, et je restai seule avec Valville, à l'exception de quelques domestiques qui allaient et venaient.

Je me doutais bien que je serais là quelque temps, et qu'il voudrait me retenir à dîner; mais je ne devais pas paraître m'en douter.

Après toutes les obligations que je vous ai, lui dis-je, oserais-je encore vous prier, monsieur, de m'envoyer chercher une chaise[1], ou quelque autre voiture qui me mène chez moi? Non mademoiselle, me répondit-il, vous n'irez pas sitôt chez vous, on ne vous y reconduira que dans quelques heures; votre chute est toute récente, on vous a recommandé de vous tenir en repos, et vous dînerez ici. Tout ce qu'il faut faire, c'est d'envoyer dire où vous êtes, afin qu'on ne soit point en peine de vous.

Et il le fallait effectivement, car mon absence allait alarmer Mme Dutour : et d'ailleurs, qu'est-ce que Valville aurait pensé de moi, si j'avais été ma maîtresse au point de n'avoir à rendre compte à personne de ce que j'étais devenue? Tant d'indépendance n'aurait pas eu bonne grâce : il n'était pas convenable d'être hors de toute tutelle à mon âge, surtout avec la figure que j'avais; car il n'y a pas trop loin d'être si aimable à n'être plus digne d'être aimée. Voilà l'inconvénient qu'il y a d'avoir un joli visage; c'est qu'il nous donne l'air d'avoir tort quand nous sommes un peu soupçonnées, et qu'en mille occasions il conclut contre nous.

Il conclura pourtant ce qu'il voudra, cela ne nous dégoûtera pas d'en avoir un; en un mot, on plaît avec un joli visage, on inspire ou de l'amour ou des désirs. Est-ce de l'amour? fût-on de l'humeur la plus austère, il est le bienvenu : le plaisir d'être aimée trouve toujours sa place ou dans notre cœur ou dans notre vanité. Ne fait-on que nous désirer ? il n'y a encore rien de perdu : il est vrai que la vertu s'en scandalise ; mais la vertueuse n'est pas fâchée du scandale.

Revenons. Vous êtes accoutumée à mes écarts.

Je vous disais donc que mon indépendance ne m'aurait pas été avantageuse ; et Valville assurément ne m'envisageait pas sous cette idée-là : ses égards ou plutôt ses respects en faisaient foi.

Il y a des attentions tendres et même timides, de certains honneurs, qui ne sont dus qu'à l'innocence et qu'à la pudeur ; et Valville, qui me les prodiguait tous, aurait pu craindre de s'être mépris, et d'avoir été la dupe de mes grâces : je lui aurais du moins ôté la douceur de m'estimer en pleine sûreté de confiance ; et quelle chute n'était-ce pas faire là dans son esprit ?

Le croiriez-vous pourtant ? malgré tout ce que je risquais là-dessus en ne donnant de mes nouvelles à personne, j'hésitai sur le parti que je prendrais. Et savez-vous pourquoi ? C'est que je n'avais que l'adresse d'une lingère à donner. Je ne pouvais envoyer que chez Mme Dutour, et Mme Dutour choquait mon amour-propre ; je rougissais d'elle et de sa boutique.

Je trouvais que cette boutique figurait si mal avec une aventure comme la mienne ; que c'était quelque chose de si décourageant pour un homme de condition comme Valville, que je voyais entouré de valets ; quelque chose de si mal assorti aux grâces qu'il mettait dans ses façons ; j'avais moi-même l'air si mignon, si distingué ; il y avait si loin de ma physionomie à mon petit état ; comment avoir le courage de dire : Allez-vous-en à telle enseigne, chez Mme Dutour, où je loge ! Ah ! l'humiliant discours !

Passe pour n'être pas née de parents riches, pour n'avoir que de la naissance sans fortune ; l'orgueil, tout nu qu'il est par là, se sauve encore ; cela ne lui ôte que son faste et ses commodités, et non pas le droit qu'il a aux honneurs de ce monde ; mais un si grand étalage de politesse et d'égards n'était pas dû à une petite fille de boutique : elle était bien hardie de l'avoir souffert, de n'y avoir pas mis ordre par sa confusion.

Et c'était là le retour de réflexion que je craignais dans Valville. Quoi ! ce n'est que cela ? me semblait-il lui entendre dire à lui-même ; et l'ironie de ce petit soliloque-là me révoltait tant de sa part, que, tout bien pesé, j'aimais mieux lui paraître équivoque que ridicule, et le laisser douter de mes mœurs que de le faire rire de tous ses respects. Ainsi je conclus que je n'enverrais chez personne, et que je dirais que cela n'était pas nécessaire.

C'était bien mal conclure, j'en conviens, et je le sentais ; mais ne savez-vous pas que notre âme est encore plus superbe que vertueuse, plus glorieuse qu'honnête, et par conséquent plus délicate sur les intérêts de sa vanité que sur ceux de son véritable honneur ?

Attendez pourtant, ne vous alarmez pas. Ce parti que j'avais pris, je ne le suivis point ; car dans l'agitation qu'il me causait à moi-même, il me vint subitement une autre pensée.

Je trouvai un expédient dont ma misérable vanité fut contente, parce qu'il ne prenait rien sur elle[1], et qu'il n'affligeait que mon cœur ; mais qu'importe que notre cœur souffre, pourvu que notre vanité soit servie ? Ne se passe-t-on pas de tout, et de repos, et de plaisirs, et d'honneur même, et quelquefois de la vie, pour avoir la paix avec elle ?

Or cet expédient dont je vous parle, ce fut de vouloir absolument m'en retourner.

Quoi! quitter sitôt Valville? me direz-vous. Oui, j'eus le courage de m'y résoudre, de m'arracher à une situation que je voyais remplie de mille instants délicieux si je la prolongeais.

Valville m'aimait, il ne me l'avait pas encore dit, et il aurait eu le temps de me le dire. Je l'aimais, il l'ignorait, du moins je le croyais, et je n'aurais pas manqué de le lui apprendre.

Il aurait donc eu le plaisir de me voir sensible, moi celui de montrer que je l'étais, et tous deux celui de l'être ensemble.

Que de douceurs contenues dans ce que je vous dis là, madame! l'amour peut en avoir de plus folles; peut-être n'en a-t-il point de plus touchantes, ni qui aillent si droit et si nettement au cœur, ni dont ce cœur jouisse avec moins de distraction, avec tant de connaissance et de lumières, ni qu'il partage moins avec le trouble des sens; il les voit, il les compte, il en démêle distinctement tout le charme, et cependant je les sacrifiais.

Au reste, tout ce qui me vint alors dans l'esprit là-dessus, quoique long à dire, n'est qu'un instant à être pensé.

Ne vous inquiétez point, mademoiselle, me dit Valville; donnez votre adresse, on partira sur-le-champ.

Et c'était en me prenant la main qu'il me parlait ainsi, d'un air tendre et pressant.

Je ne comprends pas comment j'y résistai. Faites-y attention, ajouta-t-il en insistant. Vous n'êtes point en état de vous en aller sitôt; il est tard: dînez ici, vous partirez ensuite. Pourquoi hésiter? Vous n'avez rien à vous reprocher en restant; on ne saurait y trouver à redire; votre accident vous y force. Allons, qu'on nous serve.

Non, monsieur, lui dis-je; permettez que je me

retire; on ne peut être plus sensible à vos honnêtetés que je le suis, mais je ne veux pas en abuser : je ne demeure pas loin d'ici; je me sens beaucoup mieux, et je vous demande en grâce que je m'en aille.

Mais, me dit Valville, quel est le motif de votre répugnance là-dessus, dans une conjoncture aussi naturelle, aussi innocente que l'est celle-ci? De répugnance, je vous assure que je n'en ai point, répondis-je, et j'aurais grand tort; mais il sera plus séant d'être chez moi, puisque je puis m'y rendre avec une voiture. Quoi! partir si tôt? me dit-il en jetant sur moi le plus doux de tous les regards. Il le faut bien, repris-je en baissant les yeux d'un air triste (ce qui valait bien le regarder moi-même); et comme les cœurs s'entendent, apparemment qu'il sentit ce qui se passait dans le mien; car il reprit ma main qu'il baisa avec une naïveté de passion si vive et si rapide, qu'en me disant mille fois : Je vous aime, il me l'aurait dit moins intelligiblement qu'il ne fit alors.

Il n'y avait plus moyen de s'y méprendre : voilà qui était fini. C'était un amant que je voyais; il se montrait à visage découvert, et je ne pouvais, avec mes petites dissimulations, parer l'évidence de son amour. Il ne restait plus qu'à savoir ce que j'en pensais, et je crois qu'il dut être content de moi : je demeurai étourdie, muette et confuse; ce qui était signe que j'étais charmée. Car avec un homme qui nous est indifférent, ou qui nous déplaît, on en est quitte à meilleur marché, il ne nous met pas dans ce désordre-là : on voit mieux ce qu'on fait avec lui; et c'est ordinairement parce qu'on aime qu'on est troublée en pareil cas.

Je l'étais tant, que la main me tremblait dans celle de Valville; que je ne faisais aucun effort pour la retirer, et que je la lui laissais par je ne sais quel attrait qui me donnait une inaction tendre et timide.

À la fin pourtant, je prononçai quelques mots qui ne mettaient ordre à rien, de ces mots qui diminuent la confusion qu'on a de se taire, qui tiennent la place de quelque chose qu'on ne dit pas et qu'on devrait dire. Eh bien! monsieur, eh bien! qu'est-ce que cela signifie? Voilà tout ce que je pus tirer de moi; encore y mêlai-je un soupir, qui en ôtait le peu de force que j'y avais peut-être mis.

Je me retrouvai pourtant; la présence d'esprit me revint, et la vapeur de ces mouvements qui me tenaient comme enchantée se dissipa. Je sentis qu'il n'était pas décent de mettre tant de faiblesse dans cette situation-là, ni d'avoir l'âme si entreprise[1], et je tâchai de corriger cela par une action de courage.

Vous n'y songez pas! Finissez donc, monsieur, dis-je à Valville en retirant ma main avec assez de force, et d'un ton qui marquait encore que je revenais de loin, supposé qu'il fût lui-même en état d'y voir si clair; car il avait eu des mouvements, aussi bien que moi. Mais je crois qu'il vit tout; il n'était pas si neuf[2] en amour que je l'étais, et dans ces moments-là, jamais la tête ne tourne à ceux qui ont un peu d'expérience par-devers eux; vous les remuez, mais vous ne les étourdissez point; ils conservent toujours le jugement, il n'y a que les novices qui le perdent. Et puis, dans quel danger n'est-on pas quand on tombe en de certaines mains, quand on n'a pour tout guide qu'un amant qui vous aime trop mal pour vous mener bien!

Pour moi, je ne courais alors aucun risque avec Valville : j'avoue que je fus troublée, mais à un degré qui étonna ma raison, et qui ne me l'ôta pas; et cela dura si peu, qu'on n'aurait pu en abuser, du moins je me l'imagine; car au fond, tous ces étonnements de raison ne valent rien non plus, on n'y est point en sûreté; il s'y passe toujours un intervalle de temps où l'on a besoin d'être traitée doucement; le respect de celui avec qui vous êtes vous fait grand bien.

Quant à Valville, je n'eus rien à lui reprocher là-dessus; aussi lui avais-je inspiré des sentiments. Il n'était pas amoureux, il était tendre, façon d'être épris qui, au commencement d'une passion, rend le cœur honnête, qui lui donne des mœurs, et l'attache au plaisir délicat d'aimer et de respecter timidement ce qu'il aime.

Voilà de quoi d'abord s'occupe un cœur tendre : à parer l'objet de son amour de toute la dignité imaginable, et il n'est pas dupe. Il y a plus de charme à cela qu'on ne pense, il y perdrait à ne s'y pas tenir; et vous, madame, vous y gagneriez si je n'étais pas si babillarde.

Finissez donc, me diriez-vous volontiers; et c'est ce que je disais à Valville avec un sérieux encore altéré d'émotion. En vérité, monsieur, vous me surprenez, ajoutai-je; vous voyez bien vous-même que j'ai raison de vouloir m'en aller, et qu'il faut que je parte.

Oui, mademoiselle, vous allez partir, me répondit-il tristement; et je vais donner mes ordres pour cela, puisque vous ne pouvez vous souffrir ici, et qu'apparemment je vous y déplais moi-même, à cause du mouvement qui vient de m'échapper; car il est vrai que je vous aime, et que j'emploierais à vous le dire tous les moments que nous passerions ensemble, et tout le temps de ma vie, si je ne vous quittais pas.

Et quand ce discours qu'il me tenait aurait duré tout le temps de la mienne, il me semble qu'il ne m'aurait pas ennuyée non plus, tant la joie dont il me pénétrait était douce, flatteuse, et pourtant embarrassante; car je sentais qu'elle me gagnait. Je ne voulais pas que Valville la vît, et je ne savais quel air prendre pour la mettre à couvert de ses yeux.

D'ailleurs, ce qu'il m'avait dit demandait une réponse; ce n'était pas à ma joie à la faire, et je n'avais que ma joie dans l'esprit; de sorte que je me taisais, les yeux baissés.

Vous ne répondez rien, me dit Valville; partirez-vous sans me dire un mot? Mon action m'a-t-elle rendu si désagréable? Vous a-t-elle offensée sans retour?

Et remarquez que, pendant ce discours, il avançait sa main pour ravoir la mienne, que je lui laissais prendre, et qu'il baisait encore en me demandant pardon de l'avoir baisée; et ce qui est de plaisant, c'est que je trouvais la réparation fort bonne, et que je la recevais de la meilleure foi du monde, sans m'apercevoir qu'elle n'était qu'une répétition de la faute; je crois même que nous ne nous en aperçûmes ni l'un ni l'autre, et entre deux personnes qui s'aiment, ce sont là de ces simplicités de sentiment[1] que peut-être l'esprit remarquerait bien un peu s'il voulait, mais qu'il laisse bonnement[2] passer au profit du cœur.

Ne me direz-vous rien? me disait donc Valville. Aurai-je le chagrin de croire que vous me haïssez?

Un petit soupir naïf précéda ma réponse, ou plutôt la commença. Non, monsieur, je ne vous hais pas, lui dis-je; vous ne m'avez pas donné lieu de vous haïr, il s'en faut bien. Eh! que pensez-vous donc de moi? reprit-il avec feu. Je vous ai dit que je vous aime; comment regardez-vous mon amour? êtes-vous fâchée que je vous en parle?

Que voulez-vous que je réponde à cette question? lui dis-je. Je ne sais pas ce que c'est que l'amour, monsieur; je pense seulement que vous êtes un fort honnête homme, que je vous ai beaucoup d'obligation, et que je n'oublierai jamais ce que vous avez fait pour moi dans cette occasion-ci.

Vous ne l'oublierez jamais! s'écria-t-il. Eh! comment saurai-je que vous voudrez bien vous ressouvenir de moi, si j'ai le malheur de ne vous plus voir, mademoiselle? Ne m'exposez point à vous perdre pour toujours; et s'il est vrai que vous n'ayez point d'aversion pour moi, ne m'ôtez pas les moyens de vous parler quelquefois, et d'essayer si ma tendresse ne pourra vous toucher un jour. Je ne vous ai vue aujourd'hui que par un coup de hasard; où vous retrouverai-je, si vous me laissez ignorer qui vous êtes? Je vous chercherais inutilement. J'en conviens, lui dis-je avec une franchise qui alla plus vite que ma pensée, et qui semblait nous plaindre tous deux. Eh bien! mademoiselle, ajouta-t-il en approchant encore sa bouche de ma main (car nous ne prenions plus garde à cette minutie-là[1], elle nous était devenue familière; et voilà comme tout passe en amour); eh bien, nommez-moi, de grâce, les personnes à qui vous appartenez; instruisez-moi de ce qu'il faut faire pour être connu d'elles; donnez-moi cette consolation avant que de partir.

À peine achevait-il de parler qu'un laquais entra: Qu'on mette les chevaux au carrosse pour reconduire mademoiselle, lui dit Valville, en se retournant de son côté.

Cet ordre, que je n'avais point prévu, me fit frémir: il rompait toutes mes mesures, et rejetait ma vanité dans toutes ses angoisses.

Ce n'était point le carrosse de Valville qu'il me fallait. La petite lingère n'échappait point par là à l'affront d'être connue. J'avais compris qu'on m'enverrait chercher une voiture; je comptais m'y mettre toute seule, en être quitte pour dire: Menez-moi dans telle rue; et, à l'abri de toute confusion, regagner ainsi cette fâcheuse boutique qui m'avait coûté tant de peine d'esprit, et dont je ne pouvais

plus faire un secret, si je m'en retournais dans l'équipage de Valville : car il n'aurait pas oublié de demander à ses gens : Où l'avez-vous menée? Et ils
n'auraient pas manqué de lui dire : À une boutique.

Encore n'eût-ce été là que demi-mal, puisque je
n'aurais pas été présente au rapport, et que je n'en
aurais rougi que de loin. Mais vous allez voir que la
politesse de Valville me destinait à une honte bien
plus complète.

J'imagine une chose, mademoiselle, me dit-il tout
de suite quand le laquais fut sorti; c'est de vous
reconduire moi-même avec la femme que vous avez
vue paraître. Qu'en dites-vous, mademoiselle? il me
semble que c'est une attention nécessaire de ma
part, après ce qui vous est arrivé; je crois même qu'il
y aurait de l'impolitesse à m'en dispenser : c'est une
réflexion que je fais, et qui me vient fort à propos. Et
moi, je la trouvais tuante.

Ah! monsieur, m'écriai-je, que me proposez-vous
là? Moi, m'en retourner dans votre carrosse au logis,
et y arriver avec vous, avec un homme de votre âge!
Non, monsieur, je n'aurai pas cette imprudence-là;
le ciel m'en préserve! Vous ne songez pas à ce qu'on
en dirait; tout est plein de médisants; et si on ne va
pas me chercher une voiture, j'aime encore mieux
m'en aller à pied chez moi, et m'y traîner comme je
pourrai, que d'accepter vos offres.

Ce discours ne souffrait point de réplique; aussi
m'en parut-il outré.

Allons, mademoiselle, s'écria-t-il à son tour avec
douleur en se levant d'auprès de moi : je vous
entends. Vous ne voulez plus que je vous revoie, ni
que je sache où vous reprendre; car, de m'alléguer la
crainte que vous avez, dites-vous, de ce qu'on pourrait dire, il n'y a pas d'apparence qu'elle soit le motif
de vos refus. Vous vous blessez en tombant, vous

êtes à ma porte, je m'y trouve, vous avez besoin de secours, mille gens sont témoins de votre accident, vous ne sauriez vous soutenir, je vous fais porter chez moi; de là je vous ramène chez vous; il n'y a rien de si simple, vous le sentez bien; mais rien en même temps qui me mît plus naturellement à portée d'être connu de vos parents, et je vois bien que c'est à quoi vous ne voulez pas que je parvienne. Vous avez vos raisons, sans doute; ou je vous déplais, ou vous êtes prévenue.

Et là-dessus, sans me donner le temps de lui répondre, outré du silence morne que j'avais gardé jusque-là, et, dans l'amertume de son chagrin, ayant l'air content d'être privé de ce qu'il était au désespoir de perdre, il part, s'avance à la porte de la salle et appelle impétueusement un laquais, qui accourt: Qu'on aille chercher une chaise, lui dit-il; et si on n'en trouve pas, qu'on amène un carrosse. Mademoiselle ne veut pas du mien.

Et puis, revenant à moi: Soyez en repos, ajouta-t-il, vous allez avoir ce que vous souhaitez, mademoiselle: il n'y a plus rien à craindre; et vous et vos parents me serez éternellement inconnus, à moins que vous ne me disiez votre nom, et je ne pense pas que vous en ayez envie.

À cela nulle réponse encore de ma part; je n'étais plus en état de parler. En revanche, devinez ce que je faisais, madame: excédée[1] de peines, de soupirs, de réflexions, je pleurais, la tête baissée. Vous pleuriez? Oui, j'avais les yeux remplis de larmes. Vous en êtes surprise? Mais mettez-vous bien au fait de ma situation, et vous verrez dans quel épuisement de courage je devais tomber.

Que n'avais-je pas souffert depuis une demi-heure? Comptons mes détresses: une vanité inexorable qui ne voulait point de Mme Dutour, ni par

conséquent que je fusse lingère; une pudeur gémis-
sant de la figure d'aventurière que j'allais faire, si je
ne m'en tenais pas à être fille de boutique; un amour
désespéré, à quoi que je me déterminasse là-dessus :
car une fille de mon état, me disais-je, ne pouvait pas
conserver la tendresse de Valville, ni une fille suspecte mériter qu'il l'aimât.

À quoi donc me résoudre? À m'en aller sur-le-
champ? Autre affliction pour mon cœur, qui se trouvait si bien de l'entretien de Valville.

Et voyez que de différentes mortifications il avait
fallu sentir, peser, essayer sur mon âme, pour en
comparer les douleurs, et savoir à laquelle je donnerais la préférence!

Ajoutez à cela qu'il n'y a rien de consolant dans de
pareilles peines, parce que c'est la vanité qui nous les
cause, et que de soi-même on est incapable d'une
détermination. En effet, à quoi m'avait-il servi
d'opter et de m'être enfin fixée à la douleur de quitter Valville? M'en était-il moins difficile de lui rester
inconnue, comme c'était mon dessein? Non vraiment, car il m'offrait son carrosse, il voulait me
reconduire; ensuite, il se retranchait[1] à savoir mon
nom, qu'il n'était pas naturel de lui cacher, mais que
je ne pouvais pas lui dire, puisque je ne le savais pas
moi-même, à moins que je ne prisse celui de
Marianne; et prendre ce nom-là, c'était presque
déclarer Mme Dutour et sa boutique, ou faire soupçonner quelque chose d'approchant.

À quoi donc en étais-je réduite? À quitter brusquement Valville sans aucun ménagement de politesse
et de reconnaissance; à me séparer de lui comme
d'un homme avec qui je voulais rompre, lui qui
m'aimait, lui que je regrettais, lui qui m'apprenait
que j'avais un cœur; car on ne le sent que du jour où
l'on aime (et jugez combien ce cœur est remué de la

première leçon d'amour qu'il reçoit!), enfin, lui que je sacrifiais à une vanité haïssable, que je condamnais intérieurement moi-même, qui me paraissait ridicule, et qui, malgré tout le tourment qu'elle me causait, ne me laissait pas seulement la consolation de me trouver à plaindre.

En vérité, madame, avec une tête de quinze ou seize ans, avais-je tort de succomber, de perdre tout courage, et d'être abattue jusqu'aux larmes?

Je pleurai donc, et il n'y avait peut-être pas de meilleur expédient pour me tirer d'affaire, que de pleurer et de laisser tout là. Notre âme sait bien ce qu'elle fait, ou du moins son instinct le sait bien pour elle.

Vous croyez que mon découragement est mal entendu, qu'il ne peut tourner qu'à ma confusion; et c'est le contraire. Il va remédier à tout; car premièrement, il me soulagea, il me mit à mon aise, il affaiblit ma vanité, il me défit de cet orgueilleux effroi que j'avais d'être connue de Valville. Voilà déjà bien du repos pour moi : voici d'autres avantages.

C'est que cet abattement et ces pleurs me donnèrent, aux yeux de ce jeune homme, je ne sais quel air de dignité romanesque qui lui en imposa, qui corrigea d'avance la médiocrité de mon état, qui disposa Valville à l'apprendre sans en être scandalisé; car vous sentez bien que tout ceci ne saurait demeurer sans quelque petit éclaircissement. Mais n'en soyez point en peine, et laissez faire aux pleurs que je répands; ils viennent d'ennoblir Marianne dans l'imagination de son amant; ils font foi d'une fierté de cœur qui empêchera bien qu'il ne la dédaigne.

Et dans le fond, observons une chose. Être jeune et belle, ignorer sa naissance, et ne l'ignorer que par un coup de malheur, rougir et soupirer en illustre infortunée[1] de l'humiliation où cela vous laisse; si j'avais affaire à l'amour, lui qui est tendre et galant, qui se plaît à honorer ce qu'il aime : voilà, pour lui paraître charmante et respectable, dans quelle situation et avec quel amas de circonstances je voudrais m'offrir à lui.

Il y a de certaines infortunes qui embellissent la beauté même, qui lui prêtent de la majesté. Vous avez alors, avec vos grâces, celles que votre histoire, faite comme un roman, vous donne encore. Et ne vous embarrassez pas d'ignorer ce que vous êtes née; laissez travailler les chimères de l'amour là-dessus; elles sauront bien vous faire un rang distingué, et tirer bon parti des ténèbres qui cacheront votre naissance. Si une femme pouvait être prise pour une divinité, ce serait en pareil cas que son amant l'en croirait une.

À la vérité, il ne faut pas s'attendre que cela dure; ce sont là de ces grâces et de ces dignités d'emprunt qui s'en retournent avec les amoureuses folies qui vous en parent.

Et moi, je retourne toujours aux réflexions, et je vous avertis que je ne me les reprocherai plus. Vous voyez bien que je n'y gagne rien et que je suis incorrigible; ainsi tâchons toutes deux de n'y plus prendre garde.

J'ai laissé Valville désespéré de ce que je voulais partir sans me faire connaître; mais les pleurs qu'il me vit répandre le calmèrent tout d'un coup. Je n'ai jamais rien vu ni de si doux, ni de si tendre que ce qui se peignit alors sur sa physionomie : et en effet, mes pleurs ne concluaient rien de fâcheux pour lui; ils n'annonçaient ni haine, ni indifférence, ils ne pouvaient signifier que de l'embarras.

Hé quoi! mademoiselle, vous pleurez? me dit-il en venant se jeter à mes genoux avec un amour où l'on démêlait déjà je ne sais quel transport d'espérance;

vous pleurez? Eh! quel est donc le motif de vos
larmes? Vous ai-je dit quelque chose qui vous chagrine? Parlez, je vous en conjure. D'où vient que je
vous vois dans cet état-là? ajouta-t-il en me prenant
une main qu'il accablait de caresses, et que je ne retirais pas, mais que, dans ma consternation, je sem-
blais lui abandonner avec décence, et comme à un
homme dont le bon cœur, et non pas l'amour, obte-
nait de moi cette nonchalance-là.

Répondez-moi, s'écriait-il; avez-vous d'autres
sujets de tristesse? Et pourriez-vous hésiter d'ouvrir
votre cœur à qui vous a donné tout le sien, à qui vous
jure qu'il sera toujours à vous, à qui vous aime plus
que sa vie, à qui vous aime autant que vous méritez
d'être aimée? Est-ce qu'on peut voir vos larmes sans
souhaiter de vous secourir? Et vous est-il permis de
m'en pénétrer sans vouloir rien faire de l'attendrissement où elles me jettent? Parlez. Quel service faut-il
vous rendre? Je compte que vous ne vous en irez pas
si tôt.

Il faudrait donc envoyer chez Mme Dutour, lui
dis-je naïvement alors, comme entraînée moi-même
par le torrent de sa tendresse et de la mienne.

Et la voilà enfin déclarée, cette Mme Dutour si terrible, et sa boutique et son enseigne (car tout cela
était compris dans son nom); et la voilà déclarée
sans que j'y hésitasse : je ne m'aperçus pas que j'en
parlais.

Chez Mme Dutour! une marchande de linge? Hé!
je la connais, dit Valville; c'est donc elle qui aura
soin d'aller chez vous avertir où vous êtes? Mais
de la part de qui lui dira-t-on qu'on vient?

À cette question ma naïveté m'abandonna; je me
retrouvai glorieuse[1] et confuse, et je retombai dans
tous mes embarras.

Et en effet, y avait-il rien de si piquant que ce qui

m'arrivait! Je viens de nommer Mme Dutour, je
crois par là avoir tout dit, et que Valville est à peu
près au fait. Point du tout; il se trouve qu'il faut
recommencer, que je n'en suis pas quitte, que je ne
lui ai rien appris, et qu'au lieu de comprendre que je
n'envoie chez elle que parce que j'y demeure, il
entend seulement que mon dessein est de la charger
d'aller dire à mes parents où je suis, c'est-à-dire qu'il
la prend pour ma commissionnaire; c'est là toute la
relation qu'il imagine entre elle et moi.

Et d'où vient cela? C'est que j'ai si peu l'air d'une
Marianne, c'est que mes grâces et ma physionomie
le préoccupent[1] tant en ma faveur, c'est qu'il est si
éloigné de penser que je puisse appartenir, de près
ou de loin, à une Mme Dutour, qu'apparemment il
ne saura que je loge chez elle et que je suis sa fille de
boutique, que quand je le lui aurai dit, peut-être
répété dans les termes les plus simples, les plus naturels et les plus clairs.

Oh! voyez combien il sera surpris! et si moi, qui
prévois sa surprise, je ne dois pas frémir plus que
jamais de la lui donner!

Je ne répondais donc rien; mais il se mêlait à mon
silence un air de confusion si marqué, qu'à la fin
Valville entrevit ce que je n'avais pas le courage de
lui dire.

Quoi! mademoiselle, est-ce que vous logez chez
Mme Dutour? Oui, monsieur, lui répondis-je d'un
ton vraiment humilié : je ne suis pourtant pas faite
pour être chez elle[2], mais les plus grands malheurs
du monde m'y réduisent. Voilà donc ce que signifiaient vos pleurs? me répondit-il en me serrant la
main avec un attendrissement qui avait quelque
chose de si honnête pour moi et de si respectueux,
que c'était comme une réparation des injures que me
faisait le sort : voyez si mes pleurs m'avaient bien
servie.

L'article sur lequel nous en étions allait sans doute
donner matière à une longue conversation entre
nous, quand on ouvrit avec grand bruit la porte de la
salle, et que nous vîmes entrer une dame menée,
devinez par qui ? par M. de Climal, qui, pour premier
objet, aperçut Marianne en face, à demi couchée sur
un lit de repos, les yeux mouillés de larmes, et tête à
tête avec un jeune homme, dont la posture tendre et
soumise menait à croire que son entretien roulait
sur l'amour, et qu'il me disait : Je vous adore ; car
vous savez qu'il était à mes genoux ; et qui plus est,
c'est que, dans ce moment, il avait la tête baissée sur
une de mes mains, ce qui concluait aussi qu'il la baisait. N'était-ce pas là un tableau bien amusant pour
M. de Climal ?

Je voudrais pouvoir vous exprimer ce qu'il devint.
Vous dire qu'il rougit, qu'il perdit toute contenance,
ce n'est vous rendre que les gros traits de l'état où je
le vis.

Figurez-vous un homme dont les yeux regardaient
tout sans rien voir, dont les bras se remuaient toujours sans avoir de geste, qui ne savait quelle attitude donner à son corps qu'il avait de trop, ni que
faire de son visage qu'il ne savait sous quel air présenter, pour empêcher qu'on n'y vît son désordre qui
allait s'y peindre.

M. de Climal était amoureux de moi ; comprenez
donc combien il fut jaloux. Amoureux et jaloux !
voilà déjà de quoi être bien agité ; et puis M. de Climal était un faux dévot, qui ne pouvait avec honneur
laisser transpirer ni jalousie, ni amour. Ils transpi-
raient pourtant malgré qu'il en eût : il le sentait bien,
il en était honteux, il avait peur qu'on n'aperçût sa
honte ; et tout cela ensemble lui donnait je ne sais
quelle incertitude de mouvements, sotte, ridicule,
qu'on voit mieux qu'on ne l'explique. Et ce n'est pas

là tout : son trouble avait encore un grand motif que
j'ignorais ; le voici : c'est que Valville, en se levant,
s'écria à demi bas : Eh ! c'est mon oncle !

Nouvelle augmentation de singularité dans ce
coup de hasard. Je n'avais fait que rougir en le
voyant, cet oncle ; mais sa parenté, que j'apprenais,
me déconcerta encore davantage ; et la manière dont
je le regardai, s'il y fit attention, m'accusait bien nettement d'avoir pris plaisir aux discours de Valville.
J'avais tout à fait l'air d'être sa complice ; cela n'était
pas douteux à ma contenance.

De sorte que nous étions trois figures très inter-
dites. À l'égard de la dame que menait M. de Climal,
elle ne me parut pas s'apercevoir de notre embarras,
et ne remarqua, je pense, que mes grâces, ma jeunesse, et la tendre posture de Valville.

Ce fut elle qui ouvrit la conversation. Je ne vous
plains point, monsieur, vous êtes en bonne compagnie, un peu dangereuse à la vérité ; je n'y crois pas
votre cœur fort en sûreté, dit-elle à Valville en nous
saluant. À quoi d'abord il ne répondit que par un
sourire, faute de savoir que dire. M. de Climal souriait aussi, mais de mauvaise grâce, et en homme
indéterminé sur le parti qu'il avait à prendre, inquiet
de celui que je prendrais ; car fallait-il qu'il me
connût ou non, et moi-même allais-je en agir avec
lui comme avec un homme que je connaissais ?

D'un autre côté, ne sachant aussi quel accueil je
devais lui faire, j'observais le sien pour m'y conformer ; et comme son air souriant ne réglait rien là-
dessus, la manière dont je saluai ne fut pas plus décisive, et se sentit de l'équivoque où il me laissait.

En un mot, j'en fis trop et pas assez. Dans la moitié de mon salut, il semblait que je le connaissais ;
dans l'autre moitié, je ne le connaissais plus ; c'était
oui, c'était non, et tous les deux manqués.

Valville remarqua cette façon d'agir obscure, car il me l'a dit depuis. Il en fut frappé.

Il faut savoir que, depuis quelque temps, il soupçonnait son oncle de n'être pas tout ce qu'il voulait paraître; il avait appris, par de certains faits, à se défier de sa religion et de ses mœurs. Il voyait que j'étais aimable, que je demeurais chez Mme Dutour, que j'avais beaucoup pleuré avant que de l'avouer. Que pouvait, après cela, signifier cet accueil à double sens que je faisais à M. de Climal, qui n'avait pas à son tour un maintien moins composé, ni plus clair? Il y avait là matière à de fâcheuses conjectures.

J'oublie de vous dire que je feignis de vouloir me lever, pour saluer plus décemment : Non, mademoiselle, non, demeurez, me dit Valville, ne vous levez point; madame vous en empêchera elle-même quand elle saura que vous êtes blessée au pied. Pour monsieur, ajouta-t-il en adressant la parole à son oncle, je crois qu'il vous en dispense, d'autant plus qu'il me paraît que vous vous connaissez.

Je ne pense pas avoir cet honneur-là, répondit sur-le-champ M. de Climal, avec une rougeur qui vengeait[1] la vérité de son effronterie. Est-ce que mademoiselle m'aurait vu quelque part? ajouta-t-il en me regardant d'un œil qui me demandait le secret.

Je ne sais, repartis-je d'un ton moins hardi que mes paroles; mais il me semblait que la physionomie de monsieur ne m'était pas inconnue. Cela se peut, dit-il; mais qu'est-il donc arrivé à mademoiselle? est-ce qu'elle est tombée?

Et cette question-là, il la faisait à son neveu qui ne lui répondait rien. Il ne l'avait pas seulement entendu; son inquiétude l'occupait bien d'autres choses.

Oui, monsieur, dis-je alors pour lui, toute confuse

que j'étais d'aider à soutenir un mensonge dans lequel je voyais bien que Valville m'accusait d'être de moitié avec son oncle ; oui, monsieur, c'est une chute que j'ai faite près d'ici, presque au sortir de la messe, et on m'a portée dans cette salle, parce que je ne pouvais marcher.

Mais, dit la dame, il faudrait du secours. Si c'était une entorse, cela est considérable. Êtes-vous seule, mademoiselle ? N'avez-vous personne avec vous ? pas un laquais ? pas une femme ? Non, madame, répondis-je, fâchée de l'honneur qu'elle me faisait, et que je reprochais à ma figure qui en était cause : je ne demeure pas loin d'ici. Eh bien, dit-elle, nous allons dîner, M. de Climal et moi, dans ce quartier ; nous vous remènerons[1].

Encore ! dis-je en moi-même : quelle persécution ! Tout le monde a donc la fureur de me ramener ! Car sur cet article-là je n'avais pas l'esprit bien fait[2] ; et ce qui me frappa d'abord, ce fut, comme avec Valville, l'affront d'être reconduite à cette malheureuse boutique.

Cette dame qui parlait de femme, de laquais, dont elle s'imaginait que je devais être suivie, après cette opinion fastueuse de mon état, qu'aurait-elle trouvé ? Marianne. Le beau dénouement ! Et quelle Marianne encore ? Une petite friponne en liaison avec M. de Climal, c'est-à-dire avec un franc hypocrite.

Car quel autre nom eût pu espérer cet homme de bien ? Je vous le demande. Que serait devenue la bonne odeur de sa vie, lui qui avait nié de me connaître, et moi-même qui m'étais prêtée à son imposture ? N'aurais-je pas été une jolie mignonne avec mes grâces, si Mme Dutour et Toinon s'étaient trouvées sur le pas de leur porte, comme elles en avaient volontiers la coutume, et nous eussent dit :

Ah! c'est donc vous, monsieur? Eh! d'où venez-vous, Marianne? comme assurément elles n'y auraient pas manqué.

Oh! voilà ce qui devait me faire trembler, et non pas ma boutique; c'était là le véritable opprobre qui méritait mon attention. Je ne l'aperçus pourtant que le dernier : et cela est dans l'ordre. On va d'abord au plus pressé; et le plus pressé pour nous, c'est nous-même, c'est-à-dire, notre orgueil; car notre orgueil et nous, ce n'est qu'un, au lieu que nous et notre vertu, c'est deux. N'est-ce pas, madame?

Cette vertu, il faut qu'on nous la donne; c'est en partie une affaire d'acquisition. Cet orgueil, on ne nous le donne pas, nous l'apportons en naissant; nous l'avons tant, qu'on ne saurait nous l'ôter; et comme il est le premier en date, il est, dans l'occasion, le premier servi. C'est la nature qui a le pas sur l'éducation. Comme il y a longtemps que je n'ai fait de pause, vous aurez la bonté de vouloir bien que j'observe encore une chose que vous n'avez peut-être pas assez remarquée : c'est que, dans la vie, nous sommes plus jaloux de la considération des autres que de leur estime, et par conséquent de notre inno-cence, parce que c'est précisément nous que leur considération distingue, et que ce n'est qu'à nos mœurs que leur estime s'adresse.

Oh! nous nous aimons encore plus que nos mœurs. Estimez mes qualités tant qu'il vous plaira, vous diraient tous les hommes, vous me ferez grand plaisir, pourvu que vous m'honoriez, moi qui les ai, et qui ne suis pas elles; car si vous me laissez là, si vous négligez ma personne, je ne suis pas content, vous prenez à gauche[1]; c'est comme si vous me don-niez le superflu et que vous me refusassiez le néces-saire; faites-moi vivre d'abord, et me divertissez après; sinon, j'y pourvoirai. Et qu'est-ce que cela veut dire? C'est que pour parvenir à être honoré, je saurai bien cesser d'être honorable; et en effet, c'est assez là le chemin des honneurs : qui les mérite n'y arrive guère. J'ai fini.

Ma réflexion n'est pas mal placée, je l'ai faite seulement un peu plus longue que je ne croyais. En revanche, j'en ferai quelque autre ailleurs qui sera trop courte.

Je ne sais pas comment nous nous serions échappés, M. de Climal et moi, du péril où nous jetait cette dame en offrant de me reconduire.

Aurait-il pu s'exempter de prêter son carrosse? Aurais-je pu refuser de le prendre? Tout cela était difficile. Il pâlissait et je ne répondais rien; ses yeux me disaient : Tirez-moi d'affaire; les miens lui disaient : Tirez-m'en vous-même; et notre silence commençait à devenir sensible, quand il entra un laquais qui dit à Valville que le carrosse qu'il avait envoyé chercher pour moi était à la porte.

Cela nous sauva, et mon tartuffe en fut si rassuré qu'il osa même abuser de la sécurité où il se trouvait pour lors, et porter l'audace jusqu'à dire : Mais il n'y a qu'à renvoyer ce carrosse; il est inutile, puisque voilà le mien; et cela du ton d'un homme qui avait compté me mener, et qui n'avait négligé de répondre à la proposition que parce qu'elle ne faisait pas la moindre difficulté.

Je songe pourtant que je devrais rayer l'épithète de tartuffe que je viens de lui donner; car je lui ai obligation, à ce tartuffe-là. Sa mémoire me doit être chère; il devint un homme de bien pour moi. Ceci soit dit pour l'acquit de ma reconnaissance, et en réparation du tort que la vérité historique pourra lui faire encore. Cette vérité a ses droits, qu'il faut bien que M. de Climal essuie.

Je compris bien qu'il s'en fiait à moi pour l'impunité de sa hardiesse, et qu'il ne craignait pas que j'eusse la malice ou la simplicité de l'en faire repentir.

Non, monsieur, lui répondis-je ; il n'est pas nécessaire que je vous dérange, puisque j'ai une voiture pour m'en retourner ; et si monsieur, dis-je tout de suite en parlant à Valville, veut bien appeler quelqu'un pour m'aider à me lever d'ici, je partirai tout à l'heure.

Je pense que ces messieurs vous aideront bien eux-mêmes, dit galamment la dame, et en voici un (c'était Valville qu'elle montrait) qui ne sera pas fâché d'avoir cette peine-là ; n'est-il pas vrai (discours qui venait sans doute de ce qu'elle l'avait vu à mes genoux) ? Au reste, ajouta-t-elle, comme nous nous en allons aussi, il faut vous dire ce qui nous amenait : avez-vous des nouvelles de Mme de Valville [1] (c'était la mère du jeune homme) ? Arrive-t-elle de sa campagne ? La reverrons-nous bientôt ? Je l'attends cette semaine, dit Valville d'un air distrait et nonchalant, qui prouvait mal cet empressement que la dame lui avait supposé pour moi, et qui m'aurait peut-être piquée moi-même, si je n'avais pas eu aussi mes petites affaires dans l'esprit ; mais j'étais trop dans mon tort pour y trouver à redire. Il y avait d'ailleurs dans sa nonchalance je ne sais quel fond de tristesse qui me rendait honteuse, parce que j'en apercevais le motif.

Je sentais que c'était un cœur consterné de ne savoir plus si je méritais sa tendresse, et qui avait peur d'être obligé d'y renoncer. Y avait-il rien de plus obligeant pour moi que cette peur-là, madame, rien de plus flatteur, de plus aimable, rien de plus digne de jeter mon cœur dans un humble et tendre embarras devant le sien ? Car c'était là précisément tout ce que j'éprouvais. Un mélange de plaisir et de confu-

sion, voilà mon état. Ce sont de ces choses dont on
ne peut dire que la moitié de ce qu'elles sont.

Malgré cet air de froideur dont je vous ai parlé,
Valville, après avoir satisfait à la question de la
dame, vint à moi pour m'aider à me lever, et me prit
par-dessous les bras ; mais, comme il vit que M. de
Climal s'avançait aussi : Non, monsieur, dit-il, ne
vous en mêlez pas : vous ne seriez pas assez fort
pour soutenir mademoiselle, et je doute qu'elle
puisse poser le pied à terre ; il vaut mieux appeler
quelqu'un. M. de Climal se retira (on a si peu d'assurance quand on n'a pas la conscience bien nette). Et
là-dessus il sonne. Deux de ses gens arrivent : Approchez, leur dit-il, et tâchez de porter mademoiselle
jusqu'à son carrosse.

Je crois que je n'avais pas besoin de cette cérémo-
nie-là, et qu'avec le secours de deux bras, je me
serais aisément soutenue ; mais j'étais si étourdie, si
déconcertée, que je me laissai mener comme on voulait, et comme je ne voulais pas.

M. de Climal et la dame, qui s'en retournaient
ensemble, me suivirent, et Valville marchait le dernier en nous suivant aussi.

Quand nous traversâmes la cour, je le vis du coin
de l'œil qui parlait à l'oreille d'un laquais.

Et puis me voilà arrivée à mon carrosse, où la
dame, avant que de monter dans le sien, voulut obli-
geamment m'arranger elle-même. Je l'en remerciai :
mon compliment fut un peu confus. Ce que je dis à
Valville le fut encore davantage ; je crois qu'il n'y
répondit que par une révérence qu'il accompagna
d'un coup d'œil où il y avait bien des choses que
j'entendis toutes, mais que je ne saurais rendre, et
dont la principale signifiait : Que faut-il que je
pense ?

Ensuite je partis interdite, sans savoir ce que je

pensais moi-même, sans avoir ni joie, ni tristesse, ni peine, ni plaisir. On me menait, et j'allais. Qu'est-ce que tout cela deviendra? Que vient-il de se passer? Voilà tout ce que je me disais dans un étonnement qui ne me laissait nul exercice d'esprit, et pendant lequel je jetai pourtant un grand soupir qui échappa plus à mon instinct qu'à ma pensée.

Ce fut dans cet état que j'arrivai chez Mme Dutour. Elle était assise à l'entrée de sa boutique, qui s'impatientait à m'attendre, parce que son dîner était prêt.

Je l'aperçus de loin qui me regardait dans le carrosse où j'étais, et qui m'y voyait, non comme Marianne, mais comme une personne qui lui ressemblait tant, qu'elle en était surprise; et mon carrosse était déjà arrêté à la porte, qu'elle ne s'avisait pas encore de croire que ce fût moi (c'est qu'à son compte je ne devais arriver qu'à pied).

À la fin pourtant il fallut bien me reconnaître. Ah! ah! Marianne, eh! c'est vous, s'écria-t-elle. Eh! pourquoi donc en fiacre? Est-ce que vous venez de si loin? Non, madame, lui dis-je; mais je me suis blessée en tombant, et il m'était impossible de marcher; je vous conterai mon accident quand je serai rentrée. Ayez à présent la bonté de m'aider avec le cocher à descendre.

Le cocher ouvrait la portière pendant que je parlais. Allez, allez, me dit-il, arrivez; ne vous embarrassez pas, mademoiselle; pardi! je vous descendrai bien tout seul. Un bel enfant comme vous, qu'est-ce que cela pèse? C'est le plaisir. Venez, venez, jetez-vous hardiment: je vous porterais encore plus loin que vous n'iriez sur vos jambes.

En effet, il me prit entre ses bras, et me transporta comme une plume jusqu'à la boutique, où je m'assis tout d'un coup.

Il est bon de vous dire que dans l'intervalle du
transport je jetai les yeux dans la rue du côté d'où je
venais, et que je vis à trente ou quarante pas de là un
des gens de Valville qui était arrêté, et qui avait tout
l'air d'avoir couru pour me suivre : et c'était apparemment là le résultat de ce qu'il avait dit à ce
laquais, quand je l'avais vu lui parler à l'oreille.

La vue de ce domestique aposté réveilla toute ma
sensibilité sur mon aventure, et me fit encore rougir ;
c'était un témoin de plus de la petitesse de mon état ;
et ce garçon, quoiqu'il n'eût fait que me voir chez
Valville, ne se serait pas, j'en suis sûre, imaginé que
je dusse entrer chez moi par une boutique ; c'est une
réflexion que je fis : n'en était-ce pas assez pour être
fâchée de le trouver là ? Il est vrai que ce n'était
qu'un laquais ; mais quand on est glorieuse, on
n'aime à perdre dans l'esprit de personne ; il n'y a
point de petit mal pour l'orgueil, point de minutie,
rien ne lui est indifférent ; et enfin ce valet me morti-
fia ; d'ailleurs, il n'était là que par l'ordre de Valville,
il n'y avait pas à en douter. C'était bien la peine que
mon maître fît tant de façon avec cette petite fille-là !
pouvait-il dire en lui-même d'après ce qu'il voyait.
Car ces gens-là sont plus moqueurs que d'autres ;
c'est le régal de leur bassesse, que de mépriser ce
qu'ils ont respecté par méprise, et je craignais que
cet homme-ci, dans son rapport à Valville, ne glissât
sur mon compte quelque tournure insultante ; qu'il
ne se régalât un peu aux dépens de mon domicile, et
n'achevât de rebuter la délicatesse de son maître. Je
n'avais déjà que trop baissé de prix à ses yeux. Il
n'osait déjà plus faire tant de cas de l'honneur qu'il y
aurait à me plaire ; et adieu le plaisir d'avoir de
l'amour, quand la vanité d'en inspirer nous quitte ; et
Valville était presque dans ce cas-là. Voyez le tort
que m'eût fait alors le moindre trait railleur jeté sur

moi; car on ne saurait croire la force de certaines bagatelles sur nous, quand elles sont placées[1]; et la vérité est que les dégoûts[2] de Valville, provenus de là, m'auraient plus fâchée que la certitude de ne le plus voir.

À peine fus-je assise, que je tirai de l'argent pour payer le cocher; mais Mme Dutour, en femme d'expérience, crut devoir me conduire là-dessus, et me trouva trop jeune pour m'abandonner ce petit détail. Laissez-moi faire, me dit-elle, je vais le payer; où vous a-t-il prise? Auprès de la paroisse[3], lui dis-je. Eh! c'est tout près d'ici, répliqua-t-elle en comptant quelque monnaie. Tenez, mon enfant, voilà ce qu'il vous faut.

Ce qu'il me faut! cela! dit le cocher, qui lui rendit sa monnaie avec un dédain brutal; oh! que nenni; cela ne se mesure pas à l'aune[4]. Mais que veut-il dire avec son aune, cet homme? répliqua gravement Mme Dutour: vous devez être content; on sait peut-être bien ce que c'est qu'un carrosse, ce n'est pas d'aujourd'hui qu'on en paye.

Eh! quand ce serait de demain, dit le cocher, qu'est-ce que cela avance? Donnez-moi mon affaire, et ne crions pas tant. Voyez de quoi elle se mêle! Est-ce vous que j'ai menée? Est-ce qu'on vous demande quelque chose? Quelle diable de femme avec ses douze sols[5]! Elle marchande cela comme une botte d'herbes.

Mme Dutour était fière, parée, et qui plus est assez jolie, ce qui lui donnait encore une autre espèce de gloire.

Les femmes d'un certain état s'imaginent en avoir plus de dignité, quand elles ont un joli visage; elles regardent cet avantage-là comme un rang. La vanité s'aide de tout, et remplace ce qui lui manque avec ce qu'elle peut. Mme Dutour donc se sentit offensée de l'apostrophe ignoble du cocher (je vous raconte cela pour vous divertir), la botte d'herbes sonna mal à ses oreilles. Comment ce jargon-là pouvait-il venir à la bouche de quelqu'un qui la voyait? Y avait-il rien dans son air qui fît penser à pareille chose? En vérité, mon ami, il faut avouer que vous êtes bien impertinent, et il me convient bien d'écouter vos sottises! dit-elle. Allons, retirez-vous. Voilà votre argent; prenez ou laissez. Qu'est-ce que cela signifie? Si j'appelle un voisin, on vous apprendra à parler aux bourgeois plus honnêtement que vous ne faites.

Hé bien! qu'est-ce que me vient conter cette chiffonnière? répliqua l'autre en vrai fiacre[1]. Gare! prenez garde à elle; elle a son fichu des dimanches. Ne semble-t-il pas qu'il faille tant de cérémonies pour parler à madame? On parle bien à Perrette. Eh! palsambleu! payez-moi. Quand vous seriez encore quatre fois plus bourgeoise que vous n'êtes, qu'est-ce que cela me fait? Faut-il pas que mes chevaux vivent? Avec quoi dîneriez-vous, vous qui parlez, si on ne vous payait pas votre toile? Auriez-vous la face si large? Fi! que cela est vilain d'être crasseuse[2]!

Le mauvais exemple débauche. Mme Dutour, qui s'était maintenue jusque-là dans les bornes d'une assez digne fierté, ne put résister à cette dernière brutalité[3] du cocher : elle laissa là le rôle de femme respectable qu'elle jouait, et qui ne lui rapportait rien, se mit à sa commodité, en revint à la manière de quereller qui était à son usage, c'est-à-dire aux discours d'une commère de comptoir subalterne; elle ne s'y épargna pas.

Quand l'amour-propre, chez les personnes comme elle, n'est qu'à demi fâché, il peut encore avoir soin de sa gloire, se posséder, ne faire que l'important, et garder quelque décence; mais dès qu'il est poussé à bout, il ne s'amuse plus à ces fadeurs-là, il n'est plus assez glorieux pour prendre garde à lui; il n'y a plus que le plaisir d'être bien grossier et de se déshonorer tout à son aise qui le satisfasse.

De ce plaisir-là, Mme Dutour s'en donna sans discrétion. Attends! attends! ivrogne, avec ton fichu des dimanches : tu vas voir la Perrette qu'il te faut; je vais te la montrer, moi, s'écria-t-elle en courant se saisir de son aune qui était à côté du comptoir.

Et quand elle fut armée : Allons, sors d'ici, s'écria-t-elle, ou je te mesure avec cela, ni plus ni moins qu'une pièce de toile, puisque toile il y a. Jarnibleu! ne me frappez pas, lui dit le cocher qui lui retenait le bras; ne soyez pas si osée[1]! je me donne au diable, ne badinons point! Voyez-vous! je suis un gaillard qui n'aime pas les coups, ou la peste m'étouffe! Je ne vous demande que mon dû, entendez-vous? il n'y a point de mal à ça.

Le bruit qu'ils faisaient attirait du monde; on s'arrêtait devant la boutique. Me laisseras-tu? lui disait Mme Dutour qui disputait toujours son aune contre le cocher. Levez-vous donc, Marianne; appelez M. Ricard. Monsieur Ricard! criait-elle tout de suite elle-même; et c'était notre hôte qui logeait au second, et qui n'y était pas. Elle s'en douta. Messieurs, dit-elle, en apostrophant la foule qui s'était arrêtée devant la porte, je vous prends tous à témoin; vous voyez ce qui en est, il m'a battue (cela n'était pas vrai); je suis maltraitée. Une femme d'honneur comme moi! Eh vite! eh vite! allez chez le commissaire; il me connaît bien, c'est moi qui le fournis; on n'a qu'à lui dire que c'est chez Mme Dutour. Courez-y, madame Cathos, courez-y, ma mie, criait-elle à une servante du voisinage; le tout avec une cornette[2] que les secousses que le cocher donnait à ses bras avaient rangée de travers.

Elle avait beau crier, personne ne bougeait, ni messieurs, ni Cathos.

Le peuple, à Paris, n'est pas comme ailleurs : en d'autres endroits, vous le verrez quelquefois commencer par être méchant, et puis finir par être humain. Se querelle-t-on, il excite, il anime ; veut-on se battre, il sépare. En d'autres pays, il laisse faire, parce qu'il continue d'être méchant.

Celui de Paris n'est pas de même ; il est moins canaille, et plus peuple que les autres peuples.

Quand il accourt en pareils cas, ce n'est pas pour s'amuser de ce qui se passe, ni comme qui dirait pour s'en réjouir ; non, il n'a pas cette maligne espièglerie-là : il ne va pas rire, car il pleurera peut-être, et ce sera tant mieux pour lui. Il va voir, il va ouvrir des yeux stupidement avides, il va jouir bien sérieusement de ce qu'il verra. En un mot, alors, il n'est ni polisson, ni méchant, et c'est en quoi j'ai dit qu'il était moins canaille ; il est seulement curieux[1], d'une curiosité sotte et brutale, qui ne veut ni bien ni mal à personne, qui n'entend point d'autre finesse que de venir se repaître de ce qui arrivera. Ce sont des émotions d'âme que ce peuple demande ; les plus fortes sont les meilleures : il cherche à vous plaindre si on vous outrage, à s'attendrir pour vous si on vous blesse, à frémir pour votre vie si on la menace ; voilà ses délices ; et si votre ennemi n'avait pas assez de place pour vous battre, il lui en ferait lui-même, sans en être plus malintentionné, et lui dirait volontiers : Tenez, faites à votre aise, et ne nous retranchez rien du plaisir que nous avons à frémir pour ce malheureux. Ce n'est pourtant pas les choses cruelles qu'il aime, il en a peur, au contraire ; mais il aime l'effroi qu'elles lui donnent : cela remue son âme qui ne sait jamais rien, qui n'a jamais rien vu, qui est toujours toute neuve.

Tel est le peuple de Paris, à ce que j'ai remarqué dans l'occasion. Vous ne vous seriez peut-être pas trop souciée de le connaître; mais une définition de plus ou de moins, quand elle vient à propos, ne gâte rien dans une histoire. Ainsi laissons celle-là, puisqu'elle y est.

Vous jugez bien, suivant le portrait que j'ai fait de ce peuple, que Mme Dutour n'avait point de secours à en espérer.

Le moyen qu'aucun des assistants eût voulu renoncer à voir le progrès d'une querelle qui promettait tant! À tout moment on touchait à la catastrophe. Mme Dutour n'avait qu'à pouvoir parvenir à frapper le cocher de l'aune qu'elle tenait, voyez ce qu'il en serait arrivé avec un fiacre!

De mon côté, j'étais désolée; je ne cessais de crier à Mme Dutour : Arrêtez-vous! Le cocher s'enrouait à prouver qu'on ne lui donnait pas son compte, qu'on voulait avoir sa course pour rien, témoin les douze sols qui n'allaient jamais sans avoir leur épithète : et des épithètes d'un cocher, on en soupçonne l'incivile élégance.

Le seul intérêt des bonnes mœurs devait engager Mme Dutour à composer avec ce misérable; il n'était pas honnête à elle de soutenir l'énergie de ses expressions; mais elle en dévorait le scandale en faveur de la rage qu'elle avait d'y répondre; elle était trop fâchée pour avoir les oreilles délicates.

Oui, malotru! oui, douze sols, tu n'en auras pas davantage, disait-elle. Et moi je ne les prendrai pas, douze diablesses! répondait le cocher. Encore ne les vaux-tu pas, continuait-elle; n'es-tu pas honteux, fripon? Quoi! pour venir d'auprès de la paroisse ici? Quand ce serait pour un carrosse d'ambassadeur, tiens, jarni de ma vie! un denier[1] avec, tu ne l'aurais pas! J'aimerais mieux te voir mort, il n'y aurait pas

grand-perte; et souviens-toi seulement que c'est
aujourd'hui la Saint-Matthieu[1] : bon jour, bonne
œuvre[2], ne l'oublie pas! Et laisse venir demain, tu
verras comme il sera fait. C'est moi qui te le dis, qui
ne suis pas une chiffonnière, mais bel et bien
Mme Dutour, madame pour toi, madame pour les
autres, et madame tant que je serai au monde,
entends-tu?

Tout ceci ne se disait pas sans tâcher d'arracher le
bâton des mains du cocher qui le tenait, et qui, à la
grimace et au geste que je lui vis faire, me parut prêt
à traiter Mme Dutour comme un homme.

Je crois que c'était fait de la pauvre femme : un
gros poing de mauvaise volonté, levé sur elle, allait
lui apprendre à badiner avec la modération d'un
fiacre, si je ne m'étais pas hâtée de tirer environ
vingt sols, et de les lui donner.

Il les prit sur-le-champ, secoua l'aune entre les
mains de Mme Dutour assez violemment pour l'en
arracher, la jeta dans son arrière-boutique, enfonça
son chapeau en me disant : grand merci, mignonne;
sortit de là, et traversa la foule qui s'ouvrit alors, tant
pour le laisser sortir que pour livrer passage à
Mme Dutour, qui voulait courir après lui, que j'en
empêchai, et qui me disait que, jour de Dieu! je
n'étais qu'une petite sotte. Vous voyez bien ces vingt
sols-là, Marianne, je ne vous les pardonnerai jamais,
ni à la vie, ni à la mort : ne m'arrêtez pas, car je vous
battrais. Vous êtes encore bien plaisante, avec vos
vingt sols pendant que c'est votre argent que
j'épargne! Et mes douze sols, s'il vous plaît, qui
est-ce qui me les rendra? (car l'intérêt chez
Mme Dutour ne s'étourdissait de rien). Les emporte-
t-il aussi, mademoiselle? Il fallait donc lui donner
toute la boutique.

Eh! madame, lui dis-je, votre monnaie est à terre,

et je vous la rendrai, si on ne la trouve pas ; ce que je
disais en fermant la porte d'une main, pendant que
je tenais Mme Dutour de l'autre.

Le beau carillon[1] ! dit-elle, quand elle vit la porte
fermée. Ne nous voilà pas mal ! Ah çà ! voyons donc
cette monnaie qui est à terre, ajouta-t-elle en la
ramassant avec autant de sang-froid que s'il ne
s'était rien passé. Le coquin est bien heureux que
Toinon n'ait pas été ici ; elle vous aurait bien empêchée de jeter l'argent par les fenêtres : mais il faut
justement que cette bégueule-là[2] ait été dîner chez
sa mère. Malepeste ! elle est un peu meilleure ména-
gère ! Aussi n'a-t-elle que ce qu'elle gagne, et les
autres ce qu'on leur donne ; au lieu que vous, Dieu
merci, vous êtes si riche, vous avez un si bon trésorier ! Pourvu qu'il dure !

Eh ! madame, lui dis-je avec quelque impatience,
ne plaisantons point là-dessus, je vous prie ; je sais
bien que je suis pauvre : mais il n'est pas nécessaire
de m'en railler, non plus que des secours qu'on a
bien voulu me donner, et j'aime encore mieux y
renoncer, n'avoir rien et sortir de chez vous, que d'y
demeurer exposée à des discours aussi désobli-
geants. Tenez, dit-elle, où va-t-elle chercher que je la
raille, à cause que je lui dis qu'on lui donne ? Eh !
pardi ! oui, on vous donne, et vous prenez comme de
raison : à bien donné, bien pris. Ce qui est donné
n'est pas fait pour rester là, peut-être ; et quand on
voudra, je prendrai ; voilà tout le mal que j'y sache, et
je prie Dieu qu'il m'arrive. On ne me donne rien, je
ne prends rien, et c'est tant pis. Voyez de quoi elle se
fâche ! Allons, allons, dînons ; cela devrait être fait. Il
faut aller à vêpres. Et tout de suite, elle alla se mettre
à table. Je me levai pour en faire autant, en me soutenant sur cette aune que Mme Dutour avait remise
sur le comptoir, et je n'en avais pas trop besoin.

Il me faudrait un chapitre exprès, si je voulais rapporter l'entretien que nous eûmes en mangeant.

Je ne disais mot et je boudais ; Mme Dutour, comme je crois l'avoir déjà dit, était une bonne femme dans le fond, se fâchant souvent au-delà de ce qu'elle était fâchée ; c'est-à-dire que de toute la colère qu'elle montrait dans l'occasion, il y en avait bien la moitié dont elle aurait pu se passer, et qui n'était là que pour représenter. C'est qu'elle s'imaginait que plus on se fâchait, plus on faisait figure ; et d'ailleurs elle s'animait elle-même du bruit de sa voix : son ton, quand il était brusque, engageait son esprit à l'être aussi. Et c'était de tout cela ensemble que me vint cette enfilade de duretés que j'essuyai de sa part ; et ce que je dis là d'elle n'annonce pas des mouvements de mauvaise humeur bien opiniâtres ni bien sérieux : ce sont des bêtises ou des enfances[1] dont il n'y a que de bonnes gens qui soient capables ; de bonnes gens de peu d'esprit, à la vérité, qui n'ont que de la faiblesse pour tout caractère ; ce qui leur donne une bonté habituelle, avec de petits défauts, de petites vertus, qui ne sont que des copies de ce qu'ils ont vu faire aux autres.

Et telle était Mme Dutour, que je vous peins par hasard en passant. Ce fut donc par cette bonté habituelle qu'elle fut touchée de mon silence.

Peut-être aussi s'en inquiéta-t-elle à cause de la menace que je lui avais faite de sortir de chez elle, si elle me chagrinait davantage : ma pension était bonne à conserver.

À qui en avez-vous donc ? me dit-elle. Comme vous voilà muette et pensive ! Est-ce que vous avez du chagrin ? Oui, madame ! vous m'avez mortifiée, lui répondis-je sans la regarder.

Quoi ! vous songez encore à cela ? reprit-elle ; eh ! mon Dieu, Marianne, que vous êtes enfant !

Qu'est-ce donc que je vous ai dit? je ne m'en souviens plus : est-ce que vous croyez, quand on est en
colère, qu'on va éplucher ses paroles? Eh! pardi! ce
n'est pas pour s'épiloguer[1] qu'on vit ensemble. Eh
bien! j'ai parlé un petit brin de M. de Climal. Est-ce
cela qui vous fâche, à cause que c'est lui qui prend
soin de vous, et qui fait votre dépense? Est-ce là
tout? Gageons, parce que vous n'avez ni père ni
mère, que vous avez cru encore que je pensais à
cela? car vous êtes d'un naturel soupçonneux,
Marianne; vous avez toujours l'esprit au guet, Toinon me l'a bien dit; et sous prétexte que vous ne
connaissez point vos parents, vous allez toujours
vous imaginant qu'on n'a que cela dans la tête. Par
hasard, hier, avec notre voisine, nous parlions d'un
enfant trouvé qu'on avait pris dans une allée; vous
étiez dans la salle, vous nous entendîtes; n'allâtes-
vous pas croire que c'était vous que nous disions? Je
le vis bien à la mine que vous fîtes en venant; et voilà
que vous recommencez encore aujourd'hui? Eh! je
prie Dieu que ce soit là mon dernier morceau, si j'ai
non plus pensé à père et mère que s'il n'y en avait
jamais eu pour personne! Au surplus, les enfants
trouvés, les enfants qui ne le sont point, tout cela se
ressemble; et si on mettait là tous ceux qui sont
comme vous, sans qu'on le sache; s'il fallait que le
commissaire les emportât, où diantre les mettrait-il?
Dans le monde, on est ce qu'on peut, et non pas ce
qu'on veut. Vous voilà grande et bien faite, et puis
Dieu est le père de ceux qui n'en ont point. Charité
n'est pas morte. Par exemple, n'est-ce pas une providence que ce M. de Climal? Il est vrai qu'il ne va
pas droit dans ce qu'il fait pour vous; mais
qu'importe? Dieu mène tout à bien; si l'homme n'en
vaut rien, l'argent en est bon, et encore meilleur que
d'un bon chrétien, qui ne donnerait pas la moitié

tant. Demeurez en repos, mon enfant : je ne vous
recommande que le ménage. On ne vous dit point
d'être avaricieuse. Voilà que ma fête arrive ; quand
ce viendra la vôtre, celle de Toinon, dépensez alors,
qu'on se régale, à la bonne heure, chacun en profite ;
mais hors cela, et dans les jours de carnaval, où tout
le monde se réjouit, gardez-moi votre petit fait[1].

Elle en était là de ses leçons, dont elle ne se lassait
pas, et dont une partie me scandalisait plus que ses
brusqueries, quand on frappa à la porte. Nous verrons qui c'était dans la suite ; c'est ici que mes aventures vont devenir nombreuses et intéressantes : je
n'ai pas encore deux jours à demeurer chez
Mme Dutour, et je vous promets aussi moins de
réflexions, si elles vous fâchent. Vous m'en direz
votre sentiment.

TROISIÈME PARTIE

Oui, madame, vous avez raison, il y a trop long-temps[1] que vous attendez la suite de mon histoire; je vous en demande pardon; je ne m'excuserai point, j'ai tort et je commence.

Je vous ai dit qu'on frappa à la porte pendant que Mme Dutour me prêchait une économie dont elle approuvait pourtant que je me dispensasse à son profit, c'est-à-dire à sa fête, à celle de Toinon, à la mienne, et à de certains jours de réjouissance où ce serait fort bien fait de dépenser mon argent pour la régaler elle et sa maison[2].

C'était donc là à peu près ce qu'elle me disait, quand le bruit qu'on fit à la porte l'interrompit. Qui est là? cria-t-elle tout de suite, et sans se lever; qui est-ce qui frappe? Je venais d'entendre arrêter un carrosse; et comme on répondit au *qui est là* de Mme Dutour, il me sembla reconnaître la voix de la personne qui répondait. Je pense que c'est M. de Climal, lui dis-je. Croyez-vous? me dit-elle en courant vite. Et je ne me trompais point, c'était lui-même.

Eh! mon Dieu, monsieur, je vous fais bien excuse; vraiment, je me serais bien plus pressée, si j'avais cru que c'était vous, lui dit-elle. Tenez, Marianne et moi nous étions encore à table, il n'y a que nous deux ici. Jeannot (c'était son fils) est avec sa tante,

qui doit le mener tantôt à la foire ; car il faut toujours que cet enfant soit fourré chez elle, surtout les
fêtes. Madelon (c'était sa servante) est à la noce d'un
cousin qu'elle a, et je lui ai dit : Va-t'en, cela n'arrive
pas tous les jours, et en voilà pour longtemps. D'un
autre côté, Toinon est allée voir sa mère, qui ne la
voit pas souvent, la pauvre femme ; elle demeure si
loin ! c'est au faubourg Saint-Marceau[1] ; imaginez-
vous s'il y a à trotter ! et tant mieux, j'en suis bien
aise, moi : cela fait que la fille ne sort guère. De sorte
que je suis restée seule en attendant Marianne, qui,
par-dessus le marché, s'est avisée de tomber en
venant de l'église, et qui s'est fait mal à un pied ; ce
qui est cause qu'elle n'a pu marcher, et qu'il a fallu la
porter près de là dans une maison pour accommoder son pied, pour avoir un chirurgien qui ne se
trouve pas là à point nommé ; il faut qu'il vienne,
qu'il voie ce que c'est, qu'on déchausse une fille,
qu'on la rechausse, qu'elle se repose ; ensuite un
fiacre dont elle a eu besoin, et qui me l'a ramenée ici
tout éclopée, pour ma peine de l'avoir attendue
jusqu'à une heure et demie ; et puis est-ce là tout ?
Vous croyez qu'on va dîner, n'est-ce pas ? Bon ! n'y
avait-il pas encore ce maudit fiacre que j'ai voulu
payer moi-même pour épargner l'argent de
Marianne, qui ne se connaît pas à cela, et qui, malgré moi, a été lui donner plus qu'il ne fallait ! J'étais
dans une colère ! Aussi je l'aurais battu, si j'avais été
assez forte.

Il y a eu donc bien du bruit ? dit M. de Climal. Oh !
du bruit, si vous voulez, reprit-elle ; je me suis un
peu emportée contre lui ; mais au surplus il n'y a eu
que quelques voisins qui se sont rassemblés à notre
porte, quelques passants par-ci par-là.

Tant pis, lui dit-il assez froidement : ce sont là de
ces scènes qu'il faut éviter le plus qu'on peut, et

Marianne, qui l'a payé, a pris le bon parti. Comment va votre pied? ajouta-t-il en s'adressant à moi. Assez bien, lui dis-je, je n'y sens presque plus que de la faiblesse, et j'espère que demain il n'y aura rien.

Avez-vous achevé de dîner? nous dit-il. Oh! sans doute, reprit Mme Dutour; nous causions de choses et d'autres. Ne vous asseyez-vous pas, monsieur? avez-vous quelque chose à dire à Marianne? Oui, dit-il, j'ai à lui parler.

Eh bien! reprit-elle, ayez donc la bonté de passer dans la salle, vous ne seriez pas bien ici; c'est notre taudis[1]. Venez, Marianne, appuyez-vous sur moi; je vous mènerai jusque-là; attendez, attendez, je m'en vais chercher mon aune, avec quoi vous vous soutiendrez. Non, non, dit M. de Climal, je l'aiderai; prenez mon bras, mademoiselle. Et là-dessus je me lève; nous rentrâmes dans la boutique pour passer dans cette petite salle, où je crois que j'aurais fort bien été toute seule, en me soutenant d'une canne.

Ah çà! dit Mme Dutour pendant que je m'asseyais dans un fauteuil, puisque vous avez à entretenir Marianne, moi je vais prendre ma coiffe, et sortir pour aller entendre un petit bout de vêpres; elles seront bien avancées: mais je ne perdrai pas tout, et j'en aurai toujours peu ou prou. Adieu, monsieur; excusez si je m'en vais, je vous laisse le gardien de la maison. Marianne, si quelqu'un vient me demander, dites que je ne serai pas longtemps, entendez-vous, ma fille? Monsieur, je suis votre servante.

Elle nous quitta alors, sortit un moment après, et ne fit que tirer la porte de la rue sans la fermer, parce qu'il ne pouvait entrer qui que ce soit dans la boutique sans que nous le vissions de la salle[2].

Jusque-là M. de Climal avait eu l'air sombre et rêveur, ne m'avait pas dit quatre paroles, et semblait attendre qu'elle fût partie pour entamer la conversa-

tion; de mon côté, à l'air intrigué que je lui voyais, je
me doutais de ce qu'il allait me dire et j'en étais
dégoûtée d'avance. Apparemment qu'il va être question de son amour, pensais-je en moi-même.

Car, avant mon aventure avec Valville, vous vous
ressouvenez bien que j'avais déjà conclu que M. de
Climal m'aimait, et j'en étais encore plus sûre depuis
ce qui s'était passé chez son neveu. Un dévot qui
avait rougi de m'y rencontrer, qui avait feint de ne
m'y pas connaître, ne pouvait y avoir été si confus et
si dissimulé que parce que le fond de sa conscience
sur mon chapitre ne lui faisait pas honneur. On
appelle cela rougir devant son péché, et vous ne sauriez croire combien alors ce vieux pécheur me
paraissait laid, combien sa présence m'était à
charge.

Trois jours auparavant, en découvrant qu'il
m'aimait, je m'étais contentée de penser que c'était
un hypocrite, que je n'avais qu'à laisser être ce qu'il
voudrait, et qui n'y gagnerait rien; mais à présent je
n'en restais pas là; je ne me contenais plus pour lui
dans cette tranquille indifférence. Ses sentiments me
scandalisaient, m'indignaient; le cœur m'en soulevait. En un mot, ce n'était plus le même homme à
mes yeux : les tendresses du neveu, jeune, aimable et
galant, m'avaient appris à voir l'oncle tel qu'il était,
et tel qu'il méritait d'être vu; elles l'avaient flétri, et
m'éclairaient sur son âge, sur ses rides, et sur toute
la laideur de son caractère[1].

Quelle folle et ridicule figure n'a-t-il pas été obligé
de faire chez Valville? Que va-t-il me dire avec son
vilain amour qui offense Dieu? Va-t-il m'exhorter à
ne valoir pas mieux que lui sous prétexte des services qu'il me rendra? me disais-je. Ah! qu'il est
haïssable! Comment un homme, à cet âge-là, ne se
trouve-t-il pas lui-même horrible? Être aussi vieux

qu'il est, avoir l'air dévot, passer pour un si bon chrétien, et ensuite venir dire en secret à une jeune fille : Ne prenez pas garde à cela ; je ne suis qu'un fourbe, je trompe tout le monde, et je vous aime en débauché honteux qui voudrait bien aussi vous rendre libertine ! Ne voilà-t-il pas un amant bien ragoûtant !

C'était là à peu près les petites idées dont je m'occupais pendant qu'il gardait le silence en attendant que la Dutour fût partie.

Enfin, nous restâmes seuls dans la maison. Que cette femme est babillarde ! me dit-il en levant les épaules ; j'ai cru que nous ne pourrions nous en défaire. Oui, lui répondis-je, elle aime assez à parler ; d'ailleurs, elle ne s'imagine pas que vous ayez rien de si secret à me dire.

Que pensez-vous de notre rencontre chez mon neveu ? reprit-il en souriant. Rien, dis-je, sinon que c'est un coup de hasard. Vous avez très sagement fait de ne me pas connaître, me dit-il. C'est qu'il m'a paru que vous le souhaitiez ainsi, répondis-je ; et à propos de cela, monsieur, d'où vient est-ce que[1] vous êtes bien aise que je ne vous aie point nommé, et que vous avez fait semblant de ne m'avoir jamais vue ?

C'est, me répondit-il d'un air insinuant et doux, qu'il vaut mieux, et pour vous et pour moi, qu'on ignore les liaisons que nous avons ensemble, qui dureront plus d'un jour, et sur lesquelles il n'est pas nécessaire qu'on glose, ma chère fille ; vous êtes si aimable, qu'on ne manquerait pas de croire que je vous aime.

Oh ! il n'y a rien à appréhender, repris-je d'un ton ingénu ; on sait que vous êtes un si honnête homme ! Oui, oui, dit-il comme en badinant, on le sait, et on a raison de le croire ; mais, Marianne, on n'en est pas moins honnête homme pour aimer une jolie fille.

Quand je dis honnête homme, répondis-je,

j'entends un homme de bien, pieux, et plein de religion; ce qui, je crois, empêche qu'on ait de l'amour,
à moins que ce ne soit pour sa femme.

Mais, ma chère enfant, me dit-il, vous me prenez
donc pour un saint? Ne me regardez point sur ce
pied-là: vraiment, vous me faites trop d'honneur, je
ne le suis point; et un saint même aurait bien de la
peine à l'être auprès de vous; oui, bien de la peine:
jugez des autres. Et puis, je ne suis pas marié, je n'ai
plus de femme à qui je doive mon cœur, moi; il ne
m'est point défendu d'aimer, je suis libre. Mais nous
parlerons de cela; revenons à votre accident.

Vous êtes tombée; il a fallu vous porter chez mon
neveu, qui est un étourdi, et qui aura débuté par
vous dire des galanteries, n'est-il pas vrai? Il vous en
contait, du moins, quand nous sommes entrés, cette
dame et moi; et il n'y a rien d'étonnant: il vous a
trouvée ce que vous êtes, c'est-à-dire belle, aimable,
charmante; en un mot, ce que tout le monde vous
trouvera; mais comme je suis assurément le meilleur ami que vous ayez dans le monde (et c'est de
quoi j'espère bien vous donner des preuves), dites-
moi, ma belle enfant, n'auriez-vous pas quelque penchant à l'écouter? Il m'a semblé vous voir un air
assez satisfait auprès de lui; me suis-je trompé?

Moi, monsieur, répondis-je, je l'écoutais, parce
que j'étais chez lui; je ne pouvais pas faire autrement; mais il ne me disait rien que de fort poli et de
fort honnête.

De fort honnête[1]! dit-il en répétant ce mot; prenez
garde, Marianne, ceci pourrait déjà bien venir d'un
peu de prévention. Hélas! que je vous plaindrais,
dans la situation où vous êtes, si vous étiez tentée de
prêter l'oreille à de pareilles cajoleries! Ah! mon
Dieu, que ce serait dommage! et que deviendriez-
vous? Mais, dites-moi, vous a-t-il demandé où vous
demeuriez?

Je crois qu'oui, monsieur, répondis-je en rougissant. Et vous, qui n'en saviez pas les conséquences, vous le lui avez sans doute appris ? ajouta-t-il. Je n'en ai point fait difficulté, repris-je ; aussi bien l'aurait-il su quand je serais montée dans le fiacre, puisque, avant que de partir, il faut bien dire où l'on va.

Vous me faites trembler pour vous, s'écria-t-il d'un air sérieux et compatissant : oui, trembler. Voilà un événement bien fâcheux, et qui aura les plus malheureuses suites du monde, si vous ne les prévenez pas ; il vous perdra, ma fille. Je n'exagère rien, et je ne saurais me lasser de le dire. Hélas ! quel dommage qu'avec les grâces et la beauté que vous avez, vous devinssiez la proie d'un jeune homme qui ne vous aimera point ; car ces jeunes fous-là savent-ils aimer ? ont-ils un cœur, ont-ils des sentiments, de l'honneur, un caractère[1] ? Ils n'ont que des vices, surtout avec une fille de votre état, que mon neveu croira fort au-dessous de lui, qu'il regardera comme une jolie grisette[2], dont il va tâcher de faire une bonne fortune, et à qui il se promet bien de tourner la tête ; ne vous attendez pas à autre chose. De petites galanteries, de petits présents qui vous amuseront ; les protestations les plus tendres, que vous croirez ; un étalage de sa fausse passion, qui vous séduira ; un éloge éternel de vos charmes ; enfin, de petits rendez-vous que vous refuserez d'abord, que vous accorderez après, et qui cesseront tout d'un coup par l'inconstance et par les dégoûts du jeune homme : voilà tout ce qui en arrivera. Voyez, cela vous convient-il ? je vous le demande, est-ce là ce qu'il vous faut ? Vous avez de l'esprit et de la raison, et il n'est pas possible que vous ne considériez quelquefois le cas où vous êtes, que vous n'en soyez inquiète, effrayée. On a beau être jeune, distraite, imprudente, tout ce qui vous plaira ; on ne saurait

pourtant oublier son état, quand il est aussi triste,
aussi déplorable que le vôtre; et je ne dis rien de
trop, vous le savez, Marianne : vous êtes une orpheline, et une orpheline inconnue à tout le monde, qui
ne tient à qui que ce soit sur la terre, dont qui que ce
soit ne s'inquiète et ne se soucie, ignorée pour jamais
de votre famille, que vous ignorez de même, sans
parents, sans bien, sans amis, moi seul excepté, que
vous n'avez connu que par hasard, qui suis le seul
qui s'intéresse à vous, et qui, à la vérité, vous suis
tendrement attaché, comme vous le voyez bien par
la manière dont je vous parle, et comme il ne tiendra
qu'à vous de le voir infiniment plus dans la suite :
car je suis riche, soit dit en passant, et je puis vous
être d'un grand secours, pourvu que vous entendiez
vos véritables intérêts, et que j'aie lieu de me louer
de votre conduite. Quand je dis de votre conduite,
c'est de la prudence que j'entends, et non pas une
certaine austérité de mœurs; il n'est pas question ici
d'une vie rigide et sévère qu'il vous serait difficile, et
peut-être impossible de mener; vous n'êtes pas
même en situation de regarder de trop près à vous[1]
là-dessus. Dans le fond, je vous parle ici en homme
du monde, entendez-vous? un homme qui, après
tout, songe qu'il faut vivre, et que la nécessité est une
chose terrible. Ainsi, quelque ennemi que je vous
paraisse de ce qu'on appelle amour, ce n'est pas
contre toutes sortes d'engagements que je me
déclare; je ne vous dis pas de les fuir tous : il y en a
d'utiles et de raisonnables, de même qu'il y en a de
ruineux et d'insensés, comme le serait celui que vous
prendriez avec mon neveu, dont l'amour n'aboutirait
à rien qu'à vous ravir tout le fruit du seul avantage
que je vous connaisse, qui est d'être aimable. Vous
ne voudriez pas perdre votre temps à être la maîtresse[2] d'un jeune étourdi que vous aimeriez tendre-

ment et de bonne foi; à la vérité, ce qui serait un plaisir, mais un plaisir bien malheureux, puisque le petit libertin ne vous aimerait pas de même, et qu'au premier jour il vous laisserait dans une indigence, dans une misère dont vous auriez plus de peine à sortir que jamais : je dis une misère, parce qu'il s'agit de vous éclairer, et non pas d'adoucir les termes; et c'est à tout cela que j'ai songé depuis que je vous ai quittée. Voilà ce qui m'a fait sortir de si bonne heure de la maison où j'ai dîné. Car j'ai bien des choses à vous dire, Marianne; je suis dans de bons sentiments pour vous; vous vous en êtes sans doute aperçue?

Oui, monsieur, lui répondis-je les larmes aux yeux, confuse et même aigrie de la triste peinture qu'il venait de faire de mon état, et scandalisée du vilain intérêt qu'il avait à m'effrayer tant : oui, parlez, je me fais un devoir de suivre en tout les conseils d'un homme aussi pieux que vous.

Laissons là ma piété, vous dis-je, reprit-il en s'approchant d'un air badin pour me prendre la main. Je vous ai déjà dit dans quel esprit je vous parle. Encore une fois, je mets ici la religion à part; je ne vous prêche point, ma fille, je vous parle raison; je ne fais ici auprès de vous que le personnage d'un homme de bon sens, qui voit que vous n'avez rien, et qu'il faut pourvoir aux besoins de la vie, à moins que vous ne vous déterminiez à servir; ce dont vous m'avez paru fort éloignée, et ce qui effectivement ne vous convient pas.

Non, monsieur, lui dis-je en rougissant de colère, j'espère que je ne serai pas obligée d'en venir là.

Ce serait une triste ressource, me dit-il, je ne saurais moi-même y penser sans douleur; car je vous aime, ma chère enfant, et je vous aime beaucoup.

J'en suis persuadée, lui dis-je; je compte sur votre amitié, monsieur, et sur la vertu dont vous faites profession, ajoutai-je pour lui ôter la hardiesse de s'expliquer plus clairement.

Mais je n'y gagnai rien. Eh! Marianne, me répondit-il, je ne fais profession de rien que d'être faible, et plus faible qu'un autre; et vous savez fort bien ce que je veux dire par le mot d'amitié; mais vous êtes une petite malicieuse, qui vous divertissez, et qui feignez de ne pas m'entendre : oui, je vous aime, vous le savez; vous y avez pris garde, et je ne vous apprends rien de nouveau. Je vous aime comme une belle et charmante fille que vous êtes. Ce n'est pas de l'amitié que j'ai pour vous, mademoiselle; j'ai cru d'abord que ce n'était que cela; mais je me trompais, c'est de l'amour, et du plus tendre; m'entendez-vous à présent, de l'amour et vous ne perdrez rien au change; votre fortune n'en ira pas plus mal : il n'y a point d'ami qui vaille un amant comme moi.

Vous, mon amant! m'écriai-je en baissant les yeux; vous, monsieur, je ne m'y attendais pas!

Hélas! ni moi non plus, reprit-il; ceci est une affaire de surprise, ma fille. Vous êtes dans une grande infortune; je n'ai rien vu de si à plaindre que vous, de si digne d'être secouru; je suis né avec un cœur sensible aux malheurs d'autrui, et je m'imaginais n'être que généreux en vous secourant, que compatissant, que pieux même, puisque vous me regardez aussi comme tel; et il est vrai que je suis dans l'habitude de faire tout le bien qu'il m'est possible. J'ai cru d'abord que c'était de même avec vous; j'en ai agi imprudemment dans cette confiance, et il en est arrivé ce que je méritais : c'est que ma confiance a été confondue[1]. Car je ne prétends pas m'excuser, j'ai tort : il aurait été mieux de ne vous pas aimer, j'en serais plus louable, assurément; il fallait vous craindre, vous fuir, vous laisser là : mais d'un autre côté, si j'avais été si prudent, où en seriez-vous, Marianne? dans quelles affreuses extrémités alliez-vous vous trouver? Voyez combien ma petite faiblesse, ou mon amour (comme il vous plaira l'appeler) vient à propos pour vous. Ne semble-t-il pas que c'est la Providence qui permet que je vous aime, et qui vous tire d'embarras à mes dépens? Si j'avais pris garde à moi, vous n'aviez point d'asile, et c'est cette réflexion-là qui me console quelquefois des sentiments que j'ai pour vous; je me les reproche moins parce qu'ils m'étaient nécessaires, et que d'ailleurs ils m'humilient. C'est un petit mal qui fait un grand bien[1], un bien infini : vous n'imaginez pas jusqu'où il va. Je ne vous ai parlé que de cette indigence où vous resteriez au premier jour, si vous écoutiez mon neveu, lui ou tout autre, et ne vous ai rien dit de l'opprobre qui la suivrait, et que voici : c'est que la plupart des hommes, et surtout des jeunes gens, ne ménagent pas une fille comme vous quand ils la quittent; c'est qu'ils se vantent d'avoir réussi auprès d'elle; c'est qu'ils sont indiscrets, impudents et moqueurs sur son compte; c'est qu'ils l'indiquent, qu'ils la montrent, qu'ils disent aux autres : la voilà. Oh! jugez quelle aventure ce serait là pour vous, qui êtes la plus aimable personne de votre sexe, et qui par conséquent seriez aussi la plus déshonorée. Car, dans un pareil cas, c'est ce qu'il y a de plus beau qui est le plus méprisé, parce que c'est ce qu'on est le plus fâché de trouver méprisable. Non pas qu'on exige qu'une belle fille n'ait point d'amants; au contraire, n'en eût-elle point, on lui en soupçonne, et il lui sied mieux d'en avoir qu'à une autre, pourvu que rien n'éclate, et qu'on puisse toujours penser, en la voyant, que c'est un grand bonheur que d'être bien venu d'elle. Or, ce n'en est plus un quand elle est décriée, et vous ne risquez rien de tout cela avec moi. Vous sentez bien, du caractère dont je suis, que votre réputation ne court aucun hasard[1] : je ne serai pas curieux qu'on sache que je vous aime, ni que vous y répondez. C'est dans le secret que je prétends réparer vos malheurs, et vous assurer sourdement une petite fortune qui vous mette pour jamais en état de vous passer du secours des gens qui ne me ressembleraient pas, qui seraient plus ou moins riches, mais tous avares, tous amoureux sans tendresse, qui ne vous donneraient qu'une aisance médiocre et passagère, et dont vous seriez pourtant obligée de souffrir l'amour, même en restant chez Mme Dutour.

À ce discours, je me sentis saisie d'une douleur si vive, je me fis tant de pitié à moi-même de me voir exposée à l'insolence d'un pareil détail[2], que je m'écriai en fondant en larmes : Eh! mon Dieu, à quoi en suis-je réduite!

Et comme il crut que mon exclamation venait de l'épouvante qu'il me donnait : Doucement, me dit-il d'un air consolant et en me serrant la main; doucement, mon aimable et chère fille, rassurez-vous : puisque nous nous sommes rencontrés, vous voilà hors du péril dont je parle; il est vrai que vous ne l'éviteriez pas sans moi; car il ne faut pas vous flatter, vous n'êtes point née pour être une lingère; ce n'est point une ressource pour vous que ce métier-là; vous n'y feriez aucun progrès, vous le sentez bien, j'en suis sûr; et quand vous vous y rendriez habile, il faut de l'argent pour devenir maîtresse[3], et vous n'en avez pas; vous seriez donc toujours fille de boutique. Oh! je vous prie, gagneriez-vous dans cet état de quoi subvenir à tous vos besoins? et belle comme vous êtes, manquant de mille choses nécessaires, comment ferez-vous, si vous ne consentez pas que les gens en question vous aident? Et si vous y consentez, quelle horrible situation!

Eh! monsieur, lui dis-je, en sanglotant, ne m'en entretenez plus, ayez cette considération pour moi et pour ma jeunesse. Vous savez que je sors d'entre les mains d'une fille vertueuse qui ne m'a pas élevée pour entendre de pareils discours; et je ne sais pas comment un homme comme vous est capable de me les tenir, sous prétexte que je suis pauvre.

Non, ma fille, me répondit-il en me serrant les bras; non, vous ne l'êtes point, vous avez du bien, puisque j'en ai; c'est à moi désormais à vous tenir lieu de vos parents que vous n'avez plus. Tranquillisez-vous; je n'ai voulu, dans ce que je vous ai dit, que vous inspirer un peu de frayeur utile; que vous montrer de quelle conséquence il était pour vous, non seulement que nous nous connussions, mais encore que je prisse, sans m'en apercevoir, cette tendre inclination qui m'attache à vous, qui m'humilie pourtant, mais dont je subis humblement la petite humiliation, parce qu'en effet cet événement-ci a quelque chose d'admirable; oui, la fin de vos malheurs en dépendait : il est certain que, sans ce penchant imprévu, je ne vous aurais pas assez secourue : je n'aurais été qu'un homme de bien envers vous, qu'un bon cœur, comme on l'est à l'ordinaire; et cela ne vous aurait pas suffi. Vous aviez besoin que je fusse quelque chose de plus. Il fallait que je vous aimasse, que je sentisse de l'amour pour vous, je dis un amour d'inclination[1]; il fallait que je ne pusse le vaincre, et que, forcé d'y céder, je me fisse du moins un devoir de racheter ma faiblesse, et de l'expier en vous sauvant de tous les inconvénients de votre état; c'est aussi ce que j'ai résolu, ma fille, et j'espère que vous ne vous y opposerez pas; je compte même que vous ne serez pas ingrate. Il y a beaucoup de différence de votre âge au mien, je l'avoue; mais prenez garde : dans le fond, je ne suis vieux que par comparaison, et parce que vous êtes bien jeune ; car, avec toute autre qu'avec vous, je serais d'un âge fort supportable, ajouta-t-il du ton d'un homme qui se sent encore assez bonne mine. Ainsi, voyons, convenons de nos mesures avant que la Dutour arrive. Je crois que vous ne songez plus à être lingère. D'un autre côté, voici Valville qui est une tête folle, à qui vous avez dit où vous demeuriez, et qui infailliblement cherchera à vous revoir ; il s'agit donc d'échapper à sa poursuite, et de lui dérober nos liaisons, qu'il n'ignorerait pas longtemps si vous restiez chez cette femme-ci ; de sorte que l'unique parti qu'il y a à prendre, c'est de disparaître dès demain de ce quartier, de vous loger ailleurs ; ce qui ne sera pas difficile. Je connais un honnête homme que je charge quelquefois du soin de mes affaires, qui est ce qu'on appelle un solliciteur de procès[1], dont la femme est très raisonnable, et qui a une petite maison fort jolie, où il y a un appartement que vient de quitter un homme de province à qui il le louait ; et cet appartement, j'irai dès ce soir le retenir pour vous : vous serez là on ne peut pas mieux, surtout venant de ma part. Ce sont de bonnes gens qui seront charmés de vous avoir, qui s'en tiendront honorés, d'autant plus que vous y paraîtrez d'une manière convenable, et qui vous y fera respecter : vous y arriverez sous le titre d'une de mes parentes, qui n'a plus ni père ni mère, que j'ai retirée de la campagne, et dont je veux prendre soin : ce qui, joint à la forte pension que vous y payerez (car vous mangerez avec eux), à la parure qu'ils vous verront, à l'ameublement que vous aurez dans deux jours, aux maîtres que je vous donnerai (maîtres de danse, de musique, de clavecin, comme il vous plaira) ; ce qui, joint, dis-je, à la façon dont j'en agirai avec vous quand j'irai vous voir, achèvera de vous rendre totalement la maîtresse chez eux. N'est-il pas vrai ? Il n'y a point à hésiter, ne perdons point de temps, Marianne ; et pour préparer la Dutour à votre sortie, dites-lui ce soir que vous ne vous sentez pas propre à son négoce, et que vous allez dans un couvent où, demain matin, on doit vous mener sur les dix heures ; en conformité de quoi je vous enverrai la femme de l'homme en question, qui viendra en effet vous prendre avec un carrosse, et qui vous conduira chez elle, où vous me trouverez. N'en êtes-vous pas d'accord, dites ? et ne voulez-vous pas bien aussi que, pour vous encourager, pour vous prouver la sincérité de mes intentions (car je ne veux pas que vous ayez le scrupule de m'en croire totalement sur ma parole), ne voulez-vous pas bien, dis-je, qu'en attendant mieux, je vous apporte demain un petit contrat de cinq cents livres de rente[1] ? Parlez, ma belle enfant, serez-vous prête demain ? viendra-t-on ? oui, n'est-ce pas ?

D'abord, je ne répondis rien ; une indignité si déclarée me confondait, me coupait la parole, et je restais immobile, les yeux baissés et mouillés de larmes.

À quoi rêvez-vous donc, ma chère Marianne ? me dit-il : le temps nous presse, la Dutour va rentrer ; en est-ce fait ? parlerai-je ce soir à mon homme ?

À ces mots, revenant à moi : Ah ! monsieur, m'écriai-je, on ne vous connaît donc pas ? Ce religieux qui m'a menée à vous m'avait dit que vous étiez un si honnête homme !

Mes pleurs et mes soupirs m'empêchèrent d'en dire davantage. Eh ! ma chère enfant, me répondit-il, quelle fausse idée vous faites-vous des choses ! Hélas ! lui-même, s'il savait mon amour, n'en serait point si surpris que vous vous le figurez, et n'en estimerait pas moins mon caractère ; il vous dirait que ce sont là de ces mouvements involontaires qui

peuvent arriver aux plus honnêtes gens, aux plus raisonnables, aux plus pieux ; il vous dirait que, tout
religieux qu'il est, il n'oserait pas jurer de s'en garantir ; qu'il n'y a point de faute aussi pardonnable
qu'une sensibilité comme la mienne. Ne vous en
faites donc point un monstre, Marianne, ajouta-t-il
en pliant imperceptiblement un genou devant moi ;
ne m'en croyez pas le cœur moins vrai, moins digne
de votre confiance, parce que je l'ai tendre. Ceci ne
touche point à la probité, je vous l'ai déjà dit : c'est
une faiblesse et non pas un crime, et une faiblesse à
laquelle les meilleurs cœurs sont les plus sujets ;
votre expérience vous l'apprendra. Ce religieux,
dites-vous, a prétendu vous adresser à un homme
vertueux ; aussi l'ai-je été jusqu'ici ; aussi le suis-je
encore, et si je l'étais moins, je ne vous aimerais
peut-être pas. Ce sont vos malheurs et mes vertus
naturelles qui ont contribué au penchant que j'ai
pour vous ; c'est pour avoir été généreux, pour vous
avoir trop plaint que je vous aime, et vous me le
reprochez ! vous que d'autres aimeront, qui ne me
vaudront pas ! vous qui le voudrez bien sans que
votre fortune y gagne ! et vous me rebutez, moi par
qui vous allez être quitte de toutes les langueurs, de
tous les opprobres qui menacent vos jours ! moi dont
la tendresse (et je vous le dis sans en être plus fier)
est un présent que le hasard vous fait ; moi dont le
ciel, qui se sert de tout, va se servir aujourd'hui pour
changer votre sort !

Il en était là de son discours, quand le ciel, qu'il
osait pour ainsi dire faire son complice, le punit
subitement par l'arrivée de Valville, qui, comme je
l'ai déjà marqué, connaissait Mme Dutour, et qui, de
la boutique où il entra, passa dans la salle où nous
étions, et trouva mon homme dans la même posture
où, deux ou trois heures auparavant, l'avait surpris

M. de Climal; je veux dire à genoux devant moi, tenant ma main qu'il baisait, et que je m'efforçais de retirer; en un mot, la revanche était complète.

Je fus la première à apercevoir Valville; et à un geste d'étonnement que je fis, M. de Climal retourna la tête, et le vit à son tour.

Jugez de ce qu'il devint à cette vision; elle le pétrifia, la bouche ouverte; elle le fixa dans son attitude. Il était à genoux, il y resta; plus d'action[1], plus de présence d'esprit, plus de paroles; jamais hypocrite confondu ne fit moins de mystère de sa honte, ne la laissa contempler plus à l'aise, ne plia de meilleure grâce sous le poids de son iniquité, et n'avoua plus franchement qu'il était un misérable. J'ai beau appuyer là-dessus, je ne peindrai pas ce qui en était.

Pour moi, qui n'avais rien à me reprocher, il me semble que je fus plus fâchée qu'interdite de cet événement, et j'allais dire quelque chose, quand Valville, qui avait d'abord jeté un regard assez dédaigneux sur moi, et qui ensuite s'était mis froidement à contempler la confusion de son oncle, me dit d'un air tranquille et méprisant : Voilà qui est fort joli, mademoiselle! Adieu, monsieur, je vous demande pardon de mon indiscrétion; et là-dessus il partit en me lançant encore un regard aussi cavalier[2] que le premier, et au moment que M. de Climal se relevait.

Que voulez-vous dire avec ce *voilà qui est joli* ? lui criai-je en me levant aussi avec précipitation : arrêtez, monsieur, arrêtez; vous vous trompez, vous me faites tort, vous ne me rendez pas justice.

J'eus beau crier, il ne revint point. Courez donc après, monsieur, dis-je alors à l'oncle, qui, tout palpitant encore et d'une main tremblante, ramenait son manteau sur ses épaules (car il en avait un); courez donc, monsieur : voulez-vous que je sois la victime de ceci? Que va-t-il penser de moi? pour qui

me prendra-t-il? Mon Dieu! que je suis malheureuse!

Ce que je disais la larme à l'œil, et si outrée, que
j'allais moi-même rappeler le neveu qui était déjà
dans la rue.

Mais l'oncle, m'empêchant de passer: Qu'allez-
vous faire? me dit-il. Restez, mademoiselle; ne vous
inquiétez pas; je sais la tournure qu'il faut donner à
ce qui vient d'arriver. Est-il question d'ailleurs de ce
que pense un petit sot que vous ne verrez plus, si
vous voulez?

Comment! s'il en est question! repris-je avec
emportement, lui qui connaît Mme Dutour, à qui il
dira ce qu'il en pense! lui avec qui j'ai eu un entretien de plus d'une heure, et qui par conséquent me
reconnaîtra! Monsieur, ne peut-il pas me rencontrer
tous les jours? peut-être demain? ne me méprisera-
t-il pas? ne me regardera-t-il pas comme une
indigne à cause de vous, moi qui suis sage, qui aimerais mieux mourir que de ne pas l'être, qui ne possède rien que ma sagesse, qu'on s'imaginera que
j'aurai perdue? Non, monsieur, je suis désolée, je
suis au désespoir de vous connaître: c'est le plus
grand malheur qui pouvait m'arriver. Laissez-moi
passer, je veux absolument parler à votre neveu, et
lui dire, à quelque prix que ce soit, mon innocence.
Il n'est pas juste que vous vous ménagiez à mes
dépens[1]. Pourquoi contrefaire le dévot, si vous ne
l'êtes pas? J'ai bien affaire de toutes ces hypocri-
sies-là, moi!

Petite ingrate que vous êtes, me répondit-il en
pâlissant, est-ce là comme vous payez mes bienfaits?
À propos de quoi parlez-vous de votre innocence?
Où avez-vous pris qu'on songe à l'attaquer? Vous
ai-je dit autre chose, sinon que j'avais quelque inclination pour vous, à la vérité, mais qu'en même

temps je me la reprochais, que j'en étais fâché, que je m'en sentais humilié, que je la regardais comme une faute dont je m'accusais, et que je voulais l'effacer en la tournant à votre profit, sans rien exiger de vous qu'un peu de reconnaissance ? Ne sont-ce pas là mes termes ? et y a-t-il rien à tout cela qui n'ait dû vous rendre mon procédé respectable ?

Eh bien ! monsieur, lui dis-je, puisque ce sont là vos desseins, et que vous avez tant de religion, ne souffrez donc pas que cet incident-ci me fasse tort ; menez-moi à votre neveu, allons tout à l'heure lui dire ce qui en est, pour empêcher qu'il ne juge mal aussi bien de vous que de moi. Vous teniez ma main quand il est entré ; je crois même que vous la baisiez malgré moi ; vous étiez à genoux ; comment voulez-vous qu'il prenne cela pour de la piété, et qu'il ne s'imagine pas que vous êtes mon amant, et que je suis votre maîtresse, à moins que vous ne vous don-niez la peine de le détromper ? Il faut donc absolu-ment que vous lui parliez, quand ce ne serait qu'à cause de moi ; vous y êtes obligé pour ma réputation, et même pour ôter le scandale, autrement ce serait offenser Dieu ; et puis vous verrez que j'ai le meilleur cœur du monde, qu'il n'y aura personne qui vous chérira, qui vous respectera tant que moi, ni qui soit née si reconnaissante. Vous me ferez aussi tout le bien qu'il vous plaira. J'irai où vous voudrez, je vous obéirai en tout : je serai trop heureuse que vous pre-niez soin de moi, que vous ayez la charité de ne me point abandonner, pourvu qu'à présent vous ne fas-siez plus mystère de cette charité à laquelle je me soumets, et que, sans tarder davantage, vous veniez dire à M. de Valville : Mon neveu, vous ne devez point avoir mauvaise opinion de cette fille ; c'est une pauvre orpheline que j'ai la bonté de secourir en bon chrétien que je suis ; et si tantôt j'ai fait semblant de ne la pas connaître chez vous, c'est que je ne voulais pas qu'on sût mon action pieuse. Voilà tout ce que je vous demande, monsieur, en vous priant de me pardonner les mots que j'ai dits sans attention, qui vous ont déplu, et que je réparerai par toute la soumission possible. Ainsi, dès que Mme Dutour sera rentrée, nous n'avons qu'à partir; aussi bien, quand vous n'iriez pas, je vous avertis que j'irai moi-même.

Allez, petite fille, allez, me répondit-il, en homme sans pudeur, qui ne se souciait plus de mon estime, et qui voulait bien que je le méprisasse autant qu'il méritait; je ne vous crains point, vous n'êtes pas capable de me nuire : et vous qui me menacez, craignez à votre tour que je ne me fâche, entendez-vous ? Je ne vous en dis pas davantage; mais on se repent quelquefois d'avoir trop parlé. Adieu, ne comptez plus sur moi, je retire mes charités; il y a d'autres gens dans la peine qui ont le cœur meilleur que vous, et à qui il est juste de donner la préférence. Il vous restera encore de quoi vous ressouvenir de moi; vous avez des habits, du linge et de l'argent, que je vous laisse.

Non, lui dis-je, ou plutôt lui criai-je, il ne me restera rien, car je prétends vous rendre tout, et je commence par votre argent, que j'ai heureusement sur moi : le voici, ajoutai-je en le jetant sur une table avec une action vive et rapide, qui exprimait bien les mouvements d'un jeune petit cœur fier, vertueux et insulté; il n'y a plus que l'habit et le linge dont je vais tout à l'heure faire un paquet que vous emporterez dans votre carrosse, monsieur; et comme j'ai sur moi quelques-unes de ces hardes-là, dont j'ai autant d'horreur que de vous, je ne veux que le temps d'aller me déshabiller dans ma chambre, et je suis à vous dans l'instant : attendez-moi, sinon je vous promets de jeter le tout par la fenêtre.

Et pendant que je lui tenais ce discours, vous remarquerez que je détachais mes épingles, et que je me décoiffais, parce que la cornette[1] que je portais venait de lui, de façon qu'en un moment elle fut ôtée, et que je restai nu-tête avec ces beaux cheveux dont je vous ai parlé, et qui me descendaient jusqu'à la ceinture.

Ce spectacle le démonta; j'étais dans un transport étourdi qui ne ménageait rien; j'élevais ma voix, j'étais échevelée, et le tout ensemble jetait dans cette scène un fracas, une indécence qui l'alarmait, et qui aurait pu dégénérer en avanie[2] pour lui.

Je voulais le quitter pour aller faire ce paquet dans ma chambre; il me retenait à cause de mon impétuosité, et balbutiait, avec des lèvres pâles, quelques mots que je n'écoutais point : Mais rêvez-vous?... à quoi bon ce bruit-là?... Quelle folie!... mais laissez donc... prenez garde... Mme Dutour arriva là-dessus.

Oh! oh! me dit-elle en me voyant dans le désordre où j'étais, eh! qu'est-ce que c'est que tout cela? qu'est-ce donc? Sainte Vierge! comme elle est faite! à qui en a-t-elle, monsieur? où a-t-elle mis sa cornette? je crois qu'elle est à terre, Dieu me pardonne. Eh! mon Dieu! est-ce qu'on l'a battue?

Ce qu'elle demandait avec plus de bruit que nous n'en avions fait.

Non, non, dit M. de Climal, qui se hâta de répondre de peur que je n'en vinsse à une explication. Je vous dirai de quoi il est question : ce n'est qu'un malentendu de sa part qui m'a fâché, et qui ne me permet plus de rien faire pour elle. Je vous payerai pour le peu de temps qu'elle a passé ici; mais de celui qu'elle y passera à présent, je n'en réponds plus.

Quoi! lui dit Mme Dutour d'un air inquiet, vous ne continuez pas la pension de cette pauvre fille! Eh! comment voulez-vous donc que je la garde?

Eh! madame, n'en soyez point en peine, je ne serai point à votre charge; et Dieu me préserve d'être à la sienne! dis-je à mon tour, d'un fauteuil où je m'étais assise sans savoir ce que je faisais, et où je pleurais sans les regarder ni l'un ni l'autre. Quant à lui, il s'esquivait pendant que je parlais ainsi, et je restai seule tête à tête avec la Dutour, qui, toute déconfortée[1], croisait les mains d'étonnement, et disait: Quel charivari! Et puis s'asseyant: N'est-ce pas là de la belle besogne que vous avez faite, Marianne? Plus d'argent, plus de pension, plus d'entretien! accommode-toi, te voilà sur le pavé, n'est-ce pas? Le beau coup d'État! la belle équipée! Oui, pleurez à cette heure, pleurez: vous voilà bien avancée! Quelle tête à l'envers!

Eh! laissez-moi, madame, laissez-moi, lui dis-je, vous parlez sans savoir de quoi il s'agit. Oui, je t'en réponds, sans savoir! ne sais-je pas que vous n'avez rien? n'est-ce pas en savoir assez? Qu'est-ce qu'elle veut dire avec sa science? Demandez-moi où elle ira à présent; c'est là ce qui me chagrine, moi; je parle par amitié, et puis c'est tout; car si j'avais le moyen de vous nourrir, pardi! on s'embarrasserait beaucoup de M. de Climal. Eh! merci de ma vie, je vous dirais: Ma fille, tu n'as rien; eh bien! moi, j'ai plus qu'il ne faut: va, laisse-le aller, et ne t'inquiète pas; qui en a pour quatre, en a pour cinq. Mais oui-da, on a beau avoir un bon cœur, on va bien loin avec cela, n'est-ce pas? Le temps est mauvais, on ne vend rien, les loyers sont chers, et c'est tout ce qu'on peut faire que de vivre et d'attraper le jour de l'an[2]; encore faut-il bien tirer pour y aller.

Soyez tranquille, lui répondis-je en jetant un soupir: je vous assure que j'en sortirai demain, à quelque prix que ce soit; je ne suis pas sans argent, et je vous donnerai ce que vous voudrez pour la dépense que je ferai encore chez vous.

Quelle pitié! me répondit-elle. Eh! mais, Marianne, d'où est-elle donc venue, cette misérable querelle? Je vous avais tant prêché, tant recommandé de ménager cet homme!

Ne m'en parlez plus, lui dis-je, c'est un indigne; il voulait que je vous quittasse, et que j'allasse loger loin d'ici chez un homme de sa connaissance, qui apparemment ne vaut pas mieux que lui, et dont la femme devait me venir prendre demain matin. Ainsi, quand je n'aurais pas rompu avec lui, quand j'aurais fait semblant de consentir à ses sentiments, comme vous le dites, je n'en aurais pas demeuré plus longtemps chez vous, madame Dutour.

Ah! ah! s'écria-t-elle, c'était donc là son intention? Vous retirer de chez moi pour vous mettre en chambre avec quelque canaille; ah! pardi, celle-là est bonne! Voyez-vous ce vieux fou, ce vieux pénard[1] avec sa mine d'apôtre! À le voir, on le mettrait volontiers dans une niche; et pourtant il me fourbait[2] aussi. Mais à propos de quoi vous aller planter ailleurs? Est-ce qu'il ne pouvait pas vous voir ici? qui est-ce qui l'en empêchait? il était le maître; il m'avait dit qu'il prenait soin de vous, que c'était une bonne œuvre qu'il faisait. Eh! tant mieux, je l'avais pris au mot, moi: est-ce qu'on trouble une bonne œuvre? au contraire, on est bien aise d'y avoir part. Va-t-on éplucher si elle est mauvaise? Il n'y a que Dieu qui sache la conscience des gens, et il veut qu'on pense bien de son prochain. De quoi avait-il peur? Il n'avait qu'à venir, et aller son train; dès qu'il dit qu'il est homme de bien, lui aurais-je dit: Tu en as menti? N'avez-vous pas votre chambre? Y aurais-je été voir ce qu'il vous disait? Que lui fallait-il donc? Je ne comprends pas la fantaisie qu'il a eue. Pourquoi vous changer de lieu, dites-moi?

C'est, repris-je négligemment, qu'il ne voulait pas

que M. de Valville, chez qui on m'a portée, et à qui
j'ai dit où je demeurais, vînt me voir ici. Ah! nous y
voilà, dit-elle; oui, j'entends. Vraiment, je ne
m'étonne pas; c'est que l'autre est son neveu, qui
n'aurait pas pris la bonne œuvre pour argent
comptant, et qui lui aurait dit : Qu'est-ce que vous
faites de cette fille? Mais est-ce qu'il est venu, ce
neveu? Il n'y a qu'un moment qu'il vient de sortir, lui
dis-je, sans entrer dans un plus grand détail; et c'est
après qu'il a été parti que M. de Climal s'est fâché de
ce que je refusais de me retirer demain où il me
disait, et qu'il m'a reproché ce que j'ai reçu de lui; ce
qui a fait que j'ai voulu lui rendre le tout, même
jusqu'à la cornette que j'avais, et que j'ai ôtée.

Quel train que tout cela! s'écria-t-elle. Allez, vous
avez eu bien du guignon de vous laisser choir justement auprès de la maison de ce M. de Valville. Eh!
mon Dieu! comment est-ce que le pied vous a glissé?
ne faut-il pas prendre garde où l'on marche,
Marianne! Voyez ce que c'est que d'être étourdie! Et
puis, en second lieu, pourquoi aller dire à ce neveu
où vous demeurez? Est-ce qu'une fille donne son
adresse à un homme? Et ne saurait-on avoir le pied
foulé sans dire où on loge? Car il n'y a que cela qui
vous nuit aujourd'hui.

Je ne faisais pas grande attention à ce qu'elle me
disait, et ne lui répondais même que par complaisance.

Enfin, ma fille, continua-t-elle, de remède, je n'y
en vois point. Voyez, avisez-vous[1]; car après ce qui
est arrivé, il faut bien prendre votre parti, et le plus
tôt sera le mieux. Je ne veux point d'esclandre dans
ma maison, ni moi ni Toinon n'en avons que faire. Je
sais bien que ce n'est pas votre faute; mais il
n'importe, on prend tout à rebours dans ce monde,
chacun juge et ne sait ce qu'il dit; les caquets

viennent : eh ! qui est-il, et qui est-elle ? et où est-ce que c'est, où est-ce que ce n'est pas ? Cela n'est pas agréable ; sans compter que nous ne vous sommes de rien, ni vous de rien à nous ; pour une parente, pour la moindre petite cousine, encore passe : mais vous ne l'êtes ni de près ni de loin, ni à nous ni à personne.

Vous m'affligez, madame, lui repartis-je vivement : ne vous ai-je pas dit que je m'en irais demain ? Est-ce que vous voulez que je m'en aille aujourd'hui ? ce sera comme il vous plaira.

Non, ma fille, non, me répondit-elle ; j'entends raison, je ne suis pas une femme si étrange : et si vous saviez la pitié que vous me faites, assurément vous ne vous plaindriez pas de moi. Non, vous coucherez ici, vous y souperez ; ce qu'il y aura, nous le mangerons ; de votre argent, je n'en veux point ; et si par hasard il y a occasion de vous rendre quelque service par le moyen de mes connaissances, ne m'épargnez pas. Au surplus, je vous conseille une chose ; c'est de vous défaire de cette robe que M. de Climal vous a donnée. Vous ne pourriez plus honnêtement la porter à cette heure que vous allez être pauvre et sans ressource ; elle serait trop belle pour vous, aussi bien que ce linge si fin, qui ne servirait qu'à faire demander où vous l'avez pris. Croyez-moi, quand on est gentille, et à votre âge, pauvreté et bravoure[1] n'ont pas bon air ensemble : on ne sait qu'en dire. Ainsi point d'ajustement, c'est mon avis ; ne gardez que les hardes que vous aviez quand vous êtes entrée ici, et vendez le reste. Je vous l'achèterai même, si vous voulez ; non pas que je m'en soucie beaucoup, mais j'avais dessein de m'habiller ; et pour vous faire plaisir, tenez, je m'accommoderai de votre robe. Je suis un peu plus grasse que vous, mais vous êtes un peu plus grande ; et comme elle est ample, j'ajusterai cela, je tâcherai qu'elle me serve ; à l'égard du linge, ou je vous le payerai, ou je vous en donnerai d'autre.

Non, madame, lui dis-je froidement : je ne vendrai rien, parce que j'ai résolu, et même promis, de remettre tout à M. de Climal.

À lui! reprit-elle, vous êtes donc folle? Je le lui remettrais comme je danse, pas plus à lui qu'à Jean de Vert[1]; il n'en verrait pas seulement une rognure, ni petite ni grosse. Vous vous moquez; n'est-ce pas une aumône qu'il vous a faite? Et ce qu'on a remis, savez-vous bien qu'on ne l'a plus, ma fille?

Elle n'en serait pas restée là sans doute, et se serait efforcée, quoique inutilement, de me convertir là-dessus, sans une vieille femme qui arriva, et qui avait affaire à elle; et dès qu'elle m'eut quittée, je montai dans notre chambre. Je dis la nôtre, parce que je la partageais avec Toinon.

De mes sentiments à l'égard de M. de Climal, je ne vous en parlerai plus; je n'aurais pu tenir à lui que par de la reconnaissance; il n'en méritait plus de ma part : je le détestais, je le regardais comme un monstre, et ce monstre m'était indifférent; je n'avais point de regret que c'en fût un. Il était bien arrêté que je lui rendrais ses présents, que je ne le reverrais jamais; cela me suffisait, et je ne songeai presque plus à lui. Voyons ce que je fis dans ma chambre.

L'objet qui m'occupa d'abord, vous allez croire que ce fut la malheureuse situation où je restais; non, cette situation ne regardait que ma vie, et ce qui m'occupa me regardait, moi.

Vous direz que je rêve de distinguer cela. Point du tout : notre vie, pour ainsi dire, nous est moins chère que nous, que nos passions. À voir quelquefois ce qui se passe dans notre instinct là-dessus, on dirait que, pour être, il n'est pas nécessaire de vivre; que ce n'est que par accident que nous vivons, mais que c'est naturellement que nous sommes. On dirait que, lorsqu'un homme se tue[2], par exemple, il ne quitte la vie que pour se sauver, que pour se débarrasser d'une chose incommode ; ce n'est pas de lui dont il ne veut plus, mais bien du fardeau qu'il porte.

Je n'allonge mon récit de cette réflexion que pour justifier ce que je vous disais, qui est que je pensai à un article qui m'intéressait plus que mon état, et cet article, c'était Valville, autrement dit, les affaires de mon cœur.

Vous vous ressouvenez que ce neveu, en me surprenant avec M. de Climal, m'avait dit : Voilà qui est joli, mademoiselle ! Et ce neveu, vous savez que je l'aimais ; jugez combien ce petit discours devait m'être sensible.

Premièrement, j'avais de la vertu ; Valville ne m'en croyait plus, et Valville était mon amant. Un amant, madame, ah ! qu'on le hait en pareil cas ! mais qu'il est douloureux de le haïr ! Et puis, sans doute qu'il ne m'aimerait plus. Ah, l'indigne ! Oui ; mais avait-il tant de tort ? Ce Climal est un homme âgé, un homme riche ; il le voit à genoux devant moi ; je lui ai caché que je le connaissais, et je suis pauvre ; à quoi cela ressemble-t-il ? quelle opinion peut-il avoir de moi après cela ? Qu'ai-je à lui reprocher ? S'il m'aime, il est naturel qu'il me croie coupable, il a dû me dire ce qu'il m'a dit ; et il est bien fâcheux pour lui d'avoir eu tant d'estime et de penchant pour une fille qu'il est obligé de mépriser. Oui ; mais enfin il me méprise donc actuellement, il m'accuse de tout ce qu'il y a de plus affreux, il n'a pas hésité un instant à me condamner, pas seulement attendu qu'il m'eût parlé. Et je pourrais excuser cet homme-là ! J'aurais encore le courage de le voir ! il faudrait que je fusse bien lâche, que j'eusse bien peu de cœur. Qu'il eût des soupçons, qu'il fût en colère, qu'il fût outré, à la bonne heure ; mais du mépris, du dédain, des outrages, mais s'en aller, voir que je le rappelle, et ne pas revenir, lui qui m'aimait, et qui ne m'aime plus apparemment! Ah! j'ai bien autre chose à faire qu'à songer à un homme qui se trompe si indignement, qui me connaît si mal! Qu'il devienne ce qu'il voudra; l'oncle est parti, laissons là le neveu. L'un est un misérable, et l'autre croit que j'en suis une; ne sont-ce pas là des gens bien regrettables[1]?

Mais à propos, j'ai un paquet à faire, dis-je encore en moi-même en me levant d'un fauteuil où j'avais fait tout le soliloque que je viens de rapporter; à quoi est-ce que je m'amuse, puisque je sors demain? Il faut renvoyer ces hardes aujourd'hui, aussi bien que l'argent que, ces jours passés, m'a donné Climal. (Lequel argent était resté sur la table où je l'avais jeté, et Mme Dutour me l'avait par force remis dans ma poche.)

Là-dessus j'ouvris ma cassette pour y prendre d'abord le linge nouvellement acheté. Oui, monsieur de Valville, oui, disais-je en le tirant, vous apprendrez à me connaître, à penser de moi comme vous le devez; et cette idée me hâtait: de sorte que, sans y songer, c'était plus à lui qu'à son oncle que je rendais le tout, d'autant plus que le renvoi du linge, de la robe et de l'argent, joint à un billet que j'écrirais, ne manquerait pas de désabuser Valville, et de lui faire regretter ma perte.

Il m'avait paru avoir l'âme généreuse, et je m'applaudissais d'avance de la douleur qu'il aurait d'avoir outragé une fille aussi respectable que moi: car je me voyais confusément je ne sais combien de titres pour être respectée.

Premièrement, j'avais mon infortune qui était unique; avec cette infortune, j'avais de la vertu, et elles allaient si bien ensemble! Et puis j'étais jeune, et puis j'étais belle; que voulez-vous de plus? Quand je me serais faite exprès pour être attendrissante, pour faire soupirer un amant généreux de m'avoir maltraitée, je n'aurais pu y mieux réussir ; et pourvu que j'affligeasse Valville, j'étais contente ; après quoi, je ne voulais plus entendre parler de lui. Mon petit plan était de ne le voir de ma vie : ce que je trouvais aussi très beau à moi, et très fier ; car je l'aimais, et j'étais même bien aise de l'aimer, parce qu'il s'était aperçu de mon amour, et que, me voyant malgré cela rompre avec lui, il en verrait mieux à quel cœur il avait eu affaire.

Cependant le paquet s'avançait ; et ce qui va vous réjouir, c'est qu'au milieu de ces idées si hautes et si courageuses, je ne laissais pas, chemin faisant, que de considérer ce linge en le pliant, et de dire en moi-même (mais si bas, qu'à peine m'entendais-je) : Il est pourtant bien choisi ; ce qui signifiait : c'est dommage de le quitter.

Petit regret qui déshonorait un peu la fierté de mon dépit ; mais que voulez-vous ? Je me serais parée de ce linge que je renvoyais, et les grandes actions sont difficiles ; quelque plaisir qu'on y prenne, on se passerait bien de les faire : il y aurait plus de douceur à les laisser là, soit dit en badinant à mon égard ; mais en général, il faut se redresser pour être grand : il n'y a qu'à rester comme on est pour être petit. Revenons.

Il n'y avait plus que ma cornette à plier, et, comme en entrant dans la chambre je l'avais mise sur un siège près de la porte, je l'oubliai : une fille de mon âge qui va perdre sa parure peut avoir des distractions.

Je ne songeais donc plus qu'à ma robe, qu'il fallait empaqueter aussi ; je dis celle que m'avait donnée M. de Climal ; et comme je l'avais sur moi, et qu'apparemment je reculais à l'ôter : N'y a-t-il plus rien à mettre ? disais-je ; est-ce là tout ? Non, il y a encore l'argent; et cet argent, je le tirai sans aucune peine : je n'étais point avare, je n'étais que vaine; et voilà pourquoi le courage ne me manquait que sur la robe.

À la fin pourtant, il ne restait plus qu'elle; comment ferai-je? Allons, avant que d'ôter celle-ci, commençons par détacher l'autre, ajoutai-je, toujours pour gagner du temps sans doute; et cette autre, c'était la vieille dont je parlais, et que je voyais accrochée à la tapisserie[1].

Je me levai donc pour l'aller prendre; et dans le trajet qui n'était que de deux pas, ce cœur si fier s'amollit, mes yeux se mouillèrent, je ne sais comment, et je fis un grand soupir, ou pour moi, ou pour Valville, ou pour la belle robe; je ne sais pour lequel des trois.

Ce qui est de certain, c'est que je décrochai l'ancienne, et qu'en soupirant encore, je me laissai tristement aller sur un siège, pour y dire : Que je suis malheureuse! Eh! mon Dieu! pourquoi m'avez-vous ôté mon père et ma mère?

Peut-être n'était-ce pas là ce que je voulais dire, et ne parlais-je de mes parents que pour rendre le sujet de mon affliction plus honnête; car quelquefois on est glorieux avec soi-même, on fait des lâchetés qu'on ne veut pas savoir, et qu'on se déguise sous d'autres noms; ainsi peut-être ne pleurais-je qu'à cause de mes hardes. Quoi qu'il en soit, après ce court monologue qui, malgré que j'en eusse, aurait fini par me déshabiller, j'allai par hasard jeter les yeux sur ma cornette, qui était à côté de moi.

Bon! dis-je alors; je croyais avoir tout mis dans le paquet, et la voilà encore; je ne songe pas seulement à en tirer une de ma cassette pour me recoiffer, et je suis nu-tête : quelle peine que tout cela! Et puis, passant insensiblement d'une idée à une autre, mon religieux me revint dans l'esprit. Hélas! le pauvre homme, me dis-je, il sera bien étonné quand il saura tout ceci.

Et tout de suite, je pensai que je devais l'aller voir; qu'il n'y avait point de temps à perdre; que c'était le plus pressé à cause de ma situation; que je renverrais bien le paquet le lendemain. Pardi! je suis bien sotte de m'inquiéter tant aujourd'hui de ces vilaines hardes (je disais vilaines pour me faire accroire que je ne les aimais pas): il vaut encore mieux les envoyer demain matin; Valville sera chez lui alors, il n'y a point d'apparence qu'il y soit à présent; laissons là le paquet, je l'achèverai tantôt, quand je serai revenue de chez ce religieux: mon pied ne me fait presque plus de mal; j'irai bien tout doucement jusqu'à son couvent, que vous remarquerez qu'il m'avait enseigné la dernière fois qu'il était venu me voir.

Oui; mais, quelle cornette mettrai-je? Quelle cornette, eh! celle que j'avais ôtée, et qui était à côté de moi. C'était bien la peine d'aller fouiller dans ma cassette pour en tirer une autre, puisque j'avais celle-ci toute prête!

Et d'ailleurs, comme elle valait beaucoup plus que la mienne, il était même à propos que je m'en servisse, afin de la montrer à ce religieux, qui jugerait, en la voyant, que celui qui me l'avait donnée y avait entendu finesse, et que ce ne pouvait pas être par charité qu'on en achetât de si belles; car j'avais dessein de conter toute mon aventure à ce bon moine, qui m'avait paru un vrai homme de bien: or cette cornette serait une preuve sensible de ce que je lui dirais.

Et la robe que j'avais sur moi, eh! vraiment, il ne fallait pas l'ôter non plus: il est nécessaire qu'il la voie, elle sera une preuve encore plus forte.

Je la gardai donc, et sans scrupule, j'y étais autorisée par la raison même : l'art imperceptible de mes
petits raisonnements m'avait conduite jusque-là, et
je repris courage jusqu'à nouvel ordre.

Allons, recoiffons-nous : ce qui fut bientôt fait, et
je descendis pour sortir.

Mme Dutour était en bas avec sa voisine. Où allez-
vous, Marianne ? me dit-elle. À l'église, lui répondis-
je ; et je ne mentais presque pas : une église et un
couvent sont à peu près la même chose. Tant mieux,
ma fille, reprit-elle, tant mieux ; recommandez-vous
à la sainte volonté de Dieu. Nous parlions de vous,
ma voisine et moi : je lui disais que je ferai dire
demain une messe à votre intention.

Et pendant qu'elle me tenait ce discours, cette voisine, qui m'avait déjà vue deux ou trois fois, et qui
jusque-là ne m'avait pas trop regardée, ouvrait alors
les yeux sur moi, me considérait avec une curiosité
populaire, dont de temps en temps le résultat était
de lever les épaules, et de dire : La pauvre enfant !
cela fait compassion : à la voir il n'y a personne qui
ne croie que c'est une fille de famille. Façon de
s'attendrir qui n'était ni de bon goût, ni intéressante ;
aussi n'en remerciai-je pas, et je quittai bien vite mes
deux commères.

Depuis le départ de M. de Climal jusqu'à ce
moment où je sortis, je n'avais, à vrai dire, pensé à
rien de raisonnable. Je ne m'étais amusée qu'à
mépriser Climal, qu'à me plaindre de Valville, qu'à
l'aimer, qu'à méditer des projets de tendresse et de
fierté contre lui, et qu'à regretter mes hardes ; et de
mon état, pas un mot : il n'en avait pas été question,
je n'y avais pas pris garde.

Mais le fracas des rues écarta toutes ces idées frivoles, et me fit rentrer en moi-même.

Plus je voyais de monde et de mouvement dans

cette prodigieuse ville de Paris, plus j'y trouvais de silence et de solitude pour moi : une forêt m'aurait paru moins déserte, je m'y serais sentie moins seule, moins égarée. De cette forêt, j'aurais pu m'en tirer ; mais comment sortir du désert où je me trouvais ? Tout l'univers en était un pour moi, puisque je n'y tenais par aucun lien à personne.

La foule de ces hommes qui m'entouraient, qui se parlaient, le bruit qu'ils faisaient, celui des équipages, la vue même de tant de maisons habitées, tout cela ne servait qu'à me consterner davantage.

Rien de tout ce que je vois ici ne me concerne, me disais-je ; et un moment après : Que ces gens-là sont heureux ! disais-je ; chacun d'eux a sa place et son asile. La nuit viendra, et ils ne seront plus ici, ils seront retirés chez eux ; et moi, je ne sais où aller, on ne m'attend nulle part, personne ne s'apercevra que je lui manque ; je n'ai du moins plus de retraite que pour aujourd'hui, et je n'en aurai plus demain.

C'était pourtant trop dire, puisqu'il me restait encore quelque argent, et qu'en attendant que le ciel me secourût, je pouvais me mettre dans une chambre ; mais qui n'a de retraite que pour quelques jours peut bien dire qu'il n'en a point.

Je vous rapporte à peu près tout ce qui me passait dans l'esprit en marchant.

Je ne pleurais pourtant point alors, et je n'en étais pas mieux. Je recueillais de quoi pleurer ; mon âme s'instruisait de tout ce qui pouvait l'affliger, elle se mettait au fait de ses malheurs ; et ce n'est pas là l'heure des larmes : on n'en verse qu'après que la tristesse est prise, et presque jamais pendant qu'on la prend ; aussi pleurerai-je bientôt. Suivez-moi chez mon religieux ; j'ai le cœur serré ; je suis aussi parée que je l'étais ce matin, mais je n'y songe pas, ou, si j'y songe, je n'y prends plus de plaisir. Nombre de per-

sonnes me regardent en passant, je le remarque sans
m'en applaudir : j'entends quelquefois dire à
d'autres : Voilà une belle fille ; et ce discours
m'oblige sans me réjouir : je n'ai pas la force de me
prêter à la douceur que j'y sens.

Quelquefois aussi je pense à Valville, mais c'est
pour me dire qu'il serait ridicule d'y penser davantage ; et en effet ma situation décourage le penchant
que j'ai pour lui.

C'est bien à moi d'avoir de l'amour ; il aurait bonne
grâce, il serait bien placé dans une aussi malheureuse créature que moi, qui erre inconnue sur la
terre, où j'ai la honte de vivre pour y être l'objet, ou
du rebut, ou de la compassion des autres.

J'arrive enfin dans un abattement que je ne saurais exprimer ; je demande le religieux et on me
mène dans une salle en dehors où l'on me dit qu'il
est avec une autre personne ; et cette personne,
madame, admirez ce coup de hasard, c'est M. de Climal, qui rougit et pâlit tour à tour en me voyant, et
sur lequel je ne jetai non plus les yeux que si je ne
l'avais jamais vu.

Ah ! c'est vous, mademoiselle, me dit le religieux ;
approchez, je suis bien aise que vous arriviez dans ce
moment ; c'est de vous dont nous nous entretenons ;
mettez-vous là.

Non, mon père, reprit aussitôt M. de Climal en
prenant congé du religieux ; souffrez que je vous
quitte. Après ce qui est arrivé, il serait indécent que
je restasse : ce n'est pas assurément que je sois fâché
contre mademoiselle ; le ciel m'en préserve ; je lui
pardonne de tout mon cœur et, bien loin de me ressentir[1] de ce qu'elle a pensé de moi, je vous jure,
mon père, que je lui veux plus de bien que jamais, et
que je rends grâces à Dieu de la mortification que
j'ai essuyée dans l'exercice de ma charité pour elle :

mais je crois que la prudence et la religion même ne me permettent plus de la voir.

Et cela dit, mon homme salua le père, et, qui pis est, me salua moi-même les yeux modestement baissés, pendant que de mon côté je baissais la tête. Et il allait se retirer quand le religieux, l'arrêtant par le bras : Non, mon cher monsieur, non, lui dit-il, ne vous en allez pas, je vous conjure, écoutez-moi. Oui, vos dispositions sont très louables, très édifiantes ; vous lui pardonnez, vous lui souhaitez du bien, voilà qui est à merveille ; mais remarquez que vous ne vous proposez plus de lui en faire, que vous l'abandonnez malgré le besoin qu'elle a de votre secours, malgré son offense qui rendrait ce secours si méritoire, malgré cette charité que vous croyez encore sentir pour elle, et que vous vous dispensez pourtant d'exercer : prenez-y garde, craignez qu'elle ne soit éteinte. Vous remerciez Dieu, dites-vous, de la petite mortification qu'il vous a envoyée ; eh bien ! voulez-vous la mériter, cette mortification qui est en effet une faveur ? voulez-vous en être vraiment digne ? redoublez vos soins pour cette pauvre enfant orpheline qui reconnaîtra sa faute, qui d'ailleurs est jeune, sans expérience, à qui on aura peut-être dit qu'elle avait quelques agréments, et qui, par vanité, par timidité, par vertu même, aura pu se tromper à votre égard. N'est-il pas vrai, ma fille ? Ne sentez-vous pas le tort que vous avez eu avec monsieur, à qui vous devez tant, et qui, bien loin de vous regarder autrement que selon Dieu, n'a voulu, par les saintes affections qu'il vous a témoignées, par ses douces et pieuses invitations, que vous engager vous-même à fuir ce qui pouvait vous égarer ? Dieu soit béni mille fois de vous avoir aujourd'hui conduite ici ! C'est à vous à qui il la ramène, mon cher monsieur, vous le voyez bien. Allons, ma fille, avouez votre faute ;

repentez-vous-en dans l'abondance de votre cœur[1],
et promettez de la réparer à force de respect, de
confiance et de reconnaissance; avancez, ajouta-t-il,
parce que je me tenais éloignée de M. de Climal.

Eh! monsieur, m'écriai-je alors en adressant la
parole à ce faux dévot, est-ce que c'est moi qui ai
tort? comment pouvez-vous me l'entendre dire?
hélas! Dieu sait tout; qu'il nous rende justice. Je n'ai
pu m'y tromper, vous le savez bien aussi. Et je fondis
en larmes en finissant ce discours.

M. de Climal, tout intrépide tartuffe qu'il était, ne
put le soutenir. Je vis l'embarras se peindre sur son
visage, il ne put pas même le dissimuler; et dans la
crainte que le religieux ne le remarquât et n'en
conçût quelque soupçon contre lui, il prit son parti
en habile homme : ce fut de paraître naïvement
embarrassé, et d'avouer qu'il l'était.

Ceci me déconcerte, dit-il avec un air de confusion
pudique, je ne sais que répondre; quelle avanie! Ah!
mon père, aidez-moi à supporter cette épreuve; cela
va se répandre, cette pauvre enfant le dira partout;
elle ne m'épargnera pas. Hélas! ma fille, vous serez
pourtant bien injuste; mais Dieu le veut. Adieu, mon
père; parlez-lui, tâchez de lui ôter cette idée-là, s'il
est possible; il est vrai que je lui ai marqué de la tendresse, elle ne l'a pas comprise : c'était son âme que
j'aimais, que j'aime encore, et qui mérite d'être
aimée. Oui, mon père, mademoiselle a de la vertu, je
lui ai découvert mille qualités; et je vous la recommande, puisqu'il n'y a pas moyen de me mêler de ce
qui la regarde.

Après ces mots, il se retira, et ne salua cette fois-ci
que le religieux, qui, en lui rendant son salut, avait
l'air incertain de ce qu'il devait faire, qui le conduisit
des yeux jusqu'à sa sortie de la salle, et qui, se
retournant ensuite de mon côté, me dit presque la

larme à l'œil : Ma fille, vous me fâchez, je ne suis point content de vous; vous n'avez ni docilité ni reconnaissance; vous n'en croyez que votre petite tête, et voilà ce qui en arrive. Ah! l'honnête homme! quelle perte vous faites! Que me demandez-vous à présent? Il est inutile de vous adresser à moi davantage, très inutile : quel service voulez-vous que je vous rende? J'ai fait ce que j'ai pu; si vous n'en avez pas profité, ce n'est pas ma faute, ni celle de cet homme de bien que je vous avais trouvé, et qui vous a traitée comme si vous aviez été sa propre fille; car il m'a tout dit : habits, linge, argent, il vous a fournie de tout, vous payait une pension, allait vous la payer encore, et avait même dessein de vous établir, à ce qu'il m'a assuré; et parce qu'il n'approuve pas que vous voyiez son neveu, qui est un jeune homme étourdi et débauché, parce qu'il veut vous mettre à l'abri d'une connaissance qui vous est très dangereuse, et que vous avez envie d'entretenir, vous vous imaginez par dépit qu'un homme si pieux et si vertueux vous aime, et qu'il est jaloux; cela n'est-il pas bien étrange, bien épouvantable? Lui jaloux! lui vous aimer! Dieu vous punira de cette pensée-là, ma fille; vous ne l'avez prise que dans la malice de votre cœur, et Dieu vous en punira, vous dis-je.

Je pleurais pendant qu'il parlait. Écoutez-moi, mon père, lui répondis-je en sanglotant; de grâce, écoutez-moi.

Eh bien! que me direz-vous? répondit-il; qu'aviez-vous affaire de ce jeune homme? pourquoi vous obstiner à le voir? Quelle conduite! Passe encore pour cette folie-là, pourtant; mais porter la mauvaise humeur et la rancune jusqu'à être ingrate et méchante envers un homme si respectable, et à qui vous devez tant : que deviendrez-vous avec de pareils défauts? Quel malheur qu'un esprit comme le vôtre!

oh! en vérité, votre procédé me scandalise. Voyez,
vous voilà d'une propreté[1] admirable; qui est-ce qui
dirait que vous n'avez point de parents? et quand
vous en auriez, et qu'ils seraient riches, seriez-vous
mieux accommodée[2] que vous l'êtes? peut-être pas
si bien, et tout cela vient de lui apparemment. Seigneur! que je vous plains! il ne vous a rien épargné[3]... Eh! mon père, vous avez raison, m'écriai-je
encore une fois; mais ne me condamnez pas sans
m'entendre. Je ne connais point son neveu, je ne l'ai
vu qu'une fois par hasard, et ne me soucie point de le
revoir, je n'y songe pas; quelle liaison aurais-je avec
lui? Je ne suis point folle, et M. de Climal vous
abuse; ce n'est point à cause de cela que je romps
avec lui, ne vous prévenez point[4]. Vous parlez de
mes hardes, elles ne sont que trop belles; j'en ai été
étonnée, et elles vous surprennent vous-même;
tenez, mon père, approchez, considérez la finesse de
ce linge; je ne le voulais pas si fin au moins[5]; j'avais
de la peine à le prendre, surtout à cause des
manières qu'il avait eues avec moi auparavant; mais
j'ai eu beau lui dire: Je n'en veux point, il s'est
moqué de moi, et m'a toujours répondu: Allez vous
regarder dans un miroir, et voyez après si ce linge
est trop beau pour vous. Oh! à ma place, qu'auriez-
vous pensé de ce discours-là, mon père? dites la
vérité: si M. de Climal est si dévot, si vertueux, qu'a-
t-il besoin de prendre garde à mon visage? que je
l'aie beau ou laid, de quoi s'embarrasse-t-il? D'où
vient aussi qu'en badinant il m'a appelée friponne
dans son carrosse, en m'ajoutant à l'oreille d'avoir le
cœur plus facile, et qu'il me laissait le sien pour m'y
encourager? Qu'est-ce que cela signifie? Quand on
n'est que pieux, parle-t-on du cœur d'une fille, et lui
laisse-t-on le sien? lui donne-t-on des baisers comme
il a encore tâché de m'en donner un dans ce carrosse?

Un baiser, ma fille, reprit le religieux, un baiser!
vous n'y songez pas! comment donc! savez-vous
bien qu'il ne faut jamais dire cela, parce que cela
n'est point? Qui est-ce qui vous croira? Allez, ma
fille, vous vous trompez, il n'en est rien, il n'est pas
possible; un baiser! quelle vision! ce pauvre
homme[1]! C'est qu'on est cahoté dans un carrosse, et
que quelque mouvement lui aura fait pencher sa tête
sur la vôtre; voilà tout ce que ce peut être, et ce que,
dans votre chagrin[2] contre lui, vous aurez pris pour
un baiser: quand on hait les gens, on voit tout de
travers à leur égard.

Eh! mon père, en vertu de quoi l'aurais-je haï
alors? répondis-je. Je n'avais point encore vu son
neveu, qui est, dit-il, la cause que je suis fâchée
contre lui, je ne l'avais point vu: et puis, si je m'étais
trompée sur ce baiser que vous ne croyez point,
M. de Climal, dans la suite, ne m'aurait pas confir-
mée dans ma pensée; il n'aurait pas recommencé
chez Mme Dutour, ni tant manié, tant loué mes cheveux dans ma chambre, où il était toujours à me
tenir la main qu'il approchait à chaque instant de sa
bouche, en me faisant des compliments dont j'étais
toute honteuse.

Mais... mais que me venez-vous conter, mademoiselle? Doucement donc, doucement, me dit-il d'un
air plus surpris qu'incrédule: des cheveux qu'il touchait, qu'il louait? M. de Climal, lui! je n'y
comprends rien; à quoi rêvait-il donc? Il est vrai
qu'il aurait pu se passer de ces façons-là; ce sont de
ces distractions qui ne sont pas convenables, je
l'avoue; on ne touche point aux cheveux d'une fille:
il ne savait pas ce qu'il faisait; mais n'importe: c'est
un geste qui ne vaut rien. Et ma main qu'il portait à
sa bouche, répondis-je, mon père, est-ce encore une
distraction?

Oh! votre main, reprit-il, votre main, je ne sais pas ce que c'est : il y a mille gens qui vous prennent par la main quand ils vous parlent, et c'est peut-être une habitude qu'il a aussi; je suis sûr qu'à moi-même il m'est arrivé mille fois d'en faire autant.

À la bonne heure, mon père, repris-je; mais quand vous prenez la main d'une fille, vous ne la baisez pas je ne sais combien de fois; vous ne lui dites pas qu'elle l'a belle, vous ne vous mettez pas à genoux devant elle, en lui parlant d'amour.

Ah! mon Dieu! s'écria-t-il, ah! mon Dieu! petite langue de serpent que vous êtes, taisez-vous. Ce que vous dites est horrible, c'est le démon qui vous inspire, oui, le démon; retirez-vous, allez-vous-en, je ne vous écoute plus; je ne crois plus rien, ni les cheveux, ni la main, ni les discours : faussetés que tout cela! laissez-moi. Ah! la dangereuse petite créature! elle me fait frayeur, voyez ce que c'est! Dire que M. de Climal, qui mène une vie toute pénitente, qui est un homme tout en Dieu, s'est mis à genoux devant elle pour lui tenir des propos d'amour! Ah! Seigneur, où en sommes-nous!

Ce qu'il disait joignant les mains, en homme épouvanté de mon discours, et qui éloignait tant qu'il pouvait une pareille idée, dans la crainte d'être tenté d'examiner la chose[1].

En vérité, mon père, lui répondis-je tout en larmes, et excédée de sa prévention, vous me traitez bien mal, et il est bien affligeant pour moi de ne trouver que des injures où je venais chercher de la consolation et du secours. Vous avez connu la personne qui m'a menée à Paris, et qui m'a élevée; vous m'avez dit vous-même que vous l'estimiez beaucoup, que sa vertu vous avait édifié. C'est à vous qu'elle s'est confessée à sa mort; elle ne vous aura pas parlé contre sa conscience, et vous savez ce qu'elle vous a dit de moi; vous pouvez vous en ressouvenir; il n'y a pas si longtemps que Dieu me l'a ôtée, et je ne crois pas, depuis qu'elle est morte, que j'aie rien fait qui puisse vous avoir donné une aussi mauvaise opinion de moi que vous l'avez: au contraire, mon innocence et mon peu d'expérience vous ont fait compassion, aussi bien que l'épouvante où vous m'avez vue; et cependant vous voulez que tout d'un coup je sois devenue une misérable, une scélérate, et la plus indigne, la plus épouvantable fille du monde! Vous voulez que, dans la douleur et dans les extrémités où je suis, un homme avec qui je n'ai été qu'une heure par accident, et que je ne verrai jamais, m'ait rendue si amoureuse de lui et si passionnée, que j'en aie perdu tout bon sens et toute conscience, et que j'aie le courage et même l'esprit d'inventer des choses qui font frémir, et de forger des impostures affreuses pour lui, contre un autre homme qui m'aiderait à vivre, qui pourrait me faire tant de bien, et que je serais si intéressée à conserver, si ce n'était pas un libertin qui fait semblant d'être dévot, et qui ne me donne rien que dans l'intention de me rendre en secret une malhonnête fille!

Ah! juste ciel, comme elle s'emporte! Que dit-elle là? Qui a jamais rien ouï de pareil? cria-t-il en baissant la tête, mais sans m'interrompre. Et je continuai.

Oui, mon père, il ne tâche qu'à cela: voilà pourquoi il m'habille si bien. Qu'il vous conte ce qu'il lui plaira, notre querelle ne roule que là-dessus. Si j'avais consenti à sortir de l'endroit où je suis, et à me laisser mener dans une maison qu'il devait meubler magnifiquement, et où il prétendait me mettre en pension chez un homme à lui, qui est, dit-il, un solliciteur de procès, et à qui il aurait fait accroire que j'étais sa parente arrivée de la campagne: voyez ce que c'est, et la belle dévotion!...

Hem! comment? reprit alors le religieux en m'arrêtant, un solliciteur de procès, dites-vous? Est-il marié?

Oui, mon père, il l'est, répondis-je; un solliciteur de procès qui n'est pas riche, chez qui j'aurais appris à danser, à chanter, à jouer sur le clavecin; chez qui j'aurais été comme la maîtresse par le respect qu'on m'aurait fait rendre, et dont la femme me serait venue prendre demain où je demeure; et si j'avais voulu la suivre, et que je n'eusse point refusé de recevoir, pas plus tard que demain aussi, je ne sais combien de rentes, cinq ou six cents francs, je pense, par un contrat, seulement pour commencer; si je ne lui avais pas témoigné que toutes ses propositions étaient horribles, il ne m'aurait pas reproché, comme il a fait, et les louis d'or qu'il m'a donnés, que je lui rendrai, et ces hardes que je suis honteuse d'avoir sur moi, et dont je ne veux pas profiter, Dieu m'en préserve! Il ne vous dira pas non plus que je l'ai menacé de venir vous apprendre son amour malhonnête et ses desseins; à quoi il a eu le front de me répondre que, quand même vous les sauriez, vous regarderiez cela comme rien, comme une bagatelle qui arrivait à tout le monde, qui vous arriverait peut-être à vous-même au premier jour; et que vous n'oseriez assurer que non, parce qu'il n'y avait pas d'homme de bien qui ne fût sujet à être amoureux, ni qui pût s'en empêcher. Voyez si j'ai inventé ce que je vous dis là, mon père.

Mon bon Sauveur! dit-il alors tout ému; ah! Seigneur! voilà un furieux récit! Que faut-il que j'en pense? et qu'est-ce que nous, bonté divine? Vous me tentez, ma fille: ce solliciteur de procès m'embarrasse, il m'étonne, je ne saurais le nier: car je le connais, je l'ai vu avec lui (dit-il comme à part), et cette jeune enfant n'aura pas été deviner que M. de

Climal se servait de lui, et qu'il est marié. C'est un homme de mauvaise mine, n'est-ce pas? ajouta-t-il.

Eh! mon père, je n'en sais rien, lui dis-je. M. de Climal n'a fait que m'en parler, et je ne l'ai vu ni lui ni sa femme. Tant mieux, reprit-il, tant mieux. Oui, j'entends bien; vous deviez seulement aller chez eux. Le mari est un homme qui ne m'a jamais plu. Mais, ma fille, voilà qui est étrange; si vous dites vrai, à qui se fiera-t-on?

Si je dis vrai, mon père! eh! pourquoi mentirais-je? serait-ce à cause de ce neveu? Eh! qu'on me mette dans un couvent, afin que je ne le voie ni ne le rencontre jamais.

Fort bien, dit-il alors, fort bien : cela est bon, on ne saurait mieux parler. Et puis, mon père, ajoutai-je, demandez à la marchande chez qui M. de Climal m'a mise ce qu'elle pense de lui, et si elle ne le regarde pas comme un fourbe et comme un hypocrite; demandez à son neveu s'il ne l'a pas surpris à genoux devant moi, tenant ma main qu'il baisait, et que je ne pouvais pas retirer d'entre les siennes; ce qui a si fort scandalisé ce jeune homme, qu'il me regarde à cette heure comme une fille perdue; et enfin, mon père, considérez la confusion où M. de Climal a été quand je suis entrée ici. Est-ce que vous n'avez pas pris garde à sa mine?

Oui, me dit-il, oui, il a rougi : vous avez raison, et je n'y comprends rien; serait-il possible? J'en reviens toujours à ce solliciteur de procès, c'est un terrible article; et son embarras, je ne l'aime point non plus. Qu'est-ce que c'est aussi que ce contrat? Il est bien pressé! Qu'est-ce que c'est que ces meubles, et que ces maîtres pour des fariboles? Avec qui veut-il que vous dansiez? Plaisante charité, qui apprend aux gens à aller au bal! Un homme comme M. de Climal! Que Dieu nous soit en aide. Mais on ne sait

qu'en dire : hélas ! la pauvre humanité, à quoi est-elle
sujette ? Quelle misère que l'homme ! quelle misère !
Ne songez plus à tout cela, ma fille ; je crois que vous
ne me trompez pas : non, vous n'êtes pas capable de
tant de fausseté ; mais n'en parlons plus. Soyez discrète, la charité vous l'ordonne, entendez-vous ? Ne
révélez jamais cette étrange aventure à personne ;
gardons-nous de réjouir le monde par ce scandale, il
en triompherait, et en prendrait droit de se moquer
des vrais serviteurs de Dieu. Tâchez même de croire
que vous avez mal vu, mal entendu ; ce sera une disposition d'esprit, une innocence de pensée qui sera
agréable à Dieu, qui vous attirera sa bénédiction.
Allez, ma chère enfant, retournez-vous-en, et ne vous
affligez pas (ce qu'il me disait à cause des pleurs que
je répandais de meilleur courage [1] que je n'avais fait
encore, parce qu'il me plaignait). Continuez d'être
sage, et la Providence aura soin de vous ; j'ai affaire,
il faut que je vous quitte. Mais dites-moi l'adresse de
cette marchande où vous logez.

Hélas ! mon père, lui répondis-je après la lui avoir
dite, je n'ai plus que le reste de cette journée-ci à y
demeurer ; la pension qu'on lui payait pour moi finit
demain, ainsi je suis obligée de sortir de chez elle ;
elle s'y attend ; je ne saurai plus après où me réfugier
si vous m'abandonnez, mon père : je n'ai que vous,
vous êtes ma seule ressource.

Moi ! chère enfant ! hélas ! Seigneur, quelle pitié !
un pauvre religieux comme moi, je ne puis rien ;
mais Dieu peut tout : nous verrons, ma fille, nous
verrons ; j'y penserai. Dieu sait ma bonne volonté ;
il m'inspirera peut-être, tout dépend de lui ; je le
prierai de mon côté, priez-le du vôtre, mademoiselle. Dites-lui : Mon Dieu, je n'espère qu'en vous.
N'y manquez pas ; et moi je serai demain sans faute
à neuf heures du matin chez vous ; ne sortez pas

avant ce temps-là. Ah çà! il est tard, j'ai affaire;
adieu, soyez tranquille; il y a loin d'ici chez vous:
que le ciel vous conduise. À demain.

Je le saluai sans pouvoir prononcer un seul mot, et
je partis pour le moins aussi triste que je l'avais été
en arrivant chez lui: les saintes et pieuses consolations qu'il venait de me donner me rendaient mon
état encore plus effrayant qu'il ne me l'avait paru;
c'est que je n'étais pas assez dévote, et qu'une âme de
dix-huit ans croit tout perdu, tout désespéré, quand
on lui dit en pareil cas qu'il n'y a plus que Dieu qui
lui reste: c'est une idée grave et sérieuse qui effa-
rouche sa petite confiance. À cet âge on ne se fie
guère qu'à ce qu'on voit, on ne connaît guère que les
choses de la terre.

J'étais donc profondément consternée en m'en
retournant; jamais mon accablement n'avait été si
grand.

Quelques embarras dans la rue m'arrêtèrent à la
porte d'un couvent de filles; j'en vis celle de l'église
ouverte, et, moitié par un sentiment de religion qui
me vint en ce moment, moitié dans la pensée d'aller
soupirer à mon aise, et de cacher mes larmes qui
fixaient sur moi l'attention des passants, j'entrai
dans cette église, où il n'y avait personne, et où je me
mis à genoux dans un confessionnal.

Là, je m'abandonnai à mon affliction, et je ne
gênai[1] ni mes gémissements ni mes sanglots; je dis
mes gémissements, parce que je me plaignais, parce
que je prononçais des mots, et que je disais: Pourquoi suis-je venue au monde, malheureuse que je
suis? Que fais-je sur la terre? Mon Dieu, vous m'y
avez mise, secourez-moi. Et autres choses semblables.

J'étais dans le plus fort de mes soupirs et de mes
exclamations, du moins je le crois, quand une dame,

que je ne vis point arriver, et que je n'aperçus que lorsqu'elle se retira, entra dans l'église.

Je sus après qu'elle arrivait de la campagne ; qu'elle avait fait arrêter son carrosse à la porte du couvent, où elle était fort connue, et où quelques personnes de ses amies l'avaient priée de rendre, en passant, une lettre à la prieure ; et que, pendant qu'on était allé avertir cette prieure de venir à son parloir, elle était entrée dans l'église dont elle avait, comme moi, trouvé la porte ouverte.

À peine y fut-elle, que mes tons gémissants la frappèrent ; elle y entendit tout ce que je disais, et m'y vit dans la posture de la personne du monde la plus désolée.

J'étais alors assise, la tête penchée, laissant aller mes bras qui retombaient sur moi, et si absorbée dans mes pensées, que j'en oubliais en quel lieu je me trouvais.

Vous savez que j'étais bien mise ; et quoiqu'elle ne me vît pas au visage, il y a je ne sais quoi d'agile et de léger qui est répandu dans une jeune et jolie figure, et qui lui fit aisément deviner mon âge. Mon affliction, qui lui parut extrême, la toucha ; ma jeunesse, ma bonne façon, peut-être aussi ma parure, l'attendrirent pour moi ; quand je parle de parure, c'est que cela n'y nuit pas.

Il est bon en pareille occasion de plaire un peu aux yeux, ils vous recommandent au cœur. Êtes-vous malheureux et mal vêtu ? ou vous échappez aux meilleurs cœurs du monde, ou ils ne prennent pour vous qu'un intérêt fort tiède ; vous n'avez pas l'attrait qui gagne leur vanité, et rien ne vous aide tant à être généreux envers les gens, rien ne vous fait tant goûter l'honneur et le plaisir de l'être, que de leur voir un air distingué.

La dame en question m'examina beaucoup, et

aurait même attendu pour me voir que j'eusse
retourné la tête, si on n'était pas venu l'avertir que la
prieure l'attendait à son parloir.

Au bruit qu'elle fit en se retirant, je revins à moi ;
et comme j'entendais marcher, je voulus voir qui
c'était ; elle s'y attendait, et nos yeux se ren-
contrèrent.

Je rougis, en la voyant, d'avoir été surprise dans
mes lamentations ; et malgré la petite confusion que
j'en avais, je remarquai pourtant qu'elle était
contente de la physionomie que je lui montrais, et
que mon affliction la touchait. Tout cela était dans
ses regards ; ce qui fit que les miens (s'ils lui dirent
ce que je sentais) durent lui paraître aussi reconnais-
sants que timides ; car les âmes se répondent.

C'était en marchant qu'elle me regardait ; je baissai
insensiblement les yeux, et elle sortit.

Je restai bien encore un demi-quart d'heure dans
l'église, tant à essuyer mes larmes qu'à rêver à ce que
je ferais le lendemain, si les soins de mon religieux
ne réussissaient pas. Que j'envie le sort de ces saintes
filles qui sont dans ce couvent ! me dis-je ; qu'elles
sont heureuses !

Cette pensée m'occupait, quand une tourière[1] me
vint dire honnêtement : Mademoiselle, on va fermer
l'église. Tout à l'heure je vais sortir, madame, lui
répondis-je, n'osant la regarder que de côté, de peur
qu'elle ne s'aperçût que j'avais pleuré ; mais j'oubliai
de prendre garde au ton dont je lui répondais, et ce
ton me trahit. Elle le sentit si plaintif et si triste, me
vit d'ailleurs si jeune, si joliment accommodée, si
jolie moi-même, à ce qu'elle me raconta ensuite,
qu'elle ne put s'empêcher de me dire : Hélas ! ma
chère demoiselle, qu'avez-vous donc ? mon bon
Dieu ! quelle pitié ! auriez-vous du chagrin ? c'est
bien dommage : peut-être venez-vous parler à

quelqu'une de nos dames; à laquelle est-ce, mademoiselle?

Je ne repartis rien à ce discours, mais mes yeux
recommencèrent à se mouiller. Nous autres filles, ou
nous autres femmes, nous pleurons volontiers dès
qu'on nous dit: Vous venez de pleurer; c'est une
enfance et comme une mignardise que nous avons et
dont nous ne pouvons presque pas nous défendre.

Eh! mais, mademoiselle, dites-moi ce que c'est;
dites, ajouta la tourière en insistant, irai-je avertir
quelqu'une de nos religieuses? Or, je réfléchissais à
ce qu'elle me répétait là-dessus; c'est peut-être Dieu
qui permet qu'elle me fasse songer à cela, me dis-je
tout attendrie de la douceur avec laquelle elle me
pressait, et tout de suite: Oui, madame, lui répondis-je, je souhaiterais bien parler à Mme la prieure,
si elle en a le temps.

Eh bien! ma belle demoiselle, venez, reprit-elle,
suivez-moi; je vais vous mener à son parloir, et elle
s'y rendra un moment après. Allons.

Je la suivis donc; nous montâmes un petit escalier, elle ouvrit une porte, et le premier objet qui me
frappe, c'est cette dame dont je vous ai parlé, que je
n'avais vue que lorsqu'elle sortit de l'église, et qui, en
sortant, m'avait regardée d'une manière si obligeante.

Elle me parut encore charmée de me revoir, et se
leva d'un air caressant pour me faire place.

Elle était avec la prieure du couvent, et je vous ai
instruite de ce qui était cause de sa visite.

Madame, dit la tourière à la religieuse, j'allais vous
avertir; c'est mademoiselle qui vous demande.

Cette prieure était une petite personne courte,
ronde et blanche, à double menton, et qui avait le
teint frais et reposé. Il n'y a point de ces mines-là
dans le monde; c'est un embonpoint tout différent

de celui des autres, un embonpoint qui s'est formé plus à l'aise et plus méthodiquement, c'est-à-dire où il entre plus d'art, plus de façon, plus d'amour de soi-même que dans le nôtre.

D'ordinaire, c'est, ou le tempérament, ou la quantité de nourriture, ou l'inaction de la mollesse qui nous acquièrent le nôtre, et cela est tout simple ; mais pour celui dont je parle, on sent qu'il faut, pour l'avoir acquis, s'en être saintement fait une tâche : il ne peut être que l'ouvrage d'une délicate, d'une amoureuse et d'une dévote complaisance qu'on a pour le bien et pour l'aise de son corps ; il est non seulement un témoignage qu'on aime la vie et la vie saine, mais qu'on l'aime douce, oisive et friande[1] : et qu'en jouissant du plaisir de se porter bien, on s'accorde encore autant de douceurs et de privilèges que si on était toujours convalescente.

Aussi cet embonpoint religieux n'a-t-il pas la forme du nôtre, qui a l'air plus profane ; aussi grossit-il moins un visage qu'il ne le rend grave et décent ; aussi donne-t-il à la physionomie non pas un air joyeux, mais tranquille et content.

À voir ces bonnes filles, au reste, vous leur trouvez un extérieur affable, et pourtant un intérieur indifférent. Ce n'est que leur mine, et non pas leur âme qui s'attendrit pour vous : ce sont de belles images qui paraissent sensibles, et qui n'ont que des superficies de sentiment et de bonté. Mais laissons cela, je ne parle ici que des apparences, et ne décide point du reste. Revenons à la prieure ; j'en ferai peut-être le portrait quelque part.

Mademoiselle, je suis votre servante, me dit-elle en se baissant pour me saluer : puis-je savoir à qui j'ai l'honneur de parler ? C'est moi qui en ai tout l'honneur, répondis-je encore plus honteuse que modeste, et quand je vous dirais qui je suis, je n'en serais pas plus connue de vous, madame.

C'est, si je ne me trompe, mademoiselle que j'ai
vue dans l'église où je suis entrée un instant, dit
alors la dame en question avec un souris tendre ; j'ai
cru même la voir pleurer, et cela m'a fait de la peine.
Je vous rends mille grâces de votre bonté, madame,
repris-je d'une voix faible et timide ; et puis je me
tus. Je ne savais comment entrer en matière :
l'accueil de la prieure, tout avenant qu'il était,
m'avait découragée. Je n'espérais plus rien d'elle,
sans que je pusse dire pourquoi : c'était ainsi que son
abord m'avait frappée, et cela revient à ces superficies dont je parlais, et que je ne démêlais pas alors.
Elle va me plaindre, et ne me secourra pas, me
disais-je ; il n'y a rien à faire.

Cependant ces dames, qui s'étaient levées, restaient debout, et j'en rougissais, parce que mon habit
les trompait, et que j'étais bien au-dessous de tant de
façons. Souhaitez-vous que nous soyons seules ? me
dit la prieure.

Comme il vous plaira, madame, répondis-je ; mais
je serais fâchée d'être cause que madame s'en allât,
et de vous déranger ; si vous voulez, je reviendrai.

Ce que je disais dans l'intention d'échapper à
l'embarras où je m'étais mise, et de ne plus revenir.

Non, mademoiselle, non, me dit la dame, en me
prenant par la main pour me faire avancer ; vous resterez, s'il vous plaît ; ma visite est finie, et je partais.
Ainsi je vais vous laisser libre : vous avez du chagrin,
et je m'en suis aperçue ; vous méritez qu'on s'y intéresse ; et si vous vous en retourniez, je ne me le pardonnerais pas.

Oui, madame, lui dis-je, pénétrée de ce discours et
tout en pleurs, il est vrai que j'ai du chagrin : j'en ai
beaucoup, il n'y a personne qui ait autant sujet d'en
avoir que moi, personne de si à plaindre ni de si
digne de compassion que je le suis ; et vous me

témoignez un cœur si généreux, que je ne ferai point difficulté de parler devant vous, madame. Il ne faut pas vous retirer, vous ne me gênerez point ; au contraire, c'est un bonheur pour moi que vous soyez ici : vous m'aiderez à obtenir de madame la grâce que je viens lui demander à genoux (je m'y jetai en effet), et qui est de vouloir bien me recevoir chez elle.

Eh ! ma belle enfant, que vous me touchez ! me répondit la prieure en me tendant les bras de l'endroit où elle était, pendant que la dame me relevait affectueusement. Que je me félicite du choix que vous avez fait de ma maison ! En vérité, quand je vous ai vue, j'ai eu comme un pressentiment de ce qui vous amène : votre modestie m'a frappée. Ne serait-ce pas une prédestinée qui me vient ? ai-je pensé en moi-même. Car il est certain que votre vocation est écrite sur votre visage : n'est-il pas vrai, madame ? Ne trouvez-vous pas comme moi ce que je vous dis là ? Qu'elle est belle ! qu'elle a l'air sage ! Ah ! ma fille, que je suis ravie ! que vous me donnez de joie ! Venez, mon ange, venez ; je gagerais qu'elle est fille unique, et qu'on la veut marier malgré elle. Mais, dites-moi, mon cœur, est-ce tout à l'heure que vous voulez entrer ? Il faudra pourtant informer vos parents, n'est-ce pas ? Chez qui enverrai-je ?

Hélas ! ma mère, répondis-je, je ne puis vous indiquer personne. Ma confusion et mes sanglots m'arrêtèrent là. Eh bien ! me dit-elle, de quoi s'agit-il ? Non, personne, continuai-je, rien de ce que vous croyez, ma mère ; je n'ai pas la consolation d'avoir des parents ; du moins ceux que j'ai, je ne les ai jamais connus.

Jésus, mademoiselle ! reprit-elle avec un refroidissement imperceptible et grave ; voilà qui est bien fâcheux, point de parents ! eh ! comment cela se

peut-il? qui est-ce donc qui a soin de vous? car
apparemment que vous n'avez point de bien non
plus? Que sont devenus votre père et votre mère?

Je n'avais que deux ans, lui dis-je, quand ils ont été
assassinés par des voleurs qui arrêtèrent un carrosse
de voiture où ils étaient avec moi; leurs domestiques
y périrent aussi; il n'y eut que moi à qui on laissa la
vie, et je fus portée chez un curé de village, qui ne vit
plus, et dont la sœur, qui était une sainte personne,
m'a élevée avec une bonté infinie; mais malheureusement elle est morte ces jours passés à Paris, où
elle était venue, tant pour la succession d'un parent
qu'elle n'a pas recueillie à cause des dettes du défunt,
que pour voir s'il y aurait moyen de me mettre dans
quelque état qui me convînt. J'ai tout perdu par sa
mort; il n'y avait qu'elle qui m'aimait dans le monde,
et je n'ai plus de tendresse à espérer de personne : il
ne me reste plus que la charité des autres; aussi
n'est-ce qu'elle et son bon cœur que je regrette, et
non pas les secours que j'en recevais; je rachèterais
sa vie de la mienne. Elle est morte dans une auberge
où nous étions logées; j'y suis restée seule, et l'on
m'y a pris une partie du peu d'argent qu'elle me laissait. Un religieux, son confesseur, m'a tirée de là, et
m'a remise, il y a quelques jours, entre les mains
d'un homme que je ne veux pas nommer, qu'il
croyait homme de bien et charitable, et qui nous a
trompés tous deux, qui n'était rien de tout cela. Il a
pourtant commencé d'abord par me mettre chez
Mme Dutour, une marchande lingère; mais à peine
y ai-je été, qu'il a découvert ses mauvais desseins par
de l'argent qu'il m'a forcée de prendre, et par des
présents que je me suis bien doutée qui n'étaient pas
honnêtes[1], non plus que certaines manières qu'il
avait et qui ne signifiaient rien de bon, puisqu'à la
fin il n'a pas eu honte à son âge de me déclarer, en

me prenant par les mains, qu'il était mon amant, qu'il entendait que je fusse sa maîtresse, et qu'il avait résolu de me mettre dans une maison d'un quartier éloigné, où il serait plus libre d'être amoureux de moi sans qu'on le sût, et où il me promettait des rentes, avec toutes sortes de maîtres et de magnificence; à quoi j'ai répondu qu'il me faisait horreur d'être si hypocrite et si fourbe. Eh! monsieur, lui ai-je dit, est-ce que vous n'avez pas de religion? Quelle abominable pensée! Mais j'ai eu beau dire; ce méchant homme, au lieu de se repentir et de revenir à lui, s'est emporté contre moi, m'a traitée d'ingrate, de petite créature qu'il punirait si je parlais, et m'a reproché son argent, du linge qu'il m'avait acheté, et cette robe que je porte, et que je mettrai ce soir dans le paquet que j'ai déjà fait du reste, pour lui renvoyer le tout, dès que je serai rentrée chez Mme Dutour, qui de son côté m'a donné mon congé pour demain matin, parce qu'elle n'est payée que pour aujourd'hui; de sorte que je ne sais plus de quel côté tourner, si le père Saint-Vincent, de chez qui je viens en ce moment pour lui conter tout, et qui m'avait bonnement menée à cet horrible homme, ne trouve pas demain à me placer en quelque endroit, comme il m'a promis d'y tâcher.

Au sortir de chez lui, j'ai passé par ici, et je suis entrée dans votre église à cause que je pleurais le long du chemin, et qu'on me regardait; et puis Dieu m'a inspiré la pensée de me jeter à vos pieds, ma mère, et d'implorer votre aide.

Là finit mon petit discours ou ma petite harangue, dans laquelle je ne mis point d'autre art que ma douleur, et qui fit son effet sur la dame en question. Je la vis qui s'essuyait les yeux; cependant elle ne dit mot alors, et laissa répondre la prieure, qui avait honoré mon récit de quelques gestes de main, de quelques

mouvements de visage, qu'elle n'aurait pu me refuser avec décence ; mais il ne me parut pas que son
cœur eût donné aucun signe de vie.

Certes, votre situation est fort triste, mademoiselle
(car il n'y eut plus ni de ma belle enfant, ni de mon
ange ; toutes ces douceurs furent supprimées) ; mais
tout n'est pas désespéré ; il faut voir ce que ce religieux, que vous appelez le père Saint-Vincent, fera
pour vous, reprit-elle d'un air de compassion posée.
Ne dites-vous pas qu'il s'est chargé de vous trouver
une place ? il lui est bien plus aisé de vous rendre
service qu'à moi qui ne sors point, et qui ne saurais
agir. Nous ne voyons, nous ne connaissons presque
personne ; et, à l'exception de madame et de quelques autres dames qui ont la bonté de nous aimer un
peu, nous sommes des semaines entières sans recevoir une visite. D'ailleurs notre maison n'est pas
riche ; nous ne subsistons que par nos pensionnaires,
dont le nombre est fort diminué depuis quelque
temps. Aussi sommes-nous endettées, et si mal à
notre aise, que j'eus l'autre jour le chagrin de refuser
une jeune fille, un fort bon sujet, qui se présentait
pour être converse[1], parce que nous n'en recevons
plus, quelque besoin que nous en ayons, et que, nous
apportant peu, elles nous seraient à charge. Ainsi de
tous côtés vous voyez notre impuissance, dont je
suis vraiment mortifiée ; car vous m'affligez, ma
pauvre enfant (ma pauvre ! quelle différence de
style ! Auparavant elle m'avait dit : ma belle), vous
m'affligez, mais que ne vous êtes-vous adressée au
curé de votre paroisse ? Notre communauté ne peut
vous aider que de ses prières, elle n'est pas en état de
vous recevoir : et tout ce que je puis faire, c'est de
vous recommander à la charité de nos dames pensionnaires ; je quêterai pour vous, et je vous remet-
trai demain ce que j'aurai ramassé. (Quêter pour un
ange, la belle chose à lui proposer !)

Non, ma mère, non, répondis-je d'un ton sec et ferme, je n'ai encore rien dépensé de la petite somme d'argent que m'a laissée mon amie, et je ne venais pas demander l'aumône. Je crois que, lorsqu'on a du cœur, il n'en faut venir à cela que pour s'empêcher de mourir, et j'attendrai jusqu'à cette extrémité; je vous remercie.

Et moi, je ne souffrirai point qu'une jeune fille aussi bien née y soit jamais réduite, dit en ce moment la dame qui avait gardé le silence. Reprenez courage, mademoiselle; vous pouvez encore prétendre à une amie dans le monde : je veux vous consoler de la perte de celle que vous regrettez, et il ne tiendra pas à moi que je ne vous sois aussi chère qu'elle vous l'a été. Ma mère, ajouta-t-elle en adressant la parole à la religieuse, je payerai la pension de mademoiselle; vous pouvez la faire entrer chez vous. Cependant, comme elle vous est absolument inconnue, et qu'il est juste que vous sachiez quelles sont les personnes que vous recevez, nous n'avons, pour vous ôter tout scrupule là-dessus, et pour empêcher même qu'on ne trouve à redire à l'inclination que je me sens pour mademoiselle, nous n'avons, dis-je, qu'à envoyer tout à l'heure votre tourière chez cette Mme Dutour qui est marchande, et dont sans doute le bon témoignage justifiera ma conduite et la vôtre.

Je compris d'abord à ce discours qu'elle était bien aise elle-même de connaître un peu mieux son sujet, et de savoir à qui elle avait affaire; mais observez, je vous prie, le tour honnête qu'elle prenait pour cela, et avec quel ménagement pour moi, avec quelle industrie elle me cachait l'incertitude qui pouvait lui rester sur ce que je disais, et qui était fort raisonnable.

On ne saurait payer ces traits de bonté-là. De toutes les obligations qu'on peut avoir à une belle

âme, ces tendres attentions, ces secrètes politesses
de sentiment sont les plus touchantes. Je les appelle
secrètes, parce que le cœur qui les a pour vous ne
vous les compte point, ne veut point en charger votre
reconnaissance; il croit qu'il n'y a que lui qui les
sait; il vous les soustrait, il en enterre le mérite; et
cela est adorable.

Pour moi, je fus au fait; les gens qui ont eux-
mêmes un peu de noblesse de cœur se connaissent
en égards de cette espèce, et remarquent bien ce
qu'on fait pour eux.

Je me jetai avec transport, quoique avec respect,
sur la main de cette dame, que je baisai longtemps,
et que je mouillai des plus tendres et des plus déli-
cieuses larmes que j'aie versées de ma vie. C'est que
notre âme est haute, et que tout ce qui a un air de
respect pour sa dignité la pénètre et l'enchante;
aussi notre orgueil ne fut-il jamais ingrat.

Madame, lui dis-je, consentez-vous que j'écrive
deux mots à Mme Dutour par la tourière? vous verrez mon billet; et je songe que, dans les circonstances où je suis, et qu'elle n'ignore pas, elle
pourrait craindre de la surprise, et ne pas s'expliquer
librement. Oui-da, mademoiselle, me répondit-elle,
vous avez raison, écrivez. Ma mère, voulez-vous bien
nous donner une plume et de l'encre? Avec plaisir,
dit la prieure toute radoucie, et qui nous passa ce
qu'il fallait pour le billet. Il fut court, le voici à peu
près :

« La personne qui vous rendra cette lettre,
madame, ne va chez vous que pour s'informer de
moi; vous aurez la bonté de lui dire naïvement et
dans la pure vérité ce que vous en savez, tant pour ce
qui concerne mes mœurs et mon caractère, que pour
ce qui a rapport à mon histoire, et à la manière dont
on a m'a mise chez vous. Je ne vous saurais aucun

gré de tromper les gens en ma faveur : ainsi ne faites point difficulté de parler suivant votre conscience, sans vous soucier de ce qui me sera avantageux ou non. Je suis, madame... »

Et *Marianne* au bas pour toute signature.

Ensuite je présentai ce papier à ma future bienfaitrice, qui, après l'avoir lu en riant, et d'un air qui semblait dire : Je n'ai que faire de cela, le donna à travers la grille à la prieure, et lui dit : Tenez, ma mère, je crois que vous serez de mon avis, c'est que quiconque écrit de ce ton-là ne craint rien.

À merveille, reprit la religieuse quand elle en eut fait la lecture, à merveille, on ne peut rien de mieux ; et sur-le-champ, pendant que je mettais le dessus[1] de la lettre, elle sonna pour faire venir la tourière.

Celle-ci arriva, salua fort respectueusement la dame, qui lui dit : À propos, j'ai vu votre sœur à la campagne ; on est fort contente d'elle où je l'ai mise, et j'ai quelque chose à vous en dire, ajouta-t-elle en la tirant un moment à quartier pour lui parler. Je présumai encore que j'étais cette sœur dont elle l'entretenait, et qu'il s'agissait de quelques ordres qui me regardaient ; et deux ou trois mots, comme : oui, madame, laissez-moi faire, prononcés tout haut par la tourière, qui me regardait beaucoup, me le prouvèrent.

Quoi qu'il en soit, cette fille prit le billet, partit et revint une petite demi-heure après. Ce qui fut dit entre la dame, la prieure et moi pendant cet intervalle de temps, je le passe. Voici la tourière de retour ; j'oublie pourtant une circonstance, c'est qu'avant qu'elle rentrât dans le parloir, une autre fille de la maison vint avertir la dame qu'on souhaitait lui dire un mot dans le parloir voisin. Elle y alla, et n'y resta que cinq ou six minutes. À peine était-elle revenue, que nous vîmes paraître la tourière, qui apparemment venait de la quitter, et qui, avec une gaieté de bon augure, et débutant par un enthousiasme d'amitié pour moi, m'adressa d'abord la parole.

Ah! sainte mère de Dieu, que je viens d'entendre dire du bien de vous, mademoiselle! Allez, je l'aurais deviné, vous avez bien la mine de ce que vous êtes. Madame, vous ne sauriez croire tout ce qu'on m'en vient de conter; c'est qu'elle est sage, vertueuse, remplie d'esprit, de bon cœur, civile, honnête, enfin la meilleure fille du monde; c'est un trésor, hors qu'on dit qu'elle est si malheureuse que nous en venons de pleurer, la bonne Mme Dutour et moi. Il n'y a ni père ni mère, on ne sait qui elle est : voilà tout son défaut; et sans la crainte de Dieu, elle n'en serait pas plus mal, la pauvre petite! témoin un gros richard qu'elle a congédié pour de bonnes raisons, le vilain qu'il est! Je vous conterai cela une autre fois, je vous dis seulement le principal. Au reste, madame, j'ai fait comme vous me l'avez commandé : je n'ai pas dit votre nom à la marchande; elle ne sait pas qui est-ce qui s'enquête[1].

La dame rougit à cette indiscrétion de la tourière, qui me révélait que c'était de moi dont elles avaient parlé à part; et cette rougeur fut une nouvelle bonté dont je lui tins compte.

Voilà qui est bien, ma bonne; en voilà assez, lui dit-elle. Et vous, mademoiselle, n'entrerez-vous pas aujourd'hui? Avez-vous quelques hardes à prendre chez la marchande, et faut-il que vous y alliez? Oui, madame, répondis-je, et je serai de retour dans une demi-heure, si vous me permettez de sortir.

Faites, mademoiselle; allez, reprit-elle, je vous attends. Je partis donc; le couvent n'était pas éloigné de chez Mme Dutour, et j'y arrivai en très peu de temps, malgré un reste de douleur que je sentais encore à mon pied.

La lingère causait à sa porte avec une de ses voisines; j'entrai, je la remerciai, je l'embrassai de tout mon cœur; elle le méritait.

Eh bien, Marianne! Dieu merci, vous avez donc trouvé fortune? eh bien! par-ci, eh bien! par-là, qui est cette dame qui a envoyé chez moi? J'abrégeai. Je suis extrêmement pressée, lui dis-je; je vais me déshabiller, et mettre cet habit dans un paquet que j'ai commencé là-haut, qu'il faut que j'achève, et que vous aurez la bonté de faire porter aujourd'hui chez le neveu de M. de Climal. Oui, oui, reprit-elle, chez M. de Valville; je le connais, c'est moi qui le fournis. Chez lui-même, lui dis-je, vous me remettez son nom[1]; et en lui répondant, je montais déjà l'escalier qui menait à la chambre.

Dès que j'y fus, et vite, et vite, j'ôte la robe que j'avais; je reprends mon ancienne, je mets l'autre dans le paquet, et le voilà fait. Il y avait une petite écritoire et quelques feuilles de papier sur la table; j'en prends une, et voici ce que j'y mets pour Valville.

« Monsieur, il n'y a que cinq ou six jours[2] que je connais M. de Climal, votre oncle, et je ne sais pas où il loge, ni où lui adresser les hardes qui lui appartiennent, et que je vous prie de lui remettre. Il m'avait dit qu'il me les donnait par charité, car je suis pauvre; et je ne les avais prises que sur ce pied-là. Mais comme il ne m'a pas dit vrai, et qu'il m'a trompée, elles ne sont plus à moi, et je les rends, aussi bien que quelque argent qu'il a voulu à toute force que je prisse. Je n'aurais pas recours à vous dans cette occasion, si j'avais le temps d'envoyer chez un récollet[3], nommé le père Saint-Vincent, qui a cru me rendre service en me faisant connaître votre oncle, et qui vous apprendra, quand vous le voudrez, à vous reprocher l'insulte que vous avez faite à une fille affligée, vertueuse, et peut-être votre égale. »

Que dites-vous de ma lettre? J'en fus assez
contente, et la trouvai mieux que je n'aurais moi-
même espéré de la faire, vu ma jeunesse et mon peu
d'usage; mais on serait bien stupide si, avec des sentiments d'honneur, d'amour et de fierté, on ne
s'exprimait pas un peu plus vivement qu'à son ordinaire.

Aussitôt ce billet écrit, je pris le paquet, et je descendis en bas.

Je supprime ici un détail que vous devinerez aisément; c'est ma petite cassette pleine de mes hardes,
que je ne pouvais pas porter moi-même, et que
j'envoyai prendre en haut par un homme[1] qui s'était
dévoué au service de tout le quartier, et qui se tenait
d'ordinaire à deux pas du logis; ce sont mes adieux à
Mme Dutour, qui me promit que le ballot et le billet
pour Valville seraient remis à leur adresse en moins
d'une heure; ce sont mille assurances que nous nous
fîmes, cette bonne femme et moi; ce sont presque
des pleurs de sa part, car elle ne pleura pas tout à
fait, mais je croyais toujours qu'elle allait pleurer.
Pour moi, je versai quelques larmes par tristesse: il
me semblait, en me séparant de la Dutour et en sortant de sa maison, que je quittais une espèce de
parente, et même une espèce de patrie; et que
j'allais, à la garde de Dieu, dans un pays étranger,
sans avoir le temps de me reconnaître. J'étais
comme enlevée, il y avait quelque chose de trop fort
pour moi dans la rapidité des événements qui me
déplaçaient, qui me transportaient: je ne savais où,
ni entre les mains de qui j'allais tomber.

Et ce quartier dont je m'éloignais, le comptez-vous
pour rien? Il me mettait dans le voisinage de Valville, de ce Valville que j'avais dit que je ne verrais
plus, il est vrai; mais il était bien rigoureux de se
trouver pris au mot: je m'étais promis de ne le plus

voir, et non pas de ne le pouvoir plus, ce qui est bien autrement sérieux; et le cœur ne se mène pas avec cette rudesse-là. Ce qui l'aide à être ferme, dans un cas comme le mien, c'est la liberté d'être faible; et cette liberté, je la perdais par mon changement d'état, et j'en soupirais; mon courage en était abattu.

Cependant, il faut partir; allons, me voilà en chemin : j'ai dit à la Dutour que c'était à un couvent que je me rendais. Comment s'appelle-t-il, je l'ignore aussi bien que le nom de la rue; mais je sais mon chemin, le crocheteur me suit; à son retour il l'instruira, et si par hasard elle voit Valville, elle pourra l'instruire aussi : ce n'est pas que je le souhaite, c'est seulement une réflexion que je fais en marchant et qui m'amuse[1]. Eh bien! oui, il saura le lieu de ma retraite; que m'importe? qu'en peut-il arriver? rien, à ce qu'il me semble. Est-ce qu'il tentera de me voir ou de m'écrire? Oh! que non, me disais-je. Oh! que si, devais-je dire, si je m'étais répondu sincèrement, et suivant la consolante apparence que j'y trouvais.

Mais nous approchons du couvent, et nous y sommes. J'y revenais bien moins parée que je n'en étais partie : ma bienfaitrice m'en demanda la raison.

C'est, lui dis-je, que j'ai repris mes hardes, et que j'ai laissé chez Mme Dutour toutes celles que vous m'avez vues, madame, afin qu'elle les fasse rendre à l'homme dont je vous ai parlé, et de qui je les tenais. Ma chère fille, vous n'y perdrez rien, me répondit-elle en m'embrassant. Après quoi j'entrai; je revins la remercier à travers les grilles du parloir; elle partit, et me voilà pensionnaire.

J'aurai bien des choses à vous dire de mon couvent; j'y connus bien des personnes; j'y fus aimée de quelques-unes, et dédaignée de quelques autres; et je vous promets l'histoire du séjour que j'y fis :

vous l'aurez dans la quatrième partie. Finissons celle-ci par un événement qui a été la cause de mon entrée dans le monde.

Deux ou trois jours après que je fus chez ces religieuses, ma bienfaitrice m'y fit habiller comme si j'avais été sa fille, et m'y pourvut, sur ce pied-là, de toutes les hardes qui m'étaient nécessaires. Jugez des sentiments que je pris pour elle : je ne la voyais jamais qu'avec des transports de joie et de tendresse.

On remarqua que j'avais de la voix, elle voulut que j'apprisse la musique. La prieure avait une nièce à qui on donna un maître de clavecin; ce maître fut le mien aussi. Il y a des talents, me dit cette aimable dame, qui servent toujours, quelque parti qu'on prenne; si vous êtes religieuse, ils vous distingueront dans votre maison[1], si vous êtes du monde, ce sont des grâces de plus, et des grâces innocentes.

Elle me venait voir tous les deux ou trois jours, et il y avait déjà trois semaines que je vivais là dans une situation d'esprit très difficile à dire; car je tâchais plus d'être tranquille que je ne l'étais, et ne voulais point prendre garde à ce qui m'empêchait de l'être, et qui n'était qu'une folie secrète qui me suivait partout.

Valville savait sans doute où je demeurais; je n'entendais pourtant point parler de lui, et mon cœur n'y comprenait rien. Quand Valville aurait trouvé le moyen de me donner de ses nouvelles, il n'y aurait rien gagné : j'avais renoncé à lui; mais je n'entendais pas qu'il renonçât à moi. Quelle bizarrerie de sentiment !

Un jour que je rêvais à cela, malgré que j'en eusse (et c'était l'après-midi), on vint me dire qu'un laquais demandait à me parler; je crus qu'il venait de la part de ma bienfaitrice, et je passai au parloir. À peine considérai-je ce prétendu domestique, qui ne se montrait que de côté, et qui d'une main tremblante me présenta une lettre. De quelle part? lui dis-je. Voyez, mademoiselle, me répondit-il d'un ton de voix ému, et que mon cœur reconnut avant moi, puisque j'en fus émue moi-même.

Je le regardai alors en prenant sa lettre, je lui trouvai les yeux sur moi; quels yeux, madame! les miens se fixèrent sur lui; nous restâmes quelque temps sans nous rien dire; et il n'y avait encore que nos cœurs qui se parlaient, quand une tourière arriva, qui me dit que ma bienfaitrice allait monter, et que son carrosse venait d'entrer dans la cour. Remarquez qu'elle ne la nomma pas; c'est votre bonne maman, me dit-elle, et puis elle se retira.

Ah! monsieur, retirez-vous, criai-je toute troublée à Valville (car vous voyez bien que c'était lui), qui ne me répondit que par un soupir en sortant.

Je cachai ma lettre en attendant ma bienfaitrice, qui parut un instant après, et qui amenait avec elle une dame que j'ai bien aimée, que vous aimerez aussi sur le portrait que je vous en ferai dans ma quatrième partie, et que je joindrai à celui de cette chère dame qu'on appelait ma mère.

QUATRIÈME PARTIE

Je ris en vous envoyant ce paquet, madame. Les différentes parties de l'histoire de Marianne se suivent ordinairement de fort loin. J'ai coutume de vous les faire attendre très longtemps; il n'y a que deux mois que vous avez reçu la troisième[1], et il me semble que je vous entends dire: Encore une troisième partie! a-t-elle oublié qu'elle me l'a envoyée?

Non, madame, non: c'est que c'est la quatrième; rien que cela, la quatrième. Vous voilà bien étonnée, n'est-ce pas? Voyez si je ne gagne pas à avoir été paresseuse? peut-être qu'en ce moment vous me savez bon gré de ma diligence, et vous ne la remarqueriez pas si j'avais coutume d'en avoir.

À quelque chose nos défauts sont bons. On voudrait bien que nous ne les eussions pas, mais on les supporte, et on nous trouve plus aimables de nous en corriger quelquefois, que nous ne le paraîtrions avec les qualités contraires.

Vous souvenez-vous de M. de...? C'était un grondeur éternel, et d'une physionomie à l'avenant. Avait-il un quart d'heure de bonne humeur, on l'aimait plus dans ce quart d'heure qu'on ne l'eût aimé pendant toute une année, s'il avait toujours été agréable; de mémoire d'homme on n'avait vu tant de grâces à personne.

Mais commençons cette quatrième partie; peut-être avez-vous besoin de la lire pour la croire; et avant que de continuer mon récit, venons au portrait de ma bienfaitrice, que je vous ai promis, avec celui de la dame qu'elle a amenée, et à qui dans les suites j'ai eu des obligations dignes d'une reconnaissance éternelle.

Quand je dis que je vais vous faire le portrait de ces deux dames, j'entends que je vous en donnerai quelques traits. On ne saurait rendre en entier ce que sont les personnes; du moins cela ne me serait pas possible; je connais bien mieux les gens avec qui je vis que je ne les définirais; il y a des choses en eux que je ne saisis point assez pour les dire, et que je n'aperçois que pour moi, et non pas pour les autres; ou si je les disais, je les dirais mal. Ce sont des objets de sentiment si compliqués et d'une netteté si délicate qu'ils se brouillent dès que ma réflexion s'en mêle; je ne sais plus par où les prendre pour les exprimer : de sorte qu'ils sont en moi, et non pas à moi.

N'êtes-vous pas de même? il me semble que mon âme, en mille occasions, en sait plus qu'elle n'en peut dire, et qu'elle a un esprit à part, qui est bien supérieur à l'esprit que j'ai d'ordinaire. Je crois aussi que les hommes sont bien au-dessus de tous les livres qu'ils font. Mais cette pensée me mènerait trop loin : revenons à nos dames et à leur portrait. En voici un qui sera un peu étendu, du moins j'en ai peur; et je vous en avertis, afin que vous choisissiez, ou de le passer, ou de le lire.

Ma bienfaitrice, que je ne vous ai pas encore nommée, s'appelait Mme de Miran[1], elle pouvait avoir cinquante ans. Quoiqu'elle eût été belle femme, elle avait quelque chose de si bon et de si raisonnable dans la physionomie, que cela avait pu nuire à ses

charmes, et les empêcher d'être aussi piquants qu'ils
auraient dû l'être. Quand on a l'air si bon, on en
paraît moins belle ; un air de franchise et de bonté si
dominant est tout à fait contraire à la coquetterie ; il
ne fait songer qu'au bon caractère d'une femme, et
non pas à ses grâces ; il rend la belle personne plus
estimable, mais son visage plus indifférent : de sorte
qu'on est plus content d'être avec elle que curieux de
la regarder.

Et voilà, je pense, comme on avait été avec
Mme de Miran ; on ne prenait pas garde qu'elle était
belle femme, mais seulement la meilleure femme du
monde. Aussi, m'a-t-on dit, n'avait-elle guère fait
d'amants, mais beaucoup d'amis, et même d'amies ;
ce que je n'ai pas de peine à croire, vu cette innocence d'intention qu'on voyait en elle, vu cette mine
simple, consolante et paisible, qui devait rassurer
l'amour-propre de ses compagnes, et la faisait plus
ressembler à une confidente qu'à une rivale.

Les femmes ont le jugement sûr là-dessus. Leur
propre envie de plaire leur apprend tout ce que vaut
un visage de femme, quel qu'il soit ; beau ou laid, il
n'importe : ce qu'il a de mérite, fût-il imperceptible,
elles l'y découvrent, et ne s'y fient pas. Mais il y a des
beautés entre elles qu'elles ne craignent point, elles
sentent fort bien que ce sont des beautés sans conséquence ; et apparemment que c'était ainsi qu'elles
avaient jugé de Mme de Miran.

Or, à cette physionomie plus louable que séduisante, à ces yeux qui demandaient plus d'amitié que
d'amour, cette chère dame joignait une taille bien
faite, et qui aurait été galante, si Mme de Miran
l'avait voulu, mais qui, faute de cela, n'avait jamais
que des mouvements naturels et nécessaires, et tels
qu'ils pouvaient partir de l'âme du monde de la meilleure foi.

Quant à l'esprit, je crois qu'on n'avait jamais songé à dire qu'elle en eût, mais qu'on n'avait jamais dit aussi qu'elle en manquât. C'était de ces esprits qui satisfont à tout sans se faire remarquer en rien ; qui ne sont ni forts ni faibles, mais doux et sensés ; qu'on ne critique ni qu'on ne loue, mais qu'on écoute.

Fût-il question des choses les plus indifférentes, Mme de Miran ne pensait rien, ne disait rien qui ne se sentît de cette abondance de bonté qui faisait le fond de son caractère.

Et n'allez pas croire que ce fût une bonté sotte, aveugle, de ces bontés d'une âme faible et pusillanime, et qui paraissent risibles même aux gens qui en profitent.

Non, la sienne était une vertu ; c'était le sentiment d'un cœur excellent ; c'était cette bonté proprement dite qui tiendrait lieu de lumière, même aux personnes qui n'auraient pas d'esprit, et qui, parce qu'elle est vraie bonté, veut avec scrupule être juste et raisonnable, et n'a plus envie de faire un bien dès qu'il en arriverait un mal.

Je ne vous dirai pas même que Mme de Miran eût ce qu'on appelle de la noblesse d'âme, ce serait aussi confondre les idées : la bonne qualité que je lui donne était quelque chose de plus simple, de plus aimable, et de moins brillant. Souvent ces gens qui ont l'âme si noble ne sont pas les meilleurs cœurs du monde ; ils s'entêtent trop de la gloire et du plaisir d'être généreux, et négligent par là bien des petits devoirs. Ils aiment à être loués, et Mme de Miran ne songeait pas seulement à être louable ; jamais elle ne fut généreuse à cause qu'il était beau de l'être, mais à cause que vous aviez besoin qu'elle le fût ; son but était de vous mettre en repos, afin d'y être aussi sur votre compte.

Lui marquiez-vous beaucoup de reconnaissance,

ce qui l'en flattait le plus, c'est que c'était signe que vous étiez content. Quand on remercie tant d'un service, apparemment qu'on se trouve bien de l'avoir reçu, et voilà ce qu'elle aimait à penser de vous : de tout ce que vous lui disiez, il n'y avait que votre joie qui la récompensait.

J'oubliais une chose assez singulière, c'est que, quoiqu'elle ne se vantât jamais des belles actions qu'elle faisait, vous pouviez vous vanter des vôtres avec elle en toute sûreté, et sans craindre qu'elle y prît garde ; le plaisir de vous entendre dire que vous étiez bon, ou que vous l'aviez été, lui fermait les yeux sur votre vanité, ou lui persuadait qu'elle était fort légitime ; aussi contribuait-elle à l'augmenter tant qu'elle pouvait : oui, vous aviez raison de vous estimer, il n'y avait rien de plus juste ; et à peine pouviez-vous vous trouver autant de mérite qu'elle vous en trouvait elle-même.

À l'égard de ceux qui s'estiment à propos de rien, qui sont glorieux de leur rang ou de leurs richesses, gens insupportables et qui fâchent tout le monde, ils ne fâchaient point Mme de Miran : elle ne les aimait pas, voilà tout, ou bien elle avait pour eux une antipathie froide, tranquille et polie.

Les médisants par babil, je veux dire ces gens à bons mots contre les autres, à qui pourtant ils n'en veulent point, la fatiguaient un peu davantage, parce que leur défaut choquait sa bonté naturelle, au lieu que les glorieux ne choquaient que sa raison et la simplicité de son caractère.

Elle pardonnait aux grands parleurs, et riait bonnement en elle-même de l'ennui qu'ils lui donnaient, et dont ils ne se doutaient pas.

Trouvait-elle des esprits bizarres, entêtés, qui n'entendaient pas raison ? elle prenait patience, et n'en était pas moins leur amie ; eh bien ! c'étaient d'honnêtes gens qui avaient leurs petits défauts, chacun n'avait-il pas les siens? et voilà qui était fini. Tout ce qui n'était que faute de jugement, que petitesse d'esprit, bagatelle que cela avec elle; son bon cœur ne l'abandonnait pour personne, ni pour les menteurs qui lui faisaient pitié, ni pour les fripons qui la scandalisaient sans la rebuter, pas même pour les ingrats qu'elle ne comprenait pas. Elle ne se refroidissait que pour les âmes malignes[1]; elle aurait pourtant servi les personnes de cette espèce, mais à contrecœur et sans goût: c'était là ses vrais méchants, les seuls qui étaient brouillés avec elle, et contre qui elle avait une rancune secrète et naturelle qui l'éloignait d'eux sans retour.

Une coquette qui voulait plaire à tous les hommes était plus mal dans son esprit qu'une femme qui en aurait aimé quelques-uns plus qu'il ne fallait; c'est qu'à son gré il y avait moins de mal à s'égarer qu'à vouloir égarer les autres; et elle aimait mieux qu'on manquât de sagesse que de caractère; qu'on eût le cœur faible, que l'esprit impertinent et corrompu.

Mme de Miran avait plus de vertus morales que de chrétiennes, respectait plus les exercices de sa religion qu'elle n'y satisfaisait, honorait fort les vrais dévots sans songer à devenir dévote, aimait plus Dieu qu'elle ne le craignait, et concevait sa justice et sa bonté un peu à sa manière, et le tout avec plus de simplicité que de philosophie. C'était son cœur, et non pas son esprit qui philosophait là-dessus. Telle était Mme de Miran, sur qui j'aurais encore bien des choses à dire; mais à la fin, je serais trop longue; et si par hasard vous trouvez déjà que je l'aie été trop, songez que c'est ma bienfaitrice, et que je suis bien excusable de m'être un peu oubliée dans le plaisir que j'ai eu de parler d'elle.

Il vous revient encore un portrait, celui de la dame

avec qui elle était; mais ne craignez rien, je vous en
fais grâce pour à présent, et en vérité je me l'épargne
à moi-même; car je soupçonne qu'il ne sera pas
court non plus, qu'il ne sera pas même aisé, et il est
bon que nous reprenions toutes deux haleine. Je
vous le dois pourtant, et vous l'aurez pour l'acquit[1]
de mon exactitude. Je vois d'ici où je le placerai dans
cette quatrième partie, mais je vous assure que ce ne
sera que dans les dernières pages, et peut-être ne
serez-vous pas fâchée de l'y trouver. Vous pouvez du
moins vous attendre à du singulier. Vous venez de
voir un excellent cœur; celui que j'ai encore à vous
peindre le vaudra bien, et sera pourtant différent. À
l'égard de l'esprit, ce sera toute la force de celui des
hommes, mêlée avec toute la délicatesse de celui des
femmes.

Continuons mon récit. Bonjour, ma fille, me dit
Mme de Miran en entrant dans le parloir; voici une
dame qui a voulu vous voir, parce que je lui ai dit du
bien de vous; et je serai ravie aussi qu'elle vous
connaisse, afin qu'elle vous aime. Eh bien! madame,
ajouta-t-elle en s'adressant à son amie, la voilà:
comment la trouvez-vous? n'est-il pas vrai que ma
fille est gentille?

Non, madame, reprit cette amie d'un air caressant,
non, elle n'est pas gentille, ce n'est pas là ce qu'il faut
dire, s'il vous plaît: vous en parlez avec la modestie
d'une mère. Pour moi, qui suis une étrangère, il
m'est permis de dire franchement ce que j'en pense,
et ce qui en est; c'est qu'elle est charmante, et qu'en
vérité je ne sache point de figure plus aimable, ni
d'un air plus noble.

Je baissai les yeux à un discours si flatteur, et je ne
sus y répondre qu'en rougissant. On s'assit, la
conversation s'engagea. Y a-t-il rien dans la physionomie de mademoiselle qui pronostique les infor-

tunes qu'elle a essuyées? dit Mme Dorsin (c'était le nom de la dame en question). Mais il faut tôt ou tard que chacun ait ses malheurs dans ce monde; et voilà les siens passés, j'en suis sûre.

Je le crois aussi, madame, répondis-je modestement. Puisque j'ai rencontré madame, et qu'elle a la bonté de s'intéresser à moi, c'est un grand signe que mon bonheur commence. C'était de Mme de Miran dont je parlais, comme vous le voyez, et qui, avançant sa main à la grille pour me prendre la mienne, dont je ne pus lui passer que trois ou quatre doigts, me dit : Oui, Marianne, je vous aime, et vous le méritez bien; soyez désormais sans inquiétude; ce que j'ai fait pour vous n'est encore rien, n'en parlons point. Je vous ai appelée ma fille; imaginez-vous que vous l'êtes, et que je vous aimerai autant que si vous l'étiez.

Cette réponse m'attendrit, mes yeux se mouillèrent : je tâchai de lui baiser la main, dont elle ne put à son tour m'abandonner que quelques doigts.

L'aimable enfant! s'écria là-dessus Mme Dorsin; savez-vous que je suis un peu jalouse de vous, madame, et qu'elle vous aime de si bonne grâce que je prétends en être aimée aussi, moi? Faites comme il vous plaira, vous êtes sa mère; et je veux du moins être son amie : n'y consentez-vous pas, mademoiselle?

Moi, madame, repartis-je, le respect m'empêche de dire qu'oui, je n'ose prendre cette liberté-là; mais si ce que vous me dites m'arrivait, ce serait encore aujourd'hui un des plus heureux jours de ma vie. Vous avez raison, ma fille, me dit Mme de Miran; et le plus grand service qu'on puisse vous rendre, c'est de prier madame de vous tenir parole, et de vous accorder son amitié. Vous la lui promettez, madame? ajouta-t-elle en parlant à Mme Dorsin,

qui, de l'air du monde le plus prévenant, dit sur-le-
champ : Je la lui donne, mais à condition qu'après
vous il n'y aura personne qu'elle aimera tant que
moi.

Non, non, dit Mme de Miran, vous ne vous rendez
pas justice ; et moi je lui défends bien de mettre
entre nous là-dessus la moindre différence, et j'ose
vous répondre qu'elle m'obéira de reste. Je baissai
encore les yeux, en disant très sincèrement que
j'étais confuse et charmée.

Mme de Miran regarda tout de suite à sa montre.
Il est plus tard que je ne croyais, dit-elle, et il faut
que je m'en aille bientôt. Je ne vous vois aujourd'hui
qu'en passant, Marianne ; j'ai beaucoup de visites à
faire : d'ailleurs je me sens abattue, et veux rentrer
de bonne heure chez moi. Je n'ai pas fermé l'œil de
la nuit, j'ai eu mille choses dans l'esprit qui m'en ont
empêchée.

Mais en effet, madame, repris-je, j'ai cru vous voir
un peu triste (et cela était vrai), et j'en ai été
inquiète ; est-ce que vous auriez du chagrin ?

Oui, reprit-elle, j'ai un fils qui est fort honnête
homme, dont j'ai toujours été très contente, et dont
je ne la[1] suis pas aujourd'hui. On veut le marier, il se
présente un parti très avantageux pour lui. Il est
question d'une fille riche, aimable, fille de condition,
dont les parents paraissent souhaiter que le mariage
se fasse ; mon fils lui-même, il y a plus d'un mois, a
consenti que des amis communs s'en mêlassent. On
l'a mené chez la jeune personne, il l'a vue plus d'une
fois, et depuis quelques semaines il néglige de
conclure. Il semble qu'il ne s'en soucie plus ; et sa
conduite me désole, d'autant plus que c'est une
espèce d'engagement que j'ai pris avec une famille
considérable, à qui je ne sais que dire pour excuser
la tiédeur choquante qu'il montre aujourd'hui.

Elle ne durera pas, je ne saurais le croire, reprit Mme Dorsin, et je vous le répète encore, votre fils n'est point un étourdi; c'est un jeune homme qui a de l'esprit, de la raison, de l'honneur. Vous savez sa tendresse, ses égards et son respect pour vous, et je suis persuadée qu'il n'y a rien à craindre. Il viendra demain dîner chez moi; il m'écoute; laissez-moi faire, je lui parlerai : car de dire que cette petite fille dont on vous a parlé, et qu'il a rencontrée en revenant de la messe, l'ait dégoûté du mariage en question, je vous l'ai déjà dit, c'est ce qui ne m'entrera jamais dans l'esprit.

En revenant de la messe, madame? dis-je alors un peu étonnée à cause de la conformité que cette aventure avait avec la mienne (vous vous souvenez que c'était au retour de l'église que j'avais rencontré Valville), sans compter que le mot de petite fille était assez dans le vrai.

Oui, en revenant de la messe, me répondit Mme Dorsin, ils en sortaient tous deux; et il n'y a pas d'apparence qu'ils se soient vus depuis.

Eh! que sait-on? On la fait si jolie que cela m'alarme, repartit Mme de Miran; et puis vous savez, quand elle fut partie, les mesures qu'il prit pour la connaître.

Des mesures! autre motif pour moi d'écouter.

Eh! mon Dieu, madame, à quoi vous arrêtez-vous là? s'écria Mme Dorsin. Elle est jolie, à la bonne heure; mais y a-t-il moyen de penser qu'une grisette lui ait tourné la tête? Car il n'est question que d'une grisette, ou tout au plus de la fille de quelque petit bourgeois, qui s'était mise dans ses beaux atours à cause du jour de fête.

Un jour de fête! Ah! Seigneur, quelle date! est-ce que ce serait moi? dis-je encore en moi-même toute tremblante, et n'osant plus faire de questions.

Oh! je vous demande, ajouta Mme Dorsin, si une fille de quelque distinction va seule dans les rues, sans laquais, sans quelqu'un avec elle, comme on a trouvé celle-ci, à ce qu'on vous a dit; et qui plus est, c'est qu'elle se jugea elle-même, et qu'elle vit bien que votre fils ne lui convenait pas, puisqu'elle ne voulut, ni qu'on la ramenât, ni dire qui elle était, ni où elle demeurait. Ainsi, quand on le supposerait si amoureux d'elle, où la retrouvera-t-il? Il a pris des mesures, dites-vous: ses gens rapportent qu'il fit courir un laquais après le fiacre qui l'emmenait. (Ah! que le cœur me battit ici!) Mais est-ce qu'on peut suivre un fiacre? Et d'ailleurs, ce même laquais, que vous avez interrogé, vous a dit qu'il avait eu beau courir après, et qu'il l'avait perdu de vue.

Bon! tant mieux, pensais-je ici, ce n'est plus moi; le laquais qui me suivit me vit descendre à ma porte.

Ce garçon vous trompe, continua Mme Dorsin; il est dans la confidence de son maître, dites-vous.

Ahi! ahi! cela se pourrait bien; c'est moi qui me le disais.

Eh bien! soit; je veux qu'il ait vu arrêter le fiacre (c'est la dame qui parle), et que votre fils ait su où demeure la petite fille: qu'en concluez-vous? qu'il s'est pris de belle passion pour elle, qu'il va lui sacrifier sa fortune et sa naissance, qu'il va oublier ce qu'il est, ce qu'il vous doit, ce qu'il se doit à lui-même, et qu'il ne veut plus ni aimer ni épouser qu'elle? En vérité, est-ce là votre fils? Le reconnaissez-vous à de pareilles extravagances? Eh! c'est à peine ce qu'on pourrait craindre d'un imbécile ou d'un écervelé reconnu pour tel. Je veux croire que la fille lui a plu, mais de la façon dont lui devait plaire une fille de cette sorte-là, à qui on ne s'attache point, et qu'un homme de son âge et de sa condition tâche de connaître par goût de fantaisie[1], et pour voir jusqu'où cela le mènera; c'est tout ce qu'il en peut être. Ainsi, soyez tranquille, je vous garantis que nous le marierons, si nous n'avons que les charmes de la petite aventurière à combattre. Voilà quelque chose de bien redoutable!

Petite aventurière! le terme était encore de mauvais augure. Je ne m'en tirerai jamais, me disais-je : cependant, si ces dames en étaient demeurées là, je n'aurais su affirmativement ni qu'espérer ni que craindre; mais Mme de Miran va éclaircir la chose.

Je serais assez de votre avis, répondit-elle d'un air inquiet, si on ne disait pas que mon fils n'est triste et de méchante humeur que depuis le jour de cette malheureuse aventure, et il est constant que je l'ai trouvé tout changé. Mon fils est naturellement gai, vous le savez, et je ne le vois plus que sombre, que distrait, que rêveur; ses amis même s'en aperçoivent. Le chevalier, qu'il ne quittait point, et avec qui il est si lié, le fatigue et l'importune : il lui fit dire hier qu'il n'y était pas. Ajoutez à cela les courses de ce même laquais dont je vous ai parlé, que mon fils dépêche quatre fois par jour, et avec qui, quand il revient, il a toujours de fort longs entretiens. Ce n'est pas là tout; j'oubliais de vous dire une chose : c'est que j'ai été ce matin parler au chirurgien qu'on alla chercher pour visiter le pied de la petite personne.

Oh! pour le coup, me voici comme dans mon cadre. À l'article du pied, figurez-vous la pauvre petite orpheline anéantie; je ne sais pas comment je pus respirer avec l'effroyable battement de cœur qui me prit.

Ah! c'est donc moi! me dis-je. Il me sembla que je sortais de l'église, que je me voyais encore dans cette rue où je tombai avec ces maudits habits que Climal m'avait donnés, avec toutes ces parures qui me

valaient le titre de grisette en ses beaux atours des
jours de fête.

Quelle situation pour moi, madame! et ce que j'y
sentais de plus humiliant et de plus fâcheux, c'est
que cet air si noble et si distingué, que Mme Dorsin
en entrant avait dit que j'avais, et que Mme de Miran
me trouvait aussi, ne tenait à rien dès qu'on me
connaîtrait; m'appartenait-il de venir rompre un
mariage tel que celui dont il était question?

Oui, Marianne avait l'air d'une fille de condition,
pourvu qu'elle n'eût point d'autre tort que d'être
infortunée, et que ses grâces n'eussent causé aucun
désordre; mais Marianne aimée de Valville,
Marianne coupable du chagrin qu'il donnait à sa
mère, pouvait fort bien redevenir grisette, aventurière et petite fille, dont on ne se soucierait plus, qui
indignerait, et qui était bien hardie d'oser toucher le
cœur d'un honnête homme.

Mais achevons d'écouter Mme de Miran, qui
continue, à qui, dans la suite de son discours, il
échappera quelques traits qui me ranimeront, et qui
en est au chirurgien à qui elle alla parler.

Et qui m'a dit de bonne foi, continua-t-elle, que la
jeune enfant était fort aimable, qu'elle avait l'air
d'une fille de très bonne famille, et que mon fils,
dans toutes ses façons, avait marqué un vrai respect
pour elle; et c'est ce respect qui m'inquiète: j'ai
peine, quoi que vous disiez, à le concilier avec l'idée
que j'ai d'une grisette[1]. S'il l'aime et qu'il la respecte,
il l'aime donc beaucoup, il l'aime donc d'une
manière qui sera dangereuse, et qui peut le mener
très loin. Vous concevez bien d'ailleurs que tout cela
n'annonce pas une fille sans éducation et sans
mérite; et si mon fils a de certains sentiments pour
elle, je le connais, je n'en espère plus rien. Ce sera
justement parce qu'il a des mœurs, de la raison, et le

caractère d'un honnête homme, qu'il n'y aura presque point de remède à ce misérable penchant qui l'aura surpris pour elle, s'il la croit digne de sa tendresse et de son estime.

Or, mettez-vous à la place de l'orpheline, et voyez, je vous prie, que de tristes considérations à la fois : doucement pourtant, il s'y en joignait une qui était bien agréable.

Avez-vous pris garde à cette mélancolie où, disait-on, Valville était tombé depuis le jour de notre connaissance ? Avez-vous remarqué ce respect que le chirurgien disait qu'il avait eu pour moi ? Vraiment, mon cœur, tout troublé, tout effrayé qu'il avait été d'abord, avait bien recueilli ces petits traits-là ; et ce que Mme de Miran avait conclu de ce respect ne lui était pas échappé non plus.

S'il la respecte, il l'aime donc beaucoup, avait-elle dit, et j'étais tout à fait de son avis ; la conséquence me paraissait fort sensée et fort satisfaisante : de sorte qu'en ce moment j'avais de la honte, de l'inquiétude et du plaisir ; mais ce plaisir était si doux, cette idée d'être véritablement aimée de Valville eut tant de charmes, m'inspira des sentiments si désintéressés et si raisonnables, me fit penser si noblement ; enfin, le cœur est de si bonne composition quand il est content en pareil cas, que vous allez être édifiée du parti que je pris : oui, vous allez voir une action qui prouva que Valville avait eu raison de me respecter.

Je n'étais rien, je n'avais rien qui pût me faire considérer ; mais à ceux qui n'ont ni rang, ni richesses qui en imposent, il leur reste une âme, et c'est beaucoup ; c'est quelquefois plus que le rang et la richesse, elle peut faire face à tout. Voyons comment la mienne me tira d'affaire.

Mme Dorsin répliqua encore quelque chose à Mme de Miran sur ce qu'elle venait de dire.

Cette dernière se leva pour s'en aller, et dit : Puisqu'il dîne demain chez vous, tâchez donc de le disposer à ce mariage. Pour moi, qui ne puis me rassurer sur l'aventure en question, j'ai envie, à tout hasard, de mettre quelqu'un après mon fils ou après son laquais, quelqu'un qui les suive l'un ou l'autre, et qui me découvre où ils vont : peut-être saurai-je par là quelle est la petite fille, supposé qu'il s'agisse d'elle, et il ne sera pas inutile de la connaître. Adieu, Marianne ; je vous reverrai dans deux ou trois jours.

Non, lui dis-je en laissant tomber quelques larmes ; non, madame, voilà qui est fini. Il ne faut plus me voir, il faut m'abandonner à mon malheur ; il me suit partout, et Dieu ne veut pas que j'aie jamais de repos.

Quoi ! que voulez-vous dire ? me répondit-elle ; qu'avez-vous, ma fille ? D'où vient que je vous abandonnerais ?

Ici mes pleurs coulèrent avec tant d'abondance que je restai quelque temps sans pouvoir prononcer un mot.

Tu m'inquiètes, ma chère enfant, pourquoi donc pleures-tu ? ajouta-t-elle en me présentant sa main comme elle avait déjà fait quelques moments auparavant. Mais je n'osais plus lui donner la mienne. Je me reculais honteuse, et avec des paroles entrecoupées de sanglots : Hélas ! madame, arrêtez, lui dis-je ; vous ne savez pas à qui vous parlez, ni à qui vous témoignez tant de bontés. Je crois que c'est moi qui suis votre ennemie, que c'est moi qui vous cause le chagrin que vous avez.

Comment ! Marianne, reprit-elle étonnée, vous êtes celle que Valville a rencontrée, et qu'on porta au logis ? Oui, madame, c'est moi-même, lui dis-je, je ne suis pas assez ingrate pour vous le cacher ; ce serait une trahison affreuse, après tous les soins que vous avez pris de moi, et que vous voyez bien que je ne mérite pas, puisque c'est un malheur pour vous que je sois au monde ; et voilà pourquoi je vous dis de m'abandonner. Il n'est pas naturel que vous teniez lieu de mère à une fille orpheline que vous ne connaissez pas, pendant qu'elle vous afflige, et que c'est pour l'avoir vue que votre fils refuse de vous obéir. Je me trouve bien confuse de voir que vous m'ayez tant aimée, vous qui devez me vouloir tant de mal. Hélas ! vous vous y êtes bien trompée, et je vous en demande pardon.

Mes pleurs continuaient ; ma bienfaitrice ne me répondait point, mais elle me regardait d'un air attendri, et presque la larme à l'œil elle-même.

Madame, lui dit son amie en s'essuyant les yeux, en vérité, cette enfant me touche ; ce qu'elle vient de vous dire est admirable : voilà une belle âme, un beau caractère !

Mme de Miran se taisait encore, et me regardait toujours.

Vous dirais-je à quoi je pense ? reprit tout de suite Mme Dorsin : vous êtes le meilleur cœur du monde, et le plus généreux ; mais je me mets à votre place, et après cet événement-ci il se pourrait fort bien que vous eussiez quelque répugnance à la voir davantage ; il faudra peut-être que vous preniez sur vous pour lui continuer vos soins. Voulez-vous me la laisser ? Je me charge d'elle en attendant que tout ceci se passe. Je ne prétends pas vous l'ôter, elle y perdrait trop ; et je vous la rendrai dès que le mariage de votre fils sera conclu, et que vous me la redemande-rez.

À ce discours, je levai les yeux sur elle d'un air humble et reconnaissant, à quoi je joignis une très humble et très légère inclination de tête ; je dis légère, parce que je compris dans mon cœur que je

devais la remercier avec discrétion, et qu'il fallait
bien paraître sensible à ses bontés, mais non pas
faire penser qu'elles me consolassent, comme en
effet[1] elles ne me consolaient pas. J'accompagnai le
tout d'un soupir ; après quoi Mme Dorsin, reprenant
la parole, dit à ma bienfaitrice : Voyez, consultez-
vous.

De grâce, un moment, répondit Mme de Miran ;
tout à l'heure je vais vous répondre. Laissez-moi
auparavant m'informer d'une chose.

Marianne, me dit-elle, n'avez-vous point eu de
nouvelles de mon fils depuis que vous êtes ici ?

Hélas ! madame, répondis-je, ne m'interrogez
point là-dessus ; je suis si malheureuse que je n'aurai
encore que des sujets de douleur à vous donner, et
vous n'en serez que plus en colère contre moi. Il est
juste que vous m'ôtiez votre amitié, et que vous lais-
siez là une fille qui vous est si contraire ; mais il ne
vous servira de rien de la haïr davantage, et je voudrais pouvoir m'exempter de cela : ce n'est pas que je
refuse de vous dire la vérité ; je sais bien que je suis
obligée de vous la dire, c'est la moindre chose que je
vous doive ; mais ce qui me retient, c'est la peine
qu'elle vous fera, c'est la rancune que vous en prendrez contre moi, et toute l'affliction que j'en aurai
moi-même.

Non, ma fille, non, reprit Mme de Miran ; parlez
hardiment, et ne craignez rien de ma part : Valville
sait-il où vous êtes ? est-il venu ici ?

Ce discours redoubla mes larmes ; je tirai ensuite
de ma poche la lettre que j'avais reçue de Valville, et
que je n'avais pas décachetée ; et la lui présentant
d'une main tremblante :

Je ne sais, lui dis-je à travers mes sanglots, comment il a découvert que je suis ici, mais voilà ce qu'il
vient de me donner lui-même.

Mme de Miran la prit en soupirant, l'ouvrit, la parcourut, et jeta les yeux sur son amie, qui fixa aussi
les siens sur elle ; elles furent toutes deux assez longtemps à se regarder sans rien dire ; il me sembla
même que je les vis pleurer un peu : et puis
Mme Dorsin, en secouant la tête : Ah ! madame, dit-
elle, je vous demandais Marianne ; mais je ne l'aurai
pas, je vois bien que vous la garderez pour vous.

Oui, c'est ma fille plus que jamais, répondit ma
bienfaitrice avec un attendrissement qui ne lui per-
mit de dire que ce peu de mots ; et sur-le-champ elle
me tendit une troisième fois la main, que je pris
alors du mieux que je pus, et que je baisai mille fois
à genoux, si attendrie moi-même, que j'en étais
comme suffoquée. Il se passa en même temps un
moment de silence qui fut si touchant, que je ne saurais encore y penser sans me sentir remuée jusqu'au
fond de l'âme.

Ce fut Mme Dorsin qui le rompit la première.
Est-ce qu'il n'y a pas moyen que je l'embrasse ?
s'écria-t-elle. Je n'ai de ma vie été si émue que je le
suis ; je ne sais plus qui des deux j'aime le plus, ou de
la mère, ou de la fille.

Ah çà ! Marianne, me dit Mme de Miran quand
tous nos mouvements furent calmés, qu'il ne vous
arrive donc plus, tant que je vivrai, de dire que vous
êtes orpheline, entendez-vous ? Venons à mon fils.
C'est sans doute Mme Dutour, cette marchande chez
qui vous demeuriez, qui lui aura dit où vous êtes.

Apparemment, répondis-je ; je ne le lui ai pourtant
pas dit à elle-même, et je n'avais garde, puisque
j'ignorais le nom du couvent quand j'y suis entrée ;
mais l'homme dont j'ai été obligée de me servir pour
faire porter mes hardes ici est de son quartier ; ce
sera lui qui le lui aura appris, et puis M. de Valville,
qui me fit suivre par un laquais, lorsque je sortis de

chez lui en fiacre, et qui a su que j'étais descendue
chez Mme Dutour, a sans doute interrogé cette
bonne dame, qui n'aura pas manqué de lui
apprendre tout ce qu'elle en savait. C'est ce que j'en
puis juger, car pour moi il n'y a point de ma faute : je
n'ai contribué en rien à tout ce qui est arrivé ; et une
marque de cela, c'est que depuis ce temps-là je n'ai
entendu parler de M. de Valville que d'aujourd'hui ; il
ne m'a donné sa lettre que cet après-midi, encore ne
me l'a-t-il rendue que par finesse[1].

Je n'eus pas plutôt lâché ce dernier mot que j'en
sentis toute la conséquence : c'était engager Mme de
Miran à m'en demander l'explication, et le déguisement de Valville était un article que j'aurais peut-
être pu soustraire à sa connaissance, sans blesser la
sincérité dont je me piquais avec elle ; et j'étais indiscrète, à force de candeur.

Mais enfin le mot était dit, et Mme de Miran
n'avait plus besoin que je l'expliquasse, elle savait
déjà ce qu'il signifiait. Par finesse ! me répondit-elle ;
je suis donc au fait, et voici comment.

C'est qu'en sortant de carrosse dans la cour du
couvent, j'ai vu par hasard un jeune homme en livrée
qui descendait de ce parloir-ci, et j'ai trouvé qu'il ressemblait tant à mon fils, que j'en ai été frappée ; j'ai
même pensé vous le dire, madame. À la fin, pourtant, j'ai regardé cela comme une chose singulière à
laquelle je n'ai plus fait d'attention : mais à présent,
Marianne, que je sais que mon fils vous aime, je ne
doute pas qu'au lieu d'un homme qui lui ressemblait, ce ne soit lui-même que j'ai vu tantôt ; n'est-il
pas vrai ?

Hélas ! madame, lui dis-je après avoir hésité un
instant, à peine arrivait-il, quand vous êtes venue.
J'ai pris sa lettre sans le regarder, et je ne l'ai
reconnu qu'à un regard qu'il m'a jeté en partant ; je

me suis écriée de surprise, on vous a annoncée, et il s'est retiré.

Du caractère dont il est, dit alors Mme de Miran en parlant à son amie, il faut que Marianne ait fait une prodigieuse impression sur son cœur; voyez à quoi il a pu se résoudre, et quelle démarche : prendre une livrée[1].

Oui, reprit Mme Dorsin : cette action-là conclut qu'il l'aime beaucoup assurément, et voilà une physionomie qui le conclut encore mieux.

Mais ce mariage qui est presque arrêté, madame, dit ma bienfaitrice, cet engagement que j'ai pris de son propre aveu, comment s'en tirer? Jamais Valville ne terminera; je vous dirai plus, c'est que je serais fâchée qu'il épousât cette fille, prévenu d'une aussi forte passion que celle-ci me le paraît. Oh! comment le guérir de cette passion?

L'en guérir, nous aurions de la peine, repartit Mme Dorsin : mais je crois qu'il suffira de rendre cette passion raisonnable, et nous le pourrons avec le secours de mademoiselle. C'est un bonheur que nous ayons affaire à elle : nous venons de voir un trait du caractère de son cœur qui prouve de quoi sa tendresse et sa reconnaissance la rendront capable pour une mère comme vous; or, pour déterminer votre fils à remplir vos engagements et les siens, il ne s'agit, de la part de votre fille, que d'un procédé qui sera bien digne d'elle; c'est qu'il est seulement question qu'elle lui parle elle-même : il n'y a qu'elle qui puisse lui faire entendre raison. Il vous obéirait pourtant si vous l'exigiez, j'en suis persuadée, il vous respecte trop pour se révolter contre vous; mais comme vous dites fort bien, vous ne voulez pas le forcer, et vous pensez juste; vous n'en feriez qu'un homme malheureux qui le deviendrait par complaisance pour vous, qui ne se consolerait pas de l'être

devenu, parce qu'il dirait toujours : Je pouvais ne pas
l'être ; au lieu que Marianne, par mille raisons sans
réplique qu'elle saura lui dire avec douceur, qu'elle
peut même paraître lui dire avec regret, en fera un
homme bien convaincu qu'il l'aimerait en vain,
qu'elle n'est pas en état de l'aimer, et par là lui cal-
mera le cœur et le consolera de la nécessité où il s'est
mis d'épouser la jeune personne qu'on lui destine ;
de sorte qu'alors ce sera lui qui se mariera, et non
pas vous qui le marierez. Voilà ce qui m'en semble.

C'est fort bien dit, reprit Mme de Miran, et votre
idée est très bonne ; j'y ajouterai seulement une
chose.

Ne serait-il pas à propos, pour achever de lui ôter
toute espérance, que ma fille feignît de vouloir être
religieuse, et ajoutât même qu'à cause de sa situation elle n'a point d'autre parti à prendre ? Ce que je
dis là ne signifie rien au moins[1], Marianne, me dit-
elle en s'interrompant. Ne croyez pas que ce soit
pour vous insinuer de quitter le monde : j'en suis si
éloignée, qu'il faudrait que je vous visse la vocation
la plus marquée et la plus invincible pour y consentir ; tant j'aurais peur que ce ne fût simplement que
votre peu de fortune, ou l'inquiétude de l'avenir, ou
la crainte de m'être à charge, qui vous y engageât ;
entendez-vous, ma fille ? Ainsi, ne vous y trompez
pas. Je n'envisage ici que mon fils : je ne prétends
que vous indiquer le moyen de l'amener à mes fins,
et de l'aider à surmonter un amour que vous ne
méritez que trop qu'il ait pour vous, qu'il serait trop
heureux d'avoir pris, et dont je serais charmée moi-
même, sans les usages et les maximes du monde,
qui, dans l'infortune où vous êtes, ne me permettent
pas d'y acquiescer. Hélas ! cependant que vous
manque-t-il ? Ce n'est ni la beauté, ni les grâces, ni la
vertu, ni le bel esprit[2], ni l'excellent cœur ; et voilà

pourtant tout ce qu'il y a de plus rare, de plus précieux ; voilà les vraies richesses d'une femme dans le
mariage, et vous les avez à profusion : mais vous
n'avez pas vingt mille livres de rentes, on ne ferait
aucune alliance en vous épousant ; on ne connaît
point vos parents, qui nous feraient peut-être beaucoup d'honneur ; et les hommes, qui sont sots, qui
pensent mal[1], et à qui pourtant je dois compte de
mes actions là-dessus, ne pardonnent point aux disgrâces[2] dont vous souffrez, et qu'ils appellent des
défauts.

La raison vous choisirait, la folie des usages vous
rejette.

Tout ce détail, je vous le fais par amitié, et afin que
vous ne regardiez pas les secours que je vous
demande contre l'amour de Valville comme un sujet
d'humiliation pour vous.

Eh ! mon Dieu, madame, ma chère mère (puisque
vous m'accordez la permission de vous appeler
ainsi), que vous êtes bonne et généreuse ! m'écriai-je
en me jetant à ses genoux, d'avoir tant d'attention,
tant de ménagement pour une pauvre fille qui n'est
rien, et qu'une autre personne que vous ne pourrait
plus souffrir ! Eh ! mon Dieu, où serais-je sans la charité que vous avez pour moi ? songez-vous que sans
ma mère j'aurais actuellement la confusion de
demander ma vie à tout le monde ? et malgré cela,
vous avez peur de m'humilier ! Y a-t-il encore sur la
terre un cœur comme le vôtre ?

Eh ! ma fille, s'écria-t-elle à son tour, qui est-ce qui
n'aurait pas le cœur bon avec toi, chère enfant ? tu
m'enchantes. Oh ! elle vous enchante, à la bonne
heure, dit alors Mme Dorsin. Mais finissez toutes
deux, car je n'y saurais tenir, vous m'attendrissez
trop.

Revenons donc à ce que nous disions, reprit ma

bienfaitrice. Puisque nous décidons qu'elle parlera à Valville, attendra-t-elle qu'il revienne la voir, ou pour aller plus vite, ne vaut-il pas mieux qu'elle lui écrive de venir?

Sans difficulté, dit Mme Dorsin, qu'elle écrive; mais je suis d'avis auparavant que nous sachions ce qu'il lui dit dans la lettre que vous tenez, et que vous avez lue tout bas; c'est ce qui réglera ce que nous devons faire. Oui, dis-je aussi d'un air simple et naïf, il faut voir ce qu'il pense, d'autant plus que j'ai oublié de vous dire que je lui écrivis, le jour que je vins ici, une heure avant que d'y entrer. Eh! pourquoi, Marianne? me dit Mme de Miran.

Hélas! par nécessité, madame, répondis-je, c'est que je lui envoyais un paquet, où il y avait une robe que je n'ai mise qu'une fois, du linge et quelque argent; et comme je ne voulais point garder ces vilains présents, que je ne savais point la demeure de cet homme riche qui me les avait donnés, de cet homme de considération dont je vous ai parlé, qui avait fait semblant de me mettre par pitié chez Mme Dutour, et qui avait pourtant des intentions si malhonnêtes, j'écrivis à M. de Valville, qui savait où il demeurait, pour le prier d'avoir la bonté de lui faire tenir le paquet de ma part.

Eh! par quel hasard, dit Mme de Miran, mon fils savait-il donc la demeure de cet homme-là?

Eh! madame, vous allez encore être étonnée, répondis-je; il la sait, parce que c'est son oncle. Quoi! reprit-elle, M. de Climal! C'est lui-même, repris-je. C'était à lui que ce bon religieux dont je vous ai parlé m'avait menée, et ce fut chez vous que j'appris qu'il était l'oncle de M. de Valville, parce qu'il y vint une demi-heure après qu'on m'y eut portée le jour de ma chute; et ce fut lui aussi que M. de Valville surprit l'après-midi à mes genoux, chez la

marchande de linge, dans l'instant qu'il m'entretenait de son amour pour la première fois, et qu'il voulait, disait-il, me loger dès le lendemain bien loin de
là, afin de me voir plus en secret, et de m'éloigner du
voisinage de M. de Valville.

Juste ciel! que m'apprenez-vous? s'écria-t-elle;
quelle faiblesse dans mon frère! Madame, ajouta-
t-elle à son amie, au nom de Dieu, ne dites mot de ce
que vous venez d'entendre. Si jamais une aventure
comme celle-là venait à être sue, jugez du tort qu'elle
ferait à M. de Climal, qui passe pour un homme
plein de vertu, et qui en a beaucoup, mais qui s'est
oublié dans cette occasion-ci. Le pauvre homme, à
quoi songeait-il? Allons, laissons cela, ce n'est pas de
quoi il est question. Voyons la lettre de mon fils.

Elle la rouvrit. Mais, dit-elle tout de suite en s'arrêtant, il me vient un scrupule; faisons-nous bien de la
lire devant Marianne? Peut-être aime-t-elle Valville;
il y a dans ce billet-ci beaucoup de tendresse; elle en
sera touchée, et n'en aura que plus de peine à nous
rendre le service que nous lui demandons. Dis-nous,
ma chère enfant, n'y a-t-il point de risque? Qu'en
devons-nous croire? Aimes-tu mon fils?

Il n'importe, madame, répondis-je; cela n'empêchera pas que je ne lui parle comme je le dois.

Il n'importe, dis-tu; tu l'aimes donc, ma fille?
reprit-elle en souriant. Oui, madame, lui dis-je, c'est
la vérité; j'ai pris d'abord[1] de l'inclination pour lui,
tout d'abord sans savoir que c'était de l'amour, je n'y
songeais pas; j'avais seulement du plaisir à le voir, je
le trouvais aimable; et vous savez que je n'avais
point tort, car il l'est beaucoup; c'est un jeune
homme si doux, si bien fait, qui vous ressemble tant!
et je vous ai aimée aussi, dès que je vous ai vue: c'est
la même chose. Mme Dorsin et elle se mirent à rire
là-dessus. Je ne me lasse point de l'entendre, dit la

première, et je ne pourrai plus me passer de la voir; elle est unique.

Oui, j'en conviens, repartit ma bienfaitrice; mais je vais pourtant la quereller d'avoir dit à mon fils qu'elle l'aimait, à cause que c'est un discours indiscret.

Ah! mon Dieu! madame, jamais, m'écriai-je; il n'en sait rien, je n'en ai pas ouvert la bouche. Est-ce qu'une fille ose dire à un homme qu'elle l'aime? à une dame, encore, passe, il n'y a pas de mal: mais M. de Valville n'en a pas le moindre soupçon, à moins qu'il ne l'ait deviné; et quand il s'en douterait, cela ne lui servira de rien, madame, vous le verrez. Je vous le promets, ne vous embarrassez point. Eh bien! oui, il est aimable, il faudrait être aveugle pour ne le pas voir; mais qu'est-ce que cela fait? c'est tout comme s'il ne l'était pas plus qu'un autre, je vous assure, je n'y prendrai pas garde, et je serais bien ingrate d'en agir autrement.

Ah! ma chère fille, me dit Mme de Miran, il te sera bien difficile de résoudre ce cœur-là à renoncer à toi: plus je te vois, plus je désespère que tu le puisses. Essayons pourtant, et voyons ce qu'il t'écrit.

La lettre était courte, et la voici, autant que je puis m'en ressouvenir:

Il y a trois semaines que je vous cherche, mademoiselle, et que je meurs de douleur. Je n'ai pas dessein de vous parler de mon amour, il ne mérite plus que vous l'écoutiez. Je ne veux que me jeter à vos pieds, que vous montrer l'affliction où je suis de vous avoir offensée; je ne veux que vous demander pardon, non pas dans l'espérance de l'obtenir, mais afin que vous vous vengiez en me le refusant. Vous ne savez pas combien vous pouvez me punir; il faut que vous le sachiez, je ne demande que la consolation de vous l'apprendre[1].

C'était là à peu près ce que contenait la lettre ; elle me pénétra, et j'avoue que mon cœur en secret n'en perdit pas un mot ; je crois même que Mme de Miran s'en aperçut, car elle me dit en me regardant : Ma fille, ce billet vous touche, n'est-ce pas ? Je ne dirai point que non, ma mère, je ne sais point mentir, répondis-je : ne craignez rien pourtant, je n'en ferai pas mon devoir avec moins de courage, au contraire.

Mais, repartit-elle, de quelle offense parle-t-il donc ? De la mauvaise opinion qu'il témoigna avoir de moi quand il trouva M. de Climal à mes genoux, repartis-je ; et depuis qu'il a reçu ma lettre, où je le priais de remettre le paquet de hardes à son oncle, il a bien vu qu'il s'était trompé sur mon compte, et que j'étais innocente ; et voilà pourquoi il a mis qu'il m'a offensée.

Sur ce pied-là, dit Mme Dorsin, ce qu'il lui écrit marque bien autant de probité que d'amour. J'aime à le voir rendre justice à la vertu de Marianne, c'est le procédé d'un honnête homme ; et plus il estime votre fille, moins elle aura de peine à l'amener à ce que la raison et la conjoncture présente exigent qu'il fasse. Comptez là-dessus.

Vous me persuadez, répondit ma bienfaitrice ; mais il est temps de nous retirer, finissons. Nous convenons donc que Marianne écrira à Valville. Il ne s'agit que d'un mot, lui dis-je ; et je puis tout à l'heure l'écrire devant vous, madame. Voici de l'encre et du papier dans ce parloir.

Eh bien ! soit, ma fille, écris ; tu as raison, une ligne suffira ; et sur-le-champ je fis ce billet-ci :

Je n'ai pu vous parler tantôt, monsieur ; et j'aurais pourtant quelque chose à vous dire.

Mais, ma mère, quand le prierai-je de venir ? dis-je alors à Mme de Miran en m'interrompant.

Demain à onze heures du matin, me répondit-elle.

Et je vous serais obligée, ajoutai-je en continuant d'écrire, *de venir ici demain à onze heures du matin; je vous attendrai. Je suis...* Et toujours *Marianne* au bas.

Je mis dessus le billet l'adresse telle que ma bienfaitrice me la dicta; elle se chargea de le cacheter, de le faire porter par quelque domestique du couvent, à qui elle parlerait en s'en retournant, et je lui donnai.

Je t'avertis que je me trouverai aussi au rendez-vous, ma fille, me dit-elle lorsqu'elle me quitta; j'y arriverai seulement quelques instants après lui, pour te laisser le temps de lui dire que je t'ai rencontrée dans ce couvent, que c'est moi qui t'y ai mise en pension, et que dans nos entretiens le hasard t'a appris que j'étais sa mère; que je t'ai dit qu'il me chagrinait; que depuis qu'il avait vu une jeune personne qu'on avait portée chez moi, et dont tu ajouteras que je t'ai conté l'histoire, il refusait de terminer un mariage qui était arrêté. Je me montrerai là-dessus, comme si j'arrivais pour te voir, et puis ce sera à toi, ma fille, à achever le reste : adieu, Marianne, jusqu'à demain. Adieu, ma chère enfant, me dit aussi Mme Dorsin; je suis votre bonne amie au moins, ne l'oubliez pas; jusqu'au revoir, et ce sera bientôt. Je veux qu'au premier jour elle vienne dîner avec vous chez moi, madame; si vous ne me l'amenez pas, je viendrai la chercher, je vous en avertis.

Je serai de la partie la première fois, dit Mme de Miran, après quoi je vous la laisserai tant qu'il vous plaira.

Je ne répondis à tout cela que par un souris et par une profonde révérence; elles s'en allèrent, et je restai dans une situation d'esprit assez paisible.

Qui m'aurait vue, m'aurait crue triste; et dans le fond je ne l'étais pas, je n'avais que l'air de l'être, et, à me bien définir, je n'étais qu'attendrie.

Je soupirais pourtant comme une personne qui aurait eu du chagrin; peut-être même croyais-je en avoir, à cause de la disposition des choses : car enfin, j'aimais un homme auquel il ne fallait plus penser; et c'était là un sujet de douleur; mais, d'un autre côté, j'en étais tendrement aimée, de cet homme, et c'est une grande douceur. Avec cela on est du moins tranquille sur ce qu'on vaut; on a les honneurs essentiels d'une aventure, et on prend patience sur le reste.

D'ailleurs, je venais de m'engager à quelque chose de si généreux, je venais de montrer tant de raison, tant de franchise, tant de reconnaissance, de donner une si grande idée de mon cœur, que ces deux dames en avaient pleuré d'admiration pour moi. Oh! voyez avec quelle complaisance je devais regarder ma belle âme, et combien de petites vanités intérieures devaient m'amuser et me distraire[1] du souci que j'aurais pu prendre!

Mais venons aux suites de cet événement, et passons au lendemain.

Sans doute que ma lettre fut exactement rendue à Valville. C'était à onze heures du matin que je l'attendais au couvent, et il ne manqua pas d'y arriver à l'heure précise.

La première fois qu'il m'y avait vue, à ce qu'il m'a dit depuis, il avait cru nécessaire de se travestir, par deux raisons : l'une était qu'après l'insulte qu'il m'avait faite, je refuserais de lui parler, s'il me demandait sous son nom; l'autre, que l'abbesse voudrait peut-être savoir ce qui l'amenait, et qui il était, avant que de me permettre de le voir; au lieu que toutes ces difficultés n'y seraient plus, dès qu'il paraîtrait sous la figure d'un domestique, qui venait même de la part de Mme de Miran : car c'était une précaution qu'il avait prise.

Mais cette fois-ci, il comprit bien par la teneur de mon billet, qui était simple, que je le dispensais de tout déguisement, et qu'il n'en était pas besoin.

Il m'a avoué depuis que le peu de façon que j'y faisais l'avait inquiété : et effectivement, ce n'était pas trop bon signe; une pareille visite n'avait plus l'air d'intrigue : elle était trop innocente pour promettre quelque chose de bien favorable.

Quoi qu'il en soit, onze heures venaient de sonner, quand l'abbesse elle-même vint m'annoncer Valville.

Allez, Marianne, me dit-elle; c'est le fils de Mme de Miran qui vous demande; elle me dit hier, après qu'elle vous eut quittée, qu'il viendrait vous voir. Il vous attend.

Le cœur me battit dès que j'appris qu'il était là. Je vous suis bien obligée, madame, répondis-je; j'y vais. Et je partis. Mais je marchai lentement, pour me donner le temps de me rassurer.

J'allais soutenir une terrible scène, je craignais de manquer de courage; je me craignais moi-même, j'avais peur que mon cœur ne servît lâchement[1] ma bienfaitrice.

J'oubliais encore de vous parler d'un article qui me faisait honneur.

C'est que j'étais restée dans mon négligé, je dis dans le négligé où je m'étais laissée en me levant; point d'autre linge que celui avec lequel je m'étais couchée : linge assez blanc, mais toujours flétri, qui ne vous pare point quand vous êtes aimable, et qui vous dépare un peu quand vous ne l'êtes pas.

Joignez-y une robe à l'avenant, et qui me servait le matin dans ma chambre. Je n'avais, en un mot, que les grâces que je n'avais pu m'ôter, c'est-à-dire celles de mon âge et de ma figure, avec lesquelles je pourrai encore me soutenir, me disais-je bien secrètement en moi-même, et si secrètement que je n'y faisais pas d'attention, quoique cela m'aidât à renoncer aux agréments que je ne me donnais pas, et dont je faisais un sacrifice à Mme de Miran.

Ce n'est pas qu'elle eût songé à me dire : Ne vous ajustez[1] point; mais je suis sûre que, dès qu'elle m'aurait vue ajustée, elle aurait tout d'un coup songé que je ne devais pas l'être.

Enfin, je parus; me voilà dans le parloir où je trouvai Valville.

Qu'il était bien mis, lui, qu'il avait bonne mine! Hélas! qu'il avait l'air tendre et respectueux! Que je lui sentis d'envie de me plaire, et qu'il était flatteur, pour une fille comme Marianne, de voir qu'un homme comme lui mît sa fortune à trouver grâce devant elle! Car ce que je dis là était écrit dans ses yeux; Valville ne semblait respirer que ce sentiment-là.

Il tenait une lettre à la main; c'était la mienne, celle où je lui avais mandé de venir.

Je ne sais, dit-il en me montrant cette lettre qu'il baisa, si je dois me réjouir ou m'affliger de l'ordre que j'ai reçu de votre part dans ce billet; mais je n'y obéis pas sans inquiétude.

Et il fallait voir avec quelle timidité, avec quel air de défiance sur son sort, il me tenait ce discours.

Monsieur, lui répondis-je, extrêmement émue de tout ce que son abord avait de tendre et de charmant, asseyez-vous.

Il fallut ensuite que je reprisse haleine; il s'assit.

Oui, monsieur, continuai-je d'une voix encore un peu tremblante, j'ai à vous parler. Eh bien! mademoiselle, repartit-il tout tremblant à son tour, de quoi s'agit-il? Que m'annoncez-vous par ce début? Votre abbesse sait apparemment la visite que je vous rends?

Oui, monsieur, lui dis-je; c'est elle-même qui, en

vous nommant, est venue m'avertir que vous me demandiez.

En me nommant! s'écria-t-il; eh! comment cela se peut-il? Je ne la connais point, je ne l'ai jamais vue; vous lui avez donc dit qui j'étais? Vous êtes donc convenues ensemble que vous m'enverriez chercher?

Non, monsieur, je ne lui ai rien confié; tout ce qu'elle savait, c'est que vous deviez venir, et c'est une autre que moi qui l'en a instruite; mais de grâce, écoutez-moi.

Vous voulez me persuader que vous m'aimez, et je crois que vous dites vrai; mais quel dessein pouvez-vous avoir en m'aimant?

Celui de n'être jamais qu'à vous, me répondit-il froidement, mais d'un ton ferme et déterminé, celui de m'unir à vous par tous les liens de l'honneur et de la religion. S'il y en avait de plus forts, je les prendrais, ils me feraient encore plus de plaisir; et, en vérité, ce n'était pas la peine de me demander mon dessein; je ne pense pas qu'il puisse en venir d'autre dans l'esprit d'un homme qui vous aime, mademoiselle; mes intentions ne sauraient être douteuses; il ne reste plus qu'à savoir si elles vous seront agréables, et si je pourrai obtenir de vous ce qui sera le bonheur de ma vie.

Quel discours, madame! Je sentis que les larmes m'en venaient aux yeux; je crois même que je soupirai, il n'y eut pas moyen de m'en empêcher; mais je soupirai le plus bas qu'il me fut possible, et sans oser lever les yeux sur lui.

Monsieur, lui dis-je, ne vous ai-je pas dit les malheurs que j'ai essuyés dès mon enfance? Je ne sais point de qui je suis née, j'ai perdu mes parents sans les connaître, je n'ai ni bien ni famille, et nous ne sommes pas faits l'un pour l'autre. D'ailleurs, il y a encore des obstacles insurmontables.

Je vous entends, me dit-il de l'air d'un homme consterné; c'est que votre cœur se refuse au mien.

Non, ce n'est point cela, lui dis-je sans pouvoir poursuivre. Ce n'est point cela, mademoiselle, me répondit-il, et vous me parlez d'obstacles!

Nous en étions là de notre conversation, quand Mme de Miran entra : jugez de la surprise de Valville.

Quoi! c'est ma mère, s'écria-t-il en se levant. Ah! mademoiselle, tout est concerté. Oui, mon fils, lui dit-elle d'un ton plein de douceur et de tendresse, nous voulions vous le cacher : mais je vous l'avoue de bonne foi; je savais que vous deviez être ici, et nous étions convenues que je m'y rendrais. Ma chère fille, ajouta-t-elle en s'adressant à moi, Valville est-il au fait? l'as-tu instruit?

Non, ma mère, lui dis-je fortifiée par sa présence, et ranimée par la façon affectueuse dont elle me parlait devant lui; non, je n'ai pas eu le temps; monsieur ne venait que d'entrer, et notre entretien ne faisait que commencer quand vous êtes arrivée. Mais je vais lui conter tout devant vous, ma mère.

Et sur-le-champ : Vous voyez, monsieur, dis-je à Valville, qui ne savait ce que nous voulions dire avec ces noms que nous nous donnions, vous voyez comment Mme de Miran me traite; ce qui vous marque bien les bontés qu'elle a pour moi, et même les obligations que je lui ai. Je lui en ai tant que cela n'est pas croyable; et vous seriez le premier à dire que je serais indigne de vivre, si je ne vous conjurais pas de ne plus songer à moi. Valville à ces mots baissa la tête et soupira.

Attendez, monsieur, attendez, repris-je; c'est vous-même que je prends pour juge dans cette occasion-ci.

Il n'y a qu'à considérer qui je suis. Je vous ai déjà

dit que j'ai perdu mon père et ma mère : ils ont été
assassinés dans un voyage dont j'étais avec eux, dès
l'âge de deux ans ; et depuis ce temps, voici, monsieur, ce que je suis devenue. C'est la sœur d'un curé
de campagne qui m'a élevée par compassion. Elle est
venue à Paris avec moi pour une succession qu'elle
n'a pas recueillie ; elle y est morte, et m'y a laissée
seule sans secours dans une auberge. Son confesseur, qui est un bon religieux, m'en a tiré pour me
présenter à M. de Climal, votre oncle ; M. de Climal
m'a mise chez une lingère, et m'y a abandonnée au
bout de trois jours ; je vous ai dit pourquoi, en vous
priant de lui remettre ses présents. La lingère me dit
qu'il fallait prendre mon parti ; je sortis pour informer ce religieux de mon état, et c'est en revenant de
chez lui que j'entrai dans l'église de ce couvent-ci
pour cacher mes pleurs qui me suffoquaient ; ma
mère, qui est présente, y arriva après moi, et c'est
une grâce que Dieu m'a faite. Elle me vit pleurer
dans un confessionnal ; je lui fis pitié, et je suis pensionnaire ici depuis le même jour. C'est elle qui paye
ma pension, qui m'a habillée, qui m'a fournie de tout
abondamment, magnifiquement, avec des manières,
des tendresses, des caresses qui font que je ne saurais y penser sans fondre en larmes ; elle vient me
voir, elle me parle, elle me chérit, et en agit avec moi
comme si j'étais votre sœur ; elle m'a même défendu
de songer que je suis orpheline, et elle a bien raison ;
je ne dois plus me souvenir que je le suis ; cela n'est
plus vrai. Il n'y a peut-être point de fille, avec la meilleure mère du monde, qui soit si heureuse que moi.
Ma bienfaitrice et son fils, à cet endroit de mon discours, me parurent émus jusqu'aux larmes.

Voilà ma situation, continuai-je, voilà où j'en suis
avec Mme de Miran. Vous qui, à ce qu'on dit, êtes un
jeune homme plein de raison et de probité, comme il

me l'a semblé aussi, parlez-moi en conscience, monsieur. Vous m'aimez; que me conseillez-vous de faire de votre amour, après ce que je viens de vous dire? Il faut regarder que les malheureux à qui on fait la charité ne sont pas si pauvres que moi; ils ont du moins des frères, des sœurs, ou quelques autres parents; ils ont un pays, ils ont un nom avec des gens qui les connaissent; et moi, je n'ai rien de tout cela. N'est-ce pas là être plus misérable et plus pauvre qu'eux?

Va, ma fille, me dit Mme de Miran, achève, et ne t'arrête point là-dessus. Non, ma mère, repris-je, laissez-moi dire tout. Je ne dis rien que de vrai, monsieur, et cependant, vous me demandez mon cœur pour m'épouser. Ne serait-ce pas là un beau présent que je vous ferais? Ne serait-ce pas une cruauté à moi que de vous le donner? Eh! mon Dieu, quel cœur vous donnerais-je, sinon celui d'une étourdie, d'une évaporée, d'une fille sans jugement, sans considération pour vous. Il est vrai que je vous plais; mais vous ne vous attachez pas à moi seulement à cause que je suis jolie, ce ne serait pas la peine; et apparemment que vous me croyez d'un bon caractère, et en ce cas, comment pouvez-vous espérer que je consente à un amour qui vous attirerait le blâme de tout le monde, qui vous brouillerait avec toute une famille, avec tous vos amis, avec tous les gens qui vous estiment, et avec moi aussi? Car quel repentir n'auriez-vous pas, quand vous ne m'aimeriez plus, et que vous vous trouveriez le mari d'une femme qui serait moquée, que personne ne voudrait voir, et qui ne vous aurait apporté que du malheur et que de la honte? Encore n'est-ce rien que tout ce que je dis là, ajoutai-je avec un attendrissement qui me fit pleurer. À présent que je suis si obligée à Mme de Miran, quelle méchante créature ne serais-je pas, si

je vous épousais? Pourriez-vous sentir autre chose
pour moi que de l'horreur, si j'en étais capable? Y
aurait-il rien de si abominable que moi sur la terre,
surtout dans l'occurrence où je sais que vous êtes?
Car je suis informée de tout; ma mère me vint voir
hier à son ordinaire, elle était triste. Je lui demandai
ce qu'elle avait, elle me dit que son fils la chagrinait;
je l'écoutais sans m'attendre que je serais mêlée là-
dedans. Elle me dit aussi qu'elle avait toujours été
fort contente de ce fils, mais qu'elle ne le reconnaissait plus depuis qu'il avait vu une certaine jeune
fille; là-dessus elle me conta notre histoire, et cette
jeune fille qui vous dérange [1], qui fait que vous manquez à votre parole, qui afflige aujourd'hui ma mère,
qui lui a ôté le bon cœur et la tendresse de son fils, il
se trouve que c'est moi, monsieur, que c'est cette
pensionnaire qu'elle fait vivre et qu'elle accable de
bienfaits. Après cela, monsieur, voyez, avec l'honneur, avec la probité, avec le cœur estimable, tendre
et généreux que vous avez coutume d'avoir, voyez si
vous souhaitez encore que je vous aime, et si vous-
même vous auriez le courage d'aimer un monstre
comme j'en serais un, si j'écoutais votre amour. Non,
monsieur, vous êtes touché de ce que je vous
apprends, vous pleurez, mais ce n'est plus que de
tendresse pour ma mère, et que de pitié pour moi.
Non, ma mère, vous ne serez plus ni triste ni
inquiète; M. de Valville ne voudra pas que je sois
davantage le sujet de votre chagrin : c'est une douleur qu'il ne fera pas à moi-même. Je suis bien sûre
qu'il ne troublera plus le plaisir que vous avez à me
secourir; il y sera sensible au contraire, il voudra y
avoir part, il m'aimera encore, mais comme vous
m'aimez. Il épousera la demoiselle en question, il
l'épousera à cause de lui-même qui le doit, à cause
de vous qui lui avez procuré ce parti pour son bien,

et à cause de moi qui l'en conjure comme de la seule marque qu'il peut me donner que je lui ai été véritablement chère. C'est une consolation qu'il ne refusera pas à une fille qui ne saurait être à lui, mais qui ne sera jamais à personne, et qui de son côté ne refuse pas de lui dire que si elle avait été riche et son égale, elle avait si bonne opinion de lui qu'elle l'aurait préféré à tous les hommes du monde; c'est une consolation que je veux bien lui donner à mon tour, et je n'y ai pas de regret, pourvu qu'il vous contente.

Je m'arrêtai alors, et me mis à essuyer les pleurs que je versais. Valville, toujours sa tête baissée, et plongé dans une profonde rêverie, fut quelque temps sans répondre. Mme de Miran le regardait, et attendait, la larme à l'œil, qu'il parlât. Enfin il rompit le silence, et s'adressant à ma bienfaitrice:

Ma mère, lui dit-il, vous voyez ce que c'est que Marianne; mettez-vous à ma place, jugez de mon cœur par le vôtre. Ai-je eu tort de l'aimer? me sera-t-il possible de ne l'aimer plus? Ce qu'elle vient de me dire est-il propre à me détacher d'elle? Que de vertus, ma mère, et il faut que je la quitte! Vous le voulez, elle m'en prie, et je la quitterai: j'en épouserai une autre, je serai malheureux, j'y consens, mais je ne le serai pas longtemps.

Ses pleurs coulèrent après ce peu de mots; il ne les retint plus: ils attendrirent Mme de Miran, qui pleura comme lui et qui ne sut que dire; nous nous taisions tous trois, on n'entendait que des soupirs.

Eh! seigneur, m'écriai-je avec amour, avec douleur, avec mille mouvements confus que je ne saurais expliquer, eh! mon Dieu, madame, pourquoi m'avez-vous rencontrée? Je suis au désespoir d'être au monde, et je prie le ciel de m'en retirer. Hélas! me dit tristement Valville, de quoi vous plaignez-vous? ne vous ai-je pas dit que je vous quitte?

Oui, vous me quittez, lui répondis-je, mais, en me
le disant, vous désolez ma mère, vous la faites mourir, vous la menacez d'être malheureux, et vous voulez qu'elle se console, vous demandez de quoi nous
avons à nous plaindre! Eh! qu'exigez-vous de plus
que ce que je vous ai dit? Quand on est généreux,
qu'on est raisonnable, n'y a-t-il pas des choses aux-
quelles il faut se rendre? Eh bien! vous ne m'épouserez pas; mais c'est Dieu qui ne l'a pas permis; mais
je n'épouserai personne, et vous me serez toujours
cher, monsieur. Vous ne me perdez point, je ne vous
perds point non plus : je serai religieuse; mais ce
sera à Paris, et nous nous verrons quelquefois, nous
aurons tous deux la même mère, vous serez mon
frère, mon bienfaiteur, le seul ami que j'aurai sur la
terre, le seul homme que j'y aurai estimé, et que je
n'oublierai jamais.

Ah! ma mère, s'écria encore Valville en tombant
subitement aux genoux de Mme de Miran, je vous
demande pardon des pleurs que je vous vois
répandre et dont je suis cause. Faites de moi ce qu'il
vous plaira, vous êtes la maîtresse, mais vous m'avez
perdu; vous avez mis le comble à mon admiration
pour elle en m'attirant ici; je ne sais plus où je suis [1].
Ayez pitié de l'état où je me trouve; tout ceci me
déchire le cœur; emmenez-moi, sortons. J'aime
mieux mourir que de vous affliger : mais vous qui
avez tant de tendresse pour moi, que voulez-vous
que je devienne?

Hélas! mon fils, que veux-tu que je te réponde? lui
dit cette dame. Il faudra voir; je te plains, je t'excuse,
vous me touchez tous deux, et je t'avoue que j'aime
autant Marianne que tu l'aimes toi-même. Lève-toi,
mon fils, ceci n'a pas réussi comme je le croyais, ce
n'est pas sa faute; je lui pardonne l'amour que tu as
pour elle, et si tout le monde pensait comme moi, je
ne serais guère embarrassée, mon fils.

À ces derniers mots, dont Valville comprit tout le sens favorable, il se rejeta à ses genoux, lui prit une main qu'il baisa mille fois sans parler. Eh bien! madame, lui dis-je, m'aimerez-vous encore? y a-t-il d'autre remède que de m'abandonner?

Le ciel m'en préserve, ma chère enfant, me répondit-elle; que viens-tu me dire? Va, encore une fois, sois tranquille, je suis contente de toi. Mon fils, ajouta-t-elle d'un air de bonté qui me ravit encore, je ne te presse plus de terminer le mariage en question; cela va me brouiller avec d'honnêtes gens, mais je t'aime encore mieux qu'eux.

Vous me rendez la vie, repartit Valville; je suis le plus heureux de tous les fils. Mais, ma mère, que ferez-vous de Marianne? Ne me permettrez-vous pas de la voir quelquefois? Mon fils, lui répondit-elle, tu me demandes plus que je ne sais : laisse-moi y rêver, nous verrons. Consentez du moins que je l'aime, ajouta-t-il. Eh! juste ciel! à quoi servirait-il que je te le défendisse? Aime-la, mon enfant, aime-la; il en arrivera ce qui pourra, reprit-elle.

J'avais pourtant dit que j'allais être religieuse, et je pensai le répéter par excès de zèle; mais comme Mme de Miran l'oubliait, je m'avisai tout d'un coup de réfléchir que je ne devais pas l'en faire ressouvenir.

Je venais de m'épuiser en générosité, il n'y avait rien que je n'eusse dit pour détourner Valville de m'aimer; mais s'il plaisait à Mme de Miran de vouloir bien qu'il m'aimât, si son propre cœur s'attendrissait jusque-là pour son fils ou pour moi, je n'avais qu'à me taire; ce n'était pas à moi à lui dire : Madame, prenez garde à ce que vous faites. Cet excès de désintéressement de ma part n'aurait été ni naturel ni raisonnable.

Ainsi je ne dis mot. Elle se leva : Quelle dange-

reuse petite fille tu es[1], Marianne, me dit-elle en se
levant; adieu. Partons, mon fils; et le fils ne cessait
de lui baiser la main qu'il tenait, ce qui n'était pas si
mal entendu.

Oui, oui, ajouta-t-elle, je comprends bien ce que
cela veut dire, mais je ne déciderai rien; je ne sais à
quoi me résoudre; quelle situation! Adieu, il est
tard; va dîner, ma fille, je te reverrai bientôt. Je la
saluai alors sans rien répondre; et comme je paraissais pleurer, et que je m'essuyais les yeux de mon
mouchoir: Pourquoi pleures-tu? me dit-elle, je n'ai
rien à te reprocher; je ne saurais te savoir mauvais
gré d'être aimable; va-t'en, tranquillise-toi. Donne-
moi la main, Valville.

Et sur-le-champ elle descendit l'escalier, aidée de
son fils, qui, par discrétion, ne me parla que des
yeux, et ne prit congé de moi que par une révérence
que je lui rendis d'un air mal assuré, et comme une
personne qui avait peur de s'émanciper trop et
d'abuser de l'indulgence de la mère en le saluant.

Me voilà seule, et bien plus agitée que je ne l'avais
été la veille, lorsque Mme de Miran me quitta.

Aussi y avait-il ici matière à bien d'autres mouvements. Aime-la, mon enfant, il en arrivera ce qui
pourra, avait dit ma bienfaitrice à son fils, et puis
nous verrons, je ne sais que résoudre, avait-elle
ajouté; et dans le fond, c'était m'avoir dit à moi-
même: espérez; aussi espérais-je, mais en tremblant, mais en me traitant de folle d'oser espérer si
mal à propos; et en pareil cas, on souffre beaucoup;
il vaudrait mieux ne voir aucune lueur de succès que
d'en voir une si faible, qui ne vient flatter l'âme que
pour la troubler.

Est-ce que j'épouserai Valville? me disais-je; je ne
le croyais pas possible, et je sentais pourtant que ce
serait un malheur pour moi si je ne l'épousais pas.

C'est là tout ce que mon cœur avait gagné aux discours incertains de Mme de Miran : n'était-ce pas là
le sujet d'un tourment de plus ?

Je n'en dormis point la nuit suivante ; j'en dormis
mal deux ou trois nuits de suite, car je passai trois
jours sans entendre parler de rien, et ce ne fut pas,
s'il m'en souvient, sans un peu de murmure contre
ma bienfaitrice.

Que ne se détermine-t-elle donc ? disais-je quelquefois ; à quoi bon tant de longueurs ? Et là-dessus
je crois que je boudais contre elle.

Enfin le quatrième jour arriva, et elle ne paraissait
point ; mais au lieu d'elle, Valville, à trois heures
après midi, me demanda.

On vint me le dire, et c'était me donner la liberté
d'aller lui parler ; cependant je n'en usai pas. Je
l'aimais, et mille fois plus que je ne l'avais encore
aimé ; j'avais une extrême envie de le voir, une
extrême curiosité de savoir s'il n'avait rien de nouveau à m'apprendre sur notre amour, et malgré cela
je me retins ; je refusai de l'aller trouver, afin que, si
Mme de Miran le savait, elle m'en estimât davantage ; ainsi mon refus n'était qu'une ruse[1]. Je fis donc
prier Valville de trouver bon que je ne le visse point,
à moins qu'il ne vînt de la part de sa mère, ce que je
ne présumais point, puisqu'elle ne m'avait pas avertie, comme en effet elle ignorait sa visite.

Valville n'osa me tromper, et fut assez sage pour se
retirer. Ce trait de prudence rusée me coûta extrêmement ; je commençais à me le reprocher, quand il
me fit dire qu'il me reverrait le lendemain avec
Mme de Miran. Et voici à propos de quoi il pouvait
m'en assurer : c'est que le lendemain il devait y avoir
une cérémonie dans notre couvent ; une jeune religieuse y faisait sa profession[2], et ses parents en
avaient invité toute la famille de Valville, la mère, le

fils, l'oncle et toute la parenté ; ce que j'appris après, et ce que je présumai au moment où je les vis dans l'église.

Vous savez qu'en de pareilles fêtes les religieuses paraissent à découvert, et qu'on tire le rideau de leur grille[1] ; observez aussi que je me mettais ordinairement fort près de cette grille. Mme de Miran était arrivée si tard, avec toute sa compagnie, qu'elle n'eut que le temps d'entrer tout de suite dans l'église. Je vous ai dit que j'ignorais qu'elle fût invitée, et ce fut pour moi une agréable surprise, lorsque je la vis qui traversait pour venir se placer près de notre grille ; un cavalier d'assez bonne mine, quoique un peu âgé, lui donnait la main.

Une file d'autres personnes la suivait, à ce qu'il me parut ; je ne la quittai point des yeux, elle ne me voyait point encore.

Enfin, elle arrive, et la voilà assise avec le cavalier à côté d'elle. Ce fut alors qu'à travers ceux qui la suivaient je démêlai M. de Climal et Valville.

Quoi ! M. de Climal ! dis-je en moi-même avec un étonnement où peut-être entrait-il un peu d'émotion. Ce qui est de certain, c'est que j'aurais mieux aimé qu'il n'eût point été là ; je ne savais s'il devait m'être indifférent qu'il y fût, ou si je devais en être fâchée ; mais à tout prendre, ce n'était pas une agréable vision pour moi, j'avais droit de le regarder comme un méchant homme, que ma seule présence déconcerterait.

Encore ne serait-ce rien pour lui que l'embarras de me voir, en comparaison des circonstances qui allaient s'y joindre, et des motifs d'inquiétude et de confusion qui allaient l'accabler. Je n'attendais que l'instant de faire ma révérence à Mme de Miran, sa sœur ; et Mme de Miran ne manquerait pas d'y répondre avec cet accueil aisé, tendre et familier, qui lui était ordinaire. Oh! que penserait-il de cette familiarité? Quelles suites fâcheuses n'en pouvait-il pas prévoir? Madame, concevez combien il me trouverait redoutable pour sa gloire, et combien un méchant qui vous craint est lui-même à craindre.

Et tout ce que je vous dis là m'agitait confusément.

Son neveu fut le premier qui m'aperçut, et qui me salua avec je ne sais quel air de gaieté et de confiance qui était de bon augure pour nos affaires. M. de Climal, qui s'asseyait en ce moment, ne le vit point me saluer, et parlait au cavalier qui était auprès de Mme de Miran.

Cette dame les écoutait, et ne regardait point encore du côté des religieuses. Enfin elle jeta les yeux sur nous, et m'aperçut.

Ce furent aussitôt de profondes révérences de ma part, qui m'attirèrent de la sienne de ces démonstrations qui se font avec la main, et qui signifiaient: Ah! bonjour, ma chère enfant, te voilà! Son frère, qui tirait alors de sa poche une espèce de bréviaire, remarqua ces démonstrations, les suivit de l'œil, et vit sa petite lingère qui ne paraissait pas avoir beaucoup perdu en le congédiant, et dont les ajustements ne devaient pas lui faire regretter le paquet de hardes malhonnêtes qu'elle lui avait renvoyées.

Ce pauvre homme (car l'instant approche où il méritera que j'adoucisse mes expressions sur son chapitre), ce pauvre homme, pour qui, par une espèce de fatalité, je devais toujours être un sujet d'embarras et d'alarmes, perdit toute contenance en me voyant, et n'eut pas la force de me regarder en face.

Je rougis à mon tour, mais en ennemie hardie et indignée, qui se sent l'avantage d'une bonne conscience, et qui a droit de confondre une âme coupable et au-dessous de la sienne.

Je doutais s'il me saluerait ou non, et il n'en fit
rien, et je l'imitai par hauteur, par prudence, et
même par une sorte de pitié pour lui; il y avait de
tout cela dans mon esprit.

Je m'aperçus que Mme de Miran l'observait, et je
suis persuadée qu'elle sentit bien le désordre où il se
trouvait, tant à cause de moi qu'à cause de Valville,
que, par bonheur pour lui encore, il croyait seul au
fait de son indignité. Le service commença; il y eut
un sermon qui fut fort beau; je ne dis pas bon : ce fut
avec la vanité de prêcher élégamment qu'on nous
prêcha la vanité des choses de ce monde, et c'est là le
vice de nombre de prédicateurs; c'est bien moins
pour notre instruction qu'en faveur de leur orgueil
qu'ils prêchent; de sorte que c'est presque toujours
le péché qui prêche la vertu dans nos chaires[1].

La cérémonie finie, Mme de Miran me demanda,
et vint au parloir avant que de partir; elle n'avait que
son fils avec elle. M. de Climal s'était déjà retiré.
Bonjour, Marianne, me dit-elle; le reste de ma compagnie m'attend en bas, à l'exception de mon frère,
qui est parti, et je ne suis montée que pour te dire un
mot. Voici Valville qui t'aime toujours, qui me persécute, qui est toujours à mes genoux pour obtenir que
je consente à ses desseins; il dit que je ferais son
malheur si je m'y opposais, que c'est une inclination
insurmontable, que sa destinée est de t'aimer et
d'être à toi. Je me rends, je ne saurais dans le fond
condamner le choix de son cœur; tu es estimable, et
c'est assez pour un homme qui t'aime et qui est
riche. Ainsi, mes enfants, aimez-vous, je vous le permets. Toute autre mère que moi n'en agirait pas de
même. Suivant les maximes du monde, mon fils fait
une folie, et je ne suis pas sage de souffrir qu'il la
fasse; mais il y va, dit-il, du repos de sa vie, et il me
faudrait un autre cœur que le mien pour résister à

cette raison-là. Je songe que Valville ne blesse point
le véritable honneur, qu'il ne s'écarte que des usages
établis, qu'il ne fait tort qu'à sa fortune, qu'il peut se
passer d'augmenter. Il assure qu'il ne saurait vivre
sans toi ; je conviens de tout le mérite qu'il te trouve :
il n'y aura, dans cette occasion-ci, que les hommes et
leurs coutumes de choqués ; Dieu ni la raison ne le
seront pas. Qu'il poursuive donc. Ce sont tes affaires,
mon fils ; tu es d'une famille considérable, on ne
connaît point celle de Marianne, l'orgueil et l'intérêt
ne veulent point que tu l'épouses ; tu ne les écoutes
pas, tu n'en crois que ton amour. Je ne suis à mon
tour ni assez orgueilleuse, ni assez intéressée pour
être inexorable, et je n'en crois que ma bonté. Tu m'y
forces par la crainte de te rendre malheureux : je
serais réduite à être ton tyran, et je crois qu'il vaut
mieux être ta mère. Je prie le ciel de bénir les motifs
qui font que je te cède ; mais quoi qu'il arrive, j'aime
mieux avoir à me reprocher mon indulgence qu'une
inflexibilité dont tu ne profiterais pas, et dont les
suites seraient peut-être encore plus tristes.

Valville, à ce discours, pleurant de joie et de
reconnaissance, embrassa ses genoux. Pour moi, je
fus si touchée, si pénétrée, si saisie, qu'il ne me fut
pas possible d'articuler un mot ; j'avais les mains
tremblantes, et je n'exprimai ce que je sentais que
par de courts et fréquents soupirs.

Tu ne me dis rien, Marianne, me dit ma bienfaitrice, mais j'entends ton silence, et je ne m'en
défends point : je suis moi-même sensible à la joie
que je vous donne à tous deux. Le ciel pouvait me
réserver une belle-fille qui fût plus au gré du monde,
mais non pas qui fût plus au gré de mon cœur.

J'éclatai ici par un transport subit : Ah ! ma mère,
m'écriai-je, je me meurs ; je ne me possède pas de
tendresse et de reconnaissance.

Là, je m'arrêtai, hors d'état d'en dire davantage à cause de mes larmes; je m'étais jetée à genoux, et j'avais passé une moitié de ma main par la grille pour avoir celle de Mme de Miran, qui en effet approcha la sienne; et Valville, éperdu de joie et comme hors de lui, se jeta sur nos deux mains, qu'il baisait alternativement.

Écoutez, mes enfants, dit Mme de Miran après avoir regardé quelque temps les transports de son fils, il faut user de quelque prudence en cette conjoncture-ci; tant que vous resterez dans ce couvent, ma fille, je défends à Valville de vous y venir voir sans moi; vous avez conté votre histoire à l'abbesse, elle pourrait se douter que mon fils vous aime, que peut-être j'y consens; elle en raisonnerait avec ses religieuses, qui en parleraient à d'autres, et c'est ce que je veux éviter. Il n'est pas même à propos que vous demeuriez longtemps dans cette maison, Marianne; je vous y laisserai encore trois semaines ou tout au plus un mois, pendant lequel je vous chercherai un couvent où l'on ne saura rien des accidents de votre vie, et où, sous un autre nom que le mien, je vous placerai moi-même, en attendant que j'aie pris des mesures, et que j'aie vu comment je me conduirai pour préparer les esprits à votre mariage, et pour empêcher qu'il n'étonne. On vient à bout de tout avec un peu de patience et d'adresse, surtout quand on a une mère comme moi pour confidente.

Valville, là-dessus, allait retomber dans ses remerciements, et moi dans les témoignages de mon respect et de ma tendresse, mais elle se leva: Tu sais qu'on m'attend, dit-elle à son fils; renferme ta joie, je te dispense de me la montrer, je la vois de reste. Descendons.

Ma mère, reprit son fils, Marianne sera encore un mois ici. Vous me défendez de la voir sans vous; cela

ne veut-il pas dire que je vous accompagnerai quelquefois, quand vous viendrez? Oui, oui, dit-elle, il
faudra bien, mais une ou deux fois seulement, et pas
davantage. Allons, sortons, au nom de Dieu, laisse-
moi te conduire; il y aura une difficulté à laquelle je
ne songeais pas : c'est que mon frère connaît
Marianne, sait qui elle est; et peut-être serons-nous
obligés de vous marier secrètement. Tu es son héritier, mon fils, c'est à quoi il faut prendre garde. Il est
vrai qu'après son aventure avec Marianne on pourrait espérer de le gagner, de lui faire entendre raison; et nous consulterons sur le parti qu'il y aura à
prendre; il m'aime, il a quelque confiance en moi, je
la mettrai à profit, et tout peut s'arranger. Adieu, ma
fille. Et sur-le-champ elle se hâta de descendre, et
me laissa plus charmée que je n'entreprendrai de le
dire.

Je vous ai conté qu'il y avait trois ou quatre nuits
que je n'avais presque pas dormi de pure inquiétude;
à présent, mettez-en pour le moins autant que je passai dans l'insomnie. Rien ne réveille tant qu'une
extrême joie, ou que l'attente certaine d'un grand
bonheur; et sur ce pied-là, jugez si je devais avoir
beaucoup de disposition à dormir.

Imaginez-vous ce que je deviens quand je pense
que j'épouserai Valville, et combien de fois mon âme
en tressaille; et si, avec tant de tressaillements,
j'avais le sang bien reposé.

Les premiers jours je fus simplement enchantée;
ensuite il s'y joignit de l'impatience. Oui, j'épouserai
Valville, Mme de Miran me l'a dit, me l'a promis;
mais cet événement, quand arrivera-t-il? Je vais
demeurer encore un mois ici; on doit me mettre
après dans un autre couvent, afin de prendre des
mesures pour ce mariage; mais ces mesures seront-
elles bien longues à prendre? ira-t-on vite? On n'en

sait rien ; on ne fixe aucun temps, on peut changer
de sentiment ; et ces pensées altéraient extrêmement
ma satisfaction ; j'en souffrais quelquefois presque
autant que d'un vrai chagrin ; j'aurais voulu pouvoir
sauter de l'instant où j'étais à l'instant de ce mariage.

Enfin ces agitations, tant agréables que pénibles,
s'affaiblirent et se passèrent : l'âme s'accoutume à
tout, sa sensibilité s'use, et je me familiarisai avec
mes espérances et avec mes inquiétudes.

Me voilà donc tranquille ; il y avait cinq ou six
jours que je n'avais vu ni la mère ni le fils, quand un
matin on m'apporta un billet de Mme de Miran, où
elle me mandait qu'elle me viendrait prendre à une
heure après midi avec son fils, pour me mener dîner
chez Mme Dorsin ; son billet finissait par ces mots :

« Et surtout rien de négligé dans ton ajustement,
entends-tu ? je veux que tu te pares. »

Et vous serez obéie, dis-je en moi-même en lisant
sa lettre ; aussi avais-je bien l'intention de me parer,
même avant que d'avoir lu l'ordre ; mais cet ordre
mettait encore ma vanité bien plus à son aise ; j'allais
avoir de la coquetterie par obéissance.

Quand je dis de la coquetterie, c'est qu'il y en a
toujours à s'ajuster avec un peu de soin, c'est tout ce
que je veux dire ; car jamais je ne me suis écartée de
la décence la plus exacte dans ma parure : j'y ai toujours cherché l'honnête, et par sagesse naturelle, et
par amour-propre ; oui, par amour-propre.

Je soutiens qu'une femme qui choque la pudeur
perd tout le mérite des grâces qu'elle a : on ne les distingue plus à travers la grossièreté des moyens
qu'elle emploie pour plaire ; elle ne va plus au cœur,
elle ne peut plus même se flatter de plaire, elle
débauche ; elle n'attire plus comme aimable, mais
seulement comme libertine, et par là se met à peu
près au niveau de la plus laide qui ne se ménagerait

pas. Il est vrai qu'avec un maintien sage et modeste, moins de gens viendront lui dire : Je vous aime ; mais il y en aura peut-être encore plus qui le lui diraient, s'ils osaient : ainsi ce ne sera pour elle que des déclarations de moins, et non pas des amants ; de façon qu'elle y gagnera du respect, et n'y perdra rien du côté de l'amour.

Cette réflexion a coulé de ma plume sans que j'y prisse garde ; heureusement elle est courte, et j'espère qu'elle ne vous ennuiera pas. Continuons.

Onze heures sont sonnées ; il est temps de m'habiller, et je vais me mettre du meilleur air qu'il me sera possible, puisqu'on le veut ; et c'est encore bon signe qu'on le veuille, c'est une marque que Mme de Miran persiste à m'abandonner le cœur de Valville. Si elle hésitait, elle n'exposerait pas ce jeune homme à tous mes appâts, n'est-il pas vrai ?

C'est aussi ce que je pense en m'habillant, et j'ai bien du plaisir à le penser, mes grâces s'en ressentiront, j'en aurai le teint plus clair, et les yeux plus vifs.

Mais me voilà prête, une heure va sonner, j'attends Mme de Miran ; et pour me désennuyer en l'attendant, je vais de temps en temps me regarder dans mon miroir, retoucher à ma coiffure qui va fort bien, et à qui pourtant, par une nécessité de geste, je refais toujours quelque chose.

On ouvre ma porte, Mme de Miran vient d'arriver, on m'en avertit, et je pars. Son fils était à la porte du couvent, et il me donna la main jusqu'au carrosse où ma bienfaitrice était restée.

Je ne vous dis pas que quelques sœurs converses que je trouvai sur mon chemin, en descendant de chez moi, me parurent surprises de me voir si jolie. Jésus ! mignonne, que vous êtes belle ! s'écrièrent-elles avec une simplicité naïve à laquelle je pouvais me fier.

Je vis Valville prêt à s'écrier à son tour. Il se retint :
la tourière était présente, et il ne s'expliqua que par
un serrement de main que j'approuvai d'un petit
regard qui n'en fut que plus doux pour être timide.

M. de Climal ne se porte pas bien, me dit-il dans le
trajet ; il a un peu de fièvre depuis deux jours. Tant
pis[1], répondis-je, je ne lui veux point de mal, et il
faut espérer que ce ne sera rien ; là-dessus nous arrivâmes au carrosse.

Allons, monte, Marianne, me dit ma bienfaitrice ;
hâtons-nous, il se fait tard. Et je montai.

Tu es fort bien, ajouta-t-elle en m'examinant, fort
bien. Oui, dit Valville avec un souris, grâce à sa
beauté et à sa figure, elle est on ne peut pas mieux.

Écoute, Marianne, reprit Mme de Miran, tu sais
que nous allons dîner chez Mme Dorsin ; il y aura du
monde, et nous sommes convenues toutes deux que
je t'y mènerais comme la fille d'une de mes meilleures amies qui est morte, qui était en province, et
qui en mourant t'a confiée à mes soins. Souviens-toi
de cela ; et ce que je dirai est presque vrai : j'aurais
aimé ta mère si je l'avais connue ; je la regarde
comme une amie que j'ai perdue ; ainsi je ne trompe-
rai personne.

Hélas ! madame, répondis-je extrêmement attendrie, vos bontés pour moi vont toujours en augmentant depuis que j'ai le bonheur d'être à vous ;
toutes les paroles que vous m'avez dites sont autant
d'obligations que je vous ai, autant de bienfaits de
votre part.

Il est vrai, dit Valville, qu'il n'y a point de mère qui
ressemble à la nôtre ; aussi ne saurait-on dire
combien on l'aime. Oui, reprit-elle d'un air badin, je
crois que tu m'aimes beaucoup, mais que tu me
cajoles un peu.

Au reste, ma fille, je ne connais point de meilleure

compagnie que celle où je te mène, ni de plus choi-
sie; ce sont tous gens extrêmement sensés et de
beaucoup d'esprit que tu vas voir. Je ne te prescris
rien; tu n'as nulle habitude du monde, mais cela ne
te fera aucun tort auprès d'eux; ils n'en jugeront pas
moins sainement de ce que tu vaux, et je ne saurais
te présenter nulle part où ton peu de connaissance à
cet égard soit plus à l'abri de la critique. Ce sont de
ces personnes qui ne trouvent ridicule que ce qui
l'est réellement; ainsi, ne crains rien, tu ne leur
déplairas pas, je l'espère.

Nous arrivâmes alors, et nous entrâmes chez
Mme Dorsin; il y avait trois ou quatre personnes
avec elle.

Ah! la voilà donc enfin, vous me l'amenez, dit-elle
à Mme de Miran en me voyant; venez, mademoiselle, venez que je vous embrasse, et allons nous
mettre à table; on n'attendait que vous.

Nous dînâmes. Quelque novice et quelque ignorante que je fusse en cette occasion-ci, comme l'avait
dit Mme de Miran, j'étais née pour avoir du goût, et
je sentis bien en effet avec quelles gens je dînais.

Ce ne fut point à force de leur trouver de l'esprit
que j'appris à les distinguer pourtant. Il est certain
qu'ils en avaient plus que d'autres, et que je leur
entendais dire d'excellentes choses, mais ils les
disaient avec si peu d'effort, ils y cherchaient si peu
de façon, c'était d'un ton de conversation si aisé et si
uni, qu'il ne tenait qu'à moi de croire qu'ils disaient
les choses les plus communes. Ce n'était point eux
qui y mettaient de la finesse, c'était de la finesse qui
s'y rencontrait; ils ne sentaient pas qu'ils parlaient
mieux qu'on ne parle ordinairement; c'était seulement de meilleurs esprits que d'autres, et qui par là
tenaient nécessairement de meilleurs discours qu'on
n'a coutume d'en tenir ailleurs, sans qu'ils eussent

besoin d'y tâcher, et je dirais volontiers sans qu'il y eût de leur faute ; car on accuse quelquefois les gens d'esprit de vouloir briller. Oh ! il n'était pas question de cela ici ; et comme je l'ai déjà dit, si je n'avais pas eu un peu de goût naturel, un peu de sentiment, j'aurais pu m'y méprendre, et je ne me serais aperçue de rien.

Mais à la fin, ce ton de conversation si excellent, si exquis, quoique si simple, me frappa.

Ils ne disaient rien que de juste et que de convenable, rien qui ne fût d'un commerce doux, facile et gai. J'avais compris le monde tout autrement que je ne le voyais là (et je n'avais pas tant de tort) ; je me l'étais figuré plein de petites règles frivoles et de petites finesses polies, plein de bagatelles graves et importantes, difficiles à apprendre, et qu'il fallait savoir sous peine d'être ridicule, toutes ridicules qu'elles sont elles-mêmes.

Et point du tout ; il n'y avait rien ici qui ressemblât à ce que j'avais pensé, rien qui dût embarrasser mon esprit ni ma figure, rien qui me fît craindre de parler, rien au contraire qui n'encourageât ma petite raison à oser se familiariser avec la leur ; j'y sentis même une chose qui m'était fort commode, c'est que leur bon esprit suppléait aux tournures obscures et maladroites du mien. Ce que je ne disais qu'imparfaitement, ils achevaient de le penser et de l'exprimer pour moi, sans qu'ils y prissent garde ; et puis ils m'en donnaient tout l'honneur.

Enfin ils me mettaient à mon aise ; et moi qui m'imaginais qu'il y avait tant de mystère dans la politesse des gens du monde, et qui l'avais regardée comme une science qui m'était totalement inconnue et dont je n'avais nul principe, j'étais bien surprise de voir qu'il n'y avait rien de si particulier dans la leur, rien qui me fût si étranger, mais seulement quelque chose de liant, d'obligeant et d'aimable.

Il me semblait que cette politesse était celle que toute âme honnête, que tout esprit bien fait trouve qu'il a en lui dès qu'on la lui montre.

Mais nous voici chez Mme Dorsin, aussi bien qu'aux dernières pages de cette partie de ma vie; c'est ici où j'ai dit que je ferais le portrait de cette dame. J'ai dit aussi, ce me semble, qu'il serait long, et c'est de quoi je ne réponds plus. Peut-être sera-t-il court, car je suis lasse. Tous ces portraits me coûtent. Voyons celui-ci pourtant.

Mme Dorsin[1] était beaucoup plus jeune que ma bienfaitrice. Il n'y a guère de physionomie comme la sienne, et jamais aucun visage de femme n'a tant mérité que le sien qu'on se servît de ce terme de physionomie pour le définir et pour exprimer tout ce qu'on en pensait en bien.

Ce que je dis là signifie un mélange avantageux de mille choses dont je ne tenterai pas le détail.

Cependant voici en gros ce que j'en puis expliquer. Mme Dorsin était belle, encore n'est-ce pas là dire ce qu'elle était. Ce n'aurait pas été la première idée qu'on eût eue d'elle en la voyant : on avait quelque chose de plus pressé à sentir, et voici un moyen de me faire entendre.

Personnifions la beauté, et supposons qu'elle s'ennuie d'être si sérieusement belle, qu'elle veuille essayer du seul plaisir de plaire, qu'elle tempère sa beauté sans la perdre, et qu'elle se déguise en grâce; c'est à Mme Dorsin à qui elle voudra ressembler. Et voilà le portrait que vous devez vous faire de cette dame.

Ce n'est pas là tout; je ne parle ici que du visage, tel que vous l'auriez pu voir dans un tableau de Mme Dorsin.

Ajoutez à présent une âme qui passe à tout moment sur cette physionomie, qui va y peindre tout ce qu'elle sent, qui y répand l'air de tout ce qu'elle est, qui la rend aussi spirituelle, aussi délicate, aussi vive, aussi fière, aussi sérieuse, aussi badine qu'elle l'est tour à tour elle-même ; et jugez par là des accidents de force, de grâce, de finesse, et de l'infinité des expressions rapides qu'on voyait sur ce visage.

Parlons maintenant de cette âme, puisque nous y sommes. Quand quelqu'un a peu d'esprit et de sentiment, on dit d'ordinaire qu'il a les organes épais ; et un de mes amis, à qui je demandai ce que cela signifiait, me dit gravement et en termes savants : C'est que notre âme est plus ou moins bornée, plus ou moins embarrassée, suivant la conformation des organes auxquels elle est unie.

Et s'il m'a dit vrai, il fallait que la nature eût donné à Mme Dorsin des organes bien favorables ; car jamais âme ne fut plus agile que la sienne, et ne souffrit moins de diminution dans sa faculté de penser. La plupart des femmes qui ont beaucoup d'esprit ont une certaine façon d'en avoir qu'elles n'ont pas naturellement, mais qu'elles se donnent.

Celle-ci s'exprime nonchalamment et d'un air distrait afin qu'on croie qu'elle n'a presque pas besoin de prendre la peine de penser, et que tout ce qu'elle dit lui échappe.

C'est d'un air froid, sérieux et décisif que celle-là parle, et c'est pour avoir aussi un caractère d'esprit particulier.

Une autre s'adonne à ne dire que des choses fines, mais d'un ton qui est encore plus fin que tout ce qu'elle dit ; une autre se met à être vive et pétillante. Mme Dorsin ne débitait rien de ce qu'elle disait dans aucune de ces petites manières de femme : c'était le caractère de ses pensées qui réglait bien franchement le ton dont elle parlait. Elle ne songeait à avoir aucune sorte d'esprit, mais elle avait l'esprit avec lequel on en a de toutes les sortes, suivant que le hasard des matières l'exige ; et je crois que vous m'entendrez, si je vous dis qu'ordinairement son esprit n'avait point de sexe, et qu'en même temps ce devait être de tous les esprits de femme le plus aimable, quand Mme Dorsin voulait.

Il n'y a point de jolie femme qui n'ait un peu trop envie de plaire ; de là naissent ces petites minauderies plus ou moins adroites par lesquelles elle vous dit : Regardez-moi.

Et toutes ces singeries n'étaient point à l'usage de Mme Dorsin ; elle avait une fierté d'amour-propre qui ne lui permettait pas de s'y abaisser, et qui la dégoûtait des avantages qu'on en peut tirer ; ou si dans la journée elle se relâchait un instant là-dessus, il n'y avait qu'elle qui le savait. Mais, en général, elle aimait mieux qu'on pensât bien de sa raison que de ses charmes ; elle ne se confondait pas avec ses grâces ; c'était elle que vous honoriez en la trouvant raisonnable ; vous n'honoriez que sa figure en la trouvant aimable.

Voilà quelle était sa façon de penser ; aussi aurait-elle rougi de vous avoir plu, si dans la réflexion vous aviez pu vous dire : elle a tâché de me plaire ; de sorte qu'elle vous laissait le soin de sentir ce qu'elle valait, sans se faire l'affront de vous y aider.

À la vérité, ce dégoût qu'elle avait pour tous ces petits moyens de plaire, peut-être était-elle bien aise qu'on le remarquât ; et c'était là le seul reproche qu'on pouvait hasarder contre elle, la seule espèce de coquetterie dont on pouvait la soupçonner en la chicanant.

Et en tout cas, si c'est là une faiblesse, c'est du moins de toutes les faiblesses la plus honnête, je dis même la plus digne d'une âme raisonnable, et la seule qu'elle pourrait avouer sans conséquence. Il est naturel de souhaiter qu'on nous rende justice; la plus grande de toutes les âmes ne serait pas insensible au plaisir d'être connue pour telle.

Mais je suis trop fatiguée pour continuer, je m'endors. Il me reste à parler du meilleur cœur du monde, en même temps du plus singulier, comme je vous l'ai déjà dit; et c'est une besogne que je ne suis pas en état d'entreprendre à présent; je la remets à une autre fois, c'est-à-dire dans ma cinquième partie, où elle viendra fort à propos; et cette cinquième, vous l'aurez incessamment. J'avais promis dans ma troisième de vous conter quelque chose de mon couvent; je n'ai pu le faire ici, et c'est encore partie remise. Je vous annonce même l'histoire d'une religieuse qui fera presque tout le sujet de mon cinquième livre.

CINQUIÈME PARTIE

Voici, madame, la cinquième partie de ma vie. Il n'y a pas longtemps[1] que vous avez reçu la quatrième, et j'aurais, ce me semble, assez bonne grâce à me vanter que je suis diligente; mais ce serait me donner des airs que je ne soutiendrais peut-être pas, et j'aime mieux tout d'un coup entrer modestement en matière. Vous croyez que je suis paresseuse, et vous avez raison; continuez de le croire, c'est le plus sûr, et pour vous, et pour moi. De diligence, n'en attendez point; j'en aurai peut-être quelquefois, mais ce sera par hasard, et sans conséquence; et vous m'en louerez si vous voulez, sans que vos éloges m'engagent à les mériter dans la suite.

Vous savez que nous dînions, Mme de Miran, Valville et moi, chez Mme Dorsin, dont je vous faisais le portrait, que j'ai laissé à moitié fait, à cause que je m'endormais. Achevons-le.

Je vous ai dit combien elle avait d'esprit, nous en sommes maintenant aux qualités de son cœur. Celui de Mme de Miran vous a paru extrêmement aimable; je vous ai promis que celui de Mme Dorsin le vaudrait bien. Je vous ai en même temps annoncé que vous verriez un caractère de bonté différent; et de peur que cette différence ne nuise à l'idée que je veux vous donner de cette dame, vous me permettrez de commencer par une petite réflexion.

Vous vous souvenez que, dans Mme de Miran, je vous ai peint une femme d'un esprit ordinaire, de ces esprits qu'on ne loue ni qu'on ne méprise, et qui ont une raisonnable médiocrité[1] de bon sens et de lumière; au lieu que je vais parler d'une femme qui avait toute la finesse d'esprit possible. Ne perdez point cela de vue. Voici à présent ma réflexion.

Supposons la plus généreuse et la meilleure personne du monde, et avec cela la plus spirituelle, et de l'esprit le plus délié. Je soutiens que cette bonne personne ne paraîtra jamais si bonne (car il faut que je répète les mots) que le paraîtra une autre personne qui, avec ce même degré de bonté, n'aura qu'un esprit médiocre.

Quand je dis qu'elle paraîtra moins bonne, pourvu encore qu'on lui accorde de la bonté, qu'on n'attribue pas à son esprit ce qui ne paraîtra que dans son cœur, qu'on ne dise pas que cette bonté n'est qu'un tour d'adresse de son esprit. Et voulez-vous savoir la cause de cette injustice qu'on lui fera, de la croire moins bonne? La voici en partie, si je ne me trompe.

C'est que la plupart des hommes, quand on les oblige, voudraient qu'on ne sentît presque pas, et le prix du service qu'on leur rend, et l'étendue de l'obligation qu'ils en ont; ils voudraient qu'on fût bon sans être éclairé; cela conviendrait mieux à leur ingrate délicatesse, et c'est ce qu'ils ne trouvent pas dans quiconque a beaucoup d'esprit. Plus il en a, plus il les humilie; il voit trop clair dans ce qu'il fait pour eux. Cet esprit qu'il a en est un témoin trop exact, et peut-être trop superbe : d'ailleurs, ils ne sauraient plus manquer de reconnaissance sans en être honteux; ce qui les fâche au point qu'ils en manquent d'avance, précisément à cause qu'on sait trop toute celle qu'ils doivent. S'ils avaient affaire à quelqu'un qui le sût moins, ils en auraient davantage.

Avec cette personne qui a tant d'esprit, il faudra, se disent-ils, qu'ils prennent garde de ne pas paraître ingrats; au lieu qu'avec cette personne qui en aurait moins, leur reconnaissance leur ferait presque autant d'honneur que s'ils étaient eux-mêmes généreux.

Voilà pourquoi ils aiment tant la bonté de l'une, et pourquoi ils jugent avec tant de rancune de la bonté de l'autre.

L'une sait bien en gros qu'elle leur rend service, mais elle ne le sait pas finement; la moitié de ce qui en est lui échappe faute de lumière, et c'est autant de rabattu[1] sur leur reconnaissance, autant de confusion d'épargnée. Ils sont servis à meilleur marché, et ils lui en savent si bon gré qu'ils la croient mille fois plus obligeante que l'autre, quoique le seul mérite qu'elle ait de plus soit d'avoir une qualité de moins, c'est-à-dire d'avoir moins d'esprit.

Or, Mme de Miran était de ces bonnes personnes à qui les hommes, en pareil cas, sont si obligés de ce qu'elles ont l'esprit médiocre; et Mme Dorsin, de ces bonnes personnes dont les hommes regardent les lumières involontaires comme une injure, et le tout de bonne foi, sans connaître leur injustice; car ils ne se débrouillent[2] pas jusque-là.

Me voilà au bout de ma réflexion. J'aurais pourtant grande envie d'y ajouter encore quelques mots, pour la rendre complète. Le voulez-vous bien? Oui, je vous en prie. Heureusement que mon défaut là-dessus n'a rien de nouveau pour vous. Je suis insupportable avec mes réflexions, vous le savez bien. Souffrez donc encore celle-ci, qui n'est qu'une petite suite de l'autre; après quoi je vous assure que je n'en ferai plus, ou si par hasard il m'en échappe quelqu'une, je vous promets qu'elle n'aura pas plus de trois lignes, et j'aurai soin de les compter. Voici donc ce que je voulais vous dire.

D'où vient que les hommes ont cette injuste délicatesse dont nous parlions tout à l'heure ? N'aurait-elle pas sa source dans la grandeur réelle de notre âme ? Est-ce que l'âme, si on peut le dire ainsi, serait d'une trop haute condition pour devoir quelque chose à une autre âme ? Le titre de bienfaiteur ne sied-il bien qu'à Dieu seul ? Est-il déplacé partout ailleurs ?

Il y a apparence, mais qu'y faire ? Nous avons tous besoin les uns des autres ; nous naissons dans cette dépendance, et nous ne changerons rien à cela.

Conformons-nous donc à l'état où nous sommes ; et s'il est vrai que nous soyons si grands, tirons de cet état le parti le plus digne de nous.

Vous dites que celui qui vous oblige a de l'avantage sur vous. Eh bien ! voulez-vous lui conserver cet avantage, n'être qu'un atome auprès de lui, vous n'avez qu'à être ingrat. Voulez-vous redevenir son égal, vous n'avez qu'à être reconnaissant ; il n'y a que cela qui puisse vous donner votre revanche. S'enorgueillit-il du service qu'il vous a rendu, humiliez-le à son tour, et mettez-vous modestement au-dessus de lui par votre reconnaissance. Je dis modestement ; car si vous êtes reconnaissant avec faste, avec hauteur, si l'orgueil de vous venger s'en mêle, vous manquez votre coup ; vous ne vous vengez plus, et vous n'êtes plus tous deux que de petits hommes, qui disputez à qui sera le plus petit.

Ah ! j'ai fini. Pardon, madame ; en voilà pour longtemps, peut-être pour toujours. Revenons à Mme Dorsin et à son esprit.

J'ignore si jamais le sien a été cause qu'on ait moins estimé son cœur qu'on ne le devait ; mais, comme vous avez été frappée du portrait que je vous ai fait de la meilleure personne du monde, qui, du côté de l'esprit, n'était que médiocre, j'ai été bien aise de vous disposer à voir sans prévention un autre portrait de la meilleure personne du monde aussi, mais qui avait un esprit supérieur, ce qui fait d'abord un peu contre elle[1], sans compter que cet esprit va nécessairement mettre des différences dans sa manière d'être bonne, comme dans tout le reste du caractère.

Par exemple, Mme de Miran, avec tout le bon cœur qu'elle avait, ne faisait pour vous que ce que vous la priiez de faire, ou ne vous rendait précisément que le service que vous osiez lui demander; je dis que vous osiez, car on a rarement le courage de dire tout le service dont on a besoin, n'est-il pas vrai? On y va d'ordinaire avec une discrétion qui fait qu'on ne s'explique qu'imparfaitement.

Et avec Mme de Miran, vous y perdiez; elle n'en voyait pas plus que vous lui en disiez, et vous servait littéralement[2].

Voilà ce que produisait la médiocrité de ses lumières; son esprit bornait la bonté de son cœur.

Avec Mme Dorsin, ce n'était pas de même; tout ce que vous n'osiez lui dire, son esprit le pénétrait; il en instruisait son cœur, il l'échauffait de ses lumières, et lui donnait pour vous tous les degrés de bonté qui vous étaient nécessaires.

Et ce nécessaire allait toujours plus loin que vous ne l'aviez imaginé vous-même. Vous n'auriez pas songé à demander tout ce que Mme Dorsin faisait.

Aussi pouviez-vous manquer d'attention, d'esprit, d'industrie : elle avait de tout cela pour vous.

Ce n'était pas elle que vous fatiguiez du soin de ce qui vous regardait, c'était elle qui vous en fatiguait; c'était vous qu'on pressait, qu'on avertissait, qu'on faisait ressouvenir de telle ou telle chose, qu'on grondait de l'avoir oubliée; en un mot, votre affaire devenait réellement la sienne[3]. L'intérêt qu'elle y prenait n'avait plus l'air généreux à force d'être personnel; il ne tenait qu'à vous de trouver cet intérêt incommode.

Au lieu d'une obligation que vous comptiez avoir à Mme Dorsin, vous étiez tout surpris de lui en avoir plusieurs que vous n'aviez pas prévues; vous étiez servi pour le présent, vous l'étiez pour l'avenir dans la même affaire. Mme Dorsin voyait tout, songeait à tout, devenant toujours plus serviable, et se croyant obligée de le devenir à mesure qu'elle vous obligeait.

Il y a des gens qui, tout bons cœurs qu'ils sont, estiment ce qu'ils ont fait, ou ce qu'ils font pour vous, l'évaluent, en sont glorieux, et se disent : Je le sers bien, il doit être bien reconnaissant.

Mme Dorsin disait : Je l'ai servi plusieurs fois, je l'ai donc accoutumé à croire que je dois le servir toujours; il ne faut donc pas tromper cette opinion qu'il a, et qui m'est si chère; il faut donc que je continue de la mériter.

De sorte qu'à la manière dont elle envisageait cela, ce n'était pas elle qui méritait votre reconnaissance, c'était vous qui méritiez la sienne, à cause que vous comptiez qu'elle vous servirait. Elle concluait qu'elle devait vous servir, et le concluait avec un plaisir qui la payait de tout ce qu'elle avait fait pour vous.

Votre hardiesse à redemander d'être servi faisait sa récompense, son sublime amour-propre n'en connaissait point de plus touchante; et plus là-dessus vous en agissiez sans façon avec elle, plus vous la charmiez, plus vous la traitiez selon son cœur; et cela est admirable.

Une âme qui ne vous demande rien pour les services qu'elle vous a rendus, sinon que vous en preniez droit d'en exiger d'autres, qui ne veut rien que le plaisir de vous voir abuser de la coutume qu'elle a de vous obliger, en vérité, une âme de ce caractère a bien de la dignité.

Peut-être l'élévation de pareils sentiments est-elle trop délicieuse; peut-être Dieu défend-il qu'on s'y complaise; mais moralement parlant, elle est bien respectable aux yeux des hommes. Venons au reste.

La plupart des gens d'esprit ne peuvent s'accommoder de ceux qui n'en ont point ou qui n'en ont guère, ils ne savent que leur dire dans une conversation; et Mme Dorsin, qui avait bien plus d'esprit que ceux qui en ont beaucoup, ne s'avisait point d'observer si vous en manquiez avec elle, et n'en désirait jamais plus que vous n'en aviez; et c'est qu'en effet elle n'en avait elle-même alors pas plus qu'il vous en fallait.

Non pas qu'elle vous fît la grâce de régler son esprit sur le vôtre : il se trouvait d'abord tout réglé, et elle n'avait point d'autre mérite à cela que celui d'être née avec un esprit naturellement raisonnable et philosophe, qui ne s'amusait pas à dédaigner ridiculement l'esprit de personne, et qui ne sentait rapidement le vôtre que pour s'y conformer sans s'en apercevoir.

Mme Dorsin ne faisait pas réflexion qu'elle descendait jusqu'à vous; vous ne vous en doutiez pas non plus; vous lui trouviez pourtant beaucoup d'esprit, et c'est que celui qu'elle gardait avec vous ne servait qu'à vous en donner plus que vous n'en aviez d'ordinaire, et l'on en trouve toujours beaucoup à qui nous en donne.

D'un autre côté, ceux qui en avaient tâchaient d'en montrer le plus qu'ils pouvaient avec elle, non qu'ils crussent qu'il fallait en avoir, ni qu'elle examinerait s'ils en avaient; mais afin qu'elle leur fît l'honneur de leur en trouver. C'était la seule force de l'estime qu'ils avaient pour le sien qui les mettait sur ce ton-là[1].

Les femmes surtout s'efforçaient de faire preuve

d'esprit devant elle, sans exiger qu'elle en fît autant : ses preuves étaient toujours faites à elle. Ainsi elles ne venaient pas pour voir combien elle avait d'esprit, elles venaient seulement lui montrer combien elles en avaient.

Aussi les laissait-elle étaler le leur tout à leur aise, et ne les interrompait-elle le plus souvent que pour approuver, que pour louer, que pour les remettre en haleine.

Il me semblait lui entendre dire : Allons, brillez, mesdames, courage ! et effectivement elles brillaient, ce qui demande beaucoup d'esprit ; et Mme Dorsin se contentait de les y aider ; sorte d'inaction ou de désintéressement qui en demande bien davantage, et d'un esprit bien plus mâle.

Vous auriez dit de jolis enfants qui, pour avoir un juge de leur adresse, venaient jouer devant un homme fait.

Voici encore un effet singulier du caractère de Mme Dorsin.

Allez dans quelque maison du monde que ce soit ; voyez-y des personnes de différentes conditions, ou de différents états ; supposez-y un militaire, un financier, un homme de robe, un ecclésiastique, un habile homme dans les arts qui n'a que son talent pour toute distinction, un savant qui n'a que sa science : ils ont beau être ensemble, tout réunis qu'ils sont, ils ne se mêlent point, jamais ils ne se confondent ; ce sont toujours des étrangers les uns pour les autres, et comme gens de différentes nations ; toujours des gens mal assortis, qui se servent mutuellement de spectacle.

Vous y verrez aussi une subordination sotte et gênante, que l'orgueil cavalier ou le maintien imposant des uns, et la crainte de s'émanciper dans les autres, y conservent entre eux.

L'un interroge hardiment, l'autre avec poids et gravité ; l'autre attend pour parler qu'on lui parle.

Celui-ci décide, et ne sait ce qu'il dit ; celui-là a raison, et n'ose le dire ; aucun d'entre eux ne perd de vue ce qu'il est, et y ajuste ses discours et sa contenance ; quelle misère !

Oh ! je vous assure qu'on était bien au-dessus de cette puérilité-là chez Mme Dorsin, elle avait le secret d'en guérir ceux qui la voyaient souvent.

Il n'était point question de rangs ni d'états chez elle ; personne ne s'y souvenait du plus ou du moins d'importance qu'il avait ; c'était des hommes qui parlaient à des hommes, entre qui seulement les meilleures raisons l'emportaient sur les plus faibles ; rien que cela.

Ou si vous voulez que je vous dise un grand mot, c'était comme des intelligences d'une égale dignité, sinon d'une force égale, qui avaient tout uniment commerce ensemble ; des intelligences entre lesquelles il ne s'agissait plus des titres que le hasard leur avait donnés ici-bas, et qui ne croyaient pas que leurs fonctions fortuites dussent plus humilier les unes qu'enorgueillir les autres. Voilà comme on l'entendait chez Mme Dorsin ; voilà ce qu'on devenait avec elle, par l'impression qu'on recevait de cette façon de penser raisonnable et philosophe que je vous ai dit qu'elle avait, et qui faisait que tout le monde était philosophe aussi.

Ce n'est pas, d'un autre côté, que, pour entretenir la considération qu'il lui convenait d'avoir, étant née ce qu'elle était, elle ne se conformât aux préjugés vulgaires, et qu'elle ne se prêtât volontiers aux choses que la vanité des hommes estime, comme par exemple d'avoir des liaisons d'amitié avec des gens puissants qui ont du crédit ou des dignités, et qui composent ce qu'on appelle le grand monde ; ce sont

là des attentions qu'il ne serait pas sage de négliger,
elles contribuent à vous soutenir dans l'imagination
des hommes.

Et c'était dans ce sens-là que Mme Dorsin les
avait. Les autres les ont par vanité, et elle ne les avait
qu'à cause de la vanité des autres.

Je vous ai dit que je serais longue sur son compte,
et comme vous voyez, je vous tiens parole.

Encore un petit article, et je finis ; car je renonce à
je ne sais combien de choses que je voulais dire, et
qui tiendraient trop de place.

On peut ébaucher un portrait en peu de mots ;
mais le détailler exactement comme je vous avais
promis de le faire, c'est un ouvrage sans fin. Venons
à l'article qui sera le dernier.

Mme Dorsin, à cet excellent cœur que je lui ai
donné, à cet esprit si distingué qu'elle avait, joignait
une âme forte, courageuse et résolue ; de ces âmes
supérieures à tout événement, dont la hauteur et la
dignité ne plient sous aucun accident humain[1] ; qui
retrouvent toutes leurs ressources où les autres les
perdent ; qui peuvent être affligées, jamais abattues
ni troublées ; qu'on admire plus dans leurs afflictions
qu'on ne songe à les plaindre ; qui ont une tristesse
froide et muette dans les plus grands chagrins, une
gaieté toujours décente dans les plus grands sujets
de joie.

Je l'ai vue quelquefois dans l'un et dans l'autre de
ces états, et je n'ai jamais remarqué qu'ils prissent
rien sur sa présence d'esprit, sur son attention pour
les moindres choses, sur la douceur de ses manières,
et sur la tranquillité de sa conversation avec ses
amis. Elle était tout à vous, quoiqu'elle eût lieu d'être
tout à elle ; et j'en étais quelquefois si surprise, que,
malgré moi et ma tendresse pour elle, je m'occupais
plus à la considérer qu'à partager ce qui la touchait
en bien ou en mal.

Je l'ai vue, dans une longue maladie où elle péris-
sait de langueur, où les remèdes ne la soulageaient
point, où souvent elle souffrait beaucoup. Sans son
visage abattu, vous auriez ignoré ses souffrances;
elle vous disait : Je souffre, si vous lui demandiez
comment elle était; elle vous parlait de vous et de
vos affaires, ou suivait paisiblement la conversation,
si vous ne le lui demandiez point.

Je suis sûre que toutes les femmes sentaient ce que
valait Mme Dorsin; mais il n'y avait que les femmes
du plus grand mérite qui, je pense, eussent la force
de convenir de tout le sien, et pas une d'entre elles
qui n'eût été glorieuse de son estime.

Elle était la meilleure de toutes les amies; elle
aurait été la plus aimable de toutes les maîtresses.

N'eût-on vu Mme Dorsin qu'une ou deux fois, elle
ne pouvait être une simple connaissance pour personne; et quiconque disait : Je la connais, disait une
chose qu'il était bien aise qu'on sût, et une chose qui
était remarquée par les autres.

Enfin ses qualités et son caractère la rendaient si
considérable et si importante, qu'il y avait de la distinction à être de ses amis, de la vanité à la
connaître, et du bon air à parler d'elle équitablement
ou non. C'était être d'un parti que de l'aimer et de lui
rendre justice, et d'un autre parti que de la critiquer.

Ses domestiques l'adoraient; ce qu'elle aurait
perdu de son bien, ils auraient cru le perdre autant
qu'elle; et par la même méprise de leur attachement
pour elle, ils s'imaginaient être riches de tout ce qui
appartenait à leur maîtresse; ils étaient fâchés de
tout ce qui la fâchait, réjouis de tout ce qui la
réjouissait. Avait-elle un procès, ils disaient : Nous
plaidons. Achetait-elle : Nous achetons. Jugez de
tout ce que cela supposait d'aimable dans cette maîtresse, et de tout ce qu'il fallait qu'elle fût pour

enchanter, pour apprivoiser jusque-là, comment dirai-je, pour jeter dans de pareilles illusions cette espèce de créatures dont les meilleures ont bien de la peine à nous pardonner leur servitude, nos aises et nos défauts; qui, même en nous servant bien, ne nous aiment ni ne nous haïssent, et avec qui nous pouvons tout au plus nous réconcilier par nos bonnes façons. Mme Dorsin était extrêmement généreuse, mais ses domestiques étaient fort économes, et malgré qu'elle en eût, l'un corrigeait l'autre.

Ses amis... oh! ses amis me permettront de les laisser là; je ne finis point. Qu'est-ce que cela signifie? Allons voilà qui est fait.

Où en étions-nous de mon histoire? Encore chez Mme Dorsin, de chez qui je vais sortir.

Je supprime les caresses qu'elle me fit, et tout ce que les messieurs avec qui j'avais dîné dirent de galant et d'avantageux pour moi.

Il vint quelqu'un. Mme de Miran saisit cet instant pour se retirer; nous la suivîmes, Valville et moi. Son amie courut après nous pour m'embrasser, et nous voilà partis pour me reconduire à mon couvent.

Dans tout ceci je n'ai fait aucune mention de Valville; qu'est-ce que j'en aurais dit? Qu'il avait à tout moment les yeux sur moi, que je levais quelquefois les miens sur lui, mais tout doucement, et comme à la dérobée; que lorsqu'on me parlait, je le voyais intrigué[1], et comme en peine de ce que j'allais répondre, et regardant ensuite les autres, pour voir s'ils étaient contents de ce que j'avais répondu; ce qui, à vous dire vrai, leur arrivait assez souvent. Je crois bien que c'était un peu par bonté, mais il me semble, autant qu'il m'en souvient, qu'il y entrait un peu de justice. J'avoue que je fus d'abord embarrassée, et mes premiers discours s'en ressentirent; mais cela n'alla pas si mal après, et je me tirai passablement d'affaire, même au sentiment de Mme de Miran, qui, tout en badinant, me dit dans le carrosse : Eh bien ! petite fille, la compagnie que nous venons de quitter est-elle de votre goût ? Vous êtes assez du sien à ce qu'il m'a paru, et nous ferons quelque chose de vous. Oui-da, dit Valville sur le même ton, il y a lieu d'espérer que Mlle Marianne ne déplaira pas dans la suite.

Je me mis à rire. Hélas ! répondis-je, je ne sais ce qui en arrivera, mais il ne tiendra pas à moi que ma mère ne se repente point de m'avoir prise pour sa fille. Et ce fut en continuant ce badinage que nous arrivâmes au couvent.

Serons-nous longtemps sans la revoir ? dit Valville à Mme de Miran, quand il me donna la main pour m'aider à descendre de carrosse. Je pense que non, repartit-elle ; il y aura peut-être encore quelque dîner chez Mme Dorsin. Comme on s'est assez bien trouvé de nous, peut-être nous renverra-t-on chercher ; point d'impatience ; partez, conduisez Marianne.

Et là-dessus nous sonnâmes, on vint m'ouvrir, et Valville n'eut que le temps de soupirer de ce qu'il me quittait : Vous allez vous renfermer, me dit-il, et dans un moment il n'y aura plus personne pour moi dans le monde ; je vous dis ce que je sens. Eh ! qui est-ce qui y sera pour moi ? repartis-je ; je n'y connais que vous et ma mère, et je ne me soucie pas d'y en connaître davantage.

Ce que je dis sans le regarder ; mais il n'y perdait rien ; ce petit discours valait bien un regard. Il m'en parut pénétré, et pendant qu'on ouvrait la porte, il eut le secret, je ne sais comment, d'approcher ma main de sa bouche, sans que Mme de Miran, qui l'attendait dans son carrosse, s'en aperçût ; du moins crut-il qu'elle ne le voyait pas, à cause qu'elle ne

devait pas le voir; et je raisonnai à peu près de
même. Cependant, je retirai ma main, mais quand il
ne fut plus temps; on s'y prend toujours trop tard en
pareil cas.

Enfin, me voici entrée, moitié rêveuse et moitié
gaie. Il s'en allait, et moi je restais; et il me semble
que la condition de ceux qui restent est toujours plus
triste que celle des personnes qui s'en vont. S'en
aller, c'est un mouvement qui dissipe, et rien ne distrait les personnes qui demeurent; c'est elles que
vous quittez, qui vous voient partir, et qui se
regardent comme délaissées, surtout dans un
couvent, qui est un lieu où tout ce qui se passe est si
étranger à ce que vous avez dans le cœur, un lieu où
l'amour est si dépaysé, et dont la clôture qui vous
enferme rend ces sortes de séparations plus
sérieuses et plus sensibles qu'ailleurs.

D'un autre côté aussi, j'avais de grandes raisons de
gaieté et de consolation. Valville m'aimait, il lui était
permis de m'aimer, je ne risquais rien en l'aimant, et
nous étions destinés l'un à l'autre; voilà d'agréables
sujets de pensées; et de la manière dont Mme de
Miran en agissait, à toute la conduite qu'elle tenait, il
n'y avait qu'à patienter et prendre courage.

Au sortir d'avec Valville, je montai à ma chambre,
où j'allais me déshabiller et me remettre dans mon
négligé, quand il fallut aller souper. Je me laissai
donc comme j'étais, et me rendis au réfectoire avec
tous mes atours.

Entre les pensionnaires il y en avait une à peu près
de mon âge, et qui était assez jolie pour se croire
belle, mais qui se la[1] croyait tant (je dis belle),
qu'elle en était sotte. On ne la sentait occupée que de
son visage, occupée avec réflexion; elle ne songeait
qu'à lui; elle ne pouvait pas s'y accoutumer, et on eût
dit, quand elle vous regardait, que c'était pour vous

faire admirer ses grands yeux, qu'elle rendait fiers ou doux, suivant qu'il lui prenait fantaisie de vous en imposer ou de vous plaire.

Mais d'ordinaire elle les adoucissait rarement; elle aimait mieux qu'ils fussent imposants que gracieux ou tendres, à cause qu'elle était fille de qualité et glorieuse.

Vous vous souvenez du discours que j'avais tenu à l'abbesse, lorsque je me présentai à elle devant Mme de Miran; je lui avais confié l'état de ma fortune et tous mes malheurs; et ma bienfaitrice, qui en fut si touchée, avait oublié de lui recommander le secret en me mettant chez elle. On ne songe pas à tout.

J'y avais pourtant songé, moi, dès le soir même, deux heures après que je fus dans la maison, et l'avais bien humblement priée de ne point divulguer ce que je lui avais appris. Hélas! ma chère enfant, je n'ai garde, m'avait-elle répondu. Jésus, mon Dieu! ne craignez rien; est-ce qu'on ne sait pas la conséquence de ces choses-là?

Mais, soit qu'il fût déjà trop tard quand je l'en avertis, quoiqu'il n'y eût que deux heures qu'elle fût instruite, soit qu'en la conjurant de ne rien dire je lui eusse rendu mon secret plus pesant et plus difficile à garder, et que cela n'eût servi qu'à lui faire venir la tentation de le dire, à neuf heures du matin le lendemain, j'étais, comme on dit, la fable de l'armée[1]; mon histoire courait tout le couvent; je ne vis que des religieuses ou des pensionnaires qui chuchotaient aux oreilles les unes des autres en me regardant, et qui ouvraient sur moi les yeux du monde les plus indiscrets, dès que je paraissais.

Je compris bien ce qui en était cause, mais qu'y faire? Je baissais les yeux, et passais mon chemin.

Il n'y en eut pas une, au reste, qui ne me prévînt

d'amitié, et qui ne me fît des caresses. Je pense que
d'abord la curiosité de m'entendre parler les y engagea ; c'est une espèce de spectacle qu'une fille
comme moi qui arrive dans un couvent. Est-elle
grande ? est-elle petite ? comment marche-t-elle ? que
dit-elle ? quel habit, quelle contenance a-t-elle ? tout
en est intéressant.

Et cela finit ordinairement par la trouver encore
plus aimable qu'elle ne l'est, pourvu qu'elle le soit un
peu, ou plus déplaisante, pour peu qu'elle déplaise ;
c'est là l'effet de ces sortes de mouvements qui nous
portent à voir les personnes dont on nous conte des
choses singulières.

Et cet effet me fut avantageux ; toutes ces filles
m'aimèrent, surtout les religieuses, qui ne me
disaient rien de ce qu'elles savaient de moi (vraiment
elles n'avaient garde, comme avait dit notre
abbesse), mais qui, dans les discours qu'elles me
tenaient, et tout en se récriant sur mon air de douceur et de modestie, sur mon aimable petite personne, prenaient avec moi des tons de lamentation si
touchants, que vous eussiez dit qu'elles pleuraient
sur moi ; et le tout à propos de ce qu'elles savaient, et
de ce que, par discrétion, elles ne faisaient pas semblant de savoir. Voyez, que cela était adroit ! Quand
elles m'auraient dit : Pauvre petite orpheline, que
vous êtes à plaindre d'être réduite à la charité des
autres ! elles ne se seraient pas expliquées plus clairement.

Venons à ce qui fait que je parle de ceci. C'est que
cette jeune pensionnaire, qui se croyait si belle, et
qui était si fière, avait été la seule qui m'eût dédaignée, et qui ne m'eût pas dit un mot ; à peine pouvait-elle se résoudre à payer d'une imperceptible
inclination de tête les révérences que je ne manquais
jamais de lui faire lorsque je la rencontrais. On
voyait que cela lui coûtait.

Un jour même qu'elle se promenait dans le jardin avec quelques-unes de nos compagnes, et que je vins à passer avec une religieuse, elle laissa tomber négligemment un regard sur moi, et je l'entendis qui disait, mais d'un ton de princesse : Oui, elle est assez bien, assez gentille. C'est donc une dame qui a la charité de payer sa pension ? Ne trouvez-vous pas qu'elle ressemble à Javotte ? (C'était une fille qui la servait, et qui en effet me ressemblait, mais fort en laid.)

Je remarquai qu'aucune de celles qui l'accompagnaient ne répondit. Quant à moi je rougis beaucoup, et les larmes m'en vinrent aux yeux ; la religieuse avec qui je me promenais, fille d'un très bon esprit, qui s'était prise d'inclination pour moi, et que j'aimais aussi, leva les épaules et se tut.

Mon Dieu, qu'il y a de cruelles gens dans le monde ! ne pus-je m'empêcher de dire en soupirant ; car aussi bien il aurait été inutile de me retenir et de passer cela sous silence : voilà qui était fini, on me connaissait.

Consolez-vous, me dit la religieuse en me prenant la main, vous avez des avantages qui vous vengent bien de cette petite sotte-là, ma fille ; et vous pourriez être plus glorieuse qu'elle, si vous n'étiez pas plus raisonnable. N'enviez rien de ce qu'elle a de plus que vous ; c'est à elle à être jalouse.

Vous avez bien de la bonté, ma mère, lui répondis-je en la regardant avec reconnaissance ; hélas ! vous parlez d'être raisonnable, et il me serait bien aisé de ne pas rougir de mes malheurs, si tout le monde avait autant de raison que vous.

Voilà donc ce que j'avais déjà essuyé de cette superbe pensionnaire, qui ne pouvait pas me pardonner d'être, peut-être, aussi belle qu'elle. Quand je dis peut-être, c'est pour parler comme elle, à qui, toute vaine qu'elle était de sa beauté, il ne laissait pas que d'être difficile et hardi, je pense, de décider qu'elle valait mieux que moi ; et c'était apparemment cette difficulté-là qui l'aigrissait si fort, et lui donnait tant de rancune contre l'orpheline.

Quoi qu'il en soit, je me rendis donc au réfectoire, parée comme vous savez que je l'étais, et qui plus est, bien aise de l'être, à cause de ma jalouse, à qui, par hasard, je m'avisai de songer en chemin, et qui allait, à mon avis, passer un mauvais quart d'heure, et soutenir une comparaison fâcheuse de ma figure à la sienne. Ni elle ni personne de la maison ne m'avait encore vue dans tous mes ajustements, et il est vrai que j'étais brillante.

J'arrive. Je vous ai dit que je n'étais pas haïe : mes façons douces et avenantes m'avaient attiré la bienveillance de tout le monde, et faisaient qu'on aimait à me louer et à me rendre justice ; de sorte qu'à mon apparition, tous les yeux se fixèrent sur moi, et on se fit l'une à l'autre de ces petits signes de tête qui marquent une agréable surprise et qui font l'éloge de ce qu'on voit ; en un mot, je causai un moment de distraction dont je devais être très flattée, et de temps en temps on regardait ma rivale, pour examiner la mine qu'elle faisait, comme si on avait voulu voir si elle ne se tenait pas pour battue ; car on savait sa jalousie.

Quant à elle, aussitôt qu'elle m'eut vue, j'observai qu'elle baissa les yeux en souriant de l'air dont on sourit quand quelque chose paraît ridicule ; c'était apparemment tout ce qu'elle imagina de mieux pour se défendre ; et vous allez voir sur quoi elle fondait cet air railleur qu'elle jugea à propos de prendre.

Le souper finit, et nous passâmes toutes ensemble dans le jardin. Quelques religieuses nous y suivirent, entre autres celle dont je vous ai déjà parlé, et qui était mon amie.

Dès que nous y fûmes, mes compagnes m'entourèrent. L'une me demandait : Où avez-vous donc été? on ne vous a pas vue aujourd'hui. L'autre regardait ma robe, en maniait l'étoffe et disait : Voilà de beau linge, et tout cela vous sied à merveille. Ah! que vous êtes bien coiffée! et mille autres bagatelles de cette espèce, dignes de l'entretien de jeunes filles qui voient de la parure.

Mon amie la religieuse vint s'en mêler à sa manière, et s'adressant, malicieusement sans doute, à celle qui me dédaignait tant, et qui s'avançait avec elle : N'est-il pas vrai, mademoiselle, que ce serait là une belle victime à offrir au Seigneur? lui dit-elle. Ah! mon Dieu, le beau sacrifice que ce serait si mademoiselle renonçait au monde et se faisait religieuse! (Et vous comprenez bien que c'était de moi dont elle parlait.)

Eh! mais, ma mère, je crois pour moi que c'est son dessein, et elle ferait fort bien, repartit l'autre, ce serait du moins le parti le plus sûr. Et puis m'apostrophant : Vous avez là une belle robe, Marianne, et tout y répond; cela est cher au moins, et il faut que la dame qui a soin de vous soit très généreuse. Quel âge a-t-elle? est-elle vieille? songe-t-elle à vous assurer de quoi vivre? Elle ne sera pas éternelle, et il serait fâcheux qu'elle ne vous mît pas en état d'être toujours aussi proprement mise; on s'y accoutume, et c'est ce que je vous conseille de lui dire.

Le silence qui se fit à ce discours, et qui vint en partie de l'étonnement où il jeta toutes ces filles, me déconcerta; je restai muette et confuse en voyant la confusion des autres, et ne pus m'empêcher de pleurer avant que de répondre.

Pendant que je me taisais : Qu'est-ce que c'est que ce raisonnement-là, mademoiselle? Eh! de quoi vous mêlez-vous? repartit pour moi cette religieuse qui m'aimait. Savez-vous bien que votre mauvaise humeur n'humilie que vous ici, et qu'on n'ignore pas le motif d'un mouvement si hautain! c'est votre défaut que cette hauteur; Madame votre mère nous en avertit quand elle vous mit ici, et nous pria de tâcher de vous en corriger; j'y fais ce que je puis, profitez de la leçon que je vous donne; et en parlant à mademoiselle, ne dites plus Marianne, comme vous venez de le dire, puisqu'elle vous appelle toujours mademoiselle, et qu'il n'y a que vous de toutes vos compagnes qui preniez la liberté de l'appeler autrement. Vous n'avez pas droit de vous dispenser des devoirs d'honnêteté et de politesse qui doivent s'observer entre vous. Et vous, mademoiselle, qu'est-ce qui vous afflige, et pourquoi pleurez-vous? (Ceci me regardait.) Y a-t-il rien de honteux dans les malheurs qui vous sont arrivés, et qui font que vos parents vous ont perdue? Il faudrait être un bien mauvais esprit pour abuser de cela contre vous, surtout avec une fille aussi bien née que vous l'êtes, et qui ne peut assurément venir que de très bon lieu. Si on juge de la condition des gens par l'opinion que leurs façons nous en donnent, telle ici qui se croit plus que vous ne risque rien à vous regarder comme son égale en naissance, et serait trop heureuse d'être votre égale en bon caractère.

Non, ma mère, répondis-je d'un air doux, mais contristé; je n'ai rien, Dieu m'a tout ôté, et je dois croire que je suis au-dessous de tout le monde; mais j'aime encore mieux être comme je suis, que d'avoir tout ce que mademoiselle a de plus que moi, et d'être capable d'insulter les personnes affligées. Ce discours et mes larmes qui s'y mêlaient émurent le cœur de mes compagnes, et les mirent de mon parti.

Eh! qui est-ce qui songe à l'insulter? s'écria ma jalouse en rougissant de honte et de dépit; quel mal lui fait-on, je vous prie, de lui dire qu'elle prenne garde à ce qu'elle deviendra ? Il faut donc bien des précautions avec cette petite fille-là !

On ne lui répondit rien ; ma religieuse lui avait déjà tourné le dos, et m'emmenait d'un autre côté avec la plus grande partie des autres pensionnaires qui nous suivirent ; il n'en resta qu'une ou deux avec mon ennemie ; encore l'une était-elle sa parente, et l'autre son amie.

Cette petite aventure, que j'ai crue assez instructive pour les jeunes personnes à qui vous pourriez donner ceci à lire, fit que je redoublai de politesse et de modestie avec mes compagnes ; ce qui fit qu'à leur tour elles redoublèrent d'amitié pour moi. Reprenons à présent le cours de mon histoire.

Je vous ai promis celle d'une religieuse, mais ce n'est pas encore ici sa place, et ce que je vais raconter l'amènera. Cette religieuse, vous la devinez sans doute ; vous venez de la voir venger mon injure, et à la manière dont elle a parlé, vous avez dû sentir qu'elle n'avait point les petitesses ordinaires aux esprits de couvent. Vous saurez bientôt qui elle était. Continuons. Mme de Miran vint me revoir deux jours après notre dîner chez Mme Dorsin ; et quelques jours ensuite je reçus d'elle, à neuf heures du matin, un second billet qui m'avertissait de me tenir prête à une heure après midi, pour aller avec elle chez Mme Dorsin, avec un nouvel ordre de me parer, qui fut suivi d'une parfaite obéissance.

Elle arriva donc. Il y avait huit jours que je n'avais vu Valville, et je vous avoue que le temps m'avait duré ; j'espérais le trouver à la porte du couvent comme la première fois ; je m'y attendais, je n'en doutais pas, et je pensais mal[1].

Mme de Miran avait prudemment jugé à propos de ne le pas amener avec elle, et je ne fus reçue que

par un laquais qui me conduisit à son carrosse. J'en
fus interdite, ma gaieté me quitta tout d'un coup; je
pris pourtant sur moi, et je m'avançai avec un
découragement intérieur que je voulais cacher à
Mme de Miran; mais il aurait fallu n'avoir point de
visage; le mien me trahissait, on y lisait mon
trouble, et malgré que j'en eusse, je m'approchai
d'elle avec un air de tristesse et d'inquiétude, dont je
la vis sourire dès qu'elle m'aperçut. Ce sourire me
remit un peu le cœur, il me parut un bon signe.
Montez, ma fille, me dit-elle. Je me plaçai, et puis
nous partîmes.

Il manque quelqu'un ici, n'est-il pas vrai? ajouta-
t-elle toujours en souriant. Eh! qui donc, ma mère?
repris-je, comme si je n'avais pas été au fait. Eh! qui,
ma fille? s'écria-t-elle; tu le sais encore mieux que
moi, qui suis sa mère. Ah! c'est M. de Valville,
répondis-je; eh! mais je m'imagine que nous le re-
trouverons chez Mme Dorsin.

Point du tout, me dit-elle; c'est encore mieux que
cela; il nous attend chez un de ses amis chez qui
nous devons le prendre en passant, et c'est moi qui
n'ai pas voulu l'amener ici. Vous allez le voir tout à
l'heure.

En effet, nous arrêtâmes à quelques pas de là: un
laquais, que j'avais aperçu de loin à la porte d'une
maison, disparut sur-le-champ, et courut sans doute
avertir son maître, qui lui avait apparemment
ordonné de se tenir là, et qui était déjà descendu
quand nous arrivâmes. Que l'instant où l'on revoit ce
qu'on aime fait de plaisir après quelque absence!
Ah! l'agréable objet à retrouver!

Je compris à merveille, en le voyant à la porte de
cette maison, qu'il fallait qu'il eût pris des mesures
pour me revoir une ou deux minutes plus tôt; et de
quel prix n'est pas une minute au compte de

l'amour, et quel gré mon cœur ne sut-il pas au sien
d'avoir avancé notre joie de cette minute de plus!

Quoi! mon fils, vous êtes déjà là? lui dit Mme de
Miran : voilà ce qui s'appelle mettre les moments à
profit. Et voilà ce qui s'appelle une mère qui, à force
de bon cœur, devine les cœurs tendres, lui répondit-il du même ton. Taisez-vous, lui dit-elle, suppri-
mez ce langage-là, il n'est pas séant que je l'écoute;
que vos tendresses attendent, s'il vous plaît, que je
n'y sois plus. Tu baisses les yeux, toi, ajouta-t-elle en
s'adressant à moi; mais je t'en veux aussi; je t'ai vue
tantôt pâlir de ce qu'il n'était pas avec moi; ce n'était
pas assez de votre mère, mademoiselle?

Ah! ma mère, ne la querellez point, lui répondit
Valville en me lançant un regard enflammé de tendresse, serait-il beau qu'elle ne s'aperçût pas de
l'absence d'un homme à qui sa mère la destine? Si
vous tourniez la tête, j'aurais grande envie de lui baiser la main pour la remercier, et il me la prenait en
tenant ce discours; mais je la retirai bien vite; je lui
donnai même un petit coup sur la sienne, et me jetai
tout de suite sur celle de Mme de Miran, que je baisai de tout mon cœur, et pénétrée des mouvements
les plus doux qu'on puisse sentir.

Elle de son côté me serra la mienne. Ah! la bonne
petite hypocrite! me dit-elle; vous abusez tous deux
du respect que vous me devez; allons, paix, parlons
d'autre chose. Avez-vous passé chez mon frère, mon
fils, comment se porte-t-il ce matin? Un peu mieux,
mais toujours assoupi comme hier, répondit Valville. Cet assoupissement m'inquiète, dit Mme de
Miran; nous ne serons pas aujourd'hui si longtemps
chez Mme Dorsin que l'autre jour, je veux voir mon
frère de bonne heure.

Et nous en étions là quand le cocher arrêta chez
cette dame. Il y avait bonne compagnie; j'y trouvai

les mêmes personnes que j'y avais déjà vues, avec
deux autres, qui ne me parurent point de trop pour
moi, et qui, à la façon obligeante et pourtant
curieuse dont elles me regardèrent, s'attendaient à
me voir, ce me semble; il fallait qu'on se fût entre-
tenu de moi, et à mon avantage; ce sont de ces
choses qui se sentent.

Nous dînâmes; on me fit parler plus que je n'avais
fait au premier dîner. Mme Dorsin, suivant sa coutume, m'accabla de caresses. Dispensez-moi du
détail de ce qu'on y dit; avançons.

Il n'y avait qu'une heure que nous étions sortis de
table, quand on vint dire à Mme de Miran qu'un
domestique de chez elle demandait à lui parler.

Et c'était pour lui dire que M. de Climal était en
danger, qu'on tâchait de le faire revenir d'une apoplexie où il était tombé depuis deux heures.

Elle entra où nous étions, tout effrayée, et, la
larme à l'œil, nous apprit cette nouvelle, prit congé
de la compagnie, me laissa à mon couvent, et courut
chez le malade avec Valville, qui me parut touché de
l'état de son oncle, et touché aussi, je pense, du
contretemps qui nous arrachait si brusquement au
plaisir d'être ensemble. J'en fus encore moins
contente que lui; je voulus bien qu'il s'en aperçût
dans mes regards, et j'allai tristement me renfermer
dans ma chambre, où il me vint des motifs de
réflexion qui me chagrinèrent.

Si M. de Climal meurt à présent, disais-je, Valville,
qui en hérite et qui est déjà très riche, va le devenir
encore davantage; eh! que sais-je si cette augmentation de richesses ne me nuira pas? Sera-t-il possible
qu'un héritier si considérable m'épouse? Mme de
Miran elle-même ne se dédira-t-elle pas de cette
bonté incroyable qu'elle a aujourd'hui de consentir à
notre amour? M'abandonnera-t-elle un fils qui

pourra faire les plus grandes alliances, à qui on va les proposer, et qu'elles tenteront peut-être? Il y avait effectivement lieu d'être alarmée.

Au moment où je raisonnais ainsi, Valville avait beaucoup de tendresse pour moi, j'en étais sûre; et tant qu'il ne s'agissait que d'épouser quelqu'une de ses égales, il m'aimait assez pour être insensible à l'avantage qu'il aurait pu y trouver. Mais le serait-il à l'ambition de s'allier à une famille encore au-dessus de la sienne, et plus puissante? Résisterait-il à l'appât des honneurs et des emplois qu'elle pourrait lui procurer? Aurait-il de l'amour jusque-là? Il y a des degrés de générosité supérieurs à des âmes très généreuses[1]. Les cœurs capables de soutenir toutes sortes d'épreuves en pareil cas sont si rares! Les cœurs qui ne se rendent qu'aux plus fortes le sont même aussi.

Je n'avais pourtant rien à craindre de ce côté-là; ce n'est pas l'ambition qui me nuira dans le cœur de Valville. Quoi qu'il en soit, je fus inquiète, et je ne dormis guère.

Je venais de me lever le lendemain, quand je vis entrer une religieuse dans ma chambre, qui me dit de la part de l'abbesse de m'habiller le plus vite que je pourrais, et cela en conséquence d'un billet que lui avait écrit Mme de Miran, où elle la priait de me faire partir au plus tôt. Il y a même, ajouta cette religieuse, un carrosse qui vous attend dans la cour.

Autre sujet d'inquiétude pour moi; le cœur me battit; m'envoyer chercher si matin! me dis-je. Eh! mon Dieu, qu'est-il donc arrivé? Qu'est-ce que cela m'annonce? Je n'ai pour toute ressource ici que la protection de Mme de Miran (car je n'osais plus en ce moment dire ma mère); veut-on me l'ôter? est-ce que je vais la perdre? On n'est sûre de rien dans l'état où j'étais. Ma condition présente ne tenait à

rien ; personne n'était obligé de m'y soutenir ; je ne la
devais qu'à un bon cœur, qui pouvait tout d'un coup
me retirer ses bienfaits, et m'abandonner sans que
j'eusse à me plaindre ; et ce bon cœur, il ne fallait
qu'un mauvais rapport, qu'une imposture pour le
dégoûter de moi ; et tout cela me roulait dans la tête
en m'habillant. Les malheureux ont toujours si mauvaise opinion de leur sort ! Ils se fient si peu au bonheur qui leur arrive !

Enfin me voilà prête ; je sortis dans un ajustement
fort négligé, et j'allai monter en carrosse. Je pensais
en chemin qu'on me menait chez Mme de Miran ;
point du tout ; ce fut chez M. de Climal qu'on arrêta.
Je reconnus la maison : vous savez qu'il n'y avait pas
si longtemps que j'y avais été.

Jugez quelle fut ma surprise ! Oh ! ce fut pour le
coup que je me crus perdue. Allons, c'en est fait, me
dis-je ; je vois bien de quoi il s'agit ; c'est ce misérable
faux dévot qui est réchappé et qui se venge ; je
m'attends à mille calomnies qu'il aura inventées
contre moi ; il aura tout tourné à sa fantaisie ; il
passe pour un homme de bien, et j'aurai beau faire,
Mme de Miran croira toutes les faussetés qu'il aura
dites. Ah ! mon Dieu, le méchant homme !

Et en effet, n'y avait-il pas quelque apparence à ce
que j'appréhendais ? Les menaces qu'il m'avait faites
en me quittant chez Mme Dutour ; cette scène qui
s'était passée entre lui et moi chez ce religieux à qui
j'avais été me plaindre, et devant qui je l'avais réduit,
pour se défendre, à tout ce que l'hypocrisie a de plus
scélérat et de plus intrépide ; cette rencontre que
j'avais faite de lui à mon couvent ; les signes d'amitié
dont m'y avait honorée Mme de Miran, qu'il m'avait
vue saluer de loin ; la crainte que je ne révélasse, ou
que je n'eusse déjà révélé son indignité à cette dame,
qu'il voyait que je connaissais : tout cela, joint au

voyage qu'on me faisait faire chez lui, sans qu'on m'en eût avertie, ne semblait-il pas m'annoncer quelque chose de sinistre ? Qui est-ce qui n'aurait pas cru que j'allais essuyer quelque nouvelle iniquité de sa part ?

Vous verrez peut-être que, selon lui, ce sera moi qui aurai voulu le tenter pour l'engager à me faire du bien, me disais-je. Mais ce n'est pas là ce qu'il a dit au père Saint-Vincent ; il m'a seulement accusée d'avoir cru que c'était lui-même qui m'aimait ; et ce bon religieux, devant qui nous nous sommes trouvés tous deux, ne refusera pas son témoignage à une pauvre fille à qui on veut faire un si grand tort. Voilà comme je raisonnais en me voyant dans la cour de M. de Climal, de sorte que je sortis du carrosse avec un tremblement digne de l'effroyable scène à laquelle je me préparais.

Il y avait deux escaliers, et je dis à un laquais : Où est-ce ? Par là, mademoiselle, me dit-il ; c'était l'escalier à droite qu'il me montrait, et dont Valville en cet instant même descendait avec précipitation.

Étonnée de le voir là, je m'arrêtai sans trop savoir ce que je faisais, et me mis à examiner quelle mine il avait, et de quel air il me regardait.

Je le trouvai triste, mais d'une tristesse qui, ce me semble, ne signifiait rien contre moi ; aussi m'aborda-t-il d'un air fort tendre.

Venez, mademoiselle, me dit-il en me donnant la main ; il n'y a point de temps à perdre, mon oncle se meurt, et il vous attend.

Moi, monsieur ! repris-je en respirant plus à l'aise (car sa façon de me parler me rassurait, et puis cet oncle mourant ne me paraissait plus si dangereux ; un homme qui se meurt voudrait-il finir sa vie par un crime ? Cela n'est pas vraisemblable).

Moi, monsieur, m'écriai-je donc, et d'où vient

m'attend-il? Que peut-il me vouloir? Nous n'en savons rien, me répondit-il; mais ce matin, il a demandé à ma mère si elle connaissait particulièrement la jeune personne qu'elle avait saluée au couvent ces jours passés; ma mère lui a dit qu'oui, lui a même appris en peu de mots de quelle façon vous vous étiez connues à ce couvent, et ne lui a point caché que c'était elle qui vous y avait mise. Là-dessus: Vous pouvez donc la faire venir, a-t-il répondu, et je vous prie de l'envoyer chercher; il faut que je la voie, j'ai quelque chose à lui dire avant que je meure; et ma mère aussitôt a écrit à votre abbesse de vous permettre de sortir; voilà tout ce que nous pouvons vous en dire.

Hélas! lui répondis-je, cette envie qu'il a de me voir m'a d'abord fait peur; je me suis figuré, en partant, qu'il y avait quelque mauvaise volonté de sa part. Vous vous êtes trompée, reprit-il, du moins paraît-il dans des dispositions bien éloignées de cela. Et nous montions l'escalier pendant ce court entretien. C'est ma mère, ajouta-t-il, qui a voulu que je vous prévinsse sur tout ceci avant que vous vissiez M. de Climal.

À ces mots nous arrivâmes à la porte de sa chambre. Je vous ai dit que j'étais un peu rassurée; mais la vue de cette chambre où j'allais entrer ne laissa pas que de me remuer intérieurement.

C'était en effet une étrange visite que je rendais; il y avait mille petites raisons de sentiment qui m'en faisaient une corvée.

Il me répugnait de paraître aux yeux d'un homme qui, à mon gré, ne pourrait guère s'empêcher d'être humilié en me voyant. Je pensais aussi que j'étais jeune, et que je me portais bien, et que lui était vieux et mourant.

Quand je dis vieux, je sais bien que ce n'était pas

une chose nouvelle; mais c'est qu'à l'âge où il était, un homme qui se meurt a cent ans[1]; et cet homme de cent ans m'avait parlé d'amour, m'avait voulu persuader qu'il n'était vieux que par rapport à moi qui étais trop jeune; et dans l'état hideux et décrépit où il était, j'avais de la peine à l'aller faire ressouvenir de tout cela. Est-ce là tout? Non; j'avais été vertueuse avec lui, il n'avait été qu'un lâche avec moi; voyez combien de sortes d'avantages j'aurais sur lui. Voilà à quoi je songeais confusément, de façon que j'étais moi-même honteuse de l'affront que mon âge, mon innocence et ma santé feraient à ce vieux pécheur confondu et agonisant. Je me trouvais trop vengée, et j'en rougissais d'avance.

Ce ne fut pas lui que j'aperçus d'abord; ce fut le père Saint-Vincent, qui était au chevet de son lit, et au-dessous duquel était assise Mme de Miran, qui me tournait le dos.

À cet aspect, surtout à celui du père Saint-Vincent, que je surpris bien autant qu'il me surprit, je n'osai plus me croire à l'abri de rien, et me voilà retombée dans mes inquiétudes; car enfin, l'autre avait beau être mourant, que faisait là ce bon religieux? pourquoi fallait-il qu'il s'y trouvât avec moi?

Et à propos de ce religieux, de qui, par parenthèse, je ne vous ai rien dit depuis que je l'ai quitté à son couvent; qui, comme vous savez, m'avait promis de chercher à me placer, et de venir le lendemain matin chez Mme Dutour, m'informer de ce qu'il aurait pu faire, vous remarquerez que je lui avais écrit deux ou trois jours après que j'eus rencontré Mme de Miran, que je l'avais instruit de mon aventure et de l'endroit où j'étais, et que je l'avais prié d'avoir la bonté de m'y venir voir, à quoi il avait répondu qu'il y passerait incessamment.

J'étais donc, vous dis-je, fort étourdie de le trouver

là, et je n'augurais rien de bon des motifs qu'on avait
eus de l'y appeler.

Lui, de son côté, à qui je n'avais point appris dans
ma lettre le nom de ma bienfaitrice, et à qui M. de
Climal n'avait encore rien dit de son projet, ne savait
que penser de me voir au milieu de cette famille,
amenée par Valville, qu'il vit venir avec moi, mais
qui n'avança pas et qui se tint éloigné, comme si, par
égard pour son oncle, il avait voulu lui cacher que
nous étions entrés ensemble.

Au bruit que nous fîmes en entrant : Qui est-ce
que j'entends? demanda le malade. C'est la jeune
personne que vous avez envie de voir, mon frère, lui
dit Mme de Miran. Approchez, Marianne, ajouta-
t-elle tout de suite.

À ce discours, tout le corps me frémit; j'approchai
pourtant, les yeux baissés; je n'osais les lever sur le
mourant : je n'aurais su, ce me semble, comment
m'y prendre pour le regarder, et je reculais d'en venir
là.

Ah! mademoiselle, c'est donc vous? me dit-il d'une
voix faible et embarrassée, je vous suis obligé d'être
venue; asseyez-vous, je vous prie. Je m'assis donc et
me tus, toujours les yeux baissés. Je ne voyais encore
que son lit; mais, un moment après, j'essayai de
regarder plus haut, et puis encore un peu plus haut,
et de degré en degré je parvins enfin jusqu'à lui voir
la moitié du visage, que je regardai vite tout entier;
mais ce ne fut qu'un instant; j'avais peur que le
malade ne me surprît en l'examinant, et n'en fût trop
mortifié; ce qui est de sûr, c'est que je ne vis point de
malice dans ce visage-là contre moi.

Où est mon neveu? dit encore M. de Climal. Me
voici, mon oncle, répondit Valville, qui se montra
modestement. Reste ici, lui dit-il; et vous, mon père,
ajouta-t-il en s'adressant au religieux, ayez aussi la

bonté de demeurer; le tout sans parler de Mme de Miran, qui remarqua cette exception qu'il faisait d'elle, et qui lui dit : Mon frère, je vais donner quelques ordres, et passer pour un instant dans une autre chambre.

Comme vous voudrez ma sœur, répondit-il. Elle sortit donc; et cette retraite, que M. de Climal me parut souhaiter lui-même, acheva de me prouver que je n'avais rien à craindre de fâcheux. S'il avait voulu me faire du mal, il aurait retenu ma bienfaitrice, la scène n'aurait pu se passer sans elle; aussi ne me resta-t-il plus qu'une extrême curiosité de savoir à quoi cette cérémonie aboutirait. Il se fit un moment de silence après que Mme de Miran fut sortie; nous entendîmes soupirer M. de Climal.

Je vous ai fait prier, dit-il en se retournant un peu de notre côté, de venir ici ce matin, mon père, et je ne vous ai point encore instruit des raisons que j'ai pour vous y appeler; j'ai voulu aussi que mon neveu fût présent; il le fallait, à cause de mademoiselle que ceci regarde.

Il reprit haleine en cet endroit; je rougis, les mains me tremblèrent; et voici comment il continua :

C'est vous mon père, qui me l'avez amenée, dit-il en parlant de moi; elle était dans une situation qui l'exposait beaucoup; vous vîntes lui chercher du secours chez moi, vous me choisîtes pour lui en donner. Vous me croyiez un homme de bien, et vous vous trompiez, mon père, je n'étais pas digne de votre confiance.

Et comme alors le religieux parut vouloir l'arrêter par un geste qu'il fit : Ah! mon père, lui dit-il, au nom de Dieu, dont je tâche de fléchir la justice, ne vous opposez point à celle que je veux me rendre. Vous savez l'estime et peut-être la vénération dont vous m'avez honoré de si bonne foi; vous savez la

réputation où je suis dans le public; on m'y respecte
comme un homme plein de vertu et de piété; j'y ai
joui des récompenses de la vertu, et je ne les méritais
pas, c'est un vol que j'ai fait. Souffrez donc que je
l'expie, s'il est possible, par l'aveu des fourberies qui
vous ont jeté dans l'erreur, vous et tout le monde, et
que je vous apprenne, au contraire, tout le mépris
que je méritais, et toute l'horreur qu'on aurait eue
pour moi, si on avait connu le fond de mon abominable conscience.

Ah! mon Dieu, soyez béni, sauveur de nos âmes!
s'écria le père Saint-Vincent.

Oui, mon père, reprit M. de Climal, en nous regardant avec des yeux baignés de larmes, et d'un ton
auquel on ne pouvait pas résister; voilà quel était
l'homme à qui vous êtes venu confier mademoiselle;
vous ne vous adressiez qu'à un misérable; et toutes
les bonnes actions que vous m'avez vu faire (je ne
saurais trop le répéter) sont autant de crimes dont je
suis coupable devant Dieu, autant d'impostures qui
m'ont mis en état de faire le mal, et pour lesquelles je
voudrais être exposé à tous les opprobres, à toutes
les ignominies qu'un homme peut souffrir sur la
terre; encore n'égaleraient-elles pas les horreurs de
ma vie.

Ah! monsieur, en voilà assez, dit le père Saint-
Vincent, en voilà assez! Allons, il n'y a plus qu'à
louer Dieu des sentiments qu'il vous donne. Que
d'obligations vous lui avez! de quelles faveurs ne
vous comble-t-il pas! Ô bonté de mon Dieu, bonté
incompréhensible, nous vous adorons! Voici les
merveilles de la grâce; je suis pénétré de ce que je
viens d'entendre, pénétré jusqu'au fond du cœur.
Oui, monsieur, vous avez raison, vous êtes bien coupable; vous renoncez à notre estime, à la bonne opinion qu'on a de vous dans le monde; vous voudriez

mourir méprisé, et vous vous écriez : Je suis méprisable. Eh bien ! encore une fois, Dieu soit loué ! Je ne puis rien ajouter à ce que vous dites ; nous ne sommes point dans le tribunal de la pénitence, et je ne suis ici qu'un pécheur comme vous. Mais voilà qui est bien, soyez en repos, nous sentons tous votre néant, aussi bien que le nôtre. Oui, monsieur, ce n'est plus vous en effet que nous estimons ; ce n'est plus cet homme de péché et de misère : c'est l'homme que Dieu a regardé, dont il a eu pitié, et sur qui nous voyons qu'il répand la plénitude de ses miséricordes. Puissions-nous, ô mon Sauveur ! nous qui sommes les témoins des prodiges que votre grâce opère en lui, puissions-nous finir dans de pareilles dispositions ! Hélas ! qui de nous n'a pas de quoi se confondre et s'anéantir devant la justice divine ? Chacun de nous n'a-t-il pas ses offenses, qui, pour être différentes, n'en sont peut-être pas moins grandes ? Ne parlons plus des vôtres, en voilà assez, monsieur, en voilà assez ; puisque vous les pleurez, Dieu vous aime, et ne vous a pas abandonné ; vous tenez de lui ce courage avec lequel vous nous les avouez ; cette effusion de cœur est un gage de sa bonté pour vous ; vous lui devez non seulement la patience avec laquelle il vous a souffert, mais encore cette douleur et ces larmes qui vous réconcilient avec lui, et qui font un spectacle dont les anges mêmes se réjouissent. Gémissez donc, monsieur, gémissez, mais en lui disant : Ô mon Dieu ! vous ne rejetterez point un cœur contrit et humilié. Pleurez, mais avec confiance, avec la consolation d'espérer que vos pleurs le fléchiront, puisqu'ils sont un don de sa miséricorde.

Et ce bon religieux en versait lui-même en tenant ce discours, et nous pleurions aussi, Valville et moi.

Je n'ai pas encore tout dit, mon père, reprit alors

M. de Climal. Non, monsieur, non, je vous prie, répondit le religieux, il n'est pas nécessaire d'aller plus loin, contentez-vous de ce que vous avez dit; le reste serait superflu, et ne servirait peut-être qu'à vous satisfaire. Il est quelquefois doux et consolant de s'abandonner au mouvement où vous êtes : eh bien! monsieur, privez-vous de cette douceur et de cette consolation; mortifiez l'envie que vous avez de nous en avouer davantage. Dieu vous tiendra compte et de ce que vous avez dit, et de ce que vous vous serez abstenu de dire.

Ah! mon père, s'écria le malade, ne m'arrêtez point; ce serait me soulager que de me taire; je suis bien éloigné d'éprouver la douceur dont vous parlez. Dieu ne me fait pas une si grande grâce à moi qui n'en mérite aucune : c'est bien assez qu'il me donne la force de résister à la confusion dont je me sens couvert, et qui m'arrêterait à tout moment s'il ne me soutenait pas. Oui, mon père, cet aveu de mes indignités m'accable; je souffre à chaque mot que je vous dis, je souffre, et j'en remercie mon Dieu, qui par là me laisse en état de lui sacrifier mon misérable orgueil. Permettez donc que je profite d'une honte qui me punit; je voudrais pouvoir l'augmenter pour proportionner, s'il était possible, mes humiliations à la fausseté des vertus qu'on a honorées en moi. Je voudrais avoir toute la terre pour témoin de l'affront que je me fais; je suis même fâché d'avoir été obligé de renvoyer Mme de Miran; j'aurais pu du moins rougir encore aux yeux d'une sœur qui n'est peut-être pas désabusée. Mais il a fallu l'écarter; je la connais, elle m'aurait interrompu; son amitié pour moi, trop tendre et trop sensible, ne lui aurait pas permis d'écouter ce que j'avais à dire; mais vous le lui répéterez, mon père, je l'espère de votre piété, et c'est un soin dont vous voulez bien que je vous charge. Achevons.

Mademoiselle vous a dit vrai dans le récit qu'elle vous a fait sans doute de mon procédé avec elle; je ne l'ai secourue, en effet, que pour tâcher de la séduire; je crus que son infortune lui ôterait le courage de rester vertueuse, et j'offris de lui assurer de quoi vivre, à condition qu'elle devînt méprisable. C'est vous en dire assez, mon père; j'abrège cet horrible récit par respect pour sa pudeur, que mes discours passés n'ont déjà que trop offensée. Je vous en demande pardon, mademoiselle, et je vous conjure d'oublier cette affreuse aventure; que jamais le ressouvenir de mon impudence ne salisse un esprit aussi chaste que le doit être le vôtre. Recevez-en pour réparation de ma part cet aveu que je vous fais, qui est qu'avec vous j'ai été non seulement un homme détestable devant Dieu, mais encore un malhonnête homme suivant le monde, car j'eus la lâcheté, en vous quittant, de vous reprocher de petits présents que vous m'avez renvoyés; j'insultai à la triste situation où je vous abandonnais, et je menaçai de me venger, si vous osiez vous plaindre de moi.

Je fondais en larmes pendant qu'il me faisait cette satisfaction[1] si généreuse et si chrétienne; elle m'attendrit au point qu'elle m'arracha des soupirs. Valville et le père Saint-Vincent s'essuyaient les yeux et gardaient le silence.

Vous savez, mademoiselle, ajouta M. de Climal, ce que je vous offris alors : ce fut, je pense, un contrat de cinq ou six cents livres de rente; je vous en laisse aujourd'hui un de douze cents dans mon testament. Vous refusâtes avec horreur ces six cents livres, quand je vous les proposai comme la récompense d'un crime; acceptez les douze cents francs, à présent qu'ils ne sont plus que la récompense de votre sagesse; il est bien juste d'ailleurs que je vous sois un peu plus secourable dans mon repentir que

je n'offrais de l'être dans mon désordre. Mon neveu,
que voici, est mon principal héritier, je le fais mon
légataire; il est né généreux, et je suis persuadé qu'il
ne regrettera point ce que je vous laisse.

Ah! mon oncle, s'écria Valville la larme à l'œil,
vous faites l'action du monde la plus louable, et la
plus digne de vous; tout ce qui m'en afflige, c'est que
vous ne la faites pas en pleine santé. Quant à moi, je
ne regretterai que vous, et que la tendresse que vous
me témoignez; j'achèterais la durée de votre vie de
tous les biens imaginables; et si Dieu m'exauce, je ne
lui demande que la satisfaction de vous voir vivre
aussi longtemps que je vivrai moi-même.

Et moi, monsieur, m'écriai-je à mon tour en sanglotant, je ne sais que répondre à force d'être sensible à tout ce que je viens d'entendre. J'ai beau être
pauvre, le présent que vous me faites, si vous mou-
rez, ne me consolera pas de votre perte : je vous
assure que je la regarderai aujourd'hui comme un
nouveau malheur. Je vois, monsieur, que vous seriez
un véritable ami pour moi, et j'aimerais bien mieux
cela, sans comparaison, que ce que vous me laissez
si généreusement.

Mes pleurs ici me coupèrent la parole; je m'aperçus que mon discours l'attendrissait lui-même. Ce
que vous dites là répond à l'opinion que j'ai toujours
eue de votre cœur, mademoiselle, reprit-il après
quelques moments de silence, et il est vrai que je jus-
tifierais ce que vous pensez de moi, si Dieu prolon-
geait mes jours. Je sens que je m'affaiblis, dit-il
ensuite; ce n'est point à moi à vous donner des
leçons, elles ne partiraient pas d'une bouche assez
pure. Mais puisque vous croyez perdre un ami en
moi, qu'il me soit permis de vous dire encore une
chose : j'ai tenté votre vertu, il n'a pas tenu à moi
qu'elle ne succombât; voulez-vous m'aider à expier

les efforts que j'ai faits contre elle? aimez-la toujours, afin qu'elle sollicite la miséricorde de Dieu
pour moi; peut-être mon pardon dépendra-t-il de
vos mœurs. Adieu, mademoiselle. Adieu, mon père,
ajouta-t-il en parlant au père Saint-Vincent; je vous
la recommande. Pour vous, mon neveu, vous voyez
pourquoi je vous ai retenu; vous m'avez vu à genoux
devant elle, vous avez pu la soupçonner d'y consentir; elle était innocente, et j'ai cru être obligé de vous
l'apprendre.

Il s'arrêta là, et nous allions nous retirer, quand il
dit encore :

Mon neveu, allez de ma part prier ma sœur de rentrer. Mademoiselle, me dit-il après, Mme de Miran
m'a appris comment vous la connaissiez; dans le
récit que vous lui avez fait de votre situation, le
détail de l'injure toute récente que vous veniez
d'essuyer de moi a dû naturellement y entrer; dites-
moi franchement, l'en avez-vous instruite, et m'avez-
vous nommé?

Je vais, monsieur, vous dire la vérité, lui répondis-je, un peu embarrassée de la question. Au sortir
de chez le père Saint-Vincent, j'entrai dans le parloir
d'un couvent pour y demander du secours à
l'abbesse; j'y rencontrai Mme de Miran; j'étais
comme au désespoir; elle vit que je fondais en
larmes, cela la toucha. On me pressa de dire ce qui
m'affligeait. Je ne songeais pas à vous nuire; mais je
n'avais point d'autre ressource que de faire compassion, et je contai tout, mes premiers malheurs et les
derniers. Je ne vous nommai pourtant point alors,
moins par discrétion qu'à cause que je crus cela inutile; et elle n'en aurait jamais su davantage, si quelques jours après, en parlant de ces hardes que je renvoyai, je n'avais pas par hasard nommé M. de
Valville, chez qui je les fis porter, comme au neveu

de la personne qui me les avait données. Voilà malheureusement comment elle vous connut, monsieur ;
et je suis bien mortifiée de mon imprudence ; car
pour de la malice, il n'y en a point eu ; je vous le dis
en conscience ; je pourrais vous tromper, mais je
suis trop pénétrée et trop reconnaissante pour vous
rien cacher.

Dieu soit loué ! s'écria-t-il alors en adressant la
parole au père Saint-Vincent ; actuellement ma sœur
sait donc à quoi s'en tenir sur mon compte. Je ne le
croyais pas ; c'est une confusion que j'ai de plus
avant que je meure ; je sens qu'elle est grande, mon
père, et je vous en remercie, mademoiselle ; ne vous
reprochez rien, c'est un service que vous m'avez
rendu ; ma sœur me connaît, et je vais rougir devant
elle.

Je pensai faire[1] des cris de douleur en l'entendant
parler ainsi. Mme de Miran entra avec Valville ; mes
pleurs et mes sanglots la surprirent, son frère s'en
aperçut : Venez, ma sœur, lui dit-il ; je vous aurais
retenue tantôt, si je n'avais craint votre tendresse ;
j'avais à dire des choses que vous n'auriez pas soute-
nues, mais je n'y perdrai rien, le père Saint-Vincent
aura la bonté de vous les redire ; et grâces à Dieu,
vous en savez déjà l'essentiel ; Mademoiselle vous a
mise en état de me rendre justice. J'en ai mal usé
avec elle ; le père Saint-Vincent me l'avait confiée ;
elle ne pouvait pas tomber en de plus mauvaises
mains, et je la remets dans les vôtres. À toute l'amitié
que vous m'avez paru avoir pour elle, ajoutez-y celle
que vous aviez pour moi, et dont elle est bien plus
digne que je ne l'étais. Votre cœur, tel qu'il fut à mon
égard, est un bien que je lui laisse, et qui la vengera
du peu d'honneur et de vertu qu'elle trouva dans le
mien.

Ah ! mon frère, mon frère, que m'allez-vous dire ?

lui répondit Mme de Miran, qui pleurait presque autant que moi; finissons, je vous prie, finissons; dans l'affliction où je suis, je ne pourrais pas en écouter davantage. Oui, j'aurai soin de Marianne, elle me sera toujours chère, je vous le promets, vous n'en devez pas douter; vous venez de lui donner sur mon cœur des droits qui seront éternels. Voilà qui est fait, n'en parlons plus; vous voyez la douleur où vous nous jetez tous; allons, mon frère, êtes-vous en état de parler si longtemps? Cela vous fatigue, comment vous trouvez-vous?

Comme un homme qui va bientôt paraître devant Dieu, dit-il; je me meurs, ma sœur. Adieu, mon père, souvenez-vous de moi dans vos saints sacrifices : vous savez le besoin que j'en ai.

À peine put-il achever ces dernières paroles, et il tomba dès cet instant dans une faiblesse où nous crûmes qu'il allait expirer.

Deux médecins entrèrent alors. Le religieux s'en alla; on nous fit retirer, Valville et moi, pendant qu'on essayait de le secourir. Mme de Miran voulut rester, et nous passâmes dans une salle où nous trouvâmes un intime ami de M. de Climal et deux parentes de la famille qui allaient entrer.

Valville les retint, leur apprit que le malade avait perdu toute connaissance, et qu'il fallait attendre ce qui en arriverait; de sorte que personne n'entra qu'un ecclésiastique, qui était son confesseur, et que nous vîmes arriver.

Valville, qui était assis à côté de moi dans cette salle, me dit tout bas quelles étaient ces trois personnes que nous y avions trouvées.

Je parle de cet ami de M. de Climal, et de ces deux dames ses parentes, dont l'une était la mère et l'autre la fille.

L'ami me parut un homme froid et poli; c'était un magistrat de l'âge de soixante ans à peu près.

La mère de la demoiselle pouvait en avoir cinquante ou cinquante-cinq; petite femme brune,
assez ronde, très laide, qui avait le visage large et
carré, avec de petits yeux noirs, qui d'abord paraissaient vifs, mais qui n'étaient que curieux et
inquiets; de ces yeux toujours remuants, toujours
occupés à regarder, et qui cherchent de quoi fournir
à l'amusement d'une âme vide, oisive, et qui n'a rien
à voir en elle-même. Car il y a de certaines gens dont
l'esprit n'est en mouvement que par pure disette
d'idées; c'est ce qui les rend si affamés d'objets
étrangers, d'autant plus qu'il ne leur reste rien, que
tout passe en eux, que tout en sort; gens toujours
regardants, toujours écoutants, jamais pensants. Je
les compare à un homme qui passerait sa vie à se
tenir à sa fenêtre : voilà l'image que je me fais d'eux,
et des fonctions de leur esprit.

Telle était la femme dont je vous parle; je ne
jugeai pourtant pas d'elle alors comme j'en juge à
présent que je me la rappelle; mes réflexions, quelque avancées qu'elles fussent, n'allaient pas encore
jusque-là; mais je lui trouvai un caractère qui me
déplut.

D'abord ses yeux se jetèrent sur moi, et me par-
coururent; je dis se jetèrent, au hasard de mal parler, mais c'est pour vous peindre l'avidité curieuse
avec laquelle elle se mit à me regarder; et de pareils
regards sont si à charge!

Ils m'embarrassèrent, et je n'y sus point d'autre
remède que de la regarder à mon tour, pour la faire
cesser; quelquefois cela réussit, et vous délivre de
l'importunité dont je souffrais.

En effet, cette dame me laissa là, mais ce ne fut
que pour un moment; elle revint bientôt de plus
belle, et me persécuta.

Tantôt c'était mon visage, tantôt ma cornette[1], et
puis mes habits, ma taille, qu'elle examinait.

Je toussai par hasard; elle en redoubla d'attention pour observer comment je toussais. Je tirai mon mouchoir; comment m'y prendrai-je? ce fut encore un spectacle intéressant pour elle, un nouvel objet de curiosité.

Valville était à côté d'elle; la voilà qui tout d'un coup se retourne pour lui parler, et qui lui demande: Qui est cette demoiselle-là?

Je l'entendis; les gens comme elle ne questionnent jamais aussi bas qu'ils croient le faire; ils y vont si étourdiment, qu'ils n'ont pas le temps d'être discrets. C'est une demoiselle de province, et qui est la fille d'une des meilleures amies de ma mère, lui répondit Valville assez négligemment. Ah! ah! de province, reprit-elle; et la mère est-elle ici? Non, repartit-il encore; cette demoiselle-ci est dans un couvent à Paris. Ah! dans un couvent! Est-ce qu'elle a envie d'être religieuse? Et dans lequel est-ce? Ma foi, dit-il, je n'en sais pas le nom. C'est peut-être qu'elle y a quelque parente? continua-t-elle. Elle est fort jolie, vraiment, très jolie; ce qu'elle disait en entrecoupant chaque question d'un regard sur ma figure. À la fin elle se lassa de moi, et me quitta pour examiner le magistrat, qu'elle connaissait pourtant, mais dont le silence et la tristesse lui parurent alors dignes d'être considérés.

Voilà qui est bien épouvantable, lui dit-elle après; cet homme qui se meurt, et qui se portait si bien, qui est-ce qui l'aurait cru? Il n'y a que dix jours que nous dînâmes ensemble.

C'était de M. de Climal dont elle parlait. Mais dites-moi, monsieur de Valville, est-ce qu'il est si mal? Cet homme-là est fort, j'espère qu'il en reviendra, qu'en pensez-vous? Depuis quand est-il malade? Car j'étais à la campagne, moi, et je n'ai su cela que d'hier. Est-il vrai qu'il ne parle plus, qu'il n'a

plus de connaissance? Oui, madame, il n'est que
trop vrai, répondit Valville. Et Mme de Miran est
donc là-dedans? répondit-elle. Qui est-ce qui y est
encore? La pauvre femme! elle doit être bien désolée, n'est-ce pas? Ils s'aimaient beaucoup; c'est un si
honnête homme, toute la famille y perd. Voici une
fille qui en a pleuré hier toute la journée, et moi
aussi (et cette fille, qui était la sienne, avait effectivement l'air assez contristé, et ne disait mot).

Nos yeux s'étaient quelquefois rencontrés comme
à la dérobée, et il me semblait avoir vu dans ses
regards autant d'honnêteté pour moi qu'elle en avait
dû rencontrer dans les miens pour elle. J'avais lieu
de soupçonner que j'étais de son goût; de mon côté,
j'étais enchantée d'elle, et j'avais bien raison de l'être.

Ah! madame, l'aimable personne que c'était! Je
n'ai encore rien vu de cet âge-là qui lui ressemble;
jamais la jeunesse n'a tant paré personne; il n'en fut
jamais de si agréable, de si riante à l'œil que la
sienne. Il est vrai que la demoiselle n'avait que dix-
huit ans; mais il ne suffit pas de n'avoir que cet
âge-là pour être jeune comme elle l'était; il faut y
joindre une figure faite exprès pour s'embellir de ces
airs lestes, fins et légers, de ces agréments sensibles,
mais inexprimables, que peut y jeter la jeunesse; et
on peut avoir une très belle figure sans l'avoir propre
et flexible à[1] tout ce que je dis.

Il est question ici d'un charme à part, de je ne sais
quelle gentillesse qui répand dans les mouvements,
dans le geste même, dans les traits, plus d'âme et
plus de vie qu'ils n'en ont d'ordinaire.

On disait l'autre jour à une dame qu'elle était au
printemps de son âge : ce terme de printemps me fit
ressouvenir de la jeune demoiselle dont je parle, et je
gagerais que c'est quelque figure comme la sienne,
qui a fait imaginer cette expression-là.

Je ne lis jamais les mots de Flore ou d'Hébé, que je ne songe tout d'un coup à Mlle de Fare (c'était ainsi qu'elle s'appelait).

Représentez-vous une taille haute, agile et dégagée. À la manière dont Mlle de Fare allait et venait, se transportait d'un lieu à un autre, vous eussiez dit qu'elle ne pesait rien.

Enfin c'était des grâces de tout caractère; c'était du noble, de l'intéressant, mais de ce noble aisé et naturel, qui est attaché à la personne, qui n'a pas besoin d'attention pour se soutenir, qui est indépendant de toute contenance, que ni l'air folâtre ni l'air négligé n'altèrent, et qui est comme un attribut de la figure; c'était de cet intéressant qui fait qu'une personne n'a pas un geste qui ne soit au gré de votre cœur. C'était de ces traits délicats, mignons, et qui font une physionomie vive, rusée et non pas maligne.

Vous êtes une espiègle, lui disais-je quelquefois; et il y avait en effet quelque chose de ce que je dis là dans sa mine; mais cela y était comme une grâce qu'on aimait à y voir, et qui n'était qu'un signe de gaieté dans l'esprit.

Mlle de Fare n'était pas d'une forte santé, mais ses indispositions lui donnaient l'air plus tendre que malade. Elle aurait souhaité plus d'embonpoint qu'elle n'en avait; mais je ne sais si elle y aurait tant gagné; du moins, si jamais un visage a pu s'en passer, c'était le sien; l'embonpoint n'y aurait ajouté qu'un agrément, et lui en aurait ôté plusieurs de plus piquants et de plus précieux.

Mlle de Fare, avec la finesse et le feu qu'elle avait dans l'esprit, écoutait volontiers en grande compagnie, y pensait beaucoup, y parlait peu; et ceux qui y parlaient bien ou mal n'y perdaient rien.

Je ne lui ai jamais rien entendu dire qui ne fût bien placé et dit de bon goût.

Était-elle avec ses amis, elle avait dans sa façon de penser et de s'énoncer toute la franchise du brusque, sans en avoir la dureté.

On lui voyait une sagacité de sentiment[1] prompte, subite et naïve, une grande noblesse dans les idées, avec une âme haute et généreuse. Mais ceci regarde le caractère, que vous connaîtrez encore mieux par les choses que je dirai dans la suite.

Il y avait déjà du temps que nous étions là, quand Mme de Miran sortit de la chambre du malade, et nous dit que la connaissance lui était entièrement revenue, et qu'actuellement les médecins le trouvaient beaucoup mieux. Il m'a même demandé, ajouta-t-elle en m'adressant la parole, si vous étiez encore ici, mademoiselle, et m'a priée qu'on ne vous ramenât à votre couvent qu'après que vous aurez dîné avec nous. Vous me faites tous deux beaucoup d'honneur, lui répondis-je, et je ferai ce qui vous plaira, madame.

Je voudrais bien qu'il sût que je suis ici, dit alors le magistrat son ami, et j'aurais une extrême envie de le voir, s'il était possible.

Et moi aussi, dit la dame : n'y aurait-il pas moyen de l'avertir ? S'il est mieux, il ne sera peut-être pas fâché que nous entrions. Qu'en dites-vous, madame ? Les médecins en ont donc meilleure espérance ? Hélas ! cela ne va pas encore jusque-là ; ils le trouvent seulement un peu moins mal, et voilà tout, répondit Mme de Miran ; mais je vais retourner sur-le-champ, pour savoir s'il n'y a pas d'inconvénient que vous entriez ; et à peine nous quittait-elle là-dessus, que les deux médecins sortirent de la chambre.

Messieurs, leur dit-elle, ces deux dames peuvent-elles entrer avec Monsieur pour voir mon frère ? Est-il en état de les recevoir ?

Il est encore bien faible, répondit l'un d'eux, et il a besoin de repos; il serait mieux d'attendre quelques heures.

Ah! sans difficulté, il faut attendre, dit alors le magistrat; je reviendrai cet après-midi. Ce ne sera pas la peine, si vous voulez rester, reprit Mme de Miran. Non, dit-il, je vous suis obligé, je ne saurais, j'ai quelque affaire.

Pour moi, je n'en ai point, dit la dame, et je suis d'avis de demeurer; n'est-il pas vrai, madame? Eh bien! messieurs, continua-t-elle tout de suite, dites-nous donc, que pensez-vous de cette maladie? J'ai dans l'esprit qu'il s'en tirera, moi, n'est-ce pas? Ne serait-ce point de la poitrine dont il est attaqué? Il y a six mois qu'il eut un rhume qui dura très long-temps; je lui dis d'y prendre garde, il le négligeait un peu. La fièvre est-elle considérable?

Ce n'est pas la fièvre que nous craignons le plus, madame, dit l'autre médecin, et on ne peut encore porter un jugement bien sûr de ce qui arrivera; mais il y a toujours du danger.

Ils nous quittèrent après ce discours; le magistrat les suivit, et nous restâmes, la mère, la fille, Mme de Miran, Valville et moi, dans la salle.

Il était tard, un laquais vint nous dire qu'on allait servir. Mme de Miran passa un moment chez le malade; on lui dit qu'il reposait; elle en ressortit avec l'ecclésiastique, qui y était demeuré, qui nous dit qu'il reviendrait après dîner; et nous allâmes nous mettre à table, un peu moins alarmés que nous ne l'avions été dans le cours de la matinée.

Tous ces détails sont ennuyants, mais on ne saurait s'en passer; c'est par eux qu'on va aux faits principaux. À table on me mit à côté de Mlle de Fare. Je crus voir, à ses façons gracieuses, qu'elle était bien aise de cette occasion qui s'offrait de lier quelque

connaissance ensemble. Nous nous prévenions de
mille petites honnêtetés[1] que l'inclination suggère à
deux personnes qui ont du plaisir à se voir.

Nous nous regardions avec complaisance, et
comme l'amour a ses droits, quelquefois aussi je
regardais Valville, qui, de son côté et à son ordinaire,
avait presque toujours les yeux sur moi.

Je crois que Mlle de Fare remarqua nos regards.
Mademoiselle, me dit-elle tout bas pendant que sa
mère et Mme de Miran se parlaient, je voudrais bien
ne me pas tromper dans ce que je pense; et cela
étant vous ne quitteriez point Paris.

Je ne sais pas ce que vous entendez, lui répondis-je
du même ton (et effectivement je n'en savais rien);
mais, à tout hasard, je crois que vous pensez toujours juste; voulez-vous bien à présent me dire votre
pensée, mademoiselle?

C'est, reprit-elle toujours tout bas, que madame
votre mère est la meilleure amie de Mme de Miran,
et que vous pourriez bien épouser mon cousin;
dites-moi ce qui en est à votre tour.

Cela n'était pas aisé; la question m'embarrassa,
m'alarma même; j'en rougis, et puis j'eus peur
qu'elle ne vît que je rougissais, et que cela ne trahît
un secret qui me faisait trop d'honneur. Enfin
j'ignore ce que j'aurais répondu, si sa mère ne
m'avait pas tirée d'affaire. Heureusement, comme je
vous l'ai dit, c'était de ces femmes qui voient tout,
qui veulent tout savoir.

Elle s'aperçut que nous nous parlions : Qu'est-ce
que c'est, ma fille? dit-elle; de quoi est-il question?
Vous souriez, et mademoiselle rougit (rien ne lui
était échappé). Peut-on savoir ce que vous vous
disiez?

Je n'en ferai pas de mystère, repartit sa fille; je
serais charmée que mademoiselle demeurât à Paris,

et je lui disais que je souhaitais qu'elle épousât M. de Valville.

Ah! ah! s'écria-t-elle, eh! mais, à propos, j'ai eu aussi la même idée; et il me semble, sur tout ce que j'ai observé, qu'ils n'en seraient fâchés ni l'un ni l'autre. Eh! que sait-on? C'est peut-être le dessein qu'on a; il y a toute apparence.

Et pourquoi non? dit Mme de Miran, qui apparemment ne vit point de risque à prendre son parti dans ces circonstances, et qui, par une bonté de cœur dont le mien est encore transporté quand j'y songe, et que je ne me rappelle jamais sans pleurer de tendresse et de reconnaissance; qui, dis-je, par une bonté de cœur admirable, et pour nous donner d'infaillibles gages de sa parole, voulut bien saisir cette occasion de préparer les esprits sur notre mariage.

Eh! pourquoi non? dit-elle donc à son tour, mon fils ne sera pas à plaindre, si cela arrive. Ah! tout le monde sera de votre avis, reprit Mme de Fare : il n'y aura, certes, que des compliments à lui faire, et je lui fais les miens d'avance; je ne sache personne mieux partagé qu'il le sera. Aussi puis-je vous assurer, madame, que je n'envierai le partage de personne, répondit Valville d'un air franc et aisé, pendant que je baissais la tête pour la remercier de ses politesses, sans lui rien dire; car je crus devoir me taire et laisser parler ma bienfaitrice, devant qui je n'avais là-dessus et dans cette occasion qu'un silence modeste et respectueux à garder. Je ne pus m'empêcher cependant de jeter sur elle un regard bien tendre et bien reconnaissant; et de la manière dont la conversation se tourna là-dessus, quoique tout y fût dit en badinant, Mme de Fare ne douta point que je ne dusse épouser Valville.

Je m'en retournerai dès que j'aurai vu M. de Climal, et puis nous reconduirons votre bru à son couvent, dit-elle à Mme de Miran ; ou bien, tenez, faisons encore mieux : je ne couche pas ce soir à Paris, je m'en retourne à ma maison de campagne, qui n'est qu'à un quart de lieue d'ici, comme vous savez. Je pense que vous pouvez disposer de mademoiselle. Écrivez, ou envoyez dire à son couvent qu'on ne l'attende point, et que vous la gardez pour un jour ou deux, moyennant quoi nous la mènerons[1] avec nous. Ne faut-il pas que ces demoiselles se connaissent un peu davantage ? Vous leur ferez plaisir à toutes deux, j'en suis sûre.

Mlle de Fare s'en mêla, et joignit de si bonne grâce ses instances à celles de sa mère, que Mme de Miran, à qui on supposait que mes parents m'avaient confiée, dit qu'elle y consentait, et que j'étais la maîtresse. Il est vrai, ajouta-t-elle, que vous n'avez personne avec vous ; mais vous serez servie chez Madame. Allez, je passerai tantôt moi-même à votre couvent ; et demain, suivant l'état où sera mon frère, j'irai sur les cinq heures du soir vous reprendre, ou je vous enverrai chercher.

Puisque vous me le permettez, je n'hésiterai point, madame, répondis-je.

On se leva de table. Valville me parut charmé qu'on eût lié cette petite partie[2] ; je devinai ce qui lui en plaisait ; c'est qu'elle nous convainquait encore de la sincérité des promesses de Mme de Miran ; non seulement cette dame laissait croire que j'étais destinée à son fils, mais elle me laissait aller dans le monde sur ce pied-là : y avait-il de procédé plus net, et n'était-ce pas là s'engager à ne se dédire jamais ?

Sortons de chez M. de Climal. Mme de Fare ne put le voir ; on dit qu'il reposait ; et dans l'instant que nous allions partir, Valville, par quelques discours qu'il tint adroitement, engagea cette dame à lui proposer de nous suivre et de venir souper chez elle.

Il fait le plus beau temps du monde, lui dit-elle, vous reviendrez ce soir ou demain matin, si vous l'aimez mieux. Me le permettez-vous aussi ? dit en riant Valville à Mme de Miran, dont il était bien aise d'avoir l'approbation. Oui-da, mon fils, reprit-elle, vous pouvez y aller ; aussi bien ne me retirerai-je d'ici que fort tard. Et là-dessus nous prîmes congé d'elle, et nous partîmes.

Nous voici arrivés ; je vis une très belle maison ; nous nous y promenâmes beaucoup ; tout m'y rendait l'âme satisfaite. J'y étais avec un homme que j'aimais, qui m'adorait, qui avait la liberté de me le dire, qui me le disait à chaque instant, et dont on trouvait bon que je reçusse les hommages, à qui même il m'était permis de marquer modestement du retour. Aussi n'y manquais-je pas ; il me parlait, et moi je le regardais et ses discours n'étaient pas plus tendres que mes regards. Il le sentait bien : ses expressions en devenaient plus passionnées, et le langage de mes yeux encore plus doux.

Quelle agréable situation ! d'un côté Valville qui m'idolâtrait, de l'autre Mlle de Fare qui ne savait quelles caresses me faire ; et de ma part un cœur plein de sensibilité pour tout cela. Nous nous promenions tous trois dans le bois de la maison ; nous avions laissé Mme de Fare occupée à recevoir deux personnes qui venaient d'arriver pour souper chez elle ; et comme les tendresses de Valville interrompaient ce que nous nous disions, cette aimable fille et moi, nous nous avisâmes, par un mouvement de gaieté, de le fuir, de l'écarter d'auprès de nous, et de lui jeter des feuilles que nous arrachions des bosquets.

Il nous poursuivait, nous courions, il me saisit, elle vint à mon secours, et mon âme se livrait à une joie qui ne devait pas durer.

C'était ainsi que nous nous amusions, quand on vint nous avertir qu'on n'attendait que nous pour se mettre à table, et nous nous rendîmes dans la salle.

On soupa ; on demanda d'abord des nouvelles de M. de Fare qui était à l'armée ; on parla de moi ensuite ; la compagnie me fit de grandes honnêtetés. Mme de Fare l'avait déjà prévenue sur le mariage auquel on me destinait, on en félicita Valville.

Le souper fini, les convives nous quittèrent ; Mme de Fare dit à Valville de rester jusqu'au lendemain, il ne l'en fallut pas presser beaucoup. Je touche à la catastrophe qui me menace, et demain je verserai bien des larmes.

Je me levai entre dix et onze heures du matin ; un quart d'heure après entra une femme de chambre qui venait pour m'habiller.

Quelque inusité que fût pour moi le service qu'elle allait me rendre, je m'y prêtai, je pense, d'aussi bonne grâce que s'il m'avait été familier. Il fallait bien soutenir mon rang, et c'était là de ces choses que je saisissais on ne peut pas plus vite ; j'avais un goût naturel, ou, si vous voulez, je ne sais quelle vanité délicate qui me les apprenait tout d'un coup, et ma femme de chambre ne me sentit point novice.

À peine achevait-elle de m'habiller, que j'entendis la voix de Mlle de Fare qui approchait, et qui parlait à une autre personne qui était avec elle. Je crus que ce ne pouvait être que Valville, et je voulais aller au-devant d'elle ; elle ne m'en donna pas le temps, elle entra.

Ah ! madame, devinez avec qui, devinez ! Voilà ce qu'on peut appeler un coup de foudre.

C'était avec cette marchande de toile chez qui j'avais demeuré en qualité de fille de boutique, avec Mme Dutour, de qui j'ai dit étourdiment, ou par pure distraction, que je ne parlerais plus, et qui, en effet, ne paraîtra plus sur la scène.

Mlle de Fare accourut d'abord à moi, et m'embrassa d'un air folâtre; mais ce fatal objet, cette misérable Mme Dutour venait de frapper mes yeux, et elle n'embrassa qu'une statue : je restai sans mouvement, plus pâle que la mort, et ne sachant plus où j'étais.

Eh! ma chère, qu'avez-vous donc? Vous ne me dites mot! s'écria Mlle de Fare, étonnée de mon silence et de mon immobilité.

Eh! que Dieu nous soit en aide! Aurais-je la berlue? N'est-ce pas vous, Marianne? s'écria de son côté Mme Dutour. Eh! pardi oui, c'est elle-même. Tenez, comme on se rencontre! Je suis venue ici pour montrer de la toile à des dames qui sont vos voisines, et qui m'ont envoyé chercher; et en revenant, j'ai dit : Il faut que je passe chez Mme la marquise, pour voir si elle n'a besoin de rien. Vous m'avez trouvée dans sa chambre, et puis vous m'amenez ici, où je la trouve; il faut croire que c'est mon bon ange qui m'a inspirée d'entrer dans la maison.

Et tout de suite, elle se jeta à mon col. Quelle bonne fortune avez-vous donc eue? ajouta-t-elle tout de suite. Comme la voilà belle et bien mise! Ah! que je suis aise de vous voir brave[1]! que cela vous sied bien! Je pense, Dieu me pardonne, qu'elle a une femme de chambre. Eh! mais, dites-moi donc ce que cela signifie. Voilà qui est admirable, cette pauvre enfant! Contez-moi donc d'où cela vient.

À ce discours, pas un mot de ma part; j'étais anéantie.

Là-dessus, Valville arrive d'un air riant; mais, à l'aspect de Mme Dutour, le voici qui rougit, qui perd contenance, et qui reste immobile à son tour. Vous jugez bien qu'il comprit toutes les fâcheuses conséquences de cette aventure; ceci, au reste, se passa plus vite que je ne puis le raconter.

Doucement, madame Dutour, doucement, dit
alors Mlle de Fare ; vous vous trompez sûrement,
vous ne savez pas à qui vous parlez. Mademoiselle
n'est pas cette Marianne pour qui vous la prenez.

Ce ne l'est pas ! s'écria encore la marchande, ce ne
l'est pas ! Ah ! pardi, en voici bien d'un autre : vous
verrez que je ne suis peut-être pas Mme Dutour
aussi, moi ! Eh ! merci de ma vie ! demandez-lui si je
me trompe. Eh bien ! répondez donc, ma fille, n'est-il
pas vrai que c'est vous ? Dites donc, n'avez-vous pas
été quatre ou cinq jours en pension chez moi pour
apprendre le négoce ? C'était M. de Climal qui l'y
avait mise, et puis la laissa là un beau jour de fête ;
bon jour, bonne œuvre[1] ; adieu, va où tu pourras !
Aussi pleurait-elle, il faut voir, la pauvre orpheline !
Je la trouvai échevelée comme une Madeleine, une
nippe d'un côté, une nippe d'un autre ; c'était une
vraie pitié.

Mais, encore une fois, prenez garde, madame, prenez garde, car cela ne se peut pas, dit Mlle de Fare
étonnée. Oh bien, je ne dis pas que cela se puisse,
mais je dis que cela est, reprit la Dutour. Eh ! à propos, tenez, c'est chez M. de Valville que je fis porter
le paquet de hardes dont M. de Climal lui avait fait
présent ; à telles enseignes que j'ai encore un mouchoir à elle, qu'elle a oublié chez moi et qui ne vaut
pas grand argent. Mais enfin, n'importe, il est à elle,
et je n'y veux rien[2] ; on l'a blanchi tel qu'il est ; quand
il serait meilleur, il en serait de même, et ce que j'en
dis n'est que pour faire voir si je dois la connaître.
En un mot comme en cent, qu'elle parle ou qu'elle ne
parle pas, c'est Marianne ; et quoi encore ? Marianne.
C'est le nom qu'elle avait quand je l'ai prise ; si elle ne
l'a plus, c'est qu'elle en a changé, mais je ne lui en
savais point d'autre, ni elle non plus ; encore était-ce,
m'a-t-elle dit, la nièce d'un curé qui le lui avait

donné, car elle ne sait qui elle est; c'est elle qui me l'a dit aussi. Que diantre! où est donc la finesse que j'y entends? Est-ce que j'ai envie de lui nuire, moi, à cette enfant, qui a été ma fille de boutique? Est-ce que je lui en veux? Pardi! je suis comme tout le monde, je reconnais les gens quand je les ai vus. Voyez que cela est difficile! Si elle est devenue glorieuse, dame, je n'y saurais que faire. Au surplus, je n'ai que du bien à dire d'elle; je l'ai connue pour honnête fille, y a-t-il rien de plus beau? Je lui défie d'avoir mieux, quand elle serait duchesse: de quoi se fâche-t-elle?

À ce dernier mot, la femme de chambre se mit à rire sous sa main et sortit; pour moi, qui me sentais faible et les genoux tremblants, je me laissai tomber dans un fauteuil qui était à côté de moi, où je ne fis que pleurer et jeter des soupirs.

Mlle de Fare baissait les yeux et ne disait mot. Valville, qui jusque-là n'avait pas encore ouvert la bouche, s'approcha enfin de Mme Dutour, et la prenant par le bras: Eh! madame allez-vous-en, sortez, je vous en conjure; faites-moi ce plaisir-là, vous n'y perdrez point, ma chère madame Dutour; allez, qu'on ne vous voie point davantage ici; soyez discrète, et comptez de ma part sur tous les services que je pourrai vous rendre.

Eh! mon Dieu, de tout mon cœur! reprit-elle. Hélas! je suis bien fâchée de tout cela, mon cher monsieur; mais que voulez-vous? Devine-t-on? Mettez-vous à ma place.

Eh oui, madame, lui dit-il, vous avez raison, mais partez, partez je vous prie. Adieu, adieu, répondit-elle, je vous fais bien excuse. Mademoiselle, je suis votre servante (c'était à Mlle de Fare à qui elle parlait). Adieu, Marianne, allez, mon enfant, je ne vous souhaite pas plus de mal qu'à moi, Dieu le sait;

toutes sortes de bonheurs puissent-ils vous arriver ! Si pourtant vous voulez voir ce que j'ai apporté dans mon carton, dit-elle encore en s'adressant à Mlle de Fare, peut-être prendriez-vous quelque chose. Eh ! non, reprit Valville, non ! vous dit-on ; j'achèterai tout ce que vous avez, je le retiens, et vous le payerai demain chez moi. Ce fut en la poussant qu'il parla ainsi, et enfin elle sortit.

Mes larmes et mes soupirs continuaient, je n'osais pas lever les yeux, et j'étais comme une personne accablée.

Monsieur de Valville, dit alors Mlle de Fare, qui jusqu'ici n'avait fait qu'écouter, expliquez-moi ce que cela signifie.

Ah ! ma chère cousine, répondit-il en embrassant ses genoux, au nom de tout ce que vous avez de plus cher, sauvez-moi la vie, il n'y va pas de moins pour moi ; je vous en conjure par toute la bonté, par toute la générosité de votre cœur. Il est vrai, mademoiselle a été quelques jours chez cette marchande ; elle a perdu son père et sa mère depuis l'âge de deux ans ; on croit qu'ils étaient étrangers ; ils ont été assassinés dans un carrosse de voiture avec nombre de domestiques à eux, c'est un fait constaté ; mais on n'a jamais pu savoir qui ils étaient ; leur suite a seulement prouvé qu'ils étaient gens de condition[1], voilà tout ; et mademoiselle fut retirée du carrosse dans la portière duquel elle était tombée sous le corps de sa mère ; elle a depuis été élevée par la sœur d'un curé de village, qui est morte à Paris il y a quelques mois, et qui la laissa sans secours. Un religieux la présenta à mon oncle ; c'est par hasard que je l'ai connue, et je l'adore ; si je la perds, je perds la vie. Je vous ai dit que ses parents voyageaient avec plusieurs domestiques de tout sexe ; elle est fille de qualité, on n'en a jamais jugé autrement. Sa figure, ses grâces et son

caractère en sont encore de nouvelles preuves ; peut-
être même est-elle née plus que moi ; peut-être que,
si elle se connaissait, je serais trop honoré de sa tendresse. Ma mère, qui sait tout ce que je vous dis là, et
tout ce que je n'ai pas le temps de vous dire, ma
mère est dans notre confidence, elle est enchantée
d'elle ; elle l'a mise dans un couvent ; elle consent que
je l'aime, elle consent que je l'épouse, et vous êtes
bien digne de penser de même ; vous n'abuserez
point de l'accident funeste qui lui dérobe sa naissance ; vous ne lui en ferez point un crime. Un malheur, quand il est accompagné des circonstances
que je vous dis, ne doit point priver une fille, d'ailleurs si aimable, du rang dans lequel on a bien vu
qu'elle était née, ni des égards et de la considération
qu'elle mérite de la part de tous les honnêtes gens.
Gardez donc votre estime et votre amitié pour elle ;
conservez-moi mon épouse, conservez-vous l'amie la
plus digne de vous, une amie d'un mérite et d'un
cœur que vous ne trouverez nulle part ; d'un cœur
que vous allez acquérir tout entier, sans compter le
mien, dont la reconnaissance sera éternelle et sans
bornes. Mais ce n'est pas assez que de ne point divulguer notre secret : il y avait tout à l'heure ici une
femme de chambre qui a tout entendu, il faut la
gagner, il faut se hâter.

C'est à quoi je songeais, dit Mlle de Fare, qui
l'interrompit, et qui tira le cordon d'une sonnette, et
je vais y remédier. Tranquillisez-vous, monsieur, et
fiez-vous à moi. Voici un récit qui m'a remuée
jusqu'aux larmes ; j'avais beaucoup d'estime pour
vous, vous venez de m'en donner mille fois davantage. Je regarde aussi Mme de Miran, dans cette
occasion-ci, comme la femme du monde la plus respectable ; je ne saurais vous dire combien je l'aime,
combien son procédé me touche, et mon cœur ne le

cédera pas au sien. Essuyez vos pleurs, ma chère
amie, et ne songeons plus qu'à nous lier d'une amitié
qui dure autant que nous, ajouta-t-elle en me tendant la main, sur laquelle je me jetai, que je baisai,
que j'arrosai de mes larmes, d'un air qui n'était que
suppliant, reconnaissant et tendre, mais point humilié.

Cette amitié que vous me faites l'honneur de me
demander me sera plus chère que ma vie ; je ne
vivrai que pour vous aimer tous deux, vous et Valville, lui dis-je à travers des sanglots que m'arracha
l'attendrissement où j'étais.

Je ne pus en dire davantage ; Mlle de Fare pleurait
aussi en m'embrassant, et ce fut en cet état que la
surprit la femme de chambre dont je vous ai parlé, et
qui venait savoir pourquoi elle avait sonné.

Approchez, Favier, lui dit-elle du ton le plus imposant ; vous avez de l'attachement pour moi, du moins
il me le semble. Quoi qu'il en soit, vous avez vu ce
qui s'est passé avec cette marchande ; je vous perdrai
tôt ou tard, si jamais il vous échappe un mot de ce
qui s'est dit ; je vous perdrai ; mais aussi je vous promets votre fortune pour prix du silence que vous garderez. Et moi, je lui promets de partager la mienne
avec elle[1], dit tout de suite Valville.

Favier, en rougissant, nous assura qu'elle se tai-
rait ; mais le mal était fait, elle avait déjà parlé ; et
c'est ce que vous verrez dans la sixième partie, avec
tous les événements que son indiscrétion causa ; les
puissances[2] même s'en mêlèrent. Je n'ai pas oublié,
au reste, que je vous ai annoncé l'histoire d'une religieuse, et voici sa place ; c'est par où commencera la
sixième partie.

SIXIÈME PARTIE

Je vous envoie, madame, la sixième partie de ma Vie ; vous voilà fort étonnée, n'est-il pas vrai[1] ? Est-ce que vous n'avez pas encore achevé de lire la cinquième ? Quelle paresse ! Allons, madame, tâchez donc de me suivre ; lisez du moins aussi vite que j'écris.

Mais, me dites-vous, d'où peut venir en effet tant de diligence, vous qui jusqu'ici n'en avez jamais eu, quoique vous m'ayez toujours promis d'en avoir ?

C'est que ma promesse gâtait tout. Cette diligence alors était comme d'obligation, je vous la devais, et on a de la peine à payer ses dettes. À présent que je ne vous la dois plus, que je vous ai dit qu'il ne fallait plus y compter, je me fais un plaisir de vous la donner pour rien ; cela me réjouit. Je m'imagine être généreuse, au lieu que je n'aurais été qu'exacte, ce qui est bien différent.

Reprenons le fil de notre discours. J'ai l'histoire d'une religieuse à vous raconter : je n'avais pourtant résolu de vous parler que de moi, et cet épisode n'entrait pas dans mon plan ; mais, puisque vous m'en paraissez curieuse, que je n'écris que pour vous amuser, et que c'est une chose que je trouve sur mon chemin, il ne serait pas juste de vous en priver. Attendez un moment, je vais bientôt rejoindre cette

religieuse en question, et ce sera elle qui vous satis-
fera.

Vous m'avouez, au reste, que vous avez laissé lire
mes aventures à plusieurs de vos amis. Vous me
dites qu'il y en a quelques-uns à qui les réflexions
que j'y fais souvent n'ont pas déplu; qu'il y en a
d'autres qui s'en seraient bien passés. Je suis à
présent comme ces derniers, je m'en passerai bien
aussi, ma religieuse de même. Ce ne sera pas une
babillarde comme je l'ai été; elle ira vite, et quand ce
sera mon tour à parler, je ferai comme elle.

Mais je songe que ce mot de babillarde, que je
viens de mettre là sur mon compte, pourrait fâcher
d'honnêtes gens qui ont aimé mes réflexions. Si elles
n'ont été que du babil, ils ont donc eu tort de s'y
plaire, ce sont donc des lecteurs de mauvais goût.
Non pas, messieurs, non pas; je ne suis point de cet
avis; au contraire, je n'oserai dire le cas que je fais
de vous, ni combien je me sens flattée de votre
approbation là-dessus. Quand je m'appelle une
babillarde, entre nous, ce n'est qu'en badinant, et
que par complaisance pour ceux qui m'ont peut-être
trouvée telle; et la vérité est que je continuerais de
l'être, s'il n'était pas plus aisé de ne l'être point. Vous
me faites beaucoup d'honneur, en approuvant que je
réfléchisse; mais aussi ceux qui veulent que je m'en
tienne au simple récit des faits me font grand plaisir; mon amour-propre est pour vous, mais ma
paresse se déclare pour eux, et je suis un peu revenue des vanités de ce monde; à mon âge on préfère
ce qui est commode à ce qui n'est que glorieux. Je
soupçonne d'ailleurs (et je vous le dis en secret), je
soupçonne que vous n'êtes pas le plus grand
nombre. Ajoutez à cela la difficulté de vous servir, et
vous excuserez le parti que je vais prendre[1].

Nous en étions au discours que Mlle de Fare et

Valville tinrent à Favier ; j'ai dit que cette précaution qu'ils prirent fut inutile.

Vous avez vu que Favier s'était retirée avant que la Dutour s'en allât, et il n'y avait tout au plus qu'un quart d'heure qu'elle avait disparu quand elle revint ; mais ce quart d'heure, elle l'avait déjà employé contre moi. De ma chambre, elle s'était rendue chez Mme de Fare, à qui elle avait conté tout ce qu'elle venait de voir et d'entendre.

Elle n'osa nous l'avouer. Mlle de Fare le prit avec elle sur un ton qui l'en empêcha, et qui lui fit peur. J'observai seulement, comme je vous l'ai déjà dit, qu'elle rougit ; et à travers l'accablement où j'étais je ne tirai pas un bon augure de cette rougeur.

Elle sortit assez déconcertée, et Mlle de Fare se remit à me consoler. Je lui tenais une main, que je baignais de mes larmes ; elle répondait à cette action par les caresses les plus affectueuses.

Eh ! ma chère amie, cessez donc de pleurer, me disait-elle ; que craignez-vous ? Cette fille ne dira mot, soyez-en persuadée (c'était de Favier dont elle parlait) ; nous venons de l'intéresser par tous les motifs qui peuvent lui fermer la bouche. Je lui ai dit que son indiscrétion la perdrait, que son silence ferait sa fortune ; et après les menaces dont je l'ai intimidée, après les récompenses que je lui ai promises, concevez-vous qu'elle ne se taise pas ? Y a-t-il quelque apparence qu'elle nous trahisse ? Tranquillisez-vous donc ; donnez-moi cette marque d'amitié et de confiance, ou bien je croirai à présent que c'est à cause de moi que vous pleurez tant ; je croirai que vous rougissez de m'avoir eue pour témoin de ce qui s'est passé, et que vous me soupçonnez d'avoir quelque sentiment qui vous humilie, moi qui ne vous en aime que davantage, qui ne m'en sens que plus liée à vous ; moi pour qui vous n'en devenez que plus inté-

ressante, et qui n'en aurai toute ma vie que plus
d'égards pour vous. Je le croirai, vous dis-je, et voyez
en ce cas combien j'aurai lieu de me plaindre de
vous, combien votre douleur m'offenserait et serait
désobligeante pour un cœur comme le mien!

Ce discours redoublait mon attendrissement, et
par conséquent mes larmes. Je n'avais pas la force de
parler; mais je donnais mille baisers sur sa main que
je tenais toujours, et que je pressais entre les
miennes en signe de reconnaissance.

Quelqu'un peut venir, me disait de son côté Valville. Mme de Fare elle-même va peut-être arriver;
que voulez-vous qu'elle pense de l'état où vous êtes?
Quelle raison lui en rendrons-nous, et de quoi vous
affligez-vous tant? Ceci n'aura point de suite; c'est
moi qui vous le garantis, ajoutait-il en se jetant à
mes genoux avec plus d'amour, avec plus de passion,
ce me semble, qu'il n'en avait jamais eu; et mes
regards, que je laissais tomber tour à tour sur
l'amant et l'amie, leur exprimaient combien j'étais
sensible à tout ce qu'ils me disaient tous deux de
doux et de consolant, quand nous entendîmes marcher près de ma chambre.

C'était Mme de Fare, qui entra un moment après.
Sa fille et Valville s'assirent à côté de moi, et
j'essuyai mes pleurs avant qu'elle parût; mais toute
l'impression des mouvements dont j'avais été agitée
me restait sur le visage; on y voyait encore un air de
douleur et de consternation que je ne pouvais pas en
ôter.

Feignez d'être malade, se hâta de me dire Mlle de
Fare, et nous supposerons que vous venez de vous
trouver mal.

À peine achevait-elle ce peu de mots, que nous
vîmes sa mère. Je ne la saluai que d'une simple inclination de tête, à cause de la faiblesse que nous

étions convenus que j'affecterais, et qui était assez réelle.

Mme de Fare me regarda, et ne me salua pas non plus.

Est-ce qu'elle est indisposée? dit-elle à Valville d'un air indifférent et peu civil. Oui, madame, répondit-il; nous avons eu beaucoup de peine à faire revenir mademoiselle d'un évanouissement qui lui a pris. Et elle est encore extrêmement faible, ajouta Mlle de Fare, que je vis surprise du peu de façon que faisait sa mère en parlant de moi.

Mais, reprit cette dame du même ton, et sans jamais dire mademoiselle, si elle veut, on la ramènera à Paris, je lui prêterai mon carrosse.

Madame, lui dit sèchement Valville, le vôtre n'est pas nécessaire; elle s'en retournera dans le mien, qui est venu me prendre. Vous avez raison, cela est égal, repartit-elle. Quoi! ma mère, tout à l'heure! s'écria la fille : je serais d'avis qu'on attendît à tantôt.

Non, mademoiselle, dis-je alors à mon tour, en m'appuyant sur le bras de Valville pour me lever; non, laissez-moi partir; je vous rends mille grâces de votre attention pour moi, mais effectivement il vaut mieux que je me retire, et je sens bien qu'il ne faut pas que je reste ici plus longtemps. Descendons, monsieur, je serai bien aise de prendre l'air en attendant que votre carrosse soit prêt.

Mais, ma mère, reprit une seconde fois Mlle de Fare, prenez donc garde; laisserons-nous mademoiselle s'en retourner toute seule dans ce carrosse? Et puisqu'elle veut absolument se retirer, n'êtes-vous pas d'avis que nous la ramenions, ou du moins que je prenne une de vos femmes avec moi pour la reconduire jusqu'à son couvent, ou chez Mme de Miran, qui nous l'a confiée? Sans quoi il n'y a ici que M. de Valville qui pourrait l'accompagner, et il ne serait pas dans l'ordre qu'il partît avec elle.

Non, reprit la mère en souriant; mais, dites-moi, monsieur de Valville, j'attends compagnie; ni ma fille ni moi ne pouvons quitter[1]; ne suffira-t-il pas d'une de mes femmes? Je vous donnerai celle qui l'a habillée. Il n'y a qu'un pas d'ici à Paris, n'est-ce pas, ma belle enfant? Ce sera assez.

Valville, indigné d'un procédé si cavalier, ne répondit mot. Je n'ai besoin de personne, madame, lui dis-je, pleinement persuadée que cette femme de chambre qu'elle m'offrait avait parlé; je n'ai besoin de personne.

Et c'était en sortant de la chambre avec Valville que je disais cela. Mlle de Fare baissait les yeux d'un air d'étonnement qui n'était pas à la louange de sa mère.

Madame, dit Valville à Mme de Fare d'un ton aussi brusque que dégagé, mademoiselle va prendre mon équipage; vous avez offert le vôtre, vous n'avez qu'à me le prêter pour la suivre; l'état où elle est m'inquiète, et s'il lui arrivait quelque chose, je serai à portée de lui faire donner du secours.

Eh! d'où vient nous quitter? dit-elle toujours en souriant. Qu'est-ce que cela signifie? Je n'en vois pas la nécessité, puisque je lui offre une de mes femmes avec elle. Aime-t-elle mieux rester? Vous savez qu'à quatre ou cinq heures il doit lui venir une voiture, que Mme de Miran a dit qu'elle enverrait; et comme elle est malade, et que j'aurai compagnie, elle mangera dans sa chambre. Oui, dit-il, l'expédient serait assez commode, mais je ne crois pas qu'il lui convienne.

Votre sérieux me divertit, mon cousin, lui repartit-elle; au surplus, s'il n'y a pas moyen de vous arrêter[2], mon carrosse est à votre service.

Bourguignon, ajouta-t-elle tout de suite en parlant à un laquais qui se rencontra là, qu'on mette les che-

vaux au carrosse. Je pense que voici du monde qui
vient : adieu, monsieur ; nous nous reverrons, mais il
y a bien de la méchante humeur à vous à nous quitter. Ma belle enfant, je suis votre servante. Allez, ce
ne sera rien ; faites-la déjeuner avant qu'elle parte.
Là-dessus elle prit congé de nous, et puis, se retournant : Venez, ma fille, dit-elle à Mlle de Fare ; venez,
j'ai à vous parler.

Dans un instant, ma mère, je vous suis, répondit la
fille en nous regardant tristement, Valville et moi. Je
ne comprends rien à ces manières-ci, nous dit-elle ;
elles ne ressemblent point à celles d'hier au soir ;
quelle en peut être la cause ? Est-ce que cette misérable femme l'aurait déjà instruite ? J'ai de la peine à
le croire.

N'en doutez point, reprit Valville, qui avait fait
donner ses ordres à son cocher ; mais n'importe, elle
sait l'intérêt que ma mère prend à mademoiselle, et
tout ce qu'on peut lui avoir dit ne la dispense pas des
égards et des politesses qu'elle devait conserver pour
elle. D'ailleurs, à propos de quoi en agit-elle si mal
avec une jeune personne pour qui elle a vu que ma
mère et moi avons les plus grandes attentions ? Cette
lingère dont on lui a rapporté les discours, n'a-t-elle
pas pu se tromper, et prendre mademoiselle pour
une autre ? Mademoiselle lui a-t-elle répondu un
mot ? Est-elle convenue de ce qu'elle lui disait ? Il est
vrai qu'elle a pleuré, mais c'est peut-être à cause
qu'elle a cru qu'on voulait lui faire injure : c'était surprise ou timidité, et tout cela est possible dans une
personne de son âge, qui se voit apostrophée avec
tant de hardiesse. Ce n'est pas à vous, ma chère cousine, à qui ce que je dis là s'adresse ; vous savez avec
quelle confiance je me suis livré à vous là-dessus. Je
veux / seulement dire que Mme de Fare devait du
moins suspendre son jugement, et ne pas s'en rap-

porter à une femme de chambre, qui a pu mal entendre, qui a pu ajouter à ce qu'elle a entendu, et qui elle-même n'a raconté ce qu'elle a su que d'après une autre femme, qui, comme je l'ai dit, peut avoir été trompée par quelque ressemblance. Et supposez qu'elle ne se soit point méprise; il s'agit ici de faits qui méritent bien qu'on s'en assure, ou qu'on les éclaircisse; d'autant plus qu'il peut y entrer une infinité de circonstances qui changent considérablement les choses, comme le sont les circonstances que je vous ai dites, et qui font bien voir que mademoiselle est à plaindre, mais qui ne donnent droit à qui que ce soit de la traiter comme on vient de le faire.

Et il fallait voir avec quel feu, avec quelle douleur s'énonçait Valville, et toute la tendresse qu'il mettait pour moi dans ce qu'il disait.

Si Mme de Fare avait votre cœur et votre façon de penser, mademoiselle, ajouta-t-il, je lui aurais tout avoué; mais je m'en suis abstenu. C'est un détail, vous me permettrez de le dire, qui n'est pas fait pour un esprit comme le sien. Quoi qu'il en soit, mademoiselle, elle vous aime, vous avez du pouvoir sur elle, tâchez d'obtenir qu'elle se taise; dites-lui que ma mère le lui demande en grâce, et que, si elle y manque, c'est se déclarer notre ennemie, et m'outrager personnellement sans retour. Enfin, ma chère cousine, dites-lui l'intérêt que vous prenez à ce qui nous regarde, et tout le chagrin qu'elle ferait à vous-même, si elle ne nous gardait pas le secret.

Ne vous inquiétez point, lui repartit Mlle de Fare, elle se taira, monsieur, je vais tout à l'heure me jeter à ses genoux pour l'y engager, et j'en viendrai à bout.

Mais du ton dont elle nous le promettait, on voyait bien qu'elle souhaitait plus de réussir qu'elle ne l'espérait, et elle avait raison.

Pendant qu'ils s'entretenaient ainsi, je soupirais, et j'étais consternée. Il n'y a plus de remède! m'écriais-je quelquefois; nous n'en reviendrons point. Et en effet, qui n'aurait pas pensé que cet événement-ci romprait notre mariage, et qu'il en naîtrait des obstacles insurmontables?

Et si Mme de Miran les surmonte, me disais-je en moi-même, si elle a ce courage-là, aurai-je celui d'abuser de toutes ses bontés, de l'exposer à tout le blâme, à tous les reproches qu'elle en essuiera de sa famille? Pourrai-je être heureuse, si mon bonheur dans les suites devient un sujet de honte et de repentir pour elle?

Voilà ce qui me passait dans l'esprit, en supposant même que Mme de Miran ne se rebutât point, et tînt bon contre l'ignominie que cette aventure-ci répandrait sur moi, si elle éclatait, comme il y avait tout lieu de croire qu'elle éclaterait.

Les deux carrosses, celui de Mme de Fare et celui de Valville, arrivèrent dans la cour. Mlle de Fare m'embrassa; elle me tint longtemps entre ses bras, je ne pouvais m'en arracher, et je montai la larme à l'œil dans le carrosse de Valville, renvoyée, pour ainsi dire, avec moquerie d'une maison où l'on m'avait reçue la veille avec tant d'accueil.

Me voici partie; Valville me suivait dans son équipage[1]; nous nous trouvions quelquefois de front, et nous nous parlions alors.

Il affectait une gaieté qu'assurément il n'avait pas; et dans un moment où son carrosse était extrêmement près du mien: Songez-vous encore à ce qui s'est passé? me dit-il assez bas, et en avançant sa tête. Pour moi, ajouta-t-il, il n'y a que l'attention que vous y faites qui me fâche.

Non, non, monsieur, lui répondis-je, ceci n'est pas aussi indifférent que vous le croyez; et moins vous y êtes sensible, et plus vous méritez que j'y pense.

Nous ne saurions continuer la conversation, me répondit-il ; mais allez-vous rentrer dans votre couvent, et ne jugez-vous pas à propos de voir ma mère auparavant ?

Il n'y a pas moyen, lui dis-je ; vous savez l'état où nous avons laissé M. de Climal ; Mme de Miran est peut-être actuellement dans l'embarras : ainsi il vaut mieux retourner chez moi.

Je crois, reprit Valville, que je vois de loin le carrosse de ma mère. Il ne se trompait pas ; et Mme de Miran ne l'envoyait plus tôt qu'elle ne l'avait dit que pour avertir Valville que M. de Climal était mort.

Il reçut cette nouvelle avec beaucoup de douleur ; elle m'affligea moi-même très sérieusement ; les dernières actions du défunt me l'avaient rendu cher, et je pleurai de tout mon cœur.

Je descendis alors du carrosse de Valville, à qui je le laissai ; il renvoya l'équipage de Mme de Fare, et je me mis dans celui de Mme de Miran, dont le cocher avait ordre de me ramener au couvent, où j'arrivai fort abattue, et roulant mille tristes pensées dans ma tête.

Je fus trois jours sans voir personne de chez Mme de Miran.

Le quatrième au matin, un laquais vint de sa part me dire qu'elle avait été incommodée, et que je la verrais le lendemain ; et dans l'instant que je quittais ce domestique, il tira mystérieusement de sa poche un billet que Valville l'avait chargé de me donner, et que j'allai lire dans ma chambre.

Je n'ai pas instruit ma mère de l'accident qui vous est arrivé chez Mme de Fare, m'y disait-il. Peut-être cette dame sera-t-elle discrète en faveur de sa fille, qui l'en aura fortement pressée ; et dans l'espérance que j'en ai, j'ai cru devoir cacher à ma mère une aventure qu'il vaut mieux qu'elle ignore, s'il est pos-

sible, et qui ne servirait qu'à l'inquiéter. Elle vous
verra demain, m'a-t-elle dit; j'ai parlé à la Dutour, je
l'ai mise dans nos intérêts; rien n'a encore transpiré.
Gardez-vous de votre côté, je vous prie, de rien dire à
ma mère. Voilà quelle était à peu près la substance
de son billet, que je lus en secouant la tête, à
l'endroit où il me recommandait le silence.

Vous avez beau dire, lui répondis-je en moi-
même; il ne sera pas généreux de me taire; il y aura
à cela une espèce de trahison ou de fourberie, à
laquelle Mme de Miran ne doit point s'attendre de
ma part; ce sera lui manquer de reconnaissance, et
je ne saurais me résoudre à une dissimulation si
ingrate. Il me semble que je dois lui déclarer tout, à
quelque prix que ce soit.

En pensant ainsi pourtant, je n'étais pas encore
déterminée à ce que je ferais; mais cette mauvaise
finesse[1] dont on me conseillait d'user répugnait à
mon cœur; de sorte que je restai jusqu'au lendemain
fort agitée, et sans prendre de résolution là-dessus. À
trois heures après midi, on m'annonça Mme de
Miran, et j'allai la trouver au parloir dans une émotion qui venait de plusieurs motifs. Et les voici.

Me tairai-je? C'est assurément le plus sûr, me
disais-je; mais ce n'est pas le plus honnête, et je
trouve cela lâche. Parlerai-je? C'est le parti le plus
digne, mais d'un autre côté le plus dangereux. Il fallait se hâter d'opter, et j'étais déjà devant Mme de
Miran sans m'être encore arrêtée à rien.

Il est quelquefois difficile de décider entre la fortune et son devoir. Quand je dis ma fortune, je parle
de celle de mon cœur, que je risquais de perdre, et
du bonheur qu'il y aurait pour moi à me voir unie à
un homme qui m'était cher; car je ne songeais point
du tout aux biens de Valville, non plus qu'au rang
qu'il me donnerait. Quand on aime bien, on ne pense

qu'à son amour; il absorbe toute autre considération; et le reste, de quelque conséquence qu'il fût, ne
m'aurait pas fait hésiter un instant. Mais il s'agissait
de celer à Mme de Miran un accident qu'il importait
qu'elle sût, à cause des inconvénients qui le suivraient.

Ma fille, me dit-elle, voici un contrat de douze
cents livres de rente qui vous appartient, et que je
vous apporte; il est en bonne forme, vous pouvez
vous en fier à moi; c'est mon frère qui vous le laisse,
et mon fils, qui est son héritier, n'y perd rien, puisque vous devez l'épouser, et que cela lui revient;
mais n'importe, prenez; c'est un bien qui est à vous,
et j'aime encore mieux, dans cette occasion-ci, qu'il
le tienne de vous que de son oncle. Voyez, je vous
prie, quel début!

Hélas! ma mère, lui répondis-je, ce qui me touche
le plus dans tout cela, c'est la manière dont vous me
traitez; mon Dieu, que je vous ai d'obligations! Y a-
t-il rien qui vaille la tendresse dont vous m'honorez?
Vous savez, ma mère, que j'aime M. de Valville, mais
mon cœur est encore plus à vous qu'à lui; ma
reconnaissance pour vous m'est plus chère que mon
amour. Et là-dessus, je me mis à pleurer.

Va, Marianne, me dit-elle, ta reconnaissance me
fait grand plaisir, mais je n'en veux jamais d'autre de
toi que celle qu'une fille doit avoir pour une mère
bien tendre : voilà de quelle espèce j'exige que soit la
tienne. Souviens-toi que ce n'est plus une étrangère,
mais que c'est ma fille que j'aime; tu vas bientôt
achever de la devenir, et je t'avoue qu'à présent je le
souhaite autant que toi. Je vieillis. Je viens de perdre
le seul frère qui me restait; je sens que je me détache
de la vie, et je ne m'y propose plus d'autre douceur
que celle d'avoir Marianne auprès de moi; je ne
pourrais plus me passer de ma fille.

Mes pleurs recommencèrent à ce discours. Je te retirerai d'ici dans quelques jours, ajouta-t-elle, et je t'ai déjà retenu ta place dans un autre couvent. Es-tu contente de Mme de Fare? Je ne l'ai pas revue depuis que tu es revenue de chez elle; elle vint hier pour me voir, mais j'étais indisposée et ne recevais personne. S'est-il encore dit quelque chose chez elle sur le mariage entre Valville et toi, dont il fut question chez mon frère?

Non, ma mère. On n'en parla plus, lui répondis-je confuse et pénétrée de tant de témoignages de tendresse; et je n'ai pas la hardiesse d'espérer qu'on en parle davantage.

Quoi! que veux-tu dire? reprit-elle, et d'où vient me tiens-tu ce discours? Ne dois-tu pas être sûre de mon cœur? M. de Valville ne vous a donc informée de rien, ma mère? lui repartis-je. Non, me dit-elle; qu'est-il donc arrivé, Marianne?

Que je suis perdue, ma mère, et que Mme de Fare sait qui je suis, répondis-je. Eh! qui lui a dit? s'écria-t-elle sur-le-champ: comment le sait-elle? Par le plus malheureux accident du monde, repris-je; c'est que cette marchande de linge chez qui j'ai demeuré quatre ou cinq jours est venue par hasard à cette campagne pour y vendre quelque chose, et qu'elle m'y a trouvée.

Eh! mon Dieu, tant pis; t'a-t-elle reconnue? me dit-elle. Oh! tout d'un coup, repris-je. Eh bien! achevez donc, ma fille, que s'est-il passé? Qu'elle a voulu, repartis-je, m'embrasser avec cette familiarité qu'elle a cru lui être permise, qu'elle s'est étonnée de me voir si ajustée, qu'elle ne m'a jamais appelée que Marianne; qu'on lui a dit qu'elle se trompait, qu'elle me prenait pour une autre; enfin qu'elle a soutenu le contraire; et que pour le prouver elle a dit mille choses qui doivent entièrement décourager votre

bonne volonté, qui doivent vous empêcher de
conclure notre mariage, et me priver du bonheur de
vous avoir véritablement pour mère. Le tout est
arrivé dans ma chambre. Mlle de Fare, qui était présente, mais qui est une personne généreuse, et à qui
M. de Valville a tout conté, ne m'en a témoigné ni
moins d'estime, ni fait moins d'amitié ; au contraire :
aussi nous a-t-elle promis de garder un secret éternel, et n'a-t-elle rien oublié pour me consoler. Mais
je suis née si malheureuse que sa générosité ne servira à rien, ma mère. Est-ce là tout ? Ne t'afflige
point, reprit Mme de Miran : si notre secret n'est su
que de Mlle de Fare, je suis tranquille, et il n'y a rien
de gâté ; nous pouvons en toute sûreté nous en fier à
elle, et tu as tort de dire que Mme de Fare sait qui tu
es ; il est certain que sa fille ne lui en aura point
parlé, et je n'aurais que cette dame à craindre. Eh
bien ! ma mère, c'est que Mme de Fare est instruite,
lui répondis-je ; il y avait là une femme de chambre
qui a entendu tout ce que la lingère a dit, et qui lui a
tout rapporté ; et ce qui nous l'a persuadé, c'est que
cette dame, qui vint ensuite, ne me traita pas aussi
honnêtement que la veille ; ses manières étaient bien
changées, ma mère, je suis obligée de vous l'avouer ;
je croirais faire une perfidie si je vous le cachais.
Vous avez eu la bonté de dire que j'étais la fille d'une
de vos amies de province ; mais il n'y a plus moyen
de se sauver par là ; Mme de Fare sait que je ne suis
qu'une pauvre orpheline, ou du moins que je ne
connais point ceux qui m'ont mise au monde, et que
c'était par pure charité que M. de Climal m'avait placée chez Mme Dutour. Voilà sur quoi il faut que
vous comptiez, et ce que j'ai cru qu'il était de mon
devoir de vous apprendre. M. de Valville ne vous en
a pas avertie ; mais c'est qu'il m'aime, et qu'il a craint
que vous ne voulussiez plus consentir à notre

mariage, et il faut lui pardonner; il est votre fils, c'est
une liberté qu'il a pu prendre avec vous; sans
compter qu'il n'y a personne que cette aventure-ci
regarde de si près que lui; c'est lui qui en souffrirait
le plus, puisqu'il serait mon mari; mais moi qui en
aurais tout le profit, et qui ne veux pas l'avoir par
une surprise qui vous serait préjudiciable, moi que
vous avez accablée de bienfaits, qui ne dois la qualité
de votre fille qu'à votre bon cœur, et qui n'ai pas les
privilèges de M. de Valville, je m'imagine que je ne
serais pas pardonnable si j'avais des ruses avec vous,
et si je vous dissimulais une chose qui a de quoi vous
détourner du dessein où vous êtes de nous marier
ensemble. (Mme de Miran, pendant que je lui parlais, me regardait avec une attention dont je ne péné-
trais pas le motif; mais de l'air dont elle fixait ses
yeux sur moi, il semblait qu'elle m'examinait plus
qu'elle ne m'écoutait.) Je continuai, et j'ajoutai :

Vous aviez envie de prendre des mesures qui
auraient empêché qu'on ne me connût, et il n'y a
plus de mesures à prendre; apparemment que
Mme de Fare dira tout, malgré sa fille, qui l'aura
conjurée de n'en rien faire. Ainsi voyez, ma mère,
voilà la belle-fille que vous auriez, si j'épousais M. de
Valville; il n'y a pas autre chose à espérer. Je ne me
consolerai point du bonheur dont vous auriez bien
raison de me priver; mais je me consolerais encore
moins de vous avoir trompée.

Mme de Miran resta quelques moments sans me
répondre, me parut plus rêveuse que triste, et puis
me dit en faisant un léger soupir :

Tu m'affliges, ma fille, et cependant tu
m'enchantes; il faut convenir avec toi que tu as un
malheur bien obstiné. N'y aurait-il pas moyen, sans
que je m'en mêlasse, d'engager cette lingère à dire
qu'en effet elle s'est méprise? Dis-moi, que lui répon-
dis-tu alors?

Rien, ma mère, lui repartis-je ; je ne sus que pleurer pendant que Mlle de Fare s'obstinait à lui dire
qu'elle ne me connaissait pas.

Pauvre enfant ! reprit Mme de Miran. Vraiment
non, je ne savais rien de cela ; mon fils n'a eu garde
de me l'apprendre, et comme tu le dis, il est bien pardonnable, et peut-être même t'a-t-il recommandé de
ne m'en point parler.

Hélas ! ma mère, repris-je, je vous ai dit qu'il
m'aime, c'est toujours son excuse, et ce n'est que
d'aujourd'hui qu'il m'a priée de me taire.

Comment ! d'aujourd'hui ! s'écria-t-elle ; est-ce qu'il
t'est venu voir ? Non, madame, repartis-je, mais il
m'a écrit, et je vous conjure de ne lui point dire que
je vous l'ai avoué. C'est le laquais que vous m'avez
envoyé hier qui m'a apporté ce petit billet de sa part ;
et sur-le-champ je le lui remis entre les mains. Elle le
lut.

Je ne saurais blâmer mon fils, dit-elle ensuite ;
mais tu es une fille étonnante, et il a raison de
t'aimer. Va, ajouta-t-elle en me rendant le billet, si
les hommes étaient raisonnables, il n'y en a pas un,
quel qu'il soit, qui ne lui enviât sa conquête. Notre
orgueil est bien petit auprès de ce que tu fais là ; tu
n'as jamais été plus digne du consentement que j'ai
donné à l'amour de Valville, et je ne me rétracte
point, mon enfant, je ne me rétracte point. À quelque
prix que ce soit, je te tiendrai parole ; je veux que tu
vives avec moi ; tu seras ma consolation ; tu me
dégoûtes de toutes les filles qu'on pourrait m'offrir
pour mon fils, il n'y en a pas une qui pût m'être supportable après toi ; laisse-moi faire. Si Mme de Fare,
qui, à te dire la vérité, est une bien petite femme, et
l'esprit le plus frivole que je connaisse, si elle n'a
encore rien répandu de ce qu'elle sait, ce qui est difficile à croire, vu son caractère, je lui écrirai ce soir

d'une manière qui la retiendra peut-être. Dans le fond, comme je te l'ai dit, elle n'est que frivole et point méchante. Je la verrai ensuite, je lui conterai toute ton histoire; elle est curieuse, elle aime qu'on lui fasse des confidences; je la mettrai dans la nôtre, et elle m'en sera si obligée, qu'elle sera la première à me louer de ce que je fais pour toi, et qu'elle pensera de ta naissance pour le moins aussi avantageusement que moi, qui pense qu'elle est très bonne. Et supposons qu'elle ait déjà été indiscrète, n'importe, ma fille, on trouve des remèdes à tout, console-toi. J'en imagine un; il ne s'agit, dans cette occurrence-ci, que de me mettre à l'abri de la censure. Il suffira que rien ne retombe sur moi. À l'égard de Valville, il est jeune; et quelque bonne opinion qu'on ait de lui, il a beaucoup d'amour; tu es de la plus aimable figure du monde, et la plus capable de mener loin le cœur de l'homme le plus sage; or si mon fils t'épouse, et qu'on soit bien sûr que je n'y ai point consenti, il aura tort, et ce ne sera pas ma faute. Au surplus, je suis bonne, on me connaît assez pour telle; je ne manquerai pas d'être très irritée, mais enfin je pardonnerai tout. Tu entends bien ce que je veux dire, Marianne, ajouta-t-elle en souriant.

À quoi je ne répondis qu'en me jetant comme une folle sur une main dont, par hasard, elle tenait alors un des barreaux de la grille.

Je pleurai d'aise, je criai de joie, je tombai dans des transports de tendresse, de reconnaissance; en un mot, je ne me possédai plus, je ne savais plus ce que je disais : Ma chère mère, mon adorable mère! ah! mon Dieu, pourquoi n'ai-je qu'un cœur? Est-il possible qu'il y en ait un comme le vôtre! Ah! Seigneur, quelle âme! et mille autres discours que je tins et qui n'avaient point de suite.

As-tu pu croire qu'une aussi louable sincérité que

la tienne tournerait à ton désavantage auprès d'une mère comme moi, Marianne ? me dit Mme de Miran, pendant que je me livrais à tous les mouvements que je viens de vous dire.

Hélas ! madame, est-ce qu'on peut s'imaginer rien de semblable à vous et à vos sentiments ? lui répondis-je quand je fus un peu plus calme. Si je n'y étais pas accoutumée, je ne le croirais pas. Serre donc le parchemin que je t'ai donné, me dit-elle (c'était ce contrat dont elle parlait). Sais-tu bien que, suivant la date de la donation, il t'est déjà dû un premier quartier de la rente, et que je te l'apporte ? Le voilà, ajouta-t-elle en tirant de sa poche un petit rouleau de louis d'or, qu'elle me força de prendre, à cause que je le refusais ; je voulais qu'elle me le gardât.

Il sera mieux entre vos mains qu'entre les miennes, lui disais-je ; qu'en ferai-je ? Ai-je besoin de quelque chose avec vous ? Me laissez-vous manquer de rien ? N'ai-je pas tout en abondance ? J'ai encore l'argent que vous m'avez donné vous-même (cela était vrai), et celui dont j'ai hérité à la mort de la demoiselle qui m'a élevée me reste aussi. Prends toujours, me dit-elle, prends ; il faut bien t'accoutumer à en avoir, et celui-ci est à toi.

Alors nous entendîmes ouvrir la porte du parloir où j'étais. Je serrai donc ce rouleau, et nous vîmes entrer l'abbesse de notre couvent.

J'ai su que vous étiez ici, dit-elle à Mme de Miran, ou plutôt à ma mère, car je ne dois plus l'appeler autrement. Ne l'était-elle pas, si elle n'était pas même quelque chose de mieux ?

J'ai su que vous étiez ici, madame, lui dit donc l'abbesse d'un ton de condoléance (à cause que je lui avais dit la mort de M. de Climal), et je viens pour avoir l'honneur de vous voir un moment ; je devais cet après-midi envoyer chez vous, je l'avais dit à mademoiselle.

Elles eurent ensuite un instant de conversation très sérieuse; Mme de Miran se leva. Je serai quelque temps sans vous revoir, et même sans sortir, Marianne, me dit-elle; adieu. Et puis elle salua l'abbesse et partit. Jugez de la tranquillité où elle me laissa. Qu'avais-je désormais à craindre? Par où mon bonheur pouvait-il m'échapper? Y avait-il de revers plus terrible pour moi que celui que je venais d'essuyer, et dont je sortais victorieuse? Non, sans doute, et puisque la bonté de Mme de Miran à mon égard résistait à d'aussi puissants motifs de dégoût, je pouvais défier le sort de me nuire; c'en était fait, ceci épuisait tout; et je n'avais plus contre moi, raisonnablement parlant, que la mort de ma mère, celle de son fils, ou la mienne.

Encore celle de ma mère, qui, je crois (et l'amour me le pardonne), qui, dis-je, m'aurait, je pense, été plus sensible que celle de Valville même, n'aurait pas, suivant toute apparence, empêché pour lors notre mariage; de sorte que je nageais dans la joie, et je me disais: Tous mes malheurs sont donc finis; et qui plus est, si mes premières infortunes ont commencé par être excessives, il me semble que mes premières prospérités commencent de même; je n'ai peut-être pas perdu plus de biens que j'en retrouve; la mère à qui je dois la vie n'aurait peut-être pas été plus tendre que la mère qui m'adopte, et ne m'aurait pas laissé un meilleur nom que celui que je vais porter.

Mme de Miran me tint parole; dix ou douze jours se passèrent sans que je la visse; mais presque tous les jours elle envoyait au couvent, et je reçus aussi deux ou trois billets de Valville, et ceux-ci, sa mère les savait; je ne vous les rapporterai point, il y en avait de trop longs. Voici seulement ce que j'ai retenu du premier:

« Vous m'avez décelé[1] à ma mère, mademoiselle
(et c'est que j'avais montré son dernier billet à
Mme de Miran), mais vous n'y gagnerez rien; au
contraire, au lieu d'un billet ou deux que j'aurais
tout au plus hasardé de vous écrire, vous en recevrez
trois ou quatre, et davantage; en un mot, tant qu'il
me plaira, car ma mère le veut bien; et il faut, s'il
vous plaît, que vous le vouliez bien aussi. Je vous
avais priée de ne lui dire ni l'impertinence de la
Dutour, ni le sot procédé de Mme de Fare, et vous
n'avez tenu compte de ma prière; vous avez un petit
cœur mutin[2], qui s'est avisé d'être plus franc et plus
généreux que le mien. Quel tort cela m'a-t-il fait?
Aucun, et grâces au ciel, je vous mets au pis[3]; si je
n'ai pas le cœur aussi noble que vous, en revanche
celui de ma mère vaut bien le vôtre : entendez-vous,
mademoiselle? Ainsi il n'en sera ni plus ni moins; et
quand nous serons mariés, nous verrons un peu s'il
est vrai que le vôtre soit plus noble que le mien; et en
attendant, je puis me vanter, du moins, de l'avoir
plus tendre. Savez-vous ce qu'ont produit tous les
aveux que vous avez faits à ma mère? Valville, m'a-
t-elle dit, ma fille est incomparable; tu lui avais
recommandé le secret sur ce qui s'est passé chez
Mme de Fare, et je ne t'en sais pas mauvais gré; mais
elle m'a tout dit, et je n'en reviens point; je l'aime
mille fois plus que je ne l'aimais, et elle vaut mieux
que toi. »

Le reste du billet était rempli de tendresses; mais
voilà le seul dont je me suis ressouvenue, et qui fût
essentiel. Revenons. Il y avait donc dix ou douze
jours que je n'avais vu personne de chez Mme de
Miran, quand sur les dix heures du matin on vint me
dire qu'il y avait une parente de ma mère qui me
demandait, et qui m'attendait au parloir.

Comme on ne me dit point si elle était vieille ou

jeune, je m'imaginai que c'était Mlle de Fare, qui, après sa mère, était la seule parente de Mme de Miran que je connusse; et je descendis, persuadée que ce ne pouvait être qu'elle.

Point du tout. Je ne trouvai, au lieu d'elle, qu'une grande femme maigre et menue, dont le visage étroit et long lui donnait une mine froide et sèche, avec de grands bras extrêmement plats, au bout desquels étaient deux mains pâles et décharnées, dont les doigts ne finissaient point. À cette vision, je m'arrêtai, je crus qu'on se trompait, et que c'était une autre Marianne à qui ce grand spectre en voulait (car c'était sous le nom de Marianne qu'elle m'avait fait appeler). Madame, lui dis-je, je ne sache point avoir l'honneur d'être connue de vous, et ce n'est pas moi que vous demandez apparemment.

Vous m'excuserez, me répondit-elle; mais, pour en être plus sûre, je vous dirai que la Marianne que je cherche est une jeune fille orpheline, qui, dit-on, ne connaît ni ses parents ni sa famille, qui a demeuré quelques jours en apprentissage chez une marchande lingère, appelée Mme Dutour, et que Mme la marquise de Fare emmena ces jours passés à sa maison de campagne. À tout ce que je dis là, mademoiselle, cette Marianne qui est pensionnaire de Mme de Miran, n'est-ce pas vous?

Oui, madame, lui repartis-je. Quelque intention que vous ayez en me le demandant, c'est moi-même, je ne le nierai jamais; j'ai trop de cœur et trop de sincérité pour cela.

C'est fort bien répondu, reprit-elle, vous êtes très aimable; c'est dommage que vous portiez vos vues un peu trop haut. Adieu, la belle fille, je ne voulais pas en savoir davantage. Et là-dessus, sans autre compliment, elle rouvrit la porte du parloir pour s'en aller.

Étonnée de cette singulière façon d'agir, je restai
d'abord comme immobile, et puis la rappelant sur-
le-champ : **Madame**, lui criai-je, madame, à propos
de quoi me venez-vous donc voir ? Êtes-vous parente
de Mme de Miran, comme vous me l'avez fait dire ?
Oui, ma belle enfant, très parente, me repartit-elle,
et une parente qui aura un peu plus de raison
qu'elle.

Je ne sais pas vos desseins, madame, repris-je à
mon tour ; mais ce serait bien mal fait à vous si vous
veniez ici pour me surprendre[1]. Elle ne me répondit
rien, et acheva de descendre.

Qu'est-ce que cela signifie ? m'écriai-je toute seule,
et à quoi tend une visite si extraordinaire ? Est-ce
encore quelque orage qui vient fondre sur moi ? Il en
sera tout ce qu'il pourra, mais je n'y entends rien.

Et là-dessus je retournai à ma chambre, dans la
résolution d'informer Mme de Miran de ce nouvel
accident ; non que je crusse qu'il y eût du mal à ne
lui rien dire ; car de quelle conséquence cela pourrait-il être ? Je n'y en voyais aucune : mais il y aurait
toujours eu quelque mystère à ne lui en point parler ;
et ce mystère, tout indifférent qu'il me paraissait, je
me le serais reproché, il me serait resté sur le cœur.

En un mot, je n'aurais pas été contente de moi. Et
puis, me direz-vous, vous ne couriez aucun risque à
être franche ; vous deviez même y avoir pris goût,
puisque vous ne vous en étiez jamais trouvée que
mieux de l'avoir été avec Mme de Miran, et qu'elle
avait toujours récompensé votre franchise.

J'en conviens, et peut-être ce motif faisait-il beaucoup dans mon cœur ; mais c'était du moins sans
que je m'en aperçusse, je vous jure, et je croyais là-
dessus ne suivre que les purs mouvements de ma
reconnaissance.

Quoi qu'il en soit, j'écrivis à Mme de Miran.

Mardi, à telle heure, lui disais-je, est venue me voir
une dame que je ne connais point, qui s'est dite votre
parente, qui est faite de telle et telle manière, et qui,
après s'être bien assurée que j'étais la personne
qu'elle voulait voir, ne m'a dit que telle et telle chose
(et là-dessus je rapportais ses propres paroles, que
j'étais bien aimable, mais que c'était dommage que
je portasse mes vues un peu trop haut); et ensuite,
ajoutais-je, s'est brusquement retirée, sans autre
explication.

Au portrait que tu me fais de la dame en question,
me répondit par un petit billet Mme de Miran, je
devine qui ce peut être, et je te le dirai demain dans
l'après-midi. Demeure en repos. Aussi y demeurai-je,
mais ce ne sera pas pour longtemps.

Entre dix et onze, le lendemain matin, une sœur
converse entra dans ma chambre, et me dit, de la
part de l'abbesse, qu'il y avait une femme de
chambre de Mme de Miran qui venait pour me
prendre avec le carrosse, et qu'ainsi je me hâtasse de
m'habiller.

Je le crois, il n'y avait rien de plus positif[1], et je
m'habille.

J'eus bientôt fait : un demi-quart d'heure après je
fus prête, et je descendis.

La femme de chambre en question, qui se promenait dans la cour, parut à la porte quand on me
l'ouvrit. Je vis une femme assez bien faite, mise à
peu près comme elle devait être, avec des façons
convenables à son état; enfin une vraie femme de
chambre extrêmement révérencieuse.

De douter qu'elle fût à Mme de Miran, en vertu de
quoi cette défiance me serait-elle venue? Voici le
carrosse dans lequel elle est arrivée, et ce carrosse
est à ma mère; il était un peu différent de celui que
je connaissais et que j'avais toujours vu; mais ma
mère peut en avoir plus d'un.

Mademoiselle, me dit cette femme de chambre, je viens vous prendre, et Mme de Miran vous attend.

Serait-ce, lui dis-je, qu'elle va dîner ailleurs, et qu'elle veut m'emmener avec elle? Il est pourtant de bonne heure[1].

Non, ce n'est pour aller nulle part, je pense; et il me semble que ce n'est seulement que pour passer la journée avec vous, me répondit-elle après avoir un instant hésité comme une personne qui ne sait que répondre. Mais cet instant d'embarras fut si court, que je n'y songeai que lorsqu'il ne fut plus temps.

Allons, mademoiselle, lui dis-je, partons : et sur-le-champ nous montâmes en carrosse. Je remarquai cependant que le cocher m'était inconnu et il n'y avait point de laquais.

Cette femme de chambre se mit d'abord vis-à-vis de moi; mais à peine fûmes-nous sorties de la cour du couvent, qu'elle me dit : Je ne saurais aller de cette façon-là; vous voulez bien que je me place à côté de vous?

Je ne répondis mot, mais je trouvai l'action familière. Je savais que ce n'était point l'usage, je l'avais entendu dire. Pourquoi, pensai-je en moi-même, cette femme-ci en agit-elle si librement avec moi, qui suis censée être si fort au-dessus d'elle, et qu'elle doit regarder comme une amie de sa maîtresse? Je suis persuadée que ce n'est pas là l'intention de Mme de Miran.

Après cette réflexion, il m'en vint une autre; j'observai que le cocher n'avait point la livrée de ma mère, et tout de suite je songeai encore à cette étonnante visite que j'avais reçue la veille de cette parente de Mme de Miran; et toutes ces considérations furent suivies d'un peu d'inquiétude. Qu'est-ce que c'est que ce cocher? lui dis-je. Je ne l'ai jamais vu à votre maîtresse, mademoiselle. Aussi n'est-il point à elle, me répondit cette femme; c'est celui d'une dame qui l'est venue voir, et qui a bien voulu le prêter pour me mener à votre couvent. Et pendant ce temps nous avancions. Je ne voyais point encore la rue de Mme de Miran, que je connaissais, et qui était aussi celle de la Dutour.

Vous vous ressouviendrez bien que je savais le chemin de chez cette lingère à mon couvent, puisque c'était de chez elle que j'étais partie pour m'y rendre avec mes hardes que j'y fis porter, et je ne voyais aucune des rues que j'avais traversées alors.

Mon inquiétude en augmenta si fort que le cœur m'en battit. Je n'en laissai pourtant rien paraître, d'autant plus que je m'accusais moi-même d'une méfiance ridicule.

Arriverons-nous bientôt? lui dis-je. Par quel chemin nous conduit donc ce cocher? Par le plus court, et dans un moment nous arrêterons, me répondit-elle.

Je regardais, j'examinais, mais inutilement. Cette rue de la Dutour et de ma mère ne venait point; et qui pis est, voici notre carrosse qui entre subitement par une grande porte, qui était celle d'un couvent.

Eh! mon Dieu, m'écriai-je alors, où me menez-vous? Mme de Miran ne demeure point ici; mademoiselle, je crois que vous me trompez. Et aussitôt j'entends refermer la porte par laquelle nous étions entrés, et le carrosse s'arrête au milieu de la cour.

Ma conductrice ne disait mot; je changeai de couleur, et je ne doutai plus qu'on ne m'eût fait une surprise[1].

Ah! misérable! dis-je à cette femme, où suis-je, et quel est votre dessein? Point de bruit, me répondit-elle; il n'y a pas si grand mal, et je vous mène en bon lieu, comme vous voyez. Au reste, mademoiselle Marianne, c'est en vertu d'une autorité supérieure que vous êtes ici; on aurait pu vous enlever d'une manière qui eût fait plus d'éclat[1], mais on a jugé à propos d'y aller plus doucement; et c'est moi qu'on a envoyée pour vous tromper, comme je l'ai fait.

Pendant qu'elle me parlait ainsi, on ouvrit la porte de la clôture, et je vis deux ou trois religieuses qui, d'un air souriant et affectueux, attendaient que je fusse descendue de carrosse, et que j'entrasse dans le couvent.

Venez, ma belle enfant, venez, s'écrièrent-elles; ne vous inquiétez point, vous ne serez pas fâchée d'être parmi nous. Une tourière approcha du carrosse où, la tête baissée, je versais un torrent de larmes.

Allons, mademoiselle, vous plaît-il de venir? me dit-elle en me donnant la main. Aidez-la de votre côté, ajouta-t-elle à la femme qui m'avait conduite. Et je descendis mourante.

Il fallut presque qu'elles me portassent; je fus remise pâle, interdite et sans force, entre les mains de ces religieuses, qui de là me portèrent à leur tour jusqu'à une chambre assez propre, où elles me mirent dans un fauteuil à côté d'une table.

J'y restai sans dire mot, toute baignée de mes larmes, et dans un état de faiblesse qui approchait de l'évanouissement. J'avais les yeux fermés; ces filles me parlaient, m'exhortaient à prendre courage, et je ne leur répondais que par des sanglots et par des soupirs.

Enfin je levai la tête, et jetai sur elles une vue égarée. Alors une de ces religieuses, me prenant la main et la pressant entre les siennes :

Allons, mademoiselle, tâchez donc de revenir à vous, me dit-elle; ne vous alarmez point, ce n'est pas un si grand malheur que d'avoir été conduite ici. Nous ne savons pas le sujet de votre douleur, mais de quoi est-il question? Ce n'est pas de mourir; c'est de rester dans une maison où vous trouverez peut-être plus de douceur et plus de consolation que vous ne pensez. Dieu n'est-il pas le maître? Hélas! peut-être le remercierez-vous bientôt de ce qui vous paraît aujourd'hui si fâcheux. Ma fille, patience, c'est peut-être une grâce qu'il vous fait; calmez-vous, nous vous en prions; n'êtes-vous pas chrétienne? Et quels que soient vos chagrins, faut-il les porter jusqu'au désespoir, qui est un si grand péché? Hélas! mon Dieu, nous arrive-t-il rien ici-bas qui mérite que nous vous offensions? Pourquoi tant gémir et tant pleurer? Vous pouvez bien penser qu'on n'a contre vous aucune intention qui doive vous faire peur. On nous a dit mille biens de vous avant que vous vinssiez; vous nous êtes annoncée comme la fille du monde la plus raisonnable; montrez-nous donc qu'on a dit vrai. Votre physionomie promet un esprit bien fait; il n'y en a pas une de nous ici qui ne vous aime déjà, je vous assure; c'est ce que nous nous sommes dit toutes tant que nous sommes, seulement en vous voyant; et si Madame n'était pas indisposée, et dans son lit, ce serait elle qui vous aurait reçue, tant elle est impatiente de vous voir. Ne démentez donc point la bonne opinion qu'on nous a donnée de vous, et que vous nous avez donnée vous-même. Nous sommes innocentes de l'affliction qu'on vous cause; on nous a dit de vous recevoir, et nous vous avons reçue avec tendresse, et charmées de vous.

Hélas! ma mère, répondis-je en jetant un soupir, je ne vous accuse de rien; je vous rends mille grâces, à vous et à ces dames, de tout ce que vous pensez d'obligeant pour moi.

Et je leur dis ce peu de mots d'un air si plaintif et si attendrissant, on a quelquefois des tons si touchants dans la douleur, avec cela, j'étais si jeune, et par là si intéressante, que je fis, je pense, pleurer ces bonnes filles.

Elle n'a pas dîné sans doute, dit une d'entre elles ; il faudrait lui apporter quelque chose. Il n'est pas nécessaire, repris-je, et je vous en remercie, je ne mangerais point.

Mais il fut décidé que je prendrais du moins un potage, qu'on alla chercher, et qu'on apporta avec un petit dîner de communauté ; et pour dessert, du fruit d'assez bonne mine.

Je refusai le tout d'abord ; mais ces religieuses étaient si pressantes, et ces personnes-là, dans leurs douces façons, ont quelque chose de si engageant, que je ne pus me dispenser de goûter de ce potage, de manger du reste, et de boire un coup de vin et d'eau, toujours en refusant, toujours en disant : Je ne saurais.

Enfin, m'en voilà quitte ; me voilà, non pas consolée, mais du moins assez calme. À force de pleurer on tarit les larmes ; je venais de prendre un peu de nourriture, on me caressait beaucoup, et insensiblement cette désolation à laquelle je m'étais abandonnée se relâcha ; de l'affliction je tombai dans la tristesse ; je ne pleurai plus, je me mis à rêver.

De quelle part me vient le coup qui me frappe ? me disais-je. Que pensera là-dessus Mme de Miran ? Que fera-t-elle ? N'est-ce point cette parente de mauvais augure que j'ai vue à mon couvent, qui est cause de ce qui m'arrive ? Mais comment s'y est-elle prise ? Mme de Fare n'entre-t-elle pas dans le complot ? Quel dessein a-t-on ? Ma mère ne me secourra-t-elle point ? Découvrira-t-elle où je suis ? Valville pourra-t-il se résoudre à me perdre ? Ne le gagnera-t-on pas lui-même ? Ne lui persuadera-t-on pas de m'abandonner ? Mme de Miran n'a-t-elle consenti à rien, ou bien ne se rendra-t-elle pas à tout ce qu'on lui dira

contre moi ? Ils ne me verront plus tous deux ; on dit
que l'autorité s'en mêle ; mon histoire deviendra
publique. Ah ! mon Dieu, il n'y aura plus de Valville
pour moi, peut-être plus de mère.

C'était ainsi que je m'entretenais ; les religieuses
qui m'avaient reçue n'étaient plus avec moi, la
cloche les avait appelées au chœur[1]. Une sœur
converse me tenait compagnie, et disait son chapelet
pendant que je m'occupais de ces douloureuses
réflexions, que j'adoucissais quelquefois de pensées
plus consolantes.

Ma mère m'aime tant, c'est un si bon cœur, elle a
été jusqu'ici si inébranlable, j'ai reçu tant de témoignages de sa fermeté, est-il possible qu'elle change
jamais ? Que ne m'a-t-elle pas dit encore la dernière
fois qu'elle m'a vue ? Je veux finir mes jours avec toi,
je ne saurais plus me passer de ma fille. Et puis Valville est un si honnête homme, une âme si tendre, si
généreuse ! Ah ! Seigneur, que de détresses !
Qu'est-ce que tout cela deviendra ? C'était là par où
je finissais, et c'était en effet tout ce que je pouvais
dire.

Aux soupirs que je poussais, la bonne sœur
converse, tout en continuant son chapelet et sans
parler, levait quelquefois les épaules, de cet air qui
signifie qu'on plaint les gens, et qu'ils nous font quelquefois compassion.

Quelquefois aussi elle interrompait ses prières et
me disait : Eh ! mon bon Jésus, ayez pitié de nous ;
hélas ! mademoiselle, que Dieu vous console et vous
soit en aide !

Mes religieuses revinrent me trouver. Eh bien !
qu'est-ce ? me dirent-elles ; sommes-nous un peu
plus tranquille ? Ah çà ! vous n'avez pas vu notre jardin ; il est fort beau. Madame nous a dit de vous y
mener ; venez y faire un tour ; la promenade dissipe[2],

cela réjouit. Nous avons les plus belles allées du
monde; et puis nous irons voir Madame, qui est
levée.

Comme il vous plaira, mesdames, répondis-je; et
je les y suivis. Nous nous y promenâmes environ
trois quarts d'heure; ensuite nous nous rendîmes
dans l'appartement de l'abbesse; mais ces religieuses
n'y restèrent qu'un instant avec moi, et se retirèrent
insensiblement l'une après l'autre.

Cette abbesse était âgée, d'une grande naissance,
et me parut avoir été belle fille. Je n'ai rien vu de si
serein, de si posé, et en même temps de si grave que
cette physionomie-là.

Je viens de vous dire qu'elle était âgée; mais on ne
remarquait pas cela tout d'un coup. C'était de ces
visages qui ont l'air plus ancien que vieux; on dirait
que le temps les ménage, que les années ne s'y sont
point appesanties, qu'elles n'y ont fait que glisser;
aussi n'y ont-elles laissé que des rides douces et
légères.

Ajoutez à tout ce que je dis là je ne sais quel air de
dignité ou de prudhomie[1] monacale, et vous pourrez
vous représenter l'abbesse en question, qui était
grande et d'une propreté exquise. Imaginez-vous
quelque chose de simple, mais d'extrêmement net et
d'arrangé, qui rejaillit sur l'âme, et qui est comme
une image de sa pureté, de sa paix, de sa satisfaction, et de la sagesse de ses pensées.

Dès que je fus seule avec cette dame : mademoiselle, asseyez-vous, je vous prie, me dit-elle. Je pris
donc un siège. On me l'avait bien dit, ajouta-t-elle,
qu'on se prévient tout d'un coup en votre faveur; il
n'est pas possible, avec l'air de douceur que vous
avez, que vous ne soyez extrêmement raisonnable;
toutes mes religieuses sont enchantées de vous.
Dites-moi, comment vous trouvez-vous ici?

Hélas! madame, lui répondis-je, je m'y trouverais fort bien, si j'y étais venue de mon plein gré; mais je n'y suis encore que fort étonnée de m'y voir, et fort en peine de savoir pourquoi on m'y a mise.

Mais, me repartit-elle, n'en devinez-vous pas la raison? Ne soupçonnez-vous point ce qui en peut être cause? Non, madame, repris-je; je n'ai fait ni de mal ni d'injure à personne.

Eh bien! je vais donc vous apprendre de quoi il s'agit, me répondit-elle, ou du moins ce qu'on m'a dit là-dessus, et ce que je me suis chargée de vous dire à vous-même.

Il y a un homme dans le monde, homme de condition, très riche, qui appartient à une famille des plus considérables, et qui veut vous épouser; toute cette famille en est alarmée, et c'est pour l'en empêcher qu'on a cru devoir vous soustraire à sa vue. Non pas que vous ne soyez une fille très sage et très vertueuse, de ce côté-là, on vous rend pleine justice, ce n'est pas là-dessus qu'on vous attaque; c'est seulement sur une naissance qu'on ne connaît point, et dont vous savez tout le malheur. Ma fille, vous avez affaire à des parents puissants, qui ne souffriront point un pareil mariage. S'il ne fallait que du mérite, vous auriez lieu d'espérer que vous leur conviendriez mieux qu'une autre; mais on ne se contente pas de cela dans le monde. Tout estimable que vous êtes, ils n'en rougiraient pas moins de vous voir entrer dans leur alliance; vos bonnes qualités n'en rendraient pas votre mari plus excusable; on ne lui pardonnerait jamais une épouse comme vous; ce serait un homme perdu dans l'estime publique. J'avoue qu'il est fâcheux que le monde pense ainsi; mais dans le fond, on n'a pas tant de tort; la différence des conditions est une chose nécessaire dans la vie, et elle ne subsisterait plus, il n'y aurait plus d'ordre, si

on permettait des unions aussi inégales que le serait
la vôtre, on peut dire même aussi monstrueuses, ma
fille. Car entre nous, et pour vous aider à entendre
raison, songez un peu à l'état où Dieu a permis que
vous soyez, et à toutes ses circonstances; examinez
ce que vous êtes, et ce qu'est celui qui veut vous
épouser; mettez-vous à la place des parents, je ne
vous demande que cette petite réflexion-là.

Eh! madame, madame, et moi je vous demande
quartier[1] là-dessus, lui dis-je de ce ton naïf et hardi
qu'on a quelquefois dans une grande douleur. Je
vous assure que c'est un sujet sur lequel il ne me
reste plus de réflexions à faire, non plus que d'humiliations à essuyer. Je ne sais que trop ce que je suis,
je ne l'ai caché à personne, on peut s'en informer, je
l'ai dit à tous ceux que le hasard m'a fait connaître,
je l'ai dit à M. de Valville, qui est celui dont vous parlez; je l'ai dit à Mme de Miran sa mère; je lui ai
représenté toutes les misères de ma vie, de la
manière la plus forte et la plus capable de les rebuter; je leur en ai fait le portrait le plus dégoûtant[2]; j'y
ai tout mis, madame, et l'infortune où je suis tombée
dès le berceau, au moyen de laquelle je n'appartiens
à personne, et la compassion que des inconnus ont
eue de moi dans une route où mon père et ma mère
étaient étendus morts; la charité avec laquelle ils me
prirent chez eux, l'éducation qu'ils m'ont donnée
dans un village, et puis la pauvreté où je suis restée
après leur mort; l'abandon où je me suis vue, les
secours que j'ai reçus d'un honnête homme qui vient
de mourir aussi, ou bien, si l'on veut, les aumônes
qu'il m'a faites; car c'est ainsi que je me suis expli-
quée pour m'humilier davantage, pour mieux
peindre mon indigence, pour rendre M. de Valville
plus honteux de l'amour qu'il avait pour moi. Que
veut-on de plus? Je ne me suis point épargnée, j'en

ai peut-être plus dit qu'il n'y en a, de peur qu'on ne s'y trompât; il n'y a peut-être personne qui eût la cruauté de me traiter aussi mal que je l'ai fait moi-même; et je ne comprends pas, après tout ce que j'ai avoué, comment Mme de Miran et M. de Valville ne m'ont pas laissée là. Je devais les faire fuir; je défierais qu'on imaginât une personne plus chétive[1] que je me la suis rendue; ainsi il n'y a plus rien à m'objecter à cet égard. On ne saurait me mettre plus bas, et les répétitions ne serviraient plus qu'à accabler une fille si affligée, si à plaindre et si infortunée, que vous, madame, qui êtes abbesse et religieuse, vous n'avez point d'autre parti à prendre que d'avoir pitié de moi, et que de refuser d'être de moitié avec les personnes qui me persécutent, et qui me font un crime d'un amour dont il n'a pas tenu à moi de guérir M. de Valville, et qui est plutôt un effet de la permission de Dieu que de mon adresse et de ma volonté. Si les hommes sont si glorieux, ce n'est pas à une dame aussi pieuse et aussi charitable que vous à approuver leur mauvaise gloire; et s'il est vrai aussi que j'aie beaucoup de mérite, ce que je n'ai pas la hardiesse de croire, vous devez donc trouver que j'ai tout ce qu'il faut. M. de Valville, qui est un homme du monde, ne m'en a pas demandé davantage, il s'est bien contenté de cela. Mme de Miran, qui est généralement aimée et estimée, qui a un rang à conserver aussi bien que ceux qui me nuisent, et qui n'aimerait pas plus à rougir qu'eux, s'en est contentée de même, quoique j'aie fait tout mon possible afin qu'elle ne se contentât point. Elle le sait, cependant la mère et le fils pensent l'un comme l'autre. Veut-on que je leur résiste, que je refuse ce qu'ils m'offrent, surtout quand je leur ai moi-même donné tout mon cœur, et que ce n'est ni leurs richesses ni leur rang que j'estime, mais seulement

leur tendresse? D'ailleurs ne sont-ils pas les
maîtres? Ne savent-ils pas ce qu'ils font? Les ai-je
trompés? Ne sais-je pas que c'est trop d'honneur
pour moi? On ne m'apprendra rien là-dessus,
madame; ainsi, au nom de Dieu, n'en parlons plus.
Je suis la dernière de toutes les créatures de la terre
en naissance, je ne l'ignore pas, en voilà assez. Ayez
seulement la bonté de me dire, à présent, qui sont les
gens qui m'ont mise ici, et ce qu'ils prétendent avec
la violence avec laquelle ils en usent aujourd'hui
contre moi.

Ma chère enfant, me répondit l'abbesse en me
regardant avec amitié, à la place de Mme de Miran,
je crois que je penserais comme elle; j'entre tout à
fait dans vos raisons; mais ne le dites pas.

À ce discours, je lui pris la main, que je baisai; et
cette action parut lui plaire et l'attendrir.

Je suis bien éloignée de vouloir vous chagriner,
ma fille, continua-t-elle; je ne vous ai parlé comme
vous venez de l'entendre qu'à cause qu'on m'en a
priée, et avant que vous vinssiez je ne vous imaginais
pas telle que vous êtes, il s'en faut de beaucoup. Je
m'attendais à vous trouver jolie, et peut-être spirituelle; mais ce n'était là ni l'esprit ni les grâces, et
encore moins le caractère que je me figurais. Vous
êtes digne de la tendresse de Mme de Miran, et de sa
complaisance pour les sentiments de son fils, en
vérité très digne. Je ne connais point cette dame;
mais ce qu'elle fait pour vous me donne une grande
opinion d'elle, et elle ne peut être elle-même qu'une
femme d'un très grand mérite.

Que tout ce que je vous dis là ne vous passe point[1],
je vous le répète, ajouta-t-elle en me voyant pleurer
de reconnaissance; et venons au reste.

C'est par un ordre supérieur que vous êtes ici; et
voici ce que je suis encore chargée de vous proposer.

C'est de vous déterminer, ou à rester dans notre maison, c'est-à-dire à y prendre le voile, ou à consentir à un autre mariage.

Je souhaiterais que le premier parti vous plût, je vous l'avoue sincèrement ; et je le souhaiterais autant pour vous que pour moi, à qui l'acquisition d'une fille comme vous ferait grand plaisir. Et d'où vient aussi pour vous ? C'est que vous êtes belle, et que dans le monde, avec la beauté que vous avez, et quelque vertueuse qu'on soit, on est toujours exposée soi-même, à force d'exposer les autres, et qu'enfin vous seriez ici en toute sûreté, et pour vous et pour eux.

Quel plus grand avantage d'ailleurs peut-on tirer de sa beauté que de la consacrer à Dieu, qui vous l'a donnée, et de qui vous n'éprouverez ni l'infidélité ni le mépris que vous avez à craindre de la part des hommes et de votre mari même ? C'est souvent un malheur que d'être belle, un malheur pour le temps, un malheur pour l'éternité[1]. Vous croirez que je vous parle en religieuse. Point du tout ; je vous parle le langage de la raison, un langage dont la vérité se justifie tous les jours, et que la plus saine partie des gens du siècle vous tiendraient eux-mêmes.

Mais je ne vous le dis qu'en passant, et je n'appuie point là-dessus.

Voilà donc les deux choses que j'ai promis de vous proposer aujourd'hui ; et dès ce soir on doit savoir votre réponse. Consultez-vous, ma chère enfant ; voyez ce qu'il faut que je dise, et quelle parole je donnerai pour vous ; car on demande votre parole sur l'un ou sur l'autre de ces deux partis, sous peine d'être dès demain transférée ailleurs, et même bien loin de Paris, si vous ne répondiez pas. Ainsi dites-moi : voulez-vous être religieuse, aimez-vous mieux être mariée ?

Hélas! ma mère, ni l'un ni l'autre, repartis-je; je ne suis pas en état de m'offrir à Dieu de la manière dont on me le propose, et vous ne me le conseilleriez pas vous-même, le cœur, comme je l'ai, plein d'une tendresse, ou plutôt d'une passion qui n'a à la vérité que des vues légitimes, et qui, je crois, est innocente aujourd'hui, mais qui cesserait de l'être dès que je serais engagée par des vœux: aussi ne m'engagerai-je point, le ciel m'en préserve! je ne suis pas assez heureuse pour le pouvoir. À l'égard du mariage auquel on prétend que je consente, qu'on me laisse du temps pour réfléchir là-dessus.

On ne vous en laisse point, ma fille, me répondit l'abbesse, et c'est une affaire qu'on veut se hâter de conclure. Vous devez être mariée en très peu de jours, ou vous résoudre à sortir de Paris, pour être conduite on ne m'a pas dit où; et si vous m'en croyez, mon avis serait que vous promissiez de prendre le mari en question, à condition que vous le verrez auparavant, que vous saurez quel homme c'est, de quelle part il vient, quelle est sa fortune, et que vous parlerez même à ceux qui veulent que vous l'épousiez. Ce sont de ces choses qu'on ne peut, ce me semble, vous refuser, quelque envie qu'on ait d'aller vite; vous y gagnerez du temps; eh! que sait-on ce qui peut arriver dans l'intervalle?

Vous avez raison, madame, lui dis-je en soupirant; c'est là cependant une bien petite ressource, mais n'importe; il n'y a donc qu'à dire que je consens au mariage, pourvu qu'on m'accorde tout ce que vous venez de dire; peut-être quelque événement favorable me délivrera-t-il de la persécution que j'éprouve.

Nous en étions là quand une sœur avertit l'abbesse qu'on l'attendait à son parloir. Ce pourrait bien être de vous dont il est question, ma fille, me dit-elle; je soupçonne que c'est votre réponse qu'on vient savoir. En tout cas, nous nous reverrons tantôt; j'ai de bonnes intentions pour vous, ma chère enfant, soyez-en persuadée.

Elle me quitta là-dessus, et je revins dans la chambre où j'avais dîné; j'y entrai le cœur mort; je suis sûre que je n'étais pas reconnaissable. J'avais l'esprit bouleversé; c'était de ces accablements où l'on est comme imbécile.

Je fus bien une heure dans cet état; j'entendis ensuite qu'on ouvrait ma porte; on entra : je regardais qui c'était, ou plutôt j'ouvrais les yeux et ne disais mot. On me parlait, je n'entendais pas. Hem? quoi? que voulez-vous? Voilà tout ce qu'on pouvait tirer de moi. Enfin, on me répéta si souvent que l'abbesse me demandait, que je me levai pour aller la trouver.

Je ne me trompais pas, me dit-elle, d'aussi loin qu'elle m'aperçut; c'est de vous dont il s'agissait, et j'augure bien de ce qui va se passer. J'ai dit que vous acceptiez le parti du mariage, et demain entre onze heures et midi on enverra un carrosse qui vous mènera dans une maison où vous verrez, et le mari qu'on vous destine, et les personnes qui vous le proposent. J'ai tâché, par tous les discours que j'ai tenus, de vous procurer les égards que vous méritez, et j'espère qu'on en aura pour vous. Mettez votre confiance en Dieu, ma fille; tous les événements dépendent de sa providence, et si vous avez recours à lui, il ne vous abandonnera pas. Je vous aurais volontiers offert d'envoyer avertir Mme de Miran que vous êtes ici; mais, quelque plaisir que je me fisse de vous obliger, c'est un service qu'il ne m'est pas permis de vous rendre. On a exigé que je ne me mêlerais de rien; j'en ai moi-même donné parole, et j'en suis très fâchée.

Une religieuse, qui vint alors, abrégea notre entretien, et je retournai dans le jardin un peu moins
abattue que je ne l'avais été en arrivant chez elle. Je
vis un peu plus clair dans mes pensées; je m'arrangeai sur la conduite que je tiendrais dans cette maison où l'on devait me mener le lendemain; je médi-
tai ce que je dirais, et je trouvais mes raisons si
fortes, qu'il me semblait impossible qu'on ne s'y ren-
dît pas, pour peu qu'on voulût bien m'écouter.

Il est vrai que les petits arrangements qu'on prend
d'avance sont assez souvent inutiles, et que c'est la
manière dont les choses tournent qui décide de ce
qu'on dit ou de ce qu'on fait en pareilles occasions;
mais ces sortes de préparations vous amusent et
vous soulagent. On se flatte de gagner son procès
pendant qu'on fait son plaidoyer, cela est naturel, et
le temps se passe.

Il me venait encore d'autres idées. Du couvent à la
maison où l'on me transfère il y aura du chemin, me
disais-je. Eh! mon Dieu, si vous permettiez que Valville ou Mme de Miran rencontrassent le carrosse où
je serai, ils ne manqueraient pas de crier qu'on arrêtât; et si ceux qui me mèneront ne le voulaient pas,
de mon côté, je crierais, je me débattrais, je ferais du
bruit; et au pis aller mon amant et ma mère pourraient me suivre, et voir où l'on me conduira.

Voyez, je vous prie, à quoi l'on va penser dans de
certaines situations. Il n'y a point d'accident pour ou
contre que l'on n'imagine, point de chimère agréable
ou fâcheuse qu'on ne se forge.

Aussi, en supposant même que je rencontrasse ma
mère ou son fils, était-il bien sûr qu'ils crieraient
qu'on arrêtât? pensais-je en moi-même. Ne ferme-
ront-ils pas les yeux? ne feront-ils point semblant de
ne me pas voir? Eh! Seigneur, s'ils avaient donné les
mains à mon enlèvement! si la famille, à force de

représentations, de prières, de reproches, leur avait
persuadé de se dédire! Les maximes ou les usages du
monde me sont si contraires, les grands sentiments
se soutiennent si difficilement, et le misérable
orgueil des hommes veut qu'on fasse si peu de cas de
moi! Il est si scandalisé de ma misère! Et là-dessus
je recommençais à pleurer, et un moment après à
me flatter. Mais j'oubliais un article de mon récit.

C'est qu'en entrant sur le soir dans ma chambre,
au sortir du jardin où je m'étais promenée, je vis
mon coffre (car je n'avais point encore d'autre
meuble) qui était sur une chaise, et qu'on avait
apporté de mon autre couvent.

Vous ne sauriez croire de quel nouveau trouble il
me frappa. Mon enlèvement m'avait, je pense, moins
consternée; les bras m'en tombèrent.

Comment! m'écriai-je, ceci est donc bien sérieux!
car jusqu'alors je n'avais pas fait réflexion que mes
hardes me manquaient, et quand j'y aurais songé, je
n'aurais eu garde de les demander; il n'y a point
d'extrémité que je n'eusse plutôt soufferte.

Quoi qu'il en soit, dès que je les vis, mon malheur
me parut sans retour. M'apporter jusqu'à mon
coffre! il n'y a donc plus de ressource. Vous eussiez
dit que tout le reste n'était encore rien en comparaison de cela; ce malheureux coffre en signifiait cent
fois davantage; il décidait, et il m'accabla; ce fut un
trait de rigueur qui me laissa sans réplique.

Allons, me dis-je, voilà qui est fait; tout le monde
est d'accord contre moi; c'est un adieu éternel qu'on
me donne; il est certain que ma mère et son fils sont
de la partie[1].

Demandez-moi pourquoi je tirais si affirmativement cette conséquence. Il faudrait vingt pages pour
vous l'expliquer; ce n'était pas ma raison, c'était ma
douleur qui concluait ainsi.

Dans les circonstances où j'étais, il y a des choses qui ne sont point importantes en elles-mêmes, mais qui sont tristes à voir au premier coup d'œil, qui ont une apparence effrayante; et c'est par là qu'on les saisit quand on a l'âme déjà disposée à la crainte.

On m'apporte mes hardes, on ne veut donc plus de moi; on rompt donc tout commerce; il est donc résolu qu'on ne me verra plus; voilà de quoi cela avait l'air pour une personne déjà aussi découragée que je l'étais. Et ce n'aurait rien été, si j'avais raisonné.

On m'enlève d'une maison pour me mettre dans une autre; il fallait que mes hardes me suivissent; le transport qu'on en faisait n'était qu'une conséquence toute simple de ce qui m'arrivait. Voilà ce que j'aurais pensé, si j'avais été de sens froid[1].

Quoi qu'il en soit, je passai une nuit cruelle; et le lendemain, le cœur me battit toute la matinée.

Ce carrosse que l'abbesse m'avait annoncé fut dans la cour précisément à l'heure qu'elle m'avait dite. On vint m'avertir; je descendis tremblante; et le premier objet qui s'offrit à mes yeux quand on m'ouvrit la porte, ce fut cette femme qui m'avait enlevée de mon couvent pour me mener dans celui-ci.

Je lui fis un petit salut assez indifférent. Bonjour, mademoiselle Marianne. Vous vous passeriez bien de me revoir, me dit-elle, mais ce n'est pas à moi qu'il faut s'en prendre. Au surplus, je pense que vous n'aurez pas lieu d'être mécontente de tout ceci, et je voudrais bien être à votre place, moi qui vous parle; à la vérité, je ne suis ni si jeune, ni si jolie que vous, c'est ce qui fait la différence.

Et nous étions déjà dans le carrosse pendant qu'elle me parlait ainsi.

Vous savez donc quelque chose de ce qui me

regarde? lui dis-je. Eh! mais oui, me répondit-elle;
j'en ai entendu dire quelques mots par-ci par-là; il
s'agit d'un homme d'importance qu'on ne veut pas
que vous épousiez, n'est-ce pas?

À peu près, repris-je. Eh bien! me repartit-elle,
ôtez que[1] vous êtes peut-être entêtée de ce jeune
homme qu'on vous refuse; par ma foi! je ne trouve
point que vous ayez tant à vous plaindre. On dit que
vous n'avez ni père ni mère, et qu'on ne sait ni d'où
vous venez, ni qui vous êtes; on ne vous en fait point
un reproche, ce n'est pas votre faute; mais entre
nous, qu'est-ce qu'on devient avec cela? On reste sur
le pavé; on vous en montrera mille comme vous qui
y sont; cependant il n'en est ni plus ni moins pour
vous. On vous ôte un amant qui est trop grand seigneur pour être votre mari; mais en revanche, on
vous en donne un autre que vous n'auriez jamais eu,
et dont une belle et bonne fille de bourgeois
s'accommoderait à merveille. Je n'en trouverai pas
un pareil, moi qui ai père et mère, oncle et tante, et
tous les parents, tous les cousins du monde; et il faut
que vous soyez née coiffée. Je vous en parle savam-
ment, au reste; car j'ai vu le mari dont il s'agit. C'est
un jeune homme de vingt-sept à vingt-huit ans, vraiment fort joli garçon, fort bien fait. Je ne sais pas
son bien; mais il a de si bonnes protections, qu'il
n'en a que faire, et il ira loin. Je ne dis pas qu'à son
tour il ne soit fort heureux de vous avoir; mais cela
n'empêche pas que ce ne soit une fortune et un très
bon établissement pour vous.

Enfin, nous verrons, lui répondis-je, sans vouloir
disputer avec elle. Mais pourriez-vous m'apprendre
qui sont les gens chez qui vous me menez, et à qui je
vais parler?

Oh! reprit-elle, ce sont des personnes de très
grande importance; vous êtes en de bonnes mains.

Nous allons chez Mme de..., qui est une parente de la famille de votre premier amant. Or, cette dame, qu'elle me nommait, n'était, s'il vous plaît, que la femme du ministre, et je devais paraître devant le ministre même, ou, pour mieux dire, j'allais chez lui. Jugez à quelles fortes parties j'avais affaire, et s'il me restait la moindre lueur d'espérance dans ma disgrâce.

Je vous ai dit que j'avais imaginé que Mme de Miran ou son fils pourraient me rencontrer en chemin ; mais quand même ce hasard-là me serait arrivé, il me serait devenu bien inutile, par la précaution que prit la femme, qui avait apparemment ses ordres : il y avait des rideaux tirés sur les glaces du carrosse, de façon que je ne pouvais ni voir ni être vue.

Nous arrivâmes, et on nous arrêta à une porte de derrière qui donnait dans un vaste jardin, que nous traversâmes, et dans une allée duquel ma conductrice me laissa assise sur un banc en attendant, me dit-elle, qu'elle eût été savoir s'il était temps que je me présentasse.

À peine y avait-il un demi-quart d'heure que j'étais seule, que je vis venir une femme de quarante-cinq à cinquante ans, qui me parut être de la maison, et qui, en m'abordant d'un air de politesse subalterne et domestique, me dit : Ne vous impatientez pas, mademoiselle. M. de... (et ce fut le ministre qu'elle me nomma) est enfermé avec quelqu'un, et on viendra vous chercher dès qu'il aura fait. Alors, par une allée qui rentrait dans celle où nous étions, vint un jeune homme de vingt-huit à trente ans, d'une figure assez passable, vêtu fort uniment, mais avec propreté, qui nous salua, et qui feignit aussitôt de se retirer.

Monsieur, monsieur, lui cria cette femme qui

m'avait abordée, mademoiselle attend qu'on la vienne prendre ; je n'ai pas le temps de rester avec elle, tenez-lui compagnie, je vous prie. La commission est bien agréable, comme vous voyez. Aussi vous suis-je bien obligé de me la donner, reprit-il en s'approchant d'un air plus révérencieux[1] que galant.

Ah çà ! dit la femme, je vous laisse donc ; mademoiselle, c'est un de nos amis, au moins, ajouta-t-elle, sans quoi je ne m'en irais pas, et son entretien vaut bien le mien ; là-dessus elle partit.

Qu'est-ce que tout cela signifie ? me dis-je en moi-même ; et pourquoi cette femme me laisse-t-elle ?

Ce jeune homme me parut d'abord assez interdit ; et il débuta par s'asseoir à côté de moi, après m'avoir fait encore une révérence à laquelle je répondis avec beaucoup de froideur.

Voici, dit-il, le plus beau temps du monde, et cette allée-ci est charmante, c'est comme si on était à la campagne. Oui, repartis-je. Et puis la conversation tomba ; je ne m'embarrassais guère de ce qu'elle deviendrait.

Apparemment qu'il cherchait comment il la relèverait, et le seul moyen dont il s'avisa pour cela, ce fut de tirer sa tabatière, et puis, me la présentant ouverte : Mademoiselle en use-t-elle ? me dit-il. Non, monsieur, répondis-je. Et le voilà encore à ne savoir que dire. Les monosyllabes, dont j'usais pour parler comme lui, n'étaient d'aucune ressource. Comment faire ?

Je toussai. Mademoiselle est-elle enrhumée ? Ce temps-ci cause beaucoup de rhumes ; hier il faisait froid, aujourd'hui il fait chaud, et ces changements de temps n'accommodent pas la santé. Cela est vrai, lui dis-je.

Pour moi, reprit-il, quelque temps qu'il fasse, je ne suis point sujet aux rhumes ; je ne connais pas ma poitrine ; rien ne m'incommode.

Tant mieux, lui dis-je. Quant à vous, mademoiselle, me repartit-il, enrhumée ou non, vous n'en
avez pas moins le meilleur visage du monde aussi
bien que le plus beau.

Monsieur, vous êtes bien honnête, lui répondis-je... Oh! c'est la vérité. Paris est bien grand,
reprit-il, mais il n'y a certainement pas beaucoup de
personnes qui puissent se vanter d'être faites comme
mademoiselle, ni d'avoir tant de grâces.

Monsieur, lui dis-je, voilà des compliments que je
ne mérite point; je ne me pique pas de beauté, et il
n'est pas question de moi, s'il vous plaît. Mademoiselle, je dis ce que je vois, et il n'y a personne à
ma place qui ne vous en dît autant et davantage,
reprit-il; vous ne devez pas vous fâcher d'un discours qu'il vous est impossible d'empêcher, à moins
que vous ne vous cachiez, et ce serait grand dommage; car il est certain qu'il n'y a point de dame qui
soit si digne d'être considérée. En mon particulier, je
me tiens bien heureux de vous avoir vue, et encore
plus heureux, si cette occasion, qui m'est si favorable, me procurait le bonheur de vous revoir et de
vous présenter mes services.

À moi, monsieur, qui ne vous trouve ici que par
hasard, et qui, suivant toute apparence, ne vous retrouverai de ma vie?

Eh! pourquoi de votre vie, mademoiselle?
reprit-il. C'est selon votre volonté, cela dépend de
vous; et si ma personne ne vous était pas désagréable, voici une rencontre qui pourrait avoir bien
des suites; il ne tiendra qu'à vous que nous ayons
fait connaissance ensemble pour toujours; et pour
ce qui est de moi, il n'y a pas à douter que je ne le
souhaite. Il n'y a rien à quoi j'aspire tant; c'est ce que
la sincère inclination que je me sens pour vous
m'engage à vous dire. Il est vrai qu'il n'y a qu'un

moment que j'ai l'honneur de voir mademoiselle, et vous me direz que c'est avoir le cœur pris bien promptement; mais c'est le mérite et la physionomie des gens qui règlent cela. Certainement je ne m'attendais pas à tant de charmes; et puisque nous sommes sur ce sujet, je prendrai la liberté de vous assurer que tout mon désir est d'être assez fortuné pour vous convenir, et pour obtenir la possession d'une aussi charmante personne que mademoiselle.

Comment, monsieur! repris-je, négligeant de répondre à d'aussi pesantes et d'aussi grossières protestations de tendresse, vous ne vous attendiez pas, dites-vous, à tant de charmes? Est-ce que vous avez su que vous me verriez ici? En étiez-vous averti?

Oui, mademoiselle, me repartit-il; ce n'est pas la peine de vous tenir plus longtemps en suspens; c'est de moi dont Mlle Cathos vous a entretenue en vous menant; elle vient de me le dire. Quoi! m'écriai-je encore, c'est donc vous qui êtes le mari qu'on me propose, monsieur?

C'est justement votre serviteur, me dit-il; ainsi vous voyez bien que j'ai raison quand je dis que notre connaissance durera longtemps, si vous en êtes d'avis; c'était tout exprès que je me promenais dans le jardin, et on ne m'a laissé avec vous qu'afin de nous procurer le moyen de nous entretenir. On m'avait bien promis que je verrais une très aimable demoiselle, mais j'en trouve encore plus qu'on ne m'en a dit; d'où il arrive que ce sera avec un tendre amour que je me marierai aujourd'hui, et non pas par raison et par intérêt, comme je le croyais. Oui, mademoiselle, c'est véritablement que je vous aime; je suis enchanté des perfections que je rencontre en vous, je n'en ai point vu de pareilles; et c'est ce qui m'a d'abord embarrassé en vous parlant; car quoique j'aie bien fréquenté des demoiselles, je n'ai

encore été amoureux d'aucune. Aussi êtes-vous plus
gracieuse que toutes les autres, et c'est à vous à voir
ce que vous voulez qu'il en soit. Vous êtes bien mon
fait ; il n'y a plus qu'à savoir si je suis le vôtre. Au surplus, mademoiselle, vous pouvez vous enquêter de
mon humeur et de mon caractère, je suis sûr qu'on
vous en fera de bons rapports ; je ne suis ni joueur,
ni débauché, je me vante d'être rangé, je ne songe
qu'à faire mon chemin à cette heure que je suis garçon, et je ne serai pas pis quand je serai en ménage.
Au contraire, une femme et des enfants vous rendent
encore meilleur ménager. Pour ce qui est de mes
facultés présentes, elles ne sont pas bonnement bien
considérables ; mon père a un peu mangé, un peu
trop aimé la joie[1], ce qui n'enrichit pas une famille ;
d'ailleurs, j'ai un frère et une sœur, dont je suis l'aîné
à la vérité, mais c'est toujours trois parts au lieu
d'une. On me donnera pourtant quelque chose
d'avance en faveur de notre mariage ; mais ce n'est
pas cela que je regarde ; le principal est qu'on me
gratifie à présent d'une bonne place, et qu'on me va
mettre dans les affaires, dès que notre contrat sera
signé ; sans compter que, depuis trois ans, je n'ai pas
laissé que de faire quelques petites épargnes sur les
appointements d'un petit emploi que j'ai, et qu'on
me change contre un plus fort : ainsi, comme vous
voyez, nous serions bientôt à notre aise, avec la protection que j'ai. C'est ce que vous saurez de la propre
bouche de M. de... (il parlait du ministre) ; car je ne
vous dis rien que de vrai, ma chère demoiselle,
ajouta-t-il en me prenant la main, qu'il voulut baiser.

Le cœur m'en souleva. Doucement, lui dis-je avec
un dégoût que je ne pus dissimuler ; point de gestes,
s'il vous plaît ; nous ne sommes pas encore convenus
de nos faits. Qui êtes-vous, monsieur ? Qui je suis,
mademoiselle ? me répondit-il d'un air confus et

pourtant piqué. J'ai l'honneur d'être le fils du père nourricier de Mme de... (il me nomma la femme du ministre); ainsi elle est ma sœur de lait : rien que cela. Ma mère a une pension d'elle; ma sœur la sert actuellement en qualité de première fille de chambre; elle nous aime tous, et elle veut avoir soin de ma fortune. Voilà qui je suis, mademoiselle; y a-t-il rien là-dedans qui vous choque? Est-ce que le parti n'est pas de votre goût?

Monsieur, lui dis-je, je ne songe guère à me marier.

C'est peut-être que je vous déplais? me repartit-il. Non, lui dis-je, mais si j'épouse jamais quelqu'un, je veux du moins l'aimer, et je ne vous aime pas encore; nous verrons dans la suite. Tant pis, c'est l'effet de mon malheur, me répondit-il. Ce n'est pas que je sois en peine de trouver une femme; il n'y a pas encore plus de huit jours qu'on parla d'une, qui aura beaucoup de bien d'une tante, et qui d'ailleurs a père et mère.

Et moi, monsieur, lui dis-je, je suis orpheline, et vous me faites trop d'honneur. Je ne dis pas cela, mademoiselle, et ce n'est pas à quoi je songe; mais véritablement je ne me serais pas imaginé que vous eussiez eu tant de mépris pour moi, me dit-il. J'aurais cru que vous y prendriez un peu plus garde, eu égard à l'occurrence où vous êtes, qui est naturellement assez fâcheuse, et pas des plus favorables à votre établissement. Excusez si je vous en parle; mais c'est par bonne amitié, et en manière de conseil. Il y a des occasions qu'il ne faut pas laisser aller, principalement quand on a affaire à des gens qui n'y regardent pas de si près, et qui ne font pas plus les difficiles que moi. En cas de mariage, il n'y a personne qui ne soit bien aise d'entrer dans une famille; moi, je m'en passe, c'est ce qu'il y a à considérer.

Ah! monsieur, lui dis-je avec un geste d'indignation, vous me tenez là un étrange discours, et votre
amour n'est guère poli. Laissons cela, je vous prie.

Pardi! mademoiselle, comme il vous plaira, me
répondit-il en se levant; je n'en serai ni pis ni mieux;
et avec votre permission, il n'y a pas de quoi être si
fière. Si ce n'est pas vous, j'en suis bien mortifié,
mais ce sera une autre; on a cru vous faire plaisir, et
point de tort. À l'exception de votre beauté, que je ne
dispute pas, et qui m'a donné dans la vue, je ne sais
pas qui y perdra le plus de nous deux. Je n'ai chicané
sur rien, quoique tout vous manque; je vous aurais
estimée, honorée, et chérie ni plus ni moins; et dès
que cela ne vous accommode pas, je prends congé de
mademoiselle, et je reste bien son très humble serviteur.

Monsieur, lui dis-je, je suis votre servante. Là-
dessus il fit quelques pas pour s'en aller, et puis,
revenant à moi:

Au surplus, mademoiselle, je songe que vous êtes
seule; et si en attendant qu'on revienne vous chercher, ma compagnie peut vous être bonne à quelque
chose, je me donnerai l'honneur de vous l'offrir.

Je vous rends mille grâces, monsieur, lui répondis-je la larme à l'œil, non pas de ce qu'il me quittait,
comme vous pouvez penser, mais de la douleur de
me voir livrée à d'aussi mortifiantes aventures.

Ce n'est peut-être pas moi qui est cause que vous
pleurez, mademoiselle, ajouta-t-il; je n'ai rien dit qui
soit capable de vous chagriner. Non, monsieur,
repris-je, je ne me plains point de vous, et ce n'est
pas la peine que vous restiez; car voici la personne
qui m'a amenée ici et qui arrive.

En effet, je voyais venir de loin Mlle Cathos (c'était
ainsi qu'il l'avait appelée); et soit qu'il[1] ne voulût pas
l'avoir pour témoin du peu d'accueil que je faisais à

son amour, il se retira avant qu'elle m'abordât, et prit même un chemin différent du sien pour ne la pas rencontrer.

Pourquoi donc M. Villot vous quitte-t-il? me dit cette femme en m'abordant; est-ce que vous l'avez renvoyé? Non, repris-je; c'est que vous veniez, et que nous n'avons plus rien à nous dire. Eh bien! repartit-elle, mademoiselle Marianne, n'est-il pas vrai que c'est un garçon bien fait? Vous ai-je trompée? Quand vous n'auriez pas les disgrâces que vous savez, en demanderiez-vous un autre, et Dieu ne vous fait-il pas une grande grâce? Allons, partons, ajouta-t-elle; on nous attend.

Je me levai tristement sans lui répondre, et la suivis, Dieu sait dans quelle situation d'esprit!

Nous traversâmes de longs appartements, et nous arrivâmes dans une salle où se tenait une troupe de valets. J'y vis cependant deux personnes, dont l'une était un jeune homme de vingt-quatre à vingt-cinq ans, d'une figure fort noble, l'autre, un homme plus âgé, qui avait l'air d'un officier, et qui s'entretenaient près d'une fenêtre.

Arrêtez un moment ici, me dit la femme qui me conduisait; je vais avertir que vous êtes là. Elle entra aussitôt dans une chambre, dont elle ressortit un moment après.

Mais, pendant ce court espace de temps qu'elle m'avait laissée seule, le jeune homme en question avait discontinué[1] son entretien, et ne s'était attaché qu'à me regarder avec une extrême attention. Et malgré tout mon accablement, j'y pris garde.

Ce sont là de ces choses qui ne nous échappent point, à nous autres femmes. Dans quelque affliction que nous soyons plongées, notre vanité fait toujours ses fonctions; elle n'est jamais en défaut, et la gloire de nos charmes est une affaire à part dont rien ne

nous distrait. J'entendis même que ce jeune homme
disait à l'autre du ton d'un homme qui admire :
Avez-vous jamais rien vu de si aimable ?

Je baissai les yeux, et je détournai la tête ; mais ce
fut toujours une petite douceur que je ne négligeai
point de goûter chemin faisant, et qui n'interrompit
point mes tristes pensées.

Il en est de cela comme d'une fleur agréable dont
on sent l'odeur en passant.

Entrons, me dit la femme qui venait de sortir de la
chambre. Je la suivis, et les deux hommes entrèrent
avec nous. J'y trouvai cinq ou six dames et trois messieurs, dont deux me parurent gens de robe, et
l'autre d'épée. M. Villot (vous savez qui c'est) y était
aussi, à côté de la porte, où il se tenait comme à
quartier[1], et dans une humble contenance.

J'ai dit trois messieurs, je n'en compte pas un quatrième, quoique le principal, puisqu'il était le maître
de la maison, ce que je conjecturai en le voyant sans
chapeau. C'était le ministre même, et ma conductrice me le confirma.

Mademoiselle, c'est devant M. de...[2] que vous êtes,
me dit-elle. Et elle me le nomma.

C'était un homme âgé, mais grand, d'une belle
figure et de bonne mine, d'une physionomie qui
vous rassurait en la voyant, qui vous calmait, qui
vous remplissait de confiance, et qui était comme un
gage de la bonté qu'il aurait pour vous, et de la justice qu'il allait vous rendre.

C'était de ces traits que le temps a moins vieillis
qu'il ne les a rendus respectables. Figurez-vous un
visage qu'on aime à voir, sans songer à l'âge qu'il a ;
on se plaisait à sentir la vénération qu'il inspirait ; la
santé même qu'on y voyait avait quelque chose de
vénérable ; elle y paraissait encore moins l'effet du
tempérament que le fruit de la sagesse, de la sérénité
et de la tranquillité de l'âme.

Cette âme y faisait rejaillir la douceur de ses mœurs ; elle y peignait l'aimable et consolante image de ce qu'elle était ; elle l'embellissait de toutes les grâces de son caractère, et ces grâces-là n'ont point d'âge.

Tel était le ministre devant qui je parus. Je ne vous parlerai point de ce qui regarde son ministère ; ce serait une matière qui me passe.

Je vous dirai seulement une chose que j'ai moi-même entendu dire.

C'est qu'il y avait dans sa façon de gouverner un mérite bien particulier, et qui était jusqu'alors inconnu dans tous les ministres.

Nous en avons eu dont le nom est pour jamais consacré dans nos histoires ; c'était de grands hommes, mais qui durant leur ministère avaient eu soin de tenir les esprits attentifs à leurs actions, et de paraître toujours suspects d'une profonde politique[1]. On les imaginait toujours entourés de mystères ; ils étaient bien aises qu'on attendît d'eux de grands coups, même avant qu'ils les eussent faits, que dans une affaire épineuse on pensât qu'ils seraient habiles, même avant qu'ils le fussent. C'était là une opinion flatteuse dont ils faisaient en sorte qu'on les honorât ; industrie[2] superbe, mais que leurs succès rendaient, à la vérité, bien pardonnable.

En un mot, on ne savait point où ils allaient, mais on les voyait aller ; on ignorait où tendaient leurs mouvements, mais on les voyait se remuer, et ils se plaisaient à être vus, et ils disaient : Regardez-moi.

Celui-ci, au contraire, disait-on, gouvernait à la manière des sages, dont la conduite est douce, simple, sans faste, et désintéressée pour eux-mêmes ; qui songent à être utiles et jamais à être vantés ; qui font de grandes actions dans la seule pensée que les autres en ont besoin, et non pas à cause qu'il est glorieux de les avoir faites. Ils n'avertissent point qu'ils seront habiles, ils se contentent de l'être, et ne remarquent pas même qu'ils l'ont été. De l'air dont ils agissent, leurs opérations les plus dignes d'estime se confondent avec leurs actions les plus ordinaires; rien ne les en distingue en apparence, on n'a point eu de nouvelles du travail qu'elles ont coûté, c'est un génie sans ostentation qui les a conduites; il a tout fait pour elles, et rien pour lui: d'où il arrive que ceux qui en retirent le fruit le prennent souvent comme on le leur donne, et sont plus contents que surpris. Il n'y a que les gens qui pensent qui ne sont point les dupes de la simplicité du procédé de celui qui les mène.

Il en était de même à l'égard du ministre dont il est question. Fallait-il surmonter des difficultés presque insurmontables; remédier à tel inconvénient presque sans remède; procurer une gloire, un avantage, un bien nécessaire à l'État; rendre traitable un ennemi qui l'attaquait, et que sa douceur, que l'embarras des temps où il se trouvait ou que la modestie de son ministère abusait, il faisait tout cela, mais aussi discrètement, aussi uniment, avec aussi peu d'agitation qu'il faisait tout le reste. C'était des mesures si paisibles, si imperceptibles; il se souciait si peu de vous préparer à toute l'estime qu'il allait mériter, qu'on eût pu oublier de le louer, malgré toutes ses actions louables[1].

C'était comme un père de famille qui veille au bien, au repos et à la considération de ses enfants, qui les rend heureux sans leur vanter les soins qu'il se donne pour cela, parce qu'il n'a que faire de leur éloge; les enfants, de leur côté, n'y prennent pas trop garde, mais ils l'aiment.

Et ce caractère, une fois connu dans un ministre, est bien neuf et bien respectable; il donne peu d'occupation aux curieux, mais beaucoup de confiance et de tranquillité aux sujets.

À l'égard des étrangers, ils regardaient ce ministre-ci comme un homme qui aimait la justice et avec qui ils ne gagneraient rien à ne la pas aimer eux-mêmes; il leur avait appris à régler leur ambition, et à ne craindre aucune mauvaise tentative de la sienne; voilà comme on parlait de lui.

Revenons; nous sommes dans sa chambre.

Entre toutes les personnes qui nous entouraient, et qui étaient au nombre de sept ou huit, tant hommes que femmes, quelques-unes semblaient ne me regarder qu'avec curiosité, quelques autres d'un air railleur et dédaigneux. De ce dernier nombre étaient les parents de Valville; je m'en aperçus après.

J'oublie de vous dire que le fils du père nourricier de madame, ce jeune homme qu'on me destinait pour époux, s'y trouvait aussi; il se tenait d'un air humble et timide à côté de la porte; ajoutez-y les deux hommes que j'avais vus dans la salle, et qui étaient entrés après nous.

Je fus d'abord un peu étourdie de tout cet appareil, mais cela se passa bien vite. Dans un extrême découragement on ne craint plus rien. D'ailleurs, on avait tort avec moi, et je n'avais tort avec personne : on me persécutait, j'aimais Valville, on me l'ôtait, il me semblait n'avoir plus rien à craindre, et l'autorité la plus formidable perd à la fin le droit d'épouvanter l'innocence qu'elle opprime.

Elle est vraiment jolie, et Valville est assez excusable, dit le ministre d'un air souriant, et en adressant la parole à une de ces dames, qui était sa femme; oui, fort jolie. Eh! pour une maîtresse, passe, répondit une autre dame d'un ton revêche.

À ce discours, je ne fis que jeter sur elle un regard froid et indifférent. Doucement, lui dit le ministre.

Approchez, mademoiselle, ajouta-t-il en me parlant;
on dit que M. de Valville vous aime; est-il vrai qu'il
songe à vous épouser? Du moins me l'a-t-il dit, monseigneur, répondis-je.

Là-dessus, voici de grands éclats de rires
moqueurs de la part de deux ou trois de ces dames.
Je me contentai de les regarder encore, et le ministre
de leur faire un signe de la main pour les engager à
cesser.

Vous n'avez ni père ni mère, et ne savez qui vous
êtes, me dit-il après. Cela est vrai, monseigneur, lui
répondis-je. Eh bien! ajouta-t-il, faites-vous donc
justice[1], et ne songez plus à ce mariage-là. Je ne
souffrirais pas qu'il se fît, mais je vous en dédom-
magerai; j'aurai soin de vous; voici un jeune homme
qui vous convient, qui est un fort honnête garçon,
que je pousserai, et qu'il faut que vous épousiez; n'y
consentez-vous pas?

Je n'ai pas dessein de me marier, monseigneur, lui
répondis-je, et je vous conjure de ne m'en pas presser; mon parti est pris là-dessus. Je vous donne
encore vingt-quatre heures pour y songer, reprit-il;
on va vous reconduire au couvent; je vous renverrai
chercher demain; point de mutinerie; aussi bien ne
reverrez-vous plus Valville; j'y mettrai ordre.

Je ne changerai point de sentiment, monseigneur,
repartis-je; je ne me marierai point, surtout à un
homme qui m'a reproché mes malheurs. Ainsi vous
n'avez qu'à voir dès à présent ce que vous voulez
faire de moi; il serait inutile de me faire revenir.

À peine achevais-je ces mots qu'on annonça Valville et sa mère, qui parurent sur-le-champ.

Jugez de leur surprise et de la mienne. Ils avaient
découvert que le ministre avait part à mon enlèvement, et ils venaient me redemander.

Quoi! ma fille, tu es ici? s'écria Mme de Miran.

Ah! ma mère, c'est elle-même! s'écria de son côté Valville.

Je vous dirai le reste dans la septième partie, qui, à deux pages près, débutera, je le promets, par l'histoire de la religieuse, que je ne croyais pas encore si loin quand j'ai commencé cette sixième partie-ci.

SEPTIÈME PARTIE

Souvenez-vous-en, madame; la deuxième partie de mon histoire fut si longtemps à venir, que vous fûtes persuadée qu'elle ne viendrait jamais. La troisième se fit beaucoup attendre; vous doutiez que je vous l'envoyasse. La quatrième vint assez tard; mais vous l'attendiez, en m'appelant une paresseuse. Quant à la cinquième, vous n'y comptiez pas sitôt lorsqu'elle arriva. La sixième est venue si vite qu'elle vous a surprise : peut-être ne l'avez-vous lue qu'à moitié, et voici la septième[1].

Oh! je vous prie, sur tout cela, comment me définirez-vous? Suis-je paresseuse? ma diligence vous montre le contraire. Suis-je diligente? ma paresse passée m'a promis que non.

Que suis-je donc à cet égard? Eh! mais, je suis ce que vous voyez, ce que vous êtes peut-être, ce qu'en général nous sommes tous; ce que mon humeur et ma fantaisie me rendent, tantôt digne de louange, et tantôt de blâme sur la même chose; n'est-ce pas là tout le monde?

J'ai vu, dans une infinité de gens, des défauts et des qualités sur lesquels je me fiais, et qui m'ont trompée; j'avais droit de croire ces gens-là généreux, et ils se trouvaient mesquins; je les croyais mesquins, et ils se trouvaient généreux. Autrefois vous ne pouviez pas souffrir un livre ; aujourd'hui vous ne faites que lire ; peut-être que bientôt vous laisserez là la lecture, et peut-être redeviendrai-je paresseuse.

À tout hasard poursuivons notre histoire. Nous en sommes à l'apparition subite et inopinée de Mme de Miran et de Valville.

On n'avait point soupçonné qu'ils viendraient, de sorte qu'il n'y avait aucun ordre donné en ce cas-là.

La seule attention qu'on avait eue, c'était de finir mon affaire dans la matinée, et de prendre le temps le moins sujet aux visites.

D'ailleurs, on s'était imaginé que Mme de Miran ne saurait à qui s'adresser pour apprendre ce que j'étais devenue ; qu'elle ignorerait que le ministre eût eu part à mon aventure : mais vous vous rappelez bien la visite que j'avais reçue, il n'y avait que deux ou trois jours, d'une certaine dame maigre, longue et menue ; vous savez aussi que j'en avais sur-le-champ informé Mme de Miran, que je lui avais fait un portrait de la dame, qu'elle m'avait écrit qu'à ce portrait elle reconnaissait bien le spectre en question.

Et ce fut justement cela qui fit que ma mère se douta des auteurs de mon enlèvement ; ce fut ce qui la guida dans la recherche qu'elle fit de sa fille.

Il fallait bien que mon histoire eût percé ; Mme de Fare avait infailliblement parlé ; cette dame longue et maigre avait été instruite ; elle était méchante et glorieuse ; le discours qu'elle m'avait tenu au couvent marquait de mauvaises intentions ; c'était elle apparemment qui avait ameuté les parents, qui les avait engagés à se remuer, pour se garantir de l'affront que Mme de Miran allait leur faire en me mettant dans la famille ; et ma disparition ne pouvait être que l'effet d'une intrigue liée entre eux.

Mais m'avaient-ils enlevée de leur chef ? car ils pouvaient n'y avoir employé que de l'adresse. Leur complot n'était-il pas autorisé ? Avaient-ils agi sans pouvoir ?

Un carrosse m'était venu prendre ; quelle livrée avait le cocher ? Cette femme qui s'était dite envoyée par ma mère pour me tirer du couvent, quelle était sa figure ? Mme de Miran et son fils s'informent de tout, font d'exactes perquisitions[1].

La tourière du couvent avait vu le cocher ; elle se ressouvenait de la livrée ; elle avait vu la femme en question, et en avait retenu les traits, qui étaient assez remarquables. C'était un visage un peu large et très brun, la bouche grande et le nez long : voilà qui était fort reconnaissable. Aussi ma mère et son fils la reconnurent-ils pour l'avoir vue chez Mme de..., femme du ministre, et leur parente ; c'était une de ses femmes.

À l'égard de la livrée du cocher, il s'agissait d'un galon jaune sur un drap brun ; ce qui leur indiquait celle d'un magistrat, cousin de ma mère, et avec qui ils se trouvaient tous les jours.

Et qu'est-ce que cela concluait ? Non seulement que la famille avait agi là-dedans, mais que le ministre même l'appuyait, puisque Mme de... avait chargé une de ses femmes de me venir prendre ; c'était une conséquence toute naturelle.

Toutes ces instructions-là[2], au reste, ils ne les reçurent que le lendemain de mon enlèvement. Non pas que Mme de Miran ne fût venue la veille après midi, comme vous savez qu'elle me l'avait écrit ; mais c'est que, lorsqu'elle vint, la tourière, qui était la seule de qui elle pût tirer quelques lumières, était absente pour différentes commissions de la maison, de façon qu'il fallut revenir le lendemain matin pour lui parler ; ce ne fut même qu'assez tard ; il était près de midi quand ils arrivèrent. Ma mère, qui ne se portait pas bien, n'avait pu sortir de chez elle de meilleure heure.

Mon enlèvement l'avait pénétrée de douleur et d'inquiétude. C'était comme une mère qui aurait perdu sa fille, ni plus ni moins ; c'est ainsi que me le contèrent les religieuses de mon couvent et la tourière.

Elle se trouva mal au moment qu'elle apprit ce qui m'était arrivé ; il fallut la secourir, elle ne cessa de pleurer.

Je vous avoue que je l'aime, disait-elle en parlant de moi à l'abbesse, qui me le répéta, je m'y suis attachée, madame, et il n'y a pas moyen de faire autrement avec elle. C'est un cœur, c'est une âme, une façon de penser qui vous étonnerait. Vous savez qu'elle ne possède rien, et vous ne sauriez croire combien je l'ai trouvée noble, généreuse et désintéressée, cette chère enfant ; cela passe l'imagination, et je l'estime encore plus que je ne l'aime ; j'ai vu d'elle des traits de caractère qui m'ont touchée jusqu'au fond du cœur. Imaginez-vous que c'est moi, que c'est ma personne qu'elle aime, et non pas les secours que je lui donne ; est-ce que cela n'est pas admirable dans la situation où elle est ? Je crois qu'elle mourrait plutôt que de me déplaire ; elle pousse cela jusqu'au scrupule ; et si je cessais de l'aimer, elle n'aurait plus le courage de rien recevoir de moi. Ce que je vous dis est vrai, et cependant je la perds, car comment la retrouver ? Qu'est-ce que mes indignes parents en ont fait ? Où l'ont-ils mise ?

Mais, madame, pourquoi vous l'enlèveraient-ils ? lui répondait l'abbesse. D'où vient qu'ils seraient fâchés de vos bontés et de votre charité pour elle ? Quel intérêt ont-ils d'y mettre obstacle ?

Hélas ! madame, lui disait-elle, c'est que mon fils n'a pas eu l'orgueil de la mépriser ; c'est qu'il a eu assez de raison pour lui rendre justice, et le cœur assez bien fait pour sentir ce qu'elle vaut ; c'est qu'ils

ont craint qu'il ne l'aimât trop, que je ne l'aimasse
trop moi-même, et que je ne consentisse à l'amour
de mon fils, qui la connaît. De vous dire comment, et
où il l'a vue, nous n'avons pas le temps; mais voilà la
source de la persécution qu'elle éprouve d'eux. Un
malheureux événement les a instruits de tout, et cela
par l'indiscrétion d'une de mes parentes, qui est la
plus sotte femme du monde et qui n'a pu retenir sa
misérable fureur de parler. Ils n'ont pas tout le tort,
au reste, de se méfier de ma tendresse pour elle; il
n'y a point d'homme de bon sens à qui je ne crusse
donner un trésor, si je le mariais avec cette petite
fille-là.

Et voyez que d'amour! jugez-en par la franchise
avec laquelle elle parlait; elle disait tout, elle ne
cachait plus rien; et elle qui avait exigé de nous tant
de circonspection, tant de discrétion et tant de prudence, la voilà qui, à force de tendresse et de sensibilité pour moi, oublie elle-même de se taire, et est la
première à révéler notre secret; tout lui échappe
dans le trouble de son cœur. Ô trouble aimable, que
tout mon amour pour elle, quelque prodigieux qu'il
ait été, n'a jamais pu payer, et dont le ressouvenir
m'arrache actuellement des larmes! Oui, madame,
j'en pleure encore. Ah! mon Dieu, que mon âme
avait d'obligations à la sienne!

Hélas! cette chère mère, cette âme admirable, elle
n'est plus pour moi, et notre tendresse ne vit plus
que dans mon cœur.

Passons là-dessus, je m'y arrête trop; j'en perds de
vue Valville, dont Mme de Miran avait encore à soutenir le désespoir, et à qui, dans l'accablement où il
se trouvait, elle avait défendu de paraître; de sorte
qu'il s'était tenu dans le carrosse pendant qu'elle
interrogeait la tourière; et sur ce qu'elle en apprit,
toute languissante et tout indisposée qu'elle était,

elle courut chez le ministre, persuadée que c'était là qu'il fallait aller pour savoir de mes nouvelles et pour me retrouver.

De toutes les personnes de la famille, celle avec laquelle elle était le plus liée, et qu'elle aimait le plus, c'était Mme de... femme du ministre, qui l'aimait beaucoup aussi; et quoiqu'il fût certain que cette dame se fût prêtée au complot de la famille, ma mère ne douta point qu'elle n'eût eu beaucoup de peine à s'y résoudre, et se promit bien de la ranger de son parti dès qu'elle lui aurait parlé.

Et elle avait raison d'avoir cette opinion-là d'elle; ce fut elle en effet qui refusa de soutenir l'entreprise, et qui, comme vous l'allez voir, parut opiner[1] qu'on me laissât en repos.

Voici donc Mme de Miran et Valville qui entrent tout d'un coup dans la chambre où nous étions. C'était Mme de..., et non pas le ministre, que ma mère avait demandée d'abord, et les gens de la maison, qu'on n'avait avertis de rien, et qui ignoraient de quoi il était question dans cette chambre, laissèrent passer ma mère et son fils, et leur ouvrirent tout de suite.

Dès qu'ils me virent tous deux (je vous l'ai déjà dit, je pense), ils s'écrièrent, l'une : Ah! ma fille, tu es ici! l'autre : Ah! ma mère, c'est elle-même!

Le ministre, à la vue de Mme de Miran, sourit d'un air affable, et pourtant ne put se défendre, ce me semble, d'être un peu déconcerté (c'est qu'il était bon, et qu'on lui avait dit combien elle aimait cette petite fille). À l'égard des parents, ils la saluèrent d'un air extrêmement sérieux, jetèrent sur elle un regard froid et critique, et puis détournèrent les yeux.

Valville les dévorait des siens; mais il avait ordre de se taire; ma mère ne l'avait amené qu'à cette condition-là. Tout le reste de la compagnie parut attentif et curieux : la situation promettait quelque chose d'intéressant.

Ce fut Mme de... qui rompit le silence. Bonjour, madame, dit-elle à ma mère; franchement on ne vous attendait pas, et j'ai bien peur que vous n'alliez être fâchée contre moi.

Eh! d'où vient, madame, le serait-elle? ajouta tout de suite cette parente longue et maigre (car je ne me ressouviens point de son nom, et n'ai retenu d'elle que la singularité de sa figure); d'où vient le serait-elle? ajouta-t-elle, dis-je, d'un ton aigre et aussi revêche que sa physionomie : Est-ce qu'on désoblige madame quand on lui rend service et qu'on lui sauve[1] les reproches de toute sa famille?

Vous êtes la maîtresse de penser de mes actions ce qu'il vous plaira, madame, lui répondit d'un air indifférent Mme de Miran; mais je ne les réformerai point sur le jugement que vous en ferez; nous sommes d'un caractère trop différent pour être jamais du même avis; je n'approuve pas plus vos sentiments que vous approuvez[2] les miens, et je ne vous en dis rien. Faites de même à mon égard.

Valville était rouge comme du feu, il avait les yeux étincelants, je voyais à sa respiration précipitée qu'il avait peine à se contenir et que le cœur lui battait.

Monsieur, continua Mme de Miran en adressant la parole au ministre, c'était Mme de... que je venais voir, et voici l'objet de la visite que je lui rendais ce matin, ajouta-t-elle en me montrant. J'ai su qu'une des femmes de madame l'était venue prendre sous mon nom au couvent où je l'avais mise, et j'espérais qu'elle me dirait ce que cela signifie, car je n'y comprends rien. A-t-on voulu se divertir à m'inquiéter? Quelle peut avoir été l'intention de ceux qui ont imaginé de me soustraire cette jeune enfant, à qui je

m'intéresse? Ce projet-là ne vient pas de madame,
j'en suis sûre; je ne la confonds point du tout avec
les gens qui ont tout au plus gagné sur elle qu'elle s'y
prêtât. Je ne m'en prends point à vous non plus,
monsieur; on vous a gagné aussi, et voilà tout. Mais
de quel prétexte s'est-on servi? Sur quoi a-t-on pu
fonder une entreprise aussi bizarre? de quoi mademoiselle est-elle coupable?

Mademoiselle! s'écria encore là-dessus, d'un air
railleur, cette parente sans nom; mademoiselle! Il
me semble avoir entendu dire qu'elle s'appelait
Marianne, ou bien qu'elle s'appelle comme on veut,
car comme on ne sait d'où elle sort, on n'est sûr de
rien avec elle, à moins qu'on ne devine; mais c'est
peut-être une petite galanterie que vous lui faites à
cause qu'elle est passablement gentille. Valville, à ce
discours, ne put se retenir, et la regarda avec un ris
amer et moqueur qu'elle sentit.

Mon petit cousin, lui dit-elle, ce que je dis là ne
vous plaît pas, nous le savons; mais vous pourriez
vous dispenser d'en rire. Et si je le trouve plaisant,
ma grande cousine, pourquoi n'en rirais-je pas?
répondit-il.

Taisez-vous, mon fils, lui dit aussitôt Mme de
Miran. Pour vous, madame, laissez-moi, je vous prie,
parler à ma façon, et comme je crois qu'il convient.
Si mademoiselle avait affaire à vous, vous seriez la
maîtresse de l'appeler comme il vous plairait; quant
à moi, je suis bien aise de l'appeler mademoiselle; je
dirai pourtant Marianne quand je voudrai, et cela
sans conséquence, sans blesser les égards que je
crois lui devoir; le soin que je prends d'elle me
donne des droits que vous n'avez pas; mais ce ne
sera jamais que dans ce sens-là que je la traiterai
aussi familièrement que vous le faites, et que vous
vous figurez qu'il vous est permis de le faire. Chacun

a sa manière de penser, et ce n'est pas là la mienne ;
je n'abuserai jamais du malheur de personne. Dieu
nous a caché ce qu'elle est, et je ne déciderai point ;
je vois bien qu'elle est à plaindre ; mais je ne vois pas
pourquoi on l'humilierait, l'un n'entraîne pas l'autre ;
au contraire, la raison et l'humanité, sans compter la
religion, nous portent à ménager les personnes qui
sont dans le cas où celle-ci se trouve ; il nous répugne
de profiter contre elles de l'abaissement où le sort les
a jetées ; les airs de mépris ont mauvaise grâce avec
elles, et leur infortune leur tient lieu de rang auprès
des cœurs bien faits, principalement quand il s'agit
d'une fille comme mademoiselle, et d'un malheur
pareil au sien. Car enfin, madame, puisque vous êtes
instruite de ce qui lui est arrivé, vous savez donc
qu'on a des indices presque certains que son père et
sa mère, qui furent tués en voyage lorsqu'elle n'avait
que deux ou trois ans, étaient des étrangers de la
première distinction ; ce fut là l'opinion qu'on eut
d'eux dans le temps. Vous savez qu'ils avaient avec
eux deux laquais et une femme de chambre, qui
furent tués aussi avec le reste de l'équipage ; que
mademoiselle, dont la petite parure marquait une
enfant de condition, ressemblait à la dame assassi-
née ; qu'on ne douta point qu'elle ne fût sa fille ; et
que tout ce que je dis là est certifié par une personne
vertueuse, qui se chargea d'elle alors, qui l'a élevée,
qui a confié les mêmes circonstances en mourant à
un saint religieux nommé le père Saint-Vincent, que
je connais, et qui de son côté le dira à tout le monde.

À cet endroit de son récit, les indifférents de la
compagnie, je veux dire ceux qui n'étaient point de
la famille, parurent s'attendrir sur moi ; quelques
parents même des moins obstinés, et surtout
Mme de..., en furent touchés ; il se fit un petit murmure qui m'était favorable.

Ainsi, madame, ajouta Mme de Miran sans s'interrompre, vous voyez bien que tous les préjugés sont
pour elle; que voilà de reste de quoi justifier le titre
de mademoiselle que je lui donne, et que je ne saurais lui refuser sans risquer d'en agir mal avec elle. Il
n'est donc point ici question de galanterie, mais
d'une justice que tout veut que je lui rende, à moins
que d'ajouter des injures à celles que le hasard lui a
déjà faites, ce que vous ne me conseilleriez pas vous-
même, et ce qui serait en effet inexcusable, barbare
et d'un orgueil pitoyable, vous en conviendrez, surtout, je vous le répète encore, avec une jeune personne du caractère dont elle est. Je suis fâchée
qu'elle soit présente, mais vous me forcez de vous
dire que sa figure, qui vous paraît jolie, est en vérité
ce qui la distingue le moins; et je puis vous assurer
que, par son bon esprit, par les qualités de l'âme, et
par la noblesse des procédés, elle est demoiselle[1]
autant qu'aucune fille, de quelque rang qu'elle soit,
puisse l'être. Oh! vous m'avouerez que cela impose[2],
du moins c'est ainsi que j'en juge; et ce que je vous
dis là, elle ne le doit ni à l'usage du monde, ni à l'éducation qu'elle a eue, et qui a été fort simple : il faut
que cela soit dans le sang; et voilà à mon gré l'essentiel.

Oh! sans doute, ajouta Valville, qui glissa tout
doucement ce peu de mots; sans doute, et si dans le
monde on s'était avisé de ne donner les titres de
madame ou de mademoiselle qu'au mérite de l'esprit
et du cœur, ah! qu'il y aurait de madames ou de
mademoiselles qui ne seraient plus que des Manons
et des Cathos! Mais heureusement on n'a tué ni leur
père ni leur mère, et on sait qui elles sont.

Là-dessus on ne put s'empêcher de rire un peu.
Mon fils, encore une fois, je vous défends de parler,
lui dit assez vivement Mme de Miran.

Quoi qu'il en soit, continua-t-elle ensuite, je la pro-
tège ; je lui ai fait du bien, j'ai dessein de lui en faire
encore ; elle a besoin que je lui en fasse, et il n'y a
point d'honnêtes gens qui n'enviassent le plaisir que
j'y ai, qui ne voulussent se mettre à ma place. C'est
de toutes les actions la plus louable que je puisse
faire ; il serait honteux d'y trouver à redire, à moins
qu'il n'y ait des lois qui défendent d'avoir le cœur
humain et généreux ; à moins que ce ne soit offenser
l'État que de s'intéresser, quand on est riche, à la
personne la plus digne qu'on la secoure, et qu'on la
venge de ses malheurs. Voilà tout mon crime ; et en
attendant qu'on me prouve que c'en est un, je viens,
monsieur, vous demander raison de la hardiesse
qu'on a eue à mon égard, et de la surprise qu'on a
faite à vous-même, aussi bien qu'à madame ; je viens
chercher une fille que j'aime, et que vous aimeriez
autant que moi, si vous la connaissiez, monsieur.

Elle s'arrêta là. Tout le monde se tut, et moi je
pleurais en jetant sur elle des regards qui témoi-
gnaient les mouvements dont j'étais saisie pour elle,
et qui émurent tous les assistants : il n'y eut que cette
inexorable parente que je n'ai point nommée, qui ne
se rendit point, et dont l'air paraissait toujours aussi
sec et aussi révolté qu'il l'avait été d'abord.

Aimez-la, madame, aimez-la ; qui est-ce qui vous
en empêche ? dit-elle en secouant la tête ; mais
n'oubliez pas que vous avez des parents et des alliés
qui ne doivent point en souffrir, et que du moins il
n'y aille rien du leur. C'est tout ce qu'on vous
demande.

Eh ! vous n'y songez pas, madame, vous n'y songez
pas, reprit ma mère ; ce n'est ni à vous, ni à personne
à régler mes sentiments là-dessus ; je ne suis ni sous
votre tutelle, ni sous la leur ; je leur laisse volontiers
le droit de conseil avec moi, mais non pas celui de

réprimande. C'est vous qui les faites agir et parler, madame, et je suis persuadée qu'aucun d'eux n'avouerait[1] ce que vous leur faites dire à tous.

Vous m'excuserez, madame, vous m'excuserez, s'écria la harpie; nous n'ignorons pas vos desseins, et ils nous choquent tous aussi. En un mot, votre fils aime trop cette petite fille, et qui pis est, vous le permettez.

Et si en effet je le lui permets, qui est-ce qui pourra le lui défendre? Quel compte aura-t-il à rendre aux autres? repartit froidement Mme de Miran. Vous dirai-je encore plus, c'est que j'aurais fort mauvaise opinion de mon fils, c'est que je ferais très peu de cas de son caractère, si lui-même n'en faisait pas beaucoup de cette petite fille, pour parler comme vous, que je ne tiens pourtant pas pour si petite, et qui ne sera telle que pour ceux qui n'auront peut-être que leur orgueil au-dessus d'elle.

À ce dernier mot, le ministre, qui avait écouté tout le dialogue toujours souriant et les yeux baissés, prit sur-le-champ la parole pour empêcher les répliques.

Oui, madame, vous avez raison, dit-il à Mme de Miran; on ne saurait qu'approuver les bontés que vous avez pour cette belle enfant. Vous êtes généreuse, cela est respectable, et les malheurs qu'elle a essuyés sont dignes de votre attention; sa physionomie ne dément point non plus les vertus et les qualités que vous lui trouvez; elle a tout l'air de les avoir, et ce n'est ni le soin que vous prenez d'elle, ni la bienveillance que vous avez pour elle, qui nous alarment. Je prétends moi-même avoir part au bien que vous voulez lui faire. La seule chose qui nous inquiète, c'est qu'on dit que M. de Valville a non seulement beaucoup d'estime pour elle, ce qui est très juste, mais encore beaucoup de tendresse, ce que la jeune personne, faite comme elle est, rend très vraisemblable. En un mot, on parle d'un mariage qui est résolu, et auquel vous consentez, dit-on, par la force de l'attachement que vous avez pour elle; et voilà ce qui intrigue[1] la famille.

Et je pense que cette famille a droit de s'en intriguer, dit tout de suite la parente pie-grièche. Madame, je n'ai pas tout dit; laissez-moi achever, je vous prie, lui repartit le ministre sans hausser le ton, mais d'un air sérieux; madame vaut bien qu'on lui parle raison.

J'avoue, reprit-il, qu'il est probable, sur tout ce que vous nous rapportez, que la jeune enfant a de la naissance : mais la catastrophe en question a jeté là-dessus une obscurité qui blesse, qu'on vous reprocherait, et dont nos usages ne veulent pas qu'on fasse si peu de compte. Je suis totalement de votre avis pourtant sur les égards que vous avez pour elle; ce ne sera pas moi qui lui refuserai le titre de mademoiselle, et je crois avec vous qu'on le doit même à la condition dont elle est; mais remarquez que nous le croyons, vous et moi, par un sentiment généreux qui ne sera peut-être avoué de personne; que, du moins, qui que ce soit n'est obligé d'avoir, et dont peu de gens seront capables. C'est comme un présent que nous lui faisons, et que les autres peuvent se dispenser de lui faire. Je dirai bien avec vous qu'ils auront tort, mais ils ne le sentiront point; ils vous répondront qu'il n'y a rien d'établi en pareil cas, et vous n'aurez rien à leur répliquer, rien qui puisse vous justifier auprès d'eux, si vous portez la générosité jusqu'à un certain excès, tel que le serait le mariage dont le bruit court, et auquel je n'ajoute point de foi. Je ne doute pas même que vous ne leviez volontiers tout soupçon sur cet article, et j'en ai trouvé un moyen qui est facile. J'ai imaginé de pourvoir avantageusement mademoiselle, de la marier à un jeune homme né de fort honnêtes gens, qui a déjà quelque bien, dont j'augmenterai la fortune, et avec qui elle se verra dans une situation très honorable. Je n'ai même envoyé chercher mademoiselle que pour lui proposer ce parti, qu'elle refuse, tout honnête et tout avantageux qu'il est; de sorte que, pour la déterminer, j'ai cru devoir user d'un peu de rigueur, d'autant plus qu'il y va de son bien. J'ai même été jusqu'à la menacer de l'éloigner de Paris; cependant son obstination continue; cela vous paraît-il raisonnable? Joignez-vous donc à moi, madame; vos services vous ont acquis de l'autorité sur elle, tâchez de la résoudre, je vous prie. Voici le jeune homme en question, ajouta-t-il.

Et il lui montrait M. Villot, qui, quoique assez bien fait, avait alors, autant qu'on peut l'avoir, l'air d'un pauvre petit homme sans conséquence, dont le métier était de ramper et d'obéir, à qui même il n'appartenait pas d'avoir du cœur, et à qui on pouvait dire : retirez-vous, sans lui faire d'injure.

Voilà à quoi il ressemblait en cet instant, avec sa figure qui n'était qu'humble et point honteuse.

C'est un garçon fort doux, et de fort bonnes mœurs, reprit le ministre en continuant, et qui vivra avec mademoiselle comme avec une personne à qui il devra la fortune que je lui promets à cause d'elle; c'est ce que je lui ai bien recommandé de ne jamais oublier.

Le fils du nourricier de madame ne répondit à cela qu'en se prosternant, qu'en se courbant jusqu'à terre.

N'approuvez-vous pas ce que je fais là, madame? dit encore le ministre à ma mère, et n'êtes-vous pas contente? Elle restera à Paris, vous l'aimez, et vous ne la perdrez pas de vue, je m'y engage, et je ne l'entends pas autrement.

Là-dessus Mme de Miran jeta les yeux sur M. Vil-

lot, qui l'en remercia par une autre prosternation,
quoique la façon dont on le regarda n'exigeât pas de
reconnaissance.

Et puis ma mère, secouant la tête : Cette union
n'est guère assortie, ce me semble, dit-elle, et j'ai
peine à croire qu'elle soit du goût de Marianne.
Monsieur, je me flatte, comme vous le dites, d'avoir
quelque pouvoir sur elle ; mais je vous avoue que je
ne l'emploierai pas dans cette occurrence-ci ; ce
serait lui faire payer trop cher les services que je lui
ai rendus. Qu'elle décide, au reste, elle est la maîtresse. Voyez, mademoiselle, consentez-vous à ce
qu'on vous propose ?

Je me suis déjà déclarée, madame, lui répondis-je
d'un air triste, respectueux, mais ferme : j'ai dit que
j'aime mieux rester comme je suis, et je n'ai point
changé d'avis. Mes malheurs sont bien grands ; mais
ce qu'il y a encore de plus fâcheux pour moi, c'est
que je suis née avec un cœur qu'il ne faudrait pas
que j'eusse, et qu'il m'est pourtant impossible de
vaincre. Jamais, avec ce cœur-là, je ne pourrai aimer
le jeune homme qu'on me présente, jamais. Je sens
que je ne m'accoutumerais pas à lui, que je le regarderais comme un homme qui ne serait pas fait pour
moi. C'est une pensée qui ne me quitterait point :
j'aurais beau la condamner et me trouver ridicule de
l'avoir, je l'aurais toujours ; au moyen de quoi je ne
pourrais le rendre heureux, ni être en repos moi-
même ; sans compter que je ne me pardonnerais pas
la vie désagréable que mènerait avec moi un mari
qui m'aimerait peut-être, qui pourtant me serait
insupportable, et qui aurait eu tout l'amour d'une
autre femme, si je n'avais pas été sans nécessité le
charger de moi et de mon antipathie. Ainsi il ne faut
pas parler de ce mariage, dont cependant je remercie
Monseigneur, qui a eu la bonté d'y penser pour moi ;
mais, en vérité, il n'y a pas moyen.

Dites-nous donc quelle résolution vous prenez, me répondit le ministre; que voulez-vous devenir? Aimez-vous mieux être religieuse? On vous l'a déjà proposé, et vous choisirez le couvent qu'il vous plaira. Voyez, songez à quelque état qui vous tranquillise; vous ne voulez pas souffrir qu'on chagrine plus longtemps Mme de Miran à cause de vous; prenez un parti.

Non, monsieur, dit mon ennemie; non, rien ne lui convient; on l'aime, on l'épousera, tout est d'accord; la petite personne n'en rabattra rien, à moins qu'on n'y mette ordre; elle est sûre de son fait; madame l'appelle déjà sa fille, à ce qu'on dit.

Le ministre, à ce discours, fit un geste d'impatience qui la fit taire; et moi, reprenant la parole: Vous vous trompez, madame, lui dis-je, à l'égard de la crainte qu'on a que M. de Valville ne m'aime trop, qu'il ne veuille m'épouser, et que Mme de Miran n'ait la complaisance de le vouloir bien aussi; on peut entièrement se rassurer là-dessus. Il est vrai que Mme de Miran a eu la bonté de me tenir lieu de mère (je sanglotais en disant cela), et que je suis obligée, sous peine d'être la plus ingrate créature du monde, de la chérir et de la respecter autant que la mère qui m'a donné la vie; je lui dois la même soumission, la même vénération, et je pense quelquefois que je lui en dois bien davantage. Car enfin je ne suis point sa fille, et cependant il est vrai, comme vous le dites, qu'elle m'a traitée comme si je l'avais été. Je ne lui suis rien, elle n'aurait eu aucun tort de me laisser dans l'état où j'étais, ou bien elle pouvait se contenter en passant d'avoir pour moi une compassion ordinaire, et de me dire: Je vous aimerai. Mais point du tout, c'est quelque chose d'incompréhensible que ses bontés pour moi, que ses soins, que ses considérations. Je ne saurais y songer, je ne saurais la regar-

der elle-même sans pleurer d'amour et de reconnaissance, sans lui dire dans mon cœur que ma vie est à
elle, sans souhaiter d'avoir mille vies pour les lui
donner toutes, si elle en avait besoin pour sauver la
sienne : et je rends grâce à Dieu de ce que j'ai occasion de dire cela publiquement; ce m'est une joie
infinie, la plus grande que j'aurai jamais, que de
pouvoir faire éclater les transports de tendresse, et
tous les dévouements, et toute l'admiration que je
sens pour elle. Oui, madame, je ne suis qu'une étrangère, qu'une malheureuse orpheline, que Dieu, qui
est le maître, a abandonnée à toutes les misères imaginables : mais quand on viendrait m'apprendre que
je suis la fille d'une reine, quand j'aurais un royaume
pour héritage, je ne voudrais rien de tout cela, si je
ne pouvais l'avoir qu'en me séparant de vous; je ne
vivrais point si je vous perdais; je n'aime que vous
d'affection; je ne tiens sur la terre qu'à vous qui
m'avez recueillie si charitablement, et qui avez la
générosité de m'aimer tant, quoiqu'on tâche de vous
en faire rougir, et quoique tout le monde me
méprise.

Ici, à travers les larmes que je versais, j'aperçus
plusieurs personnes de la compagnie qui détour-
naient la tête pour s'essuyer les yeux.

Le ministre baissait les siens, et voulait cacher
qu'il était ému. Valville restait comme immobile, en
me regardant d'un air passionné, et dans un parfait
oubli de tout ce qui nous environnait; et ma mère
laissait bien franchement couler ses pleurs, sans
s'embarrasser qu'on les vît.

Tu n'as pas tout dit, achève, Marianne, et ne parle
plus de moi, puisque cela t'attendrit trop, me dit-elle
en me tendant sans façon sa main, que je baisai de
même; achève...

Oui, madame, lui répondis-je. Vous m'avez dit,

monseigneur, que vous m'éloigneriez de Paris, et
que vous m'enverriez loin d'ici si je refusais d'épouser ce jeune homme, repris-je donc en m'adressant
au ministre, et vous êtes toujours le maître; mais j'ai
à vous répondre une chose qui doit empêcher messieurs les parents d'être encore inquiets sur le
mariage qu'ils appréhendent entre M. de Valville et
moi; c'est que jamais il ne se fera; je le garantis, j'en
donne ma parole et on peut s'en fier à moi; et si je ne
vous en ai pas assuré avant que Mme de Miran arrivât, vous aurez la bonté de m'excuser, monseigneur;
ce qui m'a empêchée de le faire, c'est que je n'ai pas
cru qu'il fût à propos, ni honnête à moi de renoncer
à M. de Valville, pendant qu'on me menaçait pour
m'y contraindre; j'ai pensé que je serais une lâche et
une ingrate de montrer si peu de courage en cette
occasion-ci, après que M. de Valville lui-même a
bien eu celui de m'aimer, et de m'aimer si tendrement de tout son cœur, et comme une personne
qu'on respecte, malgré la situation où il m'a vue, qui
était si rebutante, et à laquelle il n'a pas seulement
pris garde, sinon que pour m'en aimer et m'en considérer davantage.

Voilà ma raison, monseigneur; si je vous avais
promis de ne plus le voir, il aurait eu lieu de s'imaginer que je ne me mettais guère en peine de lui, puisque je n'aurais pas voulu endurer d'être persécutée
pour l'amour de lui; et mon intention était qu'il sût
le contraire, qu'il ne doutât point que son cœur a
véritablement acquis le mien, et je serais bien honteuse si cela n'était pas. Peut-être est-ce ici la dernière fois que je le verrai, et j'en profite pour
m'acquitter de ce que je lui dois, et en même temps
pour dire à Mme de Miran, aussi bien qu'à lui, que
ce que la crainte et la menace n'ont pas dû me forcer
de faire, je le fais aujourd'hui par pure reconnais-

sance pour elle et pour son fils. Non, madame, non,
ma généreuse mère ; non, monsieur de Valville, vous
m'êtes trop chers tous les deux ; je ne serai jamais la
cause des reproches que vous souffririez si je restais,
ni de la honte qu'on dit que je vous attirerais. Le
monde me dédaigne, il me rejette ; nous ne changerons pas le monde, et il faut s'accorder à ce qu'il
veut. Vous dites qu'il est injuste ; ce n'est pas à moi à
en dire autant, j'y gagnerais trop ; je dis seulement
que vous êtes bien généreuse, et que je n'abuserai
jamais du mépris que vous faites pour moi des coutumes du monde. Aussi bien est-il certain que je
mourrais de chagrin du blâme qui en retomberait
sur vous ; et si je ne vous l'épargnais pas, je serais
indigne de vos bontés. Hélas ! je vous aurais donc
trompée ; il ne serait pas vrai que j'aurais le caractère
que vous me croyez ; et je n'ai que le parti que je
prends pour montrer que vous n'avez pas eu tort de
le croire. M. de Climal, par sa piété, m'a laissé quelque chose pour vivre ; et ce qu'il y a suffit pour une
fille qui n'est rien, qui, en vous quittant, quitte tout
ce qui l'attachait, et tout ce qui pourrait l'attacher ;
qui, après cela, ne se soucie plus de rien, ne regrette
plus rien, et qui va pour toute sa vie se renfermer
dans un couvent, où il n'y a qu'à donner ordre que je
ne voie personne, à l'exception de madame, qui est
comme ma mère, et dont je supplie qu'on ne me
prive pas tout d'un coup, si elle veut me voir quelquefois. Voilà tous mes desseins, à moins que Monseigneur, pour être encore plus sûr de moi, ne
m'exile loin d'ici, suivant l'intention qu'il en a eue
d'abord.

   Un torrent de pleurs termina mon discours. Valville, pâle et abattu, paraissait prêt à se trouver mal ;
et Mme de Miran allait, ce me semble, me répondre,
quand le ministre la prévint, et se retournant avec
une action animée vers les parentes :

Mesdames, leur dit-il, savez-vous quelque réponse à ce que nous venons d'entendre ? Pour moi, je n'y en sais point, et je vous déclare que je ne m'en mêle plus. À quoi voulez-vous qu'on remédie ? À l'estime que Mme de Miran a pour la vertu, à l'estime qu'assurément nous en avons tous ? Empêcherons-nous la vertu de plaire ? Vous ne seriez pas de cet avis-là, ni moi non plus, et l'autorité n'a que faire ici.

Et puis, se tournant vers le frère de lait de madame : Laissez-nous, Villot, lui dit-il. Madame, je vous rends votre fille, avec tout le pouvoir que vous avez sur elle ; vous lui avez tenu lieu de mère ; elle ne pouvait pas en trouver une meilleure, et elle méritait de vous trouver. Allez, mademoiselle, oubliez tout ce qui s'est passé ici : qu'il reste comme nul, et consolez-vous d'ignorer qui vous êtes. La noblesse de vos parents est incertaine, mais celle de votre cœur est incontestable, et je la préférerais, s'il fallait opter. Il se retirait en disant cela ; mais il me prit un transport qui l'arrêta, et qui était juste.

C'est que je me jetai à ses genoux, avec une rapidité plus éloquente et plus expressive que tout ce que je lui aurais dit, et que je ne pus lui dire, pour le remercier du jugement plein de bonté et de vertu qu'il venait lui-même de rendre en ma faveur.

Il me releva sur-le-champ, d'un air qui témoignait que mon action le surprenait agréablement et l'attendrissait ; je m'aperçus aussi qu'elle plaisait à toute la compagnie.

Levez-vous, ma belle enfant, me dit-il ; vous ne me devez rien, je vous rends justice ; et puis, s'adressant aux autres : Elle en fera tant que nous l'aimerons tous aussi, ajouta-t-il, et il n'y a point d'autre parti à prendre avec elle. Ramenez-la, madame (c'était à ma mère à qui il parlait) ; ramenez-la, et prenez garde à ce que deviendra votre fils, s'il l'aime ; car avec les qualités que nous voyons dans cette enfant-là, je ne réponds pas de lui, et ne répondrais de personne. Faites comme vous pourrez, ce sont vos affaires.

Sans doute, dit aussitôt Mme de..., son épouse; et si on a donné à madame l'embarras qu'elle a aujourd'hui, ce n'est pas ma faute; il n'a pas tenu à moi qu'on ne le lui épargnât.

Sur ce pied-là, mesdames, repartit en se levant cette parente revêche, je pense qu'il ne vous reste plus qu'à saluer votre cousine; embrassez-la d'avance, vous ne risquez rien. Pour moi, on me permettra de m'en dispenser, malgré son incomparable noblesse de cœur; je ne suis pas extrêmement sensible aux vertus romanesques. Adieu, la petite aventurière; vous n'êtes encore qu'une fille de condition, nous dit-on; mais vous n'en demeurerez pas là, et nous serons bien heureuses, si au premier jour vous ne vous trouvez pas une princesse.

Au lieu de lui répondre, je m'avançai vers ma mère, dont je voulus aussi embrasser les genoux, et qui m'en empêcha; mais je pris sa main que je baisai, et sur laquelle je répandis des larmes de joie.

La parente farouche sortit avec colère, et dit à deux dames en s'en allant : Ne venez-vous pas?

Là-dessus elles se levèrent, mais plus par complaisance pour elle que par inimitié pour moi; on voyait bien qu'elles n'approuvaient pas son emportement, et qu'elles ne la suivaient que dans la crainte de la fâcher. Une d'elles dit même tout bas à Mme de Miran : Elle nous a amenées, et elle ne nous le pardonnerait pas si nous restions.

Valville, à qui le cœur était revenu, ne la regardait plus qu'en riant, et se vengeait ainsi du peu de succès de son entreprise. Votre carrosse est-il là-bas? lui dit-il; voulez-vous que nous vous ramenions, madame? Laissez-moi, lui dit-elle, vous me faites pitié d'être si content.

Elle salua ensuite Mme de..., ne jeta pas les yeux sur ma mère, qui la saluait, et partit avec les deux dames dont je viens de parler.

Aussitôt le reste de la compagnie se rassembla autour de moi, et il n'y eut personne qui ne me dît quelque chose d'obligeant.

Mon Dieu! que je me reproche d'avoir trempé dans cette intrigue-ci! dit Mme de... à ma mère. Que je leur sais mauvais gré de m'avoir persécutée pour y entrer! On ne peut pas avoir plus de tort que nous en avions; n'est-il pas vrai, mesdames?

Ah! Seigneur! ne nous en parlez pas, nous en sommes honteuses, répondirent-elles. Qu'elle est aimable! Nous n'avons rien de si joli à Paris. Ni peut-être rien de si estimable, reprit Mme de... Je ne saurais vous exprimer l'inquiétude où j'étais pendant tout ce dialogue, et je suis bien contente de M. de... (elle parlait du ministre son mari); oh! bien contente, il n'a encore rien fait qui m'ait tant plu; ce qu'il vient de dire est d'une justice admirable.

Avec tout autre juge que lui, j'avoue que le cœur m'aurait battu, dit à son tour le jeune cavalier que j'avais vu dans l'antichambre, et qui était encore là; mais avec M. de... je n'ai pas douté un instant de ce qui arriverait. Et moi, je devrais lui demander pardon d'avoir eu peur pour mademoiselle, dit alors Valville, qui les avait jusqu'ici écoutés d'un air modeste et intérieurement satisfait.

Tout le monde rit de sa réponse, mais discrètement, et sans lui rien dire. Il était tard, ma mère prit congé de Mme de..., qui l'embrassa avec toute l'amitié possible, comme pour lui faire oublier le secours qu'elle avait prêté à nos ennemis; elle me fit l'honneur de m'embrasser moi-même, ce que je reçus avec tout le respect qui convenait; et nous nous retirâmes.

À peine fûmes-nous dans l'antichambre, que cette femme qu'on avait envoyée pour me tirer de mon premier couvent sous le nom de ma mère, et qui était venue ce matin même me reprendre à celui où elle m'avait mise la veille ; que cette femme, dis-je, se présenta à nous, et nous dit qu'elle avait ordre du ministre de nous mener tout à l'heure, si nous voulions, à ce dernier couvent, pour me faire rendre mes hardes, qu'on hésiterait peut-être de me donner si nous y allions sans elle ; à moins que Mme de Miran n'aimât mieux remettre à y aller dans l'après-midi.

Non, non, dit ma mère, finissons cela, ne différons point. Venez, mademoiselle ; aussi bien avons-nous besoin de vous pour aller là ; car j'ai oublié de demander où c'est ; venez, j'aurai soin qu'on vous ramène ensuite.

Cette femme nous suivit donc, et monta en carrosse avec nous ; vous jugez bien qu'il ne fut plus question de cette familiarité qu'elle avait eue avec moi lorsqu'elle m'était venue prendre, et je la vis un peu honteuse de la différence qu'il y avait pour elle de ce voyage-ci à ceux que nous avions déjà faits ensemble. Chacun a son petit orgueil ; nous n'étions plus camarades, et cela lui donnait quelque confusion.

Je n'en abusai point ; j'avais trop de joie, je sortais d'un trop grand triomphe pour m'amuser à être maligne ou glorieuse ; et je n'ai jamais été ni l'un ni l'autre.

L'entretien fut fort réservé pendant le chemin, à cause de cette femme qui nous accompagnait, et qui, à l'occasion de je ne sais quoi qui fut dit, nous apprit que c'était de Mme de Fare que venait toute la rumeur, et qu'en même temps elle avait refusé de se joindre aux autres parents, dans les mouvements qu'ils s'étaient donnés[1] ; de sorte qu'elle n'avait pas précisément parlé pour me nuire, mais seulement pour avoir le plaisir d'être indiscrète, et de révéler une chose qui surprendrait.

Elle nous conta aussi que M. Villot était au désespoir de ce qu'il ne serait point à moi. Je l'ai laissé qui pleurait comme un enfant, nous dit-elle; sur quoi je jetai les yeux sur Valville, pour qui il me parut que le récit de l'affliction de M. Villot n'était pas amusant; aussi n'y répondîmes-nous rien, ma mère et moi, et laissâmes-nous tomber ce petit article, d'autant plus que nous étions arrivés à la porte du couvent, où je descendis avec cette femme.

Il est inutile que je paraisse, me dit ma mère, et je crois même qu'il suffirait que mademoiselle allât redemander vos hardes, sans parler de nous, et sans dire que nous sommes ici.

Permettez-moi de me montrer aussi, dis-je; les bontés que l'abbesse a eues pour moi exigent que je la remercie; je ne saurais m'en dispenser sans ingratitude. Ah! tu as raison, ma fille, et je ne savais pas cela, me repartit-elle; va, mais hâte-toi, et dis-lui que je t'attends, que je suis fatiguée, et qu'il m'est impossible de descendre; fais le plus vite que tu pourras; il vaut mieux que tu la reviennes voir.

Abrégeons donc. Je parus, on me rendit mon coffre ou ma cassette, lequel des deux il vous plaira. Toutes les religieuses que j'avais vues vinrent se réjouir avec moi du succès de mon aventure; l'abbesse me donna les témoignages d'affection les plus sincères. Elle aurait souhaité que j'eusse passé le reste de la soirée avec elle, mais il n'y avait pas moyen. Ma mère est à la porte de votre maison dans son carrosse; elle vous aurait vue, lui dis-je; mais elle est indisposée; elle vous fait ses excuses, et il faut que je vous quitte.

Quoi! s'écria-t-elle, cette mère si tendre, cette

dame que j'estime tant, est ici! Mon Dieu! que
j'aurais de plaisir à la voir et à lui dire du bien de
vous! Allez, mademoiselle, retournez-vous-en, mais
tâchez de la déterminer à venir un instant; si je pouvais sortir, je courrais à elle; et supposons qu'il soit
trop tard, dites-lui que je la conjure de revenir
encore une fois ici avec vous : partez, ma chère
enfant. Et aussitôt elle me congédia. Un domestique
de la maison portait mon petit ballot; tout ceci se
passa en moins d'un demi-quart d'heure de temps.
J'oublie encore que l'abbesse chargea la tourière
d'aller faire ses compliments à Mme de Miran, qui,
de son côté, la fit assurer que nous la reviendrions
voir au premier jour; et puis nous partîmes pour
aller, devineriez-vous où? Au logis, dit ma mère; car
à ton autre couvent, on a dîné[1], et nous t'y remet-
trons sur le soir; non que j'aie envie de t'y laisser
longtemps : mais il est bon que tu y fasses encore
quelque séjour, ne fût-ce qu'à cause de ce qui t'est
arrivé, et de l'inquiétude que j'en ai montrée moi-
même.

Nous avancions pendant qu'elle parlait, et nous
voici dans la cour de ma mère, d'où elle congédia
cette femme de Mme de... qui nous avait suivis, et
nous montâmes chez elle.

Une certaine gouvernante qui était dans la maison
de Mme de Miran quand on m'y porta après ma
chute au sortir de l'église, et que, si vous vous en
souvenez, Valville appela pour me déchausser, n'y
était plus, et de tous les domestiques il n'y avait plus
qu'un laquais de Valville qui me connût; c'était celui
qui avait suivi mon fiacre jusque chez Mme Dutour,
et qui d'ailleurs m'avait déjà revue plusieurs fois,
puisqu'il m'était venu rendre deux ou trois billets de
Valville à mon couvent. Or ce laquais était malade;
ainsi il n'y avait là personne qui sût qui j'étais.

Et ce qui fait que je vous dis cela, c'est que, pendant que nous montions chez ma mère, je rêvais, toute joyeuse que j'étais, que j'allais trouver dans cette maison, et cette gouvernante que je vous ai rappelée, et quelques valets qui ne manqueraient pas de me reconnaître.

Ah! c'est cette petite fille qu'on a apportée ici, et qui avait mal au pied! vont-ils dire, pensais-je en moi-même; c'est cette petite lingère que nous croyions une demoiselle et qui se fit reconduire chez Mme Dutour!

Et cela me déplaisait; j'avais peur aussi que Valville n'en fût un peu honteux; peut-être m'aimant autant qu'il faisait, ne s'en serait-il pas soucié; mais heureusement nous ne fûmes exposés ni l'un ni l'autre au désagrément que j'imaginais; et je goûtai tout à mon aise le plaisir de me trouver chez ma mère, et d'y être comme si j'avais été chez moi.

Ah! çà! ma fille, me dit-elle, viens que je t'embrasse à présent que nous sommes sans critiques; tout ceci a tourné on ne peut pas mieux; on se doute de nos desseins, on les prévoit, on n'a pas même paru les désapprouver; le ministre t'a rendu ta parole en te remettant entre mes mains; et grâce au ciel, on ne sera plus surpris de rien. Tu m'as dit tantôt les choses du monde les plus tendres, ma chère enfant; mais franchement, je les mérite bien pour tout le chagrin que tu m'as causé; tu en as eu beaucoup aussi, n'est-il pas vrai? As-tu songé à celui que j'aurais? Que pensais-tu de ta mère?

Elle me tenait ce discours assise dans un fauteuil; j'étais vis-à-vis d'elle, et, me laissant aller à une saillie[1] de reconnaissance, je me jetai tout d'un coup à ses genoux. Et puis la regardant après lui avoir baisé la main : ma mère, lui dis-je, voilà M. de Valville; il m'est bien cher, et ce n'est plus un secret, je l'ai

publié devant tout le monde ; mais il ne m'empêchera pas de vous dire que j'ai mille fois plus encore
songé à vous qu'à lui. C'était ma mère qui
m'occupait, c'était sa tendresse et son bon cœur :
que fera-t-elle ? que ne fera-t-elle pas ? me disais-je,
et toujours ma mère dans l'esprit. Toutes mes pensées vous regardaient, je ne savais pas si vous réussi-
riez à me tirer d'embarras ; mais ce que je souhaitais
le plus, c'était que ma mère fût bien fâchée de ne
plus voir sa fille ; je désirais cent fois plus sa tendresse que ma délivrance, et j'aurais tout enduré,
hormis d'être abandonnée d'elle. J'étais si pleine de
ce que je vous dis là, j'en étais tellement agitée, que
j'en sentais quelque petite inquiétude dont je
m'accuse, quoiqu'elle n'ait presque pas duré. J'ai
pourtant songé aussi à M. de Valville ; car s'il
m'oubliait, ce serait une grande affliction pour moi,
plus grande que je ne puis le dire ; mais le principal
est que vous m'aimiez ; c'est le cœur de ma mère qui
m'est le plus nécessaire, il va avant tout dans le
mien[1] ; car il m'a tant fait de bien, je lui ai tant
d'obligation, il m'est si doux de lui être chère ! N'ai-je
pas raison, monsieur ?

Mme de Miran m'écoutait en souriant. Levez-
vous, petite fille, me dit-elle ensuite ; vous me faites
oublier que j'ai à vous quereller de votre imprudence
d'hier matin. Je voudrais bien savoir pourquoi vous
vous laissez emmener par une femme qui vous est
totalement inconnue, qui vient vous chercher sans
billet de ma part, et dans un équipage qui n'est pas à
moi non plus. Où était votre esprit de n'avoir pas fait
attention à tout cela, surtout après la visite suspecte
que vous aviez reçue de ce grand squelette dont vous
m'aviez si bien dépeint la figure ? Les menaces ne
vous annonçaient-elles pas quelque dessein ? Ne
devaient-elles pas vous laisser quelque défiance ?

Vous êtes une étourdie; et pendant le séjour que vous ferez encore à votre couvent, je vous défends d'en sortir jamais qu'avec cette femme que vous venez de voir (elle parlait d'une femme de chambre qui avait paru il n'y avait qu'un moment), ou que sur une lettre de moi, quand je n'irai pas vous chercher moi-même, entendez-vous?

Là-dessus on servit, nous dînâmes. Valville mangea fort peu, et moi aussi; ma mère y prit garde, elle en rit. Apparemment que la joie ôte l'appétit, nous dit-elle en badinant. Oui, ma mère, reprit Valville sur le même ton; on ne saurait faire tant de choses à la fois.

Le repas fini, Mme de Miran passa dans sa chambre, et nous l'y suivîmes. De là elle entra dans un petit cabinet, d'où elle m'appela. J'y vins. Donne-moi ta main, me dit-elle; voyons si cette bague-ci te conviendra. C'était un brillant de prix, et pendant qu'elle me l'essayait: Je vois, lui répondis-je, un portrait (c'était le sien) que j'aimerais mille fois mieux que la bague, toute belle qu'elle est, et que toutes les pierreries du monde. Troquons, ma mère; cédez-moi le portrait, je vous rendrai la bague.

Patience, me dit-elle, je le ferai placer ici dans votre chambre, quand vous y serez; et vous y serez bientôt. Où mettez-vous votre argent, Marianne? continua-t-elle. Vous n'avez rien pour cela, je pense. Aussitôt elle ouvrit un tiroir: Tenez, voilà une bourse qui est fort bien travaillée, servez-vous-en. Je vous remercie, ma mère, lui repartis-je: mais où mettrai-je tout l'amour, tout le respect et toute la reconnaissance que j'ai pour ma mère? Il me semble que j'en ai plus qu'il n'en peut tenir dans mon cœur.

Elle sourit à ce discours. Savez-vous ce qu'il faut faire, ma mère? nous dit Valville, qui était resté à l'entrée du cabinet, et que la joie d'entendre ce que nous nous disions toutes deux avec cette familiarité douce et badine tenait comme en extase; mettons votre fille le plus vite que nous pourrons dans cette chambre où vous avez dessein de placer le portrait; elle en sera moins embarrassée de tout l'amour qu'elle a pour vous, et plus à portée de venir en parler pour le soulager.

C'est de quoi nous allons nous entretenir tout à l'heure, répondit Mme de Miran; sortons, je veux lui montrer l'appartement que j'occupais du vivant de votre père.

Et sur-le-champ nous passâmes dans une grande antichambre que j'avais déjà vue, et dans laquelle il y avait une porte vis-à-vis de celle par où nous entrions. Cette porte nous mena à cet appartement qu'ils voulaient me faire voir. Il était plus vaste et plus orné que celui de Mme de Miran, et donnait comme le sien sur un très beau jardin. Eh bien! ma fille, comment vous trouvez-vous ici? Ne vous y ennuierez-vous point? Y regretterez-vous votre couvent? me dit-elle en riant.

Je me mis à pleurer là-dessus de pur ravissement, et me jetant entre ses bras : Ah! ma mère, lui repartis-je d'un ton pénétré, quelles délices pour moi! Songez-vous que cet appartement-ci me conduira dans le vôtre.

À peine achevais-je ces mots, qu'un coup de sifflet nous avertit qu'il venait une visite.

Ah! mon Dieu, s'écria Mme de Miran, que je suis fâchée! J'allais sonner pour donner ordre de dire que je n'y étais pas; retournons chez moi. Nous nous y rendîmes.

Un laquais entra, qui nous annonça deux dames que je ne connaissais pas, qui n'avaient point entendu parler de moi non plus; qui me regardèrent beaucoup, me prirent peut-être pour une parente de la maison, et venaient rendre elles-mêmes une de ces visites indifférentes, qui, entre femmes, n'aboutissent qu'à se voir une demi-heure, qu'à se dire quelques bagatelles ennuyantes, et qu'à se laisser là sans se soucier les unes des autres.

Je remarquerai, pour vous amuser seulement (et je n'écris que pour cela), que, de ces deux dames, il y en eut une qui parla fort peu, ne prit presque point de part à ce que l'on disait, ne fit que remuer la tête pour en varier les attitudes, et les rendre avantageuses, enfin, qui ne songea qu'à elle et à ses grâces; et il est vrai qu'elle en aurait eu quelques-unes si elle s'était moins occupée de la vanité d'en avoir; mais cette vanité gâtait tout, et ne lui en laissait pas une de naturelle. Il y a beaucoup de femmes comme elle qui seraient fort aimables si elles pouvaient oublier un peu qu'elles le sont. Celle-ci, j'en suis sûre, n'allait et ne venait par le monde que pour se montrer, que pour dire : Voyez-moi. Elle ne vivait que pour cela.

Je crois qu'elle me trouva jolie, car elle me regarda peu, et toujours de côté; on démêlait qu'elle faisait semblant de me compter pour rien, de ne pas s'apercevoir que j'étais là, et le tout pour persuader qu'elle ne trouvait rien en moi que de fort commun.

Une chose la trahit pourtant, c'est qu'elle avait toujours les yeux sur Valville, pour observer laquelle des deux il regarderait le plus, d'elle ou de moi : et en un sens c'était bien là me regarder moi-même, et craindre que je n'eusse la préférence. L'autre dame, plus âgée, était une femme fort sérieuse, et cependant fort frivole, c'est-à-dire qui parlait gravement et avec dignité d'un équipage qu'elle faisait faire, d'un repas qu'elle avait donné, d'une visite qu'elle avait rendue, d'une histoire que lui avait contée la marquise une telle; et puis c'était Mme la duchesse de ... qui se portait mieux, mais qui avait pris l'air de trop bonne heure ; qu'elle l'en avait querellée, que cela était effroyable ; et puis c'était une repartie haute et convenable qu'elle avait faite la veille à cette Mme une telle, qui s'oubliait de temps en temps, à cause qu'elle était riche, qui ne distinguait pas d'avec elle les femmes d'une certaine façon ; et mille autres choses d'une aussi plate et d'une aussi vaine espèce qui firent le sujet de cet entretien, pendant lequel d'autres visites aussi fatigantes arrivèrent encore. De sorte qu'il était tard quand nous en fûmes débarrassées, et qu'il n'y avait point de temps à perdre pour me ramener à mon couvent.

Nous nous reverrons demain ou le jour d'après, dit ma mère, je t'enverrai chercher ; hâtons-nous de partir, j'ai besoin de repos, et je me coucherai dès que je serai revenue. Pour vous, mon fils, vous n'avez qu'à rester ici, nous n'avons pas besoin de vous. Valville se plaignit, mais il obéit, et nous remontâmes en carrosse.

Nous voici arrivées au couvent, où nous vîmes un instant l'abbesse dans son parloir. Ma mère l'instruisit de la fin de mon aventure, et puis je rentrai.

Deux jours après, Mme de Miran vint me reprendre à l'heure de midi ; vous savez qu'elle me l'avait promis ; je dînai chez elle avec Valville ; il y fut question de notre mariage. En ce temps-là même on traitait pour Valville d'une charge considérable, il devait en être incessamment pourvu ; il n'y avait tout au plus que trois semaines à attendre, et il fut conclu que nous nous marierions dès que cette affaire serait terminée.

Voilà qui était bien positif. Valville ne se possédait pas de joie ; je ne savais plus que dire dans la mienne, elle m'ôtait la parole, et je ne faisais que regarder ma mère.

Ce n'est pas le tout, me dit-elle ; je vais ce soir pour

huit ou dix jours à ma terre, où je veux me reposer de toutes les fatigues que j'ai eues depuis la mort de mon frère, et je suis d'avis de te mener avec moi, pendant que mon fils va passer quelque temps à Versailles, où il est nécessaire qu'il se rende. Tu n'as rien apporté de ton couvent pour cette petite absence, mais je te donnerai tout ce qu'il te faut.

Ah! mon Dieu, que de plaisir! Quoi! dix ou douze jours avec vous, sans vous quitter! lui répondis-je; ne changez donc point d'avis, ma mère.

Aussitôt elle passa dans son cabinet, écrivit à l'abbesse qu'elle m'emmenait à la campagne, fit porter le billet sur-le-champ, et deux heures après nous partîmes.

Notre voyage n'était pas long; cette terre n'était éloignée que de trois petites lieues, et Valville se déroba deux ou trois fois de Versailles pour nous y venir voir. Il ne fut pas pourvu de cette charge dont j'ai parlé aussi vite qu'on l'avait cru; il survint des difficultés qui traînèrent l'affaire en longueur; chaque jour cependant on en attendait la conclusion. Nous revînmes de campagne, ma mère et moi, et je retournai encore à mon couvent, où elle ne comptait pas que je dusse rester plus d'une semaine; j'y restai pourtant plus d'un mois, pendant lequel je vins, comme à l'ordinaire, dîner quelquefois chez elle, et quelquefois chez Mme Dorsin.

Durant cet intervalle, Valville fut toujours aussi empressé et aussi tendre qu'il l'eût jamais été, mais sur la fin plus gai qu'il n'avait coutume de l'être; en un mot, il avait toujours autant d'amour, mais plus de patience sur les incidents qui reculaient la conclusion de son affaire; et ce que je vous dis là, je ne le rappelai[1] que longtemps après, en repassant sur tout ce qui avait précédé le malheur qui m'arriva dans la suite. La dernière fois même que je dînai chez sa mère, il ne s'y trouva pas lorsque je vins, et ne se rendit au logis qu'un instant avant que nous nous missions à table. Un importun l'avait retenu, nous dit-il ; et je le crus, d'autant plus qu'à cela près je ne voyais rien de changé en lui. Et en effet, il était toujours le même, à l'exception qu'il était un peu plus dissipé[1] qu'à l'ordinaire, à ce que m'avait dit Mme de Miran avant qu'il entrât ; et c'est qu'il s'ennuie, avait-elle ajouté, de voir différer votre mariage.

Enfin, la dernière fois qu'elle me ramenait à mon couvent : Je vous prie, ma mère, que je sois de la partie, lui dit Valville, qui avait été charmant ce jour-là, qui à mon gré ne m'avait jamais tant aimée, qui ne me l'avait jamais dit avec tant de grâces, ni si galamment, ni si spirituellement. (Et tant pis, tant de galanterie et tant d'esprit n'étaient pas bon signe : il fallait apparemment que son amour ne fût plus ni si sérieux, ni si fort ; et il ne me disait de si jolies choses qu'à cause qu'il commençait à n'en plus sentir de si tendres.)

Quoi qu'il en soit, il eut envie de nous suivre ; Mme de Miran disputa d'abord, et puis consentit ; le ciel en avait ainsi ordonné. Je le veux bien, reprit-elle, mais à condition que vous resterez dans le carrosse, et que vous ne paraîtrez point, pendant que j'irai voir un instant l'abbesse. Et c'est de cette complaisance qu'elle eut pour lui que vont venir les plus grands chagrins que j'aie eus de ma vie.

Une dame de grande distinction était venue la veille à mon couvent avec sa fille, qu'elle voulait y mettre en pension jusqu'à son retour d'un voyage qu'elle allait faire en Angleterre, pour y recueillir une succession que lui laissait la mort de sa mère.

Il y avait très peu de temps que le mari de cette dame était mort en France. C'était un seigneur anglais, qu'à l'exemple de beaucoup d'autres, son zèle et sa fidélité pour son roi[1] avaient obligé de sortir de son pays; et sa veuve, dont le bien avait fait toute sa ressource, partait pour le vendre et pour recueillir cette succession, dont elle voulait se défaire aussi, dans le dessein de revenir en France, où elle avait fixé son séjour.

Elle était donc convenue la veille avec noblesse que sa fille entrerait le lendemain dans ce couvent, et elle venait positivement[2] de l'amener, quand nous arrivâmes; de sorte que nous trouvâmes leur carrosse dans la cour.

À peine sortions-nous du nôtre, que nous vîmes ces deux dames descendre d'un parloir, d'où elles venaient d'avoir un moment d'entretien avec l'abbesse.

On ouvrait déjà la porte du couvent pour recevoir la fille, qui, jetant les yeux sur cette porte ouverte et sur quelques religieuses qui l'attendaient, regarda ensuite sa mère qui pleurait, et tomba tout à coup évanouie entre ses bras.

La mère, presque aussi faible que sa fille, allait à son tour se laisser tomber sur la dernière marche de l'escalier qu'elles venaient de descendre, si un laquais, qui était à elle, ne s'était avancé pour les soutenir toutes deux.

Cet accident, dont nous avions été témoins, Mme de Miran et moi, nous fit faire un cri, et nous nous hâtâmes d'aller à elles pour les secourir, et pour aider le laquais lui-même, qui avait bien de la peine à les empêcher de tomber toutes deux.

Eh vite! mesdames, vite! je vous conjure, criait la mère en pleurs, et du ton d'une personne qui n'en peut plus, je crois que ma fille se meurt.

Les religieuses qui étaient à l'entrée du couvent, et bien effrayées, appelaient de leur côté une tourière,

qui vint en courant ouvrir un petit réduit, une espèce
de petite chambre où elle couchait, et qui, par bonheur, était à côté de l'escalier du parloir.

Ce fut là où l'on tâcha de porter la demoiselle évanouie, et où nous entrâmes avec la mère que
Mme de Miran soutenait, et à qui on craignait qu'il
n'en arrivât autant qu'à sa fille.

Valville, ému de ce spectacle qu'il avait vu aussi
bien que nous du carrosse où il était resté, oubliant
qu'il ne devait pas se montrer, en sortit sans aucune
réflexion, et vint dans cette petite chambre.

On y avait mis la demoiselle sur le lit de la tourière, et nous la délacions, cette tourière et moi, pour
lui faciliter la respiration.

Sa tête penchait sur le chevet; un de ses bras pen-
dait hors du lit, et l'autre était étendu sur elle, tous
deux (il faut que j'en convienne), tous deux d'une
forme admirable.

Figurez-vous des yeux qui avaient une beauté particulière à être fermés.

Je n'ai rien vu de si touchant que ce visage-là, sur
lequel cependant l'image de la mort était peinte;
mais c'en était une image qui attendrissait, et qui
n'effrayait pas.

En voyant cette jeune personne, on eût plutôt dit :
Elle ne vit plus, qu'on eût dit : Elle est morte. Je ne
puis vous représenter l'impression qu'elle faisait,
qu'en vous priant de distinguer ces deux façons de
parler, qui paraissent signifier la même chose, et qui
dans le sentiment pourtant en signifient de différentes. Cette expression, elle ne vit plus, ne lui ôtait
que la vie, et ne lui donnait pas les laideurs de la
mort.

Enfin avec ce corps[1] délacé, avec cette belle tête
penchée, avec ces traits, dont on regrettait les grâces
qui y étaient encore, quoiqu'on s'imaginât ne les y

voir plus, avec ces beaux yeux fermés, je ne sache point d'objet plus intéressant qu'elle l'était, ni de situation plus propre à remuer le cœur que celle où elle se trouvait alors.

Valville était derrière nous, qui avait la vue fixée sur elle; je le regardai plusieurs fois, et il ne s'en aperçut point. J'en fus un peu étonnée, mais je n'allai pas plus loin, et n'en inférai rien.

Mme de Miran cherchait dans sa poche un flacon plein d'une eau souveraine en pareils accidents, et elle l'avait oublié chez elle.

Valville, qui en avait un pareil au sien, s'approcha tout d'un coup avec vivacité, nous écarta tous, pour ainsi dire, et, se mettant à genoux devant elle, tâcha de lui faire respirer de cette liqueur qui était dans le flacon et lui en versa dans la bouche; ce qui, joint aux mouvements que nous lui donnions, fit qu'elle entrouvrit les yeux, et les promena languissamment sur Valville, qui lui dit avec je ne sais quel ton tendre ou affectueux que je trouvai singulier : Allons, mademoiselle, prenez-en, respirez-en encore.

Et lui-même, par un geste sans doute involontaire, lui prit une de ses mains qu'il pressait dans les siennes. Je la lui ôtai sur-le-champ, sans savoir pourquoi.

Doucement, monsieur, lui dis-je, il ne faut pas l'agiter tant. Il ne m'écouta pas, mais tout cela ne paraissait, de part et d'autre, que l'effet d'un empressement secourable pour la demoiselle; et il se disposait encore à lui faire respirer de cet élixir, quand la jeune personne, en soupirant, ouvrit tout à fait les yeux, souleva sa main que je tenais, et la laissa retomber sur le bras de Valville, qui la prit, et qui était toujours à genoux devant elle.

Ah! mon Dieu, dit-elle, où suis-je? Valville gardait cette main, la serrait, ce me semble, et ne se relevait pas.

La demoiselle, achevant enfin de reprendre ses esprits, l'envisagea plus fixement aussi, lui retira tout doucement sa main sans cesser d'avoir les yeux fixés sur lui; et comme elle devina bien, au flacon qu'il avait, qu'il s'était empressé pour la secourir : Je vous suis obligée, monsieur, lui dit-elle; où est ma mère? est-elle encore ici?

Cette dame était au chevet du lit, assise sur une chaise où on l'avait placée, et où elle n'avait eu jusque-là que la force de soupirer et de pleurer.

Me voilà, ma chère fille, répondit-elle avec un accent un peu étranger. Ah! Seigneur! que vous m'avez effrayée, ma chère Varthon! Voici des dames à qui vous avez bien de l'obligation, aussi bien qu'à monsieur.

Et observez que ce monsieur demeurait toujours dans la même posture, je le répète à cause qu'il m'ennuyait de l'y voir. La demoiselle, bien revenue à elle, jeta d'abord ses regards sur nous, ensuite les arrêta sur lui; et puis, s'apercevant du petit désordre où elle était, ce qui venait de ce qu'on l'avait délacée, elle en parut un peu confuse, et porta sa main sur son sein. Levez-vous donc, monsieur, dis-je à Valville, voilà qui est fini, mademoiselle n'a plus besoin de secours. Cela est vrai, me répondit-il comme avec distraction, et sans ôter les yeux de dessus elle. Je voudrais bien me lever, dit alors la demoiselle en s'appuyant sur sa mère, qui l'aida du mieux qu'elle put. J'allais m'en mêler et prêter mon bras, quand Valville me prévint, et avança précipitamment le sien pour la soulever.

Tant d'empressement de sa part n'était pas de mon goût, mais de dire pourquoi je le désapprouvais, c'est ce que je n'aurais pu faire : je ne serais pas même convenue qu'il me déplaisait; je pense que ce petit dépit que j'en avais me faisait agir sans que je le connusse; comment en aurais-je connu les motifs? Et suivant toute apparence, Valville y entendait aussi peu de finesse que moi.

Il fallait bien cependant qu'il se passât quelque chose d'extraordinaire en lui; car vous avez vu la brusquerie avec laquelle je lui avais parlé deux ou trois fois, et il ne l'avait pas remarqué; il n'en fut point surpris, comme il n'aurait pas manqué de l'être dans un autre temps; ou bien il la souffrit en homme qui la méritait, qui se rendait justice à son insu, et qui était coupable dans le fond de son cœur; aussi l'était-il, mais il l'ignorait. Poursuivons.

Les religieuses attendaient toujours que la demoiselle entrât. Elle nous remercia, Mme de Miran et moi, de fort bonne grâce, mais d'un air modeste, du service que nous venions de lui rendre. Je m'imaginai[1] la voir un peu plus embarrassée dans le compliment qu'elle fit à Valville, et elle baissa les yeux en lui parlant. Allons, ma mère, ajouta-t-elle ensuite, c'est demain le jour de votre départ; vous n'avez pas de temps à perdre, et il est temps que j'entre. Là-dessus elles s'embrassèrent, non sans verser encore beaucoup de pleurs.

J'ai supprimé toutes les politesses que Mme de Miran et la dame étrangère s'étaient faites. Cette dernière lui avait même conté en peu de mots les raisons qui l'obligeaient à laisser la jeune personne dans le couvent.

Ma fille, me dit ma mère en les voyant s'embrasser pour la dernière fois, puisque vous allez avoir l'honneur d'être la compagne de mademoiselle, tâchez de gagner son amitié et n'oubliez rien de ce qui pourra contribuer à la consoler.

Voilà bien de la bonté, madame, repartit aussitôt la dame étrangère, je prendrai donc à mon tour la liberté de vous la recommander à vous-même. À

quoi Mme de Miran répondit qu'elle demandait
aussi la permission de la faire venir chez elle, quand
elle m'enverrait chercher ; ce qui fut reçu, de la part
de l'autre, avec tous les témoignages possibles de
reconnaissance.

Ces deux dames se connaissaient de nom, et par là
savaient les égards qu'elles se devaient l'une à l'autre.

À tout cela Valville ne disait mot, et regardait seulement la demoiselle, sur qui, contre son ordinaire,
je lui trouvais les yeux plus souvent que sur moi ; ce
que j'attribuais, sans en être contente, à un pur mouvement de curiosité.

Le moyen de le soupçonner d'autre chose, lui qui
m'aimait tant, qui venait dans la même journée de
m'en donner de si grandes preuves ; lui que j'aimais
tant moi-même, à qui je l'avais tant dit, et qui était si
charmé d'en être sûr.

Hélas, sûr ! Peut-être ne l'était-il que trop. On ne le
croirait pas ; mais les âmes tendres et délicates ont
volontiers le défaut de se relâcher dans leur tendresse, quand elles ont obtenu toute la vôtre ; l'envie
de vous plaire leur fournit des grâces infinies, leur
fait faire des efforts qui sont délicieux pour elles,
mais dès qu'elles ont plu, les voilà désœuvrées.

Quoi qu'il en soit, la jeune demoiselle, en
reconnaissance de l'attachement que Mme de Miran
m'ordonnait d'avoir pour elle, vint galamment se
jeter à mon cou et me demander mon amitié. Cette
action, à laquelle elle se livra de la manière du
monde la plus aimable et la plus naïve, m'attendrit ;
je n'en aurais peut-être pas fait autant qu'elle ; non
qu'elle ne m'eût paru fort digne d'être aimée ; mais
mon cœur ne me disait rien pour elle, ou plutôt je
me sentais un fond de froideur que j'aurais eu de la
peine à vaincre, et qui ne tint point contre ses
caresses. Je les lui rendis avec toute la sensibilité

dont j'étais capable, et m'intéressai véritablement à elle, qui, s'arrachant encore d'entre les bras de sa mère, se retira enfin dans le couvent, d'où je lui criai que j'allais la suivre dès que nous aurions vu l'abbesse, avec qui Mme de Miran voulait avoir un instant d'entretien.

La mère remonta dans son équipage, baignée de ses larmes, et le lendemain partit en effet pour l'Angleterre.

Mme de Miran alla un instant parler à l'abbesse, me vit entrer dans le couvent, et alla rejoindre Valville, qui s'était remis dans le carrosse où il l'attendait. Il nous avait quittées à l'instant où nous avions été au parloir de l'abbesse, et je ne l'avais pas vu moins tendre qu'il avait coutume de l'être ; il n'y eut qu'une chose à laquelle il manqua, c'est qu'il oublia de parler à Mme de Miran du jour où nous nous reverrions, et je me rappelai cet oubli un quart d'heure après que je fus rentrée ; mais nous avions été dérangés ; l'accident de la demoiselle avait distrait nos idées, avait fixé notre attention ; et puis, ma mère n'avait-elle pas dit au logis que je reviendrais le lendemain ou le jour d'après ? Cela ne suffisait-il pas ?

Je l'excusais donc, et je traitais de chicane la remarque que j'avais d'abord faite sur son oubli.

Je reçus de l'abbesse, et des religieuses, et des pensionnaires que je connaissais, l'accueil le plus obligeant. Je vous ai déjà dit qu'on m'aimait, et cela était vrai, et surtout de la part de cette religieuse dont j'ai déjà fait mention, et qui m'avait si bien vengée de la hauteur et des railleries de la jeune et jolie pensionnaire dont je vous ai parlé aussi. Dès que j'eus remercié tout le monde de la joie qu'on avait témoignée pour mon retour, je courus chez ma nouvelle compagne, dont on avait la veille apporté toutes les hardes, qu'une sœur converse arrangeait[1] alors, pendant qu'elle rêvait tristement à côté d'une table sur laquelle elle était appuyée.

Elle se leva du plus loin qu'elle m'aperçut, vint m'embrasser, et marqua un extrême plaisir à me voir.

Il aurait été difficile de ne pas l'aimer; elle avait les manières simples, ingénues, caressantes, et pour tout dire enfin le cœur comme les manières. C'est un éloge que je ne puis lui refuser, malgré tous les chagrins qu'elle m'a causés.

Je m'épris pour elle de l'inclination la plus tendre. La sienne pour moi, disait-elle, avait commencé dès qu'elle m'avait vue; elle n'avait senti de consolation qu'en apprenant que je demeurerais avec elle. Promettez-moi que vous m'aimerez, que nous serons inséparables, ajouta-t-elle avec des tons, des serrements de main, avec des regards dont la douceur pénétrait l'âme et entraînait la persuasion; de sorte que nous nous liâmes du commerce de cœur le plus étroit.

Elle était, pour ainsi dire, étrangère, quoiqu'elle fût née en France. Son père était mort, sa mère partait pour l'Angleterre, elle y pouvait mourir; peut-être cette mère venait-elle de lui dire un éternel adieu; peut-être au premier jour annoncerait-on à sa fille qu'elle était orpheline; et moi j'en étais une : mes infortunes allaient bien au-delà de celles qu'elle avait à appréhender, mais je la voyais en danger d'éprouver une partie des miennes. Je songeais donc que son sort pourrait avoir bientôt quelque ressemblance avec le mien, et cette réflexion m'attachait encore plus à elle; il me semblait voir en elle une personne qui était plus réellement ma compagne qu'une autre.

Elle me confiait son affliction, et dans l'atten-

drissement où nous étions toutes deux, dans cette
effusion de sentiments tendres et généreux à laquelle
nos cœurs s'abandonnaient, comme elle m'entretenait des malheurs de sa famille, je lui racontai aussi
les miens, et les lui racontai à mon avantage, non
par aucune vanité, prenez garde, mais, ainsi que je
l'ai déjà dit, par un pur effet de la disposition d'esprit
où je me trouvais. Mon récit devint intéressant ; je le
fis, de la meilleure foi du monde, dans un goût aussi
noble que tragique ; je parlai en déplorable victime
du sort, en héroïne de roman, qui ne disait pourtant
rien que de vrai, mais qui ornait la vérité de tout ce
qui pouvait la rendre touchante, et me rendre moi-
même une infortunée respectable.

En un mot, je ne mentis en rien, je n'en étais pas
capable ; mais je peignis dans le grand : mon sentiment me menait ainsi sans que j'y pensasse.

Aussi la belle Varthon m'écoutait-elle en me plaignant, en soupirant avec moi, en mêlant ses larmes
avec les miennes ; car nous en répandions toutes
deux : elle pleurait sur moi, et je pleurais sur elle.

Je lui fis l'histoire de mon arrivée à Paris avec la
sœur du curé, qui y était morte ; je traitai le caractère
de cette sœur aussi dignement que je traitais mes
aventures.

C'était, disais-je, une personne qui avait eu tant de
dignité dans ses sentiments, dont la vertu avait été si
aimable, qui m'avait élevée avec des égards si
tendres, et qui était si fort au-dessus de l'état où le
curé son frère et elle vivaient à la campagne (et cela
était encore vrai).

Ensuite je rapportais la situation où j'étais restée
après sa mort, et ce que je dis là-dessus fendait le
cœur.

Le père Saint-Vincent, M. de Climal que je ne
nommai point (mon respect et ma tendresse pour sa

mémoire m'en auraient empêchée, quand j'en aurais
eu envie), l'injure qu'il m'avait faite, son repentir, sa
réparation, la Dutour même, chez qui il m'avait mise
si peu convenablement pour une fille comme moi ;
tout vint à sa place, aussi bien que Mme de Miran, à
qui, dans cet endroit de mon récit, je ne songeai
point non plus à donner d'autre nom que celui d'une
dame que j'avais rencontrée, sauf à la nommer
après, quand je serais hors de ce ton romanesque
que j'avais pris. Je n'avais omis ni ma chute au sortir
de l'église, ni le jeune homme aimable et distingué
par sa naissance chez lequel on m'avait portée. Et
peut-être, dans le reste de mon histoire, lui aurais-je
appris que ce jeune homme était celui qui l'avait
secourue ; que la dame qu'elle venait de voir était sa
mère, et que je devais bientôt épouser son fils, si une
converse qui entra ne nous eût pas averties qu'il était
temps d'aller souper : ce qui m'empêcha de continuer, et de mettre au fait Mlle Varthon, qui n'y était
pas encore, puisque j'en restais à l'endroit où
Mme de Miran m'avait trouvée ; ainsi cette demoiselle ne pouvait appliquer rien de ce que je lui avais
dit aux personnes qu'elle avait vues avec moi.

Nous allâmes donc souper. Mlle Varthon, pendant
le repas, se plaignit d'un grand mal de tête, qui augmenta, et qui l'obligea, au sortir de table, de retourner dans sa chambre, où je la suivis ; mais comme
elle avait besoin de repos, je la quittai après l'avoir
embrassée, et rien de ce qui s'était passé pendant
son évanouissement ne me revint dans l'esprit.

Je me levai le lendemain de meilleure heure qu'à
mon ordinaire, pour me rendre chez elle ; on allait la
saigner. Je crus que cette saignée annonçait une
maladie sérieuse, et je me mis à pleurer ; elle me
serra la main et me rassura. Ce n'est rien, ma chère
amie, me dit-elle ; c'est une légère indisposition qui

me vient d'avoir été hier fort agitée, ce qui m'a donné un peu de fièvre, et voilà tout.

Elle avait raison; la saignée calma le sang; le lendemain elle se porta mieux, et ce petit dérangement de santé auquel j'avais été si sensible, ne servit qu'à lui prouver ma tendresse, et à redoubler la sienne, que l'état où je tombai moi-même mit bientôt à une plus forte épreuve.

Elle venait de se lever l'après-midi, quand, voulant aller prendre mon ouvrage qui était sur sa table, je fus surprise d'un étourdissement qui me força d'appeler à mon secours.

Il n'y avait dans sa chambre qu'elle, et cette religieuse que j'aimais et qui m'aimait. Mlle Varthon fut la plus prompte, et accourut à moi.

Mon étourdissement se passa, et je m'assis; mais de temps en temps il recommençait. Je me sentis même une assez grande difficulté de respirer, enfin des pesanteurs, et un accablement total.

La religieuse me tâta le pouls, parut inquiète, ne me dit rien qui m'alarmât, mais me conseilla d'aller me mettre au lit, et sur-le-champ, Mlle Varthon et elle me menèrent chez moi. Je voulais tenir bon contre le mal, et me persuader que ce n'était rien; mais il n'y eut pas moyen de résister, je n'en pouvais plus, il fallut me coucher, et je les priai de me laisser.

À peine sortaient-elles de ma chambre, qu'on m'apporta un billet de Mme de Miran, qui n'était que de deux lignes :

« Je n'ai pu te voir ces deux jours-ci, n'en sois point inquiète, ma fille; j'irai demain te prendre à midi. »

N'y a-t-il que celui-là, ma sœur? dis-je, après l'avoir lu, à la converse qui me l'avait apporté. C'est que je croyais que Valville aurait pu m'écrire aussi, et qu'assurément il n'avait tenu qu'à lui; mais il n'y avait rien de sa part.

Non, répondit cette fille à la question que je lui faisais ; c'est tout ce que vient de remettre à la tourière
un laquais qui attend. Avez-vous quelque chose à lui
faire dire, mademoiselle ?

Apportez-moi, je vous prie, une plume et du
papier, lui dis-je. Et voici ce que je répondis, tout
accablée que j'étais :

« Je rends mille grâces à ma mère de la bonté
qu'elle a de me donner de ses nouvelles ; j'avais
besoin d'en recevoir ; je viens de me coucher, je suis
un peu indisposée ; j'espère que ce ne sera rien, et
que demain je serai prête. J'embrasse les genoux de
ma mère. »

Je n'aurais pu en écrire davantage, quand
je l'aurais voulu, et deux heures après j'avais une
fièvre si ardente que la tête s'embarrassa. Cette
fièvre fut suivie d'un redoublement, qui, joint à
d'autres accidents compliqués, fit désespérer de ma
vie.

J'eus le transport au cerveau ; je ne reconnus plus
personne, ni Mlle Varthon, ni mon amie la religieuse, pas même ma mère, qui eut la permission
d'entrer, et que je ne distinguai des autres que par
l'extrême attention avec laquelle je la regardai sans
lui rien dire.

Je restai à peu près dans le même état quatre jours
entiers, pendant lesquels je ne sus ni où j'étais, ni qui
me parlait ; on m'avait saignée, je n'en savais rien. La
fièvre baissa le cinquième ; les accidents dimi-
nuèrent, la raison me revint, et le premier signe que
j'en donnai, c'est qu'en voyant Mme de Miran, qui
était au chevet de mon lit, je m'écriai : Ah ! ma mère !

Et comme alors elle avançait sa main, dans l'intention de me faire une caresse, je tirai le bras hors du
lit pour la lui saisir, et la portai à ma bouche, que je
tins longtemps collée dessus.

Mlle Varthon et quelques religieuses étaient autour de mon lit; la première paraissait extrêmement triste.

J'ai donc été bien mal? leur dis-je d'une voix faible et presque éteinte, et je vous ai sans doute causé bien de la peine. Oui, ma fille, me répondit Mme de Miran; il n'y a personne ici qui ne vous ait donné des témoignages de son bon cœur; mais, grâce au ciel, vous voilà réchappée.

Mlle Varthon s'approcha, me serra avec amitié le bras que j'avais hors du lit, et me dit quelque chose de tendre, à quoi je ne répondis que par un souris et par un regard qui lui marquait ma reconnaissance. Deux jours après, je fus entièrement hors de danger, et je n'avais plus de fièvre; il me restait seulement une grande faiblesse qui dura longtemps. Mme de Miran n'avait eu la permission de me voir qu'en conséquence de l'extrême péril où je m'étais trouvée, et elle s'abstint d'entrer dès qu'il fut passé. Mais j'omets une chose.

C'est que le lendemain du jour où je reconnus ma mère, je fis réflexion que je pouvais redevenir tout aussi malade que je l'avais été, et que je n'en réchapperais peut-être pas.

Je songeai ensuite à ce contrat de rente que m'avait laissé M. de Climal. À qui appartiendrait-il, si je mourais? me disais-je. Il serait sans doute perdu pour la famille, et la justice aussi bien que la reconnaissance veulent que je lui rende.

Pendant que cette pensée m'occupait, il n'y avait qu'une sœur converse dans ma chambre. Mlle Varthon, qui ne me quittait presque pas, n'était point encore venue, et peut-être pas levée. Les religieuses étaient au chœur, et je me voyais libre.

Ma sœur, dis-je à cette converse, on a désespéré de ma vie ces jours passés; ma fièvre est de beaucoup diminuée, mais il n'est point sûr qu'elle ne me reprenne pas avec la même violence. À tout hasard, faites-moi le plaisir de me soulever un peu, et de m'apporter de quoi écrire deux lignes qu'il est absolument nécessaire que j'écrive.

Eh! Jésus Maria! à quoi est-ce que vous allez rêver, mademoiselle? me dit cette converse. Vous me faites peur, il semble que vous vouliez faire votre testament. Savez-vous bien que vous offensez Dieu d'aller vous mettre ces choses-là dans l'esprit, au lieu de le remercier de la grâce qu'il vous fait d'être mieux que vous n'étiez? Eh! ma chère sœur, ne me refusez pas, lui repartis-je; il ne s'agit que de deux lignes, il ne faut qu'un instant.

Eh! mon Dieu! reprit-elle en se levant, je m'en fais une conscience; me voilà toute tremblante, avec vos deux lignes. Tenez, êtes-vous bien? ajouta-t-elle en me mettant sur mon séant. Oui, lui dis-je; approchez-moi l'écritoire.

La mienne était garnie de tout ce qu'il fallait, et je me hâtai de finir avant que personne arrivât.

« Je donne à Mme de Miran, à qui je dois tout, le contrat que défunt M. de Climal son frère a eu la charité de me laisser. Je donne aussi à la même dame tout ce que j'ai en ma possession, pour en disposer à sa volonté. » Je signai ensuite *Marianne*, et je gardai le billet que je mis sous mon chevet, dans le dessein de le remettre à ma mère, quand elle serait venue. Elle ne tarda pas; à peine y avait-il un quart d'heure que mon petit codicille était écrit, qu'elle arriva.

Eh bien! ma fille, comment es-tu ce matin? me dit-elle en tâtant le pouls. Encore mieux qu'hier, ce me semble, et je te crois guérie; il ne te faut plus que des forces.

Je pris alors mon petit papier, et le lui glissai dans

la main. Que me donnes-tu là? s'écria-t-elle; voyons.
Elle l'ouvrit, le lut, et se mit à rire. Que tu es folle,
ma pauvre enfant! me dit-elle; tu fais des donations
et tu te portes mieux que moi (elle avait quelque raison de dire cela, car elle était fort changée); va, ma
fille, tu as tout l'air de ne faire ton testament de longtemps, et je n'y serai plus quand tu le feras, ajouta-
t-elle en déchirant le papier qu'elle jeta dans ma che-
minée; garde ton bien pour mes petits-fils, tu
n'auras point d'autres héritiers, je l'espère.

Eh! pourquoi dites-vous que vous n'y serez plus,
ma mère? Il vaudrait donc mieux que je mourusse
aujourd'hui, lui répondis-je, la larme à l'œil.

Paix, me repartit-elle; n'est-il pas naturel que je
finisse avant vous? Qu'est-ce que cela signifie? C'est
l'extravagance de votre papier qui est cause de ce
que je vous dis là; songeons à vivre, et hâte-toi de
guérir, de peur que Valville ne soit malade. Je t'avertis qu'il ne s'accommode point de ne plus te voir.
(Notez que je lui en avais toujours demandé des nouvelles.)

Elle en était là, quand Mlle Varthon et le médecin
entrèrent. Celui-ci me trouva fort tranquille et hors
d'affaire, à ma faiblesse près; de façon que ma mère
ne vint plus, et se contenta les jours suivants
d'envoyer savoir comment je me portais, ou de passer au couvent pour l'apprendre elle-même; et le lendemain ce fut Valville qui vint de sa part.

Je n'ai pas songé à vous dire que Mme de Miran,
durant ses visites, avait toujours extrêmement
caressé Mlle Varthon, et qu'il était arrêté que nous
irions, cette belle étrangère et moi, dîner chez elle,
aussitôt que je pourrais sortir.

Or, ce fut à cette demoiselle que Valville demanda
à parler, tant pour s'informer de mon état, et pour
lui faire à elle-même des compliments de la part de

sa mère, que pour s'acquitter d'un devoir de politesse envers cette jeune personne, à qui la bien-
séance voulait qu'il s'intéressât depuis le service qu'il
lui avait rendu. Mlle Varthon était dans ma
chambre, lorsqu'on vint l'avertir qu'on souhaitait lui
parler de la part de Mme de Miran, sans lui dire qui
c'était.

C'est apparemment vous que cela regarde, me dit-
elle en me quittant pour aller au parloir; et je ne
doutai pas en effet que je ne fusse l'objet ou de la
visite ou du message.

Il est pourtant vrai que Valville n'avait point
d'autre commission que celle de s'informer de ma
santé, et que ce fut lui qui imagina de demander
Mlle Varthon, à qui ma mère lui avait simplement
dit de faire faire ses compliments, et voilà tout.

Il se passa bien une demi-heure avant que
Mlle Varthon revînt. Vous remarquerez qu'il n'avait
plus été question avec elle de la suite de mes aventures, depuis le jour où je lui en avais conté une partie, et qu'elle ignorait totalement que j'aimais Valville, et que je devais l'épouser. Elle avait été
indisposée dès le jour de son entrée au couvent;
deux jours après j'étais tombée malade; il n'y avait
pas eu moyen d'en revenir à la continuation de mon
histoire.

Comment donc! me dit-elle, en rentrant, d'un air
content, vous ne m'avez pas dit que ce jeune homme
d'une si jolie figure, qui me secourut avec vous dans
mon évanouissement, était le fils de Mme de Miran,
que j'ai vue depuis si souvent ici, et qui vous aime
tant! Savez-vous bien que c'est lui qui m'attendait
dans le parloir?

Qui? M. de Valville? répondis-je avec un peu de
surprise. Eh! que vous voulait-il? Vous avez été bien
longtemps ensemble. Un quart d'heure à peu près,

reprit-elle; il venait, comme on me l'a dit, de la part de sa mère, savoir comment vous vous portez; elle l'avait aussi chargé de quelques compliments pour moi, et il a cru de son côté me devoir une petite visite de politesse.

Il avait raison, lui répondis-je d'un air assez rêveur; ne vous a-t-il point donné de lettre pour moi? Mme de Miran ne m'a-t-elle point écrit? Non, me dit-elle, il n'y a rien.

Là-dessus quelques pensionnaires de mes amies entrèrent qui nous firent changer de conversation.

Je ne laissai pas que d'être étonnée que Mme de Miran ne m'eût point écrit : non pas que son silence m'inquiétât, ni que j'attendisse une lettre d'elle; car il n'était pas nécessaire qu'elle m'écrivît; je l'avais vue la veille; on lui apprenait que je me portais toujours de mieux en mieux, et il suffisait bien qu'elle envoyât savoir si cela continuait. Il n'en fallait pas davantage.

Mais ce qui m'étonnait, c'est que Valville, de qui, dans des circonstances peut-être moins intéressantes, j'avais reçu de si fréquentes lettres qu'il joignait à celles que m'écrivait sa mère, ou qui m'avait si souvent écrit un mot dans celles de cette dame, ne se fût point avisé en cette occurrence-ci de me donner de pareilles marques d'attention.

Dans le fort de ma maladie, me disais-je, j'avoue que ses lettres n'auraient pas été de saison; mais j'ai pensé mourir, me voici convalescente, il lui est permis de m'écrire, et il ne m'écrit point, il ne me donne aucun témoignage de sa joie.

Peut-être, dans l'état languissant où je suis encore, a-t-il cru qu'il fallait s'abstenir de m'envoyer un billet à part; mais il aurait pu, ce me semble, prier sa mère de m'en écrire un, afin d'y joindre quelques lignes de sa main, et il ne songe à rien.

Cette négligence me fâchait ; je ne l'y reconnaissais pas. Qu'est devenu Valville ? Ce n'est plus là son cœur. Cela me chagrinait sérieusement, je n'en revenais point.

J'ai refusé jusqu'à ce jour, me dit Mlle Varthon, pendant que nos compagnes s'entretenaient, d'aller dîner chez une dame qui est l'intime amie de ma mère, et à laquelle elle m'a recommandée ; vous étiez encore trop malade, et je n'ai pas voulu vous quitter ; mais ce matin, avant que d'entrer chez vous, je lui ai enfin mandé, par un laquais qu'elle m'a envoyé, que j'irais demain chez elle. Je m'en dédirai pourtant si vous le souhaitez, ajouta-t-elle. Voyez, resterai-je ? Je vous avertis que j'aimerais bien mieux être avec vous.

Non, lui répondis-je en lui prenant affectueusement la main, je vous prie d'y aller ; il faut répondre à l'envie qu'elle a de vous voir. Ayez seulement la bonté d'en revenir une demi-heure plus tôt que vous ne le feriez sans moi, et je serai contente.

Mais je ne le serais pas, moi, me repartit-elle, et vous trouverez bon que j'abrège un peu davantage ; je ne prétends point m'y ennuyer si longtemps que vous le dites.

Passons donc au lendemain. Mlle Varthon se rendit chez cette amie de sa mère, dont le carrosse la vint chercher de si bonne heure qu'elle en murmura, qu'elle en fut de mauvaise humeur, et le tout encore à cause de moi avec qui elle était alors. Cependant elle en revint beaucoup plus tard que je ne l'attendais. Je n'ai pas été la maîtresse de quitter[1], me dit-elle, on m'a retenue malgré moi. Et il n'y avait rien de plus croyable.

Quelques jours après, elle y retourna encore, et puis y retourna ; il le fallait, à moins que de rompre avec la dame, à ce qu'elle disait, et je n'en doutai point; mais elle me paraissait en revenir avec un fond de distraction et de rêverie qui ne lui était point ordinaire. Je lui en dis un mot; elle me répondit que je me trompais, et je n'y songeai plus.

Je commençais à me lever alors, quoique encore assez faible. Ma mère envoyait tous les jours au couvent pour savoir comment je me portais; elle m'écrivit même une ou deux fois; et de lettres de Valville, pas une.

Mon fils est bien impatient de te revoir; mon fils te querelle d'être si longtemps convalescente; mon fils devait mettre quelques lignes dans le billet que je t'écris, je l'attendais pour cela; mais il se fait tard, il n'est pas revenu, et ce sera pour une autre fois.

Voilà toutes les nouvelles que je recevais de lui; j'en fus si choquée, si aigrie, que, dans mes réponses à ma mère, je ne fis plus aucune mention de lui. Dans ma dernière, je lui marquai que je me sentais assez de force pour me rendre au parloir, si elle voulait avoir la bonté d'y venir le lendemain.

Je ne suis malade que du seul ennui de ne point voir ma chère mère, ajoutai-je; qu'elle achève donc de me guérir, je l'en supplie. Je ne doutai point qu'elle ne vînt, et elle n'y manqua pas; mais nous ne prévoyions ni l'une ni l'autre la douleur et le trouble où elle me trouva le lendemain.

La veille de ce jour, je me promenais dans ma chambre avec Mlle Varthon; nous étions seules.

Vous crûtes vous apercevoir, il y a quelques jours, que j'étais un peu rêveuse, me dit-elle, et moi je m'aperçois aujourd'hui que vous l'êtes beaucoup. Vous avez quelque chose dans l'esprit qui vous chagrine, et je suis bien trompée si hier matin vous ne veniez pas de pleurer, lorsque j'entrai chez vous. Je ne vous demande point de quoi il s'agit, ma chère compagne; dans la situation où je suis, je ne puis

vous être bonne à rien; mais votre tristesse
m'inquiète, j'en crains les suites; songez que vous
sortez de maladie, et que ce n'est pas le moyen de
revenir en parfaite santé que de vous livrer à des
pensées fâcheuses; notre amitié veut que je vous le
dise et je n'irai pas plus loin.

Hélas! je vous assure que vous me prévenez, lui
répondis-je; je n'avais point dessein de vous cacher
ce qui me fait de la peine; mon cœur n'a rien de
secret pour vous; mais il n'y a pas longtemps que je
suis bien sûre d'avoir sujet d'être triste, et la journée
ne se serait pas passée sans que je vous eusse tout
confié. Je n'aurais eu garde de me refuser cette
consolation-là.

Oui, mademoiselle, repris-je, après m'être inter-
rompue par un soupir, oui, j'ai du chagrin; je vous ai
déjà raconté la plus grande partie de mon histoire;
ma maladie m'a empêchée de vous dire le reste, et le
voici en deux mots.

Mme de Miran est cette dame que, s'il vous en souvient, je vous ai dit que j'avais rencontrée; vous avez
été témoin de ses façons avec moi, on la prendrait
pour ma mère, et depuis le premier instant où je l'ai
vue, elle en a toujours agi de même.

Ce n'est pas là tout: ce M. de Valville, qui vous
vint voir l'autre jour... Eh bien! ce M. de Valville, me
dit-elle sans me donner le temps d'achever, est-ce
qu'il vous est contraire? Saurait-il mauvais gré à sa
mère de l'amitié qu'elle a pour vous?

Non, lui dis-je, ce n'est point cela; écoutez-moi.
M. de Valville est le jeune homme dont je vous ai
parlé aussi, chez qui on me porta après ma chute, et
qui prit dès lors pour moi la passion la plus tendre,
une passion dont je n'ai pu douter. Bien plus,
Mme de Miran sait qu'il m'aime, et que je l'aime
aussi, sait qu'il veut m'épouser, et malgré mes mal-

heurs consent elle-même à notre mariage qui doit se faire au premier jour, qui a été retardé par hasard, et qui peut-être ne se fera plus ; j'ai du moins lieu d'en désespérer par la conduite que Valville tient actuellement avec moi.

Mlle Varthon ne m'interrompait plus, écoutait d'un air morne, baissait la tête, et même ne me regardait pas ; je ne la voyais que de côté, et cette contenance qu'elle avait, je l'attribuais à la simple surprise que lui causait mon récit.

Vous savez de quel danger je sors, continuai-je, je viens d'échapper à la mort ; avant ma maladie, jamais sa mère ne m'écrivait le moindre billet qu'il n'en joignît un au sien, ou qu'il ne m'écrivît quelque chose dans sa lettre. Et ce même homme qui m'a accoutumée à le voir si tendre et si attentif, lui qui a pensé me perdre, qui a dû être si alarmé de l'état où j'étais, lui qu'à peine j'aurais cru assez fort pour supporter ses frayeurs sur mon compte, qui a dû être si transporté de joie de me voir hors de péril, croiriez-vous, mademoiselle, que je suis encore à recevoir[1] de ses nouvelles, qu'il ne m'a pas écrit le moindre petit mot, lui qui m'aimait tant, pas un billet ? Cela est-il naturel ? Que veut-il que j'en pense, et que penseriez-vous à ma place ?

Je m'arrêtai là-dessus un moment, Mlle Varthon aussi ; mais elle me laissait toujours un peu derrière elle, restait muette, et ne retournait pas la tête.

Pas une lettre ! répétai-je, lui qui m'en a tant prodigué dans des occasions moins pressantes, encore une fois, le croiriez-vous ? Est-ce que sa tendresse diminue ? est-il inconstant ? est-ce que je perds son cœur, au lieu de la vie que j'aimerais mieux avoir perdue ? Mon Dieu, que je suis agitée ! Mais, dites-moi, mademoiselle, il me vient une chose dans l'esprit, ne serait-il pas malade ? Mme de Miran qui

sait que je l'aime, ne me le cacherait-elle point ? Elle
m'aime beaucoup aussi, elle peut avoir peur de
m'affliger. N'auriez-vous pas la même bonté qu'elle ?
Cette visite que vous dites avoir reçue de M. de Valville, ne vous aurait-on pas engagée à la feindre,
pour m'empêcher de soupçonner la vérité ? Car il me
paraît impossible qu'il soit si négligent, et je vous
assure que je serai moins affligée de le savoir
malade. Il est jeune, il en reviendra, mademoiselle ;
au lieu que s'il était inconstant, il n'y aurait plus de
remède ; ainsi ce dernier motif d'inquiétude est pour
moi bien plus cruel que l'autre. Avouez-moi donc sa
maladie, je vous en conjure, vous me tranquilliserez ;
avouez-la de grâce, je serai discrète. Elle se taisait.

Alors impatientée de son silence, je l'arrêtai par le
bras, et me mis vis-à-vis d'elle pour l'obliger à me
parler.

Mais jugez de mon étonnement quand, pour toute
réponse, je n'entendis que des soupirs, et que je ne
vis qu'un visage baigné de pleurs.

Ah ! Seigneur ! m'écriai-je en pâlissant moi-même ;
vous pleurez, mademoiselle, qu'est-ce que cela signifie ? Et je lui demandais ce que mon cœur devinait
déjà ; oui, j'en eus tout d'un coup un pressentiment.
J'ouvris les yeux ; tout ce qui s'était passé pendant
son évanouissement me revint dans l'esprit, et
m'éclaira.

Nous étions alors près d'un fauteuil, dans lequel
elle se jeta ; je me mis auprès d'elle, et je pleurais
aussi.

Achevez, lui dis-je, ne me déguisez rien : ce ne
serait pas la peine, je crois vous entendre. Où avez-
vous vu M. de Valville ? L'indigne ! Est-il possible
qu'il ne m'aime plus !

Hélas ! ma chère Marianne, me répondit-elle, que
n'ai-je su plus tôt tout ce que vous venez de me dire ?

Eh bien! insistai-je : après, parlez franchement;
est-ce que vous m'avez ravi son cœur? Dites donc
qu'il m'en coûte le mien! répondit-elle. Quoi! criai-je
encore, il vous aime donc, et vous l'aimez? Que je
suis malheureuse!

Nous sommes toutes deux à plaindre, me dit-elle;
il ne m'a point parlé de vous; je l'aime, et je ne le verrai de ma vie.

Il ne m'en aimera pas davantage, lui répondis-je
en versant à mon tour un torrent de larmes; il ne
m'en aimera pas davantage. Ah! mon Dieu, où en
suis-je, et que ferai-je? Hélas! ma mère, je ne serai
donc point votre fille! C'est donc en vain que vous
avez été si généreuse! Quoi? vous, monsieur de Valville, vous, infidèle pour Marianne après tant
d'amour! Vous l'abandonnez! Et c'est vous, mademoiselle, qui me l'ôtez; vous, qui avez eu la cruauté
de m'aider à guérir! Eh! que ne me laissiez-vous
mourir? Comment voulez-vous que je vive? Je vous
ai donné mon cœur à tous deux, et tous deux vous
me donnez la mort. Ah! je ne survivrai pas à ce tour-
ment-là, je l'espère; Dieu m'en fera la grâce, et je
sens que je me meurs.

Ne me reprochez rien, me dit-elle d'un ton plein de
douleur; je ne suis pas capable d'une perfidie, je
vous conterai tout; il m'a trompée.

Il vous a trompée? repartis-je. Eh! pourquoi
l'écoutiez-vous, mademoiselle? Pourquoi l'aimer,
pourquoi souffrir qu'il vous aimât? Votre mère
venait de partir, vous étiez dans l'affliction, et vous
avez le courage d'aimer! D'ailleurs, il n'était point
mon frère, vous le saviez, vous nous aviez trouvés
ensemble; il est aimable, et je suis jeune; était-il si
difficile de soupçonner que nous nous aimions peut-
être? et quelle excuse avez-vous? Mais, encore une
fois, où l'avez-vous vu? vous vous connaissiez donc?

Comment avez-vous fait pour m'arracher sa tendresse? On n'en avait jamais eu tant qu'il en avait, et
jamais il n'en trouvera tant que j'en avais moi-même.
Il me regrettera, mais je n'y serai plus; il se ressou-
viendra combien je l'aimais, il pleurera ma mort.
Vous aurez la douleur de le voir; vous vous repro-
cherez de m'avoir trahie, et jamais vous ne serez
heureuse!

Moi! vous avoir trahie! me répondit-elle. Eh! ma
chère Marianne, vous avouerais-je que je l'aime, si je
n'avais pas moi-même été surprise, et ne vais-je pas
être la victime de tout ceci? Tâchez de vous calmer
un moment pour m'entendre, vous avez le cœur trop
bon pour être injuste, et vous l'êtes; vous allez en
juger par ma sincérité.

Je n'avais jamais vu Valville, avant la faiblesse
dans laquelle je tombai au départ de ma mère; vous
savez qu'il me secourut avec empressement.

Dès que je fus revenue à moi, le premier objet qui
me frappa, ce fut lui, qui était à mes genoux. Il me
tenait la main. Je ne sais si vous remarquâtes les
regards qu'il jetait sur moi. Toute faible que j'étais,
j'y pris garde; il est aimable, vous en convenez; je le
trouvai de même; il ne cessa presque point d'avoir
les yeux sur moi, jusqu'au moment où je m'enfer-
mai; et par malheur rien de tout cela ne m'échappa.

J'ignorais qui il était. Ce que vous me contâtes de
votre histoire ne me l'apprit point; il est vrai que je
pensais quelquefois à lui, mais comme à quelqu'un
que je ne croyais pas revoir. On vint quelques jours
après m'avertir qu'une personne (qu'on ne nommait
pas) souhaitait de me parler de la part de Mme de
Miran. J'étais avec vous alors; je descendis; et c'était
lui qui m'attendait.

Je rougis en le voyant; il me parut embarrassé, et
son embarras me rendit honteuse. Il me demanda en

souriant si je le reconnaissais, si je n'avais pas oublié que je l'avais vu. Il me dit que mon évanouissement l'avait fait trembler, que de sa vie il n'avait été si attendri que de l'état où il m'avait vue; qu'il l'avait toujours présent; que son cœur en avait été frappé; et tout de suite me conjura de lui pardonner la naïveté avec laquelle il s'expliquait là-dessus.

Pendant qu'elle me parlait ainsi, elle ne s'apercevait point que son récit me tuait; elle n'entendait ni mes soupirs, ni mes sanglots; elle pleurait trop elle-même pour y faire attention; et tout cruel qu'était ce récit, mon cœur s'y attachait pourtant, et ne pouvait renoncer au déchirement qu'il me causait.

Et moi, continua-t-elle, je fus si émue de tous ses discours, que je n'eus pas la force de les arrêter; il ne me dit pourtant point qu'il m'aimait, mais je sentais bien que ce n'était que cela qu'il me voulait dire; et il me le disait d'une façon dont il n'aurait pas été raisonnable de me fâcher.

J'ai tenu cette belle main que je vois dans les miennes, ajouta-t-il encore, je l'ai tenue. Vous me vîtes à vos genoux, quand vous commençâtes à ouvrir les yeux; j'eus bien de la peine à m'en ôter; et je m'y jette encore toutes les fois que j'y pense.

Ah! Seigneur! il s'y jette! m'écriai-je ici; il s'y jetait pendant que je me mourais! Hélas! je suis donc bien effacée de son cœur! Il ne m'a jamais rien dit de si tendre.

Je ne me rappelle plus ce que je lui répondis, poursuivit-elle; tout ce que je sais, c'est que je finis par lui dire que je me retirais, qu'un pareil entretien n'avait que trop duré; et il s'excusa avec un air de soumission et de respect qui m'apaisa.

Je m'étais déjà levée; il me parla de ma mère; et puis de l'envie que la sienne avait de me voir chez elle; il me parla encore de Mme la marquise de Kil-

nare, qu'il ne doutait point que je ne connusse, et
dont il me dit qu'il était fort connu aussi ; et cette
dame est celle chez qui j'ai été trois ou quatre fois
depuis votre convalescence. Il ajouta qu'il voyait
assez souvent un de ses parents, et qu'ils devaient, je
pense, souper ce même soir ensemble. Enfin,
lorsque j'allais le quitter : j'oubliais, me dit-il, une
lettre que ma mère m'a chargé de vous remettre de
sa part, mademoiselle. Il rougit en me la présentant ;
je la pris, croyant de bonne foi qu'elle était de
Mme de Miran ; et point du tout, dès qu'il fut sorti, je
vis qu'elle était de lui. Je l'ouvris en revenant chez
vous dans l'intention de vous la porter, je n'en fis
pourtant rien, et vous y verrez la raison qui m'en
empêcha.

Elle tira cette lettre de sa poche, me la donna tout
ouverte, et me dit : Lisez. Je la pris d'une main tremblante, et je n'osais en regarder le caractère. À la fin
pourtant je jetai les yeux dessus, et la mouillant de
mes larmes : Il écrit, mais ce n'est plus à moi, dis-je,
mais ce n'est plus à moi !

Je fus si pénétrée de cette réflexion, j'en eus le
cœur si serré, que je fus longtemps comme étouffée
par mes soupirs, et sans pouvoir commencer la lecture de cette lettre, qui était courte, et dont voici les
termes :

« Depuis le jour de votre accident, mademoiselle,
je ne suis plus à moi. En venant ici aujourd'hui, j'ai
prévu que mon respect m'empêcherait de vous le
dire ; mais j'ai prévu aussi que mon trouble et mes
regards timides vous le diraient ; vous m'avez vu en
effet trembler devant vous, et vous avez voulu vous
retirer sur-le-champ. Je crains que cette lettre-ci ne
vous irrite aussi, cependant mon cœur n'y sera pas
plus hardi qu'il l'a été tantôt ; il y tremble encore, et
voici simplement de quoi il est question. Vous aurez

sans doute accordé votre amitié à Mlle Marianne, et
il y a quelque apparence qu'au sortir du parloir vous
irez lui confier votre étonnement, hélas! peut-être
votre indignation sur mon compte; et vous me nui-
rez auprès de ma mère, que j'instruirai moi-même
dans un autre temps, mais qu'il ne serait pas à propos qu'on instruisît aujourd'hui, et à qui pourtant
Mlle Marianne conterait tout. J'ai cru devoir vous en
avertir. Mon secret m'est échappé, je vous adore, je
n'ai pas osé vous le dire, mais vous le savez. Il ne
serait pas temps qu'on le sût, et vous êtes généreuse. »

Remettons la suite de cet événement à la huitième
partie, madame; je vous en ôterais l'intérêt, si j'allais
plus loin sans achever. Mais l'histoire de cette religieuse que vous m'avez tant de fois promise, quand
viendra-t-elle? me dites-vous. Oh! pour cette fois-ci,
voilà sa place; je ne pourrai plus m'y tromper; c'est
ici que Marianne va lui confier son affliction; et c'est
ici qu'à son tour elle essayera de lui donner quelques
motifs de consolation, en lui racontant ses aventures.

HUITIÈME PARTIE

J'ai ri de tout mon cœur, madame, de votre colère contre mon infidèle. Vous me demandez quand viendra la suite de mon histoire; vous me pressez de vous l'envoyer[1]. Hâtez-vous donc, me dites-vous, je l'attends; mais de grâce, qu'il n'y soit plus question de Valville; passez tout ce qui le regarde; je ne veux plus entendre parler de cet homme-là.

Il faut pourtant que je vous en parle, marquise; mais que cela ne vous inquiète pas; je vais d'un seul mot faire tomber votre colère, et vous rendre cet endroit de mes aventures le plus supportable du monde.

Valville n'est point un monstre comme vous vous le figurez. Non, c'est un homme fort ordinaire, madame; tout est plein de gens qui lui ressemblent, et ce n'est que par méprise que vous êtes si indignée contre lui, par pure méprise.

C'est qu'au lieu d'une histoire véritable, vous avez cru lire un roman. Vous avez oublié que c'était ma vie que je vous racontais : voilà ce qui a fait que Valville vous a tant déplu; et dans ce sens-là, vous avez eu raison de me dire : Ne m'en parlez plus. Un héros de roman infidèle! on n'aurait jamais rien vu de pareil. Il est réglé qu'ils doivent tous être constants; on ne s'intéresse à eux que sur ce pied-là, et il est

d'ailleurs si aisé de les rendre tels! il n'en coûte rien
à la nature, c'est la fiction qui en fait les frais.

Oui, d'accord. Mais, encore une fois, calmez-vous;
revenez à mon objet, vous avez pris le change[1]. Je
vous récite ici des faits qui vont comme il plaît à
l'instabilité des choses humaines, et non pas des
aventures d'imagination qui vont comme on veut. Je
vous peins, non pas un cœur fait à plaisir, mais le
cœur d'un homme, d'un Français qui a réellement
existé de nos jours.

Homme, Français, et contemporain des amants de
notre temps, voilà ce qu'il était. Il n'avait pour être
constant que ces trois petites difficultés à vaincre:
entendez-vous, madame? Ne perdez point cela de
vue. Faites-vous ici un spectacle de ce cœur naturel,
que je vous rends tel qu'il a été, c'est-à-dire avec ce
qu'il a eu de bon et de mauvais. Vous l'avez d'abord
trouvé charmant, à présent vous le trouvez haïssable, et bientôt vous ne saurez plus comment le
trouver; car ce n'est pas encore fait, nous ne sommes
pas au bout.

Valville, qui m'aime dès le premier instant avec
une tendresse aussi vive que subite (tendresse ordinairement de peu de durée; il en est d'elle comme de
ces fruits qui passent vite, à cause qu'ils ont été mûrs
de trop bonne heure); Valville, dis-je, à sa volage
humeur près, fort honnête homme, mais né extrêmement susceptible d'impression, qui rencontre une
beauté mourante qui le touche, et qui me l'enlève; ce
Valville ne m'a pas laissée pour toujours; ce n'est pas
là son dernier mot. Son cœur n'est pas usé pour moi,
il n'est seulement qu'un peu rassasié du plaisir de
m'aimer, pour en avoir trop pris d'abord.

Mais le goût lui en reviendra: c'est pour se reposer
qu'il s'écarte; il reprend haleine, il court après une
nouveauté, et j'en redeviendrai une pour lui plus

piquante que jamais : il me reverra, pour ainsi dire, sous une figure qu'il ne connaît pas encore ; ma douleur et les dispositions d'esprit où il me trouvera me changeront, me donneront d'autres grâces. Ce ne sera plus la même Marianne.

Je badine de cela aujourd'hui ; je ne sais pas comment j'y résistai alors. Continuons, et rentrons dans tout le pathétique de mon aventure.

Nous sommes à la lettre de Valville que je lisais, et que j'achevais malgré les soupirs qui me suffoquaient. Mlle Varthon avait les yeux fixés à terre, et paraissait rêver profondément en pleurant.

Pour moi, la tête renversée dans mon fauteuil, je restai presque sans sentiment. À la fin je me soulevai, et me mis à regarder cette lettre. Ah! Valville, m'écriai-je, je n'avais donc qu'à mourir! Et puis, tournant les yeux sur Mlle Varthon : Ne vous affligez pas, mademoiselle, lui dis-je ; vous serez bientôt libre de vous aimer tous deux ; je ne vivrai pas longtemps. Voilà du moins le dernier de tous mes malheurs.

À ce discours, cette jeune personne, sortant tout d'un coup de sa rêverie, et m'apostrophant d'un air assuré :

Eh! pourquoi voulez-vous mourir? me dit-elle. Pour qui êtes-vous si désolée? Est-ce là un homme digne de votre douleur, digne de vos larmes? Est-ce là celui que vous avez prétendu aimer? Est-il tel que vous le pensiez? Auriez-vous fait cas de lui, si vous l'aviez connu? Vous y seriez-vous attachée? Auriez-vous voulu de son cœur? Il est vrai que vous l'avez cru aimable, j'ai cru aussi qu'il l'était ; et vous vous trompiez, je me trompais. Allez, Marianne, cet homme-là n'a point de caractère, il n'a pas même un cœur ; on n'appelle pas cela en avoir un. Votre Valville est méprisable. Ah! l'indigne, il vous aime, il va vous épouser : vous tombez malade, on lui dit que

votre vie est en danger; qu'en arrive-t-il? Qu'il vous
oublie. C'est ce temps-là qu'il prend pour me venir
dire qu'il m'aime, moi qu'il n'avait jamais vue qu'un
instant, qui ne lui avais pas dit deux mots! Eh!
qu'est-ce que c'est donc que cet amour qu'il avait
pour vous? Quel nom donner, je vous prie, à celui
qu'il a pour moi? D'où lui est venue cette fantaisie de
m'aimer dans de pareilles circonstances? Hélas! je
vais vous le dire : c'est qu'il m'a vue mourante. Cela a
remué cette petite âme faible, qui ne tient à rien, qui
est le jouet de tout ce qu'elle voit d'un peu singulier.
Si j'avais été en bonne santé, il n'aurait pas pris
garde à moi; c'est mon évanouissement qui en a fait
un infidèle. Et vous qui êtes si aimable, si capable de
faire des passions[1], peut-être avez-vous eu besoin
d'être infortunée, et d'être dangereusement tombée à
sa porte, pour le fixer quelques mois. Je conviens
avec vous qu'il vous a regardée beaucoup à l'église;
mais c'est à cause que vous êtes belle; et il ne vous
aurait peut-être pas aimée sans votre situation et
sans votre chute.

Hélas! n'importe, il m'aimait! m'écriai-je en
l'interrompant; il m'aimait, et vous me l'avez ôté; je
n'avais peut-être que vous seule à craindre dans le
monde.

Laissez-moi achever, me répondit-elle, je n'ai pas
tout dit. Je vous ai avoué qu'il m'a plu; mais ne vous
imaginez pas qu'il le sache, il n'en a pas le moindre
soupçon; il n'y a que vous qui pouvez l'en instruire,
il ne mérite pas de le savoir; et tout indisposée que
vous êtes sans doute aujourd'hui contre moi, je vous
prie, mademoiselle, gardez-moi le secret là-dessus, si
ce n'est par amitié, du moins par générosité. Une
fille d'un aussi bon caractère que vous n'a que faire
d'aimer les gens pour en user bien avec eux, surtout
quand elle n'a pas un juste sujet d'en être

mécontente. Adieu, Marianne, ajouta-t-elle en se
levant; je vous laisse la lettre de Valville, faites-en
l'usage qu'il vous plaira; montrez-la à Mme de
Miran, montrez-la à son fils, j'y consens. Ce qu'il a
osé m'y écrire ne me compromet en rien; et si par
hasard mon témoignage vous est nécessaire, si vous
souhaitez que je paraisse pour le confondre, je suis
si indignée contre lui, je me soucie si peu de le
ménager, je le dédaigne tant, lui et son ridicule
amour, que je m'associe de bon cœur à votre vengeance. Au surplus, mon parti est pris : je ne le verrai
plus, à moins que vous ne l'exigiez; j'oublierai même
que je l'ai vu, ou s'il arrive que je le revoie, je ne le
reconnaîtrai pas; car de lui faire l'honneur de le fuir,
il n'en vaut pas la peine. Quant à vous, je ne vous
crois ni ambitieuse ni intéressée; et si vous n'êtes
que tendre et raisonnable, en vérité, vous ne perdrez
rien. Le cœur de Valville n'est pas ce qu'il vous faut,
il n'est point fait pour payer le vôtre, et ce n'est pas
sur lui que doit tomber votre tendresse; c'est comme
si vous n'aviez point eu d'amant.

Ce n'est point en avoir un que d'avoir celui de tout
le monde. Valville était hier le vôtre; il est
aujourd'hui le mien, à ce qu'il dit; il sera demain
celui d'une autre, et ne sera jamais celui de personne. Laissez-le donc à tout le monde, à qui il
appartient; et réservez, comme moi, votre cœur
pour quelqu'un qui pourra vous donner le sien, et ne
le donner jamais qu'à vous.

Après ces mots elle vint m'embrasser, sans que je
fisse aucun mouvement. Je la regardai, voilà tout. Je
jetai des yeux égarés sur elle; elle prit une de mes
mains qu'elle pressa dans les siennes. Je la laissai
faire, et n'eus la force ni de lui répondre ni de lui
rendre ses caresses; je ne savais si je devais l'aimer
ou la haïr, la traiter de rivale ou d'amie.

Il me semble cependant que dans le fond de mon âme je lui sus quelque gré de ces témoignages de franchise et d'amitié que je reçus d'elle, aussi bien que du parti qu'elle prenait de ne plus voir Valville.

Je l'entendis soupirer en me quittant. Je ne vous verrai que demain, me dit-elle, et j'espère vous retrouver plus tranquille, et plus sensible à notre amitié.

À tout cela, nulle réponse de ma part; je la suivis seulement des yeux jusqu'à ce qu'elle fût sortie.

Me voilà donc seule, immobile, et toujours renversée dans mon fauteuil, où je restai bien encore une demi-heure dans une si grande confusion de pensée et de mouvements, que j'en étais comme stupide.

La religieuse dont je vous ai quelquefois parlé, qui m'aimait et que j'aimais, entra et me surprit dans cet accablement de cœur et d'esprit. J'eus beau la voir, je n'en remuai pas davantage, et je crois que toute la communauté serait entrée, que ç'aurait été de même.

Il y a des afflictions où l'on s'oublie, où l'âme n'a plus la discrétion de faire aucun mystère de l'état où elle est. Vienne qui voudra, on ne s'embarrasse guère de servir de spectacle, on est dans un entier abandon de soi-même; et c'est ainsi que j'étais.

Cette religieuse, étonnée de mon immobilité, de mon silence et de mes regards stupides, s'avança avec une espèce d'effroi.

Eh! mon Dieu, ma fille, qu'est-ce que c'est? Qu'avez-vous, me dit-elle; venez-vous de vous trouver mal?

Non, lui répondis-je. Et j'en restai là.

Mais de quoi s'agit-il? Vous voilà pâle, abattue, et vous pleurez, je pense. Avez-vous reçu quelque mauvaise nouvelle?

Oui, lui repartis-je encore. Et puis je me tus.

Elle ne savait que penser de mes monosyllabes et
de l'air imbécile dont je les prononçais.

Alors elle aperçut cette lettre qui était sur moi, que
je tenais encore d'une main faible, et que j'avais
trempée de mes larmes.

Est-ce là le sujet de votre affliction, ma chère
enfant? ajouta-t-elle en me la prenant, et me permettez-vous de voir ce que c'est?

Oui. (C'est encore moi qui réponds.) Eh! de qui
est-elle? Hélas! de qui elle est! Je n'en pus dire
davantage, mes pleurs me coupèrent la parole.

Elle en fut touchée, je vis qu'elle s'essuyait les
yeux; ensuite elle lut la lettre. Il ne lui fut pas difficile de juger de qui elle était, elle savait mes affaires;
elle voyait dans cette lettre une déclaration d'amour;
on priait la personne à qui on l'adressait de ne m'en
rien dire; on y parlait de Mme de Miran, qui devait
l'ignorer aussi. Ajoutez à cela l'affliction où j'étais;
tout concluait que Valville avait écrit la lettre, et que
je venais en ce moment d'apprendre son infidélité.

Allons, mademoiselle, je suis au fait, me dit-elle.
Vous pleurez, vous êtes consternée; ce coup-ci vous
accable, et j'entre dans votre douleur. Vous êtes
jeune, et vous manquez d'expérience; vous êtes née
avec un bon cœur, avec un cœur simple et sans artifice; le moyen que vous ne soyez pas pénétrée de
l'accident qui vous arrive? Oui, mademoiselle, plaignez-vous, soupirez, répandez des larmes dans ce
premier instant-ci; moi qui vous parle, je connais
votre situation, je l'ai éprouvée, je m'y suis vue, et je
fus d'abord aussi affligée que vous; mais une amie
que j'avais, qui était à peu près de l'âge que j'ai à
présent, et qui me surprit dans l'état où je vous vois,
entreprit de me consoler; elle me parla raison, me
dit des choses sensibles. Je l'écoutai, et elle me
consola.

Elle vous consola! m'écriai-je en levant les yeux au ciel; elle vous consola, madame?

Oui, me répondit-elle. Vous ne comprenez pas que cela se puisse, et je pensais comme vous.

Voyons, me dit cette amie, de quoi vous désespérez-vous? de l'accident du monde le plus fréquent, et qui tire le moins à conséquence pour vous. Vous aimiez un homme qui vous aimait et qui vous quitte, qui s'attache ailleurs; et vous appelez cela un grand malheur? Mais est-il bien vrai que c'en soit un, et ne se pourrait-il pas que ce fût le contraire? Que savez-vous s'il n'est pas avantageux pour vous que cet homme-là ait cessé de vous aimer, si vous ne vous seriez pas repentie de l'avoir épousé, si sa jalousie, son humeur, son libertinage, si mille défauts essentiels qu'il peut avoir et que vous ne connaissez point, ne vous auraient pas fait gémir le reste de votre vie? Vous ne regardez que le moment présent, jetez votre vue un peu plus loin. Son infidélité est peut-être une grâce que le ciel vous a faite; la Providence qui nous gouverne est plus sage que nous, voit mieux ce qu'il nous faut, nous aime mieux que nous ne nous aimons nous-mêmes, et vous pleurez aujourd'hui de ce qui sera peut-être dans peu de temps le sujet de votre joie. Mettez-vous bien dans l'esprit que vous ne deviez pas épouser celui dont il est question, et qu'assurément ce n'était pas votre destinée; qu'il est très possible que vous y gagniez, comme j'y ai gagné moi-même, ajouta-t-elle, à ne pas épouser un jeune homme riche, à qui j'étais chère, qui me l'était, et qui me laissa aussi pour en aimer une autre qui est devenue sa femme, qui est malheureuse à ma place, et qui, avant que d'être à lui, aurait eu l'aveugle folie de se consumer en regrets, s'il l'avait quittée à son tour. Vous m'allez dire que vous l'aimez, que vous n'avez point de bien, et qu'il aurait fait votre fortune. Soit;

mais n'avez-vous que son infidélité à craindre?
Était-il à l'abri d'une maladie? Ne pouvait-il pas
mourir? et en ce cas, tout était-il perdu? N'y avait-il
plus de ressources pour vous? et celles qui vous
seraient restées, son inconstance vous les ôte-t-elle?
Ne les avez-vous pas aujourd'hui? Vous l'aimez:
pensez-vous que vous ne pourrez jamais aimer que
lui, et qu'à cet égard tout est terminé pour vous? Eh!
mon Dieu, mademoiselle, est-ce qu'il n'y a plus
d'hommes sur la terre, et de plus aimables que lui,
d'aussi riches, de plus riches même, de plus grande
distinction, qui vous aimeront davantage, et parmi
lesquels il y en aura quelqu'un que vous aimerez plus
que vous n'avez aimé l'autre? Que signifie votre
désolation? Quoi! mademoiselle, à votre âge! Eh!
vous êtes si jeune, vous ne faites que commencer à
vivre. Tout vous rit; Dieu vous a donné de l'esprit, du
caractère, de la figure, vous avez mille heureux
hasards à attendre, et vous vous désespérez à cause
qu'un homme, qui reviendra peut-être, et dont vous
ne voudrez plus, vous manque de parole!

Voilà ce que mon amie me dit dans les premiers
moments de ma douleur, ajouta ma religieuse; et je
vous le dirai aussi, quand vous pourrez m'entendre.

Ici je fis un soupir, mais de ces soupirs qui nous
échappent quand on nous dit quelque chose qui
adoucit le chagrin où nous sommes.

Elle s'en aperçut. Ces motifs de consolation me
touchèrent, me dit-elle tout de suite, et ils doivent
vous toucher encore davantage; ils vous conviennent
plus qu'ils ne me convenaient. Mon amie me parlait
de mes ressources; vous en avez plus que je n'en
avais; je ne vous le dis pas pour vous flatter. J'étais
assez passable, mais ce n'était ni votre figure, ni vos
grâces, ni votre physionomie : il n'y a pas de comparaison. À l'égard de l'esprit et des qualités de l'âme,

vous avez des preuves de l'impression que vous faites à tout le monde de ce côté-là; vous voyez l'estime et la tendresse que Mme de Miran a pour vous; je ne sache dans notre maison personne de raisonnable qui ne soit prévenu en votre faveur. Mme Dorsin, dont vous m'avez parlé, et qui passe pour si bon juge du mérite, serait une autre Mme de Miran pour vous, si vous vouliez. Vous avez plu à tous ceux qui vous ont vue chez elle; partout où vous avez paru, c'est de même; nous en savons quelque chose. Je me compte pour rien, mais je ne m'attache pas aisément; j'y[1] suis difficile, et je me suis tout d'un coup intéressée à vous. Eh! qui est-ce qui ne s'y intéressera pas? Qu'est-ce pour vous qu'un amant de moins, qui se déshonore en vous quittant, qui ne fait tort qu'à lui et non pas à vous, et qui, de tous les partis qui se présenteront, n'est pas à mon gré le plus considérable.

Ainsi, soyez tranquille, Marianne, mais je dis absolument tranquille; il n'est pas question ici d'un grand effort de raison pour l'être; et le moindre petit sentiment de fierté, joint à tout ce que je viens de vous dire, est plus qu'il n'en faut pour vous consoler.

Je la regardai alors, moitié vaincue par ses raisons, et moitié attendrie de reconnaissance pour toute la peine que je lui voyais prendre afin de me persuader; et je laissai même tomber amicalement mon bras sur elle, d'un air qui signifiait: Je vous remercie, il est bien doux d'être entre vos mains.

Et c'était là en effet ce que je sentais, ce qui marquait que ma douleur se relâchait. Nous sommes bien près de nous consoler quand nous nous affectionnons aux gens qui nous consolent.

Cette obligeante fille resta encore une heure avec moi, toujours à me dire des choses du monde les plus insinuantes[2], et qu'elle avait l'art de me faire

trouver sensées. Il est vrai qu'elles l'étaient, je pense;
mais pour m'y rendre attentive, il fallait encore y
joindre l'attrait de ce ton affectueux, de cette bonté
de cœur avec laquelle elle me les disait.

La cloche l'appela pour souper; quant à moi, on
m'apportait encore à manger dans ma chambre.

Ah çà! me dit-elle en riant, je vous laisse. Mais ce
n'est plus un enfant sans réflexion que je quitte,
comme vous l'étiez lorsque je suis arrivée; c'est une
fille raisonnable, qui se connaît et qui se rend justice. Eh! Seigneur, à quoi songiez-vous avec vos soupirs et votre accablement? ajouta-t-elle. Oh! je ne
vous le pardonnerai pas sitôt, et je prétends vous
appeler petite fille encore longtemps à cause de cela.

Je ne pus, à travers ma tristesse, m'empêcher de
sourire à ce discours badin, qui ne laissait pas que
d'avoir sa force, et qui me disposait tout doucement
à penser qu'en effet je m'exagérais mon malheur.
Est-ce que nos amis le prendraient sur ce ton-là avec
nous, si le motif de notre affliction était si grave?
Voilà à peu près ce qui s'insinue dans notre esprit,
quand nous voyons nos amis n'y faire pas plus de
façon en nous consolant.

Là-dessus elle partit. Une sœur converse
m'apporta à souper; elle rangea quelque chose dans
ma chambre. Cette bonne fille était naturellement
gaie. Allons, allons, me dit-elle, vous voilà déjà
presque aussi vermeille qu'une rose; notre maladie
est bien loin, il n'y paraît plus; ne ferez-vous pas un
petit tour de jardin après souper?

Non, lui dis-je. Je me sens fatiguée, et je crois que
je me coucherai dès que j'aurai mangé.

Eh bien! à la bonne heure, pourvu que vous dor-
miez, me répondit-elle; ceux qui dorment valent
bien ceux qui se promènent. Aussitôt elle s'en alla.

Vous jugez bien que je fis un souper léger, et

quoique ma religieuse eût un peu ramené[1] mon
esprit, et m'eût mise en état de me calmer moi-
même, il me restait toujours un grand fond de tristesse.

Je repassais sur tous ses discours. Vous ne faites
que commencer à vivre, m'avait-elle dit. Et elle a raison, me répondis-je, ceci ne décide encore de rien ; je
dois me préparer à bien d'autres événements.
D'autres que lui m'aimeront, il le verra, et ils lui
apprendront à estimer mon cœur. Et c'est en effet ce
qui arrive souvent, soit dit en passant.

Un volage est un homme qui croit vous laisser
comme solitaire : se voit-il ensuite remplacé par
d'autres, ce n'est plus là son compte ; il ne l'entendait
pas ainsi, c'est un accident qu'il n'avait pas prévu ; il
dirait volontiers : est-ce bien elle ? Il ne savait pas
que vous aviez tant de charmes.

De nouvelles idées succédaient à celles-là. Faut-il
que le plus aimable de tous les hommes, oui, le plus
aimable, le plus tendre, on a beau dire, je n'en trouverai point comme lui, faut-il que je le perde ? Ah !
Monsieur de Valville, les grâces de Mlle Varthon ne
vous justifieront pas, et j'aurai peut-être autant de
partisans qu'elle. Là-dessus je pleurai, et je me couchai.

Parmi tant de pensées qui me roulaient dans la
tête, il y en eut une qui me fixa.

Eh quoi ! avec de la vertu, avec de la raison, avec
un caractère et les sentiments qu'on estime, avec ma
jeunesse et les agréments qu'on dit que j'ai, j'aurais
la lâcheté de périr d'une douleur qu'on croira peut-
être intéressée, et qui entretiendra encore la vanité
d'un homme qui en use si indignement !

Cette dernière réflexion releva mon courage ; elle
avait quelque chose de noble qui m'y attacha, et qui
m'inspira des résolutions qui me tranquillisèrent. Je

m'arrangeai sur la manière dont j'en agirais avec
Valville, dont je parlerais à Mme de Miran dans cette
occurrence.

En un mot, je me proposai une conduite qui était
fière, modeste, décente, digne de cette Marianne
dont on faisait tant de cas ; enfin une conduite qui, à
mon gré, servirait bien mieux à me faire regretter de
Valville, s'il lui restait du cœur, que toutes les larmes
que j'aurais pu répandre, qui souvent nous
dégradent aux yeux même de l'amant que nous pleurons, et qui peuvent jeter du moins un air de disgrâce sur nos charmes.

De sorte qu'enthousiasmée moi-même de mon
petit plan généreux, je m'assoupis insensiblement et
ne me réveillai qu'assez tard ; mais aussi ne me
réveillai-je que pour soupirer.

Dans une situation comme la mienne, avec quelque industrie qu'on se secoure, on est sujette à de
fréquentes rechutes, et tous ces petits repos qu'on se
procure sont bien fragiles. L'âme n'en jouit qu'en
passant, et sait bien qu'elle n'est tranquille que par
un tour d'imagination qu'il faudrait qu'elle conser-
vât, mais qui la gêne trop ; de façon qu'elle en revient
toujours à l'état qui lui est plus commode, qui est
d'être agitée.

Et c'est aussi ce qui m'arriva. Je songeai que non
seulement Valville était un infidèle, mais que
Mme de Miran ne serait plus ma mère. Ah ! Seigneur, n'être point sa fille, ne point occuper cet
appartement qu'elle m'avait montré chez elle !

Souvenez-vous-en, madame. De cet appartement
j'aurais passé dans le sien ; quelle douceur ! Elle me
l'avait dit avec tant de tendresse ! Je me l'étais promis, j'y comptais, et il fallait y renoncer ! Valville ne
voulait plus que cela s'accomplît ; et dans mon petit
arrangement de la veille, je n'avais point songé à cet
article-là.

Et ce portrait de ma mère, madame, que deviendra-t-il ? ce portrait que j'avais demandé, qu'elle m'avait assuré qu'on mettrait dans ma chambre, qui y était peut-être déjà, et qui y était inutilement pour moi ? Que de douleurs ! Il m'en venait toujours de nouvelles.

J'attendais Mme de Miran ce jour-là ; mais je ne l'attendais que l'après-midi, et cependant elle arriva le matin.

Ma religieuse, qui était venue chez moi quelques instants après que j'avais été habillée, et dont l'entretien m'avait encore soulagée, cette religieuse, dis-je, était à peine sortie que je vis entrer Mlle Varthon.

Il n'était qu'onze heures du matin ; elle me parut abattue, mais moins triste que la veille. Je lui fis un accueil qu'on ne pouvait appeler ni froid ni prévenant, qui était mêlé de beaucoup de langueur ; et franchement, malgré tout ce qu'elle m'avait dit, j'avais quelque peine à la voir. Je ne sais si elle y prit garde, mais sans témoigner y faire attention.

J'ai cru devoir vous apprendre une chose, me dit-elle d'un air ouvert, mais à travers lequel j'aperçus de l'embarras : c'est que je sors d'avec M. de Valville.

Elle s'arrêta là, comme honteuse elle-même de la nouvelle qu'elle m'apprenait.

À ce début si étonnant pour moi, après tout ce qu'elle m'avait dit à cet égard, je soupirai d'abord. Ensuite : Je n'ai pas de peine à le croire, lui répondis-je toute consternée.

N'allez pas me condamner sans m'entendre, reprit-elle aussitôt. Je vous avais assuré que je ne le verrais plus, et c'était mon intention ; mais je n'ai pas deviné que c'était lui qui était là-bas (et là-dessus elle disait vrai, je l'ai su depuis).

On est venu m'avertir qu'on me demandait de la part de Mme de Miran, continua-t-elle, et vous sen-

tez bien que je ne pouvais pas me dispenser de
paraître; il y aurait eu de l'impolitesse, et même de
la malhonnêteté à refuser de descendre sans avoir
d'excuse valable à alléguer. Ainsi il a fallu me montrer, quoique avec répugnance, car j'ai hésité
d'abord; il semblait que j'avais un pressentiment de
ce qui allait m'arriver. Jugez de mon étonnement
quand j'ai trouvé M. de Valville au parloir.

Vous vous êtes donc retirée ? lui dis-je d'une voix
faible et tremblante. Vraiment, je n'y aurais pas
manqué, me répondit-elle en rougissant; mais dès
que je l'ai vu, je n'ai pu résister à un mouvement de
colère qui m'a prise, et qui était bien naturel;
n'auriez-vous pas été comme moi ? Non, lui dis-je; il
y aurait eu beaucoup plus de colère à vous en aller.

Peut-être bien, reprit-elle : mais mettez-vous à ma
place avec l'opinion que j'avais de lui.

Ce terme *que j'avais* me fit peur, il n'était pas de
bon augure.

Vous êtes bien hardi, monsieur, lui ai-je dit (c'est
elle qui parle), de venir encore me surprendre après
la lettre que vous m'avez écrite, et que vous ne
m'avez fait recevoir qu'en me trompant. En venez-
vous chercher la réponse ? La voici, monsieur : c'est
que votre lettre et que vos visites m'offensent, et que
le petit service que vous m'avez rendu, dont je vous
savais gré, ne vous dispensait pas d'observer les
égards que vous me devez, surtout dans les circonstances de l'engagement où vous êtes avec une
jeune personne que vous ne pouvez quitter sans perfidie. C'est elle que vous avez à voir ici, monsieur, et
non pas moi, qui ne suis point faite pour être l'objet
d'une galanterie aussi injurieuse.

Voilà ce que j'étais bien aise de lui dire avant que
de le quitter, ajouta-t-elle; après quoi j'ai fait quelques pas pour le laisser là, sans daigner l'écouter, et

j'allais sortir, quand je lui ai entendu dire : Ah !
mademoiselle, vous me désespérez ! et cela avec un
cri si douloureux et si emporté, que j'ai cru devoir
m'arrêter, dans la crainte qu'il ne criât encore, et que
cela ne fît une scène ; ce qui aurait été fort désagréable.

Oh ! non, lui dis-je ; il n'extravague pas. Il était inutile d'être si prudente.

Vous m'excuserez, me répondit-elle un peu
confuse, vous m'excuserez. La tourière, ou
quelqu'un de la cour, n'avait qu'à venir au bruit, et je
n'aurais su que dire. Ainsi il était plus sage de rester
pour un moment, car je ne croyais pas que ce fût
pour davantage.

Eh bien ! monsieur, que voulez-vous ? lui ai-je dit
toujours du même ton. Je n'ai rien à savoir de vous.

Hélas ! mademoiselle, je n'ai, je vous jure, qu'un
seul mot à vous dire ; qu'un seul mot. Revenez, je
vous prie, m'a-t-il répondu avec un air si effaré, si
ému, qu'il n'y a pas eu moyen de poursuivre mon
chemin ; c'était trop risquer.

Je me suis donc avancée. Voyons donc, monsieur,
de quoi il s'agit.

Je venais vous informer, a-t-il repris, que ma mère
passera entre midi et une heure, dans le dessein de
vous emmener dîner avec Marianne ; elle ne m'a
point chargé de vous l'apprendre, mais je me suis
imaginé que vous me permettriez de vous prévenir.

Ce n'était pas la peine, monsieur, lui ai-je dit ;
Mme de Miran me fait beaucoup d'honneur, et je
verrai le parti que j'ai à prendre. Est-ce là tout ?

Quoi ! lui demander encore si c'est là tout ! Vous
ne finirez donc jamais ? dis-je à Mlle Varthon.

Eh ! mais au contraire, reprit-elle. Est-ce là tout
signifiait seulement qu'il m'impatientait. Je ne le
disais qu'afin d'avoir un prétexte de me sauver ; car

j'appréhendais toujours son air ému; on ne sait comment faire avec des esprits si peu maîtres d'eux. Et alors, en m'assurant qu'il allait finir, il a entamé un discours que j'ai été obligée d'écouter tout entier. C'était sa justification sur votre compte, à l'occasion de ce que je lui avais parlé de perfidie; et vous jugez bien que ses raisons ne m'ont pas persuadée qu'il fût aussi excusable qu'il croit l'être; mais je vous avoue que je ne l'ai pas trouvé non plus tout à fait si coupable que je le pensais.

Ah! Seigneur! m'écriai-je ici sans lever la tête, que j'avais toujours tenue baissée par ménagement pour elle (c'est-à-dire pour lui épargner des regards qui lui auraient dit : vous n'êtes qu'une hypocrite). Ah! Seigneur, pas tout à fait si coupable! Eh! vous le méprisiez tant hier! ajoutai-je.

Eh! mais vraiment oui, reprit-elle; je le méprisais; il me paraissait le plus indigne homme du monde, et je ne prétends pas qu'il n'ait point de tort, je dis seulement qu'il en a moins que nous ne nous l'imaginons; et je ne le dis même que pour diminuer l'affliction où vous êtes, que pour vous rendre son procédé moins fâcheux; ce n'est que par amitié que je vous parle. Écoutez jusqu'au bout : vous l'avez regardé comme un volage, comme un perfide qui a subitement changé; et point du tout, cela vient de plus loin; il y avait déjà quelque temps qu'il tâchait d'avoir d'autres sentiments. Voilà ce qu'il m'a dit, presque la larme à l'œil; c'était même un peu avant votre maladie qu'il combattait son amour qu'on lui reprochait; il cherchait à se dissiper[1], à aimer ailleurs; il ne voulait qu'un objet[2] : il m'a vue, je ne lui ai point déplu, il a senti cette légère préférence qu'il me donnait sur d'autres, et il en a profité pour s'en tenir à moi; voilà tout.

Eh! mon Dieu, mademoiselle, lui dis-je en l'inter-

rompant, est-ce donc là ce que vous voulez que
j'écoute ? Est-ce là la consolation que vous m'appor-
tez ?

Eh ! mais oui, reprit-elle, je me suis figuré que c'en
était une. N'est-il pas plus doux pour vous de penser
que ce n'est point par inconstance, ou faute d'amour,
qu'il vous a laissée ? que même il s'est fait violence
en vous quittant ; et qu'il ne vous quitte que par des
motifs qu'il croit raisonnables, et qui, si je ne me
trompe, vous le paraîtront assez, si vous voulez que
je vous les dise, pour vous ôter la désagréable opinion que vous avez de lui : et je ne tâche pas à autre
chose.

Ah çà ! voyons ! vous m'avez conté votre histoire,
ma chère Marianne ; mais il y a bien de petits
articles que vous ne m'avez dits qu'en passant, et qui
sont extrêmement importants, qui ont pu vous
nuire. Valville, qui vous aimait, ne s'y est point
arrêté, il ne s'en est point soucié ; et il a bien fait.
Mais votre histoire a éclaté ; ces petits articles ont été
sus de tout le monde, et tout le monde n'est pas Valville, n'est pas Mme de Miran ; les gens qui pensent
bien sont rares. Cette marchande de linge chez qui
vous avez été en boutique ; ce bon religieux qui a été
vous chercher du secours chez un parent de Valville ;
ce couvent où vous avez été vous présenter pour être
reçue par charité ; cette aventure de la marchande
qui vous reconnut chez une dame appelée Mme de
Fare ; votre enlèvement d'ici, votre apparition chez le
ministre en si grande compagnie ; ce petit commis
qu'on vous destinait à la place de Valville, et cent
autres choses qui font, à la vérité, qu'on loue votre
caractère, qui prouvent qu'il n'y a point de fille plus
estimable que vous, mais qui sont humiliantes, qui
vous rabaissent, quoique injustement, et qu'il est
cruel qu'on sache à cause de la vanité qu'on a dans le

monde : tout cela, dis-je, dont Valville n'a tenu
compte, lui a été représenté. Vous ne sauriez croire
tout ce qu'on lui a dit là-dessus, ni combien on
condamne sa mère, combien on persécute ce jeune
homme sur le dessein qu'il a de vous épouser. Ce
sont des amis qui rompent avec lui, ce sont des
parents qui ne veulent plus le voir, s'il ne renonce
pas à son projet ; il n'y a pas jusqu'aux indifférents
qui ne le raillent ; en un mot, c'est tout ce qu'il y a de
plus mortifiant qu'il faut qu'il essuie ; ce sont des
avanies sans fin ; je ne vous en répète pas la moitié.
Quoi ! une fille qui n'a rien ! dit-on ; quoi ! une fille
qui ne sait qui elle est ! eh ! comment oserez-vous la
montrer, monsieur ? Elle a de la vertu ? Eh ! n'y a-t-il
que les filles de ce genre-là qui en ont ? N'y a-t-il que
votre orpheline d'aimable ? Elle vous aime ? Eh ! que
peut-elle faire de mieux ? Est-ce là un amour si flatteur ? Pouvez-vous être sûr qu'elle vous aurait aimé,
si elle avait été votre égale ? A-t-elle eu la liberté du
choix ? Que savez-vous si la nécessité où elle était ne
lui a pas tenu lieu de penchant pour vous ? Et toutes
ces idées-là vous viendront quelque jour dans
l'esprit, ajoute-t-on malignement et sottement ; vous
sentirez l'affront que vous vous faites à présent, vous
le sentirez ; et du moins allez vivre ailleurs, sortez de
votre pays, allez vous cacher avec votre femme pour
éviter le mépris où vous tomberez ici : mais n'espérez pas, en quelque endroit que vous alliez, d'éviter
le malheur de la haïr, et de maudire le jour où vous
l'avez connue.

Oh ! je n'en pus écouter davantage ; je m'étais tue
pendant toutes les humiliations qu'elle m'avait données ; j'avais enduré le récit de mes misères. À quoi
m'eût servi de me défendre ou de me plaindre ? Il
n'était plus douteux que j'avais affaire à une fille
toute déterminée à suivre son penchant ; je voyais

bien que Valville s'était justifié auprès d'elle, qu'il l'avait gagnée, et qu'elle ne cherchait à le disculper auprès de moi, que pour se dispenser elle-même de le mépriser autant qu'elle s'y était engagée. Je le voyais bien, et mes reproches n'eussent abouti à rien.

Mais cette haine dont elle avait la cruauté de me parler, et qu'on prédisait à Valville qu'il aurait pour moi, ces malédictions qu'il donnerait au jour de notre connaissance, me percèrent le cœur et poussèrent ma patience à bout.

Ah! c'en est trop, mademoiselle, m'écriai-je, c'en est trop! Lui, me détester! Lui, maudire le temps où il m'a vue! Et vous avez le courage de me l'annoncer, de venir m'entretenir d'une idée aussi affreuse, et de m'en entretenir sous prétexte d'amitié, pour me consoler, dites-vous, pour diminuer mon affliction. Et vous croyez que je ne vous entends pas, que je ne vois pas le fond de votre cœur! Ah! Seigneur! à quoi bon me déchirer comme vous faites? Eh! ne sauriez-vous l'aimer sans achever de m'ôter la vie? Vous voulez qu'il soit innocent, vous voulez que j'en convienne. Eh bien! mademoiselle, il l'est; rendez-lui votre estime; il a bien fait, il devait rougir de m'aimer : je vous l'accorde, je vous passe l'énumération de tous les opprobres dont notre mariage le couvrirait. Oui, je ne suis plus rien; la moindre des créatures est plus que moi; je n'ai subsisté jusqu'ici que par charité : on le sait, on me le reproche; vous me le répétez, vous m'écrasez, et en voilà assez. Je suis assez avilie, assez convaincue que Valville a dû m'abandonner, et qu'il a pu le faire sans en être moins honnête homme; mais vous me menacez de sa haine et de ses malédictions, moi qui ne vous réponds rien, moi qui me meurs! Ah! c'en est trop, vous dis-je, et Dieu me vengera, mademoiselle, vous le verrez; vous pouviez justifier Valville, et m'insinuer que sa passion pour vous n'est point blâmable, sans venir m'accabler de ce présage barbare qu'on lui fait sur mon compte; et c'est peut-être vous qu'il haïra, mademoiselle; c'est peut-être vous, et non pas moi, prenez-y garde!

Cette violente sortie l'étourdit : elle ne s'attendait pas à être si bien devinée, et je la vis pâlir et rougir successivement.

Vous interprétez bien mal mes intentions, me répondit-elle d'un air troublé. Ah! Seigneur! quel emportement! Je vous écrase, je vous déchire, et Dieu me punira; voilà qui est étrange! Eh! de quoi me punirait-il, mademoiselle? Ai-je quelque part à vos chagrins? Suis-je responsable des idées qu'on inspire à ce jeune homme? Est-ce ma faute à moi, s'il en est frappé? Et dans le fond, est-il si étonnant qu'elles lui fassent impression? Oui, je vous le dis encore, ceci change tout; il y a ici bien moins d'infidélité que de faiblesse, il est impossible d'en juger autrement. Ceux qui lui parlent ont plus de tort que lui; et il est certain que ce n'est pas là un perfide, mais seulement un homme mal conseillé. J'ai cru vous faire plaisir en vous l'apprenant, et voilà toute la finesse que j'y entends. Voilà tout, mademoiselle. Je souhaiterais qu'il eût résisté à tout ce qu'on lui a dit, il en serait plus louable; mais de dire que ni vous, ni moi, ni personne, ayons droit de le mépriser : non, toute la terre excusera la faute qu'il a faite; elle ne le perdra dans l'esprit de qui que ce soit : c'est mon sentiment; et si vous êtes équitable, ce doit être aussi le vôtre, pour la tranquillité de votre esprit.

Je serais encore plus tranquille si cet entretien-ci finissait, lui dis-je en pleurant.

Ah! comme il vous plaira; il n'ira pas plus loin, me répondit-elle, et je vous assure qu'il est fini pour la vie. Adieu, mademoiselle, ajouta-t-elle en se retirant. Je ne fis que baisser beaucoup la tête, et la laissai partir.

Vous allez croire que je vais m'abandonner à plus de douleur que jamais; du moins, comme vous voyez, m'arrive-t-il un nouveau sujet de chagrin assez considérable.

Avant cet entretien, tout infidèle qu'était Valville, je ne pouvais pas absolument dire que j'eusse une rivale. Il est vrai qu'il aimait Mlle Varthon; mais elle n'en était pas moins mon amie; elle ne voulait point de lui, elle le méprisait, elle m'exhortait à le mépriser aussi; et encore une fois ce n'était pas là une vraie rivale, au lieu qu'à présent c'en est une bien complète. Mlle Varthon aime Valville, et l'aimera; elle y est résolue, ses discours me l'annoncent; et suivant toute apparence, ce doit être là un renouvellement de désespoir pour moi. Je vais recommencer à pleurer sans fin, n'est-ce pas? Point du tout.

Un moment après qu'elle fut sortie de ma chambre, insensiblement mes larmes cessèrent; cette augmentation de douleur les arrêta, et m'ôta la force d'en verser.

Quand un malheur, qu'on a cru extrême, et qui nous désespère, devient encore plus grand, il semble que notre âme renonce à s'en affliger; l'excès qu'elle y voit la met à la raison, ce n'est plus la peine qu'elle s'en désole; elle lui cède et se tait. Il n'y a plus que ce parti-là pour elle; et ce fut celui que je pris sans m'en apercevoir.

Ce fut dans cette espèce d'état de sens froid[1] que je contemplai clairement ce qui m'arrivait, que je me convainquis qu'il n'y avait plus de remède, et que je consentis à endurer patiemment mon aventure.

De façon que je sortis de là avec une tristesse profonde, mais paisible et docile; ce qui est un état moins cruel que le désespoir.

Voilà donc à quoi j'en étais avec moi-même, quand
cette sœur converse, qui m'avait apporté à manger la
veille, arriva. Mme de Miran est ici, me dit-elle ; à
quoi elle ajouta : Et on vous attend au parloir ; ce qui
ne voulait pas dire que ce fût Mme de Miran qui m'y
attendît.

Mais je crus que c'était elle, d'autant plus que
Mlle Varthon m'avait appris qu'elle devait venir pour
nous emmener toutes deux chez elle.

Je descendis donc, et malgré ce triste calme où je
vous ai dit que j'étais, je descendis un peu émue ;
mes yeux se mouillèrent en chemin.

Cette mère si tendre croit venir voir sa fille, me
dis-je, et elle ne sait pas qu'elle ne vient voir que
Marianne, et que ce sera toujours Marianne pour
elle.

Je résolus cependant de ne l'informer encore de
rien ; j'avais mes desseins, et ce n'était pas là le
moment que je voulais prendre.

Me voici donc à l'entrée du parloir. Là, j'essuyai
mes pleurs, je tâchai de prendre un visage serein ; et
après deux ou trois soupirs que je fis de suite, pour
me mettre le cœur plus à l'aise, j'entrai.

Un rideau, tiré de mon côté sur la grille du parloir,
me cachait encore la personne à qui j'allais parler ;
mais prévenue que c'était Mme de Miran :

Ah ! ma chère mère, est-ce donc vous ? m'écriai-je
en avançant vers cette grille, dont je pensai[1] arracher le rideau, et qui, au lieu de Mme de Miran, me
présenta Valville.

Ah ! mon Dieu ! m'écriai-je encore tout à coup, saisie en le voyant, et si saisie, que je restai longtemps
la tête baissée, interdite, et sans pouvoir prononcer
un mot.

Qu'avez-vous donc, belle Marianne ? me répondit-il. Oui, c'est moi ; est-ce qu'on ne vous l'a pas dit ?

Que je suis charmé de vous voir! Hélas! vous me paraissez encore bien faible : ma mère est dans un parloir ici près, qui parle avec Mme Dorsin à une religieuse, à qui elle avait quelque chose à dire de la part d'une de ses parentes, et elle m'a chargé de venir toujours vous avertir qu'elle allait être ici dans un moment, et qu'elle avait dessein de vous emmener avec votre amie Mlle Varthon; mais j'ai bien peur que vous ne soyez pas encore en état de sortir; voyez cependant. Voulez-vous aller vous habiller?

Non, monsieur, lui dis-je en reprenant mes esprits et avec une respiration un peu embarrassée, non, je ne m'habillerai point; je suis convalescente, et Mme de Miran me permettra bien de rester comme me voilà.

Ah! sans difficulté, reprit-il. Eh bien! vous nous avez jetés dans de terribles alarmes, ajouta-t-il ensuite du ton d'un homme qui s'excite à paraître empressé, qui veut parler et qui ne sait que dire. Comment vous trouvez-vous? Je ne sais si je me trompe, mais on dirait que vous êtes triste; c'est peut-être un reste de faiblesse qui vous donne cet air-là; car apparemment rien ne vous chagrine.

Ce que je sentais bien qu'il me disait à cause que mon accueil et que ma mélancolie l'inquiétaient sans doute.

Ce n'est pas qu'il crût que Mlle Varthon m'avait révélé son secret; elle lui avait caché ce qui s'était passé entre elle et moi là-dessus, et lui avait fait entendre qu'elle ne savait nos engagements que par une confidence d'amitié que je lui avais faite; mais n'importe, tout est suspect à un coupable. Et Mlle Varthon, par quelque mot dit imprudemment, pouvait m'avoir donné quelques lumières, et c'est ce qu'il craignait.

Jusque-là je n'avais osé l'envisager; je ne voulais

pas qu'il vît dans mes yeux que j'étais instruite, et
j'appréhendais de n'avoir pas la force de le lui dissimuler.

À la fin, il me sembla que je pouvais compter sur
moi, et je levai les yeux pour répondre à ce qu'il
venait de me dire.

Au sortir d'une aussi grande maladie que la
mienne, on est si languissante qu'on en paraît triste,
repartis-je en examinant l'air qu'il avait lui-même.

Ah! madame, qu'on a de peine à commettre
effrontément une perfidie! Il faut que l'âme se sente
bien déshonorée par ce crime-là; il faut qu'elle ait
une furieuse vocation pour être vraie, puisqu'elle
surmonte si difficilement la confusion qu'elle a
d'être fausse.

Figurez-vous que Valville ne put jamais soutenir
mes regards, que jamais il n'osa fixer les siens sur
moi, malgré toute l'assurance qu'il tâchait d'avoir.

En un mot, je ne le reconnus plus; ce n'était plus
le même homme; il n'y avait plus de franchise, plus
de naïveté, plus de joie de me voir dans cette physionomie autrefois si pénétrée et si attendrie quand
j'étais présente. Tout l'amour en était effacé; je n'y
vis plus qu'embarras et qu'imposture; je ne trouvai
plus qu'un visage froid et contraint, qu'il tâchait
d'animer, pour m'en cacher l'ennui, l'indifférence et
la sécheresse. Hélas! je n'y pus tenir, madame, et
j'eus bientôt baissé les yeux pour ne le plus voir.

En les baissant, je soupirai, il n'y eut pas moyen de
m'en empêcher. Il le remarqua et s'en inquiéta
encore.

Est-ce que vous avez de la peine à respirer,
Marianne? me dit-il. Non, lui répondis-je; tout cela
vient de langueur. Et puis nous fûmes l'un et l'autre
un petit intervalle de temps sans rien dire; ce qui
arriva plus d'une fois.

Ces petites pauses avaient quelque chose de singulier, nous ne les avions jamais connues dans nos entretiens passés; et plus elles déconcertaient mon infidèle, plus elles devenaient fréquentes.

À mon égard, tout ce que j'étais en état de prendre sur moi, c'était de me taire sur le sujet de ma douleur, et le reste allait comme il pouvait.

Cette langueur que vous avez m'attriste moi-même, me dit-il : on nous avait assuré que vous étiez plus rétablie. (Voyez, je vous prie, quels discours glacés!) Vous dissipez-vous[1] un peu dans votre couvent? Vous y avez des amies?

Oui, repris-je, j'y ai une religieuse qui m'aime beaucoup, et puis j'y vois Mlle Varthon, qui est très aimable. Elle le paraît, me dit-il, et vous devez en juger mieux que moi.

L'avez-vous fait avertir? lui dis-je. Sait-elle que Mme de Miran va la venir prendre? Oui. Je pense que ma mère a dit qu'on lui parle, répondit-il.

Vous serez bien aise de la mieux connaître, lui dis-je.

Eh! mais, je l'ai vue ici une ou deux fois de la part de ma mère, et pour lui demander de vos nouvelles pendant que vous étiez malade, reprit-il; ne le savez-vous pas? Elle doit vous l'avoir dit.

Oui, répondis-je, elle m'en a parlé. Et puis nous nous tûmes; lui, toujours par embarras, et moi, moitié par tristesse et par discrétion.

Ah çà! tâchez donc de vous remettre tout à fait, mademoiselle, me dit-il; et ensuite : Il me semble que j'entends ma mère dans la cour; voyons si je me trompe, ajouta-t-il pour aller regarder aux fenêtres.

Et ce petit mouvement lui épargnait quelques discours qu'il aurait fallu qu'il me tînt pour entretenir la conversation, ou du moins ne l'obligeait plus qu'à me parler de loin sur ce qu'il verrait dans cette cour, et sur ce qu'il n'y verrait pas.

Oui, me dit-il, c'est elle-même avec Mme Dorsin. Les voilà qui montent, et je vais leur ouvrir la porte.

Ce qu'en effet il alla faire, sans que je lui disse un mot. J'étouffais mes soupirs pendant qu'il se sauvait ainsi de moi. Il descendit même quelques degrés de l'escalier pour donner la main à Mme Dorsin qui montait la première.

La voilà donc, cette chère enfant, me dit-elle, en entrant et en me tendant la main ; grâces au ciel, nous la conserverons. Nous ne devions venir que cet après-midi, mademoiselle ; mais j'ai dit à votre mère que je voulais absolument dîner avec vous pour vous voir plus longtemps. Madame (c'était à Mme de Miran à qui elle s'adressait), elle est mieux que je ne croyais ; elle se remet à merveille, et n'est presque pas changée.

Je ne sais plus ce que je répondis. Valville était à côté de Mme Dorsin, et souriait en me regardant, comme s'il avait eu beaucoup de plaisir à me voir aussi. Ma fille, me dit Mme de Miran, tu ne t'es donc point habillée ? J'avais envoyé Valville pour te dire que je venais te chercher.

À ce discours, qu'elle me tenait de l'air du monde le plus affectueux, à ce nom de ma fille, qu'elle me donnait de si bonne foi, je laissai tomber quelques larmes, et en même temps je m'aperçus que Valville rougissait ; je ne sais pourquoi. Peut-être eut-il honte de me voir si inutilement attendrie, et de penser que ce doux nom de ma fille n'aboutirait à rien.

En vérité, votre fille vous aime trop pour l'état de convalescente où elle est, dit alors Mme Dorsin ; elle n'a besoin ni de ces petits mouvements, ni de ces émotions de cœur qui lui prennent, et j'ai peur que cela ne lui nuise. Laissez-la se rétablir parfaitement, et puis qu'elle pleure tant qu'elle voudra de joie de vous voir ; mais jusque-là point d'attendrissement,

s'il vous plaît. Allons, mademoiselle, tâchez de vous
réjouir; et partons, car il se fait tard.

J'attends Mlle Varthon, reprit Mme de Miran.
Pour toi, ajouta-t-elle, nous t'emmènerons comme tu
es; il n'est pas nécessaire que tu remontes chez toi,
n'est-ce pas?

Hélas! malgré toute l'envie que nous avons de
l'avoir, je tremble qu'elle ne puisse venir, dit promptement Valville, qui, sous prétexte de s'intéresser à
ma santé, ne voulait apparemment que me fournir
une excuse dont il espérait que je profiterais; mais il
se trompa.

Vous m'excuserez, monsieur, répondis-je, je ne me
porte point mal; et puisque madame veut bien me
dispenser de m'habiller (notez que ce *madame* était
pour ma mère), je serai charmée d'aller avec elle.

Qu'est-ce que c'est que *madame*? reprit en riant
Mme de Miran; à qui parles-tu? Ta maladie t'a rendue bien grave! Dites respectueuse, ma mère; et je
ne saurais trop l'être, repartis-je avec un soupir que
je ne pus retenir, qui n'échappa point à Mme Dorsin,
et qui confondit l'inquiet et coupable Valville; il en
perdit toute contenance; et en effet, il y avait de
quoi. Ce soupir, avec ce respect dans lequel je me
retranchais, n'avait point l'air d'être là pour rien.
Mme Dorsin remarqua aussi qu'il en avait été troublé; je le vis à la façon dont elle nous observait tous
deux.

Mme de Miran allait peut-être me répondre
encore quelque chose, quand Mlle Varthon entra
dans un négligé fort décent et fort bien entendu.

Comme elle avait prévu que, malgré mes chagrins,
je pourrais être de la partie du dîner, elle s'était sans
doute abstenue, à cause de moi, de se parer davantage, et s'était contentée d'un ajustement fort simple,
qui semblait exclure tout dessein de plaire, ou qui,

raisonnablement parlant, ne me laissait aucun sujet de l'accuser de ce dessein.

Je devinai tout d'un coup ce ménagement apparent qu'elle avait eu pour moi; mais je n'en fus pas la dupe.

En pareil cas, une amante jalouse et trahie en sait encore plus qu'une amante aimée. Ainsi son négligé ne m'en imposa pas. Je vis au premier coup d'œil qu'il n'était pas de bonne foi, et qu'elle avait tâché de n'y rien perdre.

La petite personne avait bien voulu se priver de magnificence, mais non pas s'épargner les grâces.

Et moi, qui m'étais laissée comme je m'étais mise en me levant, qui n'avais précisément songé qu'à jeter sur moi une mauvaise robe; moi, si changée, si maigre, avec des yeux éteints, avec un visage tel qu'on l'a quand on sort de maladie, tel qu'on l'a aussi quand on est affligé (voyez que d'accidents à la fois contre le mien!), je me sentis mortifiée, je vous l'avoue, de paraître avec tant de désavantage auprès d'elle, et par là d'aider moi-même à justifier Valville.

Qu'un amant nous quitte et nous en préfère une autre, eh bien! soit; mais du moins qu'il ait tort de nous la préférer; que ce soit la faute de son inconstance, et non pas de nos charmes; enfin, que ce soit une injustice qu'il nous fasse; c'est bien la moindre chose; et il me semblait que je ne pourrais pas dire que Valville fût injuste.

De sorte que je me repentis de m'être engagée à dîner chez Mme de Miran; mais il n'y avait plus moyen de s'en dédire.

Et puis, dans le fond, il y avait bien des choses à alléguer en ma faveur; ma rivale, après tout, n'avait pas tant de quoi triompher. Si elle était plus brillante que moi, ce n'était pas qu'elle fût plus aimable; c'est seulement qu'elle se portait bien, et que j'avais été

malade. J'étais dispensée d'avoir mes grâces, et elle
était obligée d'avoir les siennes; aussi les avait-elle,
et voilà jusqu'où elles allaient, pas davantage; au lieu
qu'on ne savait pas jusqu'où iraient les miennes,
quand elles seraient revenues.

Je ne vous répéterai point tous les compliments
que ces dames lui firent. Il était heure de partir, et
nous sortîmes toutes deux du couvent pour monter
en carrosse.

Nous voici arrivées; on servit quelques moments
après.

J'appréhende que cette petite fille-là ne soit pas
bien rétablie, dit Mme de Miran en me regardant
après le repas; elle a je ne sais quelle mélancolie que
je n'aime point; était-elle de même dans votre
couvent, mademoiselle? (Elle parlait à Mlle Varthon, qui rougit de la question.)

Mais oui, madame, à peu près, répondit-elle; elle a
de la peine à revenir : il y a pourtant des moments où
cela se passe; sa maladie a été longue et violente.

Mme Dorsin ne disait mot, et nous avait toujours
examinés Valville et moi. Le repas fini, il faisait
beau, et on fut se promener sur la terrasse du jardin.
La conversation fut d'abord générale; ensuite on
demanda à Mlle Varthon des nouvelles de sa mère;
on parla de son voyage, de son retour et de ses
affaires.

Pendant qu'on était là-dessus, je feignis quelque
curiosité de voir un cabinet de verdure qui était au
bout de la terrasse. Il me paraît fort joli, dis-je à Valville pour l'engager à m'y mener.

Oh! non, me répondit-il, c'est fort peu de chose.
Mais comme je me levai, il ne put se dispenser de me
suivre, et je le séparai ainsi du reste de la compagnie.

Je vous demande pardon, lui dis-je en marchant;
on s'entretient de choses qui vous intéressent peut-
être, mais nous ne serons qu'un instant.

Vous vous moquez, me dit-il d'un air forcé; ne savez-vous pas le plaisir que j'ai d'être avec vous?

Je ne lui répondis rien; nous entrions alors dans le cabinet, et le cœur me battait; je ne savais par où commencer ce que j'avais à lui dire.

À propos, commença-t-il lui-même (et vous allez voir si c'était par un *à propos* qu'il devait m'entretenir de ce dont il s'agissait), vous souvenez-vous de cette charge que je veux avoir?

Si je m'en ressouviens, monsieur? Sans doute, repartis-je; c'est cette affaire-là qui a différé notre mariage; est-elle terminée, monsieur, ou va-t-elle bientôt l'être?

Hélas! non; il n'y a encore rien de fini, reprit-il; nous sommes un peu moins avancés que le premier jour; ma mère vous en parlera sans doute; il est survenu des oppositions, des difficultés qui retardent la conclusion, et qui malheureusement pourront la retarder encore longtemps.

Notez que c'était des difficultés faites à plaisir qui venaient de son intrigue et de celle de ses amis, sans que Mme de Miran en sût rien, comme la suite va le prouver.

Ce sont des créanciers, continua-t-il, des héritiers qui nous arrêtent, qu'il faut mettre d'accord, et qui, suivant toute apparence, ne le seront pas sitôt. J'en suis au désespoir, cela me chagrine extrêmement, ajouta-t-il en faisant deux ou trois pas pour sortir du cabinet.

Un moment, monsieur, lui dis-je; je suis un peu lasse, asseyons-nous. Dites-moi, je vous prie, pourquoi ces difficultés vous chagrinent-elles?

Eh! mais, reprit-il, ne le devinez-vous pas? Eh! ce mariage qu'elles retardent, vous jugez bien que je serais charmé qu'on pût le conclure; j'ai eu même quelque envie de proposer à ma mère de le terminer toujours en attendant la charge. Mais j'ai cru qu'il valait mieux s'en tenir à ce qu'elle a décidé là-dessus, et ne la pas trop presser, n'est-il pas vrai ?

Ah ! il n'y a rien à craindre de sa part, lui répondis-je ; ce ne sera jamais par elle que ce mariage manquera.

Non, certes, dit-il, ni par moi non plus ; je crois que vous en êtes bien persuadée ; mais cela n'empêche pas que ce retardement ne m'impatiente, et je souhaiterais bien que ma mère eût été d'avis de ne pas remettre ; elle n'a pas consulté mon amour.

Je crus devoir alors saisir cet instant pour m'expliquer. Eh ! de quel amour parlez-vous donc, monsieur ? repris-je, seulement pour entamer la matière.

Duquel ? me dit-il ; eh ! mais, du mien, mademoiselle, de mes sentiments pour vous. Vous est-il nouveau que je vous aime ? et vous en prenez-vous à moi des obstacles qui arrêtent une union que je désire encore plus que vous ?

Pour toute réponse, je tirai sur-le-champ un papier de ma poche, et le lui donnai : c'était la lettre qu'il avait écrite à Mlle Varthon, et qui m'était restée, vous le savez.

Comme je la lui présentai ouverte, il la reconnut d'abord. Jugez dans quelle confusion il tomba ; cela n'est point exprimable ; il eût fait pitié à toute autre qu'à moi ; il essaya cependant de se remettre.

Eh bien ! mademoiselle, qu'est-ce que c'est que ce papier ? Que voulez-vous que j'en fasse ! me dit-il en le tenant d'une main tremblante. Ah ! oui, ajouta-t-il ensuite en feignant de rire, et sans trop savoir ce qu'il disait ; je vois bien, oui, c'est de moi, c'est ma lettre, j'oubliais de vous en parler ; c'est une bagatelle. Vous étiez malade, la conversation roulait sur l'amour, et à l'occasion de cela, j'ai plaisanté ; voilà tout. Je n'y songeais plus ; c'est que nous nous sommes rencontrés ailleurs, Mlle Varthon et moi; je l'ai vue chez Mme de Kilnare; hélas! mon Dieu, tout le monde le sait, il n'y a pas de mystère; je ne vous voyais pas, et on s'amuse. À propos de Mme de Kilnare, j'ai grande envie que vous la connaissiez, je crois même lui avoir parlé de vous; c'est une femme de mérite.

Je le laissai achever tout ce discours, qui n'avait ni suite ni raison, et qui marquait si bien le désordre de son esprit; je me taisais les yeux baissés.

Quand il eut fini : Monsieur, lui dis-je sans lui faire aucun reproche, et sans relever un seul mot de ce qu'il avait dit, je dois rendre justice à Mlle Varthon; ne l'accusez pas d'avoir sacrifié votre lettre, elle ne me l'a donnée ni par mépris ni par dédain pour vous; je ne l'ai eue qu'à la suite d'un entretien que nous eûmes hier ensemble, et elle ne savait ni l'intérêt que je prenais à vous, ni celui que j'avais la vanité de croire que vous preniez à moi, je vous assure.

Mais la vanité, reprit-il avec une physionomie toute renversée, la vanité! mais il n'y en a point là-dedans; c'est un fait, mademoiselle.

Monsieur, lui répondis-je d'un ton modeste, ayez, je vous prie, la bonté de m'écouter jusqu'à la fin.

Mlle Varthon, à qui vous rendîtes une visite il y a quelques jours, me dit, quand elle vous eut quitté, qu'elle sortait d'avec le fils de Mme de Miran, qui était venu de sa part lui demander de ses nouvelles et des miennes; et de la lettre que vous veniez de lui donner en même temps, elle ne m'en dit pas un mot. Mais hier, en apprenant que notre mariage était conclu, elle demeura interdite.

Ah! Ah! interdite! s'écria-t-il. Eh! d'où vient? Vous me surprenez; que lui importe?

Je n'en sais rien, répondis-je. Mais quoi qu'il en

soit, je m'en aperçus ; je lui en demandai la raison, je la pressai ; l'aveu de la lettre lui échappa, et elle me la montra alors.

À la bonne heure, reprit-il encore ; elle était fort la maîtresse, et ce n'était pas là vous montrer quelque chose de bien important ; qu'est-ce que c'est que cette lettre ? Elle en sait bien la valeur, et je ne lui avais pas dit de ne la pas montrer.

Vous m'excuserez, monsieur ; vous ne vous en ressouvenez pas, et vous l'en priiez dans la lettre même, repartis-je doucement ; mais achevons. Je ne vous ai fait cette petite explication qu'afin que Mlle Varthon, supposé qu'elle vous aime, comme assurément vous avez lieu de l'espérer, ne dise point que j'ai parlé en jalouse : ce qui ne me conviendrait pas avec une fille comme elle.

Mais qu'est-ce que cela signifie ? Qu'est-ce que c'est que des explications, des jalousies ? s'écria-t-il. Que voulez-vous dire ? En vérité, mademoiselle Marianne, y songez-vous ? Que je meure si je vous comprends. Non je n'y entends rien.

Eh ! monsieur, lui dis-je, laissez-moi finir. Avec qui vous abaissez-vous à feindre ? Avez-vous oublié à qui vous parlez ? Ne suis-je pas cette Marianne, cette petite fille qui doit tout à votre famille, qui n'aurait su que devenir sans ses bontés, et mérité-je que vous vous embarrassiez dans des explications ? Non, monsieur, ne m'interrompez plus, le temps nous presse ; il faut convenir de quelque chose. Vous savez les dispositions de votre cœur, mais songez donc que Mme de Miran les ignore ; qu'elle vous croit toujours dans vos premiers sentiments ; que d'ailleurs elle m'honore d'une tendresse infinie ; qu'elle se figure que je serai sa fille ; qu'il lui tarde que je la sois, et qu'elle pourra fort bien se résoudre à ne pas attendre que vous ayez votre charge pour nous marier, d'autant plus que vous l'avez vous-même, il n'y a pas longtemps, fort pressée pour ce mariage; qu'elle croira vous combler de joie en l'avançant. Oh! je vous demande, irez-vous tout d'un coup lui dire que vous ne voulez plus qu'il en soit question? Je la connais, monsieur. Madame votre mère a un cœur plein de droiture et de vertu; et sans compter le chagrin que vous lui feriez, cela lui causerait encore une surprise qui vous nuirait peut-être dans son esprit; et il faut tâcher de lui adoucir un peu cette aventure-ci. Une mère comme elle est bien digne d'être bien ménagée; et moi-même, pour tous les biens du monde, je ne voudrais pas être cause que vous fussiez mal auprès d'elle, j'en serais inconsolable. Eh! qui suis-je, pour être le sujet d'une querelle entre vous et Mme de Miran, moi qui vous ai l'obligation de la bienveillance qu'elle a pour moi, et de tous les bienfaits que j'en ai reçus? Ah! mon Dieu, ce serait bien alors que vous auriez raison de détester le jour où vous avez connu cette malheureuse orpheline; mais c'est à quoi je ne donnerai pas lieu, si je puis. Ainsi, monsieur, voyez comment vous souhaitez que je me conduise, et quel arrangement nous prendrons, afin de vous épargner les inconvénients dont je parle. Je ferai tout pour vous, hors de dire que je ne vous aime plus; ce qui n'est pas encore vrai, et ce qu'après tout ce qui s'est passé je n'aurais pas même la hardiesse de dire, quand ce serait une vérité. Mais, à l'exception de ce discours, vous n'avez qu'à me dicter ceux que vous trouverez à propos que je tienne; vous êtes le maître, et ce n'est que dans le dessein de vous servir que j'ai pris la liberté de vous tirer à quartier. Ainsi expliquez-vous, monsieur.

Jusque-là Valville s'était défendu du mieux qu'il avait pu, et avait eu, je ne sais comment, le courage de ne convenir de rien; mais ce que je venais de dire le mit hors d'état de résister davantage. Ma générosité le terrassa, l'anéantit devant moi ; je ne vis plus qu'un homme rendu, qui ne faisait plus mystère de sa honte, qui s'y laissait aller sans réserve, et qui se mettait à la merci du mépris que j'étais bien en droit d'avoir pour lui. Je ne fis pas semblant de voir sa confusion ; mais comme il restait muet : Ayez donc la bonté de me répondre, monsieur, lui dis-je ; que me prescrivez-vous ?

Mademoiselle, comme il vous plaira. J'ai tort ; je ne saurais parler. Ce fut là toute sa réponse.

Il aurait cependant été nécessaire de voir ce que je dirai, ajoutai-je encore d'un air franc et pressant. Mais il se tut, il n'y eut plus moyen d'en tirer un mot.

Mlle Varthon, qui s'était détachée de nos deux dames, approchait pendant qu'elles se promenaient.

Monsieur, lui dis-je, dans l'incertitude où vous me laissez du parti que je dois prendre, j'en agirai avec le plus de discrétion qu'il me sera possible, et il ne tiendra pas à moi que tout ceci ne réussisse au gré de vos désirs.

Comme il restait toujours muet, et que j'allais le quitter après ce peu de mots, Mlle Varthon, qui était déjà à l'entrée du cabinet, feignit d'être surprise de nous trouver là, et en même temps de n'oser nous interrompre.

Je vous demande pardon, nous dit-elle en se retirant, je ne savais pas que vous étiez encore ici, et vous croyais descendus dans le jardin.

Vous êtes bien la maîtresse d'entrer, mademoiselle, lui dis-je ; voilà notre entretien fini, et vous auriez pu en être ; monsieur est témoin qu'il ne s'y est rien passé contre vous.

Qu'appelez-vous contre moi ? répondit-elle. Eh ! mais, vraiment, mademoiselle, je n'en doute pas ; quel rapport y a-t-il de vos secrets à ce qui me regarde ?

Je ne répliquai rien, et je sortis du cabinet pour retourner auprès de ces dames, qui, de leur côté, venaient à nous ; de façon que nos deux amants que je laissais ne purent tout au plus demeurer qu'un moment ensemble.

Je ne sais ce qu'ils se dirent ; mais je les entendis qui me suivaient, et en prêtant l'oreille il me sembla que Mlle Varthon parlait assez bas à Valville.

Pour moi, je revenais tout émue de ma petite expédition, mais je dis agréablement émue : cette dignité de sentiments que je venais de montrer à mon infidèle, cette honte et cette humiliation que je laissais dans son cœur, cet étonnement où il devait être de la noblesse de mon procédé, enfin cette supériorité que mon âme venait de prendre sur la sienne, supériorité plus attendrissante que fâcheuse, plus aimable que superbe, tout cela me remuait intérieurement d'un sentiment doux et flatteur ; je me trouvais trop respectable pour n'être pas regrettée.

Voilà qui était fini. Il ne lui était plus possible, à mon avis, d'aimer Mlle Varthon d'aussi bon cœur qu'il aurait fait ; je le défiais de m'oublier, d'avoir la paix avec lui-même ; sans compter que j'avais dessein de ne le plus voir, ce qui serait encore une punition pour lui ; de sorte que, tout bien examiné, je crois qu'en vérité je me le figurais encore plus à plaindre que moi ; mais qu'au surplus c'était sa faute[1] : pourquoi était-il infidèle ?

Et c'étaient là les petites pensées qui m'occupaient en allant au-devant de Mme de Miran, et je ne saurais vous dire le charme qu'elles avaient pour moi, ni combien elles tempéraient ma douleur.

C'est que la vengeance est douce à tous les cœurs offensés ; il leur en faut une, il n'y a que cela qui les soulage ; les uns l'aiment cruelle, les autres généreuse, et, comme vous voyez, mon cœur était de ces

derniers; car ce n'était pas vouloir beaucoup de mal
à Valville que de ne lui souhaiter que des regrets.

Je vous ai déjà dit que Mlle Varthon et lui me suivaient, et ils nous eurent bientôt joints.

Il s'était élevé un petit vent assez incommode.
Rentrons, dit Mme de Miran; et nous marchâmes du
côté de la salle.

Je m'aperçus que Mme Dorsin, qui avait la bonté
de s'intéresser réellement à moi, et qui, dans de certains soupçons qui lui étaient venus, avait pris garde
à toutes nos démarches[1], je m'aperçus, dis-je, qu'elle
fixait les yeux sur Valville, qui, de son côté, détour-
nait la tête. Sa physionomie n'était pas encore bien
remise de tous les mouvements qu'il avait essuyés[2].

Mme de Miran même, qui ne se doutait de rien, lui
trouva apparemment quelque chose de si dérangé
dans l'air de son visage, que, s'approchant de moi:

Ma fille, me dit-elle en baissant le ton, Valville me
paraît triste et rêveur; que s'est-il passé entre vous
deux? Que lui as-tu dit?

Rien dont il n'ait dû être fort content, ma mère, lui
répondis-je. Et j'avais raison, il n'avait en effet qu'à
se louer de moi. Je vais lui rendre sa gaieté, j'y suis
déterminée, me repartit-elle sans s'expliquer davantage. Et en ce moment nous rentrâmes tous.

Quand nous fûmes assis: Mademoiselle, me dit
Mme de Miran, Mlle Varthon est une amie devant
qui on peut parler, je pense, du mariage qui est
arrêté entre vous et mon fils; j'espère même qu'elle
nous fera l'honneur d'y être présente; ainsi je ne
ferai nulle difficulté de m'expliquer devant elle.

À ce début, la jeune personne changea de couleur;
elle en prévit une scène où elle craignait d'être impli-
quée elle-même; elle fit cependant une petite inclination de tête en remerciement de la confiance que
lui marquait Mme de Miran.

Mon fils, continua la dernière, vous rêvez à votre charge, et j'avais résolu de ne vous marier qu'après que vous l'auriez. Mais je ne m'attendais pas à toutes les difficultés qui vous empêchent de l'avoir : et puisqu'elles ne finissent point, qu'on ne sait pas quand elles finiront, et qu'elles vous chagrinent, il n'y a qu'à passer par-dessus et terminer le mariage, avec la seule précaution de le tenir secret pendant quelque temps. J'ai déjà pris des mesures sans vous les avoir dites ; il ne nous faut que trois ou quatre jours. Nous partirons d'ici le soir pour aller coucher à la campagne. Madame, ajouta-t-elle en montrant Mme Dorsin, a promis d'être des nôtres. Mademoiselle (elle parlait de ma rivale) voudra bien venir aussi, et le lendemain c'en sera fait.

Ici Valville retomba dans toutes les détresses où je l'avais jeté il n'y avait qu'un instant. Mlle Varthon rougissait et ne savait quelle figure faire. De mon côté, je me taisais d'un air plus triste que satisfait, et il n'y avait point de malice à mon silence ; mais c'est que ma tendresse et mon respect pour Mme de Miran, et peut-être aussi mon amour pour Valville, m'ôtaient la force de parler, me liaient la langue.

Ainsi il se passa un petit intervalle de temps sans que nous ouvrissions la bouche, Valville et moi.

À la fin, ce fut lui qui prit le premier son parti, bien moins pour répondre que pour prononcer quelques mots qui figurassent, qui tinssent lieu d'une réponse. Car il n'en avait point de déterminée, et ne savait ce qu'il allait dire, mais il fallait bien un peu remplir ce vide étonnant que faisait notre silence.

Oui-da, ma mère, il est vrai, vous avez raison, il n'y a rien de plus aisé ; oui, à la campagne, quand on voudra, il n'y aura qu'à voir.

Comment ! que dites-vous ? Il n'y aura qu'à voir ? reprit Mme de Miran, d'un ton qui signifiait : Où sommes-nous, Valville? Êtes-vous distrait? Avez-vous entendu ce que j'ai dit? Que faut-il donc voir? Est-ce que tout n'est pas vu?

Non, madame, répondis-je alors à mon tour en soupirant, non. La bonté que vous avez de m'aimer vous ferme les yeux sur les raisons qui doivent absolument rompre ce mariage; et je vous conjure par tous les bienfaits dont vous m'avez comblée, par la reconnaissance éternelle que j'en aurai, par tout l'intérêt que vous prenez aux avantages de monsieur votre fils, de ne le plus presser là-dessus, et d'abandonner ce projet.

Eh! d'où vient donc, petite fille? s'écria-t-elle avec colère: car il s'en fallut peu alors qu'elle ne me dît des injures, et le tout par tendresse irritée. D'où vient donc? Qu'est-ce que cela signifie?

Non, ma mère, vous ne devez plus y penser, ajoutai-je en me jetant subitement à ses genoux. J'y perds des biens et des honneurs; mais je n'en ai que faire, ils ne me conviennent point, ils sont au-dessus de moi. M. de Valville ne pourrait m'en faire part sans me rendre l'objet de la risée de tout le monde, sans passer lui-même pour un homme sans cœur. Eh! quel malheur ne serait-ce pas qu'un jeune homme comme lui, qui peut aspirer à tout, qui est l'espérance d'une famille illustre, fût peut-être obligé de déserter de sa patrie pour avoir épousé une fille que personne ne connaît, une fille que vous avez tirée du néant, et qui n'a pour tout bien que vos charités! S'accoutumerait-on à un pareil mariage?

Mais que veut-elle dire avec ces réflexions? De quoi s'avise-t-elle? Où va-t-elle chercher ce qu'elle dit là? s'écria encore Mme de Miran en m'interrompant.

De grâce, écoutez-moi, madame, insistai-je. Dans le fond, ce qu'il y a de plus digne en moi de vos attentions et des siennes, assurément c'est ma misère. Eh bien! ma mère, vous y avez eu tant d'égards, vous y en avez tant encore, vous voulez que Marianne vous appelle sa mère, vous lui faites l'honneur de l'appeler votre fille, vous la traitez comme si elle l'était; cela n'est-il pas admirable? Y a-t-il jamais eu rien d'égal à ce que vous faites? Et n'est-ce pas là une misère assez honorée? Faut-il encore porter la charité jusqu'à me marier à votre fils, et cette misère est-elle une dot? Non, ma chère mère, non. Votre cœur peut, tant qu'il voudra, me donner la qualité de votre fille, c'est un présent que je puis recevoir de lui sans que personne y trouve à redire; mais je ne dois pas le recevoir par les lois, je ne suis point faite pour cela. Il est vrai que je m'étais rendue à vos bontés; je croyais tout surmonté, tout paisible; l'excès de mon bonheur m'empêchait de penser, m'avait ôté tous mes scrupules. Mais il n'y a plus moyen, c'est tout le monde qui crie, qui se soulève, et je vous parle d'après tous les discours qu'on tient à M. de Valville, d'après les persécutions et les railleries qu'il essuie et qu'il trouve partout, de quelque côté qu'il aille. Quoiqu'il me le cache et qu'il n'ose vous le dire, elles l'étonnent[1], il en est effrayé lui-même, il a raison de l'être; et quand il ne s'en soucierait pas, ce serait à moi à m'en soucier pour lui, et même pour moi. Car enfin vous m'aimez, votre intention est que je sois heureuse, et ce serait moi cependant qui trahirais les desseins de votre tendresse, des desseins que je dois tant respecter, qui méritent si bien de réussir, je les trahirais en consentant d'épouser monsieur. Comment serais-je heureuse s'il ne l'était pas lui-même, si je m'en voyais méprisée, si je m'en voyais haïe, comme on le menace que cela arriverait? Ah! Seigneur, moi haïe!

À cet endroit de mon discours un torrent de larmes m'arrêta.

Valville, qui, pendant que j'avais parlé, avait fait de temps en temps comme quelqu'un qui veut répondre, mais qu'on ne laisse pas dire, se leva tout d'un coup d'un air extrêmement agité, et sortit de la salle sans que personne le retînt, ou lui demandât compte de sa sortie.

De son côté, Mme de Miran était restée comme immobile. Mme Dorsin, morne et pensive, regardait à terre. Mlle Varthon, plus inquiète que jamais de ce que je pourrais dire, ne songeait qu'à prendre une contenance qui ne l'accusât de rien; de sorte que nous étions toutes, chacune à notre façon, hors d'état de parler.

Quant à moi, affaiblie par l'effort que je venais de faire, je m'étais laissée aller sur les genoux de Mme de Miran, et je pleurais.

Ces deux dames, après la sortie de Valville, furent quelques instants sans rompre le silence. Ma fille, me dit à la fin Mme de Miran d'un air consterné, est-ce qu'il ne t'aime plus?

Je ne lui répondis que par des pleurs, et puis elle en versa elle-même. Mme Dorsin n'en fut pas exempte, elle me parut extrêmement touchée. J'entendis Mlle Varthon qui soupira un peu; on était sur ce ton-là, et elle s'y conforma; ensuite on continua de se taire.

Mais Mme de Miran, fondant en larmes et me serrant entre ses bras, m'attendrit et me remua tant que mes sanglots pensèrent me suffoquer, et qu'il fallut me jeter dans un fauteuil. Allons, ma fille, allons, console-toi, me dit-elle; va, ma chère enfant, il te reste une mère; est-ce que tu la comptes pour rien?

Hélas! c'est elle que je regrette, répondis-je je ne sais comment, et d'une parole entrecoupée. Eh! pourquoi la regretter? me dit-elle: elle est plus ta mère que jamais. Et moi, mille fois plus encore son

amie que je ne l'étais, reprit Mme Dorsin la larme à
l'œil, mais d'un ton ferme; et, en vérité, ce n'est pas
elle que je plains, madame, c'est M. de Valville; il fait
une perte infiniment plus grande.

Ah! voilà qui est fini, je ne l'estimerai de ma vie,
reprit Mme de Miran. Mais, Marianne, comment
sais-tu qu'il aime ailleurs? ajouta-t-elle; par qui en
es-tu informée, puisque ce n'est pas lui qui te l'a
avoué? La connaît-on, cette personne pour qui il
rompt ses engagements? Qui est-ce qui est digne de
t'être préférée? Peut-elle te valoir? Espère-t-elle de le
retenir? Dis-moi, t'a-t-on dit qui elle est?

Vous le saurez sans doute, ma mère; il faudra bien
qu'il vous le dise lui-même, répondis-je; dispensez-
moi, je vous prie, de vous en apprendre davantage.
Mademoiselle, reprit encore Mme de Miran en
s'adressant à ma rivale, ma fille est votre amie; je
suis persuadée que vous êtes instruite, elle vous a
apparemment tout confié; ne se tromperait-elle
point? Cette nouvelle inclination est-elle bien prouvée? J'ai quelquefois envoyé Valville à votre couvent;
serait-ce là qu'il aurait vu celle dont il s'agit?

Dans le cas où se trouvait Mlle Varthon, il aurait
fallu plus d'âge et plus d'usage du monde qu'elle n'en
avait pour être à l'épreuve d'une pareille question.
Aussi ne put-elle la soutenir, et rougit-elle d'une
manière si sensible que ces dames furent tout d'un
coup au fait.

Je vous entends, mademoiselle, lui dit Mme de
Miran; vous êtes assurément fort aimable; mais,
après ce qui arrive à ma fille, je ne vous conseille pas
de compter sur le cœur de mon fils.

Je ne me serais attendue ni à votre comparaison,
ni à votre conseil, madame, répondit Mlle Varthon
avec une fierté qui fit cesser son embarras. À l'égard
de monsieur votre fils, tout ce que je pense de son

amour en cette occasion-ci, c'est qu'il m'offense ; et j'aurais cru que c'était là tout ce que vous en auriez pensé aussi. Mais, madame, il se fait tard, voici l'heure de rentrer dans le couvent ; voulez-vous bien avoir la bonté de m'y renvoyer ?

Vous jugez bien, mademoiselle, que je vous y reconduirai moi-même, repartit Mme de Miran. Et puis, s'adressant à Mme Dorsin : Vous ne nous quitterez pas sitôt, lui dit-elle, je vais faire mettre les chevaux au carrosse ; je serai de retour dans un quart d'heure, et je compte vous retrouver ici avec Marianne.

Volontiers, dit Mme Dorsin. Mais je ne fus pas de leur avis.

Ma mère, lui dis-je d'une voix encore faible, je ne connaîtrai jamais de plus grand plaisir que celui d'être avec vous, j'en ferai toujours mon bonheur, je n'en veux point d'autre, je n'ai besoin que de celui-là. Mais M. de Valville reviendra ce soir, et si vous ne voulez pas que je meure, ne m'exposez pas à le revoir, du moins sitôt ; vous seriez vous-même fâchée de m'avoir gardée, vous n'en auriez que du chagrin. Je sais combien vous m'aimez, ma mère, et c'est votre tendresse que je ménage, c'est votre cœur que j'épargne ; et il faut que ce que je dis là soit bien vrai, puisque je vous en avertis aux dépens de la consolation que j'y perdrai. Mais aussi, quand M. de Valville aura pris un parti, quand il sera marié, je ne prends plus d'intérêt à la vie que pour être avec ma mère.

Elle a raison, cette aventure-ci est encore trop fraîche, et je pense comme elle : remettons-la dans son couvent, dit Mme Dorsin pendant que Mme de Miran s'essuyait les yeux.

Et en effet, cette dernière alla donner ses ordres, et un instant après nous partîmes.

Jamais peut-être quatre personnes ensemble n'ont été plus sérieuses et plus taciturnes que nous le fûmes; et quoique le trajet de chez ma mère au couvent fût assez long, à peine fut-il prononcé quatre mots pendant qu'il dura; et il est vrai que les circonstances où nous étions, Mlle Varthon et moi, ne donnaient pas matière à une conversation bien animée; il n'y eut de vif que les regards de Mme de Miran sur moi, et que les miens sur elle.

Enfin nous arrivâmes; ma rivale descendit la première; nous la suivîmes, Mme de Miran et moi; et Mme Dorsin, qui m'embrassa la larme à l'œil, qui m'accabla de caresses et d'assurances d'amitié, resta dans le carrosse.

Mlle Varthon, à qui il tardait d'être débarrassée de nous, sonna, et fit un remerciement aussi froid que poli à ma mère; la porte s'ouvrit, et elle nous quitta.

Je me jetai alors entre les bras de Mme de Miran où je restai quelques instants sans force et sans parole.

Cache tes pleurs, me dit-elle tout bas; j'ai de la peine à retenir les miens. Adieu; songe que tu es pour jamais ma fille, et que je te porte dans mon cœur. Je te viendrai voir demain : discours qu'elle me tint de l'air du monde le plus abattu. Après quoi, je rentrai moi-même; et, pour vous rendre un compte bien exact de la disposition d'esprit où j'étais, je vous dirai que je rentrai plus attendrie qu'affligée.

Et dans le fond, c'était assez là comme je devais être. Je laissais Mme de Miran dans la douleur; Mme Dorsin venait de m'embrasser les larmes aux yeux; mon infidèle lui-même était troublé, il en avait donné des marques sensibles en nous quittant. Mon aventure remuait donc les trois cœurs qui m'étaient les plus chers, auxquels le mien tenait le plus, et qu'il m'était le plus consolant d'inquiéter. Vous voyez que mon affaire devenait la leur, et ce n'était point là être si à plaindre : je n'étais donc pas sans secours sur la terre ; on ne m'y faisait point verser de larmes sans conséquence ; j'y voyais du moins des âmes qui honoraient assez la mienne pour s'occuper d'elle, pour se reprocher de l'avoir attristée, ou pour s'affliger de ce qui l'affligeait. Et toutes ces idées-là ont bien de la douceur : elles en avaient tant pour moi que je pleurais moins par chagrin, je pense, que par mignardise[1].

Avançons. J'achevai la soirée avec mon amie la religieuse, dont enfin je vais dans un moment vous conter l'histoire.

Vous concevez bien que nous ne nous vîmes pas, Mlle Varthon et moi, et qu'il ne fut plus question de ce commerce étroit que nous avions eu ensemble. Elle sentit cependant la discrétion avec laquelle j'en avais usé à son égard chez Mme de Miran, et m'en marqua sa reconnaissance.

À neuf heures du matin, le lendemain, une sœur converse m'apporta un petit billet d'elle. Je l'ouvris avec un peu d'inquiétude de ce qu'il contenait ; mais ce n'était qu'un simple compliment sur mon procédé de la veille, et le voici à peu près :

« Ce que vous fîtes hier pour moi est si obligeant, que je me reprocherais de ne vous en pas remercier. Il ne tint pas à vous qu'on ignorât la part que j'ai à vos chagrins, et, malgré les mouvements où vous étiez, il ne vous échappa rien qui pût me compromettre. Cela est bien généreux, et les suites de cette aventure vous prouveront combien cette attention m'a touchée. Adieu, mademoiselle. » Vous allez voir dans un instant ce que c'était que cette preuve qu'elle s'engageait à me donner.

Je répondis sur-le-champ à son billet, et ce fut la

même converse qui lui remit ma réponse; elle était
fort courte; je m'en ressouviens aussi :

« Je vous suis obligée de votre compliment, mademoiselle; mais vous ne m'en deviez point. Je ne m'en
crois pas plus louable pour n'avoir pas été méchante.
J'ai suivi mon caractère dans ce que j'ai fait; voilà
tout, et je n'en demande point de récompense. »

Mme de Miran m'avait promis la veille de me
venir voir, et elle me tint parole. Je ne vous ferai
point le détail de la conversation que nous eûmes
ensemble; nous nous entretînmes de Mlle Varthon;
et comme tous mes ménagements pour Valville
n'avaient servi à rien, je ne fis plus difficulté de lui
dire par quel hasard j'avais su son infidélité, et le
tout à l'avantage de ma rivale, dont je ne lui confiai
point les dispositions. Je pleurai dans mon récit, elle
pleura à son tour; ce qu'elle me témoigna de tendresse est au-dessus de toute expression, et ce que
j'en sentis pour elle fut de même.

De nouvelles de Valville, elle n'avait point à m'en
dire; il ne s'était point montré depuis l'instant qu'il
nous avait quittées. Il était cependant revenu au
logis, mais très tard; et ce matin même il en était
parti, ou pour la campagne, ou pour Versailles.

C'est moi qu'il fuit sans doute, ajouta-t-elle; je suis
persuadée qu'il a honte de paraître devant moi.

Et là-dessus elle se levait pour s'en aller, lorsque
Mlle Varthon, que nous n'attendions ni l'une ni
l'autre, entra subitement.

J'avais dessein de vous écrire, madame, dit-elle à
ma mère après l'avoir saluée; mais puisque vous êtes
ici, et que je puis avoir l'honneur de vous parler, il
vaut mieux vous épargner ma lettre, et vous dire
moi-même ce dont il s'agit. Il n'est question que de
deux mots : M. de Valville a changé; vous croyez que
j'en suis cause, j'ai lieu de le croire aussi; mais com-

ment le suis-je? C'est ce qu'il est essentiel que vous
sachiez, et que tout le monde sache. Madame, il ne
me conviendrait pas qu'on s'y trompât, et je vais
vous rapporter tout dans la plus exacte vérité. M. de
Valville, pour la première fois de sa vie, me vit ici le
jour où je m'évanouis en faisant mes adieux à ma
mère; vous eûtes la bonté de me secourir, il vous y
aida lui-même, et j'entrai dans le couvent avec mademoiselle, que je venais de connaître, qui devint mon
amie, mais qui ne me parla ni de vous ni de M. de
Valville, ni ne m'apprit en quels termes elle en était
avec lui.

Je le sais, mademoiselle, dit alors Mme de Miran
en l'interrompant : Marianne vient de m'instruire, et
vous a rendu toute la justice que vous pouvez exiger
là-dessus. Mon fils vint vous voir, vous fit des
compliments de ma part, vous laissa une lettre en
vous quittant, et vous fit accroire que je l'avais
chargé de vous la remettre; vous ne pouviez pas
deviner; toute autre que vous l'aurait prise; et puis,
vous n'en avez pas fait un mystère, vous l'avez montrée à mademoiselle dès que vous avez su qu'elle y
était intéressée; ainsi je ne vois rien qui doive vous
inquiéter. Si mon fils vous a trouvée aimable, et s'il a
osé vous le dire, ce n'est pas votre faute; vous n'y
avez contribué que par les grâces d'une figure que
vous ne pouviez pas vous empêcher d'avoir, et vous
n'êtes pour rien dans tout cela, suivant le rapport
même de Marianne.

Ce rapport-là lui fait bien de l'honneur; toute
autre à sa place ne m'aurait peut-être pas traitée si
doucement, repartit alors Mlle Varthon avec des
yeux prêts à pleurer, malgré qu'elle en eût; et ce qui
me reste à vous dire, c'est que vous ayez la bonté
d'engager M. de Valville à ne plus essayer de me
revoir; il le tenterait inutilement, et ce serait me
manquer d'égards.

Vous avez raison, mademoiselle, reprit ma mère; il ne serait pas excusable, et je l'avertirai. Ce n'est pas que dans la conjoncture présente je ne fusse la première à souhaiter une alliance comme la vôtre, elle nous honorerait beaucoup assurément; mais mon fils ne la mérite pas, son caractère inconstant m'épouvanterait; et quand il serait assez heureux pour vous plaire, en vérité, j'aurais peur, en vous le donnant, de vous faire un très mauvais présent. Rassurez-vous sur ses visites, au reste; il saura combien elles vous offenseraient, et j'espère que vous n'aurez point à vous plaindre.

Pour toute réponse Mlle Varthon fit une révérence, et se retira.

Elle s'imagina peut-être que j'estimerais beaucoup cette résolution qu'elle paraissait prendre de ne plus voir Valville, et que je la regarderais comme une preuve de la reconnaissance qu'elle m'avait promise; mais point du tout. Je ne m'y trompai point : ce n'était là que feindre de la reconnaissance, et non pas en prouver.

Que risquait-elle à refuser de voir Valville au couvent ? N'avait-elle pas la maison de Mme de Kilnare pour ressource ? Valville n'était-il pas des amis de cette dame ? N'allait-il pas très souvent chez elle ? et Mlle Varthon renonçait-elle à y aller aussi ? Tout cet étalage de fierté et de noblesse dans le procédé n'était donc qu'une vaine démonstration qui ne signifiait rien : et vous verrez dans la suite que je raisonnais fort juste. Mais il n'est pas temps d'en dire davantage là-dessus. Revenons à moi.

Je suis née pour avoir des aventures, et mon étoile ne m'en laissera pas manquer : me voici un peu oisive[1], mais cela ne durera pas.

Mme de Miran continuait de me voir. Valville, toujours absent, ne paraissait point. Nous nous rencontrions, Mlle Varthon et moi, dans le couvent; mais nous ne faisions que nous saluer, et ne nous parlions point.

Il ne s'était encore passé que quatre ou cinq jours depuis notre dîner chez Mme de Miran, quand il me vint le matin une visite assez singulière, et il faut commencer par vous dire ce qui me la procura.

Mme Dorsin, ce matin même, avait été voir Mme de Miran; elle y avait trouvé un ancien ami de la maison, un officier, homme de qualité, d'un certain âge, et qui dans un moment va se faire connaître lui-même[1].

Il avait fort entendu parler de moi à l'occasion de mon aventure chez le ministre, et ne voyait jamais ma mère qu'il ne lui demandât des nouvelles de Marianne, dont il faisait des éloges éternels, fondés sur tout ce qu'on lui avait rapporté d'elle.

Le bruit de ma disgrâce s'était déjà répandu; on savait déjà l'infidélité de Valville. Peut-être lui-même, depuis que sa mère ne l'avait vu, en avait-il dit quelque chose à ses meilleurs amis, qui, de leur côté, l'avaient confié à d'autres; et cet homme de qualité, qui l'avait apprise, n'était venu chez Mme de Miran que pour être sûrement informé de ce qui en était.

Madame, lui dit-il, ce qu'on a publié de M. de Valville est-il vrai? On dit qu'il n'aime plus cette fille si estimable, qu'il l'a quittée, qu'il ne veut plus l'épouser. Quoi! madame, cette Marianne si chérie, si digne de l'être, il ne l'aimerait plus! Je n'ai pas voulu le croire; ce n'est apparemment qu'une calomnie.

Hélas! monsieur, c'est une vérité, répondit Mme de Miran avec douleur, et je ne saurais m'en consoler.

Ma foi! reprit-il (car Mme de Miran me l'a conté elle-même), ma foi! vous avez raison, il y aurait eu

grand plaisir à être la belle-mère de cette enfant-là ;
c'était une bonne acquisition pour le repos de votre
vie. À quoi pense donc M. de Valville ? A-t-il peur
d'être trop heureux ? Je laisse le reste de leur entretien là-dessus. Mme de Miran allait dîner chez
Mme Dorsin ; cette dernière engagea l'officier à être
de la partie, et tout de suite, à cause de l'extrême
envie qu'il avait de me connaître, ajouta qu'il fallait
que j'en fusse.

Mais comme il était de fort bonne heure, que ces
dames ne voulaient pas partir sitôt, et que cependant
il était bon que je fusse prévenue : Je vais donc
envoyer à son couvent pour l'avertir que nous la
prendrons en passant, dit ma mère.

Il est inutile d'envoyer, reprit cet officier ; j'ai
affaire de ce côté-là, et, si vous voulez, je ferai votre
commission moi-même ; donnez-moi seulement un
petit billet pour elle, il n'y a rien de plus simple ; on
ne me renverra peut-être pas. Non certes, dit ma
mère, qui sur-le-champ m'écrivit :

« Ma fille, je t'irai prendre à une heure ; nous
dînons chez Mme Dorsin. »

Ce fut donc avec ce petit passeport que cet officier
arriva à mon couvent. Il me demande ; on vient me le
dire ; c'est de la part de Mme de Miran, et je descends.

Quelques pensionnaires, ce jour-là même,
m'avaient dit par hasard qu'elles viendraient l'après-
dînée me tenir compagnie dans ma chambre ; de
façon que, malgré mes chagrins, je m'étais un peu
moins négligée qu'à l'ordinaire.

Ce sont là de petites attentions chez nous, qui ne
coûtent pas la moindre réflexion ; elles vont toutes
seules, nous les avons sans le savoir. Il est vrai que
j'étais affligée ; mais qu'importe ? Notre vanité
n'entre point là-dedans, et n'en continue pas moins

ses fonctions : elle est faite pour réparer d'un côté ce que nos afflictions détruisent de l'autre; et enfin on ne veut pas tout perdre.

Me voici donc entrée dans le parloir. Je vis un homme d'environ cinquante ans tout au plus, de bonne mine, d'un air distingué, très bien mis, quoique simplement, de la physionomie du monde la plus franche et la plus ouverte.

Quelque politesse naturelle qu'on ait, dès que nous voyons des gens dont la figure nous prévient, notre accueil a toujours quelque chose de plus obligeant pour eux que pour d'autres. Avec ces autres, nous ne sommes qu'honnêtes; avec ceux-ci, nous le sommes jusqu'à être affables; cela va si vite, qu'on ne s'en aperçoit pas; et c'est ce qui m'arriva en saluant cet officier. Je n'eus pas affaire à un ingrat; il n'aurait pu, à moins que de s'écrier, se montrer plus satisfait qu'il le parut de ma petite personne.

J'attendis qu'il me parlât. Mademoiselle, me dit-il après quelques révérences et en me présentant le billet de ma mère, voici ce que Mme de Miran m'a chargé de vous remettre; il était question de vous envoyer quelqu'un, et j'ai demandé la préférence.

Vous m'avez fait bien de l'honneur, monsieur, lui répondis-je, en ouvrant le billet, que j'eus bientôt lu. Oui, monsieur, ajoutai-je ensuite, Mme de Miran me trouvera prête, et je vous rends mille grâces de la peine que vous avez bien voulu prendre.

C'est à moi à remercier Mme de Miran de m'avoir permis de venir, me repartit-il; mais, mademoiselle, il n'est point tard; ces dames n'arriveront pas sitôt; pourrais-je, à la faveur de la commission que j'ai obtenue, espérer de vous un petit quart d'heure d'entretien? Il y a longtemps que je suis des amis de Mme de Miran et de toute la famille; je dois dîner aujourd'hui avec vous; ainsi, vous pouvez d'avance me regarder déjà comme un homme de votre connaissance; dans deux heures je ne serai plus un étranger pour vous.

Vous êtes le maître, monsieur, lui répondis-je assez surprise de ce discours; parlez, je vous écoute.

Je ne vous laisserai pas longtemps inquiète de ce que j'ai à vous dire, reprit-il. En deux mots, voici de quoi il s'agit, mademoiselle.

Je suis connu pour un homme d'honneur, pour un homme franc, uni[1], de bon commerce; depuis que j'entends parler de vous, votre caractère est l'objet de mon estime et de mon respect, de mon admiration, et je vous dis vrai. Je suis au fait de vos affaires : M. de Valville, malheureusement pour lui, est un inconstant. Je ne dépends de personne, j'ai vingt-cinq mille livres de rente, et je vous les offre, mademoiselle; elles sont à vous, quand vous voudrez, sauf l'avis de Mme de Miran, que vous pouvez consulter là-dessus.

Ce qui me surprit le plus dans sa proposition, ce fut cette rapidité avec laquelle il la fit, et cette franchise obligeante dont il l'accompagna.

Je n'ai vu personne si digne qu'on l'écoutât que ce galant homme; c'était son âme qui me parlait; je la voyais, elle s'adressait à la mienne, et lui demandait une réponse qui fût simple et naturelle, comme l'était la question qu'il venait de me faire. Aussi, laissant là toutes les façons, conformai-je mon procédé au sien, et, sans m'amuser[2] à le remercier :

Monsieur, lui dis-je, savez-vous mon histoire?

Oui, mademoiselle, reprit-il, je la sais, voilà pourquoi vous me voyez ici; c'est elle qui m'a appris que vous valez mieux que tout ce que je connais dans le monde, c'est elle qui m'attache à vous.

Vous m'étonnez, monsieur, lui répondis-je; votre façon de penser est bien rare; je ne saurais la louer à cause qu'elle est trop à mon avantage. Mais vous êtes un homme de condition, apparemment?

Oui, me repartit-il, j'oubliais de vous le dire, d'autant plus qu'à mon avis, ce n'est pas là l'essentiel.

C'est surtout l'honnête homme, ce me semble, et non pas l'homme de condition, qui peut mériter d'être à vous, mademoiselle; et comme je suis honnête homme, je pense, autant qu'on peut l'être, j'ai cru que cette qualité, jointe à la fortune que j'ai et qui nous suffirait, pourrait vous déterminer à accepter mes offres.

Il n'y a pas à hésiter sur l'estime que j'en dois faire, elles sont d'une générosité infinie, lui répondis-je; mais souffrez que je vous le dise encore, y avez-vous bien réfléchi? Je n'ai rien, j'ignore à qui je dois le jour, je ne subsiste depuis le berceau que par des secours étrangers; j'ai vu plusieurs fois l'instant où j'allais devenir l'objet de la charité publique; et tout cela a rebuté M. de Valville, malgré l'inclination qu'il avait pour moi. Monsieur, prenez-y garde.

Ma foi! mademoiselle, tant pis pour lui, me répondit-il; ce ne sera jamais là le plus bel endroit de sa vie. Au surplus, vous ne risquez avec moi rien de pareil à ce qui vous est arrivé avec lui; M. de Valville vous aimait, et moi, mademoiselle, ce n'est point l'amour qui m'a amené ici. J'avais bien entendu dire que vous étiez belle; mais on n'est pas sensible à des charmes qu'on n'a jamais vus, et qu'on ne sait que par relation. Ainsi, ce n'est pas un amant qui est venu vous trouver, c'est quelque chose de mieux; car qu'est-ce que c'est qu'un amant? C'est bien à l'amour à qui il appartient de vous offrir un cœur! Est-ce qu'une personne comme vous est faite pour être le jouet d'une passion aussi folle, aussi inconstante? Non, mademoiselle, non. Qu'on prenne de l'amour

pour vous quand on vous voit, qu'on vous aime de
tout son cœur, à la bonne heure, on ne saurait s'en
dispenser; moi qui vous parle, je fais comme les
autres, je sens qu'actuellement je vous aime aussi, je
vous l'avoue. Mais je n'ai pas eu besoin d'amour
pour être charmé de vous, je n'ai eu besoin que de
savoir les qualités de votre âme; de sorte que votre
beauté est de trop; non pas qu'elle me fâche, je suis
bien aise qu'elle y soit assurément : un excès de bonheur ne m'empêchera pas d'être heureux. Mais
enfin, ce n'est pas à cause de cette beauté que je vous
ai aimée d'abord, c'est à cause que je suis homme de
bon sens. C'est ma raison qui vous a donné mon
cœur, je n'ai pas apporté ici d'autre passion. Ainsi
mon attachement ne dépendra pas d'un transport de
plus ou de moins; et ma raison ne s'embarrasse pas
que vous ayez du bien, pourvu que j'en aie assez
pour nous deux, ni que vous ayez des parents dont je
n'ai que faire. Que m'importe à moi votre famille ?
Quand on la connaîtrait, fût-elle royale, ajouterait-
elle quelque chose au mérite personnel que vous
avez ? Et puis les âmes ont-elles des parents ? Ne
sont-elles pas toutes d'une condition égale ? Eh bien !
ce n'est qu'à votre âme à qui j'en veux; ce n'est qu'au
mérite qu'elle a, en vertu duquel je vous devrais bien
du retour[1]. C'est à moi, mademoiselle, si vous
m'épousez, à qui je compte que vous ferez beaucoup
de grâce : voilà tout ce que j'y sais. Au reste, quelque
amour que je vienne de prendre pour vous, je ne
vous proposerai pas d'en avoir pour moi. Vous
n'avez pas vingt ans, j'en ai près de cinquante, et ce
serait radoter que de vous dire : Aimez-moi. Quant à
votre amitié, et même à votre estime, je n'y renonce
pas; j'espère que j'obtiendrai l'une et l'autre, c'est
mon affaire; vous êtes raisonnable et généreuse, et il
est impossible que je ne réussisse pas. Voilà, made-

moiselle, tout ce que j'avais à vous dire; il ne me reste plus qu'à savoir ce que vous décidez.

Monsieur, lui dis-je, si je ne consultais que l'honneur que vous me faites dans la situation où je suis, et que la bonne opinion que vous me donnez de vous, j'accepterais tout à l'heure vos offres; mais je vous demande huit jours pour y penser, autant pour vous que pour moi. J'y penserai pour vous, à cause que vous épousez une personne qui n'est rien, et qui n'a rien; j'y penserai pour moi, à cause des mêmes raisons; elles nous regardent également tous deux, et je vous conjure d'employer ces huit jours à examiner de votre côté la chose encore plus que vous n'avez fait, et avec toute l'attention dont vous êtes capable. Vous m'estimez beaucoup, dites-vous, et aujourd'hui cela vous tient lieu de tout, par le bon esprit que vous avez; mais il faut regarder que je ne suis pas encore à vous, monsieur; et nous ne serons pas plutôt mariés, qu'il y aura des gens qui le trouveront mauvais, qui feront des railleries sur ma naissance inconnue, et sur mon peu de fortune. Serez-vous insensible à ce qu'ils diront? Ne serez-vous pas fâché de ne vous être allié à aucune famille, et de n'avoir pas augmenté votre bien par celui de votre épouse? C'est à quoi il est nécessaire que vous songiez mûrement, de même que je songerai à ce qu'il m'en arriverait à moi, si vous alliez vous repentir de votre précipitation. Et puis, monsieur, quand tous ces motifs de réflexion ne m'arrêteraient pas, je n'aurais encore actuellement que la liberté de vous marquer ma reconnaissance, et ne pourrais prendre mon parti sans savoir la volonté de Mme de Miran. Je suis sa fille, et même encore plus que sa fille; car c'est à son bon cœur à qui j'ai l'obligation de l'avoir pour mère, et non pas à la nature. C'est ce bon cœur qui a tout fait, de sorte que le mien doit lui donner

tout pouvoir sur moi ; et je suis persuadée que vous
êtes de mon avis. Ainsi, monsieur, je l'informerai de
la générosité de vos offres, sans pourtant lui dire
votre nom, à moins que vous ne me permettiez de
vous faire connaître.

Oh ! vous en êtes la maîtresse, mademoiselle,
répondit-il ; je me soucie si peu que vous me gardiez
le secret, que je serai le premier à me vanter du dessein que j'ai de vous épouser, et je prétends bien que
les gens raisonnables ne feront que m'en estimer
davantage, quand même vous me refuseriez ; ce qui
ne me ferait aucun tort, et ne signifierait rien, sinon
que vous valez mieux que moi. Mais il est temps de
vous quitter ; dans une heure au plus tard, ces dames
vont venir vous prendre : vous n'êtes point habillée,
et je vous laisse, en attendant de vous revoir chez
Mme Dorsin. Adieu, mademoiselle : je ferai des
réflexions, puisque vous le voulez, et seulement pour
vous contenter ; mais je ne suis pas en peine de celles
qui me viendront, je ne m'inquiète que des vôtres ; et
d'aujourd'hui en huit, je suis ici à pareille heure dans
votre parloir, pour vous en demander le résultat, et
de celles de Mme de Miran, qui me seront peut-être
favorables.

Et là-dessus il se retira, sans que je lui répondisse
autrement qu'en le saluant de l'air le plus affable et
le plus reconnaissant qu'il me fut possible.

Je rentrai dans ma chambre, où je me hâtai de
m'habiller. Ces dames arrivèrent ; je montai en carrosse pour aller dîner chez Mme Dorsin, de chez qui
je revins assez tard, sans avoir encore rien appris à
Mme de Miran de mon aventure avec l'officier. Ma
mère, vous reverrai-je bientôt ? lui dis-je. Demain
dans l'après-dînée, me répondit-elle en m'embrassant ; et nous nous quittâmes. Je ne parlai ce soir-là
qu'à ma religieuse, que je priai de venir le lendemain

matin dans ma chambre. Je voulais lui confier et la visite de l'officier, et une certaine pensée qui m'était venue depuis deux ou trois jours, et qui m'occupait.

Elle ne manqua pas au rendez-vous ; je débutai par l'instruire du nouveau parti qui s'offrait, qui était digne d'attention, mais sur lequel j'étais combattue par cette pensée que je viens de dire, qui était de renoncer au monde, et de me fixer dans l'état tranquille qu'elle avait embrassé elle-même.

Quoi ! vous faire religieuse ! s'écria-t-elle. Oui, lui répondis-je, ma vie est sujette à trop d'événements ; cela me fait peur. L'infidélité de Valville m'a dégoûtée du monde. La Providence m'a fourni de quoi me mettre à l'abri de tous les malheurs qui m'y attendent peut-être (je parlais de mon contrat) ; du moins je vivrais ici en repos, et n'y serais à charge à personne.

Une autre que moi, reprit-elle, applaudirait tout d'un coup à votre idée ; mais comme je puis encore passer une heure avec vous, je suis d'avis, avant que de vous répondre, de vous faire un petit récit des accidents de ma vie ; vous en serez plus éclairée sur votre situation ; et si vous persistez à vouloir être religieuse, du moins saurez-vous mieux la valeur de l'engagement que vous prendrez. Après ces mots, voici comme elle commença, ou plutôt voici ce qu'elle nous dira dans l'autre partie.

NEUVIÈME PARTIE

Il y a si longtemps, madame, que vous attendez cette suite de ma vie[1], que j'entrerai d'abord en matière; point de préambule, je vous l'épargne. Pas tout à fait, me direz-vous, puisque vous en faites un, même en disant que vous n'en ferez point. Eh bien! je ne dis plus mot.

Vous vous souvenez, quoique ce soit du plus loin qu'il vous souvienne, que c'est la religieuse qui parle.

Vous croyez, ma chère Marianne, être née la personne du monde la plus malheureuse, et je voudrais bien vous ôter cette pensée, qui est encore un autre malheur qu'on se fait à soi-même : non pas que vos infortunes n'aient été très grandes assurément; mais il y en a de tant de sortes que vous ne connaissez pas, ma fille! Du moins une partie de ce qui vous est arrivé s'est-il passé dans votre enfance; quand vous étiez le plus à plaindre, vous ne le saviez pas; vous n'avez jamais joui de ce que vous avez perdu, et l'on peut dire que vous avez plus appris vos pertes que vous ne les avez senties. J'ignore à qui je dois le jour, dites-vous; je n'ai point de parents, et les autres en ont. J'en conviens; mais comme vous n'avez jamais goûté la douceur qu'il y a à en avoir, tâchez de vous dire : Les autres ont un avantage qui me manque, et ne vous dites point : J'ai une affliction de plus qu'eux. Songez d'ailleurs aux motifs de consolation que vous avez : un caractère excellent, un esprit raisonnable et une âme vertueuse valent bien des parents, Marianne. Et voilà ce que n'ont pas une infinité de personnes de votre sexe dont vous enviez le sort, et qui seraient bien mieux fondées à envier le vôtre. Voilà votre partage, avec une figure aimable qui vous gagne tous les cœurs, et qui vous a déjà trouvé une mère pour le moins aussi tendre que l'eût été celle que vous avez perdue. Et puis, quand vous auriez vos parents, que savez-vous si vous en seriez plus heureuse ? Hélas ! ma chère enfant, il n'y a point de condition qui mette à l'abri du malheur, ou qui ne puisse lui servir de matière ! Pour être le jouet des événements les plus terribles, il n'est seulement question que d'être au monde ; je n'ai point été orpheline comme vous ; en ai-je été mieux que vous ? Vous verrez que non dans le récit que je vous ferai de ma vie, si vous voulez, et que j'abrégerai le plus qu'il me sera possible.

Non pas, lui dis-je, n'abrégez rien, je vous en conjure, je vous demande jusqu'au moindre détail ; plus je passerai de moments à vous écouter, plus vous m'épargnerez de réflexions sur tout ce qui m'afflige ; et s'il est vrai que vous n'ayez pas été plus heureuse que moi, vous qui méritiez de l'être plus qu'une autre, j'aurai assez de raison pour ne plus me plaindre.

Dès que mon récit peut servir à vous distraire de vos chagrins, me répondit-elle, je n'hésiterai point à lui donner toute son étendue, et je vous promets d'avance qu'il sera long.

Avant que j'en vienne à ce qui me regarde, il faut que je vous dise un mot du mariage de mon père et de ma mère, puisque c'est la manière dont il se fit qui vraisemblablement a décidé de mon sort.

Je suis la fille d'un gentilhomme d'ancienne race très distinguée dans le pays, mais peu connue dans le monde ; son père, quoique assez riche, était un de ces gentilshommes de province qui vivent à la campagne et n'ont jamais quitté leur château.

M. de Tervire (c'était son nom) avait deux fils ; c'est à l'aîné à qui je dois le jour.

Mlle de Tresle (c'est ainsi que s'appelait ma mère), d'aussi bonne maison que lui, et qui était pensionnaire d'un couvent où elle avait été élevée, en sortit à l'âge de dix-neuf à vingt ans pour assister au mariage d'un de ses parents ; ce fut en cette occasion que mon père, jeune homme de vingt-six à vingt-sept ans, la vit et se donna pour jamais à elle.

Il n'en fut pas rebuté ; elle se sentit à son tour beaucoup de penchant pour lui ; mais Mme de Tresle, qui était veuve, crut devoir s'opposer à cette inclination réciproque. Il y avait peu de bien dans sa maison ; ma mère était la dernière de cinq enfants, c'est-à-dire de deux garçons et de trois filles. Les deux premiers étaient au service, ses revenus suffisaient à peine pour les y soutenir ; et il n'y avait pas d'apparence qu'on permît à Tervire, qui était un assez riche héritier, d'épouser une cadette sans fortune, et qui, pour toute dot, n'avait presque qu'une égalité de condition à lui apporter en mariage.

M. de Tervire le père ne consentirait point à une pareille alliance ; il n'était pas raisonnable de l'espérer, ni de laisser continuer un amour inutile, et par conséquent indécent.

Voilà ce que Mme de Tresle disait à Tervire le fils ; mais il combattit avec tant de force les difficultés qu'elle alléguait, lui dit que son père l'aimait tant, qu'il était si sûr de le gagner ; il passait d'ailleurs pour un jeune homme si plein d'honneur, qu'à la fin elle se rendit, et souffrit que ces amants, qui ne demeuraient qu'à une lieue l'un de l'autre, se vissent.

Six semaines après, Tervire parla à son père, le supplia d'agréer un mariage dont dépendait tout le bonheur de sa vie.

Son père, qui avait d'autres vues, qui aimait tendrement ce fils, et qui, sans lui en rien dire, lui avait trouvé depuis quelques jours un très bon parti, se moqua de sa prière, traita sa passion d'amourette frivole, de fantaisie de jeunesse, et voulut sur-le-champ l'emmener chez celle qu'il lui avait destinée.

Son fils, qui croyait que cette démarche aurait été une espèce d'engagement, n'eut garde de s'y prêter. Son père ne parut point offensé de son refus. C'était un de ces hommes froids et tranquilles, mais qui ont l'esprit entier.

Je ne vous forcerai jamais à aucun mariage, mais je ne vous permettrai point celui dont vous me parlez, lui dit-il; vous n'avez point assez de bien pour vous charger d'une femme qui n'en a point; et si, malgré ce que je vous dis là, Mlle de Tresle devient la vôtre, je vous avertis que vous vous en repentirez.

Ce fut là tout ce qu'il put tirer de son père, qui dans la suite ne lui en dit pas davantage, et qui continua de vivre avec lui comme à l'ordinaire.

Mme de Tresle, à qui il ne rendit cette réponse que le plus tard qu'il put, défendit à sa fille de revoir Tervire, et se préparait à la renvoyer dans son couvent, quand cet amant, désespéré de songer qu'il ne la verrait plus, proposa de l'épouser en secret, et de ne déclarer son mariage qu'après la mort de son père, ou qu'après l'avoir disposé lui-même à ne s'y opposer plus. Mme de Tresle s'offensa de la proposition, et n'y vit qu'une raison de plus d'éloigner sa fille.

Dans cette occurrence, ses deux fils revinrent de l'armée; ils apprirent ce qui se passait; ils connaissaient Tervire, ils l'estimaient; ils aimaient leur sœur, ils la voyaient affligée. À leur avis, il n'était

question que de se taire quand elle serait mariée ;
M. de Tervire le père pouvait être gagné ; il était d'ailleurs infirme et très âgé. Au pis aller, le caractère du
fils ne laissait rien à craindre pour leur sœur, et sur
tout cela ils appuyèrent les instances de leur ami
d'une manière si pressante, ils importunèrent tant
Mme de Tresle, qu'elle leur abandonna le sort de sa
fille, et son amant l'épousa.

Seize ou dix-sept mois après, M. de Tervire le père
soupçonna ce mariage sur bien des choses qu'il est
inutile de vous dire ; et pour savoir à quoi s'en tenir,
il ne sut que s'adresser à son fils, qui n'osa lui avouer
la vérité, mais qui ne la nia pas non plus avec cette
assurance qu'on a quand on dit vrai.

Voilà qui est bien, lui répondit le père ; je souhaite
qu'il n'en soit rien ; mais si vous me trompez, vous
savez ce que je vous ai dit là-dessus, et je vous tiendrai parole.

Le bruit court que Tervire est marié avec votre
cadette, dit-il à Mme de Tresle qu'il rencontra le lendemain, et supposons que cela soit, je n'en serais pas
fâché si j'étais plus riche ; mais ce que je puis lui laisser ne suffirait plus pour soutenir son nom, et il faudrait prendre d'autres mesures.

L'air déconcerté qu'elle avait en l'écoutant acheva
sans doute de lui confirmer ce mariage, et il la quitta
sans attendre de réponse.

Dans le temps qu'il tenait ces discours, et qu'avec
la froideur dont je vous parle il menaçait mon père
d'un ressentiment qui n'eut que trop de suites, ma
mère n'attendait que l'instant de me mettre au
monde, et vous voyez à présent, Marianne, pourquoi
j'ai fait remonter mon histoire jusqu'à la leur ; c'était
pour vous montrer que mes malheurs se préparaient
avant que je visse le jour, et qu'ils ont, pour ainsi
dire, devancé ma naissance.

Il n'y avait que quatre mois que ceci s'était passé, et je n'en avais encore que trois et demi, quand M. de Tervire le père, dont la santé depuis quelque temps était considérablement altérée, et qui sortait rarement de chez lui, voulut, pour dissiper une langueur qu'il sentait, aller dîner chez un gentilhomme de ses amis qui l'avait invité, et qui ne demeurait qu'à deux lieues[1] de son château.

Il était à cheval, suivi de deux valets; à peine avait-il fait une lieue, qu'un étourdissement qui lui prit, et auquel il était sujet, l'obligea de mettre pied à terre, et de s'arrêter un instant près de la maison d'un paysan, dont la femme était ma nourrice.

M. de Tervire, qui connaissait cet homme, et qui entra chez lui pour s'asseoir, vit qu'il tâchait de faire avaler un peu de lait à un enfant qui paraissait fort faible, qui avait l'air pâle et comme mourant. Cet enfant, c'était moi.

Ce que vous lui donnez là ne lui vaut rien, dit M. de Tervire surpris de son action; dans l'état de faiblesse où il est, c'est de sa nourrice dont il a besoin; est-ce qu'elle n'y est pas? Vous m'excuserez, lui dit le paysan; la voilà, c'est ma femme; mais elle est, comme vous voyez, au lit avec une grosse fièvre, qui l'a empêchée de nourrir l'enfant depuis hier au soir que nous lui avons cherché une nourrice, et voici même mon fils qui a été de grand matin avertir le père et la mère d'en amener une; cependant personne ne vient, la petite fille est fort mal, et je tâche, en attendant, de la soutenir le mieux que je puis; mais il n'y aura pas moyen de la sauver, si on la laisse languir plus longtemps.

Vous avez raison, le danger est pressant, dit M. de Tervire; est-ce qu'il n'y aurait point de femme aux environs qu'on puisse faire venir? Elle me fait une vraie pitié. Elle vous en ferait encore bien davantage,

si vous saviez qui elle est, monsieur, lui dit de son lit
ma nourrice. Eh! à qui appartient-elle donc? lui
répondit-il avec quelque surprise. Hélas! monsieur,
reprit le paysan, je n'ai pas osé vous l'apprendre
d'abord, de peur de vous fâcher; car je sais bien que
ce n'est pas de votre gré que votre fils s'est marié;
mais puisque ma femme s'est tant avancée, il vaut
autant vous dire que c'est la fille de M. de Tervire.

Le père, à ce discours, fut un instant sans
répondre, et puis en me regardant d'un air pensif et
attendri : La pauvre enfant! dit-il, ce n'est pas elle
qui a tort avec moi. Et aussitôt il appela un de ses
gens : Hâtez-vous, lui dit-il, de retourner au château;
je me ressouviens que la femme de mon jardinier
perdit avant-hier son fils qui n'avait que cinq mois,
et qu'elle le nourrissait; dites-lui de ma part qu'elle
vienne sur-le-champ prendre cet enfant-ci, et que
c'est moi qui la payerai. Courez vite, et recomman-
dez-lui qu'elle se hâte.

L'étourdissement qui l'avait pris s'était alors entièrement passé; il me fit, dit-on, quelques caresses,
remonta à cheval, et poursuivit son chemin.

Il n'était pas encore à cent pas de la maison, que
son fils arriva avec une nourrice qu'il n'avait pu trouver plus tôt. Le paysan lui conta ce qui venait de se
passer, et le fils, pénétré de la bonté d'un père si
tendre quoique offensé, remonta à son tour à cheval,
et courut à toute bride pour aller lui en marquer sa
reconnaissance.

M. de Tervire, qui le vit venir, et qui se doutait
bien de quoi il était question, s'arrêta, et son fils,
après avoir mis pied à terre à quelques pas de lui,
vint se jeter à ses genoux, les larmes aux yeux, et
sans pouvoir prononcer un mot.

Je sais ce qui vous amène, lui dit M. de Tervire,
ému lui-même de l'action de son fils. Votre fille a

besoin de secours, je viens de lui en envoyer chercher. S'il arrive assez tôt pour elle, je ne laisserai
point imparfait le service que j'ai voulu lui rendre, et
je ne lui aurai point sauvé la vie pour l'exposer à ne
pas vivre heureuse. Allez, Tervire ; votre fille vient
tout à l'heure de devenir la mienne. Qu'on la porte
chez moi ; menez-y votre femme, faites-vous dès
aujourd'hui donner au château l'appartement
qu'occupait votre mère, et que je vous trouve logés
tous deux quand je reviendrai ce soir. Si Mme de
Tresle veut bien venir souper avec moi, elle me fera
plaisir. Il me tarde d'être déjà de retour pour changer des dispositions qui ne vous étaient pas favorables. Adieu, je reviendrai de bonne heure ; rejoi-
gnez votre fille, et prenez-en soin.

Mon père qui était toujours resté à ses genoux, et à
qui son attendrissement et sa joie ôtaient la force de
parler, ne put encore le remercier ici qu'en baignant
de ses larmes une main qu'il lui avait tendue, et
qu'en élevant les siennes quand il le vit s'éloigner.

Il revint à moi, qu'on avait mise entre les mains de
la nourrice qu'il avait amenée, nous conduisit toutes
deux au château où la jardinière qui allait partir me
prit, nous quitta ensuite pour informer sa femme et
sa belle-mère d'un événement si consolant, les
amena toutes deux chez son père, au-devant de qui
son impatience le fit aller sur la fin du jour, et à la
place duquel il ne trouva qu'un valet qu'on lui dépê-
chait pour le faire venir, et pour l'avertir que M. de
Tervire était subitement tombé dans une si grande
défaillance qu'il ne parlait plus, et où enfin il expira
avant que son fils fût arrivé. Quel coup de foudre
pour mon père et pour ma mère ! et quelle différence
de sort pour moi !

Il avait fait un testament qu'on trouva parmi ses
papiers, et dans lequel il laissait tout le bien à son

second fils, et réduisait mon père à une simple légitime[1]. Voilà ce que c'était que ces dispositions qu'il avait eu dessein de changer, et au moyen desquelles mon père se vit à peine de quoi vivre.

Il n'avait rien à espérer de ce cadet qu'on mettait à sa place; c'était un de ces hommes ordinaires, qui sont incapables de s'élever à rien de généreux, qui ne sont ni bons ni méchants, de ces petites âmes qui ne vous font jamais d'autre justice que celle que les lois vous accordent, qui se font un devoir de ne vous rien laisser quand elles ont droit de vous dépouiller de tout, et qui, si elles vous voient faire une action généreuse, la regardent comme une étourderie dont elles s'applaudissent de n'être pas capables, et vous diraient volontiers : J'aime mieux que vous la fassiez que moi.

Voilà à quel homme mon père avait affaire; de sorte qu'il fallut s'en tenir à sa légitime qui était très peu de chose, à ce que lui avait apporté ma mère, qui n'était presque rien, et le tout sans ressource du côté de sa belle-mère, qui n'avait qu'un bien médiocre, qui depuis un an s'était épuisée pour marier son fils aîné, et qui était encore chargée de trois enfants avec qui elle ne subsistait que par une extrême économie.

Ainsi vous voyez bien, Marianne, que jusqu'ici je n'en étais guère plus avancée d'avoir un père et une mère. Le premier ne vécut pas longtemps. Un jeune gentilhomme de son âge qui allait à Paris, d'où il devait joindre son régiment, l'emmena avec lui, et en fit un officier de sa compagnie.

C'est ici où finit son histoire, aussi bien que sa vie, qu'il perdit dès sa première campagne.

Il me reste encore une mère, j'ai encore une famille et des parents, et vous allez savoir à quoi ils me serviront.

Ma mère est donc veuve. Je ne sais si je vous ai dit

qu'elle était belle, et, ce qui vaut encore mieux, que c'était une des plus aimables femmes de la province; si aimable que, malgré son peu de fortune et l'enfant dont elle était chargée (je parle de moi), il n'avait tenu qu'à elle de se remarier, et même assez avantageusement. Mais mon père alors lui était encore trop cher; elle en gardait un ressouvenir trop tendre, et elle n'avait pu se résoudre à vivre pour un autre.

Cependant un grand seigneur de la cour, qui avait une terre considérable, dans notre voisinage, vint y passer quelque temps; il vit ma mère, il l'aima. C'était un homme de quarante ans, de très bonne mine; et cet amant, bien plus distingué que tous ceux qui s'étaient présentés, et dont l'amour avait quelque chose de bien plus flatteur, commença d'abord par amuser sa vanité, la fit ressouvenir qu'elle était belle, et finit insensiblement par lui faire oublier son premier mari, et par obtenir son cœur.

Il lui offrit sa main, et elle l'épousa; je n'avais encore qu'un an et demi tout au plus.

Voilà donc la situation de ma mère bien changée; la voilà devenue une des plus grandes dames du royaume, mais aussi la voilà perdue pour moi. Trois semaines après son mariage, je n'eus plus de mère; les honneurs et le faste qui l'environnaient me dérobèrent sa tendresse, ne laissèrent plus de place pour moi dans son cœur. Et cette petite fille auparavant si chérie, qui lui représentait mon père à qui je ressemblais; cette enfant qui lui adoucissait l'idée de sa mort, qui quelquefois, disait-elle, le rendait comme présent à ses yeux, et lui aidait à se faire accroire qu'il vivait encore (car c'était là ce qu'elle avait dit cent fois); cette enfant ne fut presque pas moins oubliée qu'il l'était lui-même, et devint à peu près comme une orpheline.

Une grossesse vint encore me nuire, et acheva de distraire ma mère de l'attention qu'elle me devait.

Elle m'abandonna aux soins de la concierge du château; il se passait des quinze jours entiers sans qu'elle me vît, sans qu'elle demandât de mes nouvelles; et vous pensez bien que mon beau-père ne songeait pas à la tirer de son indifférence à cet égard.

Je vous parle de mon enfance, parce que vous m'avez conté la vôtre.

Cette concierge avait de petites filles à peu près de mon âge, à qui elle partageait, ou plutôt à qui elle donnait ce qu'elle demandait pour moi au château; et comme elle se voyait là-dessus à sa discrétion[1], qu'on ne veillait point sur ma conduite, il lui aurait fallu des sentiments bien nobles et bien au-dessus de son état pour me traiter aussi bien que ses enfants, et pour ne pas abuser en leur faveur du peu de souci qu'on avait de moi.

Mme de Tresle (je parle de ma grand-mère) qui ne demeurait qu'à trois lieues de nous, et qui ne se doutait pas que cette chère enfant, que cette petite de Tervire fût si délaissée; qui, quelque temps auparavant, m'avait vue les délices de sa fille, et qui m'aimait en véritable grand-mère, vint un jour pour dîner avec M. le marquis de..., son gendre, et il y avait deux mois qu'elle n'était venue.

Quand elle arriva, j'étais à l'entrée de la cour du château, assise à terre, où l'on m'avait mise en fort mauvais ordre.

Au linge que je portais, à ma chaussure, au reste de mes vêtements délabrés et peut-être changés, il était difficile de me reconnaître pour la fille de la marquise.

Aussi Mme de Tresle ne jeta-t-elle qu'un regard indifférent sur moi; et voyant à quelques pas de là une autre petite fille mieux habillée et plus soignée, qu'on avait assise dans une de ces chaises basses qui

servent aux enfants : C'est donc là Mlle de Tervire ?
dit-elle à une servante de la concierge qui était près
de nous. Non, madame, lui répondit cette fille ; la
voilà qui se porte bien, ajouta-t-elle en me montrant.

Et en effet, toute mal arrangée que j'étais, avec un
bonnet déchiré et des cheveux épars, j'avais l'air du
monde le plus frais et le plus sain ; mais aussi je
n'étais parée que de ma santé, elle faisait toutes mes
grâces.

Quoi ! c'est là ma fille ? c'est dans cet état-là qu'on
la laisse ? s'écria Mme de Tresle avec une tendresse
indignée de l'abandon où elle me voyait. Allons,
venez, qu'on me suive tout à l'heure ; prenez cette
enfant dans vos bras, et montez avec moi au château.

Il fallut que la servante obéît, et me portât jusqu'à
l'appartement de ma mère, que ses femmes allaient
coiffer quand nous entrâmes.

Ma fille, lui dit en entrant Mme de Tresle, on veut
me persuader que cette enfant-ci est Mlle de Tervire,
et cela ne saurait être : on ne ramasserait pas les
hardes qu'elle a. Ce n'est, sans doute, que quelque
misérable orpheline que la femme de votre
concierge a retirée par charité, n'est-ce pas ?

Ma mère rougit ; cette façon de lui reprocher sa
conduite à mon égard avait quelque chose de si vif,
c'était lui reprocher avec tant de force qu'elle me
traitait en marâtre, et qu'elle manquait d'entrailles,
que l'apostrophe la déconcerta d'abord, et puis la
fâcha.

Il y a trois jours, dit-elle, que je suis indisposée, et
que je ne vois rien de ce qui se passe. Retirez-vous, et
que cette impertinente de concierge vienne me parler tantôt, ajouta-t-elle à cette servante d'un ton qui
marquait plus de colère contre moi que contre celle
qu'elle appelait impertinente.

Mme de Tresle, à qui mon attirail tenait au cœur, ne fut pas plus tôt tête à tête avec elle, qu'elle lui témoigna, sans ménagement, toute la pitié que je lui faisais ; elle ne lui parla plus qu'avec larmes de l'état où elle me trouvait, et qu'avec effroi de celui où elle prévoyait que je tomberais infailliblement dans les suites.

Ma grand-mère était naturellement vive ; il n'y avait point de femme qui fût plus au fait de la matière dont il était question, ni qui pût la traiter de meilleure foi, ni avec plus d'abondance de sentiment qu'elle.

C'était de ces mères de famille qui n'ont de plaisir et d'occupation que leurs devoirs, qui les respectent, qui mettent leur propre dignité à les remplir, qui en aiment la fatigue et l'austérité, et qui, dans leur maison, ne se délassent d'un soin que par un autre. Jugez si, avec ce caractère-là, elle devait être contente de ma mère.

Je ne sais comment elle s'expliqua ; mais rarement on sert bien ceux qu'on aime trop. Elle s'emporta peut-être, et les reproches durs ne réussissent point ; ce sont des affronts qui ne corrigent personne, et nos torts disparaissent dès qu'on nous offense. Aussi ma mère trouva-t-elle Mme de Tresle fort injuste. Il est vrai que je n'aurais pas dû être si mal habillée ; mais c'est que la concierge, qui était ma gouvernante, avait différé ce matin-là de m'ajuster comme à l'ordinaire ; et il n'y avait pas là de quoi faire tant de bruit.

Quoi qu'il en soit, Mme de Tresle, qui depuis raconta ce fait-là à plusieurs personnes de qui je le tiens, s'aperçut bien qu'elle m'avait nui, et que ma mère nous en voulait, à elle et à moi, de ce qui s'était passé.

Trois semaines après, le marquis, qui avait dessein d'emmener sa femme à Paris, avant que sa grossesse

fût plus avancée, reçut des nouvelles qui hâtèrent
son voyage. Et comme, dans un départ si brusque,
ma mère n'avait pas eu le temps de s'arranger,
qu'elle n'emmenait qu'une de ses femmes avec elle, il
avait été conclu que trois jours après je viendrais
plus à l'aise et dans un bon équipage avec ses autres
femmes, et il n'y avait rien à redire à cela. Mme de
Tresle, à qui on avait promis de me porter chez elle
la veille de notre départ, et qui vit qu'on n'en avait
rien fait, allait envoyer au château pour savoir ce qui
avait empêché qu'on ne lui eût tenu parole, quand
on lui annonça la concierge, qui lui dit que j'étais
restée, que les femmes de ma mère m'avaient trouvée si malade qu'elles n'avaient pas osé me mettre en
voyage, et m'avaient laissée chez elle ; qu'en cela elles
avaient obéi aux ordres de Mme la marquise, qui
avait expressément défendu qu'on risquât de me
faire partir, au cas de quelque indisposition, et que
j'étais actuellement au lit avec un grand rhume et
une toux très violente.

Et c'est à vous à qui on l'a confiée ? répondit
Mme de Tresle, qui lui tourna le dos, et qui dès le
soir même me fit transporter chez elle, où j'arrivai
parfaitement guérie de ce rhume et de cette toux
qu'on avait allégués, et que ma mère avait, dit-on,
imaginés pour n'avoir pas l'embarras de me mener
avec elle, bien persuadée d'ailleurs que Mme de
Tresle ne souffrirait pas que je fisse un long séjour
chez la concierge, et ne manquerait pas de m'en retirer. Aussi cette dame lui en écrivit-elle dans ce
sens-là, de la manière du monde la plus vive.

Vous avez tant aimé M. de Tervire, vous l'avez tant
pleuré, lui disait-elle, et vous l'outragez aujourd'hui
dans le seul gage qui vous reste de son amour ! Il ne
vous a laissé qu'une fille, et vous refusez d'être sa
mère. C'est à présent par ma tendresse que vous

vous délivrez d'elle; quand je n'y serai plus, vous
voudrez vous en délivrer par la pitié des autres.

Ma mère, qui était parvenue à ses fins, souffrit
patiemment l'injure qu'on faisait à son cœur, se
contenta de nier qu'elle eût eu le moindre dessein de
me tenir loin d'elle, envoya du linge pour moi avec
des étoffes pour m'habiller, et assura Mme de Tresle
qu'elle me ferait venir à Paris dès qu'elle serait
accouchée.

Mais elle ne s'y engageait apparemment que pour
gagner du temps; du moins après ses couches ne
fut-il plus mention de sa promesse, qu'elle éluda
dans ses lettres, par se plaindre[1] d'une santé toujours infirme qui lui était restée, qui la retenait le
plus souvent au lit, et qui la rendait incapable de la
plus légère attention à tous égards.

Je n'ai pas la force de penser, disait-elle : et vous
jugez bien que, dans cet état-là, avec une tête aussi
faible qu'elle disait l'avoir, il n'y avait pas moyen de
lui proposer la fatigue de me voir auprès d'elle; mais
heureusement le cœur de Mme de Tresle s'échauffait
pour moi, à mesure que celui de ma mère m'abandonnait.

Elle acheva si bien de m'oublier, qu'elle n'écrivit
plus que rarement, qu'elle cessa même de parler de
moi dans ses lettres, qu'à la fin elle ne donna plus de
ses nouvelles, qu'elle ne m'envoya plus rien, et qu'au
bout de deux ans et demi il ne fut pas plus question
de moi dans sa mémoire que si je n'avais jamais été
au monde.

De sorte que je n'y étais plus que pour Mme de
Tresle; son cœur était la seule fortune qui me restât.
Indifférente aux parents que j'avais dans le pays,
inconnue à ceux que j'avais dans d'autres provinces,
incommode à mes deux tantes, avec qui je demeurais (j'entends les deux filles de Mme de Tresle), et

même haïe d'elles, en conséquence des attentions que leur mère avait pour moi : vous sentez qu'en de pareilles circonstances, et dans ce petit coin de campagne où j'étais comme enterrée, ma vie ne devait intéresser personne.

Ce fut ainsi que je passai mon enfance, dont je ne vous dirai plus rien, et que j'arrivai jusqu'à l'âge de douze ans et quelques mois.

Dans l'intervalle, ces tantes dont je viens de parler, quoique assez laides, et toutes deux les sujets du monde les plus minces du côté de l'esprit et du caractère, trouvèrent cependant deux gentils-hommes des environs, qui étaient en hommes ce qu'elles étaient en femmes, qui avaient de quoi vivre, tantôt bien, tantôt mal, et qui les épousèrent avec ce qu'on appelait leur légitime, qui consistait en quelques parts de vignes, de prés et d'autres terres; de sorte que je restai seule dans la maison avec Mme de Tresle, dont le fils aîné demeurait à plus de quinze lieues de nous depuis qu'il était marié, et dont le cadet, attaché au jeune duc de..., son colonel, ne le quittait point, et ne revenait presque jamais au pays.

Et pendant tout ce temps-là, que disait ma mère? Rien; nous n'entendions plus parler d'elle, ni elle de nous. Ce n'est pas que je ne demandasse quelquefois ce qu'elle faisait, et si elle ne viendrait pas nous voir; mais comme ces questions-là m'échappaient en passant, que je les faisais étourdiment et à la légère, Mme de Tresle n'y répondait qu'un mot dont je me contentais, et qui ne me mettait point au fait de ses dispositions pour moi.

Enfin, arriva le temps qui me dévoila ce que l'on me cachait. Mme de Tresle, qui était fort âgée, tomba malade, se rétablit un peu, et n'était plus que languissante; mais six semaines après, elle eut une rechute qui l'emporta.

L'état où je la vis dans ce dernier accident me rendit sérieuse ; j'en perdis mon étourderie, ma dissipation ordinaire, et cet esprit de petite fille que j'avais
encore. En un mot, je m'inquiétai, je pensai, et ma
première pensée fut de la tristesse, ou du chagrin.

Je pleurais quelquefois par des motifs confus
d'inquiétude ; je voyais Mme de Tresle mal servie par
les domestiques, qui la regardaient comme une
femme morte. J'avais beau les presser d'agir, d'être
attentifs, ils ne m'écoutaient point, ils ne se sou-
ciaient plus de moi, et je n'osais moi-même me
révolter, ni faire valoir ma petite autorité comme
auparavant ; ma confiance baissait, je ne sais pourquoi.

Mes deux tantes venaient de temps en temps à la
maison, et elles y dînaient sans me faire aucune amitié, sans prendre garde à mes pleurs, sans me consoler, et si elles me parlaient, c'était d'un ton distrait et
sec.

Mme de Tresle même s'en apercevait ; elle en était
touchée, et les en reprenait avec une douceur que je
remarquai aussi, qui me contristait, et qu'elle
n'aurait pas eue autrefois. Il semblait qu'elle voulût
les gagner, qu'elle leur demandait grâce pour moi, et
tout cela me frappait comme une chose de mauvais
augure, comme une nouveauté qui me menaçait de
quelque disgrâce à venir, de quelque situation
fâcheuse ; et si je ne raisonnais pas là-dessus aussi
distinctement que je vous le dis, du moins en pre-
nais-je une certaine épouvante qui me rendait
muette, humble et timide. Vous savez bien qu'on a
du sentiment avant que d'avoir de l'esprit ; sans
compter que Mme de Tresle, quand ses filles étaient
parties, m'éclairait encore par ses manières.

Elle m'appelait, me faisait avancer, me prenait les
mains ; me parlait avec une tendresse plus marquée

que de coutume; on eût dit qu'elle voulait me rassurer, m'ôter mes alarmes, et me tirer de cette humiliation d'esprit dans laquelle elle sentait bien que j'étais tombée.

Quelques jours auparavant, il était venu une dame de ses voisines, son intime amie, à qui elle voulut parler en particulier. Il y avait dans sa chambre un petit cabinet où je passai, et je ne sais par quelle curiosité tendre et inquiète je m'avisai d'écouter leur conversation.

Cette enfant m'afflige, lui disait Mme de Tresle; ce ne serait que pour elle que je souhaiterais de vivre encore quelque temps; mais Dieu est le maître, il est le père des orphelins. Ayez-vous eu la bonté, ajouta-t-elle, de parler à M. Villot[1]? (C'était un riche habitant du bourg voisin, qui avait été plus de trente ans fermier de feu M. de Tervire, mon grand-père, que son maître avait toujours estimé, et qui avait gagné la meilleure partie de son bien à son service.)

Oui, lui dit son amie, j'ai été chez lui ce matin; il s'en allait à la ville, où il a affaire pour un jour ou deux; il se conformera à ce que vous lui demandez, et viendra vous en assurer à son retour: tranquillisez-vous. Mlle de Tervire n'est point orpheline comme vous le pensez; espérez mieux de sa mère. Il est vrai qu'elle l'a négligée; mais elle ne la connaît point, et elle l'aimera dès qu'elle l'aura vue.

Quelque bas qu'elles parlassent, je les entendis, et le terme d'orpheline m'avait d'abord extrêmement surprise; que pouvait-il signifier, puisque j'avais une mère, et que même on parlait d'elle? Mais ce qu'avait répondu l'amie de Mme de Tresle me mit au fait, et m'apprit qu'apparemment cette mère que je ne connaissais pas ne se souciait point de sa fille; ce furent là les premières nouvelles que j'eus de son indifférence pour moi, et j'en pleurai amèrement;

j'en demeurai consternée, toute petite fille que j'étais encore.

Six jours après ce que je vous dis là, Mme de Tresle baissa tant qu'on fit partir un domestique pour avertir ses filles, qui la trouvèrent morte quand elles arrivèrent.

Le fils aîné, celui que j'ai dit qui demeurait à quinze lieues de là, dans la terre de sa femme, était alors avec elle à Paris, où une affaire l'avait obligé d'aller, et le cadet était dans je ne sais quelle province avec son régiment. Ainsi, dans cette occurrence, il n'y eut que leurs sœurs de présentes, et je dépendis d'elles.

Elles restèrent quatre ou cinq jours à la maison, tant pour rendre les derniers devoirs à leur mère, que pour mettre tout en ordre dans l'absence de leurs frères. Je crois qu'il y eut un inventaire; du moins des gens de justice y furent-ils appelés; Mme de Tresle avait fait un testament; il y avait quelques petits legs à acquitter, et mes tantes prétendaient d'ailleurs avoir des reprises [1] sur le bien.

Figurez-vous des discussions, des débats entre les sœurs, qui tantôt se querellent, et tantôt se réunissent contre un homme à qui leur frère aîné, informé de la maladie de sa mère, avait envoyé sa procuration de Paris.

Imaginez-vous enfin tout ce que l'avarice et l'amour du butin peuvent exciter de criailleries et d'agitations indécentes entre des enfants qui n'ont point de sentiment, et à qui la mort de leur mère ne laisse, au lieu d'affliction, que de l'avidité pour sa dépouille. Voilà l'image de ce qui arriva alors.

Où étais-je pendant tout ce fracas? Dans une petite chambre où l'on m'avait reléguée à cause de mes pleurs et de mes gémissements qui étourdissaient les deux filles, et que je n'osai en effet conti-

nuer longtemps; l'excès de ma douleur la rendit
bientôt solitaire et muette, surtout depuis qu'elles
surent que Mme de Tresle m'avait laissé un diamant
d'environ deux mille francs, qu'une de ses amies lui
avait autrefois donné en mourant, et qu'elles furent
obligées de délivrer au confesseur de leur mère, qui
devait me le remettre; ce diamant les avait outrées
contre moi, elles ne pouvaient pas me voir.

Comment! est-il possible, disaient-elles, que notre
mère nous ait moins aimées que cette petite fille?
N'est-il pas bien étonnant que ceux qui l'ont dirigée[1]
n'aient pas redressé ses sentiments, ni travaillé à lui
en inspirer de plus naturels et de plus légitimes?
Jugez si cette petite fille aurait bien fait de se montrer! Aussi ne les ai-je jamais oubliés, ces quatre
jours que je passai avec elles, et que j'y passai dans
les larmes.

Oui, Marianne, croiriez-vous que je n'y songe
encore qu'en frémissant, à cette maison si désolée,
où je n'étais plus rien pour qui que ce soit, où je me
trouvais seule au milieu de tant de personnes, où je
ne voyais plus que des visages la plupart ennemis,
quelques-uns indifférents, et tous alors plus étrangers pour moi que si je ne les eusse jamais vus? Car
voilà l'impression qu'ils me faisaient. Considérez-
moi dans cette chambre où l'on m'avait mise à
l'écart, où je me sauvais de la rudesse et de l'aversion
de mes tantes, où me retenait l'effroi de paraître à
leurs yeux, et où je tremblais seulement en entendant leur voix.

Je croyais dépendre du caprice ou de l'humeur de
tout le monde; il n'y avait personne dans la maison,
pas un domestique à qui je ne m'imaginasse avoir
l'obligation de ce qu'il ne me méprisait ou ne me
rebutait pas; et vous devez, ma chère Marianne,
juger mieux qu'une autre combien je souffris, moi

que rien n'avait préparée à cette étrange sorte de
misère, moi qui n'avais pas la moindre idée de ce
qu'on appelle peine d'esprit, et qui sortais d'entre les
mains d'une grand-mère qui m'avait amolli le cœur
par ses tendresses.

Ce ne sont pas là de ces chagrins violents où l'on
s'agite, où l'on s'emporte, où l'on a la force de se
désespérer ; c'est encore pis que cela ; ce sont de ces
tristesses retirées dans le fond de l'âme, qui la flé-
trissent, et qui la laissent comme morte. On n'est
qu'épouvanté de n'appartenir à personne, mais on se
sent comme anéanti en présence de tels parents.

Enfin, ma situation changea. Il n'y avait plus rien
à discuter, et le quatrième jour de la mort de
Mme de Tresle, mes tantes songèrent à s'en retourner chez elles avec leurs maris qui les étaient venus
prendre.

Un vieux et ancien domestique qui s'était marié
chez Mme de Tresle, et qui logeait dans la basse-
cour [1] avec toute sa famille, de vigneron qu'il était,
fut établi concierge de la maison, en attendant qu'on
eût levé les scellés.

Cet homme se ressouvint que j'étais enfermée
dans cette petite chambre. Vous ne pouvez pas
demeurer ici, puisqu'il n'y demeurera plus personne,
me dit-il ; allons, venez dans la salle où l'on déjeune.

Il fallut bien l'y suivre malgré moi, et sans savoir
ce que j'allais devenir. Je n'y entrai qu'en tremblant,
la tête baissée, avec un visage pâle et déjà maigri,
avec du linge et des habits froissés pour avoir passé
deux nuits sur mon lit sans m'être déshabillée, et
cela par pur découragement, et parce qu'aussi qui
que ce soit ne s'avisait le soir de venir voir ce que je
faisais.

Je n'osais lever les yeux sur ces deux redoutables
sœurs, j'étais à leur merci, je n'avais la protection de

personne, et depuis que j'avais perdu Mme de Tresle, je ne m'étais pas encore sentie si privée d'elle que dans cet instant où je parus devant ses filles.

Et à propos, nous n'avons point encore songé à cette petite fille, dit alors la cadette du plus loin qu'elle m'aperçut; qu'en ferons-nous donc ma sœur? Car pour moi, je vous dirai naturellement que je ne saurais me charger d'elle; ma belle-sœur et ses deux enfants sont actuellement chez moi, et j'ai assez de mes autres embarras sans celui-là.

Moi, assez des miens, repartit l'aînée. On rebâtit ma maison, il y en a une partie d'abattue; où la mettrais-je? Eh bien! répondit l'autre, où est la difficulté? Il n'y a qu'à la laisser chez ce bonhomme (c'était le vigneron qu'elle voulait dire), dont la femme en aura soin, et qui la gardera en attendant qu'on ait réponse de sa mère, à qui nous écrirons, qui enverra apparemment de l'argent, quoiqu'il n'en soit jamais venu de chez elle, et qui disposera de sa fille, comme il lui plaira. Je ne vois point d'autre arrangement, dès que nous ne pouvons pas l'emmener, et qu'il n'y a point d'autres parents ici. Je ne suis pas d'avis qu'il m'en arrive autant qu'à ma mère, à qui la marquise, toute grande dame et toute riche qu'elle est, n'a pas eu honte de la laisser pendant dix ans entiers, qui, pour surcroît de ridicule, ont fini par un legs de mille écus (elle parlait du diamant). Jugez-en, Marianne. Voyez si l'on pouvait, moi présente, me rejeter avec plus d'insulte, ni traiter de ma situation avec moins d'humanité, ni me la montrer avec moins d'égard pour la faiblesse de mon âge.

Aussi en eus-je l'esprit troublé; cet asile qu'on me refusait, celui qu'on me reprochait d'avoir trouvé chez Mme de Tresle; ce misérable gîte qu'on me destinait dans le lieu même où j'avais été si heureuse, où Mme de Tresle m'avait tant aimée, où je me dirais

sans cesse : Où est-elle ? où je croirais toujours la
voir, et toujours avec la douleur de ne la voir jamais ;
enfin, ce récit qu'on me faisait en passant du peu
d'intérêt que ma mère prenait à moi, tout cela me
pénétra si fort, qu'en m'écriant : Ah ! mon Dieu ! mon
visage à l'instant fut couvert de larmes.

Pendant qu'on délibérait ainsi sur ce qu'on ferait
de moi, M. Villot, cet ancien fermier de mon grand-
père, et à qui Mme de Tresle avait écrit, entra dans la
salle. Je le connaissais, je l'avais vu venir souvent à la
maison pour des achats de blé ; et l'air plein de zèle
et de bonne volonté avec lequel il jeta d'abord les
yeux sur moi m'engagea subitement et sans réflexion
à avoir recours à lui.

Hélas ! lui dis-je, monsieur Villot, vous qui étiez
notre ami, menez-moi chez vous pour quelques
jours ; souvenez-vous de Mme de Tresle, et ne me
laissez pas ici, je vous en conjure.

Eh ! vraiment, mademoiselle, je n'arrive ici que
pour vous emmener : c'est Mme de Tresle qui m'en a
chargé en mourant par la lettre que voici, et que je
n'ai reçue que ce matin en revenant de la ville. Ainsi
je vous conduirai tout à l'heure à notre bourg, si ces
dames y consentent ; et ce sera bien de l'honneur à
moi de vous rendre ce petit service, après les obligations que j'ai à feu M. de Tervire, mon bon maître et
votre grand-père ; que nous avons bien pleuré ma
femme et moi, et pour qui nous prions Dieu encore
tous les jours. Il n'y a qu'à venir, mademoiselle ; nous
nous estimerons bien heureux de vous avoir à la
maison, et nous vous y porterons autant de respect
que si vous étiez chez vous, ainsi qu'il est juste.

Volontiers, dit alors une de mes tantes ; n'est-ce
pas, ma sœur ? Elle sera là chez de fort honnêtes
gens, et nous pouvons la leur confier en toute sûreté.
Oui, monsieur Villot, on vous la laisse avec plaisir,

emmenez-la ; j'écrirai dès aujourd'hui à sa mère la bonne volonté que vous avez marquée, afin que vous n'y perdiez pas, et qu'elle se hâte de vous débarrasser de sa fille.

Ah ! madame, lui répondit ce galant homme, ce n'est pas le gain que j'y prétends faire qui me mène ; je n'y songe pas. Pour ce qui est de l'embarras, il n'y en aura point ; ma femme ne quitte jamais son ménage, et nous avons une chambre fort propre qui est toujours vide, excepté quand mon gendre vient au bourg ; mais il couchera ailleurs ; il n'est que mon gendre, et la jeune demoiselle sera la maîtresse du logis, jusqu'à ce que sa mère la reprenne.

Je m'approchai alors de M. Villot pour lui témoigner combien j'étais sensible à ce qu'il disait, et de son côté il me fit une révérence à laquelle on reconnaissait le fermier de mon grand-père.

Allons, voilà qui est décidé, dit alors la cadette ; adieu, monsieur Villot ; qu'on aille chercher la cassette de cette petite fille ; il se fait tard, nos équipages sont prêts, il n'y a qu'à partir. Tervire (c'était à moi à qui elle s'adressait), donnez demain de vos nouvelles à votre mère ; on vous reverra un de ces jours, entendez-vous ? Soyez bien raisonnable, ma fille ; nous vous la recommandons, monsieur Villot.

Là-dessus elles prirent congé de tout le monde, passèrent dans la cour, se mirent chacune dans leur voiture, et partirent sans m'embrasser. Elles venaient de s'épuiser d'amitié pour moi dans les dernières paroles que venait de me dire la cadette, et que l'aînée était censée avoir dites aussi.

Je fus un peu soulagée dès que je ne les vis plus, je respirai, je sentis une affliction de moins. On chargea un paysan de mon petit bagage, et nous partîmes à notre tour, M. Villot et moi.

Non, Marianne, quelque chose que je vous aie dite

jusqu'ici de mes détresses, je ne me souviens point
d'avoir rien éprouvé de plus triste que ce qui se passa
dans mon cœur en cet instant.

Nous qui sommes bornés en tout, comment le
sommes-nous si peu quand il s'agit de souffrir ?
Cette maison où je croyais ne pouvoir demeurer sans
mourir, je ne pus la quitter sans me sentir arracher
l'âme ; il me sembla que j'y laissais ma vie. J'expirais
à chaque pas que je faisais pour m'éloigner d'elle, je
ne respirais qu'en soupirant ; j'étais cependant bien
jeune, mais quatre jours d'une situation comme était
la mienne avancent bien le sentiment ; ils valent des
années.

Mademoiselle, me disait le fermier, qui avait
presque envie de pleurer lui-même, marchons, ne
retournez point la tête, et gagnons vite le logis. Votre
grand-mère nous aimait, c'est comme si c'était elle[1].

Et pendant qu'il me parlait, nous avancions ; je me
retournais encore, et à force d'avancer, elle disparut
à mes yeux, cette maison que je n'aurais voulu ni
habiter ni perdre de vue.

Enfin nous entrâmes dans le bourg, et me voici
chez M. Villot avec sa femme, que je ne connaissais
point, et qui me reçut avec l'air et les façons dont
j'avais besoin dans l'état où j'étais ; je ne me trouvais
point étrangère avec elle. On est tout d'un coup lié
avec les gens qui ont le cœur bon, quels qu'ils soient ;
ce sont comme des amis que vous avez dans tous les
états.

Ce fut ainsi que je fus accueillie, et le premier
avantage que j'en retirai fut d'être délivrée de cette
crainte stupide, de cet abattement d'esprit où j'avais
langui jusque-là ; j'osai du moins alors pleurer et
soupirer à mon aise.

Mes tantes avaient réduit ma douleur à se taire ; le
zèle et les caresses de ces gens-ci la mirent en

liberté; cela la rendit plus tendre, par conséquent plus douce, et puis la dissipa insensiblement, à l'attendrissement près qui me resta en songeant à Mme de Tresle, et que j'ai encore quand je parle d'elle.

J'avais écrit à ma mère, et il y avait toute apparence que M. Villot ne me garderait que dix ou douze jours. Et point du tout; ma mère m'écrivit en quatre lignes de rester chez lui, sous prétexte d'avoir un voyage à faire avec son mari, et de m'emmener ensuite à Paris avec elle.

Mais ce voyage qu'elle remettait de mois en mois ne se fit point, et le tout se termina par me marquer bien franchement qu'elle ne savait plus quand elle viendrait, mais qu'elle allait prendre des arrangements pour me faire venir à Paris; ce qui n'eut aucun effet non plus, malgré la quantité de lettres dont je la fatiguai depuis, et auxquelles elle ne répondit point; de façon que je me lassai moi-même de lui écrire, et que je restai chez ce fermier, aussi abandonnée que si je n'avais point eu de famille, à quelque argent près qu'on envoyait rarement pour m'habiller, avec une petite pension qu'on payait pour moi, et dont la médiocrité n'empêchait pas mes généreux hôtes de m'aimer de tout leur cœur, et de me respecter en m'aimant.

De mes tantes, je ne vous en parle point; je ne les voyais, tout au plus, que deux fois par an.

J'avais quatre ou cinq compagnes dans le bourg et aux environs; c'étaient des filles de bourgeois du lieu, avec qui je passais une partie de la journée, ou les filles de quelques gentilshommes voisins, et dont les mères m'emmenaient quelquefois dîner chez elles, quand le fermier, qui avait affaire à leurs maris, devait venir me reprendre.

Les demoiselles (j'entends les filles nobles), en

qualité de mes égales, m'appelaient Tervire, et me
tutoyaient, et s'honoraient un peu, ce me semble, de
cette familiarité, à cause de Mme la marquise ma
mère.

Les bourgeoises, un peu moins hardies, malgré
qu'elles en eussent, usaient de finesse pour sauver
leur petite vanité, et me donnaient un nom qui
paraissait les mettre au pair[1]. J'étais ma chère amie
pour elles ; c'est une remarque que je fais en passant,
pour vous amuser.

Voilà comment je vécus jusqu'à l'âge de près de
dix-sept ans.

Il y avait alors à un petit demi-quart de lieue de
notre bourg un château où j'allais assez souvent. Il
appartenait à la veuve d'un gentilhomme qui était
mort depuis dix ou douze ans ; elle avait été autrefois
une des compagnes de ma mère et sa meilleure
amie ; je pense aussi qu'elles avaient été mariées à
peu près dans le même temps, et qu'elles s'écrivaient
quelquefois.

Cette veuve pouvait avoir alors environ quarante
ans, femme bien faite et de bonne mine, et à qui sa
fraîcheur et son embonpoint laissaient encore[2] un
assez grand air de beauté ; ce qui, joint à la vie régu-
lière qu'elle menait, à des mœurs qui paraissaient
austères, et à ses liaisons avec tous les dévots du
pays, lui attiraient l'estime et la vénération de tout le
monde, d'autant plus qu'une belle femme édifie plus
qu'une autre, quand elle est pieuse, parce que ordinairement elle a besoin d'un plus grand effort pour
l'être.

Il y avait bien quelques personnes dans nos cantons qui n'étaient pas absolument sûres de cette
grande piété qu'on lui croyait.

Parmi les dévots qui allaient souvent chez elle, on
remarquait qu'il y avait toujours eu quelques jeunes

gens, soit séculiers, soit ecclésiastiques ou abbés, et toujours bien faits. Elle avait d'ailleurs de grands yeux assez tendres; sa façon de se mettre, quoique simple et modeste, avait un peu trop bonne grâce, et les gens dont je viens de parler se défiaient de tout cela; mais à peine osaient-ils montrer leur défiance, dans la crainte de passer pour de mauvais esprits.

Cette veuve avait écrit à ma mère que je la voyais souvent, et il est vrai que j'aimais sa douceur et ses manières affectueuses.

Vous vous ressouvenez que je n'avais pas de bien. Ma mère, qui ne savait que faire de moi, et qui aurait souhaité que je ne vinsse jamais à Paris, où je n'aurais pu prendre les airs d'une fille de condition, ni vivre convenablement à sa vanité et au rang qu'elle y tenait, lui témoigna combien elle lui serait obligée si elle pouvait adroitement m'inspirer l'envie d'être religieuse. Là-dessus la veuve entreprend d'y réussir.

La voilà qui donne le mot à toute cette société de gens de bien, afin qu'ils concourent avec elle au succès de son entreprise; elle redouble de caresses et d'amitié pour moi; et il est vrai qu'une fille de mon âge, et d'une aussi jolie figure qu'on disait que je l'étais, ne lui aurait pas fait peu d'honneur de s'aller jeter dans un couvent au sortir de ses mains.

Elle me retenait presque tous les jours à souper, et même à coucher chez elle; à peine pouvait-elle se passer de me voir depuis le matin jusqu'au soir. M. et Mme Villot étaient charmés de mon attachement pour elle, ils m'en louaient, ils m'en estimaient encore davantage, et tout le monde pensait comme eux; je m'affectionnais[1] moi-même aux éloges que je m'entendais donner; j'étais flattée de cet applaudissement général; ma dévotion en augmentait tous les jours, et ma mine en devenait plus austère.

Cette femme m'associait à tous ses pieux exercices, m'enfermait avec elle pour de saintes lectures,
m'emmenait à l'église et à toutes les prédications
qu'elle courait; je passais fort bien une heure ou
deux assise et toute ramassée dans le fond d'un
confessionnal, où je me recueillais comme elle, où je
croyais du moins me recueillir à son exemple, à
cause que j'avais l'honneur d'imiter sa posture.

Elle avait su m'intéresser à toutes ces choses par la
façon insinuante[1] avec laquelle elle me conduisait.

Ma prédestinée[2], me disait-elle souvent (car elle et
ses amis ne me donnaient point d'autre nom), que la
piété d'une fille comme vous est un touchant spectacle! Je ne saurais vous regarder sans louer Dieu,
sans me sentir excitée à l'aimer.

Eh! mais sans doute, répondaient nos amis, cette
piété qui nous charme, et dont nous sommes
témoins, est une grâce que Dieu nous fait aussi bien
qu'à mademoiselle; et ce n'est pas pour en rester là
que vous êtes si pieuse avec tant de jeunesse et tant
d'agréments, ajoutait-on. Cela ira encore plus loin,
Dieu vous destine à un état plus saint, il vous voudra
tout entière; on le voit bien, il faut de grands
exemples au monde, et vous en serez un du
triomphe de la grâce.

À ces discours qui m'animaient, on joignait des
égards presque respectueux, on feignait des étonnements, on levait les yeux au ciel d'admiration; j'étais
parmi eux une personne grave et vénérable, ma présence en imposait; et à tout âge, surtout à celui où
j'étais, on aime à se voir de la dignité avec ceux avec
qui l'on vit. C'est de si bonne heure qu'on est sensible
au plaisir d'être honoré! Aussi la veuve espérait-elle
bien par là me mener tout doucement à ses fins.

Sa maison n'était pas éloignée d'un couvent de
filles, où nous allions pour le moins une ou deux fois
la semaine.

Elle y avait une parente qui était instruite de ses desseins, et qui s'y prêtait avec toute l'adresse monacale, avec tout le zèle mal entendu dont elle était capable. Je dis mal entendu, car il n'y a rien de plus imprudent, et peut-être rien de moins pardonnable, que ces petites séductions qu'on emploie en pareil cas pour faire venir à une jeune fille l'envie d'être religieuse. Ce n'est pas en agir de bonne foi avec elle ; et il vaudrait encore mieux lui exagérer les conséquences de l'engagement qu'elle prendra, que de l'empêcher de les voir, ou que de les lui déguiser si bien qu'elle ne les connaît pas[1].

Quoi qu'il en soit, cette parente de ma veuve n'oubliait rien pour me gagner, et elle y réussissait ; je l'aimais de tout mon cœur, c'était une vraie fête pour moi que d'aller lui rendre visite ; et on ne saurait croire combien l'amitié d'une religieuse est attrayante, combien elle engage une fille qui n'a rien vu, et qui n'a nulle expérience. On aime alors cette religieuse autrement qu'on n'aimerait une amie du monde ; c'est une espèce de passion que l'attachement innocent qu'on prend pour elle ; et il est sûr que l'habit que nous portons, et qu'on ne voit qu'à nous, que la physionomie reposée qu'il nous donne, contribuent à cela, aussi bien que cet air de paix qui semble répandu dans nos maisons, et qui les fait imaginer comme un asile doux et tranquille ; enfin, il n'y a pas jusqu'au silence qui règne parmi nous qui ne fasse une impression agréable sur une âme neuve et un peu vive.

J'entre dans ce détail à cause de vous, à qui il peut servir, Marianne, et afin que vous examiniez en vous-même si l'envie que vous avez d'embrasser notre état ne vient pas en partie de ces petits attraits dont je vous parle, et qui ne durent pas longtemps.

Pour moi, je les sentais quand j'allais à ce couvent ;

et il fallait voir comme ma religieuse me serrait les mains dans les siennes, avec quelle sainte tendresse elle me parlait et jetait les yeux sur moi. Après cela venaient encore deux ou trois de ses compagnes aussi caressantes qu'elle, et qui m'enchantaient par la douceur des petits noms qu'elles me donnaient, et par leurs grâces simples et dévotes; de sorte que je ne les quittais jamais que pénétrée d'attendrissement pour elles et pour leur maison.

Mon Dieu! que ces bonnes filles sont heureuses! me disait la veuve quand nous retournions chez elle; que n'ai-je pris cet état-là! Nous venons de les laisser dans le sein du repos, et nous allons retrouver le tumulte de la vie du monde.

J'en convenais avec elle, et dans les dispositions où j'étais, il ne me fallait peut-être plus qu'une visite ou deux à ce couvent pour me déterminer à m'y jeter, sans un coup de hasard qui me changea tout d'un coup là-dessus.

Un jour que ma veuve était indisposée, et qu'il y avait plus d'une semaine que nous n'avions été à ce couvent, j'eus envie d'y aller passer une heure ou deux, et je priai la veuve de me donner sa femme de chambre pour me mener. J'avais un livre à rendre à ma bonne amie la religieuse, que je demandai, et que je ne pus voir; un rhumatisme auquel elle était sujette la retenait au lit; ce fut ce qu'elle m'envoya dire par une de ses compagnes qui venaient ordinairement me trouver au parloir avec elle.

Celle qui me parla alors était une personne de vingt-cinq à vingt-six ans, grande fille d'une figure aimable et intéressante, mais qui m'avait toujours paru moins gaie, ou, si vous le voulez, plus sérieuse que les autres; elle avait quelquefois un air de mélancolie sur le visage, que l'on croyait naturel [1], et qui ne rebutait point, qui devenait même attendris-

sant par je ne sais quelle douceur qui s'y mêlait. Il
me semble que je la vois encore avec ses grands yeux
languissants; elle laissait volontiers parler les autres
quand nous étions toutes ensemble; c'était la seule
qui ne m'eût point donné de petits noms, et qui se
contentait de m'appeler mademoiselle, sans que cela
m'empêchât de la trouver aussi affable que ses compagnes.

Ce jour-là elle me parut encore plus mélancolique
que de coutume; et comme je ne la soupçonnais
point de tristesse, je m'imaginai qu'elle ne se portait
pas bien.

N'êtes-vous pas malade? lui dis-je; je vous trouve
un peu pâle. Cela se peut bien, me répondit-elle; j'ai
passé une assez mauvaise nuit, mais ce ne sera rien.
Souhaitez-vous, ajouta-t-elle, que j'aille avertir nos
sœurs que vous êtes ici? Non, lui dis-je, je n'ai
qu'une heure à rester avec vous, et je ne demande
pas d'autre compagnie que la vôtre; aussi bien
aurai-je incessamment le temps de voir nos bonnes
amies tout à mon aise, et sans être obligée de les
quitter. Comment! sans les quitter! me dit-elle:
auriez-vous dessein d'être des nôtres?

J'y suis plus d'à moitié résolue, lui répondis-je, et
je crois que dès demain je l'écrirai à ma mère. Il y a
longtemps que votre bonheur me fait envie, et je
veux être aussi heureuse que vous.

Je passai alors ma main à travers le parloir[1] pour
prendre la sienne, qu'elle me tendit, mais sans
répondre à ce que je lui disais; je m'aperçus même
que ses yeux se mouillaient, et qu'elle baissait la tête,
apparemment pour me le cacher.

J'en demeurai dans un étonnement qui me rendit
à mon tour quelques instants muette.

Dites-moi donc, m'écriai-je en la regardant, est-ce
que vous pleurez? Est-ce que je me trompe sur votre
bonheur?

À ce mot de bonheur, ses larmes redoublèrent, et j'en fus touchée moi-même, sans savoir ce qui l'affligeait.

Enfin, après plusieurs soupirs qui sortirent comme malgré elle : Hélas ! mademoiselle, me répondit-elle, gardez-moi le secret sur ce que vous voyez, je vous en conjure ; ne dites mes pleurs à personne ; je n'ai pu les retenir, et je vous en confierai la cause ; il ne vous sera peut-être pas inutile de la savoir, elle peut servir à votre instruction.

Elle s'arrêta là pour essuyer ses larmes. Achevez, lui dis-je en pleurant moi-même, et ne me cachez rien, ma chère amie ; je me sens pénétrée de vos chagrins, et je regarde la confiance que vous me témoignez comme un bienfait que je n'oublierai jamais.

Vous voulez vous faire religieuse ? me dit-elle alors, et les caresses de nos sœurs, l'accueil qu'elles vous font, les discours qu'elles vous tiennent et, autant qu'il me le semble, les insinuations de Mme de Sainte-Hermières (c'était le nom de ma veuve), tout vous y porte, et vous allez vous engager dans notre état sur la foi d'une vocation que vous croyez avoir, et que vous n'auriez peut-être pas sans tout cela. Prenez-y garde ! J'avoue, si vous êtes bien appelée[1], que vous vivrez tranquille et contente ; mais ne vous en fiez pas aux dispositions où vous vous trouvez ; elles ne sont pas assez sûres, je vous en avertis ; peut-être cesseront-elles avec les circonstances qui vous les inspirent à présent, mais qui ne font que vous les prêter ; et je ne saurais vous dire quel malheur c'est pour une fille de votre âge de s'y être trompée, ni jusqu'où ce malheur-là peut devenir terrible pour elle. Vous ne vous figurez ici que des douceurs, et il y en a sans doute ; mais ce sont des douceurs particulières à notre état, et il faut être née pour les goûter. Nous avons aussi nos peines, que le monde ne connaît point, et il faut être née pour les supporter. Il y a telle personne qui dans le monde aurait pu soutenir les plus grands malheurs, et qui ne trouve pas en elle de quoi soutenir les devoirs d'une religieuse, tout simples qu'ils vous paraissent. Chacun a ses forces; celles dont on a besoin parmi nous ne sont pas données à tout le monde, quoiqu'elles semblent devoir être bien médiocres; et j'en fais l'expérience. C'est à votre âge que je suis entrée ici; on m'y mena d'abord comme on vous y mène; je m'y attachai comme vous à une religieuse dont je fis mon amie, ou, pour mieux dire, caressée par toutes celles qui y étaient, je les aimai toutes, je ne pouvais pas m'en séparer. J'étais une cadette[1], toute ma famille aidait au charme qui m'attirait chez elles; je n'imaginais rien de si doux que d'être du nombre de ces bonnes filles qui m'aimaient tant, pour qui ma tendresse était une vertu, et avec qui Dieu me paraissait si aimable, avec qui j'allais le servir dans une paix si délicieuse. Hélas! mademoiselle, quelle enfance! Je ne me donnais pas à Dieu, ce n'était point lui que je cherchais dans cette maison; je ne voulais que m'assurer la douceur d'être toujours chérie de ces bonnes filles, et de les chérir moi-même; c'était là le puéril attrait qui me menait, je n'avais point d'autre vocation. Personne n'eut la charité de m'avertir de la méprise que je pouvais faire, et il n'était plus temps de me dédire quand je connus toute la mienne. J'eus cependant des ennuis et des dégoûts sur la fin de mon noviciat; mais c'étaient des tentations, venait-on me dire affectueusement, et en me caressant encore. À l'âge où j'étais, on n'a pas le courage de résister à tout le monde; je crus ce qu'on me disait, tant par docilité que par persuasion; le jour de la cérémonie de mes vœux arriva, je me laissai entraîner, je fis ce qu'on me disait : j'étais

dans une émotion qui avait arrêté toutes mes pensées; les autres décidèrent de mon sort, et je ne fus
moi-même qu'une spectatrice stupide de l'engagement éternel que je pris.

Ses pleurs recommencèrent ici, et elle n'acheva les
derniers mots qu'avec une voix étouffée par ses soupirs.

Vous avez vu que sa douleur n'avait fait d'abord
que m'attendrir; elle m'effraya dans ce moment-ci.
Tout ce qui l'avait conduite à ce couvent ressemblait
si fort à ce qui me donnait envie d'y être, mes motifs
venaient si exactement des mêmes causes, et je
voyais si bien mon histoire dans la sienne, que je
tremblais du péril où j'étais, ou plutôt de celui où
j'avais été. Car je crois que dans cet instant je ne me
souciai plus de cette maison, non plus que de celles
qui y demeuraient, je me sentis glacée pour elles, et
je ne fis plus de cas de leurs façons.

De sorte qu'après avoir quelques instants rêvé sur
ce que je venais d'entendre : Ah! mon Dieu,
madame, que de réflexions vous me faites faire!
dis-je à cette religieuse qui pleurait encore, et que
vous m'apprenez de choses que je ne savais pas!

Hélas! me répondit-elle, je vous l'ai déjà dit, mademoiselle, et je vous le répète, ne confiez notre
conversation à personne; je ne suis déjà que trop à
plaindre, et je le serais encore davantage si vous parliez.

Vous n'y songez pas, lui dis-je; moi, révéler une
confidence à qui je devrai peut-être tout le repos de
ma vie, et que malheureusement je ne puis payer par
aucun service, malgré le triste état où vous êtes, et
qui m'arrache les pleurs que vous me voyez verser!
ajoutai-je avec un attendrissement dont la douceur
la gagna au point que le reste de son secret lui
échappa.

Hélas! vous ne voyez rien encore, et vous ne savez pas tout ce que je souffre, s'écria-t-elle en appuyant sa tête sur ma main, que je lui avais passée, et qu'elle arrosa de ses larmes.

Chère amie, lui répondis-je à mon tour, auriez-vous encore d'autres chagrins? Soulagez votre cœur en me les disant; donnez-vous du moins cette consolation-là avec une personne qui vous aime, et qui en soupirera avec vous.

Eh bien! me dit-elle, je me fie à vous; j'ai besoin de secours, et je vous en demande, et c'est contre moi-même.

Elle tira alors de son sein un billet sans adresse, mais cacheté, qu'elle me donna d'une main tremblante. Puisque je vous fais pitié, ajouta-t-elle, défaites-moi de cela, je vous en conjure; ôtez-moi ce malheureux billet qui me tourmente, délivrez-moi du péril où il me jette, et que je ne le voie plus. Depuis deux heures que je l'ai reçu, je ne vis point.

Mais, lui dis-je, vous ne l'avez point lu, il n'est pas ouvert? Non, me répondit-elle; à tout moment j'ai eu envie de le déchirer, à tout moment j'ai été tentée de l'ouvrir; et à la fin je l'ouvrirais, je n'y résisterais pas : je crois que j'allais le lire, quand par bonheur pour moi vous êtes venue. Eh! quel bonheur! Hélas! je suis bien éloignée de sentir que c'en est un; je ne sais pas même si je le pense : ce billet que je viens de vous donner, je le regrette, peu s'en faut que je ne vous le redemande, je voudrais le ravoir. Mais ne m'écoutez point; et si vous le lisez, comme vous en êtes la maîtresse, puisque je ne vous cache rien, ne me dites jamais ce qu'il contient; je ne m'en doute que trop, et je ne sais ce que je deviendrais si j'en étais mieux instruite.

Eh! de qui le tenez-vous? lui dis-je alors, émue moi-même du trouble où je la voyais. De mon

ennemi mortel, d'un homme qui est plus fort que
moi, plus fort que ma religion, que mes réflexions,
me répondit-elle; d'un homme qui m'aime, qui a
perdu la raison, qui veut m'ôter la mienne, qui n'y a
déjà que trop réussi, à qui il faut que vous parliez, et
qui s'appelle...

Elle me le nomma alors tout de suite, dans le
désordre des mouvements qui l'agitaient; et jugez
quelle fut ma surprise, quand elle prononça le nom
d'un homme que je voyais presque tous les jours
chez Mme de Sainte-Hermières, et qui était un jeune
abbé de vingt-sept à vingt-huit ans, qui à la vérité
n'avait encore aucun engagement bien sérieux dans
l'état ecclésiastique, qui jouissait cependant d'un
petit bénéfice[1], qui passait pour être très pieux, qui
avait la conduite et l'air d'un homme qui l'est beaucoup, et que je croyais moi-même d'une sagesse de
mœurs irréprochable! Aussi, en apprenant que
c'était lui, je ne pus m'empêcher de faire un cri.

Je sais, ajouta-t-elle, que vous le voyez très
souvent; nous sommes alliés, et il m'a trompée dans
ses visites; peut-être s'y est-il trompé lui-même. Il
m'a, dit-il, aimée sans qu'il l'ait su, et je crois que ma
faiblesse vient d'avoir su qu'il m'aimait; depuis ce
temps-là, il me persécute, et je l'ai souffert. Mais
montrez-lui sa lettre, dites-lui que je ne l'ai point
lue; dites-lui que je ne veux plus le voir, qu'il me
laisse en repos, par pitié pour moi, par pitié pour
lui; faites-lui peur de Dieu même, qui me défend
encore contre lui, qui ne me défendrait pas longtemps, et sur qui il aurait le malheur de l'emporter,
s'il continue de me poursuivre; dites-lui qu'il doit
trembler de l'état où je suis. Je ne réponds de rien, si
je le revois; je suis capable de le suivre, je suis
capable d'abréger ma vie, je suis capable de tout; je
ne prévois que des horreurs, je n'imagine que des
abîmes, et il est sûr que nous péririons tous deux.

Elle fondait en larmes en me tenant ce discours ; elle avait les yeux égarés ; son visage était à peine reconnaissable, il m'épouvanta. Nous gardâmes toutes deux un assez long silence ; je le rompis enfin, je pleurai avec elle.

Tranquillisez-vous, lui dis-je, vous êtes née avec une âme douce et vertueuse ; ne craignez rien, Dieu ne vous abandonnera pas ; vous lui appartenez, et il ne veut que vous instruire. Vous comparerez bientôt le bonheur qu'il y a d'être à lui au misérable plaisir que vous trouvez à aimer un homme faible, corrompu, tôt ou tard ingrat, pour le moins infidèle, et qui ne peut occuper votre cœur qu'en l'égarant, qui ne vous donne le sien que pour vous perdre ; vous le savez bien, vous me le dites vous-même, c'est d'après vous que je parle ; et tout ceci n'est qu'un trouble passager qui va se dissiper, qu'il fallait que vous connussiez pour en être ensuite plus forte, plus éclairée, et plus contente de votre état.

Je m'arrêtai là ; une cloche sonna qui l'appelait à l'église. Revenez donc me voir, me dit-elle d'une voix presque étouffée. Et elle me quitta.

Je restai encore quelques moments assise. Tout ce que je venais d'entendre avait fait une si grande révolution dans mon esprit, et je revenais de si loin, que, dans l'étonnement où j'étais de mes nouvelles idées, je ne songeais point à sortir de ce parloir.

Cependant le jour baissait ; je m'en aperçus à travers ma rêverie, et je rejoignis la femme de chambre qui m'avait amenée. Je la trouvai qui venait me chercher.

Me voilà donc, comme je vous l'ai déjà dit, entièrement guérie de l'envie d'être religieuse, guérie à un point que je tressaillais en réfléchissant que j'avais pensé l'être, et qu'il s'en était peu fallu que je n'en eusse donné ma parole. Heureusement je n'avais pas été jusque-là, je n'avais encore paru que tentée d'embrasser cet état.

Mme de Sainte-Hermières, chez qui je revins pour quelques moments, voulut me retenir à coucher; mais, sans compter que je désirais d'être seule pour me livrer tout à mon aise à la nouveauté de mes réflexions, c'est que je croyais avoir le visage aussi changé que l'esprit, et que j'appréhendais qu'elle ne s'aperçût, à ma physionomie, que je n'étais plus la même; de sorte que j'avais besoin d'un peu de temps pour me rassurer, et pour prendre une mine où l'on ne connût rien, je veux dire ma mine ordinaire.

Je ne me rendis donc point à ses instances, et m'en retournai chez M. Villot, où j'achevai de me familiariser moi-même avec mon changement, et où je rêvai aux moyens de ne le laisser entrevoir qu'insensiblement aux autres; car j'aurais été honteuse de les désabuser trop brusquement sur mon compte; je voulais m'épargner leur surprise. Mais apparemment que je m'y pris mal, et je ne m'épargnai rien.

J'oubliais une circonstance qu'il est nécessaire que vous sachiez: c'est qu'en m'en retournant chez mon fermier avec la femme de chambre qui m'avait accompagnée au couvent, je rencontrai ce jeune homme dont m'avait entretenue la religieuse, cet abbé qui lui faisait répandre tant de larmes, et dont le billet que j'avais dans ma poche l'avait jetée dans un si grand trouble.

J'allais entrer chez M. Villot, et je venais de renvoyer la femme de chambre. Ce jeune tartuffe, avec sa mine dévote, s'arrêta pour me saluer et me faire quelque compliment. Nous ne vous aurons donc pas ce soir chez Mme de Sainte-Hermières, où je vais souper, mademoiselle? me dit-il. Non monsieur, lui répondis-je; mais en revanche, je puis vous donner des nouvelles de Mme de... que je quitte, et qui m'a

beaucoup parlé de vous (je nommai la religieuse) ; et
l'air froid dont je lui dis ce peu de mots parut lui
faire quelque impression ; du moins, je le crus.

Elle a bien de la bonté, reprit-il ; je la vois quelquefois ; comment se porte-t-elle ? Quoiqu'il n'y ait
que trois heures que vous l'ayez quittée, lui repartis-je (et aussitôt il rougit), vous ne la reconnaîtriez
pas, tant elle est abattue ; je l'ai laissée baignée de ses
pleurs et pénétrée jusqu'au désespoir de l'égarement
d'un homme qui lui a écrit, il y a six ou sept heures,
dont elle déteste les visites passées, dont elle n'en
veut recevoir de la vie, qui tenterait inutilement de la
revoir encore, et à qui elle m'a priée de rendre son
billet que voici, ajoutai-je en le tirant de ma poche,
où il s'était ouvert je ne sais comment. Apparemment que la religieuse en avait déjà à moitié rompu
le cachet, dont la rupture dut lui persuader, sans
doute, que je l'avais lu, et qu'ainsi je savais jusqu'où
il était dégagé de scrupules en fait de religion et de
bonnes mœurs, en fait de probité même ; car je me
doutais, sur tous les discours de la religieuse, qu'il ne
s'était pas agi de moins que d'un enlèvement, et il n'y
avait guère qu'un malhonnête homme qui eût pu en
avoir fait la proposition.

Il prit le billet d'une main tremblante, et je le quittai sur-le-champ. Adieu, monsieur, lui dis-je ; ne craignez rien de ma part, je vous promets un secret
inviolable ; mais craignez tout de mon amie, bien
résolue d'éclater[1] à quelque prix que ce soit, si vous
continuez à la poursuivre.

Elle ne m'avait pas chargée de lui faire cette
menace, mais je crus pouvoir l'ajouter de mon chef ;
c'était encore un secours que je prêtais à cette fille,
dont le péril me touchait, et je pris sur moi d'aller
jusque-là pour effrayer l'abbé, et pour lui ôter toute
envie de renouer l'intrigue.

J'y réussis en effet; il ne retourna pas au couvent, et j'en débarrassai la religieuse, ou, pour mieux dire, j'en débarrassai sa vertu; car pour elle, il y avait des moments où elle aurait donné sa vie pour le revoir, à ce qu'elle me disait, dans quelques entretiens que j'eus encore avec elle[1].

Cependant, à force de prières, de combats et de gémissements, ses peines s'adoucirent, elle acquit de la tranquillité; insensiblement elle s'affectionna à ses devoirs, et devint l'exemple de son couvent par sa piété.

Quant à l'abbé, cette aventure ne le rendit pas meilleur; apparemment qu'il ne méritait pas d'en profiter. La religieuse n'était qu'une égarée; l'abbé était un perverti, un faux dévot en un mot, et Dieu, qui distingue nos faiblesses de nos crimes, ne lui fit pas la même grâce qu'à elle, comme vous l'allez voir par le récit d'un des plus tristes accidents de ma vie.

Je retournai le lendemain après-midi chez Mme de Sainte-Hermières, qui était alors enfermée dans son oratoire, et que deux ou trois de nos amis communs attendaient dans la salle.

Elle descendit un quart d'heure après, et d'aussi loin qu'elle me vit : Vous voilà donc, petite ! me cria-t-elle comme en soupirant sur moi. Hélas ! je songeais tout à l'heure à vous, vous m'avez distraite dans ma prière. Voici le temps où je n'aurai plus le plaisir de vous voir parmi nous, mais vous n'en serez que mieux. Nous allons être séparés d'elle, messieurs; c'est dans la maison de Dieu qu'il faudra désormais chercher notre prédestinée.

D'où vient donc, madame ? lui dis-je avec un sourire que j'affectai pour cacher la rougeur dont je ne pus me défendre en entendant parler de la maison de Dieu.

Hélas ! mademoiselle, me répondit-elle, c'est que je

viens de recevoir une lettre de Mme la marquise (elle parlait de ma mère), à qui j'écrivis ces jours passés que, dans les dispositions où je vous trouvais, elle pouvait se préparer à vous voir bientôt religieuse ; et elle me charge de vous dire qu'elle vous aime trop pour s'y opposer si vous êtes bien appelée, qu'elle changerait bien son état contre celui que vous voulez prendre, qu'elle n'estime pas assez le monde pour vous y retenir malgré vous, et qu'elle vous permet d'entrer au couvent quand il vous plaira. Ce sont ses propres termes, et je prévois que vous profiterez peut-être dès ces jours-ci de la permission qu'on vous donne, ajouta-t-elle en me présentant la lettre de ma mère.

Les larmes me vinrent aux yeux pour toute réponse ; mais c'étaient des larmes de tristesse et de répugnance, on ne pouvait pas s'y méprendre à l'air de mon visage.

Qu'est-ce donc ? dit-elle, on croirait que cette lettre vous afflige ; est-ce que j'ai mal jugé de vous ? Tout le monde ici s'y est-il trompé, et n'êtes-vous plus dans les mêmes sentiments, ma fille ?

Que ne m'avez-vous consultée avant que d'écrire à ma mère ? lui repartis-je en sanglotant : vous achevez de me perdre auprès d'elle, madame. Je ne serai point religieuse ; Dieu ne me veut pas dans cet état-là.

À ce discours, je vis Mme de Sainte-Hermières immobile et presque pâlissante ; ses amis se regardaient et levaient les mains d'étonnement.

Ah ! Seigneur, vous ne serez point religieuse ! s'écria-t-elle ensuite d'un ton douloureux qui signifiait : Où en suis-je ! Et il est vrai que je lui ôtais l'espérance d'une aventure bien édifiante pour le monde, et par conséquent bien glorieuse pour elle. Après toute la dévotion que je tenais d'elle et de son

exemple, il ne me manquait plus qu'un voile pour
être son chef-d'œuvre.

Ne vous effrayez point, lui dit alors un de ceux qui
étaient présents en souriant d'un air plein de foi ; je
m'y attendais ; ceci n'est qu'un dernier effort de
l'ennemi de Dieu contre elle. Vous l'y verrez peut-
être voler dès demain, à cette heureuse et sainte
retraite, qui vaut bien la peine d'être achetée par un
peu de tentation.

Non, monsieur, répondis-je, toujours la larme à
l'œil ; non, ce n'est point une tentation ; mon parti est
pris là-dessus. En ce cas-là, je vous plains de toute
façon, mademoiselle, me repartit Mme de Sainte-
Hermières avec une froideur qui m'annonçait l'indifférence du commerce que nous aurions désormais
ensemble ; et aussitôt elle se leva pour passer dans le
jardin ; les autres la suivirent, j'en fis autant ; mais
aux manières qu'on eut avec moi dès cet instant, je
ne reconnus plus personne de cette société. C'était
comme si j'avais vécu avec d'autres gens ; ce n'était
plus eux, ce n'était plus moi.

De cette dignité où je m'étais vue parmi eux, il n'en
fut plus question ; de ce respectueux étonnement
pour mes vertus, de ces dévotes exclamations sur les
grâces dont Dieu favorisait cette jeune et vénérable
prédestinée, il n'en resta pas vestige ; et je ne fus plus
qu'une petite personne fort ordinaire, qui avait
d'abord promis quelque chose, mais à qui on s'était
trompé, et qui n'avait pour tout mérite que l'avantage profane d'être assez jolie ; car je n'étais plus si
belle depuis que je refusais d'être religieuse ; ce
n'était plus si grand dommage que je ne le fusse pas,
à ne regarder que l'édification que j'aurais donnée
au monde.

En un mot je déchus de toute façon, et pour me
punir de l'importance dont j'avais joui jusqu'alors,

on porta si loin l'indifférence et l'inattention pour
moi, quand j'étais présente, qu'à peine paraissait-on
savoir que j'étais là.

Aussi mes visites au château devinrent-elles si
rares qu'à la fin je n'en rendais presque plus. Dans
l'espace d'un mois, je ne voyais que deux ou trois fois
Mme de Sainte-Hermières, qui ne s'en plaignait
point, qui ne me souhaitait ni ne me haïssait, dont
l'accueil n'était que tiède ou distrait, et point impoli,
et à qui en effet je ne faisais ni plaisir ni peine.

Il y avait déjà près de cinq mois que cela durait,
quand un matin il vint un laquais de Mme de Sainte-
Hermières me prier de sa part d'aller dîner chez elle.
Cette invitation, à laquelle je me rendis, me parut
nouvelle dans les termes où nous en étions toutes
deux; mais ce qui me surprit encore davantage en
arrivant, ce fut de voir cette dame reprendre avec
moi cet air affectueux et caressant dont il n'était plus
question depuis si longtemps.

Je la trouvai avec un gentilhomme qui ne venait
chez elle que depuis ma disgrâce, et que je ne
connaissais moi-même que pour l'avoir rencontré au
château dans mes deux dernières visites; homme à
peu près de quarante ans, infirme, presque toujours
malade, souvent mourant; un asthmatique qui
aurait, disait-on, fort aimé la dissipation et le plaisir,
mais à qui sa mauvaise santé et la nécessité de vivre
de régime[1] n'avaient laissé d'autre chose à faire que
d'être dévot, et dont la mine, au moyen de cette
dévotion et de ses infirmités, était devenue maigre,
pâle, sérieuse et austère.

Cet homme, comme je vous le dépeins, languissant, à demi mort, d'ailleurs garçon et fort riche, qui,
comme je vous l'ai dit, ne m'avait vue que deux fois,
à travers ses langueurs et son intérieur triste et mortifié, avait pris garde que j'étais jolie et bien faite.

Et comme il savait que je n'avais point de fortune, que ma mère, qui était outrée de ce que je n'avais pas pris le voile, ne demanderait pas mieux que de se défaire de moi ; qu'on lui disait d'ailleurs que, malgré mon inconstance passée dans l'affaire de ma vocation, je ne laissais pas cependant que d'avoir de la sagesse et de la douceur, il se persuada, puisque je manquais de bien, que ce serait une bonne œuvre que de m'aimer jusqu'à m'épouser, qu'il y aurait de la piété à se charger de ma jeunesse et de mes agréments, et à les retirer[1], pour ainsi dire, dans le mariage. Ce fut dans ce sens-là qu'il en parla à Mme de Sainte-Hermières.

Elle qui était bien aise de réparer l'affront que je lui avais fait en restant dans le monde, qui voyait que la maison de ce gentilhomme ne valait guère moins qu'un couvent, et qu'en me mariant avec lui je lui ferais presque autant d'honneur que si elle m'avait faite religieuse, l'encouragea à suivre son dessein, résolut aussitôt avec lui de m'en instruire, et de me donner à dîner chez elle, où je le trouvai.

Venez, ma fille, venez, que je vous embrasse, me dit-elle dès qu'elle me vit. Je n'ai jamais cessé de vous aimer, quoique j'aie un peu cessé de vous le dire ; mais laissons là mon silence et les raisons qui l'ont causé. Il faut croire que Dieu a tout fait pour le mieux ; ce qui se présente aujourd'hui pour vous me console de ce que vous avez perdu, et vous saurez ce que c'est quand nous aurons dîné. Mettons-nous à table.

Pendant qu'elle me parlait, je jetai par hasard les yeux sur le gentilhomme en question, qui baissa gravement les siens, d'un air doux et discret pourtant, de l'air de quelqu'un qui était mêlé à ce qu'on avait à me dire.

Nous dînâmes donc ; ce fut lui qui me servit le plus

souvent; il but à ma santé; tout cela d'une manière qui m'annonçait des vues, et qui sentait la déclaration muette et chrétienne. On devine mieux ces choses-là qu'on ne les explique; de sorte que j'eus quelque soupçon de la vérité.

Après le repas, il passa de la table où nous étions dans le jardin. Mademoiselle, me dit Mme de Sainte-Hermières, vous n'avez point de bien, votre mère ne peut vous en donner; M. le baron de Sercour en a beaucoup (c'était le nom de notre dévot); c'est un homme plein de piété, qui ne croit pas pouvoir faire un meilleur usage de sa richesse que de la partager avec une fille de qualité aussi estimable, aussi vertueuse que vous l'êtes, et dont le mérite a besoin de fortune. Il vous offre sa main; ce serait un mariage terminé en très peu de jours, et qui vous assurerait un établissement considérable. Il n'est question que d'en écrire à madame votre mère. Déterminez-vous; il n'y a pas à hésiter, ce me semble, pour peu que vous réfléchissiez sur la situation où vous êtes, et sur celle où vous pouvez tomber à l'avenir. Je vous parle en amie; le baron de Sercour n'est pas d'un âge rebutant. Il n'a pas beaucoup de santé, j'en conviens; il est assez incertain qu'il vive longtemps, ajouta-t-elle en baissant le ton de sa voix; mais enfin, Dieu est le maître, mademoiselle. Si vous veniez à perdre le baron, du moins vous laisserait-il de quoi chérir sa mémoire, et l'état de jeune et riche veuve, quoique affligée, est encore moins embarrassant que celui d'une fille de condition qui est fort mal à son aise. Qu'en dites-vous? Acceptez-vous le parti?

Je restai quelques moments sans répondre. Ce mari qu'on m'offrait, cette figure de pénitent, triste et langoureux, ne me revenait guère. C'était ainsi que je l'envisageais alors; mais j'avais de la raison.

Née sans bien, presque abandonnée de ma mère

comme je l'étais, je n'ignorais pas tout ce que ma condition avait de fâcheux. J'en avais déjà été effrayée plus d'une fois ; c'était ici l'instant de penser à moi plus sérieusement que jamais ; et il n'y avait plus à m'inquiéter de cet avenir dont on me parlait, si j'épousais le baron qui était riche.

Ce mari me répugnait, il est vrai ; mais je m'accoutumerais à lui. On s'accoutume à tout dans l'abondance, il n'y a guère de dégoût dont elle ne console.

Et puis, vous l'avouerai-je, moins à la honte de mon cœur qu'à la honte du cœur humain (car chacun a d'abord le sien, et puis un peu de celui de tout le monde), vous l'avouerai-je donc ? c'est que parmi mes réflexions j'entrevis de bien loin celle-ci, qui était que ce mari n'avait point de santé, comme le disait Mme de Sainte-Hermières, et me laisserait peut-être veuve de bonne heure. Cette idée-là ne fit qu'une apparition légère dans mon esprit ; mais elle en fit une dont je ne voulus point m'apercevoir, et qui cependant contribua sans doute un peu à me déterminer.

Eh bien ! madame, qu'on écrive donc à ma mère, dis-je tristement à Mme de Sainte-Hermières ; je ferai ce qu'elle voudra.

Le baron de Sercour entra dans la chambre. Le cœur me battit en le voyant ; je ne l'avais pas encore si bien vu. Je tremblai en le regardant, et je le crus déjà mon maître.

Je vous apprends que voici votre femme, monsieur le baron, lui dit Mme de Sainte-Hermières, et que je n'ai pas eu de peine à la résoudre.

Là-dessus, je le saluai, toute palpitante. Elle me fait bien de l'honneur, répondit-il en me rendant mon salut avec une satisfaction qu'il modéra tant qu'il put, de crainte qu'elle ne fût immodeste, mais qui, malgré qu'il en eût, ranima ses yeux ordinairement éteints.

Il me tint ensuite quelques discours dont je ne me ressouviens plus, qui étaient fort mesurés et fort retenus, et cependant plus amoureux que galants, des discours d'un dévot qui aime.

Enfin, il fut conclu que le baron écrirait dès ce jour-là à ma mère, que Mme de Sainte-Hermières joindrait une lettre à la sienne, et que je mettrais deux mots au bas de celle de cette dame pour marquer que j'étais d'accord de tout.

On convint aussi de tenir l'affaire secrète, et de ne la déclarer que le jour du mariage, parce que le baron avait un neveu qui était son héritier, et qu'il n'était pas nécessaire d'instruire d'avance.

Ce neveu, tout absorbé qu'il était, disait-on, dans la piété la plus profonde, avait pu cependant compter tout doucement sur la succession de son oncle, d'autant plus que les contradictions qu'il avait essuyées de la part de son évêque, et que l'impossibilité où il s'était vu de s'avancer dans les ordres, l'avaient obligé de quitter le petit collet[1] il n'y avait que deux mois.

Et ce garçon si pieux, que M. le baron ne nommait pas, cet héritier qu'on craignait de chagriner trop tôt, et que ce petit collet qu'on disait qu'il n'avait plus m'avait d'abord fait reconnaître, c'était cet abbé dont j'avais délivré mon amie la religieuse.

Vous observerez que, depuis ce qui s'était passé entre lui et moi, il était venu assez souvent me voir chez M. Villot, tant pour me remercier du silence que j'avais gardé sur son aventure, que pour me conjurer d'avoir toujours cette charité-là pour lui (c'était ainsi qu'il appelait ma discrétion), et pour m'assurer qu'il ne songeait plus à la religieuse; en quoi il ne me trompait pas. Il venait même me trouver quelquefois dans une grande allée qui était près de notre maison, où j'avais coutume de me prome-

ner en lisant. On nous y avait vus plusieurs fois
ensemble; on savait qu'il venait de temps en temps
au logis, et cela ne tirait à aucune conséquence; au
contraire, on ne m'en estimait que davantage, on le
croyait presque un saint.

Il y avait alors quelque temps que je ne l'avais vu,
et il vint le surlendemain du jour où tout ce que je
viens de vous dire avait été arrêté chez Mme de
Sainte-Hermières.

J'étais dans notre jardin quand il arriva; et sur la
connaissance que j'avais du caractère de l'abbé,
aussi bien que de la corruption de ses mœurs, qui
devait lui faire souhaiter d'être riche, je pensais au
chagrin que lui ferait mon mariage avec son oncle,
quand on le déclarerait. Mais il le savait déjà.

Il fallait bien que Mme de Sainte-Hermières eût
été indiscrète, et qu'elle eût confié l'affaire à quelque
bonne amie, qui en eût à son tour fait confidence à
quelqu'un qui l'eût dit à l'abbé.

Bonjour, mademoiselle, me dit-il en m'abordant;
j'apprends que vous allez épouser le baron de Sercour, et je viens d'avance assurer ma tante de mes
respects.

Je rougis de ce discours, comme si j'avais eu quelque chose à me reprocher à son égard. Je ne sais, lui
répondis-je, qui vous a si bien instruit; mais on ne
vous a pas trompé. Je vous dirai, au reste, que ce n'a
été qu'après m'être promise à M. de Sercour que j'ai
su que vous étiez son neveu, et que je ne vous aurais
point fait un mystère de notre mariage s'il ne l'avait
pas exigé lui-même; c'est lui qui a voulu qu'on l'ignorât, et le seul regret que j'aie dans cette affaire, c'est
qu'elle vous prive d'une succession que je n'aurais
pas songé à vous ôter. Mais mettez-vous à ma place.
Je n'ai point de bien, vous le savez; et si j'avais refusé
le baron, ma mère, qui voudrait être débarrassée de
moi, ne me l'aurait jamais pardonné.

Puisque j'avais à perdre le bien de mon oncle, me repartit-il avec un souris assez forcé, j'aime mieux que vous l'ayez qu'une autre.

M. Villot, qui était dans le jardin, et qui s'approcha de nous, interrompit notre conversation en saluant l'abbé, qui resta encore un quart d'heure, qui me quitta ensuite avec une tranquillité que je ne crus pas vraie, et qui, ce me semble, lui donnait en cet instant l'air d'un fourbe. Voilà du moins comment cela me frappa, et vous verrez que j'en jugeais bien.

Il continua de me voir, et encore plus fréquemment qu'à l'ordinaire, si fréquemment que le baron, qui le sut, m'en demanda la raison. Je n'en sais aucune, lui dis-je, si ce n'est qu'il est mon voisin, et qu'il faut qu'il passe près du logis pour aller chez Mme de Sainte-Hermières, que depuis quelque temps il va voir plus souvent que de coutume ; comme il était vrai.

J'oublie de remarquer que ce neveu, après m'avoir fait le compliment que je vous ai dit sur mon mariage, dont il ne me parla plus, m'avait priée de ne dire à personne qu'il en fût informé, et que je lui en avais donné ma parole ; de sorte que je n'en avertis ni le baron ni Mme de Sainte-Hermières.

Vous observerez aussi que, pendant le temps que j'étais comme brouillée avec cette dame, il ne m'avait jamais, dans nos conversations, paru faire grand cas de sa piété ; non qu'il se fût expliqué là-dessus d'une manière ouverte ; je n'avais démêlé ce que je dis là que par ses mines, par de certains souris, et que par son silence, quand je lui montrais mon estime ou ma vénération pour cette veuve, que je blâmais d'ailleurs du motif de son refroidissement pour moi.

Quoi qu'il en soit, cet abbé, dont la tranquillité m'avait semblé si fausse, s'en alla chez Mme de

Sainte-Hermières en me quittant, dîna chez elle, et dans le cours de sa visite eut des façons, lui fit des discours qui la surprirent, à ce qu'elle me confia le lendemain.

Croiriez-vous, madame, lui avait-il dit, que ce qui m'a le plus coûté dans l'état ecclésiastique, où vous m'avez vu, ait été de surmonter une violente inclination que j'avais? Je puis l'avouer, à présent que mon penchant n'a plus rien de répréhensible, et que la personne pour qui je le sens peut me faire la grâce de recevoir mon cœur et ma main.

Et pendant qu'il tenait ce discours, ajouta-t-elle, ses regards se sont tellement attachés et fixés sur moi, que je n'ai pu m'empêcher de baisser les yeux. Qu'est-ce donc que cela signifie? Et à quoi songe-t-il? Quand je serais d'humeur à me remarier, ce qu'à Dieu ne plaise, ce ne serait pas un homme de son âge que je choisirais, et il faut sans doute que j'aie mal entendu.

Je ne sais plus ce que je lui répondis; mais cet homme, trop jeune pour devenir son mari, ne l'était point trop pour lui plaire. Ne lui parlez point de ce que je vous rapporte là, me dit-elle; j'ai peut-être eu tort d'y faire attention. Et elle n'y en fit que trop dans la suite.

Cependant, on reçut des nouvelles de ma mère, qui envoyait le consentement le plus complet, joint à la lettre du monde la plus honnête avec une autre lettre pour Mme de Sainte-Hermières, dans laquelle il y avait quelques lignes pour moi. De sorte qu'on allait hâter mon mariage, quand tout fut arrêté par une maladie qui me vint, qui fut aussi longue que dangereuse, et dont je fus plus de deux mois à me rétablir.

L'abbé, pendant qu'elle dura, parut s'inquiéter extrêmement de mon état, et ne passa pas un jour

sans me voir ou sans venir savoir comment j'étais ;
jusque-là que le baron, à qui son neveu, devenu
libre, avait avoué qu'il se marierait volontiers, s'il
trouvait une personne qui lui convînt, s'imagina qu'il
avait des vues sur moi, et me demanda ce qui en
était. Non, lui repartis-je, votre neveu ne m'a jamais
rien témoigné de ce que vous me dites là ; il ne s'intéresse à moi que par de simples sentiments d'estime
et d'amitié ; et c'était aussi ma pensée, je n'en savais
pas davantage.

Enfin je guéris, et comme je n'allais épouser le
baron que par un pur motif de raison qui me coûtait,
cela me laissait encore un peu de tristesse, qu'on prit
pour un reste de faiblesse ou de langueur, et le jour
de notre mariage fut fixé ; mais ce fut le baron de
Sercour, et non pas Mme de Sainte-Hermières, qui
me pressa de hâter ce jour-là.

Ce que je trouvai même d'assez singulier, c'est
qu'elle cessa, depuis ma convalescence, de m'encourager à me donner à lui, comme elle avait fait auparavant. Il me paraissait, au contraire, qu'elle n'eût
pas désapprouvé mes dégoûts.

Vous êtes rêveuse, je le vois bien, me dit-elle un
matin qu'elle était venue chez moi ; et je vous plains,
je vous l'avoue.

La veille du jour de notre mariage, elle souhaita
que je vinsse passer toute la journée chez elle, et que
j'y couchasse.

Écoutez, me dit-elle sur le soir, il n'y a encore rien
de fait. Ouvrez-moi votre cœur ; vous sentez-vous
trop combattue[1], n'allons pas plus loin ; je me charge
de vous excuser auprès de la marquise, n'en soyez
pas en peine, et ne vous sacrifiez point. À l'égard du
baron, son neveu lui parlera. Est-ce que l'abbé est
instruit ? lui repartis-je. Oui, me répondit-elle, il
vient de me le dire ; il sait tout, et j'ignore par où.

Hélas! madame, repris-je, je n'ai suivi que vos conseils, il n'est plus temps de se dédire; ma mère, qui ne m'aime point, ne serait pas si traitable que vous le croyez, et nous nous sommes trop avancés pour ne pas achever.

N'en parlons donc plus, me dit-elle d'un air plus chagrin que compatissant. L'abbé arriva alors. Vous avez, dit-on, compagnie ce soir, madame; mon oncle sera-t-il des vôtres, et n'y a-t-il rien de changé? lui dit-il. Non, c'est toujours la même chose, repartit-elle. À propos, Mme de Clarville (c'était une de ses amies et de celles du baron) doit être de notre souper, elle me l'a promis; j'ai peur qu'elle ne l'oublie, et je suis d'avis de l'en faire ressouvenir par un petit billet. Mademoiselle, ajouta-t-elle, j'ai depuis hier une douleur dans la main; j'aurais de la peine à tenir ma plume; voulez-vous bien écrire pour moi? Volontiers, lui dis-je; vous n'avez qu'à dicter. Il ne s'agit que d'un mot, reprit-elle, et le voici :

« Vous savez que je vous attends ce soir; ne me manquez pas. »

Je lui demandai si elle voulait signer. Non, me dit-elle, il n'est pas nécessaire; elle saura bien ce que cela signifie.

Aussitôt elle prit le papier. Sonnez, monsieur, dit-elle à l'abbé, il est temps qu'on le porte. Mais non, arrêtez; vous ne souperez point avec nous, cela ne se peut pas; je suis même d'avis que vous nous quittiez avant que le baron arrive, et vous aurez la bonté de rendre, en passant, le billet à Mme de Clarville; vous ne vous détournerez que d'un pas.

Donnez, madame, répondit-il; votre commission va être faite. Il se leva et partit. À peine venait-il de sortir, que le baron entra avec un de ses amis. Nous soupâmes fort tard. Mme de Clarville, que je ne connaissais pas, ne vint point; Mme de Sainte-Hermières ne fit pas même mention d'elle. Après le souper, nous entendîmes sonner onze heures.

Mademoiselle, me dit Mme de Sainte-Hermières, il est assez tard pour une convalescente ; vous devez demain être à l'église dès cinq heures du matin, allez vous reposer. Je n'insistai point, je pris congé de la compagnie, et de M. de Sercour, qui me prit la main, et ne fit que l'approcher de sa bouche, sans la baiser.

Mme de Sainte-Hermières pâlit en m'embrassant. Vous avez plus besoin de repos que moi, lui dis-je, et je partis. Une de ses femmes me suivit jusqu'à ma chambre, dont la clef était à la porte ; elle me déshabilla en partie ; je la renvoyai avant que de me mettre au lit, et elle emporta ma clef.

Il faut vous dire que je logeais dans une aile du château assez retirée, et qui, par un escalier dérobé, rendait dans le jardin, d'où l'on pouvait venir à ma chambre.

Je n'avais nulle envie de dormir, et je me mis à rêver dans un fauteuil où je m'oubliai plus d'une heure ; après quoi, plus éveillée encore que je ne l'avais été d'abord, je vis des livres qui étaient sur une tablette, et j'en pris un pour me procurer un peu d'assoupissement par la lecture.

Je lus en effet plus d'une demi-heure, et jusqu'au moment où je me sentis assez fatiguée ; de sorte que j'avais déjà jeté le livre sur la table, et j'allais achever de me déshabiller pour me mettre au lit, quand j'entendis quelque bruit dans un petit cabinet attenant à ma chambre, dont la porte n'était même qu'un peu plus d'à moitié poussée.

Ce bruit continua ; j'en fus émue, et dans mon émotion je criai : Qui est là ? N'ayez point de peur, mademoiselle, me répondit une voix que je crus reconnaître à travers la frayeur qu'elle me fit. Et aussitôt je vis paraître l'abbé, qui, d'un air riant, sortit du cabinet.

Je restai quelque temps les yeux ouverts sur lui,
toute saisie, et sans pouvoir lui rien dire. Ah! mon
Dieu, que faites-vous là, monsieur? lui dis-je ensuite,
respirant avec peine, qui vous a mis ici? Ne craignez
rien, me dit-il en s'asseyant hardiment à côté de
moi; je n'y suis simplement que pour y être.

Et quel est votre dessein? poursuivis-je d'un ton
de voix plus fort; sortez tout à l'heure, ajoutai-je en
me levant pour ouvrir ma porte. Mais comme je vous
l'ai dit, la femme de chambre l'avait fermée. Me voilà
au désespoir, et je voulus ouvrir une fenêtre pour
appeler. Non, non, je vais me retirer dans un
moment par l'escalier dérobé, me dit-il en m'arrêtant
par le bras. Croyez-moi, point de bruit; tout est couché, tout dort, et quand vos cris feraient venir du
monde, tout ce qu'on en pourra penser, c'est que
j'aurai voulu abuser du rendez-vous et de l'heure où
nous sommes; mais on n'en croira pas moins que je
suis ici de votre aveu.

De mon aveu, méchant! Un rendez-vous!
m'écriai-je. Oui, me dit-il, en voici la preuve; lisez
votre billet. Il me montra celui que Mme de Sainte-
Hermières m'avait fait écrire pour elle.

Ah! l'indigne, l'abominable homme! Ah! monstre
que vous êtes! lui dis-je en retombant dans mon fauteuil; ah! mon Dieu!

Ma surprise et mes pleurs me coupèrent alors la
parole; je fondis en larmes; je me débattais comme
une égarée dans mon fauteuil.

Il vit mon état sans s'émouvoir et avec la tranquillité d'un scélérat. Je fus tentée de me jeter sur lui, de
le déchirer si je l'avais pu; et puis tout à coup, par un
autre mouvement, je tombai à ses genoux. Ah! monsieur, lui dis-je, monsieur, pourquoi me perdez-
vous? Que vous ai-je fait? Souvenez-vous de l'estime
qu'on a pour vous, souvenez-vous du service que je

vous ai rendu; je me suis tue, je me tairai toute ma vie.

Il me releva, toujours avec le même sang-froid. Quand vous ne vous tairiez pas, vous n'en seriez point crue; vous passeriez pour une jalouse, me répondit-il, et vous ne pouvez plus me faire tort. Calmez-vous, tout ceci va finir, et je vous sers; je ne veux que vous délivrer d'un mariage qui vous répugne à vous-même, et qui allait me ruiner; voilà tout.

Pendant qu'il me tenait ce discours, j'entendis la voix de plusieurs personnes. On ouvrit subitement ma porte, et le premier objet qui me frappa, ce fut M. le baron de Sercour, accompagné de Mme de Sainte-Hermières, tous deux suivis de cet ami qui avait soupé avec nous et qui tenait une épée nue, et de trois ou quatre domestiques de la maison, qui étaient armés.

Le baron et son ami avaient couché au château. Mme de Sainte-Hermières les avait retenus sous prétexte qu'ils seraient le lendemain plus près de l'église, où l'on devait se rendre de très bon matin; et cette dame avait ordonné qu'on les éveillât tous deux, leur avait fait dire qu'on l'avait réveillée elle-même, pour l'avertir qu'il y avait du bruit dans ma chambre, qu'on y entendait différentes voix, qu'à la vérité je ne criais point, mais qu'on présumait ou qu'on m'en empêchait, ou que je n'osais crier, qu'il y avait apparence que c'étaient des voleurs, et qu'elle conjurait ces messieurs de venir à mon secours et au sien, avec ses gens qui étaient tous levés.

Voilà pourquoi je les vis tous armés quand ils ouvrirent ma porte.

L'abbé, qui savait bien ce qui arriverait, venait de me remettre dans mon fauteuil, et me tenait encore une main quand ils parurent.

Je me retournai avec cet air de désolation que j'avais, et le visage tout baigné de pleurs.

À cette apparition, je fis un cri de douleur, qu'on dut attribuer à la confusion que j'avais de me voir surprise avec l'abbé. Ajoutez à cela que mes larmes déposaient encore contre moi; car, puisque je n'avais appelé personne, d'où pouvaient-elles venir, dans les conjonctures où j'étais, que de l'affliction d'une amante qui va se séparer de ce qu'elle aime?

Je me souviens que l'abbé se leva lui-même d'un air assez honteux.

Quoi! vous, mademoiselle! Vous que j'ai crue si vertueuse! Ah! madame, à qui se fiera-t-on? dit alors M. de Sercour.

Il me fut impossible de répondre, mes sanglots me suffoquaient. Pardonnez-moi le chagrin que je vous donne, monsieur, lui dit alors l'abbé; ce n'est que depuis trois ou quatre jours que je sais l'intérêt que vous prenez à mademoiselle, et la nécessité où elle est, dit-elle, de vous épouser. Dans le trouble où la jetait ce mariage, elle a souhaité de me voir encore une fois, et c'est une consolation que je n'ai pu lui refuser. J'ai cédé à ses instances, à ses chagrins, au billet que voici, ajouta-t-il en lui faisant lire le peu de mots qu'il contenait; enfin, monsieur, elle pleurait, elle pleure encore, elle est aimable, et je ne suis qu'un homme.

Quoi! ce billet!... m'écriai-je alors. Et je m'arrêtai là; je n'eus pas la force de continuer; je demeurai sans sentiment dans mon fauteuil.

L'abbé s'éclipsa; il fallut emporter M. de Sercour, qui, me dit-on, se trouva mal aussi, et qui ensuite voulut absolument s'en retourner chez lui.

À mon égard, revenue à moi par les soins de la complice de l'abbé (je parle de Mme de Sainte-Hermières, dont vous avez déjà dû entrevoir la perfidie, et qui se retira dès que je commençai à ouvrir les yeux), en vain demandai-je à lui parler, elle ne revint point, je ne vis que ses femmes. La fièvre me reprit, et l'on me transporta dès six heures du matin chez M. Villot, encore plus désespérée que malade.

Vous jugez bien que mon aventure éclata de toutes parts de la manière du monde la plus cruelle pour moi; en un mot, elle me déshonora, c'est tout dire.

M. le baron et Mme de Sainte-Hermières l'écrivirent à ma mère, en lui renvoyant son consentement à notre mariage. Quant au scélérat d'abbé, cette dame, quelques jours après, sut si bien l'excuser auprès de son oncle, qu'elle le réconcilia avec lui.

Ce dernier, qui m'aimait, me déchira si chrétiennement, et gémit de mon prétendu désordre avec des expressions si intéressantes, si malignes et si pieuses, qu'on ne sortait d'auprès de lui que la larme à l'œil sur mon égarement; pendant que, flétrie et perdue dans l'esprit de tout le monde, je passai près de trois semaines à lutter contre la mort, et sans autre ressource, pour ainsi dire, que la charité de M. et Mme Villot, qui me secoururent avec tout le soin imaginable, malgré l'abandon où ma mère, dans sa fureur, leur annonça qu'elle allait me laisser. Ces bonnes gens furent les seuls qui résistèrent au torrent de l'opprobre où je tombai; non qu'ils me crussent absolument innocente, mais jamais il n'y eut moyen de leur persuader que je fusse aussi coupable qu'on le supposait.

Cependant ma fièvre cessa, et ma première attention, dès que je me vis en état de m'expliquer, ce fut de leur raconter tout ce que je savais de mon histoire, et de leur dire les justes soupçons que j'avais que Mme de Sainte-Hermières était de moitié avec le neveu, qu'ils croyaient un homme de bien, et que je

crus devoir démasquer, en leur confiant, sous le
sceau du secret, l'aventure de ce misérable avec la
religieuse.

Il ne leur en fallut pas davantage pour achever de
les désabuser sur mon compte, et dès cet instant ils
ne cessèrent de soutenir partout avec courage que le
public était trompé, qu'on jugeait mal de moi, qu'on
le verrait peut-être quelque jour (et ils prophéti-
saient), qu'il était faux que l'abbé fût mon amant, ni
qu'il eût jamais osé me parler d'amour; qu'à la vérité
il était question d'un fait incompréhensible, et qui
mettait l'apparence contre moi, mais que je n'y avais
point d'autre part que d'en avoir été la victime.

Ils avaient beau dire, on se moquait d'eux, et je
passai trois mois dans le désespoir de cet état-là.

Je voulus d'abord paraître pour me justifier, dès
que je pus sortir; mais on me fuyait; il était défendu
à mes compagnes de m'approcher, et je pris le parti
de ne me plus montrer.

Confinée dans ma chambre, toujours noyée dans
les pleurs, méconnaissable à force d'être changée,
j'implorais le ciel, et j'attendais qu'il eût pitié de moi,
sans oser l'espérer.

Il m'exauça cependant, et fit la grâce à Mme de
Sainte-Hermières de la punir pour la sauver.

Elle était allée rendre visite à une de ses amies; il
avait plu beaucoup la veille, les chemins étaient
rompus, et son carrosse versa dans un profond et
large fossé, dont on ne la retira qu'évanouie et à moitié brisée. On la rapporta chez elle. La fièvre se joignit à cet accident, qui avait été précédé d'un peu
d'indisposition; et elle fut si mal, qu'on crut qu'elle
n'en réchapperait pas.

Un ou deux jours avant qu'on désespérât d'elle,
une de ses femmes, qui était mariée, prête d'accou-
cher, qui souffrait beaucoup, et qui se vit en danger

de mourir, dans la peur qu'elle en eut, se crut obligée
de révéler une chose qui me concernait, et qui chargeait sa conscience.

Elle déclara donc, en présence de témoins, que, la
veille de mon mariage avec M. de Sercour, l'abbé lui
avait fait présent d'une assez jolie bague pour l'engager à l'introduire sur le soir dans le cabinet de la
chambre où je devais coucher.

Je répondis d'abord que j'y consentais, raconta-
t-elle, à condition que Mlle de Tervire en fût
d'accord, et que je l'en avertirais. Là-dessus il me
pria instamment de n'en rien faire, et après m'avoir
demandé le secret : N'est-il pas cruel, me dit-il, que
mon oncle, tout moribond qu'il est, épouse demain
Mlle de Tervire, pour la laisser veuve au bout de six
mois peut-être, et maîtresse d'une succession qui
m'appartient comme à son héritier naturel ? Mon
projet est donc de le détourner de ce mariage, qui
m'enlève un bien dont je ferai sûrement un meilleur
et plus digne usage que cette petite coquette, qui le
dépenserait en vanités. Vous y gagnerez vous-même,
et voici toujours, avec la bague, un billet de mille
écus que je vous donne, et qui, en attendant mieux,
vous sera payé dès que le baron aura les yeux fermés. Il n'est question que de me cacher ce soir, pendant qu'on soupera, dans le cabinet de la chambre
où Mlle de Tervire couchera, et une heure après,
c'est-à-dire entre minuit et une heure, d'aller dire à
Mme de Sainte-Hermières qu'on entend du bruit
dans cette chambre, afin qu'elle y vienne avec le
baron qui, me trouvant là avec la jeune personne, ne
doutera pas que nous ne nous aimions tous deux, et
renoncera à l'épouser. Voilà tout.

La bague et le billet me tentèrent, je le confesse,
ajouta la femme de chambre ; je me rendis. Je l'intro-
duisis dans le cabinet ; et non seulement le mariage

en a été rompu, mais ce que je me reproche le plus, et ce qui m'oblige à une réparation éclatante, c'est le tort que j'ai fait par là à Mlle de Tervire, dont la réputation en a tant souffert, et à qui je vous prie tous de demander pardon pour moi.

Les témoins de cette scène la répandirent partout, et quand il n'en serait pas arrivé davantage, c'en était assez pour me justifier. Mais il restait encore une coupable à qui Dieu, dans sa miséricorde, voulait accorder le repentir de son crime.

Je parle de Mme de Sainte-Hermières, qui, le lendemain même de ce que je viens de vous dire, et en présence de sa famille, de ses amis et d'un ecclésiastique qui l'avait assistée, remit un paquet cacheté et écrit de sa main à M. Villot, qu'elle avait envoyé chercher, le chargea de l'ouvrir, d'en publier, d'en montrer le contenu avant ou après sa mort, comme il lui plairait, et finit enfin par lui dire : J'aurais volontiers fait presser Mlle de Tervire de venir ici ; mais je ne mérite pas de la voir ; c'est bien assez qu'elle ait la charité de prier Dieu pour moi. Adieu, monsieur, retournez chez vous, et ouvrez ensemble ce paquet qui la consolera. M. Villot sortit en effet, et revint vite au logis, où, conformément à la volonté de cette dame, nous lûmes le papier qui avait laissé pour le moins autant de curiosité que d'étonnement à ceux qui avaient entendu ce que Mme de Sainte-Hermières avait dit en le remettant à M. Villot ; et voici à peu près et en peu de mots ce qu'il contenait :

« Prête à paraître devant Dieu, et à lui rendre compte de mes actions, je déclare à M. le baron de Sercour qu'il ne doit rien imputer à Mlle de Tervire de l'aventure qui s'est passée chez moi, et qui a rompu son mariage avec elle. C'est moi et une autre personne (qu'elle ne nommait point) qui avons faussement supposé qu'elle avait de l'inclination pour le neveu de M. le baron. Ce rendez-vous que nous avons dit qu'elle lui avait donné la nuit dans sa chambre ne fut qu'un complot concerté entre cette autre personne et moi, pour la brouiller avec M. de Sercour. Je meurs pénétrée de la plus parfaite estime pour la vertu de Mlle de Tervire, à qui je n'ai nui que dans la crainte du tort que cette autre personne menaçait de me faire à moi-même, si j'avais refusé d'être complice. »

Il me serait impossible de vous exprimer tout ce que cet écrit me donna de consolation, de calme et de joie; vous en jugerez par l'excès de l'infortune où j'avais langui.

M. Villot alla sur-le-champ lire et montrer ce papier partout, et d'abord à M. de Sercour, qui partit aussitôt pour venir me voir et me faire des excuses.

Enfin, tout le monde revint à moi; les visites ne finissaient point, c'était à qui me verrait, à qui m'aurait, à qui m'accablerait de caresses, de témoignages d'estime et d'amitié. Tous ceux qui avaient connu ma mère lui écrivirent; et l'abbé, devenu à son tour l'exécration du public aussi bien que de son oncle, se vit forcé de sortir du pays, et de fuir à trente lieues de là dans une assez grosse ville, où deux ans après on apprit que sa mauvaise conduite et ses dettes l'avaient fait mettre en prison, où il finit ses jours.

La femme de chambre de Mme de Sainte-Hermières ne mourut point. Cette dame elle-même survécut à son écrit, qui m'avait si bien justifiée, et se retira dans une petite terre écartée, où elle vivait encore quand je sortis du pays. Le baron de Sercour, que je traitai toujours fort poliment partout où je le rencontrai, voulut renouer avec moi, et proposa de conclure le mariage; mais je ne pus plus m'y résoudre. Il m'avait trop peu ménagée.

J'avais alors dix-sept ans et demi, quand une dame
que je n'avais jamais vue, et qui était extrêmement
âgée, arriva dans le pays; il y avait au moins cinquante ans qu'elle l'avait quitté, et elle y revenait,
disait-elle, pour y revoir sa famille, et pour y finir ses
jours.

Cette dame était une sœur de feu M. de Tervire,
mon grand-père, qu'un jeune et riche négociant avait
épousée dans notre province, où quelques affaires
l'avaient amené. Il y avait bien trente-cinq ans qu'elle
était veuve, et il ne lui était resté qu'un fils, qui pouvait bien en avoir quarante. Je ne saurais me dispenser d'entrer dans ce détail, puisqu'il doit éclaircir ce
que vous allez entendre, et que c'est d'ici que les plus
importantes aventures de ma vie vont tirer leur origine.

Vous m'avez vue rejetée de ma mère dans mon
enfance, manquant d'asile, et maltraitée de mes
tantes dans mon adolescence, réduite enfin à me
réfugier dans la maison d'un paysan (car mon fermier en était un), qui me garda cinq années entières,
à qui j'aurais été à charge par la médiocrité de ma
pension, chez qui même je n'aurais pas eu le plus
souvent de quoi me vêtir sans son amitié pour moi et
sans sa reconnaissance pour mon grand-père.

Me voici à présent parvenue à l'âge de la jeunesse.
Voyons les événements qui m'y attendent.

Cette dame dont je viens de vous parler, ne
sachant plus où se loger en arrivant, ni qui pourrait
la recevoir depuis la mort de mon grand-père, s'était
arrêtée dans la ville la plus prochaine, et de là avait
envoyé au château de Tervire, tant pour savoir par
qui il était occupé que pour avoir des nouvelles de la
famille.

On y trouva Tervire, ce frère cadet de mon père,
qui depuis deux ou trois jours y était arrivé de Bour-

gogne, où il vivait avec sa femme, dont je ne vous ai rien dit, et qui y avait ses biens, et où le peu d'accueil qu'on avait toujours fait à ce cadet dans nos cantons, depuis le désastre de son aîné, l'avait comme obligé de se retirer.

Je vous ai déjà fait observer que la dame en question avait un fils, et il faut que vous sachiez encore que ce fils, à qui, comme à un riche héritier, elle avait donné toute l'éducation possible, et que dans sa jeunesse elle avait envoyé à Saint-Malo pour y régler quelques restes d'affaires, y était devenu amoureux de la fille d'un petit artisan, fort vertueuse et fort raisonnable, disait-on, mais qui avait une sœur qui ne lui ressemblait pas, une malheureuse aînée qui n'avait de commun avec elle que la beauté, et qui pis est, dont la conduite avait personnellement déshonoré le père et la mère qui la souffraient.

Son autre sœur, malgré cet opprobre de sa famille, n'en était pas moins estimée, quoique la plus belle, et ce ne pouvait être là que l'effet d'une sagesse bien prouvée et bien exempte de reproche.

Quoi qu'il en soit, le fils de Mme Dursan (c'était le nom de la dame dont il s'agit), éperdu d'amour pour cette aimable fille, fit, à son retour de Saint-Malo, tout ce qu'il put auprès de sa mère pour obtenir la permission d'épouser sa maîtresse.

Mme Dursan, que quelques amis avaient informée de tout ce que je viens de vous dire, frémit d'indignation aux instances de son fils, s'emporta contre lui, l'appela le plus lâche de tous les hommes s'il persistait dans son dessein, qu'elle traitait d'horrible et d'infâme.

Son fils, après quelques autres tentatives qui furent encore plus mal reçues, bien convaincu à la fin de l'impossibilité de gagner sa mère, acheva sans bruit de perdre le peu de raison que l'espérance de réussir lui avait laissée, ferma les yeux sur tout ce qu'il allait sacrifier à sa passion, et résolut froidement sa ruine.

Il trouva le moyen de voler vingt mille francs à sa mère, partit pour Saint-Malo, rejoignit sa maîtresse, qu'il abusa par un consentement qui paraissait être de sa mère dont il avait contrefait l'écriture, eut le temps de l'épouser avant que Mme Dursan, qui s'aperçut trop tard de son vol, pût y mettre obstacle, et la força ensuite de se sauver avec lui, pour échapper aux poursuites de sa mère, après lui avoir avoué qu'il l'avait trompée.

Trois ou quatre ans après, il avait écrit deux ou trois fois de suite à Mme Dursan, qui, pour toute réponse au repentir qu'il marquait avoir de sa faute, lui fit mander à son tour qu'elle ne voulait plus entendre parler de lui, et qu'elle n'avait que sa malédiction à lui donner.

Dursan, qui connaissait sa mère, et qui se jugeait lui-même indigne de pardon, désespéra de la faire changer de sentiment, et cessa de la fatiguer par ses lettres.

Son mariage aurait sans doute été déclaré nul, s'il avait voulu; son âge, l'extrême inégalité des conditions, l'infamie de ces petites gens avec lesquels il s'était allié, le crédit et les richesses de sa mère, tout était pour lui, tout l'aurait aidé à se tirer d'affaire, s'il avait seulement commencé par se séparer de cette fille, et quelques personnes, à qui il avait d'abord confié le lieu de sa retraite, le lui proposèrent deux ou trois mois après son évasion[1], persuadées qu'il n'y répugnerait pas, d'autant plus qu'il sentait alors tout le tort qu'il s'était fait. Quelle apparence d'ailleurs qu'après ses extravagances passées, qui montraient si peu de cœur, il fût de caractère à s'effrayer d'une mauvaise action de plus? Celle-ci l'arrêta cependant[1]. On ne connaît rien aux hommes; et cet insensé, qui s'était si peu soucié de ce qu'il se devait à lui-même, qui n'avait pas hésité d'être si lâche à ses dépens, refusa tout net de l'être aux dépens de sa femme, pour qui sa passion était déjà éteinte.

De sorte que tout le monde l'abandonna, et il y avait plus de dix-sept ans qu'on ne savait ce qu'il était devenu.

Tervire le cadet, qui avait autrefois été instruit d'une partie de ce que je vous dis là par son père, à qui Mme Dursan l'avait écrit, présuma que son fils était mort, puisqu'elle revenait finir ses jours dans sa patrie, ou du moins se flatta qu'il ne se serait pas réconcilié avec elle, et qu'en cultivant ses bonnes grâces il pourrait encore être substitué à la place de ce fils, comme il l'avait été à celle de mon père.

Plein de cette espérance flatteuse, et déjà tout ému de convoitise, le voilà qui part pour aller trouver sa tante, et qui, dans sa petite tête (car il avait peu d'esprit), projette en chemin les moyens d'envahir[2] la succession; moyens aussi sots que lui, et qui se terminèrent, comme on en a jugé depuis, à prodiguer les respects, les airs d'attachement, les complaisances et toutes sortes de finesses de cette espèce. Ce fut là tout ce qu'il put imaginer de plus adroit.

Mais, malheureusement pour lui, il avait affaire à une femme de bon sens, d'un caractère simple et tout uni, que ses façons choquèrent, qui comprit tout d'un coup à quoi elles tendaient, et qu'elles dégoûtèrent de lui.

Il lui offrit son château, qu'elle refusa; mais comme il ne l'habitait point, qu'il avait fixé sa demeure ailleurs et bien loin de là, qu'elle y avait été élevée, elle s'offrit de l'acheter avec la terre de Tervire.

Il ne demandait pas mieux que de s'en défaire, et

un autre que lui en aurait généreusement laissé le marché à la discrétion d'une tante aussi riche, aussi âgée, dont il pouvait même arriver qu'il héritât, et c'eût été là sûrement une marque de zèle et de désintéressement bien entendue; mais les petites âmes ne se fient à rien. Il ne s'était préparé qu'à des respects sans conséquence. Il était d'ailleurs tenté du plaisir présent[1] de vendre bien cher; et ce neveu, par pure avarice, oublia les intérêts de son avarice même.

Il céda son château, après avoir honteusement chicané sur le prix avec Mme Dursan, qui l'acheta plus qu'il ne valait, mais qui en avait envie, et qui le lui paya sur-le-champ.

Tout l'avantage qu'elle eut dans cette occasion par-dessus une étrangère, ce fut d'être rançonnée avec des révérences, avec des tons doux et respectueux, à la faveur desquels il croyait habilement tenir bon sur le marché, sans qu'elle y prît garde.

Dès le lendemain, elle alla loger dans le château, qu'elle le pria sans façon de lui laisser libre le plus tôt qu'il pourrait, et dont il sortit huit jours après pour s'en retourner chez lui, fort honteux du peu de succès de ses respects et de ses courbettes, dont il vit bien qu'elle avait deviné les motifs, et qui n'avaient servi qu'à la faire rire, sans compter encore le chagrin qu'il eut de me laisser dans le château, où le bonhomme Villot, qui connaissait cette dame, m'avait amenée depuis cinq ou six jours, et où je plaisais, où mes façons ingénues réussissaient auprès de Mme Dursan, qui commençait à m'aimer, qui me caressait, à qui je m'accoutumais insensiblement, que je trouvais en effet bonne et franche, avec qui j'étais le lendemain plus à mon aise et plus libre que la veille, qui de son côté prenait plaisir à voir qu'elle me gagnait le cœur, et qui, pour surcroît de bonne fortune pour moi, avait retrouvé au château un portrait qu'on avait fait d'elle dans sa jeunesse, à qui il est vrai que je ressemblais beaucoup, qu'elle avait mis dans sa chambre, qu'elle montrait à tout le monde.

Comme on m'appelait communément la belle Tervire, il s'ensuivait de ma ressemblance avec le portrait de Mme Dursan, qu'on ne pouvait louer les grâces que j'avais sans louer celles qu'elle avait eues. Je ne faisais point d'impression qu'elle n'eût faite, elle aurait inspiré tout ce que j'inspirais, c'eût été la même chose, témoin le portrait; et cela la réjouissait encore, toute vieille qu'elle était. L'amour-propre tire parti de tout, il prend ce qu'il peut, suivant l'âge et l'état où nous sommes; et vous jugez bien que je n'y perdais pas, moi, à lui faire tant d'honneur, et à me montrer ainsi ce qu'elle avait été.

Voilà donc dans quelles circonstances Tervire repartit pour la Bourgogne.

M. Villot, qui croyait ne m'avoir laissée au château que pour une semaine ou deux, revint me chercher le lendemain du départ de mon oncle; mais Mme Dursan, qui ne m'avait retenue aussi que pour quelques jours, n'était plus d'avis que je la quittasse.

Parle donc, ma petite, me dit-elle en me prenant à part, t'ennuies-tu ici? Non, vraiment, ma tante, répondis-je; mais, en revanche, je pourrai bien m'ennuyer ailleurs. Eh bien! reste, reprit-elle; tu seras chez moi encore plus honnêtement que chez Villot, je pense.

C'est ce qui me semble, lui dis-je en riant. J'écrirai donc demain à ta mère que je te garde, ajouta-t-elle; entre nous, tu n'étais pas là dans une maison convenable à une fille née ce que tu es. Mlle de Tervire en pension chez un fermier! Voilà qui est joli! Plus joli que d'être pensionnaire d'un pauvre vigneron, comme j'ai pensé l'être, ma tante, lui repartis-je toujours en badinant.

Je le sais bien, ma petite, me répondit-elle; on me
conta avant-hier toute ton histoire, et l'obligation
que tu as au bonhomme Villot, que j'estime aussi
bien que sa femme. Je suis instruite de tout ce qui te
regarde, et je ne dis rien de ta mère; mais tu as de
fort aimables tantes! Quelle parenté! Elles sont
venues me voir, et je leur rendrai leur visite; il faudra bien; tu seras avec moi, c'est un plaisir que je
veux me donner.

Mon fermier entra pendant qu'elle me tenait ce
discours. Venez, monsieur Villot, lui cria-t-elle; je
parlais de vous tout à l'heure : vous veniez pour
emmener Tervire, mais je la retiens; vous me la
cédez volontiers, n'est-ce pas? et je manderai à la
marquise qu'elle est chez moi. Combien vous est-il
dû pour elle? Dites; je vous payerai sur-le-champ.

Eh! mon Dieu! madame, cette affaire-là ne presse
pas, reprit M. Villot. Pour ce qui est de notre jeune
maîtresse, il est juste que vous l'ayez, puisque vous
la voulez, je ne saurais dire non, et dans le fond j'en
suis bien aise à cause d'elle, qui sera avec sa bonne
tante; mais cela n'empêchera pas que je ne m'en
retourne triste; et nous allons être bien étonnés,
Mme Villot et moi, de ne la plus voir dans la maison;
car, sauf son respect, nous l'aimions comme notre
enfant, et nous l'aimerons toujours de même, ajouta-
t-il presque la larme à l'œil. Et votre enfant vous le
rend bien, lui répondis-je aussi tout attendrie.

Vous ne la perdez pas, vous la reviendrez voir
quand il vous plaira, dit Mme Dursan que notre
attendrissement touchait à son tour.

Nous profiterons de la permission, répondit
M. Villot, que j'embrassai sans façon et de tout mon
cœur, et que je chargeai de mille amitiés pour sa
femme, que je promis d'aller voir le lendemain.
Après quoi il partit.

DIXIÈME PARTIE

Vous reçûtes hier la neuvième partie de mon histoire, et je vous envoie aujourd'hui la dixième ; on ne saurait guère aller plus vite. Je prévois, malgré cela, que vous ne me tiendrez pas grand compte de ma diligence ; j'avoue moi-même que je n'ai pas le droit de la vanter. J'ai été jusqu'ici si paresseuse, qu'elle ne signifie pas encore que je me corrige ; elle a plus l'air d'un caprice qui me prend que d'une vertu que j'acquiers, n'est-il pas vrai ? Je suis sûre que c'est là votre pensée. Patience, vous me faites une injustice, madame ; mais vous n'êtes pas encore obligée de le savoir ; c'est à moi dans la suite à vous l'apprendre, et à mériter que vous m'en fassiez réparation. Poursuivons ; c'est toujours mon amie la religieuse qui parle, et qui est revenue sur le soir dans ma chambre où je l'attendais.

Vous vous ressouvenez bien, reprit-elle, que je suis chez Mme Dursan, qui me prodiguait tout ce qui sert à l'entretien d'une fille ; de sorte qu'il ne tint qu'à ma mère de m'aimer beaucoup, si, pour obtenir son amitié, je n'avais qu'à ne lui être point à charge, et qu'à lui laisser tout doucement oublier que j'étais sa fille.

Aussi l'oublia-t-elle si bien qu'il y avait quatre ans qu'il ne nous était venu de ses nouvelles, quand je

perdis Mme Dursan, avec qui je n'avais vécu que
cinq ou six ans; et je les passai d'une manière si tranquille et si uniforme que ce n'est pas la peine de m'y
arrêter.

Je vous ai déjà dit qu'on m'appelait la belle Tervire; car dans chaque petit canton de province, il y a
presque toujours quelque personne de notre sexe qui
est la beauté du pays, celle, pour ainsi dire, dont le
pays se fait fort.

Or, c'était moi qui avais cette distinction-là, que je
n'ai pas portée ailleurs, et qui alors m'attirait quantité d'amants campagnards, dont je ne me souciais
guère, mais qui servaient à montrer que j'étais la
belle par excellence; et c'était là tout ce qui m'en
plaisait.

Non que j'en devinsse plus glorieuse avec mes
compagnes; je n'étais pas de cette humeur-là; elles
ont pu souvent n'être pas contentes de ma figure qui
triomphait de la leur, mais jamais elles n'ont eu à se
plaindre de moi ni de mes façons; jamais ma vanité
ne triomphait d'elles; au contraire, j'ignorais autant
que je pouvais les préférences qu'on me donnait, je
les écartais, je ne les voyais point, je passais pour ne
les point voir; je souffrais même pour mes compagnes qui les voyaient, quoique je fusse bien aise que
les autres les vissent; c'est une puérilité dont je me
souviens encore; mais comme il n'y avait que moi
qui la savais, que mes amies ne me croyaient pas instruite de mes avantages, cela les adoucissait; c'était
autant de rabattu sur leur mortification, et nous n'en
vivions pas plus mal ensemble.

Tout le monde m'aimait, au reste. Elle est plus
aimable qu'une autre, disait-on, et il n'y a qu'elle qui
ne s'en doute pas. On ne parlait que de cela à
Mme Dursan; partout où nous allions, on ne l'entretenait de moi que pour me louer, et on témoignait

que c'était de bonne foi, par l'accueil et les caresses qu'on me faisait.

Il est vrai que j'étais née douce, et qu'avec le caractère que j'avais, rien ne m'aurait plus inquiétée que de me sentir mal dans l'esprit de quelqu'un.

Mme Dursan, que j'aimais de tout mon cœur, et qui en était convaincue, recueillait de son côté tout le bien qu'on lui disait de moi, en concluait qu'elle avait raison de m'aimer, et ne le concluait qu'en m'aimant tous les jours davantage.

Depuis que j'étais avec elle, je ne l'avais jamais vue qu'en parfaite santé; mais comme elle était d'un âge très avancé, insensiblement cette santé s'altéra. Mme Dursan, jusque-là si active, devint infirme et pesante; elle se plaignait que sa vue baissait; d'autres accidents de la même nature survinrent. Nous ne sortions presque plus du château, c'étaient toujours de nouvelles indispositions; et elle en eut une, entre autres, qui parut lui annoncer une fin si prochaine, qu'elle fit son testament sans me le dire.

J'étais alors dans ma chambre, où il n'y avait qu'une heure que je m'étais retirée, pour me livrer à toute l'inquiétude et à toute l'agitation d'esprit que me causait son état.

J'avais pris tant d'attachement pour elle, et je tenais si fort à la tendresse qu'elle avait pour moi, que la tête me tournait quand je pensais qu'elle pouvait mourir.

Aussi, depuis quelques jours, étais-je moi-même extrêmement changée. De peur de l'effrayer cependant, je paraissais tranquille, et tâchais de montrer un peu de ma gaieté ordinaire.

Mais en pareil cas on rit de si mauvaise grâce, on imite si mal et si tristement ce qu'on ne sent point! Mme Dursan ne s'y trompait pas, et souriait tendrement en me regardant comme pour me remercier de mes efforts.

Elle venait donc d'écrire son testament, quand je quittai ma chambre pour la rejoindre. J'avais pleuré, et il reste toujours quelque petite impression de cela sur le visage.

D'où viens-tu, ma nièce? me dit-elle, tu as les yeux bien rouges! Je ne sais, lui répondis-je; c'est peut-être de ce que je me suis assoupie un quart d'heure. Non, tu n'as pas l'air d'avoir dormi, reprit-elle en secouant la tête; tu as pleuré.

Moi! ma tante, et de quoi voulez-vous que je pleure? m'écriai-je avec cet air dégagé que j'affectais. De mon âge et de mes infirmités, me dit-elle en souriant. Comment! de vos infirmités! Pensez-vous qu'un petit dérangement de santé qui se passera me fasse peur, avec le tempérament que vous avez? lui répondis-je d'un ton qui allait me trahir si je ne m'étais pas arrêtée.

Je suis mieux aujourd'hui; mais on n'est pas éternelle, mon enfant, et il y a longtemps que je vis, me dit-elle en cachetant un paquet.

À qui écrivez-vous donc, madame? lui dis-je, sans répondre à sa réflexion. À personne, reprit-elle; ce sont des mesures que je viens de prendre pour toi. Je n'ai plus de fils; depuis près de vingt ans qu'on n'a entendu parler du mien, je le crois mort; et quand il vivrait, ce serait la même chose pour moi; non que j'aie encore aucun ressentiment contre lui; s'il vit, je prie Dieu de le bénir et de le rendre honnête homme; mais ni l'honneur de la famille, ni la religion, ni les bonnes mœurs qu'il a violées, ne me permettent de lui laisser mon bien.

Je voulus l'interrompre ici pour essayer de l'attendrir sur ce malheureux fils. Mais elle ne m'écouta point.

Tais-toi, me dit-elle, mon parti est pris. Ce n'est point par humeur que je suis inflexible; il n'est pas question ici de bonté, mais d'une indulgence folle et criminelle qui nuirait à l'ordre et à la justice humaine et divine. L'action de Dursan fut affreuse; le misérable ne respecta rien. Et tu veux que je donne un exemple d'impunité, qui serait peut-être funeste à ton fils même, si jamais tu en as un! Si le mien, comme a fait autrefois ton père, qui fut traité avec trop de rigueur, s'était marié, je ne dis pas à une fille de condition, mais du moins de bonne famille, ou simplement de famille honnête, quoique pauvre, en vérité, je me serais rendue; je n'aurais pas regardé au bien, et je ne serais pas aujourd'hui à lui faire grâce[1]; mais épouser une fille de la lie du peuple, et d'une famille connue pour infâme parmi le peuple! je n'y saurais penser qu'avec horreur. Revenons à ce que je disais.

Il ne me reste pour tout héritier que ton oncle Tervire, qui est déjà assez riche, et qui l'est de ton bien. Il a profité durement du malheur de ton père, m'a-t-on dit; il ne l'a jamais ni consolé ni secouru. Il se réjouirait encore du malheur de mon fils et du sujet de mes larmes; ainsi je ne veux point de lui; il jouit d'ailleurs de l'héritage de tes pères, et n'en prend pas plus d'intérêt à ton sort. Je songe aussi que tu n'as pas grand secours à attendre de ta mère. Tu mérites une meilleure situation que celle où tu resterais, et ma succession servira du moins à faire la fortune d'une nièce que j'aime, dont je vois bien que je suis aimée, qui craint de me perdre, qui me regrettera, j'en suis sûre, toute mon héritière qu'elle sera, et que mon fils, qui peut n'être pas mort, ne trouvera pas sans pitié pour lui dans la misère où il est peut-être; ta reconnaissance est une ressource que je lui laisse. Voilà, ma fille, de quoi il est question dans le papier cacheté que tu vois; j'ai cru devoir me hâter de l'écrire, et je t'y donne tout ce que je possède.

Je ne lui répondis que par un torrent de larmes. Ce
discours, qui m'offrait partout l'image de sa mort,
m'attendrit et m'effraya tant, qu'il me fut impossible
de prononcer un mot; il me sembla qu'elle allait
mourir, qu'elle me disait un éternel adieu, et jamais
sa vie ne m'avait été si chère.

Elle comprit le sujet de mon saisissement et de
mes pleurs. Je m'étais assise; elle se leva pour
s'approcher de moi, et me prenant la main : Tu
m'aimerais encore mieux que ma succession, n'est-il
pas vrai, ma fille? Mais ne t'alarme point, me dit-
elle; ce n'est qu'une précaution que j'ai prise. Non,
madame, lui dis-je en faisant un effort, votre fils
n'est pas mort, et vous le reverrez, je l'espère.

En cet instant, nous entendîmes quelque bruit
dans la salle. C'étaient deux dames d'un château voisin, qui venaient voir Mme Dursan; et je me sauvai
pour n'être point vue dans l'état où j'étais.

Il fallut cependant me montrer un quart d'heure
après. Elles venaient inviter Mme Dursan à une partie de pêche qui se faisait le lendemain chez elles; et
comme elle s'en excusa sur ses indispositions, elles
la prièrent du moins de vouloir bien m'y envoyer, et
tout de suite demandèrent à me voir.

Mme Dursan, qui leur promit que j'y viendrais, me
fit avertir, et je fus obligée de paraître.

Ces deux dames, toutes deux encore jeunes, dont
l'une était fille et l'autre mariée, étaient aussi, de
toutes nos amies, celles avec qui je me plaisais le
plus, et qui avaient le plus d'amitié pour moi; il y
avait dix ou douze jours que nous ne nous étions
vues. Je vous ai dit que mes inquiétudes m'avaient
beaucoup changée, et elles me trouvèrent si abattue,
qu'elles crurent que j'avais été malade. Non, leur dis-
je; tout ce que j'ai, c'est que depuis quelque temps je
dors assez mal; mais cela reviendra. Là-dessus,

Mme Dursan me regarda d'un air attendri, et que j'entendis bien; c'est qu'elle s'attribuait mon insomnie.

Ces dames, me dit-elle ensuite, souhaitaient que nous allassions demain à une partie de pêche qui se fera chez elles; mais je suis trop incommodée pour sortir, et je n'y enverrai que toi, Tervire. Comme il vous plaira, lui répondis-je, bien résolue de prétexter quelque indisposition, plutôt que de la laisser seule toute la journée.

Aussi le lendemain, avant que Mme Dursan fût éveillée, eus-je soin de leur dépêcher un domestique, qui leur dit qu'une migraine violente qui m'était venue dès le matin, et qui me retenait au lit, m'empêchait de me rendre chez elles.

Mme Dursan, étonnée, quelques heures après, de voir entrer chez elle une femme de chambre qu'elle avait chargée de me suivre, apprit d'elle que je n'étais point partie, sut en même temps l'excuse que j'en avais donnée.

Cependant je me levai pour aller chez elle, et j'étais à moitié de sa chambre, quand je la rencontrai qui, malgré la peine qu'elle avait à marcher depuis quelque temps, et soutenue d'un laquais, venait voir elle-même en quel état j'étais.

Comment! te voilà levée! me dit-elle en s'arrêtant dès qu'elle me vit, et ta migraine? Ce n'en était pas une, lui dis-je, je me suis trompée; ce n'était qu'un grand mal de tête qui est extrêmement diminué, et je suis bien fâchée de n'être pas arrivée plut tôt pour vous le dire.

Va, reprit-elle, tu n'es qu'une friponne, et tu mériterais que je te fisse partir tout à l'heure; mais viens donc, puisque tu as voulu rester. Je vous assure que je serais partie, si je n'avais pas cru être malade, lui répondis-je d'un air ingénu. Et moi, me dit-elle, je

t'assure que j'irai partout où l'on m'invitera, puisque
tu n'es pas plus raisonnable. Eh! mais, sans doute,
vous irez partout, repris-je; j'y compte bien, vous ne
serez pas toujours indisposée; et en tenant de pareils
discours, nous arrivâmes dans sa chambre.

Nombre de petites choses pareilles à celles que je
vous dis là, et dans lesquelles elle devinait toujours
mon intention, de quelque manière que je m'y
prisse, m'avaient tellement gagné son cœur, qu'elle
m'aimait autant que la plus tendre des mères aime
sa fille.

Dans ces entrefaites, la plus ancienne des deux
femmes de chambre qu'elle avait, vieille fille qui
avait toute sa confiance, et qui la servait depuis
vingt-cinq ans, tomba malade d'une fièvre aiguë qui
l'emporta en six jours de temps.

Mme Dursan en fut consternée; il est vrai qu'à
l'âge où elle était, il n'y a presque point de perte
égale à celle-là.

C'est une amie d'une espèce unique que la mort
vous enlève en pareil cas, une amie de tous les instants, à qui vous ne vous donnez pas la peine de
plaire; qui vous délasse de la fatigue d'avoir plu aux
autres; qui n'est, pour ainsi dire, personne pour
vous, quoiqu'il n'y ait personne qui vous soit plus
nécessaire; avec qui vous êtes aussi rebutante, aussi
petite d'humeur et de caractère que vous avez quelquefois besoin de l'être, avec qui vos infirmités les
plus humiliantes ne sont que des maux pour vous, et
point une honte; enfin, une amie qui n'en a pas
même le nom, et que souvent vous n'apprenez que
vous aimiez que lorsque vous ne l'avez plus, et que
tout vous manque sans elle. Et voilà le cas où se
trouvait Mme Dursan, qui avait près de quatre-
vingts ans.

Aussi, comme je vous l'ai dit, tomba-t-elle dans
une mélancolie qui redoubla mes frayeurs.

Il lui fallait cependant une autre femme de chambre, et on lui en envoya plusieurs dont elle ne s'accommoda point. Je lui en cherchai moi-même, et lui en présentai une ou deux qui ne lui convinrent pas non plus.

Ce fut ainsi qu'elle passa près d'un mois, pendant lequel elle eut lieu dans mille occasions de se convaincre de ma tendresse et de mon zèle.

Dans cette occurrence, un jour qu'elle reposait, et que je me promenais en lisant aux environs du château, j'entendis du bruit au bout de la grande allée qui servait d'avenue, de sorte que je tournai de ce côté-là, pour savoir de quoi il était question, et je vis que c'était le garde de Mme Dursan, avec un de ses gens, qui querellaient un jeune homme, qui semblaient avoir envie de le maltraiter, et tâchaient de lui arracher un fusil qu'il tenait.

Je me sentis un peu émue du ton brutal et menaçant dont ils lui parlaient, aussi bien que de cette violence qu'ils voulaient lui faire, et je m'avançai le plus vite que je pus, en leur criant de s'arrêter.

Plus j'approchai d'eux, et plus leur action me déplut; c'est que j'en voyais mieux le jeune homme en question, qu'il était en effet difficile de regarder indifféremment, et dont l'air, la taille et la physionomie me frappèrent, malgré l'habit tout uni et presque usé dont il était vêtu.

Que faites-vous donc là, vous autres? dis-je alors avec vivacité à ces brutaux quand je fus près d'eux. Nous arrêtons ce garçon-ci qui chasse sur les terres de madame, qui a déjà tué du gibier, et que nous voulons désarmer, me répondit le garde avec toute la confiance d'un valet qui est charmé d'avoir droit de faire du mal.

Le jeune homme, qui avait ôté son chapeau d'un air fort respectueux dès que je m'étais approchée,

jetait de temps en temps sur moi des regards et
modestes et suppliants, pendant que l'autre parlait.

Laissez, laissez aller monsieur, dis-je après au
garde, qui ne l'avait appelé que ce garçon, et dont je
fus bien aise de corriger l'incivilité. Retirez-vous,
ajoutai-je ; il est sans doute étranger, et n'a pas su les
endroits où il pouvait chasser.

Je ne faisais que traverser pour aller ailleurs,
mademoiselle, me répondit-il alors en me saluant, et
ils ont tort de croire que j'ai tiré sur la terre de leur
dame, et plus encore de vouloir désarmer un homme
qu'ils ne connaissent point, qui, malgré l'état où ils le
voient, n'est pas fait, je vous assure, pour être mal-
traité par des gens comme eux, et sur lequel ils ne se
sont jetés que par surprise.

À ces mots, le garde et son camarade insistèrent
pour me persuader qu'il ne méritait point de grâce,
et continuèrent de l'apostropher désagréablement ;
mais je leur imposai silence avec indignation.

En arrivant, je ne les avais trouvés que brutaux ; et
depuis qu'il avait dit quelques paroles, je les trouvais
insolents. Taisez-vous, leur dis-je, vous parlez mal ;
éloignez-vous, mais ne vous en allez pas.

Et puis, m'adressant à lui : Vous ont-il ôté votre
gibier ? lui dis-je. Non, mademoiselle, me répondit-il, et je ne saurais trop vous remercier de la protection que vous avez la bonté de m'accorder dans
cette occasion-ci. Il est vrai que je chasse, mais pour
un motif qui vous paraîtra sans doute bien pardonnable ; c'est pour un gentilhomme qui a beaucoup de
parents dans la noblesse de ce pays-ci, qui en est
absent depuis longtemps, et qui est arrivé d'avant-
hier avec ma mère. En un mot, mademoiselle, c'est
pour mon père ; je l'ai laissé malade, ou du moins
très indisposé dans le village prochain, chez un paysan qui nous a retirés[1] ; et comme vous jugez bien

qu'il y vit assez mal, qu'il n'y peut trouver qu'une nourriture moins convenable qu'il ne faudrait, et qu'il n'est guère en état de faire beaucoup de dépense, je suis sorti tantôt pour aller vendre un petit bijou que j'ai sur moi, dans la ville qui est plus qu'à une demi-lieue d'ici; et en sortant j'ai pris ce fusil dans l'intention de chasser en chemin, et de rapporter à mon père quelque chose qu'il pût manger avec moins de dégoût que ce qu'on lui donne.

Vous voyez bien, Marianne, que voilà un discours assez humiliant à tenir; cependant, dans tout ce qu'il me dit là, il n'y eut pas un ton qui n'excitât mes égards autant que ma sensibilité, et qui ne m'aidât à distinguer l'homme d'avec sa mauvaise fortune. Il n'y avait rien de si opposé que sa figure et son indigence.

Je suis fâchée, lui dis-je, de n'être pas venue assez tôt pour vous épargner ce qui vient de se passer, et vous pouvez chasser ici en toute liberté; j'aurai soin qu'on ne vous en empêche pas. Continuez, monsieur; la chasse est bonne sur ce terrain-ci, et vous n'irez pas loin sans trouver ce qu'il faut pour votre malade. Mais peut-on vous demander ce que c'est que ce bijou que vous avez dessein de vendre?

Hélas! mademoiselle, reprit-il, c'est fort peu de chose : il n'est question que d'une bagatelle de deux cents francs, tout au plus, mais qui suffira pour donner à mon père le temps d'attendre que ses affaires changent; la voici, ajouta-t-il en me la présentant.

Si vous voulez revenir demain matin, lui dis-je après l'avoir prise et regardée, peut-être vous en aurai-je défait; je la proposerai du moins à la dame du château qui est ma tante; elle est généreuse; je lui dirai ce qui vous engage à la vendre; elle en sera sans doute touchée, et j'espère qu'elle vous épargnera la peine de la porter à la ville où je prévois que peu de gens en auront envie.

C'était en lui remettant la bague que je lui parlais ainsi; mais il me pria de la garder.

Il n'est pas nécessaire que je la reprenne, mademoiselle, puisque vous voulez bien tenter ce que vous dites, et que je reviendrai demain, me répondit-il. Il est juste d'ailleurs que la dame dont vous parlez ait le temps de l'examiner; ainsi, mademoiselle, permettez que je vous la laisse.

La subite franchise de ce procédé me surprit un peu, me plut, et me fit rougir, je ne sais pourquoi. Cependant je refusai d'abord de me charger de cette bague, et le pressai de la reprendre. Non, mademoiselle, me dit-il encore en me saluant pour me quitter; il vaut mieux que vous l'ayez dès aujourd'hui, afin que vous puissiez la montrer. Et là-dessus il partit, pour abréger la contestation.

Je m'arrêtai à le regarder pendant qu'il s'éloignait, et je le regardais en le plaignant, en lui voulant du bien, en aimant à le voir, en ne me croyant que généreuse.

Le garde et son camarade étaient restés dans l'allée, à trente ou quarante pas de nous, comme je leur avais ordonné, et je les rejoignis.

Si vous retrouviez aujourd'hui ou demain ce jeune homme chassant encore ici, leur dis-je, je vous défends, de la part de Mme Dursan, de l'inquiéter davantage; je vais avoir soin qu'elle vous le défende elle-même. Et puis je rentrai dans le château, l'esprit toujours plein de ce jeune homme et de sa décence, de ses airs respectueux et de ses grâces. Cette bague même qu'il m'avait laissée avait part à mon attention; elle m'occupait, et n'était pas pour moi une chose indifférente.

J'allai chez Mme Dursan, qui était réveillée, et à qui je contai ma petite aventure, avec l'ordre que j'avais donné de sa part au garde.

Elle ne manqua pas d'approuver tout ce que j'avais fait. Un jeune chasseur de si bonne mine (car je n'omis rien de ce qui pouvait le rendre intéressant), un jeune homme si poli, si doux, si bien élevé, qui chassait avec un zèle si édifiant pour un père malade, ne pouvait que trouver grâce auprès de Mme Dursan, qui avait le cœur bon, et qui ne voyait dans mon récit que sa justification ou son éloge.

Oui, ma fille, tu as raison, me dit-elle; j'aurais pensé comme toi si j'avais été à ta place, et ton action est très louable. (Pas si louable qu'elle se l'imaginait, ni que je le croyais moi-même; ce n'était pas là le mot qu'il eût fallu dire.)

Quoi qu'il en soit, dans l'attendrissement où je la vis, j'augurai bien du succès de ma négociation au sujet de la bague dont je lui parlai, et que je lui montrai tout de suite, persuadée que je n'avais qu'à lui en dire le prix pour en avoir l'argent.

Mais je me trompais : les mouvements de ma tante et les miens n'étaient pas tout à fait les mêmes; Mme Dursan n'était que bonne et charitable; cela laisse du sens froid[1], et n'engage pas à acheter une bague dont on n'a que faire.

Tu n'y songes pas! me dit-elle. Pourquoi t'es-tu chargée de ce bijou? À quoi veux-tu que je l'emploie? Je ne pourrais le prendre pour toi, et je t'en ai donné de plus beaux (comme il était vrai). Non, ma fille, reprends-le, ajouta-t-elle tout de suite en me le rendant d'un air triste; ôte-le de ma vue; il me rappelle une petite bague que j'ai eue autrefois, qui était, ce me semble, pareille à celle-ci, et que j'avais donnée à mon fils, sur la fin de ses études.

À ce discours, je remis promptement la bague dans le papier d'où je l'avais tirée, et l'assurai bien qu'elle ne la verrait plus.

Attends, reprit-elle, j'aime mieux que tu proposes

demain à ton jeune homme de lui prêter quelque
argent, qu'il te rendra, lui diras-tu, quand il aura
vendu son bijou ; voilà dix écus pour lui ; qu'on te les
rende ou non, je ne m'en soucie guère, et je les
donne, quoiqu'il ne faille pas le lui dire.

Je m'en garderai bien, lui repartis-je en prenant
cette somme qui était bien au-dessous de la générosité que je me sentais, mais qui, avec quelque argent
que je résolus d'y joindre, deviendrait un peu plus
digne du service que j'avais envie de rendre ; car de
l'argent, j'en avais ; Mme Dursan, qui, dans les occasions, voulait que je jouasse, ne m'en laissait point
manquer.

Tout mon embarras fut de savoir comment je
ferais le lendemain pour offrir cette somme au jeune
homme en question sans qu'il en rougît, à cause de
l'indigence des siens, ni qu'il pût entrevoir qu'on
donnait cet argent plus qu'on ne le prêtait.

J'y rêvai donc avec attention, j'y rêvai le soir, j'y
rêvai étant couchée. J'arrangeai ce que je lui dirais,
et j'attendis le lendemain sans impatience, mais
aussi sans cesser un instant de songer à ce lendemain.

Il arriva donc ; et ma première idée, en me réveil-
lant, fut de penser qu'il était arrivé.

J'étais avec Mme Dursan sur la terrasse du jardin,
et nous nous y entretenions toutes deux assises
après le dîner, quand on vint me dire qu'un jeune
étranger, qui était dans la salle, demandait à me parler. C'est apparemment ton chasseur d'hier, me dit
Mme Dursan ; va lui rendre sa bague, et tâche de
l'amuser un instant ; je vais retourner dans ma
chambre, et je serais bien aise de le voir en traversant la salle.

Je me levai donc avec une émotion secrète que je
n'attribuai qu'à la fâcheuse nécessité de lui remettre

le diamant, et qu'à l'embarras du compliment que j'allais lui faire pour cette somme que je tenais toute prête, et que j'avais augmentée de moitié.

Je l'abordai d'abord avec cet air qu'on a quand on vient dire aux gens qu'on n'a pas réussi pour eux ; il se méprit à mon air, et crut qu'il signifiait que sa visite m'était, en ce moment-là, importune ; c'est du moins ce que je compris à sa réponse.

Je suis honteux de la peine que je vous donne, mademoiselle, et je crains bien de n'avoir pas pris une heure convenable, me dit-il en me saluant avec toutes les grâces qu'il avait, ou que je lui croyais.

Non, monsieur, lui repartis-je, vous venez à propos, et je vous attendais ; mais ce qui me mortifie, c'est que j'ai encore votre bague, et que je n'ai pu engager ma tante à la prendre, comme je vous l'avais fait espérer ; elle a beaucoup de ces sortes de bijoux, et ne saurait, dit-elle, à quoi mettre le vôtre[1]. Elle serait cependant charmée d'obliger d'honnêtes gens ; et quoiqu'elle ne vous connaisse pas, sur ce que je lui ai dit que les personnes à qui vous appartenez étaient restées dans le village prochain, qu'elles venaient dans ce pays-ci pour une affaire de conséquence, et que vous ne vendiez ce petit bijou que pour en tirer un argent dont vos parents avaient actuellement besoin ; enfin, monsieur, sur la manière dont je lui ai parlé de vous et de l'attention que vous méritiez, elle a cru qu'elle ne risquerait rien à vous faire un plaisir qu'elle serait bien aise qu'on lui fît en pareil cas ; c'est de vous prêter cette somme, en attendant que les vôtres aient reçu de l'argent, ou que vous ayez vendu le diamant dont la vente servira à vous acquitter, et j'ai sur moi vingt écus que vous nous devrez, et que voilà, ajoutai-je.

Quoi ! mademoiselle, me répondit-il en souriant doucement et d'un air reconnaissant, vous me

remettez la bague, nous vous sommes inconnus,
vous ne me demandez ni nom ni billet, et vous ne
m'en offrez pas moins cet argent! Vous avez raison,
monsieur, lui dis-je; on pourrait d'abord regarder
cela comme imprudent, je l'avoue; mais vous êtes
assurément un jeune homme plein d'honneur; on
voit bien que vous venez de bon lieu[1], et je suis persuadée que je ne hasarde rien. À quoi d'ailleurs nous
serviraient votre billet et votre nom, si vous n'étiez
pas ce que je pense? Quant au diamant, je ne vous le
rends qu'afin que vous le vendiez, monsieur; c'est
avec lui que vous me payerez. Cependant ne vous
pressez point; il vaut, dit-on, plus de deux cents
francs; prenez tout le temps qu'il faudra pour vous
en défaire sans y perdre. Et je le lui présentais, en lui
parlant ainsi.

Je ne sais, mademoiselle, me répondit-il en le recevant, de quoi nous devons vous être plus obligés, ou
du service que vous voulez nous rendre, ou du soin
que vous prenez pour nous le déguiser; car on ne
prête point à des inconnus : c'est vous en dire assez;
et mon père et ma mère seront aussi pénétrés que
moi de vos bontés. Mais je venais ici pour vous dire,
mademoiselle, que nous ne sommes plus dans
l'embarras, et que depuis hier nous avons trouvé une
amie qui nous a prêté tout ce qu'il nous fallait.

Mme Dursan, qui entra alors dans la salle,
m'empêcha de lui répondre. Il se douta bien que
c'était ma tante, et lui fit une profonde révérence.

Elle fixa les yeux sur lui, en le saluant à son tour
avec une honnêteté[2] plus marquée que je ne l'aurais
espéré, et qu'elle crut apparemment devoir à sa
figure, qui était fort noble.

Elle fit plus, elle s'arrêta pour me dire : N'est-ce
pas monsieur qui vous avait confié la bague que
vous m'avez montrée, ma nièce? Oui, madame;

mais il n'est plus question de cela, lui répondis-je, et
monsieur ne la vendra point. Tant mieux, reprit-elle,
il aurait eu de la peine à s'en défaire ici. Mais,
quoique je ne m'en sois pas accommodée[1], ajouta-
t-elle en s'adressant à lui, pourrais-je vous être
bonne à quelque chose, monsieur ? Vos parents, à ce
que m'a dit ma nièce, sont nouvellement arrivés en
ce pays-ci, ils y ont des affaires, et s'il y avait occasion de les y servir, j'en serais charmée.

J'aurais volontiers embrassé ma tante, tant je lui
savais gré de ce qu'elle venait de dire ; le jeune
homme rougit pourtant, et j'y pris garde ; il me parut
embarrassé. Je n'en fus point surprise : il se douta
bien que ma tante, à cause de sa mauvaise fortune,
avait été curieuse de voir comment il était fait, et on
n'aime point à être examiné dans ce sens-là ; on est
même honteux de faire pitié.

Sa réponse n'en fut cependant ni moins polie ni
moins respectueuse. J'instruirai mon père et ma
mère de l'intérêt que vous daignez prendre à leurs
affaires, repartit-il, et je vous supplie pour eux,
madame, de leur conserver des intentions si favorables.

À peine eut-il prononcé ce peu de mots, que
Mme Dursan resta comme étonnée. Elle garda
même un instant de silence.

Votre père est-il encore malade ? lui dit-elle après.
Un peu moins depuis hier soir, madame, répondit-il.
Eh ! de quelle nature sont ses affaires ? ajouta-t-elle
encore.

Il est question, dit-il avec timidité, d'un accommodement[2] de famille, dont il vous instruira lui-même
quand il aura l'honneur de vous voir ; mais de certaines raisons ne lui permettent pas de se montrer
sitôt. Il est donc connu ici ? lui dit-elle. Non,
madame, mais il y a quelques parents, reprit-il.

Quoi qu'il en soit, répondit-elle en prenant mon bras pour l'aider à marcher, j'ai des amis dans le pays, et je vous répète qu'il ne tiendra pas à moi que je ne lui sois utile.

Elle partit là-dessus, et m'obligea de la suivre, contre mon attente, car il me semblait que j'avais encore quelque chose à dire à ce jeune homme, qui, de son côté, paraissait ne m'avoir pas tout dit non plus, et ne croyait pas que je me retirerais si promptement. Je vis dans ses yeux qu'il me regrettait, et je tâchai qu'il vît dans les miens que je voulais bien qu'il revînt, s'il le fallait.

Je suis de ton avis, me dit Mme Dursan quand nous fûmes seules, ce garçon-là est de très bonne mine, et ceux à qui il appartient sont sûrement des gens de quelque chose. Sais-tu bien qu'il a un son de voix qui m'a émue? En vérité, j'ai cru entendre parler mon fils. Que te disait-il quand je suis arrivée? Qu'une amie que son père avait trouvée, repris-je, l'avait tiré du besoin d'argent où il était, et qu'il vous rendait mille grâces de la somme que vous offriez de prêter.

À te dire le vrai, me répondit-elle, ce jeune homme parle d'un accommodement de famille, et je crains fort que le père ne se soit autrefois battu[1]; il y a toute apparence que c'est pour cela qu'il se cache; et tant pis, il lui sera difficile de sortir d'une pareille affaire.

On vint alors nous interrompre; je laissai Mme Dursan, et j'allai dans ma chambre pour y être seule. J'y rêvai assez longtemps sans m'en apercevoir; j'avais voulu remettre à ma tante les dix écus qu'elle m'avait donnés pour le jeune homme, mais elle me les avait laissés. Et il reviendra, disais-je, il reviendra; je suis d'avis de garder toujours cette somme; il ne sera peut-être pas fâché de la retrouver. Et je m'applaudissais innocemment de penser ainsi. J'aimais à me sentir un si bon cœur.

Le lendemain, je crus que la journée ne se passerait pas sans que je revisse le jeune homme, c'était là mon idée; et l'après-dînée, je m'attendais à tout moment qu'on allait m'avertir qu'il me demandait. Cependant la nuit arriva sans qu'il eût paru, et mon bon cœur, par un dépit imperceptible, et que j'ignorais moi-même, en devint plus tiède.

Le jour d'après, point de visite non plus. Malgré ma tiédeur, j'avais porté jusque-là l'argent que je lui destinais; mais alors: Allons, me dis-je, il n'y a qu'à le remettre dans ma cassette; et c'était toujours mon bon cœur qui se vengeait sans que je le susse.

Enfin, le surlendemain, une des meilleures amies de Mme Dursan, femme à peu près de son âge, qui l'était venue voir sur les quatre heures, et que je reconduisais par galanterie jusqu'à son carrosse, qu'elle avait fait arrêter dans la grande allée, me dit au sortir du château: Promenons-nous un instant de ce côté. Et elle tournait vers un petit bois qui était à droite et à gauche de la maison, et qu'on avait percé pour faire l'avenue. Il y a quelqu'un qui nous y attend, ajouta-t-elle, qui n'a pas osé me suivre chez vous, et que je suis bien aise de vous montrer.

Je me mis à rire. Au moins puis-je me fier à vous, madame, et n'a-t-on pas dessein de m'enlever? lui répondis-je.

Non, reprit-elle du même ton, et je ne vous mènerai pas bien loin.

En effet, à peine étions-nous entrées dans cette partie du bois, que je vis à dix pas de nous trois personnes qui nous abordèrent avec de grandes révérences; et de ces trois personnes j'en connus une, qui était mon jeune homme. L'autre était une femme très bien faite, d'environ trente-huit à quarante ans,

qui devait avoir été de la plus grande beauté, et à qui
il en restait beaucoup, mais qui était pâle, et dont
l'abattement paraissait venir d'une tristesse
ancienne et habituelle, au surplus mise comme une
femme qui n'aurait pu conserver qu'une vieille robe
pour se parer.

L'autre était un homme de quarante-trois ou qua-
rante-quatre ans, qui avait l'air infirme, assez mal
arrangé d'ailleurs, et à qui on ne voyait plus, pour
tout reste de dignité, que son épée.

Ce fut lui qui le premier s'avança vers moi, en me
saluant; je lui rendis son salut, sans savoir à quoi
cela aboutissait.

Monsieur, dis-je au jeune homme, qui était à côté
de lui, dites-moi, je vous prie, de quoi il est question.
De mon père et de ma mère, que vous voyez, mademoiselle, me répondit-il, ou, pour vous mettre
encore mieux au fait, de M. et de Mme Dursan. Voilà
ce que c'est, ma fille, me dit alors la dame avec qui
j'étais venue; voilà votre cousin, le fils de cette tante
qui vous a donné tout son bien, à ce qu'elle m'a
confié elle-même; et je vous en demande pardon;
car, avec la belle âme que je vous connais, je savais
bien qu'en vous amenant ici je vous faisais le plus
mauvais tour du monde.

À peine achevait-elle ces mots que la femme
tomba à mes pieds. Et c'est à moi, qui ai causé les
malheurs de mon mari, à me jeter à vos genoux, et à
vous conjurer d'avoir pitié de lui et de son fils, me
dit-elle en me tenant une main qu'elle arrosait de ses
larmes.

Pendant qu'elle parlait, le père et le fils, tous deux
les yeux en pleurs, et dans la posture du monde la
plus suppliante, attendaient ma réponse.

Que faites-vous donc là, madame? m'écriai-je en
l'embrassant, et pénétrée jusqu'au fond de l'âme de

voir autour de moi cette famille infortunée qui me rendait l'arbitre de son sort, et ne me sollicitait qu'en tremblant d'avoir pitié de sa misère.

Que faites-vous donc, madame? levez-vous, lui criai-je; vous n'avez point de meilleure amie que moi; est-il nécessaire de vous abaisser ainsi devant moi pour me toucher? Pensez-vous que je tienne à votre bien? Est-il à moi dès que vous vivez? Je n'en ai reçu la donation qu'avec peine, et j'y renonce avec mille fois plus de plaisir qu'il ne m'en aurait jamais fait.

Je tendais en même temps une main au père, qui se jeta dessus, aussi bien que son fils, dont l'action, plus tendre et plus timide, me fit rougir, toute distraite que j'étais par un spectacle aussi attendrissant.

À la fin, la mère, qui était jusque-là restée dans mes bras, se releva tout à fait et me laissa libre. J'embrassai alors M. Dursan, qui ne put prononcer que des mots sans aucune suite, qui commençait mille remerciements, et n'en achevait pas un seul.

Je jetai les yeux sur le fils après avoir quitté le père. Ce fils était mon parent, et, dans de pareilles circonstances, rien ne devait m'empêcher de lui donner les mêmes témoignages d'amitié qu'à M. Dursan; et cependant je n'osais pas. Ce parent-là était différent, je ne trouvais pas que mon attendrissement pour lui fût si honnête; il se passait, entre lui et moi, je ne sais quoi de trop doux qui m'avertissait d'être moins libre, et qui lui en imposait à lui-même.

Mais aussi, pourquoi l'aurais-je traité avec plus de réserve que les autres? Qu'en aurait-on pensé? Je me déterminai donc, et je l'embrassai avec une émotion qui se joignit à la sienne.

Voyons d'abord ce que vous souhaitez que je fasse, dis-je alors à M. et à Mme Dursan. Ma tante a beaucoup de tendresse pour moi, et vous devez compter sur tout le crédit que cela peut me donner sur elle ; encore une fois, le testament qu'elle a fait pour moi et rien, c'est la même chose ; et je le lui déclarerai quand il vous plaira ; mais il faut prendre des mesures avant que de vous présenter à elle, ajoutai-je en adressant la parole à Dursan le père.

Trouvez-vous à propos que je la prévienne, me dit la dame qui m'avait amenée, et que je lui avoue que son fils est ici ?

Non, repris-je d'un air pensif, je connais son inflexibilité à l'égard de monsieur, et ce ne serait pas là le moyen de réussir.

Hélas ! mademoiselle, reprit Dursan le père, c'est, comme vous voyez, à un mourant qu'elle pardonnerait ; il y a longtemps que je n'ai plus de santé : ce n'est pas pour moi que je lui demande grâce, c'est pour ma femme et pour mon fils, que je laisserais dans la dernière indigence.

Que parlez-vous d'indigence ? Ôtez-vous donc cela de l'esprit, lui répondis-je ; vous ne rendez point justice à mon caractère. Je vous ai déjà dit, et je le répète, que je ne veux rien de ce qui est à vous, que j'en ferai ma déclaration, et que dès cet instant-ci votre sort cesse de dépendre du succès de la réconciliation que nous allons tenter auprès de ma tante, à moins que, sur mon refus d'hériter d'elle, elle ne fasse un nouveau testament en faveur d'une autre ; ce qui ne me paraît pas croyable. Quoi qu'il en soit, il me vient une idée.

Votre mère a besoin d'une femme de chambre, elle ne saurait s'en passer ; elle en a perdu une que vous avez connue sans doute, c'était la le Fèvre ; mettons à profit cette conjoncture, et tâchons de placer auprès d'elle Mme Dursan que voilà. Ce sera vous, dis-je à l'autre dame, qui la présenterez, et qui lui répondrez d'elle et de son attachement, qui lui en direz hardi-

ment tout ce qu'en pareil cas on peut dire de plus
avantageux. Madame est aimable; la douceur et les
grâces de sa physionomie vous rendront bien
croyable, et la conduite de madame achèvera de justifier votre éloge. Voilà ce que nous pouvons faire de
mieux. Je suis sûre que sous ce personnage elle
gagnera le cœur de ma tante. Oui, je n'en doute pas,
ma tante l'aimera, vous remerciera de la lui avoir
donnée; et peut-être qu'au premier jour, dans la
satisfaction qu'elle aura d'avoir retrouvé infiniment
mieux que ce qu'elle a perdu, elle nous fournira elle-
même quelques heureux instants où nous ne risque-
rons rien à lui avouer une petite supercherie qui
n'est que louable, qu'elle ne pourra s'empêcher
d'approuver, qu'elle trouvera touchante, qui l'est en
effet, qui ne manquera pas de l'attendrir, et qui
l'aura mise hors d'état de nous résister quand elle en
sera instruite. On ne doit point rougir d'ailleurs de
tenir lieu de femme de chambre à une belle-mère
irritée qui ne vous a jamais vue, quand ce n'est
qu'une adresse pour désarmer sa colère.

À peine eus-je ouvert cet avis qu'ils s'y rendirent
tous, et que leurs remerciements recommencèrent;
ce que je proposais marquait, disaient-ils, tant de
franchise, tant de zèle et de bonne volonté pour eux,
que leur étonnement ne finissait point.

Dès demain, dans la matinée, dit la dame qui était
leur amie et la mienne, je mène Mme Dursan à sa
belle-mère; heureusement que tantôt elle m'a
demandé si je ne savais pas quelque personne raisonnable qui pût remplacer la le Fèvre. Je lui ai
même promis de lui en chercher une, et je vous
arrête[1] pour elle, dit-elle en riant à Mme Dursan, qui
était charmée de ce que j'avais imaginé, et qui répondit qu'elle se tenait pour arrêtée.

Nous entendîmes alors quelques domestiques qui

étaient dans l'allée de l'avenue ; nous craignîmes, ou
qu'ils ne nous vissent, ou que ma tante ne leur eût
dit d'aller voir pourquoi je ne revenais pas, et nous
jugeâmes à propos de nous séparer, d'autant plus
qu'il nous suffisait d'être convenus de notre dessein,
et qu'il nous serait aisé d'en régler l'exécution suivant les occurrences, et de nous concilier[1] tous les
jours ensemble, quand une fois l'affaire serait enta-
mée.

Nous nous retirâmes donc, Mme Dorfrainville et
moi (c'est le nom de la dame qui m'avait amenée),
pendant que Dursan, sa femme et son fils allèrent, à
travers le petit bois, gagner le haut de l'avenue, pour
attendre cette dame qui devait en passant les
prendre dans son carrosse, qui les avait tous trois
logés chez elle, qui les faisait passer pour d'anciens
amis dont la perte d'un procès avait déjà dérangé la
fortune, et qui, pour les en consoler, les avait engagés à la venir voir pour quelques mois.

Tu as été bien longtemps avec Mme Dorfrainville,
me dit ma tante quand je fus arrivée. Oui, lui dis-je ;
il n'était point tard, elle a eu envie de se promener
dans le petit bois ; et elle n'insista pas davantage.

À dix heures du matin, le lendemain, Mme Dorfrainville était déjà au château. Je venais moi-même
d'entrer chez Mme Dursan.

Enfin vous avez une femme de chambre, lui dit
tout d'un coup cette dame, mais une femme de
chambre unique ; sans vous je renverrais la mienne,
et je garderais celle-là ; et il faut vous aimer autant
que je vous aime pour vous donner la préférence.
C'est une femme attentive, adroite, affectionnée, vertueuse ; c'est le meilleur sujet, le plus fidèle, le plus
estimable qu'il y ait peut-être ; je ne crois pas qu'il
soit possible d'avoir mieux ; et tout cela se voit dans
sa physionomie. Je la trouvai hier chez moi, qui
venait d'arriver de vingt lieues d'ici.

Eh! de chez qui sort-elle? dit ma tante. Comment a-t-on pu se défaire d'un si excellent sujet? Est-ce que sa maîtresse est morte? C'est cela même, repartit Mme Dorfrainville, qui avait prévu la question, et qui ne s'était pas fait un scrupule d'imaginer de quoi y répondre. Elle sort de chez une dame qui mourut ces jours passés, qui en faisait un cas infini, qui m'en a dit mille fois des choses admirables, et qui la gardait depuis quinze ou seize ans. Je sais d'ailleurs qui elle est, je connais sa famille, elle appartient à de fort honnêtes gens; et enfin je suis sa caution. Elle venait même dans l'intention de rester chez moi; du moins n'a-t-elle pas voulu, dit-elle, entrer dans aucune des maisons qu'on lui propose, sans savoir si je ne la retiendrais pas : mais comme je ne suis pas mécontente de la mienne, qu'il vous en faut une, je vous la cède, ou pour mieux dire, je vous en fais présent; car c'en est un.

Il ne fallait pas moins que ce petit roman-là, ajusté[1] comme vous le voyez, pour engager Mme Dursan à la prendre, et pour la guérir des dégoûts qu'elle avait de tout autre service que de celui qu'elle n'avait plus.

Eh bien! madame, quand me l'enverrez-vous? lui dit-elle. Tout à l'heure, répondit Mme Dorfrainville; elle ne viendra pas de bien loin, puisqu'elle se promène sur la terrasse de votre jardin, où je l'ai laissée. Quelque mérite, quelque raison qu'elle ait, je n'ai pas voulu qu'elle fût présente à son éloge; elle ne sait pas aussi bien que moi tout ce qu'elle vaut, et il n'est pas nécessaire qu'elle le sache, nous nous passerons bien qu'elle s'estime tant; elle n'en vaudrait pas mieux, ajouta-t-elle en riant, et peut-être même en vaudrait-elle moins. Vous voilà instruite, c'en est assez; il n'y a plus qu'à dire à un de vos gens de la faire venir.

Non, non, dis-je alors, je vais l'avertir moi-même.

Et je sortis en effet pour l'aller prendre. Je me doutai qu'elle était inquiète, et qu'elle avait besoin d'être rassurée dans ces commencements.

Venez, madame, lui dis-je en l'abordant; on vous attend, vous êtes reçue; ma tante vous met chez vous, en ne croyant vous mettre que chez elle.

Hélas! mademoiselle, vous me voyez toute tremblante, et j'appréhende de me montrer dans l'émotion où je suis, me répondit-elle avec un ton de voix qui ne prouvait que trop ce qu'elle disait, et qui aurait pu paraître extraordinaire à ma tante, si je l'avais amenée dans cet état-là.

Eh! de quoi tremblez-vous donc? lui dis-je. Est-ce de vous présenter à la meilleure de toutes les femmes, à qui vous allez devenir chère, et qui dans quinze jours peut-être pleurera de tendresse, et vous embrassera de tout son cœur, en apprenant qui vous êtes? Vous n'y songez pas; allons, madame, paraissez avec confiance; ce moment-ci ne doit rien avoir d'embarrassant pour vous; qu'y a-t-il à craindre? Vous êtes bien sûre de Mme Dorfrainville, et je pense que vous l'êtes de moi.

Ah! mon Dieu, de vous, mademoiselle! me répondit-elle; ce que vous me dites là me fait rougir. Et sur qui donc compterais-je dans le monde? Allons, mademoiselle, je vous suis; voilà toutes mes émotions dissipées.

Et là-dessus nous entrâmes dans cette chambre dont elle avait eu tant de peur d'approcher. Cependant, malgré tout ce courage qui lui était revenu, elle salua avec une timidité qu'on aurait pu trouver excessive dans une autre qu'elle, mais qui, jointe à cette figure aimable et modeste, à ce visage plein de douceur qu'elle avait, parut une grâce de plus chez elle.

À mon égard, je souris d'un air satisfait, afin

d'exciter encore les bonnes dispositions de ma tante, qui regardait à ma mine ce que je pensais.

Mademoiselle Brunon, dit Mme Dorfrainville à notre nouvelle femme de chambre, vous resterez ici ; madame vous retient, et je ne saurais vous donner une plus grande preuve de mon amitié qu'en vous plaçant auprès d'elle ; je l'ai bien assurée qu'elle serait contente de vous, et je ne crains pas de l'avoir trompée.

Je n'ose encore répondre que de mon zèle et des efforts que je ferai pour plaire à madame, répondit la fausse Brunon. Et il faut avouer qu'elle tint ce discours de la manière du monde la plus engageante. Je ne m'étonnai point que Dursan le fils l'eût tant aimée, et je n'aurais pas été surprise qu'alors même on eût pris de l'inclination pour elle.

Aussi Mme Dursan la mère se sentit-elle prévenue pour elle. Je crois, dit-elle à Mme Dorfrainville, que je ne hasarde rien à vous remercier d'avance ; Brunon me revient tout à fait, j'en ai la meilleure opinion du monde, et je serais fort trompée moi-même si je n'achève pas ma vie avec elle. Je ne fais point de marché[1], Brunon ; vous n'avez qu'à vous en fier à moi là-dessus : on me dit que je serai contente de vous, et vous le serez de moi. Mais n'avez-vous rien apporté avec vous ? C'est à côté de moi que je vous loge, et je vais dire à une de mes femmes qu'elle vous mène à votre chambre.

Non, non, ma tante, lui dis-je au moment qu'elle allait sonner ; je suis bien aise de la mettre au fait ; n'appelez personne ; je vais prendre quelque chose dans ma chambre, et je lui montrerai la sienne en passant. Elle a laissé deux cassettes chez moi que je lui enverrai tantôt, dit Mme Dorfrainville. Je vous en prie, répondit ma tante. Allez, Brunon, voilà qui est fini, vous êtes à moi, et je souhaite que vous vous en trouviez bien.

Ce n'est pas de moi dont je suis en peine, repartit Brunon avec son air modeste. Elle me suivit ensuite, et en sortant nous entendîmes ma tante qui disait à Mme Dorfrainville : Cette femme-là a été belle comme un ange.

Je regardai Brunon là-dessus, et je me mis à rire · Trouvez-vous ce petit discours d'assez bon augure ? lui dis-je ; voilà déjà son fils à demi justifié.

Oui, mademoiselle, me répondit-elle en me serrant la main, ceci commence bien ; il semble que le ciel bénisse le parti que vous m'avez fait prendre.

Nous restâmes un demi-quart d'heure ensemble ; je n'étais sortie avec elle que pour l'instruire en effet d'une quantité de petits soins dont je savais tout le mérite, et que je lui recommandai. Elle m'écouta transportée de reconnaissance, et se récriant à chaque instant sur les obligations qu'elle m'avait ; il était impossible de les sentir plus vivement ni de les exprimer mieux ; son cœur s'épanouissait, ce n'était plus que des transports de joie qui finissaient toujours par des caresses pour moi.

Les gens de la maison allaient et venaient ; il ne convenait pas qu'on nous vît dans un entretien si réglé ; et je la quittai, après lui avoir dit ses fonctions, et l'avoir même sur-le-champ mise en exercice. Elle avait de l'esprit, elle sentait l'importance du rôle qu'elle jouait ; je continuais de lui donner des avis qui la guidaient sur une infinité de petites choses essentielles. Elle avait tous les agréments de l'insinuation sans paraître insinuante, et ma tante, au bout de huit jours, fut enchantée d'elle.

Si elle continue toujours de même, me disait-elle en particulier, je lui ferai du bien ; et tu n'en seras pas fâchée, ma nièce ?

Je vous y exhorte, ma tante, lui répondais-je. Vous avez le cœur trop bon, trop généreux, pour ne pas récompenser tout le zèle et tout l'attachement du sien ; car on voit qu'elle vous aime, que c'est avec tendresse qu'elle vous sert.

Tu as raison, me disait-elle ; il me le semble aussi bien qu'à toi. Ce qui m'étonne, c'est que cette fille-là ne soit pas mariée, et que même, avec la figure qu'elle a dû avoir, elle n'ait pas rencontré quelque jeune homme riche et d'un état au-dessus du sien, à qui elle ait tourné la tête. C'était précisément un de ces visages propres à causer bien de l'affliction à une famille.

Hélas, répondais-je, il n'a peut-être manqué à Brunon, pour faire beaucoup de ravage, que d'avoir passé sa jeunesse dans une ville. Il faut que ce soit une de ces figures-là que mon cousin Dursan ait eu le malheur de rencontrer, ajoutai-je, d'un air simple et naïf, mais à la campagne, où Brunon a vécu, une fille, quelque aimable qu'elle soit, se trouve comme enterrée, et n'est un danger pour personne.

Ma tante, à ce discours, levait les épaules et ne disait plus rien.

Dursan le fils revenait de temps en temps avec son père. Mme Dorfrainville les amenait tous deux et les descendait au haut de l'avenue, d'où ils passaient dans le bois, où j'allais les voir quelques moments ; et la dernière fois que le père y vint, je le trouvai si malade, il avait l'air si livide et si bouffi, les yeux si morts, que je doutai très sérieusement qu'il pût s'en retourner, et je ne me trompais pas.

Il ne s'agit plus de moi, ma chère cousine ; je sens que je me meurs, me dit-il ; il y a un an que je languis, et depuis trois mois mon mal est devenu une hydropisie[1] qu'on n'a pas aperçue d'abord, et dont je n'ai pas été en état d'arrêter le progrès.

Mme Dorfrainville m'a donné un médecin depuis que je suis chez elle, elle m'a procuré tous les

secours qu'elle a pu; mais il y a apparence qu'il
n'était plus temps, puisque mon mal a toujours augmenté depuis. Aussi ne me suis-je efforcé de venir
aujourd'hui ici que pour vous recommander une
dernière fois les intérêts de ma malheureuse famille.

Après tout ce que je vous ai dit, lui repartis-je, ce
n'est plus ma faute si vous n'êtes pas tranquille. Mais
laissons là cette opinion que vous avez d'une mort
prochaine; tout infirme et tout affaibli que vous
êtes, votre santé se rétablira dès que vos inquiétudes
cesseront. Ouvrez d'avance votre cœur à la joie.
Dans les dispositions où je vois ma tante pour
Mme Dursan, je la défie de vous refuser votre grâce
quand nous lui avouerons tout, et cet aveu ne tient
plus à rien; nous le ferons peut-être demain, peut-
être ce soir; il n'y a pas d'heure à présent dans la
journée qui ne puisse en amener l'instant. Ainsi
soyez en repos, tous vos malheurs sont passés. Il faut
que je me retire, je ne puis disparaître pour longtemps; mais Mme Dursan va venir ici, qui vous
confirmera les espérances que je vous donne, et qui
pourra vous dire aussi combien vous m'êtes chers
tous trois.

Ces dernières paroles m'échappèrent, et me firent
rougir, à cause du fils qui était présent, et sans qui,
peut-être, je n'aurais rien dit des deux autres, s'il
n'avait pas été le troisième.

Aussi ce jeune homme, tout plongé qu'il était dans
la tristesse, se baissa-t-il subitement sur ma main,
qu'il prit et qu'il baisa avec un transport où il entrait
plus que de la reconnaissance, quoiqu'elle en fût le
prétexte; et il fallut bien aussi n'y voir que ce qu'il
disait.

Je me levai cependant, en retirant ma main d'un
air embarrassé. Le père voulut par honnêteté se
lever aussi pour me dire adieu; mais soit que le sujet

de notre entretien l'eût trop remué, soit qu'avec la difficulté qu'il avait de respirer il eût encore été trop affaibli par les efforts qu'il venait de faire pour arriver jusqu'à l'endroit du bois où nous étions, il lui prit un étouffement qui le fit retomber à sa place, où nous crûmes qu'il allait expirer.

Sa femme, qui était sortie du château pour nous joindre, accourut aux cris du fils qui ne furent entendus que d'elle. J'étais moi-même si tremblante qu'à peine pouvais-je me soutenir, et je tenais un flacon dont je lui faisais respirer la vapeur; enfin son étouffement diminua, et Mme Dursan le trouva un peu mieux en arrivant; mais de croire qu'il pût regagner le carrosse de Mme Dorfrainville, ni qu'il soutînt le mouvement de ce carrosse depuis le château jusque chez elle, il n'y avait pas moyen de s'en flatter, et il nous dit qu'il ne se sentait pas cette force-là.

Sa femme et son fils, tous deux plus pâles que la mort, me regardaient d'un air égaré, et me disaient : Que ferons-nous donc? Je me déterminai.

Il n'y a point à hésiter, leur répondis-je; on ne peut mettre monsieur qu'au château même; et pendant que ma tante est avec Mme Dorfrainville, je vais chercher du monde pour l'y transporter.

Au château! s'écria sa femme; eh! mademoiselle, nous sommes perdus! Non, lui dis-je, ne vous inquiétez pas; je me charge de tout, laissez-moi faire.

J'entrevis en effet, dans le parti que je prenais, que, de tous les accidents qu'il y avait à craindre, il n'y en avait pas un qui ne pût tourner à bien.

Dursan malade, ou plutôt mourant; Dursan que sa misère et ses infirmités avaient rendu méconnaissable, ne pouvait pas être rejeté de sa mère quand elle le verrait dans cet état-là, et ne serait plus ce fils à qui elle avait résolu de ne jamais pardonner.

Quoi qu'il en soit, je courus à la maison, j'en amenai deux de nos gens, qui le prirent dans leurs bras, et je fis ouvrir un petit appartement qui était à rez-de-chaussée de la cour, et où on le transporta. Il était si faible qu'il fallut l'arrêter plusieurs fois dans le trajet, et je le fis mettre au lit persuadée qu'il n'avait pas longtemps à vivre.

La plupart des gens de ma tante étaient dispersés alors. Nous n'en avions pour témoins que trois ou quatre, devant qui Mme Dursan contraignait sa douleur, comme je le lui avais recommandé, et qui, sur les expressions de Dursan le fils, apprenaient seulement que le malade était son père; mais cela n'éclaircissait rien, et me fit venir une nouvelle idée.

L'état de M. Dursan était pressant; à peine pouvait-il prononcer un mot. Il avait besoin des secours spirituels, il n'y avait pas de temps à perdre, il se sentait si mal qu'il les demandait; et il était presque impossible de les lui procurer à l'insu de sa mère : je craignais d'ailleurs qu'il ne mourût sans la voir; et sur toutes ces réflexions, je conclus qu'il fallait d'abord commencer par informer ma tante qu'elle avait un malade chez elle.

Brunon, dis-je brusquement à Mme Dursan, ne quittez point monsieur; quant à vous autres, retirez-vous (c'était à nos gens à qui je parlais), et vous, monsieur, ajoutai-je en m'adressant à Dursan le fils, ayez la bonté de venir avec moi chez ma tante.

Il me suivit les larmes aux yeux, et je l'instruisis en chemin de ce que j'allais dire. Mme Dorfrainville allait prendre congé de ma tante, quand nous entrâmes.

Ce ne fut pas sans quelque surprise qu'elles me virent entrer avec ce jeune homme.

Le père de monsieur, dis-je à Mme Dursan la mère, est actuellement dans l'appartement d'en bas,

où je l'ai fait mettre au lit : il venait vous remercier
avec son fils des offres de service que vous lui avez
fait faire, et la fatigue du chemin, jointe à une maladie très sérieuse qu'il a depuis quelques mois, a tellement épuisé ses forces, que nous avons cru tous qu'il
expirerait dans votre cour. On est venu dans le jardin
où je me promenais m'informer de son état : j'ai
couru à lui, et n'ai eu que le temps de faire ouvrir cet
appartement, où je l'ai laissé avec Brunon, qui le
garde au moment où je vous parle, ma tante. Je le
trouve si affaibli que je ne pense pas qu'il passe la
nuit.

Ah ! mon Dieu ! monsieur, s'écria sur-le-champ
Mme Dorfrainville à Dursan le fils, quoi ! votre père
est-il si mal que cela ? (Car elle jugea bien qu'il fallait
imiter ma discrétion, et se taire sur le nom du
malade, puisque je le cachais moi-même.)

Ah ! madame, ajouta-t-elle, que j'en suis fâchée !
Vous le connaissez donc ? lui dit ma tante. Oui, vraiment, je le connais, lui et toute sa famille ; il est allié
par sa mère aux meilleures maisons de ce pays-ci ; il
me vint voir il y a quelques jours ; sa femme et son
fils étaient avec lui ; je vous dirai qui ils sont ; je leur
offris ma maison, et je travaille même à terminer la
malheureuse affaire qui l'a amené ici. Il est vrai,
monsieur, que votre père me fit peur avec le visage
qu'il avait. Il est hydropique, madame, il est dans
l'affliction, et je vous demande toutes vos bontés
pour lui ; elles ne sauraient être ni mieux placées, ni
plus légitimes. Permettez que je vous quitte, il faut
que je le voie.

Oui, madame, répondit ma tante ; allons-y
ensemble ; descendons, ma nièce me donnera le
bras.

Je ne jugeai pas à propos qu'elle le vît alors ; je fis
réflexion qu'en retardant un peu, le hasard pourrait

nous amener des circonstances encore plus attendrissantes et moins équivoques pour le succès. En
un mot, il me sembla que ce serait aller trop vite, et
qu'avec une femme aussi ferme dans ses résolutions et d'aussi bon sens que ma tante, tant de précipitation nous nuirait peut-être, et sentirait la
manœuvre; que Mme Dursan pourrait regarder
toute cette aventure-ci comme un tissu de faits
concertés, et la maladie de son fils comme un jeu
joué pour la toucher; au lieu qu'en différant d'un
jour ou même de quelques heures, il allait se passer
des événements qui ne lui permettraient plus la
moindre défiance.

J'avais donné ordre qu'on allât chercher un médecin et un prêtre; je ne doutais pas qu'on n'adminis-
trât M. Dursan; et c'était au milieu de cette auguste
et effrayante cérémonie que j'avais dessein de placer
la reconnaissance entre la mère et le fils, et cet instant me paraissait infiniment plus sûr que celui où
nous étions.

J'arrêtai donc ma tante : Non, lui dis-je, il n'est pas
nécessaire que vous descendiez encore; j'aurai soin
que rien ne manque à l'ami de madame; vous avez
de la peine à marcher, attendez un peu, ma tante, je
vous dirai comment il est. Si on juge à propos de le
confesser et de lui apporter les sacrements, il sera
temps alors que vous le voyiez.

Mme Dorfrainville, qui réglait sa conduite sur la
mienne, fut du même sentiment. Dursan le fils se joignit à nous, et la supplia de se tenir dans sa
chambre : de sorte qu'elle nous laissa aller, après
avoir dit quelques paroles obligeantes à ce jeune
homme, qui lui baisa la main d'une manière aussi
respectueuse que tendre, et dont l'action[1] parut la
toucher.

Nous trouvâmes la fausse Brunon baignée de ses

larmes, et je ne m'étais point trompée dans mon pronostic sur son mari : il ne respirait plus qu'avec tant
de peine qu'il en avait le visage tout en sueur; et le
médecin, qui venait d'arriver avec le prêtre que
j'avais envoyé chercher, nous assura qu'il n'avait
plus que quelques heures à vivre.

Nous nous retirâmes dans une autre chambre; on
le confessa, après quoi nous rentrâmes. Le prêtre,
qui avait apporté tout ce qu'il fallait pour le reste de
ses fonctions, nous dit que le malade avait exigé de
lui qu'il allât prier Mme Dursan de vouloir bien venir
avant qu'on achevât de l'administrer.

Il vous a apparemment confié qui il est? lui dis-je
alors; mais, monsieur, êtes-vous chargé de le nommer à ma tante avant qu'elle le voie? Non, mademoiselle, me répondit-il; ma commission se borne à
la supplier de descendre.

J'entendis alors le malade qui m'appelait d'une
voix faible, et nous nous approchâmes.

Ma chère parente, me dit-il à plusieurs reprises,
suivez mon confesseur chez ma mère avec
Mme Dorfrainville, je vous en conjure, et appuyez
toutes deux la prière qu'il va lui faire de ma part.
Oui, mon cher cousin, lui dis-je, nous allons
l'accompagner; je suis même d'avis que votre
femme, pour qui elle a de l'amitié, vienne avec nous,
pendant que votre fils restera ici.

Et effectivement il me passa dans l'esprit qu'il fallait que sa femme nous suivît aussi.

Ma tante, suivant toute apparence, ne manquerait
pas d'être étonnée du message qu'on nous envoyait
faire auprès d'elle. Je me souvins d'ailleurs que, la
première fois qu'elle avait parlé au jeune homme,
elle avait cru entendre le son de la voix de son fils, à
ce qu'elle me dit; je songeai encore à cette bague
qu'elle avait trouvée si ressemblante à celle qu'elle

avait autrefois donnée à Dursan. Et que sait-on, me
disais-je, si elle ne se rappellera pas ces deux articles,
et si la visite dont nous allons la prier à la suite de
tout cela ne la conduira pas à conjecturer que ce
malade qui presse tant pour la voir est son fils lui-
même?

Or, en ce cas, il était fort possible qu'elle refusât de
venir : d'un autre côté, son refus, quelque obstiné
qu'il fût, n'empêcherait pas qu'elle n'eût de grands
mouvements d'attendrissement, et il me semblait
qu'alors Brunon qu'elle aimait, venant à l'appui de
ces mouvements, et se jetant tout d'un coup en
pleurs aux genoux de sa belle-mère, triompherait
infailliblement de ce cœur opiniâtre.

Ce que je prévoyais n'arriva pas, ma tante ne fit
aucune des réflexions dont je parle; et cependant la
présence de Brunon ne nous fut pas absolument inutile.

Mme Dursan lisait quand nous entrâmes dans sa
chambre. Elle connaissait beaucoup l'ecclésiastique
que nous lui menions; elle lui confiait même de
l'argent pour des aumônes.

Ah! c'est vous, monsieur, lui dit-elle; venez-vous
me demander quelque chose? Est-ce vous qu'on a
été avertir pour l'inconnu qui est là-bas?

C'est de sa part que je viens vous trouver,
madame, lui répondit-il d'un air extrêmement
sérieux; il souhaiterait que vous eussiez la bonté de
le voir avant qu'il mourût, tant pour vous remercier
de l'hospitalité que vous lui avez si généreusement
accordée, que pour vous entretenir d'une chose qui
vous intéresse.

Qui m'intéresse! moi? reprit-elle. Eh! que peut-il
avoir à me dire qui me regarde? Vous avez, dit-il, un
fils qu'il connaît, avec qui il a longtemps vécu avant
que d'arriver en ce pays-ci; et c'est de ce fils dont il a
à vous parler.

De mon fils! s'écria-t-elle encore; ah! monsieur, ajouta-t-elle après un grand soupir, qu'on me laisse en repos là-dessus; dites-lui que je suis très sensible à l'état où il est; que, si Dieu dispose de lui[1], il n'est point de services ni de sortes de secours que sa femme et son fils ne puissent attendre de moi. Je n'ai point encore vu la première, et si on ne l'a pas avertie de l'état où est son mari, il n'y a qu'à dire où elle est, et je lui enverrai sur-le-champ mon carrosse; mais si le malade croit me devoir quelque reconnaissance, le seul témoignage que je lui en demande, c'est de me dispenser de savoir ce que le malheureux qui m'appelle sa mère l'a chargé de me dire; ou bien, s'il est absolument nécessaire que je le sache, qu'il lui suffise que vous me l'appreniez, monsieur.

Nous ne crûmes pas devoir encore prendre la parole, et nous laissâmes répondre l'ecclésiastique.

Il peut être question d'un secret qui ne saurait être révélé qu'à vous, madame, et dont vous seriez fâchée qu'on eût fait confidence à un autre. Considérez, s'il vous plaît, madame, que celui qui m'envoie est un homme qui se meurt, qu'il a sans doute des raisons essentielles pour ne parler qu'à vous, et qu'il y aurait de la dureté, dans l'état où il est, madame, à vous refuser à ses instances.

Non, monsieur, répondit-elle, la promesse qu'il peut avoir faite à mon fils de ne dire qu'à moi ce dont il s'agit ne m'oblige à rien, et ne me laisse pas moins la maîtresse d'ignorer ce que c'est. Cependant, de quelque nature que soit le secret qu'il est si important que je sache, je consens, monsieur, qu'il vous le déclare. Je veux bien le partager avec vous; si je fais une imprudence, je n'en accuserai personne, et ne m'en prendrai qu'à moi.

Eh! ma tante, lui dis-je alors, tâchez de surmonter votre répugnance là-dessus; l'inconnu, qui l'a pré-

vue, nous a demandé en grâce, à Mme Dorfrainville
et à moi, de joindre nos prières à celles de monsieur.

Oui, madame, reprit à son tour Mme Dorfrainville, je lui ai promis aussi de vous amener, d'autant
plus qu'il m'a bien assuré que vous vous reproche-
riez infailliblement de n'avoir pas voulu descendre.

Ah! quelle persécution! s'écria cette mère tout
émue; quel quart d'heure pour moi! De quoi faut-il
donc qu'il m'instruise? Et vous, Brunon, ajouta-
t-elle en jetant les yeux sur sa belle-fille qui laissait
couler quelques larmes, pourquoi pleurez-vous?

C'est qu'elle a reconnu le malade, répondis-je pour
elle, et qu'elle est touchée de le voir mourir.

Quoi! tu le connais aussi, reprit ma tante en lui
adressant encore ces paroles. Oui, madame, repartit-
elle, il a des parents pour qui j'aurai toute ma vie des
sentiments de tendresse et de respect, et je vous les
nommerais s'il ne voulait pas rester inconnu.

Je ne demande point à savoir ce qu'il veut qu'on
ignore, répondit ma tante; mais, puisque tu sais qui
il est, et qu'il a vécu longtemps avec Dursan, dit-il, ne
les aurais-tu pas vus ensemble? Oui, madame, je
vous l'avoue, reprit-elle; j'ai connu même le fils de
M. Dursan dès sa plus tendre enfance.

Son fils! répondit-elle en joignant les mains; il a
donc des enfants? Je pense qu'il n'en a qu'un,
madame, répondit Brunon. Hélas! que n'est-il
encore à naître! s'écria ma tante. Que fera-t-il de la
vie? Que deviendra-t-il, et qu'avais-je affaire de
savoir tout cela? Tu me perces le cœur, Brunon, tu
me le déchires; mais parle, ne me cache rien; tu es
peut-être mieux instruite que tu ne veux me le dire;
où est à présent son père? Quelle était sa situation
quand tu l'as quitté? Que faisait-il?

Il était malheureux, madame, repartit Brunon en
baissant tristement les yeux.

Il était malheureux, dis-tu. Il a voulu l'être. Achève, Brunon; serait-il veuf? Non, madame, répondit-elle avec un embarras qui ne fut remarqué que de nous qui étions au fait, je les ai vus tous trois; leur état aurait épuisé votre colère.

En voilà assez, ne m'en dis pas davantage, dit alors ma tante en soupirant. Quelle destinée, mon Dieu! Quel mariage! Elle était donc avec lui, cette femme que le misérable s'est donnée, et qui le déshonore?

Brunon rougit à ce dernier mot dont nous souf-frîmes tous; mais elle se remit bien vite, et prenant ensuite un air doux, tranquille, où je vis même de la dignité:

Je répondrais de votre estime pour elle, si vous pouviez lui pardonner d'avoir manqué de bien et de naissance, répondit-elle; elle a de la vertu, madame; tous ceux qui la connaissent vous le diront. Il est vrai que ce n'était pas assez pour être Mme Dursan; mais je suis bien à plaindre moi-même, si ce n'en est pas assez pour n'être point méprisable.

Eh! que me dis-tu là, Brunon? repartit-elle. Encore si elle te ressemblait!

Là-dessus je m'aperçus que Brunon était toute tremblante, et qu'elle me regardait comme pour savoir ce que je lui conseillais de faire; mais pendant que je délibérais, ma tante, qui se leva sur-le-champ pour venir avec nous, interrompit si brusquement cet instant favorable à la réconciliation, et par là le rendit si court, qu'il était déjà passé quand Brunon jeta les yeux sur moi: ce n'aurait plus été le même, et je jugeai à propos qu'elle se contînt.

Il y a de ces instants-là qui n'ont qu'un point qu'il faut saisir; et ce point, nous l'avions manqué, je le sentis.

Quoi qu'il en soit, nous descendîmes. Aucun de nous n'eut le courage de prononcer un mot; le cœur

me battait, à moi. L'événement que nous allions tenter commençait à m'inquiéter, pour elle : j'appréhendais que ce ne fût la mettre à une trop forte épreuve ;
mais il n'y avait plus moyen de s'en dédire, j'avais
tout disposé moi-même pour arriver à ce terme que
je redoutais ; le coup qui devait la frapper était mon
ouvrage ; et d'ailleurs il était sûr que, sans le secours
de tant d'impressions que j'allais, pour ainsi dire,
assembler sur elle, il ne fallait pas espérer de réussir.

Enfin nous parvînmes à cet appartement du
malade. Ma tante soupirait en entrant dans sa
chambre. Brunon, sur qui elle s'appuyait aussi bien
que sur moi, était d'une pâleur à faire peur. Je sentais mes genoux se dérober sous moi. Mme Dorfrainville nous suivait dans un silence inquiet et morne.
Le confesseur, qui marchait devant nous, entra le
premier, et les rideaux du lit n'étaient tirés que d'un
côté.

Cet ecclésiastique s'avança donc vers le mourant,
qu'on avait soulevé pour le mettre plus à son aise.
Son fils, qui était au chevet, et qui pleurait à chaudes
larmes, se retira un peu. Le jour commençait à baisser, et le lit était placé dans l'endroit le plus sombre
de la chambre.

Monsieur, dit l'ecclésiastique à ce mourant, je
vous amène Mme Dursan, que vous avez souhaité de
voir avant que de recevoir votre Dieu. La voici.

Le fils alors leva sa main faible et tremblante, et
tâcha de la porter à sa tête pour se découvrir ; mais
ma tante, qui arrivait à ce moment auprès de lui, se
hâta d'avancer sa main pour retenir la sienne.

Non, monsieur, non, restez comme vous êtes, je
vous prie ; vous n'êtes que trop dispensé de toute
cérémonie, lui dit-elle sans l'envisager encore.

Après quoi nous la plaçâmes dans un fauteuil à
côté du chevet, et nous nous tînmes debout auprès
d'elle.

Vous avez désiré m'entretenir, monsieur ; voulez-vous qu'on s'écarte ? Ce que vous avez à me dire doit-il être secret ? reprit-elle ensuite, moins en le regardant qu'en prêtant l'oreille à ce qu'il allait répondre.

Le malade là-dessus fit un soupir ; et comme elle appuyait son bras sur le lit, il porta la main sur la sienne ; il la lui prit, et dans la surprise où elle était de ce qu'il faisait, il eut le temps de l'approcher de sa bouche, d'y coller ses lèvres, en mêlant aux baisers qu'il y imprimait quelques sanglots à demi étouffés par sa faiblesse et par la peine qu'il avait à respirer.

À cette action, la mère, alors troublée et confusément au fait de la vérité, après avoir jeté sur lui des regards attentifs et effrayés : Que faites-vous donc là ? lui dit-elle, d'une voix que son effroi rendait plus forte qu'à l'ordinaire. Qui êtes-vous monsieur ? Votre victime, ma mère, répondit-il du ton d'un homme qui n'a plus qu'un souffle de vie.

Mon fils ! Ah ! malheureux Dursan ! je te reconnais assez pour en mourir de douleur, s'écria-t-elle en retombant dans le fauteuil, où nous la vîmes pâlir et rester comme évanouie.

Elle ne l'était pas cependant. Elle se trouva mal, mais elle ne perdit pas connaissance ; et nos cris, avec les secours que nous lui donnâmes, rappelèrent insensiblement ses esprits.

Ah ! mon Dieu ! dit-elle après avoir jeté quelques soupirs, à quoi m'avez-vous exposée, Tervire ?

Hélas ! ma tante, lui répondis-je, fallait-il vous priver du plaisir de pardonner à un fils mourant ? Ce jeune homme n'a-t-il pas des droits sur votre cœur ? N'est-il pas digne que vous l'aimiez ? Et pouvons-nous le dérober à vos tendresses ? ajoutai-je en lui montrant Dursan le fils, qui se jeta sur-le-champ à ses genoux, et à qui cette grand-mère, déjà toute rendue, tendit languissamment une main qu'il baisa en pleurant de joie. Et nous pleurions tous avec lui. Mme Dursan, qui n'était encore que Brunon, l'ecclésiastique lui-même, Mme Dorfrainville et moi, nous contribuâmes tous à l'attendrissement de cette tante, qui pleurait aussi, et qui ne voyait autour d'elle que des larmes qui la remerciaient de s'être laissé toucher.

Cependant tout n'était pas fait : il nous restait encore à la fléchir pour Brunon, qui était à genoux derrière le jeune Dursan, et qui, malgré les signes que je lui faisais, n'osait s'avancer, dans la crainte de nuire à son mari et à son fils, et d'être encore un obstacle à leur réconciliation.

En effet, nous n'avions eu jusque-là qu'à rappeler la tendresse d'une mère irritée, et il s'agissait ici de triompher de sa haine et de son mépris pour une étrangère, qu'elle aimait à la vérité, mais sans la connaître et sous un autre nom.

Cependant ma tante regardait toujours le jeune Dursan avec complaisance, et ne retirait point sa main qu'il avait prise.

Lève-toi, mon enfant, lui dit-elle à la fin ; je n'ai rien à te reprocher, à toi. Hélas ! comment te résisterais-je, moi qui n'ai pas tenu contre ton père ?

Ici, les caresses du jeune homme et nos larmes de joie redoublèrent.

Mon fils, dit-elle après en s'adressant au malade, est-ce qu'il n'y a pas moyen de vous guérir ? Qu'on lui cherche partout du secours, nous avons des médecins dans la ville prochaine ; qu'on les fasse venir, et qu'on se hâte.

Mais, ma tante, lui dis-je alors, vous oubliez encore une personne qui est chère à vos enfants, qui nous intéresse tous, et qui vous demande la permission de se montrer.

Je t'entends, dit-elle. Eh bien! je lui pardonne! Mais je suis âgée, ma vie ne sera pas encore bien longue, qu'on me dispense de la voir. Il n'est plus temps, ma tante, lui dis-je alors; vous l'avez déjà vue, vous la connaissez, Brunon vous le dira.

Moi, je la connais! reprit-elle; Brunon dit que je l'ai vue? Eh! où est-elle? À vos pieds, répondit Dursan le fils. Et celle-ci à l'instant venait de s'y jeter.

Ma tante, immobile à ce nouveau spectacle, resta quelque temps sans prononcer un mot, et puis tendant les bras à sa belle-fille : Venez donc, Brunon, lui dit-elle en l'embrassant; venez que je vous paye de vos services. Vous me disiez que je la connaissais, vous autres; il fallait dire aussi que je l'aimais.

Brunon, que j'appellerai à présent Mme Dursan, parut si sensible à la bonté de ma tante, qu'elle en était comme hors d'elle-même. Elle embrassait son fils, elle nous accablait de caresses, Mme Dorfrainville et moi; elle allait se jeter au cou de son mari, elle lui amenait son fils; elle lui disait de vivre, de prendre courage; il l'embrassait lui-même, tout expirant qu'il était, il demandait sa mère qui alla l'embrasser à son tour, en soupirant de le voir si mal.

Il s'affaiblissait à tout moment cependant; il nous le dit même, et pressa l'ecclésiastique d'achever ses fonctions. Mais comme, après tout ce qui venait de se passer, il avait besoin d'un peu de recueillement, nous jugeâmes à propos de nous retirer tous, en attendant que la cérémonie se fît.

Ma tante, qui, de son côté, n'avait pu supporter tant de mouvements et tant d'agitation sans en être affaiblie, nous pria de la ramener dans sa chambre.

Je me sens épuisée, je n'en puis plus, dit-elle à Mme Dursan; je n'aurais pas la force d'assister à ce qu'on va faire; aidez-moi à remonter, Brunon (car elle ne l'appela plus autrement), et nous la condui-

sîmes chez elle. Je la trouvai même si abattue, que je
lui proposai de se coucher pour se mieux reposer.
Elle y consentit.

Je voulus sonner pour faire venir une autre femme
de chambre; mais Mme Dursan la jeune m'en empêcha. Oubliez-vous que Brunon est ici? me dit-elle; et
elle se mit sur-le-champ à la déshabiller.

Comme vous voudrez, ma fille, lui dit ma tante,
qui reçut son action de bonne grâce, et ne voulut pas
s'y opposer, de peur qu'elle ne regardât son refus
comme un reste d'éloignement pour elle. Après quoi
elle nous renvoya tous chez le malade, et il ne resta
qu'une femme de chambre auprès d'elle.

Son dessein n'était pas de rester au lit plus de deux
ou trois heures; elle devait ensuite revenir chez son
fils; mais il était arrêté qu'elle ne le verrait plus.

À peine fut-elle couchée, que ses indispositions
ordinaires augmentèrent si fort qu'elle ne put se relever; et à dix heures du soir son fils était mort.

Ma tante le comprit aux mouvements que nous
nous donnions, Mme Dorfrainville et moi, qui des-
cendions tour à tour, et à l'absence de Mme Dursan
et de son fils, qui n'étaient ni l'un ni l'autre remontés
chez elle.

Je ne revois ni Dursan ni sa mère, me dit-elle un
quart d'heure après que Dursan le père eut expiré.
Ne me cache rien; est-ce que je n'ai plus de fils? Je
ne lui répondis pas, mais je pleurai. Dieu est le
maître, continua-t-elle tout de suite sans verser une
larme, et avec une sorte de tranquillité qui m'effraya,
que je trouvai funeste, et qui ne pouvait venir que
d'un excès de consternation et de douleur.

Je ne me trompais pas. Ma tante fut plus mal de
jour en jour; rien ne put la tirer de la mélancolie
dans laquelle elle tomba. La fièvre la prit et ne la
quitta plus.

Je ne vous dis rien de l'affliction de Mme Dursan et de son fils. La première me fit pitié, tant je la trouvai accablée. Le testament qui déshéritait son mari n'était pas encore révoqué; peut-être appréhendait-elle que ma tante ne mourût sans en faire un autre, et ce n'aurait pas été ma faute, je l'en avais déjà pressée plusieurs fois, et elle me renvoyait toujours au lendemain.

Mme Dorfrainville, qui lui en avait parlé aussi, passa trois ou quatre jours avec nous; le matin du jour de son départ, nous insistâmes encore l'une et l'autre sur le testament.

Ma nièce, me dit alors ma tante, allez prendre une petite clef à tel endroit; ouvrez cette armoire et apportez-moi un paquet cacheté que vous verrez à l'entrée. Je fis ce qu'elle me disait; et dès qu'elle eut le paquet:

Qu'on ait la bonté de me laisser seule une demi-heure, nous dit-elle; et nous nous retirâmes.

Tout ceci s'était passé entre nous trois; Mme Dursan et son fils n'y avaient point été présents; mais ma tante les envoya chercher, quand elle nous eut fait rappeler Mme Dorfrainville et moi.

Nous jugeâmes qu'elle venait d'écrire; elle avait encore une écritoire et du papier sur son lit, et elle tenait d'une main le papier cacheté que je lui avais donné.

Voici, dit-elle à Mme Dursan, le testament que j'avais fait en faveur de ma nièce; mon dessein, depuis le retour de mon fils, a été de le supprimer; mais il y a quatre jours qu'elle m'en sollicite à tout instant, et je vous le remets, afin que vous y voyiez vous-même que je lui laissais tout mon bien.

Après ces mots, elle le lui donna. Prenant ensuite un second papier cacheté, qu'elle présenta à Mme Dorfrainville: Voici, poursuivit-elle, un autre

écrit dont je prie madame de vouloir bien se charger; et quoique je ne doute pas que vous ne satis-
fassiez de bonne grâce aux petites dispositions que
vous y trouverez, ajouta-t-elle en adressant la parole
à Mme Dursan, j'ai cru devoir encore vous les recommander, et vous dire qu'elles me sont chères,
qu'elles partent de mon cœur, qu'en un mot j'y
prends l'intérêt le plus tendre, et que vous ne sauriez, ni prouver mieux votre reconnaissance à mon
égard, ni mieux honorer ma mémoire qu'en exé-
cutant fidèlement ce que j'exige de vous dans cet
écrit, que je confie à Mme Dorfrainville. Pour vous y
exciter encore, songez que je vous aime, que j'ai du
plaisir à penser que vous allez être dans une meilleure fortune, et que tous ces sentiments, avec lesquels je meurs pour vous, sont autant d'obligations
que vous avez à ma nièce.

Elle s'arrêta là, elle demanda à se reposer;
Mme Dorfrainville l'embrassa, partit à onze heures.
Et six jours après ma tante n'était plus[1].

Vous concevez aisément quelle fut ma douleur.
Mme Dursan parut faire tout ce qu'elle put pour
l'adoucir; mais je ne fus guère sensible à tout ce
qu'elle me disait : et quoiqu'elle fût affligée elle-
même, je crus voir qu'elle ne l'était pas assez; ses
larmes n'étaient pas amères; il y entrait, ce me
semble, beaucoup de facilité de pleurer, et voilà
pourquoi elle ne me consolait pas, malgré tous ses
efforts.

Son fils y réussissait mieux; il avait, à mon avis,
une tristesse plus vraie; il regrettait du moins son
père de tout son cœur, et ne parlait de ma tante
qu'avec la plus tendre reconnaissance, sans songer,
comme sa mère, à l'abondance où il allait vivre.

Et puis je le voyais sincèrement s'intéresser à mon
affliction. Ce dernier article n'était pas équivoque; et

peut-être, à cause de cela, jugeais-je de lui plus favorablement sur le reste.

Quoi qu'il en soit, Mme Dorfrainville vint deux
jours après au château avec le papier cacheté que
ma tante lui avait remis, et qui fut ouvert en présence de témoins, avec toutes les formalités qu'on
jugea nécessaires.

Ma tante y rétablissait son petit-fils dans tous les
droits que son père avait perdus par son mariage;
mais elle ne le rétablissait en entier qu'à condition
qu'il m'épouserait, et qu'au cas qu'il en épousât une
autre, ou que le mariage ne me convînt pas à moi-
même, il serait obligé de me donner le tiers de tous
les biens qu'elle laissait, de quelque nature qu'ils
fussent.

Qu'au surplus l'affaire de notre mariage se décide-
rait dans l'intervalle d'un an, à compter du jour où le
paquet serait ouvert; et qu'en attendant, il me ferait,
du même jour, une pension de mille écus[1], dont je
jouirais jusqu'à la conclusion de notre mariage, ou
jusqu'au moment où j'entrerais en possession du
tiers de l'héritage.

Toutes ces conditions-là sont de trop, s'écria vivement Dursan le fils pendant qu'on lisait cet article, je
ne veux rien qu'avec ma cousine[2].

Je baissai les yeux, et je rougis d'embarras et de
plaisir sans rien répondre; mais le tiers de ce bien
qu'on me donnait, si je ne l'épousais pas, ne me ten-
tait guère.

Attendez donc qu'on achève, mon fils, lui dit
Mme Dursan d'un air assez brusque, que Mme Dorfrainville remarqua comme moi. J'aurais été honteux de me taire, reprit le jeune homme plus doucement. Et l'on continua de lire.

L'air brusque que Mme Dursan avait eu avec son
fils venait apparemment de ce qu'elle savait mon peu

de fortune; et malgré le tiers du bien de ma tante
que je devais emporter si Dursan ne m'épousait pas,
elle le voyait non seulement en état de faire un très
riche mariage, mais encore d'aspirer aux partis les
plus distingués par la naissance.

Quoi qu'il en soit, elle ne put s'empêcher, quelques
jours après, de dire à Mme Dorfrainville que j'avais
bien raison de regretter une tante qui m'avait si bien
traitée. Qu'appelez-vous bien traitée? Savez-vous
qu'il n'a tenu qu'à Mlle de Tervire de l'être encore
mieux? lui répondit cette dame, qui fut scandalisée
de sa façon de penser, et vous ne devez pas oublier
que vous n'auriez rien sans elle, sans son désintéressement et sa généreuse industrie. Ne la regardez pas comme une fille qui n'a rien; votre fils, en
l'épousant, madame, épousera l'héritière de tout le
bien qu'il a. Voilà ce qu'il en pense lui-même, et vous
ne sauriez penser autrement sans une ingratitude
dont je ne vous crois pas capable.

À l'égard de leur mariage, repartit Mme Dursan en
souriant, mon fils est encore si jeune qu'il sera temps
d'y songer dans quelques années. Comme il vous
plaira, répondit Mme Dorfrainville, qui ne daigna
pas lui en dire davantage, et qui se sépara d'elle avec
une froideur dont Mme Dursan profita pour avoir
un prétexte de ne la plus voir, et pour se délivrer de
ses reproches.

Cette femme, que nous avions mal connue, ne s'en
tint pas à éloigner le mariage en question. Je sus
qu'elle faisait consulter d'habiles gens, pour savoir si
on ne pourrait pas attaquer le dernier écrit de ma
tante; et ce fut encore Mme Dorfrainville qu'on instruisit de cette autre indignité, et qui me l'apprit.

Dursan, qui la savait, et qui n'osa me la dire, était
au désespoir. Ce n'était pas de lui dont j'avais à me
plaindre alors, il m'aimait au-delà de toute expres-

sion : je ne lui dissimulais pas que je l'aimais aussi ; et plus Mme Dursan en usait mal avec moi, plus son fils, que je croyais si différent d'elle, me devenait cher : mon cœur le récompensait par là de ce qu'il ne ressemblait pas à sa mère.

Mais cette mère, tout ingrate qu'elle était, avait un ascendant prodigieux sur lui ; il n'osait lui parler avec autant de force qu'il l'aurait dû ; il n'en avait pas le courage. Pour le faire taire, elle n'avait qu'à lui dire : Vous me chagrinez ; et c'en était fait, il n'allait pas plus loin.

Les mauvaises intentions de cette mère ne se terminèrent pas à me disputer, s'il était possible, le tiers du bien qui m'appartenait ; elle résolut encore de m'écarter de chez elle, dans l'espérance que son fils, en cessant de me voir, cesserait aussi de m'aimer avec tant de tendresse, et ne serait plus si difficile à amener à ce qu'elle voulait ; et voici ce qu'elle fit pour parvenir à ses fins.

Je vous ai dit qu'il y avait une espèce de rupture, ou du moins une grande froideur entre Mme Dorfrainville et elle ; et ce fut à moi à qui elle s'en prit. Mademoiselle, me dit-elle, Mme Dorfrainville est toujours votre amie, et n'est plus la mienne ; comment cela se peut-il ? je vous le demande, madame, lui répondis-je ; vous savez mieux que moi ce qui s'est passé entre vous deux.

Mieux que vous ! reprit-elle en souriant d'un air ironique ; vous plaisantez ; et elle aurait entendu raison si vous l'aviez voulu. Le mariage dont il s'agit n'est pas si pressé.

Il ne l'est pas pour moi, lui dis-je ; mais elle n'a pas cru que ce fût vous qui dussiez le différer, si j'y consentais.

Quoi ! mademoiselle, vous me querellez aussi ? Déjà des reproches du service que vous nous avez rendu! Cette humeur-là m'alarme pour mon fils, reprit-elle en me quittant.

J'ai vu Brunon me rendre plus de justice, lui criai-je pendant qu'elle s'éloigna; et depuis ce moment nous ne nous parlâmes presque plus, et j'en essuyai tous les jours tant de dégoûts qu'il fallut enfin prendre mon parti trois mois après la mort de ma tante, et quitter le château, malgré la désolation du fils, que je laissai malade de douleur, brouillé avec sa mère, et que je ne pus ni voir ni informer du jour de ma sortie, par tout ce que m'allégua sa mère, qui feignait ne pouvoir comprendre pourquoi je me retirais, et qui me dit que son fils, avec la fièvre qu'il avait, n'était pas en état de recevoir des adieux aussi étonnants que les miens.

Tant de fourberie me rebuta de lui répondre là-dessus; mais pour lui témoigner le peu de cas que je faisais de son caractère: J'ai demeuré trois mois chez vous, lui dis-je en partant, et il est juste de vous en tenir compte.

C'est bien plutôt moi qui vous dois trois mois de la pension qu'on vous a laissée, et je vais m'en acquitter tout à l'heure, dit-elle en souriant du compliment que je lui faisais, et dont ma retraite la consolait. Non, lui dis-je avec fierté; gardez votre argent, madame, je n'en ai pas besoin à présent. Et aussitôt je montai dans une chaise, que Mme Dorfrainville, chez qui j'allais, m'avait envoyée.

Je passe la colère de cette dame au récit que je lui fis de tous les désagréments que j'avais eus au château. J'avais écrit deux fois à ma mère depuis la mort de ma tante, et je n'en avais point eu de réponse, quoiqu'il y eût alors nombre d'années que je n'eusse eu de ses nouvelles; et cela me chagrinait.

Où pouvait me jeter une situation comme la mienne? Car enfin, je ne voyais rien d'assuré; et si

Mme Dursan, qui avait tenté d'attaquer le dernier testament de ma tante, parvenait à le faire casser, que devenais-je? Il n'était pas question d'abuser de la retraite que Mme Dorfrainville venait de me donner; il ne me restait donc que ma mère à qui je pouvais avoir recours. Une des amies de Mme Dorfrainville, femme âgée, allait faire un voyage à Paris; je crus devoir profiter de sa compagnie, et partir avec elle; ce que je fis en effet, quinze jours ou trois semaines après ma sortie de chez Mme Dursan, qui m'avait envoyé ce qui m'était dû de ma pension, et dont le fils continuait d'être malade, et pour qui je ne pus que laisser une lettre, que Mme Dorfrainville elle-même me promit de lui faire tenir.

ONZIÈME PARTIE

Il me semble vous entendre d'ici, madame : Quoi! vous écriez-vous, encore une partie! Quoi! trois tout de suite! Eh! par quelle raison vous plaît-il d'écrire si diligemment l'histoire d'autrui, pendant que vous avez été si lente à continuer la vôtre? Ne serait-ce pas que la religieuse aurait elle-même écrit la sienne, qu'elle vous aurait laissé son manuscrit, et que vous le copiez?

Non, madame, non je ne copie rien; je me ressouviens de ce que ma religieuse m'a dit, de même que je me ressouviens de ce qui m'est arrivé; ainsi le récit de sa vie ne me coûte pas moins que le récit de la mienne, et ma diligence vient de ce que je me corrige, voilà tout le mystère; vous ne m'en croirez pas, mais vous le verrez, madame, vous le verrez. Poursuivons.

Nous nous retrouvâmes sur le soir dans ma chambre, ma religieuse et moi.

Voulez-vous, me dit-elle, que j'abrège le reste de mon histoire? Non que je n'aie le temps de la finir cette fois-ci; mais j'ai quelque confusion de vous parler si longtemps de moi, et je ne demande pas mieux que de passer rapidement sur bien des choses, pour en venir à ce qu'il est essentiel que vous sachiez.

Non, madame, lui répondis-je, ne passez rien, je vous en conjure; depuis que je vous écoute, je ne suis plus, ce me semble, si étonnée des événements de ma vie, je n'ai plus une opinion si triste de mon sort. S'il est fâcheux d'avoir comme moi perdu sa mère, il ne l'est guère moins d'avoir, comme vous, été abandonnée de la sienne; nous avons toutes deux été différemment à plaindre; vous avez eu vos ressources, et moi les miennes. À la vérité, je crois jusqu'ici que mes malheurs surpassent les vôtres; mais quand vous aurez tout dit, je changerai peut-être de sentiment.

Je n'en doute pas, me dit-elle, achevons.

Je vous ai dit que mon voyage était résolu, et je partis quelques jours après avec la dame dont je vous ai parlé.

J'avais été payée d'une moitié de ma pension; et cette somme, que Mme Dorfrainville avait bien voulu recevoir pour moi sur ma quittance[1], avait été donnée de fort bonne grâce; Mme Dursan avait même offert de l'augmenter.

Nous ne serons pas longtemps sans vous suivre, me dit-elle la veille de mon départ; mais si, par quelque accident imprévu, vous avez besoin de plus d'argent avant que nous soyons à Paris, écrivez-moi, mademoiselle, et je vous en enverrai sur-le-champ.

Ce discours fut suivi de beaucoup de protestations d'amitié qui n'avaient qu'un défaut, c'est qu'elles étaient trop polies : je les aurais crues plus vraies, si elles avaient été plus simples; le bon cœur ne fait point de compliments.

Quoi qu'il en soit, je partis, toujours incertaine du fond de ses sentiments, et par là toujours inquiète du parti qu'elle prendrait; mais en revanche bien convaincue de la tendresse du fils.

Je ne vous en dirai que cela, je n'ai que trop souffert du ressouvenir de ce qu'il me dit alors, aussi bien que dans d'autres temps : il a fallu les oublier, ces expressions, ces transports, ces regards, cette physionomie si touchante qu'il avait avec moi, et que je vois encore, il a fallu n'y plus songer, et malgré l'état que j'ai embrassé, je n'ai pas eu trop de quinze ans pour en perdre la mémoire.

C'était dans un carrosse de voiture[1] que nous voyagions, ma compagne et moi, et nous n'étions plus qu'à vingt lieues de Paris, quand, dans un endroit où l'on s'arrêta quelque temps le matin pour rafraîchir les chevaux, il vint une dame qui demanda s'il y avait une place pour elle dans la voiture.

Elle était suivie d'une paysanne qui portait une cassette, et qui tenait un sac de nuit sous son bras. Oui, lui dit le cocher, il y a encore une place de vide à la portière[2].

Eh bien! je la prendrai, répondit la dame, qui la paya sur-le-champ, et qui monta tout de suite en carrosse, après nous avoir tous salués d'un air qui avait de la dignité, quoique très honnête, et qui ne sentait point la politesse de campagne[3]. Tout le monde le remarqua, et je le remarquai plus que les autres.

Elle était assise à côté d'un vieux ecclésiastique qui allait plaider à Paris. Ma compagne et moi, nous remplissions le fond du devant; celui de derrière était occupé par un homme âgé indisposé, et par sa femme. Dans l'autre portière, étaient un officier et la femme de chambre de la dame avec qui je voyageais, et qui avait encore un laquais qui suivait le carrosse à cheval.

Cette inconnue que nous prîmes en chemin était grande, bien faite; je lui aurais donné près de cinquante ans, cependant elle ne les avait pas; on eût dit qu'elle relevait de maladie, et cela était vrai. Malgré sa pâleur et son peu d'embonpoint, on lui voyait les plus beaux traits du monde, avec un tour de visage admirable, et je ne sais quoi de fin, qui faisait penser qu'elle était une femme de distinction. Toute sa figure avait un air d'importance naturelle qui ne vient pas de fierté, mais de ce qu'on est accoutumé aux attentions, et même aux respects de ceux avec qui l'on vit dans le grand monde.

À peine avions-nous fait une lieue[1] depuis la buvette[2], que le mouvement de la voiture incommoda notre nouvelle venue.

Je la vis pâlir, ce qui fut bientôt suivi de maux de cœur.

On voulait faire arrêter, mais elle dit que ce n'était pas la peine, et que cela ne durerait pas; et comme j'étais la plus jeune de toutes les personnes qui occupaient les meilleures places, je la pressai beaucoup de se mettre à la mienne, et l'en pressai d'une manière aussi sincère qu'obligeante.

Elle parut extrêmement touchée de mes instances, me fit sentir combien elle les estimait de ma part, et mêla même quelque chose de si flatteur pour moi dans ce qu'elle me répondit, que mes empressements en redoublèrent; mais il n'y eut pas moyen de la persuader, et en effet son indisposition se passa.

Comme elle était placée auprès de moi, nous avions de temps en temps de petites conversations ensemble.

La dame que j'ai appelée ma compagne, et qui était d'un certain âge, m'appelait presque toujours sa fille quand elle me parlait; et là-dessus notre inconnue crut qu'elle était ma mère.

Non, lui dis-je, c'est une amie de ma famille qui a eu la bonté de se charger de moi jusqu'à Paris, où nous allons toutes deux, elle pour recueillir une succession, et moi pour joindre ma mère, qu'il y a long-temps que je n'ai vue.

Je voudrais bien être cette mère-là, me dit-elle d'un air doux et caressant, sans me faire de questions sur le pays d'où je venais, et sans me parler de ce qui la regardait.

Nous arrivâmes à l'endroit où nous devions dîner. Il faisait un fort beau jour, et il y avait dans l'hôtellerie un jardin qui me parut assez joli. Je fus curieuse de le voir, et j'y entrai. Je m'y promenai même quelques instants pour me délasser d'avoir été assise toute la matinée.

Mme Darcire (c'est le nom de ma compagne) était à l'entrée de ce jardin avec l'ecclésiastique dont je vous ai parlé, pendant que l'officier ordonnait notre dîner; l'autre voyageur incommodé et sa femme étaient déjà montés dans la chambre où l'on devait nous servir, et où ils nous attendaient.

L'officier revint et dit à Mme Darcire qu'il ne nous manquait que notre nouvelle venue, qui s'était retirée, et qui apparemment avait dessein de manger à part.

Je me promenais alors dans un petit bois, que cette dame eut envie de voir aussi. L'ecclésiastique et l'officier la suivirent, et il y avait déjà une bonne demi-heure que nous nous y amusions, quand le laquais de Mme Darcire vint nous avertir qu'on allait servir; nous prîmes donc le chemin de la chambre où je viens de vous dire que deux de nos voyageurs étaient d'abord montés.

J'ignorais que notre inconnue se fût séparée, on n'en avait rien dit devant moi; de sorte qu'en traversant la cour je la vis dans un cabinet à rez-de-chaussée, dont les fenêtres étaient ouvertes, et on lui apportait à manger dans le même moment.

Comment! dis-je à l'officier, est-ce dans ce cabinet que nous dînons? Nous n'y serons guère à notre aise. Aussi n'est-ce pas là que nous allons, me répondit-il, c'est en haut; mais cette dame a voulu dîner toute seule.

Il n'y a pas d'apparence qu'elle eût pris ce parti-là si on l'avait priée d'être des nôtres, repris-je; peut-être s'attendait-elle là-dessus à une politesse que personne de nous ne lui a faite, et je suis d'avis d'aller sur-le-champ réparer cette faute.

Je laissai en effet monter les autres, et me hâtai d'entrer dans ce cabinet. Elle prenait sa serviette, et n'avait pas encore touché à ce qu'on lui avait apporté; c'était un potage et de l'autre côté un peu de viande bouillie sur une assiette.

J'avoue qu'un repas si frugal m'étonna : elle rougit elle-même que j'en fusse témoin, mais lui cachant ma surprise : Eh quoi! madame, lui dis-je, vous nous quittez! Nous n'aurons pas l'honneur de dîner avec vous? Nous ne souffrirons pas cette séparation-là, s'il vous plaît; heureusement que j'arrive à propos; vous n'avez point encore mangé et je vous enlève de la part de toute la compagnie. On ne se mettra point à table que vous ne soyez venue.

Elle s'était brusquement levée, comme pour m'écarter de la table et de la vue de son dîner. Je me conformai à son intention, et ne m'avançai pas.

Non, mademoiselle, me répondit-elle en m'embrassant, ne prenez point garde à moi, je vous prie : j'ai été longtemps malade, je suis encore convalescente, il faut que j'observe un régime qui m'est nécessaire, et que j'observerais mal en compagnie. Voilà mes raisons; voyez si vous voulez que je m'expose; je suis bien sûre que non, et vous seriez la première à m'en empêcher. Je crus de bonne foi ce qu'elle me disait, et je n'en insistai pas moins.

Je ne me rends point, lui dis-je, je ne veux point vous laisser seule : venez, madame, et fiez-vous à moi, je veillerai sur vous avec la dernière rigueur, je

vous garderai à vue. On n'a pas encore servi, il n'y a
qu'à dire en passant qu'on joigne votre dîner au
nôtre; et je la prenais sous le bras pour l'emmener
en lui parlant ainsi. De sorte que je l'entraînais déjà
sans qu'elle sût que me répondre, malgré la répugnance que je lui voyais toujours.

Mon Dieu! mademoiselle, me dit-elle en s'arrêtant
d'un air triste et même douloureux, que votre
empressement me fait de plaisir et de peine! Faut-il
vous parler confidemment? Je viens d'une petite
maison de campagne que j'ai ici près : j'y avais
apporté un certain argent pour y passer environ un
mois. Je sortais de maladie, la fièvre m'y a reprise, je
m'y suis laissé gagner par le temps; il ne me reste
bien précisément que ce qu'il me faut pour retourner
à Paris, où je serai demain, et je ne songe qu'à arriver. Ce que je vous dis là, au reste, n'est fait que pour
vous[1], mademoiselle, vous le sentez bien, et vous
aurez la bonté de m'excuser auprès des autres sur
ma santé.

Quelque peu de souci qu'elle affectât d'avoir elle-
même de cette disette d'argent qu'elle m'avouait et
qu'elle voulait que je regardasse comme un accident
sans conséquence, ce qu'elle me disait là me toucha
cependant, et je crus voir moins de tranquillité sur
son visage qu'elle n'en marquait dans son discours.
Il y a de certains états où l'on ne prend pas l'air
qu'on veut.

Eh! madame, m'écriai-je avec une franchise vive
et badine, et en lui mettant ma bourse dans la main,
que j'aie l'honneur de vous être bonne à quelque
chose; servez-vous de cet argent jusqu'à Paris, puisque vous avez négligé d'en faire venir, et ne nous
punissez point du peu de précaution que vous avez
prise.

Je déliais les cordons de la bourse en lui parlant

ainsi : Prenez ce qu'il vous faut, ajoutai-je : si vous n'en avez pas besoin, vous me le rendrez en arrivant ; sinon, vous me le renverrez le lendemain.

Elle jeta comme un soupir alors, et laissa même, sans doute malgré elle, échapper une larme. Vous êtes trop aimable, me répondit-elle ensuite avec un embarras qu'elle combattait, vous me charmez, vous me pénétrez d'amitié pour vous ; mais je puis me passer de ce que vous m'offrez de si bonne grâce, souffrez que je vous remercie : il n'y a personne de quelque considération dans ces campagnes-ci qui ne me connaisse, et chez qui je ne puisse envoyer si je voulais ; mais ce n'est pas la peine, je serai demain chez moi.

S'il vous est indifférent de rester seule ici, lui répondis-je d'un air mortifié, il ne me l'aurait pas été d'être quelques heures de plus avec vous ; c'était une grâce que je vous demandais, et qu'à la vérité je ne mérite pas d'obtenir.

Que vous ne méritez pas ! me repartit-elle en joignant les mains. Eh ! comment ferait-on pour ne pas vous aimer ? Eh bien ! mademoiselle, que voulez-vous que je prenne ? Puisque vous me menacez de croire que je ne vous aime pas, je ferai tout ce que vous exigerez, et je vais vous suivre. Êtes-vous contente ?

C'était en tenant ma bourse qu'elle me disait cela. Je l'embrassai de joie ; car toutes ses façons me plaisaient, je les trouvais nobles et affectueuses, et ce petit moment de conversation particulière venait encore de me lier à elle. De son côté, elle me serra tendrement dans ses bras. Ne disputons plus, me dit-elle après, voilà un de vos louis que je prends ; c'est assez, puisqu'il n'est question que de prendre. Non, répondis-je en riant, n'y eût-il qu'un quart de lieue d'ici chez vous, je vous taxe à davantage. Eh bien !

mettons-en deux pour avoir la paix, et marchons,
reprit-elle.

Je l'emmenai donc. Il y avait un instant qu'on avait
servi, et on nous attendait. On la combla de politesses, et Mme Darcire surtout eut mille attentions
pour elle.

Je lui avais promis de veiller sur elle à table et je
lui tins parole, du moins pour la forme. On m'en fit
la guerre, on me querella, je ne m'en souciai point.
C'est une rigueur à laquelle je me suis engagée, dis-
je; madame n'est venue qu'à cette condition-là, et je
fais¹ ma charge.

Ma prétendue rigueur n'était cependant qu'un prétexte pour lui servir ce qu'il y avait de meilleur et de
plus délicat; et quoique, pour entrer dans le badinage, elle se plaignît d'être trop gênée, il est vrai
qu'elle mangea très peu.

Nous sentîmes tous combien nous aurions perdu
si elle nous avait manqué; il me sembla que nous
étions devenus plus aimables avec elle, et que nous
avions tous plus d'esprit qu'à l'ordinaire.

Enfin, le dîner finit, nous remontâmes en carrosse, et le souper se passa de même.

Nous n'étions plus le lendemain qu'à une lieue de
Paris, quand nous vîmes un équipage s'arrêter près
de notre voiture, et que nous entendîmes quelqu'un
qui demandait si Mme Darcire n'était pas là. C'était
un homme d'affaires à qui elle avait écrit de venir
au-devant d'elle, et de lui chercher un hôtel où elle
pût avoir un logement convenable; elle se montra
sur-le-champ.

Mais comme nous avions quelques paquets engagés dans le magasin², que le lieu n'était pas
commode pour les retirer, nous jugeâmes à propos
de ne descendre qu'à un petit village qui n'était plus
qu'à un demi-quart de lieue, et où notre cocher nous
dit qu'il s'arrêterait lui-même.

Pendant qu'on y travailla à retirer nos paquets, mon inconnue me prit à quartier[1] dans une petite cour, et voulut, en m'embrassant, me rendre les deux louis d'or que je l'avais forcée de prendre.

Vous n'y songez pas, lui dis-je, vous n'êtes pas encore arrivée, gardez-les jusque chez vous ; que je les reprenne aujourd'hui ou demain, n'est-ce pas la même chose ? Avez-vous intention de ne me pas revoir, et me quittez-vous pour toujours ?

J'en serais bien fâchée, me répondit-elle ; mais nous voici à Paris, nous allons y entrer, c'est comme si j'y étais. Vous avez beau dire, repris-je en me reculant, je me défie de vous, et je vous laisse cet argent précisément pour vous obliger à m'apprendre où je vous retrouverai.

Elle se mit à rire, et s'avança vers moi ; mais je m'éloignai encore. Ce que vous faites là est inutile, lui criai-je, donnez-moi mes sûretés, où logez-vous ?

Je ne vous en aurais pas moins instruite de l'endroit où je vais, me repartit-elle ; mon nom est Darneuil (ce n'était là que le nom d'une petite terre, et elle me cachait le véritable), et vous aurez de mes nouvelles chez M. le marquis de Viry, rue Saint-Louis[2], au Marais (c'était un de ses amis) ; dites-moi à présent à votre tour, ajouta-t-elle, où je vous trouverai.

Je ne sais point le nom du quartier où nous allons, lui répondis-je ; mais demain, j'enverrai quelqu'un qui vous le dira, si je ne vais pas vous le dire moi-même.

J'entendis alors Mme Darcire qui m'appelait, et je me hâtai de sortir de la petite cour pour la joindre : mon inconnue me suivit, elle dit adieu à Mme Darcire, je l'embrassai tendrement, et nous partîmes.

En une heure de temps, nous arrivâmes à la maison que cet homme d'affaires dont j'ai parlé nous avait retenue.

Comme la journée n'était pas encore fort avancée, j'aurais volontiers été chercher ma mère, si Mme Darcire, qui se sentait trop fatiguée pour m'accompagner, et dont je ne pouvais prendre que la femme de chambre, ne m'avait engagée à attendre jusqu'au lendemain.

J'attendis donc, d'autant plus qu'on me dit qu'il y avait fort loin du quartier où nous étions à celui où je devais aller trouver cette mère qu'il me tardait, avec tant de raison, de voir et de connaître.

Aussi Mme Darcire ne me fit-elle pas languir le jour d'après; elle eut la bonté de préférer mes affaires à toutes les siennes, et à onze heures du matin nous étions déjà en carrosse pour nous rendre dans la rue Saint-Honoré, vis-à-vis les Capucins, conformément à l'adresse que j'avais gardée de ma mère, et à laquelle je lui avais écrit mes dernières lettres, qui étaient restées sans réponse.

Notre carrosse arrêta donc à l'endroit que je viens de dire, et là nous demandâmes la maison de Mme la marquise de... (c'était le nom de son mari). Elle n'est plus ici, nous répondit un suisse[1] ou un portier, je ne sais plus lequel des deux. Elle y logeait il y a environ deux ans; mais depuis que M. le marquis est mort, son fils a vendu la maison à mon maître qui l'occupe à présent.

M. le marquis est mort! m'écriai-je toute troublée, et même saisie d'une certaine épouvante que je ne devais pas avoir; car dans le fond, que m'importait la mort de ce beau-père qui m'était inconnu, à qui je n'avais jamais eu la moindre obligation, et sans lequel, au contraire, ma mère ne m'aurait pas vraisemblablement oubliée autant qu'elle avait fait?

Cependant, en apprenant qu'il ne vivait plus et qu'il avait un fils marié, je craignis pour ma mère, qui m'avait laissée ignorer tous ces événements; le silence qu'elle avait gardé là-dessus m'alarma; j'aperçus confusément des choses tristes et pour elle et pour moi. En un mot, cette nouvelle me frappa, comme si elle avait entraîné mille autres accidents fâcheux que je redoutais, sans savoir pourquoi.

Eh! depuis quand est-il donc mort? répondis-je d'une voix altérée. Eh! mais, c'est depuis dix-sept ou dix-huit mois, je pense, reprit cet homme, et six ou sept semaines après avoir marié M. le marquis son fils, qui vient ici quelquefois, et qui demeure à présent à la place Royale.

Et la marquise sa mère, lui dis-je encore, loge-t-elle avec lui? Je ne crois pas, me répondit-il; il me semble avoir entendu dire que non; mais vous n'avez qu'à aller chez lui, pour apprendre où elle est; apparemment qu'on vous en informera.

Eh bien! me dit alors Mme Darcire, il n'y a qu'à retourner au logis, et nous irons à la place Royale après dîner, d'autant plus que j'ai moi-même affaire de ces côtés-là. Comme vous voudrez, lui répondis-je d'un air inquiet et agité.

Et nous revînmes à la maison.

Vous voilà bien rêveuse, me dit en chemin Mme Darcire; à quoi pensez-vous donc? Est-ce la mort de votre beau-père qui vous afflige?

Non, lui dis-je, je ne pourrais en être touchée que pour ma mère, que cet accident intéresse peut-être de plus d'une façon; mais ce qui m'occupe à présent, c'est le chagrin de ne la point voir, et de n'être pas sûre que je la trouverai chez son fils, puisqu'on vient de nous dire qu'on ne croit pas qu'elle y loge. Ce n'est pas là un grand inconvénient, me dit-elle; si elle n'y loge pas, nous irons chez elle.

Mme Darcire fit arrêter chez quelques marchands pour des emplettes; nous rentrâmes ensuite au logis; trois quarts d'heure après le dîner, nous remontâmes en carrosse avec son homme d'affaires qui venait d'arriver, et nous prîmes le chemin de la place Royale, où cette dame, par égard pour mon impatience, voulut me mener d'abord, dans l'intention de m'y laisser si nous y trouvions ma mère, d'aller de là à ses propres affaires, et de revenir me reprendre sur le soir s'il le fallait.

Mais ce n'était pas la peine de nous arranger là-dessus, et mes inquiétudes ne devaient pas finir sitôt. Ni mon frère, ni ma belle-sœur, c'est-à-dire ni M. le marquis, ni sa femme, n'étaient chez eux. Nous sûmes de leur suisse que, depuis huit jours, ils étaient partis pour une campagne à quinze ou vingt lieues de Paris. Quant à ma mère, elle ne logeait point avec eux, et on ignorait sa demeure; tout ce qu'on pouvait m'en dire, c'est que ce jour-là même elle était venue à onze heures du matin pour voir son fils, dont elle ne savait pas l'absence; qu'elle avait paru fort surprise et fort affligée de le trouver parti; qu'elle arrivait elle-même de campagne, à ce qu'elle avait dit, et qu'elle s'était retirée sans laisser son adresse.

À ce récit, je retombai dans ces frayeurs dont je vous ai parlé, et je ne pus m'empêcher de soupirer. Vous dites donc qu'elle était affligée du départ de M. le marquis? répondis-je à cet homme. Oui, mademoiselle, me repartit-il, c'est ce qui m'en a semblé. Eh! comment est-elle venue ici? ajoutai-je par je ne sais quel esprit de méfiance sur sa situation, et comme cherchant à tirer des conjectures sur ce qu'on allait me répondre; était-elle dans son équipage, ou dans celui d'un de ses amis?

Oh! d'équipage, me répondit-il, vraiment, mademoiselle, elle n'en a point; elle était toute seule, et même assez fatiguée; car elle s'est reposée ici près d'un quart d'heure.

Toute seule, et sans voiture! m'écriai-je, la mère de M. le marquis? Voilà qui est bien horrible! Ce n'est pas ma faute, et je ne saurais dire autrement, me repartit-il. Au surplus, je ne me mêle point de ces choses-là, et je réponds seulement à ce que vous me demandez.

Mais, lui dis-je en insistant, ne m'indiquerez-vous point dans ce quartier-ci quelque personne qui la connaisse, chez qui elle aille, et de qui je puisse apprendre où elle loge?

Non, reprit-il, elle vient si rarement à l'hôtel, à des heures où il y a si peu de monde, et elle y demeure si peu de temps, que je ne me souviens pas de l'avoir vue parler à d'autres personnes qu'à M. le marquis son fils, et c'est toujours le matin; encore quelquefois n'est-il pas levé.

Y avait-il rien de plus mauvais augure que tout ce que j'entendais là? Que ferais-je donc, et quelle est ma ressource? dis-je d'un air consterné à Mme Darcire, qui commençait aussi à n'avoir pas bonne opinion de tout cela. Il n'est pas possible, en nous informant avec soin, que nous ne découvrions bientôt où elle est, me dit-elle; il ne faut pas vous inquiéter, ceci n'est qu'un effet du hasard et des circonstances dans lesquelles vous arrivez. Je ne lui répondis que par un soupir, et nous nous éloignâmes.

Il m'aurait été bien aisé, dans le quartier où nous étions alors, d'aller chercher cette dame avec qui nous avions voyagé, à qui j'avais prêté de l'argent, et de qui je devais savoir des nouvelles chez le marquis de Viry, rue Saint-Louis, à ce qu'elle m'avait dit : mais dans ce moment-là je ne pensai point à elle; je n'étais occupée que de ma mère, que de mes tristes soupçons sur son état, et que de l'impossibilité où je me voyais de l'embrasser.

Mme Darcire fit tout ce qu'elle put pour rassurer

mon esprit, et pour dissiper mes alarmes. Mais cette
mère, qui était venue à pied chez son fils, que sa lassitude avait obligée de se reposer; cette mère qui faisait si peu de figure, qui était si enterrée que les gens
mêmes de son fils ne savaient pas sa demeure, me
revenait toujours dans la pensée.

De la place Royale, nous allâmes chez le procureur[1] de Mme Darcire; de là dans une maison où
l'on avait mis le scellé, et qui avait appartenu à la
personne dont elle était héritière; elle y demeura
près d'une heure et demie; et puis nous rentrâmes
au logis avec ce procureur, à qui elle devait donner
quelques papiers dont il avait besoin pour elle.

Cet homme, pendant que nous étions dans le carrosse, parla de quelqu'un qui demeurait au Marais,
et qu'il devait voir le lendemain, au sujet de la succession de Mme Darcire. Comme c'était là le quartier du marquis, et celui où j'avais espéré de trouver
ma mère, je lui demandai s'il ne la connaissait pas,
sans lui dire cependant que j'étais sa fille.

Oui, me dit-il; je l'ai vue deux ou trois fois avant la
mort de son mari, qui m'avait en ce temps-là chargé
de quelque affaire, mais depuis qu'il est mort, je ne
sais plus ce qu'elle est devenue, j'ai seulement ouï
dire qu'elle n'était pas fort heureuse.

Eh! quel est donc son état? lui répondis-je avec
une émotion que j'avais bien de la peine à cacher.
Son fils est si riche et si grand seigneur! ajoutai-je. Il
est vrai, reprit-il, et il a épousé la fille de M. le duc
de... Mais je crois la marquise brouillée avec lui et
avec sa belle-fille. Cette marquise n'était, dit-on, que
la veuve d'un très mince et très pauvre gentilhomme
de province, dont défunt le marquis devint amoureux dans le pays, et qu'il épousa assez étourdiment,
tout riche et tout grand seigneur qu'il était lui-
même. Aujourd'hui qu'il est mort, et que le fils qu'il a

eu d'elle s'est marié avec la fille du duc de..., il se
peut bien faire que cette fille du duc, je veux dire que
Mme la marquise la jeune, ne voie pas de très bon
œil une belle-mère comme la vieille marquise, et ne
se soucie pas beaucoup de se voir alliée à tous les
petits hobereaux[1] de sa famille et de celle de son premier mari, dont on dit aussi qu'il reste une fille
qu'on n'a jamais vue, et qu'apparemment on n'est
pas curieux de voir. Voilà à peu près ce que je puis
recueillir de tous les propos que j'ai entendu tenir à
ce sujet-là.

Les larmes coulaient de mes yeux pendant qu'il
parlait ainsi ; je n'avais pu les retenir à cet étrange
discours, et n'étais pas même en état d'y rien
répondre.

Mme Darcire, qui était la meilleure femme du
monde, et qui avait pris de l'amitié pour moi, avait
rougi plus d'une fois en l'écoutant, et s'était même
aperçue que je pleurais.

Qu'appelle-t-on des hobereaux, monsieur ? lui dit-
elle quand il eut fini. Il faut que Mme la marquise la
jeune, toute fille de duc qu'elle est, soit bien mal
informée, si elle rougit des alliances dont vous parlez ; je lui apprendrais, moi qui suis du pays de cette
belle-mère qu'elle méprise, je lui apprendrais que la
marquise, qui s'appelle de Tresle en son nom, est
d'une des plus nobles et des plus anciennes maisons
de notre province ; que celle de M. de Tervire, son
premier mari, ne le cède à pas une que je connaisse ;
qu'il n'y en avait point anciennement de plus considérable par l'étendue de ses terres ; et que, toute
diminuée qu'elle est aujourd'hui de ce côté-là, M. de
Tervire aurait encore laissé à sa veuve plus de dix-
huit ou vingt mille livres de rentes, sans la mauvaise
humeur d'un père qui les lui ôta pour les donner à
son cadet, et qu'enfin il n'y a ni gentilhomme, ni

marquis, ni duc en France, qui ne pût avec honneur
épouser Mlle de Tervire, qui est cette fille qu'on n'a
jamais vue à Paris, que Mme la marquise laissa
effectivement à ses parents quand elle quitta la province, et sur qui aucune fille de ce pays-ci ne
l'emportera, ni par la figure, ni par les qualités de
l'esprit et du caractère.

Le procureur alors, qui me vit les yeux mouillés, et
qui fit réflexion que c'était moi qui lui avais
demandé des nouvelles de la vieille marquise, soupçonna que je pouvais bien être cette fille dont il était
question.

Madame, dit-il un peu confus à Mme Darcire,
quoique je n'aie rapporté que les discours d'autrui,
j'ai peur d'avoir fait une imprudence : ne serait-ce
pas Mlle de Tervire elle-même que je vois ?

Il aurait été difficile de le lui dissimuler ; ma contenance ne le permettait pas, et ne me laissait pas deux
partis à prendre ; aussi Mme Darcire n'hésita-t-elle
point. Oui, monsieur, lui dit-elle, vous ne vous trompez pas, c'est elle ; voilà cette petite provinciale qu'on
n'est pas curieuse de voir, que sans doute on s'imagine être une espèce de paysanne, et à qui on serait
peut-être fort heureuse de ressembler. Je ne crois
pas qu'on y perdît, de quelque manière qu'on soit
faite, répondit-il, en me suppliant de lui pardonner
ce qu'il avait dit. Notre carrosse arrêtait en ce
moment, nous étions arrivés, et je ne lui répondis
que par une inclination de tête.

Vous jugez bien que, dès qu'il fut sorti, je n'oubliai
pas de remercier Mme Darcire du portrait flatteur
qu'elle avait fait de moi, et de cette colère vraiment
obligeante avec laquelle elle avait défendu ma
famille et vengé les miens des mépris de ma belle-
sœur. Mais ce que le procureur nous avait dit ne servit qu'à me confirmer dans ce que je pensais de la

situation de ma mère, et plus je la croyais à plaindre, plus il m'était douloureux de ne savoir où l'aller chercher.

Il est vrai qu'à proprement parler je ne la connaissais pas ; mais c'était cela même qui me donnait ce désir ardent que j'avais de la voir. C'est une si grande et si intéressante aventure que celle de retrouver une mère qui vous est inconnue ; ce seul nom qu'elle porte a quelque chose de si doux !

Ce qui contribuait encore beaucoup à m'attendrir pour la mienne, c'était de penser qu'on la méprisait, qu'elle était humiliée, qu'elle avait des chagrins, qu'elle souffrait même ; car j'allais jusque-là, et je partageais son humiliation et ses peines ; mon amour-propre était de moitié avec le sien dans tous les affronts que je supposais qu'elle essuyait, et j'aurais eu, ce me semble, un plaisir extrême à lui montrer combien j'y étais sensible.

Il se peut bien que mon empressement n'eût pas été si vif, si je l'avais sue plus heureuse, et c'est que je ne me serais pas flattée non plus d'être si bien reçue ; mais j'arrivais dans des circonstances qui me répondaient de son cœur ; j'étais comme sûre de la trouver meilleure mère, et je comptais sur sa tendresse à cause de son malheur.

Malgré toutes les informations que nous fîmes, Mme Darcire et moi, nous avions déjà passé dix ou douze jours à Paris sans avoir pu découvrir où elle était, et j'en mourais d'impatience et de chagrin. Partout où nous allions, nous parlions d'elle ; bien des gens la connaissaient ; tout le monde savait quelque chose de ce qui lui était arrivé, les uns plus, les autres moins ; mais comme je ne déguisais point que j'étais sa fille, que je me produisais sous ce nom-là, je m'apercevais bien qu'on me ménageait, qu'on ne me disait pas tout ce qu'on savait, et le peu que j'en apprenais signifiait toujours qu'elle n'était pas à son aise.

Excédée enfin de l'inutilité de mes efforts pour la trouver, nous retournâmes au bout de douze jours, Mme Darcire et moi, à la place Royale, dans l'espérance que ma mère y serait revenue elle-même, qu'on lui aurait dit que deux dames étaient venues l'y demander, et qu'en conséquence elle aurait bien pu laisser son adresse, afin qu'on la leur donnât, si elles revenaient la chercher.

Autre peine inutile; ma mère n'avait pas reparu. On lui avait dit la première fois que le marquis ne serait de retour que dans trois semaines ou un mois; et sans doute elle attendait que ce temps-là fût passé pour se remontrer. Ce fut du moins ce qu'en pensa Mme Darcire, qui me le persuada aussi.

Tout affligée que j'étais de voir toujours se prolonger mes inquiétudes, je m'avisai de songer que nous étions dans le quartier de Mme Darneuil, de cette dame de la voiture, dont l'adresse était chez le marquis de Viry, avec qui, comme vous savez, je m'étais liée d'une amitié assez tendre, et à qui d'ailleurs j'avais promis de donner de mes nouvelles.

Je proposai donc à Mme Darcire d'aller la voir, puisque nous étions si près de la rue Saint-Louis; elle y consentit, et la première maison à laquelle nous nous arrêtâmes pour demander celle du marquis de Viry, était attenant la sienne[1]. C'est la porte d'après, nous dit-on, et un des gens de Mme Darcire y frappa sur-le-champ.

Personne ne venait, on redoubla, et après un intervalle de temps assez considérable, parut un très vieux domestique à longs cheveux blancs, qui, sans attendre qu'on lui fît de question, nous dit d'abord que M. de Viry était à Versailles avec madame.

Ce n'est pas à lui que nous en voulons, lui répondis-je; c'est à Mme Darneuil. Ah! Mme Darneuil, elle ne loge pas ici, reprit-il. Mais n'êtes-vous pas des dames nouvellement arrivées de province? Depuis dix ou douze jours, lui dîmes-nous. Eh bien! ayez la bonté d'attendre un instant, repartit-il; je vais vous faire parler à une des femmes de madame, qui m'a bien recommandé de l'avertir quand vous viendriez. Et là-dessus, il nous quitta pour aller lentement chercher cette femme, qui descendit, et qui vint nous parler à la portière de notre carrosse. Pouvez-vous, lui dis-je, nous apprendre où est Mme Darneuil? Nous avons cru la trouver ici.

Non, mesdames, elle n'y demeure pas, répondit-elle; mais n'est-ce pas avec vous, mademoiselle, qu'elle arriva à Paris ces jours passés, et qui lui prê-tâtes de l'argent? ajouta-t-elle en m'adressant la parole. Oui, c'est moi-même qui la forçai d'en prendre, lui dis-je, et j'aurais été charmée de la revoir. Où est-elle? Dans le faubourg Saint-Germain, me dit cette femme (et c'était précisément notre quartier); j'ai même été avant-hier chez elle, mais je ne me souviens plus du nom de sa rue, et elle m'a chargée, dans l'absence de M. le marquis et de madame, de m'informer où vous logez, si on venait de votre part, et de remettre en même temps ces deux louis d'or que voici.

Je les pris: Tâchez, lui dis-je, de la voir demain; retenez bien, je vous prie, où elle demeure, et vous me le ferez savoir par quelqu'un que j'enverrai ici dans deux ou trois jours. Elle me le promit, et nous partîmes.

En rentrant au logis, nous vîmes à deux portes au-dessus de la nôtre une grande quantité de peuple assemblé. Tout le monde était aux fenêtres: il sem-blait qu'il y avait eu une rumeur, ou quelque accident considérable; nous demandâmes ce que c'était.

Pendant que nous parlions, arriva notre hôtesse, grosse bourgeoise d'assez bonne mine, qui sortait du milieu de cette foule, de l'air d'une femme qui avait eu part à l'aventure. Elle gesticulait beaucoup, elle levait les épaules. Une partie de ce peuple l'entourait, et elle était suivie d'un petit homme assez mal arrangé, qui avait un tablier autour de lui, et qui lui parlait le chapeau à la main.

De quoi s'agit-il donc, madame? lui dîmes-nous dès qu'elle se fut approchée. Dans un moment, nous répondit-elle, j'irai vous le dire, mesdames; il faut auparavant que je finisse avec cet homme-ci, qu'elle mena effectivement chez elle.

Un demi-quart d'heure après, elle revint nous trouver. Je viens de voir la chose du monde qui m'a le plus touchée, nous dit-elle. Celui que vous avez vu avec moi tout à l'heure est le maître d'une auberge d'ici près, chez qui depuis dix ou douze jours est venue se loger une femme passablement bien mise, qui même, par ses discours et par ses manières, n'a pas trop l'air d'une femme du commun. Je viens de lui parler, et j'en suis encore tout émue.

Imaginez-vous, mesdames, que la fièvre l'a prise deux jours après être entrée chez cet homme qui ne la connaît point, qui lui a loué une de ses chambres, et lui a fait crédit jusqu'ici sans lui demander d'argent, quoique, dès le lendemain de son entrée chez lui, elle eût promis de lui en donner. Vous jugez bien que, dans sa fièvre, il lui a fallu des secours qui ont exigé une certaine dépense, et il ne lui en a refusé aucun, il a toujours tout avancé. Mais cet homme n'est pas riche. Elle se porte un peu mieux aujourd'hui; et un chirurgien qui l'a saignée, qui a eu soin d'elle, qui lui a tenu lieu de médecin, un apothicaire qui lui a fourni des remèdes, demandent à présent tous deux à être payés. Ils ont été chez elle,

elle n'a pu les satisfaire; et sur-le-champ ils se sont adressés au maître de l'auberge qui les a été chercher pour elle. Celui-ci, effrayé de voir qu'elle n'avait pas même de quoi les payer, a non seulement eu peur de perdre aussi ce qu'elle lui devait, mais encore ce qu'il continuerait à lui avancer.

Sur ces entrefaites, est arrivé un petit marchand de province qui loge ordinairement chez lui. Toutes ses chambres sont louées, il n'y a eu que celle de cette femme qu'il a regardée comme vide, parce qu'elle ne lui donnait point d'argent. Là-dessus il a pris son parti, et a été lui parler pour la prier de se pourvoir d'une chambre ailleurs, attendu qu'il se présentait une occasion de mettre dans la sienne quelqu'un dont il était sûr, et qui comptait l'occuper au retour de quelques courses qu'il était allé faire dans Paris. Vous me devez déjà beaucoup, a-t-il ajouté, et je ne vous dis point de me payer : laissez-moi seulement quelques nippes, pour mes sûretés, et ne m'ôtez point le profit que je puis retirer de ma chambre.

À ce discours, cette femme qui est un peu rétablie, mais encore trop faible pour sortir et pour déloger ainsi à la hâte, l'a prié d'attendre quelques jours, lui a dit qu'il ne s'inquiétât point, qu'elle le payerait incessamment, qu'elle avait même intention de le récompenser de tous ses soins, et que, dans une semaine au plus tard, elle l'enverrait porter un billet chez une personne de chez qui il ne reviendrait point sans avoir de l'argent; qu'il ne s'agissait que d'un peu de patience; qu'à l'égard des gages, elle n'en avait point à lui laisser qu'un peu de linge et quelques habits dont il ne ferait rien, et qui lui étaient absolument nécessaires; qu'au surplus, s'il la connaissait, il verrait bien qu'elle n'était point femme à le tromper.

Je vous rapporte ce discours tel qu'elle le lui a

répété devant moi lorsque je suis arrivée; mais il
l'avait déjà forcée de sortir de sa chambre, et de fermer une cassette qu'il voulait retenir pour nantissement[1]; de sorte que la querelle alors se passait dans
une salle où ils étaient descendus, et où cet homme
et sa fille criaient à toute voix contre cette femme
qui résistait à s'en aller. Le bruit, ou plutôt le
vacarme qu'ils faisaient avait déjà amassé bien du
monde, dont une partie était même entrée dans cette
salle. Je revenais alors de chez une de mes amies qui
demeure ici près; et comme c'est de moi que cet
homme tient la maison qu'il occupe, et qui m'appartient, je me suis arrêtée un moment en passant pour
savoir d'où venait ce bruit. Cet homme m'a vue, m'a
priée d'entrer, et m'a exposé le fait. Cette femme y a
répondu inutilement ce que je viens de vous dire;
elle pleurait, je la voyais plus confuse et plus
consternée que hardie, elle ne se défendait presque
que par sa douleur, elle ne jetait que des soupirs,
avec un visage plus pâle et plus défait que je ne puis
vous l'exprimer. Elle m'a tirée à quartier, m'a sup-
pliée, si j'avais quelque pouvoir sur cet homme, de
l'engager à lui accorder le peu de jours de délai
qu'elle lui demandait, m'a donné sa parole qu'il
serait payé, enfin m'a parlé d'un air et d'un ton qui
m'ont pénétrée d'une véritable pitié; j'ai même senti
de la considération pour elle. Il n'était question que
de dix écus : si je les perds, ils ne me ruineront pas;
et Dieu m'en tiendra compte, il n'y a rien de perdu
avec lui. J'ai donc dit que j'allais les payer. Je l'ai fait
remonter dans sa chambre, où l'on a reporté sa cassette; et j'ai emmené cet homme pour lui compter
son argent chez moi. Voilà, mesdames, mot pour
mot, l'histoire que je vous conte tout entière, à cause
de l'impression qu'elle m'a faite, et il en arrivera ce
qui pourra; mais je n'aurais pas eu de repos avec
moi[2] sans les dix écus que j'ai avancés.

Nous ne fûmes pas insensibles à ce récit, Mme Darcire et moi. Nous nous sentîmes attendries pour cette femme, qui, dans une aventure aussi douloureuse, avait su moins disputer que pleurer ; nous donnâmes de grands éloges à la bonne action de notre hôtesse, et nous voulûmes toutes deux y avoir part.

Le maître de cette auberge est apaisé, lui dîmes-nous, il attendra ; mais ce n'est pas assez ; cette femme est sans argent apparemment ; elle sort de maladie, à ce que vous dites ; elle a encore une semaine à passer chez cet homme qui n'aura pas grand égard à l'état où elle est, ni aux ménagements dont elle a besoin dans une convalescence aussi récente que la sienne. Ayez la bonté, madame, de lui porter pour nous cette petite somme d'argent que voici (c'était neuf ou dix écus que nous lui remettions).

De tout mon cœur, reprit-elle, j'y vais de ce pas ; et elle partit. À son retour, elle nous dit qu'elle avait trouvé cette femme au lit, que son aventure l'avait extrêmement émue, et qu'elle n'était pas sans fièvre ; qu'à l'égard des dix écus que nous avions envoyés, ce n'avait été qu'en rougissant qu'elle les avait reçus ; qu'elle nous conjurait de vouloir bien qu'elle ne les prît qu'à titre d'emprunt ; que l'obligation qu'elle nous en aurait en serait plus grande, et sa reconnaissance encore plus digne d'elle et de nous ; qu'elle devait en effet recevoir incessamment de l'argent, et qu'elle ne manquerait pas de nous rendre le nôtre.

Ce compliment ne nous déplut point ; au contraire, il nous confirma dans l'opinion avantageuse que nous avions d'elle. Nous comprîmes qu'une âme ordinaire ne se serait point avisée de cette honnête et généreuse fierté-là, et nous ne nous en sûmes que meilleur gré de l'avoir obligée ; je ne

sais pas même à quoi il tint que nous n'allassions la
voir, tant nous étions prévenues pour elle. Ce qui est
de sûr, c'est que je pensai le proposer à Mme Darcire, qui, de son côté, m'avoua depuis qu'elle avait eu
envie de me le proposer aussi.

En mon particulier, je plaignis beaucoup cette
inconnue, dont l'infortune me fit encore songer à ma
mère, que je ne croyais pas, à beaucoup près, dans
des embarras comparables, ni même approchants
des siens, mais que j'imaginais seulement dans une
situation peu convenable à son rang, quoique supportable et peut-être douce pour une femme qui
aurait été d'une condition inférieure à la sienne. Je
n'allais pas plus loin; et à mon avis, c'était bien en
imaginer assez pour la plaindre, et pour penser
qu'elle souffrait.

L'impossibilité de la trouver m'avait déterminée à
laisser passer huit ou dix jours avant que de retourner chez le marquis son fils, qui devait dans l'espace
de ce temps être revenu de la campagne, et chez qui
je ne doutais pas que je n'eusse des nouvelles de ma
mère, qui aurait aussi attendu qu'il fût de retour
pour ne pas reparaître inutilement chez lui.

Deux ou trois jours après qu'on eut porté de notre
part de l'argent à cette inconnue, nous sortîmes
entre onze heures et midi, Mme Darcire et moi, pour
aller à la messe (c'était un jour de fête), et en revenant au logis je crus apercevoir, à quarante ou cinquante pas de notre carrosse, une femme que je
reconnus pour cette femme de chambre à qui nous
avions parlé chez le marquis de Viry, rue Saint-
Louis.

Vous vous souvenez bien que je lui avais promis
de renvoyer le surlendemain savoir la demeure de
Mme Darneuil, qu'elle n'avait pu m'apprendre la première fois, et j'avais exactement tenu ma parole;

mais on avait dit qu'elle était sortie, et par distraction j'avais moi-même oublié d'y renvoyer depuis, quoique c'eût été mon dessein. Aussi fus-je charmée de la rencontrer si à propos, et je la montrai aussitôt à Mme Darcire, qui la reconnut comme moi.

Cette femme, qui nous vit de loin, parut nous remettre aussi, et resta sur le pas de la porte de l'aubergiste chez lequel nous jugeâmes qu'elle allait entrer.

Nous fîmes arrêter quand nous fûmes près d'elle, et aussitôt elle nous salua. Je suis bien aise de vous revoir, lui dis-je; je soupçonne que vous allez chez Mme Darneuil, ou que vous sortez de chez elle; aussi vous me direz sa demeure.

Si vous voulez bien avoir la bonté, nous répondit-elle, d'attendre que j'aie dit un mot à une dame qui loge dans cette auberge, je reviendrai sur-le-champ répondre à votre question, mademoiselle, et je ne serai qu'un instant.

Une dame! reprit avec quelque étonnement Mme Darcire, qui savait du maître de l'auberge que notre inconnue était la seule femme qui logeât chez lui. Eh! quelle est-elle donc? ajouta-t-elle tout de suite. Et puis se retournant de mon côté: Ne serait-ce pas cette personne pour qui nous nous intéressons, me dit-elle, et à qui il arriva cette triste aventure de l'autre jour?

C'est elle-même, repartit sur-le-champ la femme de chambre, sans me donner le temps de répondre; je vois bien que vous parlez d'une querelle qu'elle eut avec l'aubergiste qui voulait qu'elle sortît de chez lui.

Voilà ce que c'est, reprit Mme Darcire; et puisque vous savez qui elle est, par quel accident se trouve-t-elle exposée à de si étranges extrémités? Nous avons jugé, par tout ce qu'on nous en a dit, que ce doit être une femme de quelque chose.

Vous ne vous trompez pas, madame, lui répondit-elle; elle n'est pas faite pour essuyer de pareils affronts, il s'en faut bien; aussi en est-elle retombée malade. Je suis d'avis que nous allions la voir, si cela ne lui fait pas de peine, dit Mme Darcire; montons-y, ma fille (c'était à moi à qui elle adressait la parole).

Vous le pouvez, mesdames, reprit cette femme, pourvu que vous vouliez bien d'abord me laisser entrer toute seule, afin que je la prévienne sur votre visite, et que je sache si vous ne la mortifierez pas; il se pourrait qu'elle vous fît prier de lui épargner cette confusion-là.

Non, non, dit Mme Darcire, qui était peut-être curieuse, mais qui assurément l'était encore moins que sensible; non, nous ne risquons point de la chagriner : elle a déjà entendu parler de nous; il y a une personne qui, ces jours passés, l'alla voir de notre part, et je suis persuadée qu'elle nous verra volontiers. Prévenez-la cependant si vous le jugez à propos, nous allons vous suivre; mais vous entrerez la première, et vous lui direz que nous demeurons dans ce grand hôtel, presque attenant son auberge, que c'est notre hôtesse qui vint la voir, et que nous lui envoyâmes il y a quelques jours. Elle saura bien là-dessus qui nous sommes.

Nous descendîmes aussitôt de carrosse, et tout s'exécuta comme je viens de le dire. Il n'y avait qu'un petit escalier à monter, et c'était au premier, sur le derrière. La femme de chambre se hâta d'entrer; elle avait en effet des raisons d'avertir l'inconnue qu'elle ne nous disait pas; et nous nous arrêtâmes un instant assez près de la porte de la chambre, vis-à-vis de laquelle était le lit de la malade; de façon que, lorsqu'elle l'ouvrit, nous vîmes à notre aise cette malade qui était sur son séant; qui nous vit à son tour, malgré l'obscurité du passage où nous étions arrêtées ; que nous reconnûmes enfin, et qui acheva de nous confirmer qu'elle était la personne que nous imaginions, par le mouvement de surprise qui lui échappa en nous voyant.

Ce qui fit encore que nous eûmes, elle et nous, tout le temps de nous examiner, c'est que cette porte, qui avait été un peu trop poussée, était restée ouverte.

Eh ! mon Dieu, ma fille, me dit tout bas Mme Darcire, n'est-ce pas là Mme Darneuil ? Et pendant qu'elle me parlait ainsi, je vis la malade qui joignait tristement les mains, qui me les tendit ensuite en soupirant, et en jetant sur moi des regards languissants et mortifiés[1], quoique tendres.

Je n'attendis pas qu'elle s'expliquât davantage ; et pour lui ôter sa confusion à force de caresses, je courus tout émue l'embrasser d'un air si vif et si empressé qu'elle fondit en pleurs dans mes bras, sans pouvoir prononcer un mot, dans l'attendrissement où elle était.

Enfin, quand ses premiers mouvements, mêlés sans doute pour elle d'autant d'humiliation que de confiance, furent passés : Je m'étais condamnée à ne vous plus revoir, me dit-elle, et jamais rien ne m'a tant coûté que cela ; c'est ce qu'il y a eu de plus dur pour moi dans l'état où vous me trouvez.

Je redoublai de caresses là-dessus. Vous n'y songez pas, lui dis-je en lui prenant une main, pendant qu'elle donnait l'autre à Mme Darcire, vous n'y songez pas ; vous ne nous avez donc crues ni sensibles ni raisonnables ? Eh ! madame, à qui n'arrive-t-il pas des chagrins dans la vie ? Pensez-vous que nous nous soyons trompées sur les égards et sur la considération qu'on vous doit ? et dans quelque état que vous soyez, une femme comme vous peut-elle jamais cesser d'être respectable ?

Mme Darcire lui tint à peu près les mêmes discours, et effectivement, il n'y en avait point d'autres
à lui tenir : il ne fallait que jeter les yeux sur elle pour
voir qu'elle était hors de sa place.

La femme de chambre avait les larmes aux yeux,
et était à quelques pas de nous, qui se taisait. Vous
avez grand tort, lui dis-je, de ne nous avoir pas averties dès la première fois que vous nous vîtes. Je
n'aurais pas mieux demandé, nous dit-elle ; mais je
n'ai pu me dispenser de suivre les ordres de
madame ; j'ai été dix-sept ans à son service ; c'est elle
qui m'a mise chez Mme de Viry ; je la regarde toujours comme ma maîtresse, et jamais elle n'a voulu
me donner la permission de vous instruire, quand
vous viendriez.

Ne la querellez point, reprit la malade ; je n'oublierai jamais les témoignages de son bon cœur. Croiriez-vous qu'elle m'apporta ces jours passés tout ce
qu'elle avait d'argent, tandis que cinq ou six personnes de la première distinction à qui je me suis
adressée, et avec qui j'ai vécu comme avec mes meilleurs amis, n'ont pas eu le courage de me prêter une
somme médiocre qui m'aurait épargné les extrémités où je me suis vue, et se sont contentées de se
défaire de moi avec de fades et honteuses politesses ?
Il est vrai que je n'ai pas pris l'argent de cette fille ;
heureusement le vôtre était venu alors. Votre hôtesse
même m'avait déjà tirée du plus fort de mes embarras, et je m'acquitterai de tout cela dans quelques
jours ; mais ma reconnaissance sera toujours éternelle.

À peine achevait-elle ce peu de mots, qu'un laquais
vint dire à Mme Darcire qu'il venait de mener son
procureur à la porte de cette auberge, et qu'il l'y
attendait pour lui rendre une réponse pressée. Je
sais ce que c'est, répondit-elle ; il n'a qu'un mot à me

dire, et je vais lui parler dans mon carrosse, après quoi je reviens sur-le-champ. Madame, ajouta-t-elle en s'adressant à l'inconnue, ne pensez plus à ce qui vous est arrivé depuis que vous êtes ici; tranquillisez-vous sur votre état présent, et voyez en quoi nous pouvons vous être utiles pour le reste de vos affaires. Votre situation doit intéresser tous les honnêtes gens, et en vérité on est trop heureux d'avoir occasion de servir les personnes qui vous ressemblent.

L'inconnue ne la remercia que par des larmes de tendresse, et qu'en lui serrant la main dans les siennes. Il faut avouer, me dit-elle ensuite, que j'ai bien du bonheur dans mes peines, quand je songe par qui je suis secourue; que ce n'est ni par mes amis, ni par mes alliés, ni par aucun de ceux avec qui j'ai passé une partie de ma vie, ni par mes enfants mêmes; car j'en ai, mademoiselle, toute la France le sait, et tout cela me fuit et m'abandonne. J'aurais sans doute indignement péri au milieu de tant de ressources, sans vous, mademoiselle, à qui je suis inconnue, sans vous qui ne me devez rien, et qui, avec la sensibilité la plus prévenante, avec toutes les grâces imaginables, me tenez lieu, tout à la fois, d'amis, d'alliés et d'enfants; sans votre amie que je rencontrai avec vous dans cette voiture; sans cette pauvre fille qui m'a servie (souffrez que je la compte, son zèle et ses sentiments la rendent digne de l'honneur que je lui fais); enfin, sans votre hôtesse qui ne m'a jamais connue, et qui n'a passé son chemin que pour venir s'attendrir sur moi : voilà les personnes à qui j'ai l'obligation de ne pas mourir dans les derniers besoins et dans l'obscurité la plus étonnante pour une femme comme moi. Qu'est-ce que c'est que la vie, et que le monde est misérable !

Eh! mon Dieu, madame, lui répondis-je aussi touchée qu'il est possible de l'être, commencez donc,

comme vous en a tant priée Mme Darcire, commencez par perdre de vue tous ces objets-là : je vous le
répète aussi bien qu'elle, donnez-nous le plaisir de
vous voir tranquille, consolez-nous nous-mêmes du
chagrin que vous nous faites.

Eh bien! voilà qui est fini, me dit-elle; vous avez
raison; il n'y a ni adversité, ni tristesse que tant de
bonté de cœur ne doive assurément faire cesser. Parlons de vous, mademoiselle; où est cette mère que
vous êtes venue retrouver, et qu'il y a si longtemps
que vous n'avez vue? Dites-m'en des nouvelles,
est-ce que vous n'êtes pas encore avec elle? Est-ce
qu'elle est absente? Ah! mademoiselle, qu'elle doit
vous aimer, qu'elle doit s'estimer heureuse d'avoir
une fille comme vous! Le ciel m'en a donné une
aussi, mais ce n'est pas d'elle dont j'ai à me plaindre,
il s'en faut bien. Elle ne prononça ces derniers mots
qu'avec un extrême serrement de cœur.

Hélas! madame, lui répondis-je en soupirant
aussi, vous parlez de la tendresse de ma mère. Si je
vous disais que je n'ose pas me flatter qu'elle m'aime,
et que ce sera bien assez pour moi si elle n'est pas
fâchée de me voir, quoiqu'il y ait près de vingt ans
qu'elle m'ait perdue de vue. Mais il ne s'agit pas de
moi ici, nous nous entretiendrons de ce qui me
regarde une autre fois. Revenons à vous, je vous
prie. Vous êtes sans doute mal servie, vous avez
besoin d'une garde; et je dirai à l'aubergiste, en descendant, de vous en chercher une dès aujourd'hui.

Je crus qu'elle allait répondre à ce que je lui disais,
mais je fus bien étonnée de la voir tout à coup verser
une abondance de larmes; et puis, revenant à ce
nombre d'années que j'avais passées éloignée de ma
mère :

Depuis vingt ans qu'elle vous a perdue de vue!
s'écria-t-elle d'un air pensif et pénétré, je ne saurais

entendre cela qu'avec douleur! Juste ciel! que votre mère a de reproches à se faire, aussi bien que moi! Eh! dites-moi, mademoiselle, ajouta-t-elle sans me laisser le temps de la réflexion, pourquoi vous a-t-elle si fort négligée? Dites-m'en la raison, je vous prie?

C'est, lui répondis-je, que je n'avais tout au plus que deux ans quand elle se remaria, et que, trois semaines après, son mari l'emmena à Paris, où elle accoucha d'un fils qui m'aura sans doute effacée de son cœur, ou du moins de son souvenir. Et depuis qu'elle est partie, je n'ai eu personne auprès d'elle qui lui ait parlé de moi; je n'ai reçu en ma vie que trois ou quatre de ses lettres, et il n'y a pas plus de quatre mois que j'étais chez une tante qui est morte, qui m'avait reçue chez elle, et avec qui j'ai passé six ou sept ans sans avoir eu de nouvelles de ma mère à qui j'ai plusieurs fois écrit inutilement, que j'ai été chercher ici à la dernière adresse que j'avais d'elle, mais qui, depuis près de deux ans qu'elle est veuve de son second mari, ne demeure plus dans l'endroit où je croyais la voir, qui ne loge pas même chez son fils qui est marié, qui est actuellement en campagne avec la marquise sa femme, et dont les gens mêmes n'ont pu m'enseigner où est ma mère, quoiqu'elle y ait paru il y a quelques jours; de sorte que je ne sais pas où la trouver, quelques recherches que j'aie faites et que je fasse encore; et ce qui achève de m'alarmer, ce qui me jette dans des inquiétudes mortelles, c'est que j'ai lieu de soupçonner qu'elle est dans une situation difficile; c'est que j'entends dire que ce fils qu'elle a tant chéri, à qui elle avait donné tout son cœur, n'est pas trop digne de sa tendresse, et n'en agit pas trop bien avec elle. Il est du moins sûr qu'elle se cache, qu'elle se dérobe aux yeux de tout le monde, que personne ne sait le lieu de sa

retraite ; et ma mère ne devrait pas être ignorée. Cela
ne peut m'annoncer qu'une femme dans l'embarras,
qui a peut-être de la peine à vivre, et qui ne veut pas
avoir l'affront d'être vue dans l'état obscur où elle
est.

Je ne pus m'empêcher de pleurer en finissant ce
discours, au lieu que mon inconnue, qui pleurait
auparavant et qui avait toujours eu les yeux fixés sur
moi pendant que je parlais, avait paru suspendre ses
larmes pour m'écouter plus attentivement : ses
regards avaient eu quelque chose d'inquiet et
d'égaré ; elle n'avait, ce me semble, respiré qu'avec
agitation.

Quand j'eus cessé de parler, elle continua d'être
comme je le dis là, elle ne me répondait point, elle se
taisait, interdite. L'air de son visage étonné me
frappa ; j'en fus émue moi-même, il me communiqua
le trouble que j'y voyais peint, et nous nous considé-
râmes assez longtemps, dans un silence dont la raison me remuait d'avance, sans que je la susse,
lorsqu'elle le rompit d'une voix mal assurée pour me
faire encore une question.

Mademoiselle, je crois que votre mère ne m'est pas
inconnue, me dit-elle. En quel endroit, s'il vous plaît,
demeure ce fils chez qui vous avez été la chercher ? À
la place Royale, lui répondis-je alors, d'un ton plus
altéré que le sien. Et son nom ? reprit-elle avec
empressement et respirant à peine. M. le marquis
de..., repartis-je toute tremblante. Ah ! ma chère Tervire ! s'écria-t-elle en se laissant aller entre mes bras.
À cette exclamation, qui m'apprit sur-le-champ
qu'elle était ma mère, je fis un cri dont fut épouvantée Mme Darcire, que son procureur venait de quitter et qui montait en cet instant l'escalier pour revenir nous joindre.

Incertaine de ce que mon cri signifiait dans une

auberge de cette espèce, qui ne pouvait guère être que l'asile ou de gens de peu de chose, ou du moins d'une très mince fortune, elle cria à son tour pour faire venir du monde et pour avoir du secours s'il en fallait.

Et en effet, au bruit qu'elle fit, l'hôte et sa fille, tous deux effrayés, montèrent avec le laquais de cette dame, et lui demandèrent de qui il était question. Je n'en sais rien, leur dit-elle, mais suivez-moi; je viens d'entendre un grand cri qui est parti de la chambre de cette dame malade, chez qui j'ai laissé la jeune personne que j'y ai menée, et je suis bien aise, à tout hasard, que vous veniez avec moi. De façon qu'ils l'accompagnèrent et qu'ils entrèrent ensemble dans cette chambre où j'avais perdu la force de parler, où j'étais faible, pâle, et comme dans un état de stupidité; enfin, où je pleurais de joie, de surprise et de douleur.

Ma mère était évanouie, ou du moins n'avait encore donné aucun signe de connaissance depuis que je la tenais dans mes bras; et la femme de chambre, à qui je n'aidais point, n'oubliait rien de ce qui pouvait la faire revenir à elle.

Que se passe-t-il donc ici? me dit Mme Darcire en entrant; qu'avez-vous, mademoiselle? Pour toute réponse, elle ne reçut d'abord que mes soupirs et mes larmes; et puis, levant la main, je lui montrai ma mère, comme si ce geste avait dû la mettre au fait. Qu'est-ce que c'est? ajouta-t-elle; est-ce qu'elle se meurt? Non, madame, lui dit alors la femme de chambre; mais elle vient de reconnaître sa fille, et elle s'est trouvée mal. Oui, lui dis-je alors en m'efforçant de parler, c'est ma mère.

Votre mère! s'écria-t-elle encore en approchant pour la secourir. Quoi! la marquise de...! Quelle aventure!

Une marquise! dit à son tour l'aubergiste, qui joignait les mains d'étonnement; ah! mon Dieu, cette chère dame! Que ne m'a-t-elle appris sa qualité? Je me serais bien gardé de lui causer la moindre peine.

Cependant, à force de soins, ma mère insensiblement ouvrit les yeux et reprit ses esprits. Je passe le récit de mes caresses et des siennes. Les circonstances attendrissantes où je la retrouvais, la nouveauté de notre connaissance et du plaisir que j'avais à la voir et à l'appeler ma mère, le long oubli même où elle m'avait laissée, les torts qu'elle avait avec moi et cette espèce de vengeance que je prenais de son cœur par les tendresses du mien; tout contribuait à me la rendre plus chère qu'elle ne me l'aurait peut-être jamais été si j'avais toujours vécu avec elle. Ah! Tervire, ah! ma fille, me disait-elle, que tes transports me rendent coupable!

Cependant cette joie que nous avions, elle et moi, de nous revoir ensemble, nous la payâmes toutes deux bien cher. Soit que la force des mouvements qu'elle avait éprouvés eussent fait une trop grande révolution en elle, soit que sa fièvre et ses chagrins l'eussent déjà trop affaiblie, on s'aperçut quelques jours après d'une paralysie qui lui tenait tout le côté droit, qui gagna bientôt l'autre côté, et qui lui resta jusqu'à la fin de sa vie.

Je parlai ce jour-là même de la transporter dans notre hôtel; mais sa fièvre qui avait augmenté, jointe à son extrême faiblesse, ne le permirent pas, et un médecin que j'envoyai chercher nous en empêcha.

Je n'y vis point d'autre équivalent que de loger avec elle et de ne la point quitter, et je priai la femme de chambre, qui était encore avec nous, d'appeler l'aubergiste pour lui demander une chambre à côté de la sienne; mais ma mère m'assura qu'il n'y en avait point chez lui qui ne fût occupée. Je me ferai donc mettre un lit dans la vôtre, lui dis-je. Non, me répondit-elle, cela n'est pas possible; non, et c'est à quoi il ne faut pas songer; celle-ci est trop petite, comme vous voyez. Gardez-moi votre santé, ma fille, vous reposeriez mal ici; ce serait une inquiétude de plus pour moi, et je n'en serais peut-être que plus malade. Vous demeurez ici près, j'aurai la consolation de vous voir autant que vous le voudrez, et une garde me suffira.

J'insistai vivement. Je ne pouvais consentir à la laisser dans ce triste et misérable gîte, mais elle ne voulut pas m'écouter. Mme Darcire entra dans son sentiment, et il fut arrêté, malgré moi, que je me contenterais de venir chez elle, en attendant qu'on pût la transporter ailleurs. Aussi dès que j'étais levée, je me rendais dans sa chambre, et n'en sortais que le soir. J'y dînais même le plus souvent, et fort mal; mais je la voyais, et j'étais contente.

Sa paralysie m'aurait extrêmement affligée si on ne nous avait pas fait espérer qu'elle en guérirait; cependant on se trompa.

Le lendemain de notre reconnaissance, elle me conta son histoire.

Il n'y avait pas, en effet, plus de dix-huit ou dix-neuf mois que le marquis son mari était mort, accablé d'infirmités. Elle avait été fort heureuse avec lui, et leur union n'avait pas été altérée un instant, pendant près de vingt ans qu'ils avaient vécu ensemble.

Ce fils qu'il avait eu d'elle, cet objet de tant d'amour, qui était bien fait, mais dont elle avait négligé de régler le cœur et l'esprit, et que, par un excès de faiblesse et de complaisance, elle avait laissé s'imbiber de tout ce que les préjugés de l'orgueil et de la vanité ont de plus sot et de plus méprisable; ce fils enfin, qui était un des plus grands partis qu'il y eût en France, avait à peu près dix-huit ans, quand le père, qui était extrêmement riche, et qui souhaitait le voir marié avant que de mourir, proposa à la marquise, sans l'avis de laquelle il ne faisait rien, de parler à M. le duc de... pour sa fille.

La marquise, qui, comme je viens de vous le dire, adorait ce fils et ne respirait que pour lui, approuva non seulement son dessein, mais le pressa de l'exécuter.

Le duc de..., qui n'aurait pu choisir un gendre plus convenable de toutes façons, accepta avec joie la proposition, arrangea tout avec lui, et quinze jours après nos jeunes gens s'épousèrent.

À peine furent-ils mariés, que le marquis (je parle du père) tomba sérieusement malade, et ne vécut plus que six ou sept semaines. Tout le bien venait de lui ; vous savez que ma mère n'en avait point, et que, lorsqu'il l'avait épousée, elle ne vivait que sur la légitime [1] de mon père, dont je vous ai déjà dit la valeur, et sur quelques morceaux de terre qu'elle lui avait apportés en mariage, et qui n'étaient presque rien.

Il est vrai que le marquis lui avait reconnu une dot assez considérable, et de laquelle elle aurait pu vivre fort convenablement, si elle n'avait rien changé à son état ; mais sa tendresse pour le jeune marquis l'aveugla, et peut-être fallait-il aussi qu'elle fût punie du coupable oubli de tous ses devoirs envers sa fille.

Elle eut donc l'imprudence de renoncer à tous ses droits en faveur de son fils, et de se contenter d'une pension assez modique qu'il était convenu de lui faire, à laquelle elle se borna d'autant plus volontiers qu'il s'engageait à la prendre chez lui et à la défrayer de tout.

Elle se retira donc chez ce fils deux jours après la mort de son mari ; on l'y reçut d'abord avec politesse. Le premier mois s'y passe sans qu'elle ait à se plaindre des façons qu'on a pour elle, mais aussi sans qu'elle ait à s'en louer : c'était de ces procédés froids, quoique honnêtes, dont le cœur ne saurait être content, mais dont on ne pourrait ni faire sentir ni expliquer le défaut aux autres.

Après ce premier mois, son fils insensiblement la négligea plus qu'à l'ordinaire. Sa belle-fille, qui était naturellement fière et dédaigneuse, qui avait vu par hasard quelques nobles du pays venir en assez mauvais ordre rendre visite à sa belle-mère, qui la croyait elle-même fort au-dessous de l'honneur que feu le marquis lui avait fait de l'épouser, redoubla de froideur pour elle, supprima de jour en jour de certains égards qu'elle avait eus jusqu'alors, et se relâcha si fort sur les attentions, qu'elle en devint choquante.

Aussi ma mère, qui de son côté avait de la hauteur, en fut-elle extrêmement offensée, et lui en marqua un jour son ressentiment[1].

Je vous dispense, lui dit-elle, du respect que vous me devez comme à votre belle-mère ; manquez-y tant qu'il vous plaira, c'est plus votre affaire que la mienne, et je laisse au public à me venger là-dessus ; mais je ne souffrirai point que vous me traitiez avec moins de politesse que vous n'oseriez même en avoir avec votre égale. Moi, vous manquer de politesse, madame ! lui répondit sa belle-fille en se retirant dans son cabinet ; mais vraiment, le reproche est considérable, et je serais très fâchée de le mériter ; quant au respect qu'on vous doit, j'espère que ce public, dont vous menacez, n'y sera pas si difficile que vous.

Ma mère sortit outrée de cette réponse ironique, s'en plaignit quelques heures après à son fils, et n'eut pas lieu d'en être plus contente que de sa belle-fille. Il ne fit que rire de la querelle, qui n'était, disait-il, qu'un débat de femmes, qu'elles oublieraient le lendemain l'une et l'autre, et dont il ne devait pas se mêler.

Les dédains de la jeune marquise pour sa mère ne lui étaient pas nouveaux ; il savait déjà le peu de cas qu'elle faisait d'elle, et la différence qu'elle mettait entre la petite noblesse de campagne de cette mère et la haute naissance de feu le marquis son père : il l'avait plus d'une fois entendue badiner là-dessus, et n'en avait point été scandalisé. Ridiculement satisfait de la justice que cette jeune femme rendait au sang de son père, il abandonnait volontiers celui de sa mère à ses plaisanteries : peut-être le dédaignait-il lui-même, et ne le trouvait-il pas digne de lui. Sait-on les folies et les impertinences qui peuvent entrer dans la tête d'un jeune étourdi de grande condition, qui n'a jamais pensé que de travers ? Y a-t-il des misères d'esprit dont il ne soit capable ?

Enfin ma mère, que personne ne défendait, qui n'avait ni parents qui prissent son parti, ni amis qui s'intéressassent à elle ; car des amis courageux et zélés, en a-t-on quand on n'a plus rien, qu'on ne fait plus de figure dans le monde, et que toute la considération qu'on y peut espérer est pour ainsi dire à la merci du bon ou du mauvais cœur de gens à qui l'on a tout donné, et dont la reconnaissance ou l'ingratitude sont désormais les arbitres de votre sort ?

Enfin, ma mère, dis-je, abandonnée de son fils, dédaignée de sa belle-fille, comptée pour rien dans la maison où elle était devenue comme un objet de risée, où elle essuyait en toute occasion l'insolente indifférence des valets, même pour tout ce qui la regardait, sortit un matin de chez son fils, et se retira dans un très petit appartement qu'elle avait fait louer par cette femme de chambre dont je viens de vous parler tout à l'heure, qui ne voulut point la quitter, et pour qui, dans l'accommodement qu'elle avait fait avec son fils, elle avait aussi retenu cent écus de pension dont elle a été près de huit ans sans recevoir un sol.

Ma mère, en partant, laissa une lettre pour le jeune marquis, où elle l'instruisait des raisons de sa retraite, c'est-à-dire de toutes les indignités qui l'y forçaient, et lui demandait en même temps deux quartiers de sa propre pension, dont il ne lui avait encore rien donné, et dont la moitié lui devenait absolument nécessaire pour l'achat d'une infinité de petites choses dont elle ne pouvait se passer dans cette maison où elle allait vivre, ou plutôt languir. Elle le priait aussi de lui envoyer le reste des meubles qu'elle s'était réservés en entrant chez lui, et qu'elle n'avait pu faire transporter en entier le jour de sa sortie.

Son fils ne reçut la lettre que le soir à son retour d'une partie de chasse ; du moins l'assura-t-il ainsi à sa mère qu'il vint voir le lendemain, et à qui il dit que la marquise serait venue avec lui si elle n'avait pas été indisposée.

Il voulut l'engager à retourner : il ne voyait, disait-il, dans sa sortie, que l'effet d'une mauvaise humeur qui n'avait point de fondement ; il n'était question, dans tout ce qu'elle lui avait écrit, que de pures bagatelles qui ne méritaient pas d'attention ; voulait-elle passer pour la femme du monde la plus épineuse[1], la plus emportée, et avec qui il était impossible de vivre ? Et mille autres discours qu'il lui tint, et qui n'étaient pas propres à persuader.

Aussi ne les écouta-t-elle pas, et les combattit-elle avec une force dont il ne put se tirer qu'en traitant tout ce qu'elle lui disait d'illusions, et qu'en feignant de ne la pas entendre.

Le résultat de sa visite, après avoir bien levé les épaules et joint cent fois les mains d'étonnement, fut de lui promettre, en sortant, d'envoyer l'argent qu'elle demandait, avec tous les meubles qu'il lui fallait, qui lui appartenaient, mais qu'on lui changea en

partie, et auxquels on en substitua de plus médiocres
et de moindre valeur, qui par là ne furent presque
d'aucune ressource pour elle, quand elle fut obligée
de les vendre pour subvenir aux extrémités pressantes où elle se trouva dans la suite ; car cette pension, dont elle avait prié qu'on lui avançât deux
quartiers, et sur laquelle elle ne reçut tout au plus
que le tiers de la somme, continua toujours d'être si
mal payée qu'il fallut à la fin quitter son appartement, et passer successivement de chambres en
chambres garnies, suivant son plus ou moins d'exactitude à satisfaire les gens de qui elle les louait.

Ce fut dans le temps de ces tristes et fréquents
changements de lieux, qu'elle se défit de cette fidèle
femme de chambre que rien de tout cela n'avait
rebutée, qui ne se sépara d'elle qu'à regret, et qu'elle
plaça chez la marquise de Viry.

Ce fut aussi dans cette situation que la veuve d'un
officier, à qui elle avait autrefois rendu un service
important, offrit de l'emmener pour quelques mois à
une petite terre qu'elle avait à vingt lieues de Paris,
et où elle allait vivre.

Ma mère, qui l'y suivit, y eut une maladie, qui,
malgré les secours de cette veuve plus généreuse que
riche, lui coûta presque tout l'argent qu'elle y avait
apporté. De sorte qu'après deux mois et demi de
séjour dans cette terre, et se voyant un peu rétablie,
elle prit le parti de revenir à Paris pour voir son fils,
et pour tirer de lui plus de neuf mois de pension qu'il
lui devait, ou pour employer même contre lui les
voies de justice, si la dureté de ce fils ingrat l'y for-
çait.

La terre de la veuve n'était qu'à un demi-quart de
lieue de l'endroit où la voiture que nous avions prise
s'arrêtait ; ma mère l'y joignit, comme vous l'avez vu,
et nous y trouva, Mme Darcire et moi. Voilà de

quelle façon nous nous rencontrâmes. Elle n'était point en état de faire de la dépense : elle avait dessein de vivre à part, de se séparer de nous dans le repas; et pour éviter de nous donner le spectacle d'une femme de condition dans l'indigence, elle crut devoir changer de nom, et en prendre un qui m'empêcha de la reconnaître. Revenons à présent où nous en étions.

Huit jours après notre reconnaissance chez cet aubergiste, nous jugeâmes qu'il était temps d'aller parler à son fils, et que sans doute il serait de retour de sa campagne. Mme Darcire voulut encore m'y accompagner.

Nous nous y rendîmes donc avec une lettre de ma mère, qui lui apprenait que j'étais sa sœur. Dans la supposition qu'il dînerait chez lui, nous observâmes de n'y arriver qu'à une heure et demie, de peur de le manquer. Mais nous n'étions pas destinées à le trouver sitôt; il n'y avait encore que la marquise qui fût de retour, et l'on n'attendait le marquis que le surlendemain.

N'importe, me dit Mme Darcire, demandez à voir la marquise; et c'était bien mon intention. Nous montâmes donc chez elle : on lui annonça Mlle de Tervire avec une autre dame; et pendant que nous lui entendons dire qu'elle ne sait qui nous sommes, nous entrons.

Il y avait chez elle une assez nombreuse compagnie, qui devait apparemment y dîner. Elle s'avança vers moi qui m'approchais d'elle, et me regarda d'un air qui semblait dire : Que me veut-elle?

Quant à moi, à qui ni le rang qu'elle tenait à Paris et à la cour, ni ses titres, ni le faste de sa maison n'en imposaient, et qui ne voyais tout simplement en elle que ma belle-sœur; qui m'étais d'ailleurs fait annoncer sous le nom de Tervire, dont j'avais lieu de croire

qu'elle avait du moins entendu parler, puisque c'était
celui de sa belle-mère, j'allai à elle d'une manière
assez tranquille, mais polie, pour l'embrasser.

Je vis le moment où elle douta si elle me laisserait
prendre cette liberté-là (je parle suivant la pensée
qu'elle eut peut-être, et qui me parut signifier ce que
je vous dis). Cependant, toute réflexion faite, elle
n'osa pas se refuser à ma politesse, et le seul expédient qu'elle y sut pour y répondre sans conséquence
fut de s'y prêter par un léger baissement de tête qui
avait l'air forcé, et qu'elle accordait nonchalamment
à mes avances.

Je sentis tout cela, et, malgré mon peu d'usage, je
démêlai, à sa contenance paresseuse et hautaine,
toutes ces petites fiertés qu'elle avait dans l'esprit.
Notre orgueil nous met si vite au fait de celui des
autres, et en général les finesses de l'orgueil sont toujours si grossières! Et puis j'étais déjà instruite du
sien, on m'avait prévenue contre elle.

Joignez encore à cela une chose qui n'est pas si indifférente en pareil cas, c'est que j'étais, à ce qu'on
disait alors, d'une figure assez distinguée; je me
tenais bien, et il n'y avait personne qui, à ma façon
de me présenter, dût se faire une peine de m'avouer
pour parente ou pour alliée.

Madame, lui dis-je, je juge, par l'étonnement où
vous êtes, qu'on vous a mal dit mon nom, qui ne saurait vous être inconnu : je m'appelle Tervire.

Elle continuait toujours de me regarder sans me
répondre; je ne doutai pas que ce ne fût encore une
hauteur de sa part. Et je suis la sœur de M. le marquis, ajoutai-je tout de suite. Je suis bien fâchée,
mademoiselle, qu'il ne soit pas ici, me repartit-elle
en nous faisant asseoir; il n'y sera que dans deux
jours.

On me l'a dit, madame, repris-je; mais ma visite

n'est pas pour lui seul, et je venais aussi pour avoir l'honneur de vous voir (ce ne fut pas sans beaucoup de répugnance que je finis ma réponse par ce compliment-là ; mais il faut être honnête pour soi[1], quoique souvent ceux à qui l'on parle ne méritent pas qu'on le soit pour eux). Et d'ailleurs, ajoutai-je sans m'interrompre, il s'agit d'une affaire extrêmement pressée qui doit nous intéresser mon frère et moi, et vous aussi, madame, puisqu'elle regarde ma mère.

Ce n'est pas à moi, me dit-elle en souriant, qu'elle a coutume de s'adresser pour ses affaires, et je crois qu'à cet égard-là, mademoiselle, il vaut mieux attendre que M. le marquis soit revenu, vous vous en expliquerez avec lui. Son indifférence là-dessus me choqua. Je vis aux mines de tous ceux qui étaient présents qu'on nous écoutait avec quelque attention. Je venais de me nommer ; les airs froids de la jeune marquise ne paraissaient pas me faire une grande impression ; je lui parlais avec une aisance ferme qui commençait à me donner de l'importance, et qui rendait les assistants curieux de ce que deviendrait notre entretien (car voilà comme sont les hommes), de façon que, pour punir la marquise du peu de souci qu'elle prenait de ma mère, je résolus sur-le-champ d'en venir à une discussion qu'elle voulait éloigner, ou comme fatigante, ou comme étrangère à elle, et peut-être aussi comme honteuse.

Il est vrai que ceux que j'avais pour témoins étaient ses amis ; mais je jugeais que leur attention curieuse et maligne les disposait favorablement pour moi, et qu'elle allait leur tenir lieu d'équité.

J'étais avec cela bien persuadée qu'ils ne savaient pas l'horrible situation de ma mère ; et j'aurais pu les défier, ce me semble, de quelque caractère qu'ils fussent, raisonnables, ou non, de n'en être pas scandalisés, quand ils la sauraient.

Madame, lui dis-je donc, les affaires de ma mère
sont bien simples et bien faciles à entendre; tout se
réduit à de l'argent qu'elle demande, et dont vous
n'ignorez pas qu'elle ne saurait se passer.

Je viens de vous dire, repartit-elle, que c'est à M. le
marquis qu'il faut parler, qu'il sera ici incessamment, et que ce n'est pas moi qui me mêle de l'arrangement qu'ils ont là-dessus ensemble.

Mais, madame, lui répondis-je, en tournant[1] aussi
bien qu'elle, tout cet arrangement ne consiste qu'à
acquitter une pension qu'on a négligé de payer
depuis près d'un an; et vous pouvez, sans aucun
inconvénient, vous mêler des embarras d'une belle-
mère qui vous a aimée jusqu'à vous donner tout ce
qu'elle avait.

J'ai ouï dire qu'elle tenait elle-même tout ce qu'elle
nous a donné de feu M. le marquis, reprit-elle d'un
ton presque moqueur; et je ne me crois pas obligée
de remercier madame votre mère de ce que son fils
est l'héritier de son père.

Prenez donc garde, madame, que cette mère
s'appelle aujourd'hui la vôtre aussi bien que la
mienne, répondis-je, et que vous en parlez comme
d'une étrangère, ou comme d'une personne à qui
vous seriez fâchée d'appartenir.

Qui vous dit que j'en suis fâchée, mademoiselle?
reprit-elle, et à quoi me servirait-il de l'être? En
serait-elle moins ma belle-mère, puisque enfin elle
l'est devenue, et qu'il a plu à feu M. le marquis de la
donner pour mère à son fils.

Faites-vous bien réflexion à l'étrange discours que
vous tenez là, madame? lui dis-je en la regardant
avec une espèce de pitié. Que signifie ce reproche
que vous faites à feu M. le marquis de son mariage?
Car enfin, s'il ne lui avait pas plu d'épouser ma mère,
son fils apparemment n'aurait jamais été au monde,

et ne serait pas aujourd'hui votre mari. Est-ce que vous voudriez qu'il ne fût pas né? On le croirait; mais assurément ce n'est pas là ce que vous entendez, je suis persuadée que mon frère vous est cher, et que vous êtes bien aise qu'il vive. Mais ce que vous voulez dire, c'est que vous lui souhaiteriez une mère de meilleure maison que la sienne, n'est-il pas vrai? Eh bien! madame, s'il n'y a que cela qui vous chagrine, que votre fierté soit en repos là-dessus. M. le marquis était plus riche qu'elle, j'en conviens, et de ce côté-là vous pouvez vous plaindre de lui tant qu'il vous plaira, je ne la défendrai pas. Quant au reste, soyez convaincue que sa naissance valait bien la sienne, qu'il ne se fit aucun tort en l'épousant, et que toute la province vous le dira. Je m'étonne que mon frère ne vous en ait pas instruit lui-même, et Mme Darcire, que vous voyez, avec qui je suis arrivée à Paris, et dont je ne doute pas que le nom n'y soit connu, voudra bien joindre son témoignage au mien. Ainsi, madame, ajoutai-je sans lui donner le temps de répondre, reconnaissez-la en toute sûreté pour votre belle-mère, vous ne risquez rien. Rendez-lui hardiment tous les devoirs de belle-fille que vous lui avez refusés jusqu'ici. Réparez l'injustice de vos dédains passés, qui ont dû déplaire à tous ceux qui les ont vus, qui vous ont sans doute gênée vous-même, qui auraient toujours été injustes, quand ma mère aurait été mille fois moins que vous ne l'avez crue; et reprenez pour elle des façons et des sentiments dignes de vous, de votre éducation, de votre bon cœur, et de tous les témoignages qu'elle vous a donnés des tendresses du sien, par la confiance avec laquelle elle s'est fiée à vous et à son fils de ce qu'elle deviendrait le reste de sa vie.

Vous feriez vraiment d'excellents sermons, dit-elle alors en se levant d'un air qu'elle tâchait de rendre indifférent et distrait, et j'entendrais volontiers le reste du vôtre ; mais il n'y a qu'à le remettre, on vient nous dire qu'on a servi : dînez-vous avec nous, mesdames ?

Non, madame, je vous rends grâce, répondis-je, en me levant aussi avec quelque indignation ; et je n'ai plus que deux mots à ajouter à ce que vous appelez mon sermon. Ma mère, qui ne s'est rien réservé, et que vous et son fils avez tous deux abandonnée aux plus affreuses extrémités ; qui a été forcée de vendre jusqu'aux meubles de rebut que vous lui aviez envoyés, et qui n'étaient point ceux qu'elle avait gardés ; enfin cette mère qui n'a cru ni son fils, ni vous, madame, capables de manquer de reconnaissance ; qui, moyennant une pension très médiocre dont on est convenu, a bien voulu renoncer à tous ses droits par la bonne opinion qu'elle avait de son cœur et du vôtre ; elle que vous aviez tous deux engagée à venir chez vous pour y être servie, aimée, respectée autant qu'elle le devait être ; qui n'y a cependant essuyé que des affronts, qui s'y est vue rebutée, méprisée, insultée, et que par là vous avez forcée d'en sortir pour aller vivre ailleurs d'une petite pension qu'on ne lui paye point, qu'elle n'avait eu garde d'envisager comme une ressource, qui est cependant le seul bien qui lui reste, et dont la médiocrité même est une si grande preuve de confiance ; cette belle-mère infortunée, si punie d'en avoir cru sa tendresse, et dont les intérêts vous importent si peu ; je viens vous dire, madame, que tout lui manquait hier, qu'elle était dans les derniers besoins, qu'on l'a trouvée ne sachant ni où se retirer, ni où aller vivre ; qu'elle est actuellement malade et logée dans une misérable auberge, où elle occupe une chambre obscure qu'elle ne pouvait pas payer, et dont on allait la mettre dehors à moitié mourante, sans une femme de ce quartier-là, qui ne la connaissait pas, et qui a eu pitié d'elle : je dis pitié à la lettre, ajoutai-je ; car cela ne s'appelle pas autrement, et il n'y a plus moyen de ménager les termes. (Et effectivement vous ne sauriez croire tout l'effet que ce mot produisit sur ceux qui étaient présents ; et ce mot qui les remua tant, peut-être aurait-il blessé leurs oreilles délicates, et leur aurait-il paru ignoble et de mauvais goût, si je n'avais pas compris, je ne sais comment, que pour en ôter la bassesse, et pour le rendre touchant, il fallait fortement appuyer dessus, et paraître surmonter la peine et la confusion qu'il me faisait à moi-même.)

Aussi les vis-je tous lever les mains, et donner par différents gestes des marques de surprise et d'émotion.

Oui, madame, repris-je, voilà quelle était la situation de votre belle-mère, quand nous l'avons été voir. On allait vendre ou du moins retenir son linge et ses habits, quand cette femme dont je parle a payé pour elle, sans savoir qui elle était, par pure humanité et sans prétendre lui faire un prêt.

Elle est encore dans cette auberge, d'où son état ne nous a pas permis de la tirer. Cette auberge, madame, est dans tel quartier, dans telle rue, et à telle enseigne. Consultez-vous là-dessus, consultez ces messieurs qui sont vos amis, je ne veux qu'eux pour juges entre vous et la marquise votre belle-mère : voyez si vous avez encore le courage de dire que vous ne vous mêlez point de ses affaires. Mon frère est absent, voici une lettre qu'elle lui écrit, que je lui portais de sa part, et je vous la laisse. Adieu, madame.

Une cloche, qui appelait alors mon amie la religieuse à ses exercices, l'empêcha d'achever cette histoire, qui m'avait heureusement distraite de mes

tristes pensées, qui avait duré plus longtemps qu'elle
n'avait cru elle-même, et dont je vous enverrai incessamment la fin, avec la continuation de mes propres
aventures.

SUITE DE MARIANNE
QUI COMMENCE
OÙ CELLE DE
M. DE MARIVAUX
EST RESTÉE

LETTRE DE MADAME RICCOBONI
à Monsieur Humblot[1].

Un libraire est un homme étonnant! De bonne foi, M. Humblot, croyez-vous que je puisse écrire précisément quand il vous plaît d'imprimer? On vous demande si je travaille, on vous tourmente, on vous interroge. C'est vous seul qui vous tourmentez; cela n'intéresse que vous.

Non, assurément, mes lettres[2] ne sont pas faites, elles ne sont pas même avancées. Vous me pressez en vain, je ne veux point fixer un temps : dans la crainte de manquer à ma parole, ou de me gêner beaucoup pour la tenir, mon habitude est de ne prendre jamais d'engagements.

La petite histoire d'Ernestine est prête, il est vrai; je consens à vous la donner; mon dessein était de la placer ailleurs, n'importe. Mais l'Abeille, déjà insérée dans un journal; mais Marianne, dont la moitié a paru[3]; mais les lettres de Zelmaïde... que voulez-vous faire de ces morceaux détachés? Si l'on vous demande à propos de quoi je me suis avisée de suivre l'histoire de Marianne, que répondrez-vous? Faudra-t-il conter à tout le monde l'espèce de pari qui me fit imiter le style de M. de Marivaux, dans un temps où, n'ayant jamais rien écrit[4], je n'en avais point un à moi? C'est une plaisanterie de société, une folie de ma jeunesse. M. de Marivaux connaissait cette suite de son ouvrage, on en imprima la moitié de son consentement, et l'autre resta, par l'interruption du journal où elle devait être insérée.

Avec un air doux, un naturel honnête, vous êtes raisonnablement entêté ; puisque vous m'impatientez pour avoir ces misères-là, je ne prétends pas vous désobliger. Imprimez donc, M. Humblot, passez-en votre fantaisie ; voilà le manuscrit d'Ernestine : je le regrette un peu, je ne le destinais point à accompagner ces espèces de fragments ; mais enfin je vous l'abandonne. Je vous souhaite le bonjour, et un heureux succès.

AVERTISSEMENT[1]

Mme Riccoboni ayant reçu plusieurs lettres anonymes où elle est priée de « poursuivre » et d'« achever » la *Marianne* de M. de Marivaux, nous croyons devoir avertir que son intention n'a jamais été de continuer ni de finir cet ouvrage. Une lettre d'elle à son libraire, imprimée dans la dernière édition qu'il a faite, apprend que cette suite de *Marianne* fut composée par une espèce de pari. Feu M. de Saint-Foix[2], soutenant un jour chez Mme Riccoboni que le style de M. de Marivaux était inimitable, on lui cita la *Fée Moustache*[3] de M. de Crébillon, comme une preuve contraire de son opinion. Il s'emporta, traita la fée de « bavarde ; disant une foule de mots, et ne saisissant point du tout l'esprit de M. de Marivaux ». Mme Riccoboni écoutait, se taisait, et ne prenait aucune part à la dispute. Restée seule, elle parcourut deux ou trois parties de *Marianne*, s'assit à son secrétaire, et fit cette suite. Deux jours après la contestation, elle la montra sans en nommer l'auteur, on la lut en présence de M. de Saint-Foix, il l'entendit avec tant de surprise, qu'il crut le manuscrit dérobé à M. de Marivaux. Il voulait le faire imprimer ; Mme Riccoboni s'y opposa, dans la crainte de désobliger M. de Marivaux. Dix ans après, cette suite parut dans un journal dont le rédacteur eut la permission de M. de Marivaux de l'insérer. Nous avons rapporté ce fait, afin d'instruire les personnes qui désirent la continuation de *Marianne*, de ne plus s'adresser à Mme Riccoboni. Elle est fâchée de ne pouvoir les satisfaire, mais elle n'achèvera jamais ni les ouvrages de M. de Marivaux, ni ceux d'aucun autre auteur.

SUITE DE MARIANNE

I

Vous voilà bien surprise, bien étonnée, madame : je vois d'ici la mine que vous faites. Je m'y attendais : vous cherchez, vous hésitez ; il me semble vous entendre dire : Cette écriture est bien la sienne, mais cela ne se peut pas, la chose est impossible ! — Pardonnez-moi, madame, c'est elle ; c'est Marianne, oui, Marianne elle-même. — Quoi ! cette Marianne si fameuse, si connue, si chérie, si désirée, que tout Paris croit morte et enterrée ? eh ! ma chère enfant, d'où sortez-vous ? vous êtes oubliée, on ne songe plus à vous ; le public, las d'attendre, vous a mise au rang des choses perdues sans retour.

À tout cela je répondrai que je ne m'en soucie guère : j'écris pour vous, je vous ai promis la suite de mes aventures, je veux vous tenir parole ; si cela déplaît à quelqu'un, il n'y a qu'à me laisser là. Au fond j'écris pour m'amuser, j'aime à parler, à causer, à babiller même : je réfléchis, tantôt bien, tantôt mal ; j'ai de l'esprit, de la finesse, une espèce de naturel, une sorte de naïf ; il n'est peut-être pas du goût de tout le monde, mais je ne l'en estime pas moins ; il fait le brillant de mon caractère : ainsi, madame, imaginez-vous bien que je serai toujours la même, que le temps, l'âge ou la raison, ne m'ont point changée, ne m'ont seulement pas fait désirer de me corriger. À présent, reprenons mon histoire.

Je vous disais donc que, grâces au ciel, la cloche sonna, et que ma religieuse me quitta : je dis grâces au ciel, car en vérité son récit m'avait paru long : et la raison de cela, c'est qu'en m'occupant des chagrins de mon amie, je ne pouvais pas m'occuper des miens. Bien des gens croient qu'il faut être malheureux soi-même pour compatir aux infortunes des autres ; il me semble à moi que cela n'est pas vrai. Dans une situation heureuse on voit avec attendrissement les personnes qui sont à plaindre, on écoute avec sensibilité le récit de leurs peines, on en est touché, on les trouve considérables, la comparaison les grossit à nos yeux : dans l'état contraire, le cœur, rempli de ses propres chagrins, s'intéresse faiblement à ceux des autres ; ils lui paraissent plus faciles à supporter que les siens, et j'ai senti cela, moi qui vous parle.

Quelques revers qu'eût éprouvés cette religieuse, elle avait un nom, des parents, des amis, un amant ; elle s'en était vue aimée dans un temps où elle pouvait l'obliger : eh ! quel bonheur d'obliger ce qu'on aime ! Cet amant lui devait la fortune dont il jouissait : était-ce là de quoi se comparer à Marianne ? à Marianne inconnue, devant tout à la compassion, à la charité d'autrui ? à Marianne abandonnée, et peut-être méprisée de Valville ? Était-il rien de plus humiliant pour moi que ce détail qu'il avait fait à ma rivale ? Il me semblait lui entendre conter mes aventures ; j'imaginais le ton dont il disait à Mlle Varthon : Oui, je l'avoue, j'ai eu du goût pour Marianne, mais un goût passager, un goût qui fait honneur à ma façon de penser. Mettez-vous à ma place, cette petite fille se casse le cou[1] à ma porte, puis-je ne pas la secourir ? Je la vois ajustée, les mains nues, sans valet, sans suivante ; je prends cela pour une bonne fortune de rencontre, et la preuve, c'est que je lui propose de dîner chez moi : comme vous voyez, mon procédé était assez cavalier. Cependant je lui trouve de la fierté, de la hauteur même ; elle rougit de dire qu'elle loge chez une lingère : je ne sais trop pourquoi ; car en sortant de son village, Mme Dutour ne devait pas lui paraître si peu de chose. Mon oncle vient, je crois m'apercevoir qu'ils se connaissent, la curiosité s'en mêle, je veux m'instruire : je les surprends dans un tête-à-tête ; la petite personne s'offense des idées qui s'élèvent dans mon esprit, à la vue de mon oncle ; elle me détrompe, sa vertu me touche : instruit du malheureux état où elle est réduite, l'intérêt que j'y prends me paraît un sentiment généreux, raisonnable ; je m'y livre, je crois être amoureux, passionné même. Je vous vois, mademoiselle, je sens que je me trompais, que j'avais de la compassion ; voilà tout. À présent j'ai de la tendresse, et j'en sens bien la différence ; je suis engagé pourtant, et c'est pour moi le comble du malheur.

Et tout ce raisonnement, je croyais l'entendre, vous dis-je, et j'y répondais. Engagé ? vous ne l'êtes point, non, monsieur, non ; vous n'épouserez point Marianne : elle ne sera pas un obstacle à votre satisfaction ; elle a trop de fierté, de noblesse, pour s'appuyer contre vous des bontés de votre mère ; ne craignez point ses reproches, elle ne vous en fera jamais ; vous ne serez point importuné de ses larmes, vous n'entendrez point ses regrets, elle saura étouffer ses soupirs, cacher sa douleur : cette *petite fille* vous paraîtra bien grande un jour.

Malgré cette fermeté que je me promettais d'avoir, je sentais mon cœur se révolter à la seule idée d'oublier l'infidèle : il m'était encore bien cher. Je me rappelais ce temps, cet heureux temps, où je l'occupais si vivement ; je me peignais ses transports, son respect, sa tendresse, mille petits soins, que l'on remarque si bien, qui ne sont rien, et qui prouvent tant ; je m'affligeais, mes larmes coulaient, le dépit cédait au sentiment, et Valville me paraissait bien moins coupable que Mlle Varthon, qui me l'enlevait si cruellement.

Au milieu de mon chagrin, je me souvins de cet officier, ami de Mme Dorsin, qui s'appelait le comte de Saint-Agne. Son amour, ses propositions devenaient une ressource pour ma vanité ; Valville n'était pas le seul homme qui pût changer mon sort ; on m'offrait un rang, des richesses ; je pouvais m'élever sans lui, devenir son égale, et me venger de ses mépris. Mais cette façon de le punir n'était pas de mon goût, ma petite tête méditait un plus grand dessein : en épouser un autre, c'était lui laisser croire que sa fortune m'avait touchée autant que son amour ; je voulais qu'il ne pût douter de la générosité de mon cœur ; il fallait, pour me contenter, qu'il dît : *Marianne m'aimait, elle m'aimait sincèrement.* Je me flattais que le sacrifice où je me déterminais répandrait une amertume éternelle sur tous les instants de la vie d'un ingrat ; qu'il regretterait sans cesse la tendre, l'infortunée, la courageuse Marianne.

Oui, Valville, lui disais-je, comme s'il eût été là, je vais lever tous les obstacles qui s'opposent à vos désirs ; les chaînes que je vais prendre vont vous donner la liberté d'en former de nouvelles. Ouvrez les yeux, contemplez cette orpheline, autrefois si chère à votre cœur ; sa jeunesse, sa beauté, ses grâces, son esprit, ses sentiments, rien n'est changé ; regardez-la, voyez quelle victime s'immole à votre bonheur ; donnez du moins des larmes à ce qu'elle fait pour vous ; que votre estime soit le prix, la récompense de sa vertu ; chérissez-la ; qu'un tendre souvenir la rappelle sans cesse à votre mémoire ; qu'un trait si grand, si digne d'elle, grave son idée dans votre cœur : et vous, ma mère, mon adorable mère, connaissez votre fille en la perdant ; applaudissez-vous du parti qu'elle prend, il vous justifie aux yeux de ces parents orgueilleux qui rougissaient de l'alliance de Marianne : un Dieu lui permet d'aspirer au nom de son épouse. C'est lui qui me préserva d'une mort terrible et prématurée, je n'ai connu de père que lui ; les hommes ont voulu faire mon bonheur ; ils ne l'ont pu ; leurs vains efforts m'avertissent de ne le chercher qu'en lui seul.

Et vous jugez bien que je pleurais en m'arrêtant à ce projet ; mais je versais des larmes de tendresse, de ces larmes consolantes qui coulent aisément et soulagent un cœur oppressé ; je jouissais déjà des louanges qu'on me donnerait, de l'admiration de mes amis, des regrets de Valville, et là-dessus je me couchai et je m'endormis profondément.

Je devais voir Mme de Miran le lendemain, comme je vous l'ai dit. Vers les quatre heures on m'avertit qu'elle m'attendait au parloir. Je m'y rendis. Je fus frappée de l'air triste et abattu de ma protectrice. Eh ! bon Dieu, qu'avez-vous donc, ma mère ? lui dis-je. Valville ne paraît point, il m'évite, répondit-elle ; je suis désolée, sa conduite me désespère. Eh quoi, ma mère, ma tendre mère, vous vous affligez donc, repris-je, et c'est moi qui suis la cause du trouble et de la douleur où je vous vois ? Ah, Seigneur ! est-il possible que ce soit moi qui vous chagrine ! moi qui voudrais, aux dépens de mes jours, assurer le bonheur et la tranquillité des vôtres ; moi que vous avez voulu rendre si heureuse ! moi qui le serais en vérité, sans la façon dont vous prenez tout ceci !

Tu serais heureuse, mon enfant, reprit-elle, toi heureuse ! tu étais bien faite pour l'être, et tu le serais sans doute, si tu n'avais jamais vu mon fils : pauvre petite, ajouta-t-elle en me regardant avec une tendresse inexprimable, est-il possible qu'elle ait trouvé un infidèle ! assurément Valville a perdu l'esprit ; cette aventure n'est pas naturelle ; Mlle Varthon, quoique jolie, n'approche pas de toi ; mais, ma fille, son aveu-

glement peut cesser, rien n'est désespéré ; je ne saurais me persuader que ce soit une chose faite ; il reviendra peut-être. Ah !
madame, lui dis-je, je n'ai pas la vanité de m'en flatter, je ne
m'y attends pas, assurément ; et quand il reviendrait à moi,
pourrais-je oublier qu'il a été capable de m'abandonner, et
dans quel temps encore ? quand une mort prochaine paraissait
devoir nous séparer pour jamais. M. de Valville m'a été bien
cher, je l'avoue, et je ne rougis point de cet aveu. La première
impression qu'il avait faite sur mon cœur, quoique vive, aurait
pu s'effacer ; c'était un goût que j'aurais combattu, dont je
devais triompher ; vous m'autorisâtes à m'y livrer, madame, et
je suivis sans contrainte un penchant si doux. J'aimai dans
M. de Valville un homme aimable, un homme qui daignait
s'abaisser jusqu'à moi, à qui j'allais tout devoir : l'estime, la
reconnaissance, l'amour, se joignirent ensemble et devinrent
un seul sentiment. Je voyais dans M. de Valville un ami, un
amant, un époux, un bienfaiteur : ce n'est pas tout, j'y voyais le
fils de Mme de Miran, qualité qui me le rendait encore plus
cher, encore plus respectable. Non, madame, non, sa fortune
ne m'a point attirée, je n'ai point envisagé le brillant d'un établissement, et j'ose dire que je n'en regrette pas la perte. On
m'en offre un, moins avantageux à la vérité, mais pourtant
bien au-dessus des espérances d'une fille telle que moi ; mon
dessein n'est pas de l'accepter ; mais avant de le refuser entièrement, j'ai voulu vous parler, madame ; je vous dois trop pour
ne pas mettre mes intérêts entre vos mains : il est bien juste
que vous décidiez du sort d'une fille que vous avez bien voulu
regarder comme la vôtre, et qui, par sa tendresse, sa
reconnaissance et son respect, serait peut-être digne de l'être
en effet.

Que j'ai bien voulu regarder ! s'écria Mme de Miran ; dis
donc que je regarde et que je regarderai toujours comme ma
fille, et comme une fille qui me devient chaque jour plus chère.
Je saurai bien te dédommager des extravagances de mon fils.
À te dire la vérité, si Valville est étourdi, éventé, volontaire,
c'est un peu ma faute ; je veux bien en convenir avec toi,
Marianne, j'ai gâté cet enfant-là. Je n'avais que lui, il était joli,
je l'aimais ; je suis bonne, trop bonne même ; bien des gens me
l'ont dit : mais que veux-tu ? je suis née comme cela. On
acquiert des façons, l'usage du monde impose une conduite,

donne une sorte d'esprit, l'expérience apprend quelque chose ; mais avec tout cela on est toujours ce qu'on était d'abord : on ne se fait point un caractère, on l'a comme on l'a, l'éducation ne le change point ; c'est un tableau qu'on retouche, et dont le fond reste toujours le même : après tout, si c'est un défaut d'être trop bon, c'est celui qu'il faudrait souhaiter à tout le monde. Je te disais donc que j'aimais mon fils ; je l'aime bien encore, quoique je sois fort en colère, à cause de mon amitié pour toi ; je lui ai passé mille folies, il faudra bien encore lui passer celle-ci, quoiqu'elle me tienne plus au cœur que toutes les autres ; mais tu n'y perdras rien, je te le promets. Eh bien, voyons, qu'est-ce que c'est que cet établissement ?

Je lui contai alors ma conversation avec l'ami de Mme Dorsin. Vraiment, ma fille, dit vivement Mme de Miran, le comte de Saint-Agne est un très honnête homme, fort estimé, fort aimable, d'un très bon commerce, d'une ancienne maison ; il jouit au moins de trente mille livres de rente, dont il peut disposer en faveur de qui lui plaira. Cela fait un excellent parti : il a cinquante ans, voilà le mal ; mais tu es raisonnable, son âge ne lui nuira pas auprès de toi : eh bien, tu lui as donc dit que tu m'en parlerais ? Oui, madame, lui répondis-je. C'est à merveille, tu as bien fait, continua-t-elle ; mais que penses-tu, mon enfant ? je te devine ; tu aimes encore mon fils, te voilà bien loin d'en aimer un autre ; songe que Valville ne mérite guère tes sentiments ; consulte-toi cependant : n'as-tu donc aucun espoir de le ramener ? te sens-tu la force de le quitter sans retour ? peux-tu prendre assez sur toi-même pour le laisser là ? Ah ! madame, lui dis-je, il le faut bien ; je ferai cet effort, oui, je le ferai, je sens que je le dois, et j'y suis résolue : mais en me déterminant à oublier M. de Valville, en me promettant de ne plus chercher à le voir, je ne me suis jamais condamnée à cesser de voir sa mère, à me priver pour toujours du plaisir sensible de lui marquer ma reconnaissance ; quoi, madame, je vivrais dans le monde, et j'y vivrais sans vous !

Eh ! pourquoi donc sans moi ? interrompit Mme de Miran, qui t'empêchera d'être mon amie ? Le comte de Saint-Agne sait-il tout ce qui s'est passé ? Madame, repris-je, il le sait ! que penserait-il de moi, si j'allais chez vous, si je conservais les liaisons qui pourraient lui faire croire que je n'aurais point oublié mes premiers engagements ? il faudrait renoncer à vous, madame, et c'est à quoi mon cœur ne consentira jamais.

Tu ne te démens point, ma chère enfant, s'écria cette tendre mère; mais tu ne dois pas craindre les soupçons du comte, il connaît ta vertu. Je sens mieux que toi ce qui te fait rejeter les offres de ce galant homme : on a mille sujets de se plaindre d'un amant; on veut le quitter, n'y plus penser; malgré cela on ne l'oublie pas tout d'un coup : il faut du temps; tu n'as demandé que huit jours, ce n'est pas assez, j'en prendrais davantage; il ne faut pas refuser tout à fait : cela deviendra ce que cela pourra; j'en fais mon affaire : une autre me presse, je te quitte, je te reverrai dans peu, nous irons chez Mme Dorsin. Adieu, ma fille, tâche de te dissiper, ne te livre point à tes chagrins, cela ne sert à rien. Adieu donc, ma mère, mon aimable mère, adieu, lui criai-je en pleurant; car ces bontés me pénétraient; et de ce parloir, je cours à ma chambre où, loin de lui obéir, je me mets à pleurer plus fort que jamais.

Il me semble vous entendre me dire : Mais je ne vous reconnais plus, qu'est-ce que c'est donc que cette Marianne qui pleure toujours? Vous voilà d'un grave, d'un pathétique! qu'avez-vous fait de votre coquetterie? ne vous souvenez-vous plus que vous êtes jolie, que vous le savez? je suis épouvantée de votre sérieux, peu s'en faut qu'il ne m'endorme : allons, finissez donc, qu'est-ce que cela signifie?

Patience, madame, ne vous fâchez pas; ma coquetterie n'est pas perdue, elle se retrouvera. Elle a changé d'objet pour un temps, j'ai laissé là mon visage, mes agréments sont à l'écart; mais je sais bien où les prendre, je m'en servirai quand il faudra.

Quoique l'amour-propre semble quelquefois négliger ses intérêts, il n'en est pas moins ardent à les soutenir. Il est l'âme de tous nos mouvements, il agit en secret; nous ne l'apercevons seulement pas, et souvent nous lui sacrifions intérieurement dans l'instant même où nous croyons l'immoler ou l'anéantir. Poursuivons, je m'écarte de temps en temps; c'est une habitude prise, elle est un peu contraire à mon caractère; une paresseuse devrait conter vite, se hâter de finir, afin de se rendre à son oisiveté naturelle : mais ma paresse n'est que pour les faits, les réflexions ne me coûtent rien; tant que je raisonne, ma plume court, je ne m'aperçois pas que j'écris.

Où en étais-je? Ah! dans ma chambre. Je vous disais donc que je m'affligeais. Cela ne dura pas, car on vint m'avertir que

Mme Dorsin m'attendait au parloir. Le comte de Saint-Agne y était avec elle : je pris un air tranquille pour les saluer. Nous arrivons de chez votre mère, mademoiselle, me dit Mme Dorsin, on nous a envoyés ici, et nous y venons dans le dessein de partager avec elle le plaisir de vous voir. Vous ne pouviez m'obliger plus sensiblement, madame, lui dis-je. Et moi, mademoiselle, interrompit le comte, ai-je bien ou mal fait d'accompagner madame ? parlez-moi sans détour, ma présence ne vous importune-t-elle point ? Non, monsieur, repris-je, au contraire. Au contraire ! dit-il, prenez-y garde, mademoiselle, je vais croire que je vous fais plaisir, et je resterai, je vous en avertis. Et vous ferez très bien, ajoutai-je en riant, car il n'y avait pas moyen d'être sérieuse avec cet homme-là. Je ne vous l'ai peint qu'à moitié : vous le connaissez à peine ; eh bien, vous allez le connaître tout à fait[1].

Imaginez-vous un homme d'une taille un peu au-dessus de la médiocre ; la démarche aisée, l'air noble, la physionomie ouverte, les dents belles, le rire si gai qu'il excitait celui des autres. Voilà ce que c'était que sa figure. On lui trouvait de l'esprit : non pas de cette sorte d'esprit que tout le monde veut avoir, et que bien des gens ont sans en être plus recommandables ; esprit qui s'acquiert aisément, que beaucoup de hardiesse et un peu de facilité, secondées d'une bonne mémoire, rendent imposant pour les sots. Le comte avait ce qu'on appelle un esprit naturel, un esprit à lui. Simple, uni, vrai, il voyait ce qu'on lui montrait, pas au-delà ; son bon cœur, la sincérité de son caractère, lui faisaient croire que personne n'était capable de feindre, d'en imposer : et si le temps ou le hasard le désabusait sur un ami, il n'en avait pas plus de défiance à l'égard de ceux qui lui restaient.

Il semblait un peu brusque, cependant il était doux, généreux, compatissant. Il aimait la vérité, il la disait toujours, mais sans aigreur, d'une façon qui la rendait aimable ; et cette façon n'est pas celle de tout le monde. Il y a des gens vrais qu'on ne peut s'empêcher d'estimer, mais qu'il est difficile d'aimer, que l'on aime par réflexion, et que cent fois par jour on est tout près de haïr. Leur franchise est maladroite ; elle vous désoblige, vous révolte. Ils vous donnent un conseil, vous sentez qu'il est bon, et pourtant vous avez peine à le suivre, à vous y conformer ; pourquoi ? c'est qu'on vous a parlé dure-

ment, c'est qu'en vous proposant un avis, on a paru vous imposer une loi, c'est qu'on n'a pas ménagé votre orgueil; et cet
orgueil, madame, veut toujours trouver son compte : en
amour, en amitié, dans le monde, dans la retraite, il veut
régner, il veut être caressé. Sans le savoir, M. de Saint-Agne
était fait pour flatter celui de tous ses amis. Vous pouviez lui
dire un bien infini de votre cœur, il vous croyait; loin de
contester sur vos bonnes qualités, il était aussi persuadé de
votre mérite que vous-même. Avec sa naissance, sa fortune et
ce caractère, le comte valait bien mon infidèle; il valait mieux
peut-être; mais, comme disait madame de Miran, il avait cinquante ans. Une jeune et jolie femme ne sent guère le prix d'un
mérite solide : un homme sensé console-t-il de la perte d'un
étourdi?

J'avais ri, je vous l'ai dit; Mme Dorsin me sut très bon gré de
ma gaieté apparente. Vous voilà telle que vous devez être,
mademoiselle, me dit-elle. Et telle que je souhaitais de la trouver, ajouta le comte : ce n'est point mademoiselle qui est à
plaindre, je le dirai toujours, elle n'est point faite pour regretter personne, et je déplore l'aveuglement de M. de Valville;
c'est à lui de pleurer, de gémir; sa perte est immense, irrépa-
rable : mais il n'est pas sûr qu'il ait pris un si mauvais parti, il
peut revenir d'un caprice si bizarre; qu'en pensez-vous, mademoiselle?

Ce serait bien tard qu'il voudrait revenir, monsieur,
repris-je. Sans être encore détaché, mon cœur est blessé d'une
façon trop vive pour pardonner. Si M. de Valville renonçait au
dessein de m'épouser par des raisons de convenance, je
n'aurais point à me plaindre de lui, je me rendrais justice, je
lui sacrifierais des espérances que je n'ai jamais eu la vanité de
croire fondées. Mais il me quitte pour une autre, il manque
d'amitié, d'égards... ah! monsieur, je me souviendrai toujours
avec reconnaissance de l'honneur qu'il a voulu me faire; mais
je n'oublierai point qu'il s'en est repenti; encore moins qu'il
m'a abandonnée avec dureté.

Quoi! si l'amour vous le ramenait, dit le comte, vous ne
seriez point flattée de son retour? songez-y, belle Marianne; je
ne suis pas fort savant sur les effets de cette passion, mais j'ai
toujours ouï dire qu'il était bien doux de revoir à ses pieds un
infidèle : en reprenant ses premiers fers, ne vous dit-il pas : *J'ai*

fait ce que j'ai pu pour être heureux sans vous : si j'avais trouvé
mieux, je ne serais pas là. Mettons M. de Valville dans cette
position, seriez-vous inflexible ? refuseriez-vous sa main ? Oui,
monsieur, lui dis-je d'un ton assuré, oui, je la refuserais : les
bontés de sa mère, son amour, le mien, tout nous trompait. Je
ne suis pas digne d'une telle alliance, ce dessein n'entre plus
dans mes projets, et... Mais, mademoiselle, interrompit
Mme Dorsin, vous ne songez donc pas que monsieur vous
trouve digne de lui, qu'il veut vous épouser, qu'il vaut Valville
de toutes les façons, et que... Monsieur m'honore infiniment,
interrompis-je à mon tour ; Mme de Miran est instruite des
offres généreuses qu'il a bien voulu me faire, elle s'est chargée
de ma réponse ; monsieur voudra bien qu'elle traite pour moi
dans cette affaire.

Oui, sans doute, je le voudrai bien, dit le comte d'un air
satisfait ; j'aime à voir que vous preniez le parti de mépriser un
volage ; vous en êtes plus aimable à mes yeux. Voilà ce qu'on
appelle une conduite sage, décente, modeste, prudente ; vous
ne dites pas que vous n'aimez plus ; mais vous laissez voir un
dessein formé de ne plus aimer, de résister à un penchant que
vous devez vaincre ; rien n'est mieux, rien n'est plus louable,
tout augmente mon estime pour vous. Et se tournant vers
Mme Dorsin : Qu'en dites-vous, madame ? n'admirez-vous pas
la façon d'agir de mademoiselle ?

Assurément, répondit-elle, c'est le parti le plus honnête ; et je
ne suis pas surprise que notre charmante enfant s'y soit arrêtée. Après tout, que gagne-t-on en voulant retenir un cœur qui
s'échappe ? quel est le fruit de ces démarches honteuses, basse-
ment hasardées par une femme, pour ramener un amant qui
se dégage ? Il voulait seulement l'éviter, la fuir ; elle fait tant
qu'il la hait, la déteste, la méprise. Quand, à force d'importunités, il reviendrait à elle, serait-ce là un triomphe ? pourrait-elle
en être flattée ? Non, sans doute ; et d'ailleurs, un homme qui a
pu nous trahir une fois ne mérite plus notre tendresse : il y a
de la bassesse à pardonner de certaines offenses, de la maladresse à laisser voir qu'on peut passer sur toutes les fautes
d'un amant ; fi, fi, c'est mettre un volage à son aise ; c'est lui
dire : Faites tout ce qu'il vous plaira ; ne vous gênez pas, allez,
venez, je suis là, je vous attends ; vous me trouverez toujours.
J'applaudis à tous les sentiments de notre chère Marianne,

continua cette dame, et bien loin que la légèreté de Valville
tourne contre elle, je soutiens au contraire qu'elle sert seulement à mettre ses vertus dans tout leur jour; elle mérite d'être
heureuse; elle le sera : mon cœur me le dit; oui, j'en réponds.
Je voudrais bien, s'écria le comte, pouvoir contribuer à
l'accomplissement de cette prédiction : mais vous vouliez voir
Mme de Miran; n'est-ce pas, madame? j'ai le même désir; et
mon impatience est vive de connaître... Il s'arrêta. Je vous
entends monsieur, dit Mme Dorsin, votre curiosité est bien
naturelle et bien pardonnable. Il faut donc la laisser, cette
aimable enfant. Et tout de suite elle se leva : Nous allons
prendre jour pour vous revoir, mademoiselle; et cent caresses
et mille compliments; et les voilà partis.

Dès que je me vis seule, je me rappelai les discours de
Mme Dorsin, ces *démarches honteuses* qui ne servaient à rien,
glissaient sur le cœur d'un volage, déshonoraient sans fruit
celles qui osaient *les hasarder*. Oh! combien je me félicitai
alors de mes résolutions! que je me trouvai heureuse d'avoir
eu assez de force ou de vanité, comme vous voudrez, pour
m'être déterminée à ne rien tenter, à prendre un parti que ma
raison avouait, mais que mon faible cœur démentait souvent
en secret! oui, ce cœur se révoltait; au fond, toute cette grandeur d'âme n'était guère de son goût.

N'en déplaise pourtant à Mme Dorsin, il y a plus d'orgueil
que de décence, peut-être, à ne faire aucun effort pour rappeler un amant. On le croit perdu; que sait-on, il n'est peut-être
qu'égaré? le moindre soin nous le rendrait peut-être : et puis,
doit-on rougir de montrer que l'on est plus tendre, plus
constante, plus fidèle à ses engagements que celui qui ose les
trahir ou les rompre? Quand une femme a dit une fois *j'aime*,
n'a-t-elle pas tout dit? fait-elle mal en le répétant, en prouvant
par sa conduite la vérité de ses sentiments? Un homme
m'aimait, il ne m'aime plus; il me cherchait, il m'évite; il me
désirait, il en désire une autre; il me fuit, je le laisse faire; je ne
m'oppose à rien; n'est-ce pas dire : Je voulais être aimée, mais
je n'aimais pas moi-même : vos soins m'amusaient, vous cessez de m'en rendre; eh bien, à la bonne heure, vous voulez
vous retirer, bonjour, adieu, partez, tout est fini.

À la vérité, cette façon indifférente pique souvent, et presque
toujours, un amant léger; il est fâché qu'on ne s'efforce pas de

l'arrêter; il trouve mauvais qu'on l'abandonne au caprice de son cœur : sa vanité en est humiliée; il ne saurait se persuader qu'il ne mérite pas des regrets; il s'attendait à des reproches, à des cris, à des larmes; il craignait d'en être excédé : cet homme, comptant sur votre douleur, s'arrange pour se mettre à l'abri de vos importunités; vous le laissez là, il n'y comprend rien; il vous dirait volontiers : Mais vous n'y songez pas; qu'est-ce que c'est donc que ce repos stupide où vous voilà? voyez-vous que je vous quitte, que je m'en vais? le voyez-vous bien? Sentez donc la perte que vous faites : point, rien ne remue. Là-dessus, il raisonne; votre tranquillité l'assomme; elle n'est point naturelle; on vous console, sans doute, en secret; il tremble d'avoir été remplacé avant le temps, prévenu, trompé lui-même; cela l'agite, l'inquiète, le trouble, et souvent le ramène plus amoureux qu'auparavant. Que conclure de tout cela? que nous avons plus d'amour-propre que de sentiment, et que nous agissons en conséquence.

J'étais plus que jamais dans le dessein de me faire religieuse : les offres du comte me touchaient, mais je ne voulais point les accepter. Mme de Miran m'écrivit qu'elle viendrait me prendre dans deux jours pour me mener dîner chez une parente de Mme Dorsin, que je ne connaissais point; que le comte serait de la partie; que son fils était revenu la veille; qu'on ne savait ce que c'était que son humeur. Elle me disait en finissant de ne rien négliger dans ma parure le jour qu'elle me viendrait chercher, et de mettre l'habit qu'elle m'envoyait.

Et cet habit qu'on m'apportait de sa part, madame, était le plus bel habit du monde. Une étoffe lilas brochée d'argent, un assortiment riche et galant; rien de plus brillant, rien de mieux entendu. Je n'avais encore rien porté de si riche. Cet ajustement, qui, dans un autre temps, m'eût fait tant de plaisir, excita alors un mouvement de tristesse au fond de mon cœur. Eh, bon Dieu! ma mère, que faites-vous? disais-je, en considérant tout cela : pour qui parez-vous Marianne? Hélas! ce n'est plus pour votre fils! et ce fils, qu'était-il devenu depuis si longtemps? Il avait été à la campagne chez un de ses parents. Il en arriva tout maussade, prit le moment où sa mère était en compagnie pour paraître chez elle : il s'attendait à une mine terrible, à des leçons graves; point du tout, elle le reçut d'un air riant, lui parla comme aux autres : sans y songer, elle entrait

dans le plan de conduite que je me proposais de tenir avec lui ;
pas un mot sur Marianne ; sur Mlle Varthon, rien. Ce silence
inquiéta Valville : sa mère voulait-elle passer sur ses dégoûts,
feindre de les ignorer, et suivre toujours les projets commen-
cés ? Cette crainte redoubla son amour pour ma rivale ; il la vit
chez Mme de Kilnare ; il lui fit part de ses alarmes ; ils se
consultèrent ensemble, cherchèrent des moyens de lever des
obstacles qui étaient seulement dans leur imagination. La fière
Mlle Varthon ne me regardait pas comme un empêchement
sérieux à son mariage avec Valville ; le retour de sa mère apla-
nirait toutes difficultés : à l'égard de Mme de Miran, sa tendresse pour moi inquiétait faiblement : on lui laisserait la
liberté de me faire du bien : moi, j'étais une bonne enfant ; on
pouvait s'assurer de ma douceur, de ma retenue, et puis mes
droits ne signifiaient rien.

Mlle Varthon trouva le plus bel expédient du monde ; Valville n'avait qu'à me confier qu'il ne sentait plus rien pour moi ;
ensuite de cet aveu flatteur, me prier d'agir auprès de sa mère,
de favoriser ses nouveaux desseins. Elle connaissait mon
cœur, disait-elle ; il n'était pas au-dessous de cet effort. Valville
en convint, adopta ce conseil, et voyez, je vous prie, à quoi me
servait ce bon caractère que deux perfides m'accordaient ? Ce
projet, que j'ai su dans la suite, m'a quelquefois fait rire.

Sans le véritable plaisir que l'on sent à bien faire, je ne sais à
quoi nous servirait la bonté. Les méchants en profitent, ne
nous en savent point gré, et se croient plus redevables à leur
adresse qu'à notre bon cœur. Était-il rien de plus malhonnête,
de plus ridicule que cette idée de Mlle Varthon ? Valville s'y
arrêta pourtant, et la quitta déterminé à venir me faire ce bel
aveu ; mais je ne lui en donnai ni le temps, ni le plaisir.

Le jour que Mme de Miran devait me venir prendre, je me
parai de l'habit qu'elle m'avait dit de mettre : ma figure était
brillante sous cet ajustement ; un air doux et languissant que
me donnait ma tristesse n'ôtait rien à mes charmes, et valait
bien ma vivacité naturelle : peut-être valait-il mieux. Si l'éclat
éblouit, la langueur touche, pénètre, intéresse, attache : elle
avertit qu'on a une âme, et une âme capable de s'émouvoir, de
s'affecter ; c'est quelque chose de montrer une âme ; il y a tant
de gens qui n'en ont point !

J'achevais de m'habiller, quand on vint me dire : *M. de Val-*

ville vous attend au parloir. Valville! m'écriai-je; et me voilà à
la renverse dans mon fauteuil, si surprise, si immobile, que je
n'ai pas la force de dire à cette converse : Allez le prier de s'en
retourner. Je me lève; je fais deux pas; je tombe sur un siège :
eh! mon Dieu! dis-je en joignant les mains, il me demande; il
m'attend. Ah Seigneur! que me veut-il? en quel état me voilà!
mon inquiétude m'arrache de ma place, je vais, je viens, je sors
de ma chambre, je rentre; enfin, je m'appuie sur le dos d'un
fauteuil, et me voilà à pleurer comme une folle.

Le temps passe, autre converse : Allons donc, mademoiselle,
depuis une heure on vous attend. Est-ce que votre toilette n'est
pas finie? Ah! comme vous voilà belle! mais vous pleurez, je
crois? sainte Vierge! à quoi bon s'affliger ainsi? Ma sœur, ma
chère sœur, eh! je vous en prie, allez dire à cette personne qui
me demande, que je suis malade. Je ne saurais descendre; cela
m'est impossible.

Dire que vous êtes malade! mon Dieu, mademoiselle, je n'en
ferai rien, d'où vient donc mentir? vous vous portez si bien!
C'est que je ne veux pas voir M. de Valville, lui dis-je en
l'embrassant; je ne saurais le voir; non, en vérité, je ne le puis.
Comment donc faire? reprit la sœur converse : ah! j'y suis : je
vais lui dire que vous pleurez, que vous êtes de mauvaise
humeur, chagrine, bien chagrine... Eh non! m'écriai-je, je ne
veux pas qu'il sache cela. Dame, dit-elle, accommodez-vous
donc : car pour rien au monde je ne mentirais.

Tout en disputant avec cette fille, je jetai les yeux sur mon
miroir; je me vis si jolie, si bien mise, si propre à inspirer du
regret à celui qui avait pu se rendre le maître de cette petite
mine-là, que tout d'un coup je pris ma résolution. Je vais descendre, dis-je à la converse; je vais me rendre au parloir; allez
m'annoncer, je vous suis. Elle part; j'essuie mes yeux, je tâche
d'effacer la trace de mes pleurs, je m'arme de fierté, je me rappelle tout ce qu'a dit Mme Dorsin; je me promets de pratiquer
ses leçons, de paraître dégagée. Le dessein soutenu de me
sacrifier, de montrer à Valville, en prenant le voile, combien je
l'aimais, de l'assurer, par cette démarche, que sans lui le
monde ne me semblait rien, était une preuve si noble, si déci-
dée de ma tendresse, que je pouvais bien contraindre mon
cœur en attendant l'instant de la lui donner, ne fût-ce que pour
faire paraître ensuite mes sentiments avec plus d'éclat.

Me voilà descendue enfin. Le cœur me battait en allant à ce parloir; le feu me montait au visage en songeant que mes yeux rencontreraient ceux de Valville. Mais d'où vient que je suis timide, honteuse? me demandais-je; est-ce à moi de craindre sa présence? qu'il rougisse, lui qui m'a trompée, qui est léger, inconstant, perfide, qui a un mauvais cœur, manque à sa parole, à ses serments; et là-dessus je me rassure, je m'enhardis, et j'entre brusquement.

L'infidèle s'attendait à me voir pâle, abattue; mon éclat le frappe, l'étonne; j'aperçois sa surprise; il fait un mouvement; ce mouvement disait: Qu'elle est belle! je le remarque, c'est comme s'il avait parlé; car l'amour-propre est pénétrant; il voit tout, même ce qu'on lui cache. Valville me salue; je lui fais la révérence. Il s'assied, me regarde, se tait; et moi, pas un mot.

Je commençais à croire, mademoiselle, me dit-il enfin, que vous ne viendriez pas; on attend ici avec assez d'ennui. Et remarquez cela, madame, de *l'ennui*! autrefois c'était de l'impatience qu'il sentait. Je m'excuse de cet air libre et honnête, qui dit: *je suis polie*, rien de plus. *Mon Dieu, que vous êtes parée! Est-ce que vous sortez?* Non, monsieur. Et voilà la conversation tombée.

Il me considérait attentivement, et semblait réfléchir avec une sorte d'inquiétude. *Il ne paraît plus que vous ayez été malade; vous êtes à ravir.* Je m'incline. *À quoi songez-vous donc? Moi? à rien. À rien! cela est bientôt dit.* Ajoutez que cela est bientôt fait, continuai-je; et voilà le silence qui renaît.

Vous avez vu ma mère? dit-il d'un ton timide, en baissant les yeux; elle se plaint de moi, peut-être, et vous croyez avoir sujet de vous en plaindre aussi? Je ne prétends pas nier mes torts; vous pouvez me reprocher toutes deux... Madame de Miran est bonne, interrompis-je, elle vous aime, monsieur, vous ne devez pas douter de sa complaisance: tout est arrangé; je me fais un plaisir de vous apprendre, si vous l'ignorez, qu'il ne tiendra qu'à vous d'obtenir son consentement pour votre bonheur. Qu'appelez-vous mon bonheur, mademoiselle? s'écria Valville, d'un air surpris. Votre mariage avec Mlle Varthon, répondis-je froidement. Quoi! pouvez-vous vous y méprendre? faut-il vous aider à trouver le but où tendent tous vos vœux? ordinairement on n'oublie guère ce qu'on désire. Ces mots, prononcés d'un air badin accompagné d'un petit sourire, firent un effet surprenant sur l'ingrat. J'avoue que ce sourire était un peu peste[1].

Être en face d'un infidèle, qui ménage la belle douleur dont il vous croit pénétrée, parler de votre rivale, la nommer comme une autre, sans trouble, sans agitation, en souriant, voilà de quoi confondre un perfide, le désoler : aussi Valville parut-il hors de lui-même.

Je voudrais, dit-il d'un ton fort piqué, je voudrais vous avoir cette obligation, et je ne doute point que je ne vous l'aie en effet. Oui, c'est vous qui avez prié ma mère de m'en laisser épouser une autre ; cela est assurément très beau ; je suis fort édifié de ce procédé-là. Il voulait rire, mais sa gaieté n'était qu'une grimace.

Je me sentais un peu choquée de la façon dont il venait de s'exprimer, et reprenant la parole avec la même froideur qu'auparavant : Comme je n'ai pas encore perdu tout à fait le souvenir de l'intention que vous avez eue de faire mon bonheur, monsieur, il est tout simple que je m'intéresse au vôtre, et je dois saisir la seule occasion où je pourrai peut-être... *Pas perdu tout à fait* ? dit-il ; *tout à fait* est bon, il est bien placé là. C'est-à-dire qu'après ce généreux effort, vous trouvant quitte envers moi, vous vous croiriez en droit de m'oublier *tout à fait* ; n'est-ce pas là votre idée, mademoiselle ?

Et voyez, madame, comme le cœur d'un homme est bizarre, et son esprit impertinent. Valville était venu pour me prier de parler à sa mère. Sa visite n'avait point d'autre motif, je l'ai su depuis : il trouve que l'on a prévenu ses désirs, que tout est rangé, conclu ; le voilà fâché. Concevez-vous une espèce aussi légère, aussi inconséquente ? et cela parle de nous !

C'est que monsieur voulait arracher cet effort à ma tendresse, et non pas devoir sa liberté à mon indifférence : il n'était pas content que l'on dît à Mlle Varthon : Tenez, le voilà ; prenez-le, je n'en veux plus. Non, pour le satisfaire, il fallait lui crier, en pleurant : c'est mon bien le plus cher que je vous donne ; rien n'approche de ce que je vous cède, je le regretterai toute ma vie : voilà ce qu'il voulait, lui, et ce que je ne voulais pas, moi.

Mais, après tout, monsieur, lui dis-je, que vous importe ma façon de penser là-dessus ? Cela vous doit être égal, parfaite-

ment égal. Ah! qu'entends-je? s'écria-t-il, en se levant brusquement : je ne m'attendais pas à ce que je vois, non, assurément.
Eh! bon Dieu, qui l'aurait cru? Et le voilà à se promener vite,
vite, et puis doucement, doucement, répétant : Oui, cela est
unique, inconcevable! et se rejetant sur sa chaise : Je vous
devrai beaucoup, mademoiselle, infiniment; vous êtes charmante, adorable : voilà ce qui s'appelle un caractère. J'étais
bien imbécile de penser que j'avais des torts, de me les reprocher, d'être en dispute avec moi-même, de condamner ma
conduite; elle vous arrange, à ce qu'il me paraît? Et là-dessus
la promenade recommence.

Je ne vous connaissais pas, continua-t-il, j'aurais juré... mais
je me trompais; n'en parlons plus. Et se rasseyant encore : Il
en faut convenir, dit-il, les femmes ont un grand avantage sur
nous, leur cœur est comme un pays nouvellement découvert,
on y aborde, on n'y pénètre pas. Eh bien, mademoiselle,
qu'avez-vous encore à me dire? Moi, monsieur? repris-je, rien
en vérité. Vous êtes venu me trouver, c'est vous apparemment
qui avez à me parler : d'ailleurs, monsieur, le fils de Mme de
Miran peut tout se permettre; je n'ai rien à répondre à ses discours, quelque singuliers qu'ils me paraissent.

À merveille, s'écria-t-il; on ne peut rien de mieux : continuez, mademoiselle, continuez; *des discours singuliers!... le
fils de Mme de Miran...* je ne suis donc plus que le fils de
Mme de Miran? Sans cette qualité, qui m'est chère à tous
égards, je ne serais rien auprès de vous? J'imaginais qu'un
homme si tendrement attaché à vous pouvait, indépendamment de l'honneur qu'il a d'être *fils de Mme de Miran*,
s'appuyer auprès de vous d'un titre plus doux et plus flatteur;
et nos engagements mutuels... Des engagements? monsieur,
eh! qui y pense? qui en parle? il n'en est plus question, je vous
en assure.

Eh! pourquoi, mademoiselle, dit-il en baissant la voix et
soupirant, pourquoi n'en est-il plus question? Que vous ai-je
dit? Que vous ai-je fait? De quoi vous plaignez-vous, s'il vous
plaît? Me *plaindre*, moi, monsieur? répondis-je, eh mais, vous
n'y pensez pas! est-ce que je songe à me *plaindre*? Sur quoi me
querellez-vous? Cela est surprenant : on fait tout pour vous
contenter, et rien ne réussit : vous êtes difficile, bien difficile
même.

En effet, reprit-il, il faut l'être beaucoup pour ne pas s'accommoder de votre façon d'agir. Elle est si satisfaisante! En quoi vous blesse-t-elle? demandai-je. En tout, continua-t-il; vous m'avez trompé; vous ne m'avez jamais aimé, non, jamais. Si votre cœur eût été à moi, il y serait encore; vous ne me traiteriez pas avec la même froideur, vous n'auriez pas fait une affaire d'une bagatelle; vous auriez senti plus de chagrin de l'égarement que vous me supposiez; vous auriez cherché à m'en retirer; vous trouveriez dans votre cœur des raisons pour m'excuser; il vous dirait que je suis pardonnable... Pardonnable! m'écriai-je. Eh! monsieur, que voulez-vous dire? où vous abaissez-vous? avez-vous besoin que Marianne vous pardonne? J'oublierai tout, monsieur, je perdrai le souvenir de la tendresse dont vous m'avez honorée, je me rappellerai sans cesse que je n'en étais pas digne, que vous avez cru devoir l'éteindre; cela suffit, je pense, n'est-ce pas, monsieur? Et voilà encore ce malicieux sourire qui revient, m'embellit, et rend Valville furieux.

Il se lève, renverse sa chaise, marche à grands pas, s'agite, ouvre une fenêtre, la referme, revient, me regarde, retourne, se promène, respire avec peine, joint ses mains, les lève, les baisse, ne sait ce qu'il fait. Et moi de m'applaudir et de sourire encore. Cela va bien, pensais-je; j'étais charmée de sa colère, j'en jouissais; pas la moindre compassion pour sa vanité; je n'étais occupée que de la mienne: Vous voilà à même, lui disais-je, satisfaites-vous, prenez-en tant qu'il vous plaira, rien ne vous gêne.

Il faisait un temps doux, pesant même, j'avais le cœur ému; on le croira sans peine. Je m'éventais de toute ma force, j'ôtai mes gants, mon mantelet. Mlle Varthon n'offrait pas aux regards une gorge aussi belle que la rondeur de ses bras pouvait le faire espérer; la mienne était parfaite, c'est peut-être ce qui m'aidait à trouver le temps si chaud; et cette main si bien dessinée, croyez-vous que je l'oubliasse? Mes doigts entrelacés dans les barreaux d'une grille fort noire allaient, venaient, se jouaient et ne perdaient rien à ce badinage, le bras suivait, comme de raison: ces charmes, relevés par l'air de négligence dont je les étalais, disaient à Valville: Je ne vous montre pas mes grâces pour vous les faire remarquer, je n'ai garde, je ne pense à rien; elles sont là pour tout le monde, mais elles y sont, profitez-en comme un autre.

Je crois vous deviner, marquise, vous allez me dire :
Marianne, entendons-nous, s'il vous plaît, vous m'en imposez
à présent, ou vous me trompiez autrefois ; ce n'est pas là le
moment d'être coquette ; avez-vous aimé Valville, oui ou non ?
Si vous l'avez aimé, il a raison, il est impossible que vous ne
l'aimiez plus ; et dans la position où vous voilà, il est bien question de songer à des bras, à des mains ; d'ôter un mantelet ! le
sentiment doit parler. Valville paraît vouloir revenir ; si la
chose me regardait, j'oublierais que je suis jolie, voilà la vérité ;
je me souviendrais seulement que je suis sensible, entendez-
vous ? voilà le cœur ; c'est celui de tout le monde. Oui,
madame, c'est celui de tout le monde, j'en conviens, je vous
l'accorde ; eh bien ! ce n'est pas le mien : si vous oubliez mon
caractère à tout moment, exprès pour me chicaner, tout sera
bientôt fini. Lisez-moi comme j'écris, négligemment, sans
peser sur mes phrases, ni sur mes sentiments : ne vous ai-je
pas dit que je ne prétendais pas me corriger ? Revenons.

Valville reprit sa place, me considéra longtemps sans parler,
et rompant le silence, avec un grand soupir : Ah ! Marianne,
Marianne, dit-il, vous êtes donc aussi légère que les autres ? Je
ne le croyais pas. Qu'est devenu ce temps où mon estime, fon-
dée sur la connaissance des qualités de votre âme, me faisait
imaginer que rien ne pourrait rompre notre chaîne ? Vous ne
m'aimez donc plus ? Il est donc vrai que mon amour m'abusait ? Quoi, j'aimais donc en vous une femme ordinaire !

Il ne pouvait commencer sur un ton plus propre à déconcer-
ter mes mesures. Me rappeler sa première estime, c'était
m'engager à revenir sur mes pas, à me montrer tout entière, à
lui prouver que je pensais toujours de même ; aussi cet entretien allait-il me conduire peut-être à perdre de vue tous mes
projets, quand Mme de Miran entra : Ah ! te voilà, Marianne,
dit-elle, tu es prête ? Allons. Bonjour, Valville. Et moi de
m'écrier : Je descends, madame, je descends, vous n'attendrez
point. Une révérence à Valville et zeste[1], je m'échappe.

Je suis bien aise de te rencontrer, mon fils, dit Mme de
Miran, pour te faire connaître que je suis meilleure que toi : tu
me fuis, parce que tu as tort ; moi, j'aime à te voir, parce que
j'ai raison : je suis ta mère, j'ai des droits, comme tu sais, je
m'en servirais, si je voulais ; ce serait le mieux, peut-être : j'ai
des vues, tu as des caprices, je puis exiger que tu te conformes

à mes volontés, je consens à te laisser faire les tiennes. Tu voulais Marianne, je te la donnais; tu n'en veux plus, je la garde; tu veux Mlle Varthon, c'est une sotte, une impertinente, je ne l'aime point; mais qu'est-ce que cela fait? tu n'as qu'à la prendre; arrange-toi: mais plus d'humeur, je t'en prie; adieu, Valville, adieu, mon enfant.

Tout cela se disait en approchant du carrosse, et si haut que je l'entendais. Valville donnait la main à sa mère, et la lui baisait à chaque pas: Non, madame, non, ma mère, lui disait-il, je ne ferai jamais rien qui puisse vous déplaire. Oh! que si, mon fils, répondait Mme de Miran. Et là-dessus elle arrive: Montez, mademoiselle; adieu, Valville. Lui-même ferme la portière, il me salue, la voiture part, je me fais violence pour ne pas suivre des yeux l'ingrat, et me voilà vis-à-vis Mme de Miran, toute troublée, toute je ne sais comment, incertaine si j'ai bien ou mal fait, ne pouvant m'assurer si je suis bien aise ou fâchée[1].

II

Eh bien! mon enfant, me dit ma chère protectrice, où en sommes-nous? que voulait Valville? qu'a-t-il dit? sent-il sa faute? veut-il la réparer? Conte-moi donc pourquoi cette visite où l'on ne comprend rien.

Hélas! madame, je l'ignore, répondis-je; il m'a fait demander; mon premier mouvement a été de refuser de descendre; mais en y réfléchissant, j'ai cru devoir vaincre ma répugnance; me convient-il d'en montrer quand il s'agit du fils de Mme de Miran? En cette qualité, M. de Valville aura toujours des droits à mon estime, à ma reconnaissance, à ma vénération même.

J'admire tes sentiments, ma fille, reprit ma tendre amie, mais je n'exige point que tu estimes tant mon fils; en vérité, il ne mérite pas cela de toi, son procédé est révoltant, et je te pardonne de le sentir: mais enfin, qu'a-t-il dit? Je lui rendis alors un compte exact de notre entretien et du chagrin qu'il m'avait montré de ce que je ne m'opposais pas à son mariage avec Mlle Varthon.

Quelle tête! que d'enfance, de contrariété! s'écria Mme de

Miran. Comment faire le bonheur d'un extravagant, incapable
de se décider lui-même, de connaître ses propres désirs ? Que
la jeunesse est folle ! À tout prendre, tu serais plus heureuse
avec le comte. Un esprit solide, un caractère charmant, un
mari tout à toi ! quel dommage qu'il ait cinquante ans ! Mais il
les a, me diras-tu, et tu aimes mon fils ; cela est fâcheux, mais
cela est naturel ; à ta place je serais comme tu es ; la raison
conseille d'une façon, le cœur d'une autre. Mon fils a l'art de
plaire, c'est un étourdi, mais un étourdi très aimable. J'ai senti
mille fois combien il est séduisant ; tout à l'heure encore, ne
m'a-t-il pas fait oublier la moitié de ma colère, par son ton
caressant ? J'ai bien de l'embarras dans l'esprit, Marianne ; tout
ceci me chagrine, m'inquiète ; voilà ce comte qui te désire, qui
te mérite, qui me tourmente pour t'avoir : d'un autre côté,
voilà mon fils qui te voulait, qui ne te veut plus, et qui peut-
être te voudra si je te promets à un autre ; car cette tête-là
varie, on ne sait ce que c'est : ensuite, voilà toi qui ne changes
point, que j'aime de tout mon cœur, que j'ai résolu de rendre
heureuse, qui es bien digne de l'être ; et puis voilà cette
Mlle Varthon... Ici je l'interrompis, pour prendre une de ses
mains, pour la baiser avec transport : Ah ! ma chère, ma chère,
ma respectable mère, ne me nommez point parmi ceux qui
vous inquiètent ! Ah Dieu ! moi, vous troubler !

Tais-toi, reprit Mme de Miran, ne m'attendris pas,
Marianne, je suis déjà assez triste : tous mes desseins étaient
bons, le ciel le sait ; je désire le bonheur de tout le monde, je
voulais faire celui des personnes que j'aime ; il est dur de se
voir traverser dans un projet si louable. Sans l'infidélité de
mon fils, qui gâte tout, chacun eût été content, et je serais
tranquille ; à présent, c'est à recommencer : mais qu'y faire ?
Lorsque les choses paraissent désespérées, que les événements
s'enchaînent contre notre attente, contre nos espérances, il
faut tout remettre entre les mains de la Providence. Ce qui
nous paraît un mal est peut-être un bien. La prudence
humaine se trompe souvent : on s'afflige parce que l'on est
borné dans ses connaissances ; on voit mal, on juge de même ;
à la vérité, on souffre, et la douleur est réelle ; c'est le pis que j'y
trouve. Ne te chagrine point, mon enfant ; abandonne le soin
de ton sort à Celui qui veille sur toutes les créatures, il te donnera ce que tu n'aurais osé te permettre. Dans tout ceci, ma

fille, il n'y a pas de ta faute, cela est consolant, c'est le principal ; je suis contente de toi ; que les autres s'accommodent, se
décident ; quand ils sauront ce qu'ils veulent, on s'arrangera
pour le mieux. Tout en causant, nous arrivâmes où nous
allions dîner.

Vous ne vous attendez pas, marquise, à la conquête brillante
que je vais faire dans cette maison. Depuis que Valville m'a
négligée, vous avez peut-être oublié, comme lui, que je suis
jolie. L'inconstance d'un amant semble flétrir la beauté qu'il
dédaigne ; une maîtresse quittée paraît perdre autant aux yeux
des autres qu'à ceux de l'ingrat qui l'abandonne. Le regret, les
chagrins altèrent la douceur de la physionomie la plus ouverte,
répandent un air de disgrâce sur le visage d'une aimable
femme ; le cœur qui lui est échappé lui rend tous les autres
suspects : elle n'a plus cette certitude de plaire, d'où naissent
l'enjouement et les grâces : mais je ne l'ai pas perdue, cette certitude si nécessaire, ma langueur est un agrément de plus, elle
convient à ma situation ; on s'attend à me la trouver, elle peint
mon cœur, en relève le prix, fait désirer de le toucher, d'en
effacer la tristesse ; elle travaille pour moi, vous dis-je : en me
voyant, on s'écrie : Elle est quittée, elle ! Ah ciel ! quel barbare,
quel ennemi de lui-même a pu la quitter ?

Vous devez vous souvenir, madame, que j'allai chez un
ministre, dans le temps où Valville m'adorait ; qu'en traversant
une pièce de l'appartement de ce ministre, j'avais entendu dire
que j'étais jolie ; un jeune homme bien fait le disait ; malgré
mon trouble et mon inquiétude, je le remarquai. Pourquoi ?
C'est que j'ai toujours regardé avec plaisir ceux qui me distin-
guaient, me trouvaient belle, m'admiraient. Pourtant, que fai-
saient-ils, je vous prie ? ils me rendaient justice : voilà tout.

En entrant chez Mme de Malbi, c'est le nom de la parente de
Mme Dorsin, la première personne que j'aperçus fut mon
jeune admirateur. Il fit un mouvement qui semblait dire : Vous
retrouver, vous revoir, quel bonheur ! C'était le marquis de
Sineri. Il joignait à la figure la plus noble un air de candeur
qui inspirait la confiance ; tous ses traits peignaient un sentiment ; plus de douceur que de vivacité dans ses regards, et
pourtant une physionomie fine, qui parlait, qu'on aimait à
entendre, et qui faisait penser qu'il serait naturel et agréable
de lui répondre.

Qu'appelez-vous répondre ? m'allez-vous dire. Comment serez-vous infidèle aussi ? Et pourquoi non, madame ? Les hommes ont-ils un privilège exclusif pour être faux, légers, inconstants ? Et puis, prenez-vous garde à leurs raisons, aux excuses qu'ils nous donnent ? Ils sont faibles, disent-ils ; et nous, s'il vous plaît, est-ce que nous sommes fortes ? est-ce un sentiment bien juste qui nous attache à un ingrat ? C'est de l'obstination, voilà tout. Quand un mouvement de tendresse nous affecte, nous avons tous la fantaisie de vouloir qu'il soit éternel ; il nous paraît impossible de l'arrêter ou d'en changer l'objet : oublier un perfide, bon Dieu ! ce serait un crime. Non, il faut l'aimer toujours, le pleurer sans cesse, passer sa vie à le regretter ; on le veut, on le désire ; mais par bonheur c'est un projet de l'imagination, le cœur le détruit tout naturellement.

Vous vous attendez au portrait de tous ceux qui étaient chez Mme de Malbi ; vraiment j'ai bien la liberté d'esprit nécessaire pour vous amuser des différents personnages qui se trouvaient là ! On s'occupe rarement des autres, quand on a un sujet de s'occuper de soi-même. À présent je suis incapable d'examen, de comparaison ; peut-être j'y reviendrai, je reverrai ces gens-là ; vous les connaîtrez : dans ce moment-ci, mes chagrins, mes desseins, mon amant, ma rivale, voilà ce qui me touche, ce dont je puis parler, ce que vous devez avoir la complaisance d'écouter ; s'il vous faut autre chose, laissez-moi là, ne me lisez pas ; je suis aussi volontaire que paresseuse... J'ai pourtant envie de vous dire en passant (et ce sera autant de fait) un petit mot de cette parente de Mme Dorsin, si empressée à me voir. Elle espérait que l'on me vantait trop, croyait mes portraits flattés, et s'attendait peu à me trouver si jolie. Le marquis de Sineri ne lui plut point du tout en m'accablant de louanges, je lus cela dans ses yeux.

Mme de Malbi était veuve, fort sage, assez belle, très riche, et n'avait pas encore trente ans. Elle passait pour une femme au-dessus des faiblesses de son sexe ; on la croyait philosophe ; point du tout, c'est qu'elle était coquette, fort coquette, et coquette de mauvaise foi, ce qui est condamnable. Elle n'était point de celles dont le bon caractère et la franchise vous avertissent au moins, dont l'étourderie est l'excuse, dont les façons vous disent : Je vous attaque, défendez-vous si vous pouvez. Mme de Malbi ne laissait voir aucune prétention, la vanité

chez elle était cachée sous le voile de la modestie ; pas la
moindre connaissance de son mérite, au moins apparente.
Elle se présentait avec de la douceur, de l'aménité, éloignée de
tout intérêt personnel, de la bonté, des vertus sans ostentation,
du savoir sans orgueil, un attachement inviolable à ses
devoirs, un naturel sensible, un cœur capable de tout sacrifier
à l'amitié ; voilà ce qu'elle affichait, rien que cela. De la beauté,
de ses grâces, de la plus belle taille du monde, de mille talents,
de beaucoup d'esprit, pas un mot ; elle semblait ignorer l'usage
de tout cela. Et cet air d'indifférence pour ses charmes les faisait bien mieux sortir, les mettait dans le jour le plus favorable, et relevait tous ses avantages. Mme de Malbi vous aurait
volontiers dit : Voyez ce que je néglige, ce joli visage, ces agréments que la nature s'est plu à me donner, c'est un superflu
pour moi ; ils feraient le fond d'un autre, n'est-ce pas ? eh bien,
je n'en ai pas besoin, je m'en passerais aisément. Imaginez
quelle âme, quelle noblesse de sentiment, quel caractère il faut
avoir, pour préférer, comme moi, son intérieur au reste. Et ce
reste, elle savait très bien ce qu'il valait, je vous en réponds. Ce
que je vous dis de cette dame, je l'ai appris à la longue ; je vous
le confie à présent, je ne sais pourquoi ; mais cela s'est trouvé
au bout de ma plume.

Mme Dorsin et le comte de Saint-Agne étaient chez Mme de
Malbi avant nous. Le comte s'empressait auprès de moi. Le
marquis de Sineri observait ses mouvements, les miens, et ses
regards semblaient me demander raison de cet air avoué que
prenait M. de Saint-Agne. Rien ne devait me flatter davantage ;
cet honnête homme agissait ouvertement, il annonçait tout
haut ses desseins, il se faisait honneur de rechercher... qui ?
Marianne, Marianne abandonnée par un autre ! Je lui devais
de la reconnaissance ; mais le cœur suit-il les conseils de la raison ?

Tant que le comte s'était seulement montré comme un ami,
un tendre ami, fortement épris de mon courage, de mes vertus ; comme un ami touché de mes malheurs, et prêt à les
adoucir, si je le voulais, il m'avait paru aimable, ses bonnes
intentions ne me gênaient pas. Lorsqu'il devint passionné,
pressant, je le trouvai fâcheux. En comparant ses soins à ceux
de Valville, je vis du ridicule dans les siens. Cet homme me
semblait fait pour être obligeant, et non pas amoureux ; solide,

et jamais tendre. Je voulais bien qu'il eût de la joie de me voir, mais non pas une joie mêlée de transports. Quand on a passé l'âge de plaire, tout ce que l'amour fait faire prend un air ridicule ; loin de toucher, on révolte ; la justice que je rendais à M. de Saint-Agne ne m'empêcha pas de faire ces remarques, et dans la suite chacun de ses soupirs l'enlaidissait à mes yeux.

Les hommes pensent qu'une femme s'amuse toujours avec ses amants, qu'elle prend plaisir à les voir extravaguer : ils ne conserveraient pas cette idée, s'ils savaient combien ils sont ennuyeux. Le désir, qui nous embellit, les rend si maussades, si tristes !... Mais laissons les hommes, le comte de Saint-Agne, Mme de Malbi, les autres ; je m'ennuie avec tous ces gens-là. L'amour du jeune marquis flatte en passant ma vanité ; mais qu'est-ce que cela ? les heures me paraissent longues ; j'attends impatiemment celle qui me rendra la liberté de penser à ce qui m'intéresse ; je brûle de retourner à mon couvent. J'y avais laissé Valville ; était-il sorti aussitôt que moi, sans voir Mlle Varthon, ou l'avait-il demandée ? Mille idées confuses m'inquiétaient. Enfin Mme de Miran me ramena en m'assurant que si Valville lui parlait, je serais instruite de tout. Je lui promis de lui faire savoir s'il revenait au couvent ; et après bien des tendresses de sa part, et mille remerciements de la mienne, elle me laissa.

Me voilà donc seule, libre d'examiner mes sentiments, de rappeler dans ma mémoire ce que j'ai dit à Valville, ce qu'il m'a répondu : je m'interroge, je me demande si je dois être contente de moi, si j'ai bien fait en n'écoutant que ma vanité, en négligeant de profiter de l'espèce de retour d'un ingrat. Je lui ai montré un esprit dégagé, une âme tranquille, peu de regret de le perdre, un parti pris de l'abandonner à ma rivale ; en suis-je mieux à présent ? qu'ai-je gagné à tout cela ? En suivant cette recherche, savez-vous bien ce que je trouvai ? c'est que j'avais agi contre moi-même, c'est qu'en maltraitant l'infidèle, je m'étais fait plus de mal qu'à lui.

Il y a bien de la différence entre piquer son amant par ses propos pendant qu'il est là, ou, quand il est parti, se rappeler dans le calme de ses sens ce qu'on vient de lui dire. Comment penser sans douleur qu'on l'a mortifié, peut-être affligé, qu'il croira n'être plus aimé ? Eh ! quel crime en amour, madame, que de laisser penser un seul instant que l'on n'aime plus !

C'est un crime irrémissible, le cœur se le reproche sans cesse et ne le pardonne jamais. Tant qu'il est attaché, son désir le plus vif est de prouver combien son ardeur est véritable, combien elle est constante ; il renoncera à ses espérances, à son bonheur, à tout si vous voulez ; mais laissez-lui la douceur, la consolation de montrer qu'il se sacrifie lui-même, qu'il s'immole pour l'objet chéri : accablez-le de douleur, mais n'attaquez jamais la force, la vérité de son penchant ; voilà ce qu'il veut, ce qu'il faut lui accorder, parce que la nature l'exige, et qu'elle l'emporte chez lui sur tout le reste.

En voyant Valville, en lui parlant, le dépit m'avait soutenue, animée ; il s'agissait de ne pas me démentir, c'était tout pour moi, je le croyais au moins ; eh bien, c'est que je me trompais. J'avais satisfait ma vanité aux dépens de mon cœur ; à son tour ce cœur se révoltait contre elle, l'anéantissait, et puis d'autres réflexions combattaient ces mouvements de tendresse, et puis je ne savais à quoi m'arrêter, je revenais à m'applaudir, à me blâmer. Je vous aime toujours, Valville, m'écriai-je en pleurant : et puis je rougissais de ma faiblesse. Savez-vous, madame, d'où naissait la variété de mes idées ? C'est que j'étais encore plus tendre que vaine, et que, dans une âme sensible et vraiment touchée, le sentiment gémit toujours des triomphes de l'amour-propre.

Hélas ! quel était le but du mien ? que se proposait ma vengeance ? d'être regrettée, voilà tout. Ce voile que je me déterminais à prendre, remplirait-il mon objet ? Au fond, que me reviendrait-il de l'exécution de ce dessein ? Était-il sûr que Valville conserverait un tendre souvenir de moi, de mon amour, d'un si grand sacrifice ? Les femmes se plaisent à nourrir leur tristesse, les hommes cherchent à la dissiper, et y réussissent aisément. En supposant Valville fort touché de ma perte, combien son chagrin durerait-il ? on s'est bientôt dit que l'on a tort, cela est plus tôt fait que de s'empêcher de l'avoir. Quand le mal est sans remède, et que la plus forte partie tombe sur un autre, on se console facilement.

J'allais donc m'ensevelir pour jamais, renoncer au monde pour arracher quelques soupirs à un perfide, pour exciter un regret passager dans une âme légère. Mlle Varthon jouirait des biens que j'abandonnais, je travaillerais pour elle, je la rendrais contente ; car les mauvais cœurs jouissent de tout, sans

s'embarrasser d'où cela vient : ma rivale rirait peut-être de ma
simplicité. Cette idée réveillait mon dépit; celle du comte de
Saint-Agne m'affermissait dans la volonté d'être religieuse : le
tendre intérêt que m'avait montré le jeune marquis se mêlait
aux mouvements qui me faisaient tourner les yeux vers le
monde. Plus je rêvais, plus je pensais, plus mon embarras
devenait cruel; Valville va m'en tirer, le hasard m'a servie, il a
plus fait pour moi que mes charmes et mon amour.

Vous devez vous souvenir, madame, qu'en me voyant très
parée Valville m'avait demandé si je sortais. Je lui répondis
non, je ne sais pourquoi, sans dessein; non se présenta plutôt
que oui, voilà toute la finesse que j'y entendais. Vous vous souvenez que Mme de Miran vint me prendre. Par la façon dont je
quittai le parloir, je prouvai à Valville que j'attendais sa mère.
Mon air gai, mon ton un peu impertinent, la légèreté de mes
propos, et ce *non*, tout cela réuni avait assez de singularité.
Valville crut voir du mystère dans la conduite de sa mère, dans
la mienne. Pourquoi donc si parée? où allais-je? Mme de
Miran avait dit en parlant de moi : *Tu n'en veux plus, je la
garde*. Voulait-elle me marier? y consentais-je? Il savait les
projets du comte, et ne s'en souciait guère un moment auparavant : il y songe sérieusement, il se fâche, il se pique. Un autre
l'emporterait sur lui! Se pourrait-il qu'on l'oubliât! Quoi,
Marianne cesserait de l'aimer! La fin de toutes les idées de
l'infidèle est de penser que je suis une ingrate, une perfide. Eh!
pourquoi non? il l'est bien, lui! il a changé, je puis bien changer aussi. En vérité, marquise, nous devons pardonner aux
hommes la mauvaise opinion qu'ils ont de nous; ils la puisent
dans une exacte connaissance d'eux-mêmes, et nous jugent
d'après leurs propres cœurs; faut-il s'étonner s'ils nous
peignent comme des folles?

Vous croyez peut-être que ces soupçons de Valville vont le
mettre à son aise, que sûr de ne pas me désespérer, il va se
livrer sans contrainte à sa nouvelle passion? Oh! que non,
vous n'y êtes pas, ce sera tout le contraire.

Valville était de ces gens pour qui les obstacles ont un
charme attirant. La contrariété, les difficultés, l'impossibilité
même, voilà ce qui les flatte; ils se plaisent dans les embarras
d'une intrigue compliquée; ils veulent poursuivre et semblent
craindre d'atteindre. Il y a des esprits qu'il est bon de tenir en

suspens, des cœurs qu'il faut obstiner, parce qu'ils goûtent moins, dans une passion, la douceur de sentir, que l'amusement de projeter; désirent moins d'être heureux, que de s'occuper des moyens de le devenir. Figurez-vous Valville un de ces caractères-là. J'avais été admirable pour lui; avec moi tout s'opposait à ses désirs, cent barrières s'élevaient entre la petite orpheline et lui; il fallait combattre, surmonter mille et mille obstacles : il voyait le bonheur en perspective, cela était charmant. La complaisance de sa mère gâta tout. On lui dit : Tu veux le cœur de Marianne, elle te le donnera; tu veux sa main, on y consent, la voilà. Tout fut dit alors, l'amour s'endormit dans le sein du repos. Mais son sommeil ne sera pas long, la jalousie va l'éveiller. Cette petite fille si bien acquise, que personne ne dispute, va se montrer aux yeux de Valville sous une forme nouvelle. Il ne sera plus question de la prendre ou de la laisser, à son choix; les soins du marquis de Sineri vont le désoler. Vous ne vouliez plus entendre parler de Valville, madame, vous le haïssiez; vous allez le plaindre, il va crier, pleurer, gémir à mes pieds, réclamer ses droits; un événement où vous ne vous attendez pas va m'élever bien haut, je vous en avertis, Valville sera peu de chose auprès de moi, il dépendra de Marianne, elle prononcera sur son sort; il sera soumis, cet amant ingrat, il rampera devant l'objet de son dédain.

À tout prendre, marquise, les hommes sont bien ridicules, bien inconséquents; nous ne les aimons que faute de les examiner. Écoutez-les, vous serez étonnée de l'admiration qu'ils ont pour eux-mêmes. Savez-vous bien qu'ils se croient fort au-dessus de nous? La pauvre espèce! S'attribuer la supériorité : eux! eh, bon Dieu! en quoi? de faibles créatures dont la grandeur d'âme et la force prétendue ne résistent jamais au caprice, à la passion, à la plus légère impulsion de leurs sens? Nous, quand nous nous mêlons d'être fortes, c'est en tout, c'est véritablement. Nous immolons nos plus chers désirs à notre gloire. Il ne faut que de la vanité à une femme pour en faire une héroïne du premier ordre. Vous verrez, vous verrez où me conduira la mienne.

Mais, me direz-vous, finissons donc quelque chose : pardonnez à Valville; l'emporter sur votre rivale vaut bien le plaisir d'être regrettée, sans compter qu'il y a plus de profit à l'un qu'à l'autre. Allons, prenez un parti : n'aimez-vous pas encore?

Cela est bientôt dit, madame, mais cela n'est pas si aisé à faire. Eh! vraiment oui, j'aime encore : mais, vous qui parlez, connaissez-vous bien l'amour, et toutes les chimères que se forme un cœur sensible, délicat? En cessant de me préférer, Valville avait détruit le charme flatteur qui me faisait regarder sa passion comme le plus grand des biens : en revenant à moi, me rendait-il autant que j'avais possédé? Qu'est-ce que le retour d'un volage? efface-t-il le souvenir de son infidélité? On voit renaître sa tendresse, il est vrai, c'est un plaisir; je pouvais en jouir aux yeux des autres, à ceux de Mlle Varthon : mais aux miens, madame, jamais, jamais un seul instant. On n'oublie point l'ingratitude; on la pardonne, oui, mais on n'en perd jamais le souvenir. Songez donc que Valville m'avait paru un ange descendu du ciel pour m'y conduire avec lui; et point du tout, c'est que le prestige s'évanouit, c'est que cet ange de lumière n'est plus rien, c'est un homme ordinaire. Il avait osé nier son amour à ma rivale; je lui inspirais de la compassion, disait-il, de la pitié : il ne voulait avoir eu que de la pitié! Ah! madame, celle d'un ami console, on l'excite sans en rougir; mais la pitié d'un amant! comment soutenir cette idée? Elle me vint à propos pour me rendre ma fierté, dissiper une partie de mon inquiétude, et calmer les mouvements trop vifs de mon cœur. Je lui dus un sommeil long et paisible, et vous lui devrez la fin de mes réflexions.

Le lendemain, à mon réveil, on m'apporta une lettre, dont la réponse était attendue. Ja la pris avec trouble, la croyant de Valville; mais le caractère et les armes me désabusèrent. Je l'ouvris, elle contenait ce qui suit :

Lettre du marquis de Sineri à Marianne.

MADEMOISELLE,

Depuis le jour où le hasard vous offrit à ma vue, j'ai pris à votre sort l'intérêt le plus vif. Vous étiez destinée à M. de Valville, et malgré les sentiments que vous m'inspiriez, j'ai respecté son bonheur tant qu'il a su l'apprécier; je ne me suis permis aucune démarche pour le troubler. Je suis, mademoiselle, du petit nombre de ceux qui ne se croient point en droit d'établir leur félicité sur le renversement des espérances d'un autre. Vous aimiez M. de Valville, il vous adorait, votre union paraissait sûre et prochaine, aurais-je voulu tenter de rompre des nœuds si bien assortis? Je m'en serais reproché le projet, même le désir. Loin de chercher à vous revoir, j'ai pris soin d'en éviter l'occasion. Je ne vous attendais pas hier chez Mme de Malbi : quelle joie votre présence a répandue dans mon cœur!... Mais qu'ai-je appris? quoi! tout est changé! quoi, Valville a pu!... mon premier mouvement a été de vous plaindre, mademoiselle; j'ai senti combien la dureté du procédé de Valville pouvait pénétrer un cœur sensible, reconnaissant, qui s'était flatté de devoir tout à l'amour, à l'estime, à l'amitié, et ne peut se dissimuler que le caprice seul formait les liens d'un volage.

Par un sentiment naturel qui nous ramène toujours vers nous-même, j'ai senti aussi que l'inconstance de M. de Valville vous rendait la liberté de faire un nouveau choix : votre cœur et votre main dépendent à présent de vous, mademoiselle, un faible, un timide espoir se glisse dans mon âme. Je connais les prétentions du comte de Saint-Agne; mais sa recherche mérite-t-elle de ma part les mêmes égards que j'ai cru devoir à votre premier amant? Non, sans doute; je puis entrer en concurrence avec le comte. Plus jeune, plus amoureux, plus riche, aussi indépendant, rien ne m'engage à lui céder. C'est à vous, mademoiselle, à prononcer entre nous. J'attends votre réponse pour instruire Mme de Miran de mes desseins. Honorez-moi d'une ligne de votre main. Dites-moi seulement si vous me permettez de voir Mme de Miran, dans l'intention d'obtenir d'elle la permission de rendre des soins à sa charmante fille.

Je lus cette lettre avec trouble, avec émotion, et devinez l'effet qu'elle fit sur mon cœur? Vous en fûtes flattée, m'allez-vous dire, vous vous applaudîtes d'une si belle conquête. Point du tout; je me mis à pleurer comme une folle, à m'écrier, dans l'amertume de ma douleur : Ah! Valville, Valville! Il est donc vrai que vous ne m'aimez plus! que vous m'avez abandonnée, rejetée! on peut donc vous ôter Marianne sans vous en priver! elle ne vous est plus chère, elle ne vous devait qu'à un caprice; on le sait, on le dit, on s'entretient de vos dédains, du mépris

que vous avez pour celle dont votre cœur s'est montré si vivement épris autrefois! Ah! Dieu, tout espoir est donc perdu!
Hélas! quand le ciel, attendri par mes larmes, envoya à mon
secours votre généreuse mère, quand il me mit sous sa protection, lorsqu'il nous rassembla tous deux, quand vous brûliez
de vous unir à moi, qui m'eût dit, ah! qui m'eût dit : Marianne,
tes malheurs passés n'étaient rien en comparaison de ceux où
tu es exposée, que tu ne peux éviter. L'incertitude de mon sort,
la crainte de manquer de tout, l'horreur du présent, l'effroi de
l'avenir, être sans amis, sans asile, sans espérances, toute autre
peine, oui, toute autre n'approcherait point de celle qu'un
ingrat me fait sentir! Ah! Valville, rendez-moi ma misère, mes
alarmes, et reprenez vos premiers sentiments; que je pleure,
mais qu'un autre fasse couler mes larmes, et que la main de
Valville daigne les essuyer! que dans mes maux son idée
aimable et chère soit, comme autrefois, une douce consolation
pour moi; je ne veux point de toutes celles qu'on veut me donner. De quoi se mêlent ces gens-là! ils me plaignent, ils
m'offrent des biens dont je n'ai que faire : qu'ils me laissent
tous; je ne veux rien... Et tout en disant cela, je me noyais dans
mes larmes, et j'oubliais la lettre et la réponse qu'on attendait.

Une converse vient me tourmenter : Allons donc, mademoiselle, on sonne à chaque instant, ce laquais s'impatiente.
J'écris sans savoir ce que je fais : J'enverrai la lettre à Mme de
Miran, disais-je, elle y répondra; je dépends d'elle; je ne donne
point d'espérance, je ne l'ôte pas non plus, cela va comme cela
peut, ma tête n'y est plus; que mes amants s'arrangent : est-ce
ma faute s'ils sont amoureux? Quelle persécution est-ce là? on
ne me donne pas le temps de m'affliger en paix; plus ils
m'aimeront, plus je les maltraiterai peut-être : pourquoi? c'est
qu'en me disant qu'ils m'aiment, ils me confirment que Valville ne m'aime plus, et mon cœur ne veut pas en être sûr; il
rejette cette idée-là, il veut douter au moins, et on a la cruauté
de le priver de cette faible douceur.

À quatre heures du soir, autre lettre, autre agitation : c'est
Valville qui m'écrit. Je romps promptement le cachet, le cœur
me bat, la main me tremble : bon Dieu! que vais-je apprendre!
Je crains de lire; l'inconstant me remercie peut-être de l'avoir
cédé à ma rivale; peut-être me charge-t-il du soin de hâter son
mariage? Je porte des regards timides sur ces caractères

autrefois si chers, dont la vue me causait un trouble si délicieux; je lis enfin : le commencement redouble mon inquiétude, mais en avançant dans ma lecture une douce satisfaction
la dissipe entièrement.

Il me demandait une heure d'entretien, le lendemain; il écrivait de Versailles, et reviendrait à l'heure que je lui marque-
rais : avant de me laisser prendre un parti, il voulait me communiquer des choses importantes, se justifier de ses torts
apparents; il m'*adorait* toujours, il n'avait jamais cessé de
m'*adorer*; il me reprochait ma froideur, je le punissais trop par
ma *cruelle indifférence* : ensuite c'était de la jalousie, du dépit,
de la colère, un désordre étonnant, pas le sens commun; on
voyait qu'il s'était fâché, apaisé, emporté, attendri, et que tout
en écrivant il pensait mille choses qu'il voulait dire et ne pouvait exprimer.

Je lus cent fois cette lettre; elle me toucha, elle me fit sentir
que si je voyais Valville, tout était dit. Quelque grands que
soient les torts d'un amant aimé, dès qu'on l'écoute, il a raison.
Pardonnerais-je à l'infidèle? eh! que diraient Mme Dorsin et le
comte? *La charmante enfant*, si *noble*, si *fière*, si *courageuse*, ne
serait donc plus qu'une faible petite fille? Je ne pouvais m'élever au-dessus de Mlle Varthon que par une suite de procédés
nobles et uniformes : la fortune avait fait beaucoup pour elle,
pour moi rien; mais je tenais de la nature un don précieux,
c'était l'orgueil, et j'en connaissais le prix. Cet orgueil me disait
tout bas : Marianne, conservez-moi, ménagez-moi, ne me blessez jamais, je vous servirai bien; les petites âmes m'emploient
mal à propos, je les rends méprisables; les grandes savent me
placer, je les distingue, je les guide vers l'honneur.

Je résolus de ne point voir Valville, et lui écrivis en peu de
mots, précisément pour lui dire que je ne le recevrais qu'en
présence de sa mère. Mon petit billet cacheté, prêt à lui être
porté quand il me demanderait au parloir, me causa un peu de
tranquillité, et je passai le reste du jour dans des projets et des
réflexions dont, pour le coup, je vous fais grâce.

Le lendemain, je me trouvai très inquiète. Mon billet était au
tour[1], le moindre bruit m'agitait. Valville s'en ira-t-il après
l'avoir lu? me demandai-je : restera-t-il? s'obstinera-t-il à me
parler? s'il insiste, comment me conduirai-je? On ne marchait
point dans le corridor sans me causer un battement de cœur

violent : enfin, quelqu'un vient à grands pas, ouvre brusquement la porte, je tressaille, lève les yeux, jette un cri, et ce n'est
pas sans raison ; la personne qui entre est Mlle Varthon, oui,
elle-même en vérité. Eh bon Dieu ! mademoiselle ! qui vous
attendait ici ? lui dis-je ; me visiter, vous ! je croyais, j'imaginais, oui... j'imaginais... je ne songeais guère à l'honneur que
vous me faites ; qui me l'attire ? y a-t-il quelque chose de nouveau ?

Oui, mademoiselle, de fort nouveau, de fort singulier, dit-
elle avec aigreur ; je crois, en vérité, que Mme de Miran, son
fils et vous, avez entrepris de me chagriner, de me rendre le
sujet d'une histoire aussi plate que fausse : rien que cela,
mademoiselle, et je trouve ce procédé-là fort déplacé, très ridicule ; suis-je faite pour vous servir de jouet ? qu'est-ce que cela
signifie ? ayez la bonté de me le dire ; expliquez-moi, s'il vous
plaît, cet insolent écrit ; et là-dessus elle me présente un billet
de Valville.

Il était court, je le lus ; la date prouvait que Valville l'avait
écrit la veille à Mme de Kilnare : il lui disait sans détour que sa
soumission aux volontés de sa mère et ses égards pour des
engagements formels le forçaient à renoncer à l'espérance
d'être jamais à Mlle Varthon. Cela était poli, mais dur, c'est-à-
dire positif. En finissant de lire, je jetai les yeux sur ma hautaine rivale : elle paraissait humiliée ; peu s'en fallut qu'elle ne
me fît pitié : mais l'amour offensé est un tigre, il ne pardonne
point, et le meilleur cœur du monde ne sert à rien dans ces
occasions.

Eh bien, mademoiselle, lui dis-je froidement, qu'est-ce qui
vous fâche contre Mme de Miran, ou contre moi ? Ni elle ni
celle qu'elle honore de ses bontés ne peuvent répondre des événements ; c'est bien assez, je crois, de ne se mêler de rien : le
cœur de M. de Valville va et vient ; que voulez-vous qu'on y
fasse ? ce n'est la faute de personne. Tâchez de le fixer, c'est
votre affaire, on ne vous le dispute point, je vous assure. Et ce
que je disais là, je le disais d'un ton imposant, d'un petit air de
triomphe, qui signifiait : Ce cœur me reviendra quand je voudrai ; faites vos efforts ; moi, sans bouger, je l'emporterai ; je
sais ce que je dis, je suis sûre de mon fait.

Est-ce que je songe à fixer M. de Valville ? reprit-elle avec
fierté. Que m'importent ses sentiments ! Me suis-je abaissée à

désirer de lui en inspirer, à en prendre pour lui? Qu'ai-je à
démêler avec cet homme-là? Suis-je faite pour éprouver aussi
ses bizarreries?... Et remarquez cet *aussi*, madame. Il était fort
impertinent, et ne m'échappa point. C'est-à-dire, continua-
t-elle, que vos petites finesses l'ont ramené. À la bonne heure,
rien ne m'est plus égal assurément; mais est-il besoin que vous
me compromettiez dans vos querelles, ou dans vos raccommo-
dements? Est-ce vous qui avez dicté ce billet? M. de Valville
ne peut-il épouser Marianne sans insulter une fille de qualité?
Il est plaisant, très plaisant, en vérité, que je sois dans vos
caquets; je pensais... Et non, mademoiselle, non, interrompis-je, cela n'est pas si plaisant que vous le dites; mais après
tout, je n'ai que faire de vos réflexions; est-ce moi qui vous
insulte? Cela est joli, en vérité, vous m'enlevez mon amant, je
vous le laisse, et vous venez encore me quereller! On n'y
comprend rien. Il m'a quittée pour vous, vous l'avez trouvé
bon, son procédé vous a paru excusable, vous me l'avez dit; je
ne vous ai point reproché les *petites finesses* que vous avez dû
employer avec vous-même, pour vous persuader que Valville
n'était point blâmable : souvenez-vous de cela, mademoiselle.

Nous en étions là quand une converse vint me dire que le fils
de Mme de Miran m'attendait au parloir, et me suppliait de
descendre à l'instant : la présence de ma rivale me donna une
force dont je ne me croyais pas capable : Ayez la bonté de dire
à M. de Valville que je ne puis ni ne veux lui parler; j'ai envoyé
sa lettre à Mme de Miran. Ajoutez cela, et faites-lui bien
entendre qu'absolument je ne le verrai point sans sa mère;
c'est un parti pris, décidé, les instances seraient inutiles. Et me
tournant vers Mlle Varthon : Vous le voyez, lui dis-je, j'ai
renoncé à M. de Valville, je ne cours point après un volage; au
contraire, il revient : je refuse de le voir, de l'entendre; j'ai du
cœur, des principes, de l'honneur, des sentiments qui ne
varient point. Que me demandez-vous donc? S'il change une
seconde fois, s'il vous laisse à votre tour, tant pis pour vous, ce
n'est pas à moi que vous devez vous en prendre; cela ne me
regarde pas, et je puis dire comme vous : *Je n'ai que faire dans
vos caquets.*

Il me laisse, lui? s'écria Mlle Varthon. Quelqu'un me laisserait? Que veut donc dire cette petite fille? Pour le coup, je me
sentis révoltée. Le nom de petite fille m'irrita : Sortez, made-

moiselle, au nom de Dieu, sortez, lui dis-je; cette *petite fille* a plus d'élévation que vous; vous rougirez un jour de l'avoir insultée; je ne vous ai point fait de scène, moi : vous êtes venue me percer le cœur, me faire inhumainement l'énumération de mes malheurs; je suis pauvre, dénuée de tout, je le sais, je l'avoue; vous, mademoiselle, vous êtes l'heureuse fille d'une tendre mère; vous avez un rang, du bien : je ne suis rien, nous en sommes convenues, cela est dit, à quoi bon le répéter? Mais dans mon triste sort, j'ai une consolation; ni vous ni personne ne peut me la ravir; c'est que mes sentiments me mettront toujours au-dessus de mon état, au-dessus de ceux qui s'enorgueillissent de leur fortune, au-dessus de vous, mademoiselle. Vous m'avez pris le seul bien qui m'était cher; malgré cela, je ne vous ai pas nui; j'avais pourtant la facilité de le faire. Mme de Miran m'aime, vous le savez; eh bien, c'est à ma prière qu'elle a consenti à l'amour de Valville pour vous. On vous sert, et vous vous plaignez? Si vous éprouvez à présent l'inconstance de Valville, vous deviez vous y attendre. Celui qui change pour nous, nous apprend qu'il peut changer. Voilà ce qu'il fallait penser, mademoiselle, au lieu de chercher des raisons dans ma misère, pour excuser un infidèle.

Elle avait voulu m'interrompre, parler, se défendre, m'injurier peut-être; mais j'étais si émue, je m'exprimais avec tant de volubilité, que, si mes larmes ne s'étaient ouvert un passage, je n'aurais pas fini, je crois.

J'éprouve l'inconstance de Valville, moi! moi! répéta-t-elle d'un ton mal assuré qui disait tout bas : *Je conviens de la justesse de vos accusations.* Moi! dit-elle encore, j'ai besoin que l'on sollicite une mère de permettre à son fils de songer à moi? Il est des filles difficiles à marier, on leur fait grâce en leur donnant un époux; il en est d'autres qui font grâce elles-mêmes en se donnant, entendez-vous, Marianne? Elles sont faites pour être recherchées, priées; oui, on prie pour les obtenir.

Oh! tâchez donc de vous faire prier, mademoiselle, repris-je; qui vous en empêche? Donnez cette leçon à M. de Valville; par son billet à Mme de Kilnare, je vois qu'elle lui serait plus utile qu'à moi : il ne me paraît pas qu'il songe à vous *prier,* et vous ne ferez point mal de lui apprendre son devoir à cet égard.

Assurément, s'écria Mlle Varthon outrée de la remarque, cette petite fille-là est folle. Jamais audace n'égala la sienne. Quel ton! quelle hauteur! quelle fausse dignité! Où prend-elle ces airs? C'est avec ce petit tour d'esprit romanesque et emphatique qu'elle a séduit un jeune imbécile, une bonne femme qui n'a pas le sens commun, qui la regarde comme un prodige...

Finissez, mademoiselle, finissez, interrompis-je, prête à suffoquer de colère, n'insultez pas Mme de Miran, je ne le souffrirai pas : non, pour le monde entier, je ne supporterais pas un discours offensant pour elle.

Eh! mais, dit Mlle Varthon d'un ton dédaigneux, je vous approuve; vous lui devez infiniment; sans sa faiblesse pour vous, vous ne tiendriez pas un langage si hardi; vous ne manqueriez pas de respect à des personnes faites pour en inspirer, même vous n'auriez jamais eu l'honneur d'avoir rien à démêler avec elles.

Peut-être que si, mademoiselle, lui dis-je en pleurant de toute ma force, peut-être que si vous étiez destinée à me chagriner, le hasard m'aurait présentée à votre vue; je ne pouvais éviter le malheur de vous rencontrer, d'essuyer votre mauvaise humeur, de souffrir de vos caprices : votre pitié était assez choquante, vous prenez la peine d'y ajouter des injures. Mais cela finira-t-il? avez-vous entrepris de me faire mourir de chagrin? Quand je vous cède tout, faut-il que vous me tourmentiez encore? Oui, c'est aux bontés de Mme de Miran que je dois l'honneur d'être vis-à-vis de vous, mademoiselle, de vous voir, de vous parler. Une autre vous dirait qu'elle s'en serait bien passée, moi je me tais : mais daignez m'apprendre, je vous prie, quel droit vous avez de blâmer ma protectrice. Vous la traitez de *bonne femme*! Désirez, mademoiselle, désirez de ne jamais mériter une autre épithète de ceux qui parleront de vous avec le dessein d'en dire du mal. Comment vous croyez-vous permis de mortifier une jeune infortunée qui ne vous a jamais offensée? Cela est étrange! Vous troublez tout le monde et donnez le tort aux autres. Que me demandez-vous? De quoi s'agit-il? Où en sommes-nous?

Mlle Varthon ne répondit rien; je continuai : Si c'est le bien, la naissance, l'avantage de se connaître qui rendent si injuste, je bénis le ciel de ne rien posséder, d'ignorer qui je suis, de ne me croire rien; j'aime mieux être une créature isolée dans le monde, y devant tout à la bonté des autres, que de faire des malheureux, seulement parce que je pourrais m'élever impunément contre eux; l'humanité, la sensibilité de cœur sont le partage du pauvre, de l'honnête pauvre; avec cela il existe en paix; il souffre, mais il éprouve de la consolation toutes les fois qu'il se recueille en lui-même; je ne vous envie point, mademoiselle, bien loin de vous envier, je ne voudrais pas de votre fortune avec votre façon de penser.

Mlle Varthon s'était levée; sa réponse n'eût pas été douce, ma réplique encore moins, si ma tendre amie, mon aimable religieuse, ne fût entrée. Sa présence nous rendit muettes toutes deux; elle nous avait écoutées, et les regards qu'elle jetait sur ma rivale me firent connaître qu'elle désapprouvait sa conduite. Eh fi, mademoiselle, lui dit-elle d'un ton posé, mais supérieur, eh fi, quels discours! Qu'osez-vous reprocher à votre compagne? De quoi venez-vous vous glorifier à ses yeux? D'un peu de fortune, de quelques faibles avantages que vous ne vous êtes point procurés à vous-même? En les prisant trop, vous semblez avouer que vous seriez moins estimable en les perdant, que vous ne mettriez rien à leur place, si le hasard vous en privait. Apprenez, mademoiselle, que la hauteur avilit, attire le mépris et éloigne le respect; celui qui prétend à des égards avertit qu'il en désire, et n'en mérite pas.

Mlle Varthon ne parut pas fort sensible à cette espèce de réprimande, et sans y répondre elle se tourna vers moi: Marianne, dit-elle, j'étais venue vous dire d'avertir Mme de Miran que je me tiens très offensée des idées de son fils: quand ma mère voudra me marier, elle choisira pour moi, et je doute fort qu'elle accorde aucune préférence à M. de Valville; priez ces gens-là de ma part de m'oublier, de ne pas se souvenir qu'ils m'ont vue, entendez-vous, Marianne?

J'entends, mademoiselle, j'entends, lui dis-je, mais rien ne m'engage à me charger de vos commissions, et vous pouvez les faire vous-même.

Elle jeta sur moi un regard où elle ne voulait mettre que du dédain, mais où le dépit et la fureur éclataient malgré ses efforts; elle fit une révérence à la religieuse, et sortit brusquement, sans même s'incliner en passant devant moi[1].

Dès qu'elle fut partie, je respirai et me trouvai délivrée d'une peine pour retomber dans une autre. Valville était venu, reparti ; où me conduirait la démarche hardie de le renvoyer ? Je demandai conseil à mon amie, elle m'en donna un bon. Mais avant d'entrer dans la partie la plus intéressante de ma vie, permettez-moi de me reposer un peu. En vérité, marquise, la foule d'événements que j'ai à vous présenter m'effraye ; comment ferai-je pour raconter tout cela ? Il faut que j'y rêve[1], adieu.

DOSSIER

CHRONOLOGIE[1]

1688-1763

1688. Début février, naissance à Paris de Pierre Carlet, futur Marivaux. Son père, Nicolas Carlet, « officier de marine » puis « trésorier des vivres » en Allemagne (1688-1697), est nommé en 1699 « contrôleur-contregarde », puis en 1701 directeur de la Monnaie de Riom jusqu'en 1719, année de sa mort. Sa mère Marie Anne Bullet est la sœur de Pierre Bullet, architecte du Roi, dont le fils Jean-Baptiste fera aussi partie de l'Académie d'architecture.

1710. Après des études au collège de l'Oratoire de Riom, Pierre Carlet prend sa première inscription à la Faculté de droit de Paris. Nouvelles inscriptions en 1711 et 1712.

1712. Publication du *Père prudent et équitable*, comédie en un acte. En juillet, Fontenelle signe l'approbation du premier roman de Pierre Carlet, inspiré des modèles baroques, *Les Aventures de*** ou les Effets surprenants de la sympathie*. Les tomes 1 et 2 sont publiés au début de 1713.

1713. Privilège est accordé au libraire Prault pour *Pharsamon ou les Nouvelles Folies romanesques*, roman parodique publié seulement en 1737.

1714. Au début de l'année sont publiés les tomes 3 à 5 des *Effets surprenants de la sympathie* et *La Voiture embourbée*, « petite histoire » comique à plusieurs voix et jouant de plusieurs genres.
Le Bilboquet, conte satirique et allégorique, paraît la même année.

---

1. Cette chronologie doit beaucoup aux travaux d'Henri Coulet et de Michel Gilot, en particulier à leur chronologie publiée dans le premier volume du *Théâtre complet* de Marivaux, Gallimard, Pléiade, 1993.

1715. C'est probablement à cette époque qu'est rédigé *Le Télémaque travesti*, roman parodiant le *Télémaque* de Fénelon.

1716. Marivaux (le nom apparaît à la signature de l'épître dédicatoire) publie *L'Homère travesti*, poème burlesque, qui parodie l'*Iliade* de La Motte, elle-même adaptation en douze chants de la traduction de Mme Dacier.

1717. Pierre Carlet de Marivaux épouse Colombe Bollogne née en 1683, fille d'un « conseiller du roi en la prévôté de Sens ». Elle mourra entre 1723 et 1725.

   Le Nouveau Mercure publie les *Lettres sur les habitants de Paris*, d'un « Théophraste moderne », titre récusé par l'auteur en tête de la troisième lettre.

1718. Naissance de sa fille Colombe, par la suite Colombe Prospère, qui a pour parrain Prosper Jolyot de Crébillon, le tragique.

1719. *Le Nouveau Mercure* publie « Sur la clarté du discours » et « Sur le sublime », articles dans lesquels Marivaux expose une esthétique littéraire personnelle et moderne; le numéro de novembre donne la première des *Lettres contenant une aventure* : une jeune femme y conte ses expériences et dit sa conception de l'amour à la manière d'un esprit libre, dans le ton d'un épicurisme galant.

   À la mort de son père, Marivaux brigue en vain sa succession à la Monnaie de Riom.

1720. La dot de Colombe disparaît en grande partie dans le désastre du système de Law.

   À la Comédie Italienne, échec de *L'Amour et la Vérité*, mais succès d'*Arlequin poli par l'amour*. *Annibal*, tragédie, n'est joué que trois fois au Théâtre-Français.

1721. Marivaux est la même année bachelier, puis licencié en droit.

   Publie la première feuille du *Spectateur français*, périodique imité du *Spectator* : vingt-cinq feuilles sont publiées jusqu'en 1724. Marivaux y conduit sous des formes variées une réflexion sur la morale et la société et y développe sa conception de l'écrivain.

1722. Succès de *La Surprise de l'amour* (Comédie Italienne).

   Premières attaques de l'abbé Desfontaines contre « les beaux esprits modernes » et les « néologues ».

1723. *La Double Inconstance* (Comédie Italienne).

1724. Succès à la Comédie Italienne du *Prince travesti* et de *La Fausse Suivante*. *Le Dénouement imprévu* (au Théâtre-Français).

1725. Grand succès de *L'Île des Esclaves* (Comédie Italienne).
L'Héritier de village est créé aux fêtes pour le mariage de Louis XV.

1726. Le *Dictionnaire néologique* de Bel et Desfontaines attaque notamment Marivaux.

1727. 2 février : la veuve Coutelier demande un privilège pour *La Vie de Marianne ou les Aventures de Madame la comtesse de ****. Un manuscrit est confié au censeur Blanchard.
Paraissent dans l'année les sept feuilles de *L'Indigent philosophe*, périodique dans lequel un esprit très libre confie gaiement sa philosophie de la vie.
L'Île de la Raison est sifflée au Théâtre-Français, *La Seconde Surprise de l'amour* jouée au Théâtre-Français.

1728. *Le Triomphe de Plutus* à la Comédie Italienne.
Le 13 mai le libraire Prault obtient une permission, enregistrée le 25, pour *La Vie de Marianne* (approuvée le 28 avril) : la première partie ne sera néanmoins publiée qu'en 1731.

1729. Cabale à la Comédie Italienne qui fait échouer *La Nouvelle Colonie ou la Ligue des femmes*.

1730. *Le Jeu de l'amour et du hasard* : vif succès à la Comédie Italienne.

1731. Avec approbation du 28 avril 1728 et privilège du 13 mai de la même année, publication à la fin du printemps de la première partie de *La Vie de Marianne*. La seconde partie est sans doute déjà chez l'imprimeur.
La Réunion des Amours (Théâtre-Français).

1732. *Le Triomphe de l'amour* (Comédie Italienne).
Les Serments indiscrets (Théâtre-Français), comédie en cinq actes, victime de la cabale.
L'École des mères, succès à la Comédie Italienne.
Marivaux est nommé parmi les candidats éventuels à l'Académie française, comme de nouveau en 1733, 1735 et 1736.

1733. *L'Heureux Stratagème* (Comédie Italienne) : grand succès.
Mort de Mme de Lambert que Marivaux aurait représentée dans la Mme de Miran de *La Vie de Marianne*.

1734. Fin janvier, seconde partie de *La Vie de Marianne* et première feuille du *Cabinet du philosophe* : journal qui comptera onze feuilles, œuvre de moraliste et de critique, composée de réflexions, courts essais, scènes de théâtre et d'un récit en forme d'apologue.
À partir d'avril, publication chez Prault des quatre premières parties du *Paysan parvenu*.
Dans *L'Écumoire ou Tanzaï et Néadarné*, Crébillon fils met

dans la bouche de la taupe Moustache une parodie de *La Vie de Marianne*, à laquelle Marivaux réplique dans la quatrième partie du *Paysan parvenu*, par la critique qu'un « honnête guerrier » adresse au jeune auteur (Crébillon fils, connu de Marivaux) trop peu « philosophe ».
La Méprise (Comédie Italienne), *Le Petit-Maître corrigé* (Théâtre-Français) : double échec.

1735. Avril : cinquième partie, la dernière authentique, du *Paysan parvenu*.
La Mère confidente : succès à la Comédie Italienne.
Novembre : troisième partie de *La Vie de Marianne* chez Prault.
Publication en Hollande du *Télémaque travesti* (voir ci-dessus l'année 1715), désavoué par Marivaux.

1736. Mars : quatrième partie de *La Vie de Marianne*.
Succès relatif du *Legs* au Théâtre-Français.
Septembre : cinquième partie de *La Vie de Marianne*. Dans le *Pour et Contre* (t. IX du 10 octobre) Prévost loue l'analyse du cœur dans le roman de Marivaux.
Novembre : chez Prault toujours, sixième partie de *La Vie de Marianne*.
C'est en cette année que sont publiées les traductions anglaises du *Paysan parvenu* et de *La Vie de Marianne*.

1737. Publication de *Pharsamon ou les Nouvelles Folies romanesques* (voir ci-dessus l'année 1713).
Février : septième partie de *La Vie de Marianne*.
Mars : *Les Fausses Confidences* (Comédie Italienne).
Décembre : huitième partie de *La Vie de Marianne* à La Haye, chez Gosse et Néaulme en raison des mesures de « proscription des romans » du chancelier d'Aguesseau.

1738. *La Joie imprévue* (Comédie Italienne).

1739. *Les Sincères* (Comédie Italienne).
Chez Gosse et Néaulme paraît une neuvième et dernière partie de *La Vie de Marianne*, apocryphe. Dans une lettre, Marivaux écrit à propos de la suite de *La Vie de Marianne* : « On a prétendu me gêner dans ma façon d'écrire, je n'ai pu y tenir, j'ai tout abandonné. »

1740. Marivaux aurait alors écrit la *Lettre sur la paresse* et la *Lettre sur les ingrats*.
Novembre : *L'Épreuve* est jouée avec beaucoup de succès à la Comédie Italienne.

1741. Composition de *La Commère*, comédie conçue d'après un épisode du *Paysan parvenu*.

Novembre-décembre : le comte de Tessin annonce de Paris à sa femme la suite de *La Vie de Marianne*[1].

1742. Mars : la *Gazette d'Amsterdam* annonce la publication des neuvième, dixième et onzième parties de *La Vie de Marianne* (toutes datées de 1741).

10 décembre : grâce aux interventions de Mme de Tencin, Marivaux est élu à l'Académie française.

1743. 4 février : réception à l'Académie française. Marivaux se fait quelque peu tancer par Languet de Gergy, archevêque de Sens. Il deviendra assidu aux séances de l'Académie, s'y entretiendra avec Fontenelle, Montesquieu, Duclos, d'Alembert ou Buffon, y fera de remarquables lectures publiques, dont le *Mercure* publiera les textes : *Réflexions sur Thucydide*, *Réflexions sur l'esprit humain à l'occasion de Corneille et de Racine*, etc.

1744. Donne *La Dispute* au Théâtre-Français, sans succès.

1745. Publication à Amsterdam de *La Vie de Marianne*, en douze parties, dont une douzième apocryphe.

6 avril : Colombe Prospère entre en noviciat à l'abbaye du Trésor dans l'Eure.

1746. *Le Préjugé vaincu*, au Théâtre-Français, puis à Fontainebleau devant la Cour, avec succès.

Sœur Colombe Prospère fait profession au monastère du Trésor.

1748. 4 avril : Marivaux lit à l'Académie française *Le Miroir*, nouvel essai sur les Anciens et les Modernes : il y développe avec humour et hauteur de vue ses idées sur l'histoire de la littérature et de l'esprit humain.

1749. 4 décembre : mort de Mme de Tencin dont Marivaux a fréquenté assidûment le salon et dont il aurait idéalisé la figure dans la Mme Dorsin de *La Vie de Marianne*.

1751. Le *Mercure* de décembre 1750 publie *La Colonie* (version réduite de la pièce de 1729).

Mme Riccoboni, actrice qui deviendra romancière, écrit une *Suite de Marianne* qui sera publiée en 1761 et 1765.

1753. Marivaux s'acquitte très partiellement des pensions et locations dues à Mlle de Saint-Jean qui le loge rue de Richelieu.

1755. *Le Miroir* est publié dans le *Mercure*.

Représentation de *La Femme fidèle*.

---

1. *Tableaux de Paris et de la Cour de France*, lettres inédites du comte de Tessin, éditées par Gunnar von Proschwitz, 1983, p. 231, 232 et 249.

1757. Marivaux publie *Félicie*, dont il a fait une lecture au Théâtre-Français, et *Les Acteurs de bonne foi*.

    L'Amante frivole, lue également aux Comédiens-Français, est aujourd'hui perdue.

    Marivaux s'acquitte de ses dettes envers Mlle de Saint-Jean.

1758. Marivaux rédige son testament; il fait de Mlle de Saint-Jean son exécutrice testamentaire.

1761. Publication de la première partie de la *Continuation de la Vie de Marianne* de Mme Riccoboni.

    Le *Mercure* publie *La Provinciale*.

1763. 12 février : mort de Marivaux.

Quand Marivaux conçut-il le projet d'écrire *La Vie de Marianne*, quand mit-il cette œuvre en chantier? Aucun document ne permet d'avancer une date. Mais en s'efforçant de reconstituer le calendrier de la création marivaudienne, Henri Coulet (*Marivaux romancier*, p. 40) estime vraisemblable l'hypothèse suivante: la vingt-cinquième et dernière feuille du *Spectateur français* approuvée le 31 août 1724, les comédies *Le Dénouement imprévu* et *L'Île des Esclaves* représentées, respectivement le 2 décembre 1724 et le 5 mars 1725, il s'écoule un temps anormalement long en regard du rythme de travail de Marivaux dans cette période très féconde, avant la représentation de *L'Héritier de village* (pièce en un acte), le 19 août 1725; *La Seconde Surprise de l'amour* n'est reçue par les Comédiens Français que le 30 janvier 1727, de sorte que l'année 1725 paraît peu remplie et que l'année 1726 serait vide si l'on ne supposait que l'écrivain a entrepris dès 1725 l'œuvre de longue haleine que sera *La Vie de Marianne*. Ce qui confirme ce calendrier, c'est qu'en effet la veuve Coutelier, libraire, dépose 2 février 1727 une demande de privilège pour un ouvrage intitulé *La Vie de Marianne ou les Aventures de Madame la comtesse de**** et que le manuscrit est « distribué » pour examen au censeur Blanchard le 16 février. Après la publication de *L'Indigent philosophe* (sept feuilles entre le 19 mars et le 5 juillet 1727), il est probable que Marivaux se ménage du temps pour travailler à son grand roman. Le 13 mai 1728, en effet, le libraire Prault reçoit permission d'en imprimer la première partie, dont le texte a été approuvé le 28 avril précédent. Cette première partie ne paraît pourtant qu'à la fin du printemps 1731. Mais à cette date, ainsi que l'a prouvé Frédéric Deloffre, la seconde partie est rédigée et remise à l'imprimeur, Prault ayant obtenu entre-temps (15 juillet 1728) un privilège général pour plusieurs œuvres de Marivaux, dont *La Vie de Marianne*.

Cette chronologie et les délais successifs de publication des onze parties du roman montrent, on n'en peut douter, avec quel soin le texte en fut élaboré et mis au point. Il y a toute raison de penser que le plan du livre avait été minutieusement construit : la chronologie interne du récit confirme, sauf exceptions mineures (il est toujours loisible de les mettre au compte de la vraisemblance psychologique — les commentateurs de romans épistolaires, et *La Vie de Marianne* en est un, ne se privent pas d'excuser ainsi les inadvertances des auteurs —; si la narratrice évalue avec un rien d'incertitude les intervalles de temps, ne faut-il pas s'étonner qu'elle restitue comme elle le fait la succession des faits et des jours, la lettre des propos tenus : admirable fidélité de la mémoire après plus de trente ans!), la cohérence de l'architecture narrative. Il faut admettre, en conséquence, que, si l'histoire de la religieuse (Tervire) ne commence qu'avec la neuvième partie, les annonces réitérées de cet ample développement ne résultent aucunement d'une sorte de désinvolture que l'improvisation traduirait; elles prouveraient plutôt combien fut conçue avec force la corrélation des deux histoires, celle de Marianne et celle de Tervire : elles sont à lire comme s'éclairant l'une l'autre; différer la seconde en ne cessant de la promettre relève de l'art du romancier dans la sollicitation du lecteur, mais donne par avance à entendre que la destinée de Tervire n'est pas simplement juxtaposée à celle de Marianne. Il est clair, en particulier, que l'imbrication de la vie sociale et de la vie religieuse se trouve amplement traitée, avec de remarquables phénomènes d'écho, dans les deux volets du diptyque.

C'est à *La Vie de Marianne* que Marivaux, attaché sans doute à cette œuvre plus qu'à aucune autre, a travaillé le plus longtemps, lui qui paraît assez enclin à ne pas s'attarder dans les chantiers un peu avancés et se soucie médiocrement des « suites » : il vaut la peine d'observer que sa production se fait par élans successifs, par essais qu'on a pu définir comme autant d'expériences; au moment d'expliquer l'inachèvement de *Marianne* et du *Paysan parvenu*, cela peut avoir quelque intérêt. À plus forte raison jugera-t-on probable qu'il accordait à ce grand livre une importance singulière. Il pouvait y voir, en effet, l'accomplissement d'une esthétique longuement élaborée en même temps que d'une pensée, d'une « philosophie » parvenue à maturité. On accorde aujourd'hui enfin, grâce aux travaux de Frédéric Deloffre, continués notamment par ceux d'Henri Coulet et de Michel Gilot, l'attention qu'elles méritent aux œuvres de fiction composées par Marivaux dans les années 1710-

1715. Ces écrits, appartenant à des genres littéraires variés, doivent être lus pour eux-mêmes, on ne saurait trop le dire ; il est cependant nécessaire d'y reconnaître tout ce qui y prépare ou préfigure *La Vie de Marianne* et *Le Paysan parvenu* : Marivaux expérimente les ressources du romanesque baroque dans *Les Effets surprenants de la sympathie* (il annonce dans l'« Avis au lecteur » que « son roman est semé de réflexions », ce qui préfigure la conception de *La Vie de Marianne*), met à l'épreuve de la parodie, dans *Pharsamon* et *Le Télémaque travesti*, certain idéalisme romanesque ou moral dont il se gardera, en dégage les valeurs d'un réalisme nouveau et d'un comique original (au travers du burlesque étrangement agressif et volontiers trivial de *L'Homère travesti*), s'essaie aux mécaniques narratives extrêmes dans *La Voiture embourbée*. Est-il romancier qui, à moins de trente ans, ait acquis pareille maîtrise du matériau (il engrange les « topoi ») et des techniques du roman ? Encore faudrait-il rappeler les modèles et influences dont il sait tirer parti : il désigne quelques-uns de ces prédécesseurs, fût-ce pour les railler, ou bien laisse à ses glossateurs le soin de les déceler, de Cervantès à La Calprenède, à Mme de Villedieu, à Challe.

La réflexion critique vient relayer ensuite la pratique de la fiction. Des *Pensées sur différents sujets* au *Spectateur français*, Marivaux se donne du même mouvement une philosophie morale et une théorie de la littérature ; Michel Gilot a décrit cette évolution dans *Les Journaux de Marivaux*. L'écrivain formule sa doctrine, il l'illustre dans les *Lettres sur les habitants de Paris*, dans les *Lettres contenant une aventure*, dans les lettres et récits qui émaillent *Le Spectateur*, revendiquant une liberté de la manière et du style dont roman et théâtre font à partir de 1720 le profit qu'on connaît. À cette double démarche Marivaux reste fidèle jusqu'aux derniers écrits, lors même qu'il a renoncé au roman et que s'espacent les comédies nouvelles.

La publication de *La Vie de Marianne* s'étend sur plus de dix ans, de juin (?) 1731 (la même année Prévost publie l'*Histoire du chevalier des Grieux et de Manon Lescaut* et les quatre premiers tomes du *Philosophe anglais ou Mémoires de M. Cleveland*) à la fin de 1741 ou au début de 1742 (l'époque des *Confessions du comte de **** de Duclos, du *Sopha* de Crébillon fils et de *Mahomet* de Voltaire). La chronologie ci-dessus indique les dates de publication des onze parties authentiques et des suites apocryphes, dont celle de Mme Riccoboni, reprise dans le présent volume comme il est de tradition, quoique l'indulgence de Marivaux lui-même, sans doute détaché de son œuvre, envers ce pastiche et l'accueil favorable des contemporains paraissent peu justifiés. Comment admettre que ce fut « imitation parfaite de la manière de Marivaux »? Les facilités de style que s'accorde la romancière et le caractère quasi caricatural de sa conception jurent auprès du texte nuancé, dense, richement « feuilleté » du modèle.

Le texte retenu pour cette édition ne peut être que celui de l'édition originale de chaque partie : ce texte doit être corrigé, ainsi que l'a proposé Frédéric Deloffre, d'après les éditions ultérieures. Ces corrections sont introduites peu à peu dès les premières rééditions des libraires de Paris et de La Haye, Prault père et fils successivement et Jean Néaulme. Ainsi l'exemplaire Y2 51179 de la Bibliothèque nationale (le volume réunit les quatre premières parties de *Marianne* sous les cotes Y2 51179-51182) présente le texte quasi définitif de la première partie (chez Prault père, 1734); mais la seconde édition de la première partie (chez Prault père, 1736, BN Y2 51185) corrige bien « lourd » en « sourd » dans « allez rendre votre cœur plus traitable et moins sourd » (p. 96), sans supprimer le « que » superflu dans « Oh! *que* j'y veux mettre ordre absolument » (p. 88). Des corrections ou variantes de faible importance apparaissent dans le beau recueil en deux volumes (BN 16° Y2 17776) des onze parties du roman imprimées par Jean Néaulme de 1736 à 1742 (chaque partie est datée et paginée à part; en fait de douzième partie, on a joint au texte de Marivaux une « nouvelle édition » de 1739 de la douzième partie de *La Paysanne parvenue ou les Mémoires de Madame la Marquise de L. V.* par M. le chevalier de M[ouhy]); cette édition présente en face de la page de titre de chacune des parties de *Marianne* une gravure; ces gravures illustrent les moments les plus romanesques et dramatiques du récit, elles sont l'œuvre pour les huit premières de Schley (Jakob van der, 1715-1779), dessinateur et graveur hollandais, élève de B. Picart, connu notamment pour ses illustrations de Marivaux, Saint-Évremond et Brantôme, et pour les trois suivantes de Fokke (Simon, 1712-1784), dessinateur et graveur hollandais, élève de J.C. Philips, auteur de nombreux portraits et vignettes (tous deux cités dans E. Bénézit, *Dictionnaire des peintres, sculpteurs, dessinateurs et graveurs*; notices plus complètes dans *Allgemeines Lexikon der Bildenden Künstler* d'Ulrich Thieme et Felix Becker). Les troisième et quatrième parties de cet ensemble comportent les protestations de Marivaux et de son éditeur contre le libraire Rickhoff qui imprime *Le Télémaque travesti* en l'attribuant à l'auteur de *La Vie de Marianne*.

L'orthographe en a été systématiquement et entièrement modernisée : nous avons notamment respecté les règles modernes d'accord du participe ; quant à la ponctuation elle a été également modernisée, mais avec la modération qui s'impose. On s'est évidemment abstenu de toucher au vocabulaire et à la syntaxe (on a par exemple conservé « souris » pour « sourire » ou « vieux ecclésiastique » pour « vieil ecclésiastique ») ; les termes ou tournures vieillis sont signalés et expliqués en note.

Les notes de cette édition ont pour objet principal d'éclairer le sens des mots ou expressions sur lesquels il est permis de se méprendre aujourd'hui, en méconnaissant par exemple leur connotation concrète. L'admirable diversité d'une langue qui « donne des chairs aux idées » (*Le Miroir*), l'harmonie d'un style qui se prête à toutes les tonalités exigent du lecteur qu'il apprenne les saveurs d'une œuvre qui fait intelligence du moindre détail : son attention s'en trouvera parfaitement récompensée.

NOTE BIBLIOGRAPHIQUE

ÉDITIONS

Œuvres de jeunesse, éd. Frédéric Deloffre et Claude Rigault, Gallimard, « Bibliothèque de la Pléiade », 1972.

Journaux et Œuvres diverses, éd. Frédéric Deloffre et Michel Gilot, « Classiques Garnier », 1969.

Théâtre complet, éd. Frédéric Deloffre, « Classiques Garnier », 2 vol., 1968 (rév. Françoise Rubellin, 1996).

Théâtre complet, éd. Henri Coulet et Michel Gilot, Gallimard, « Bibliothèque de la Pléiade », 2 vol., 1993 et 1994.

Romans, suivis de récits, contes et nouvelles extraits des Essais et des Journaux de Marivaux, présenté par Marcel Arland, Gallimard, « Bibliothèque de la Pléiade », 1949.

La Vie de Marianne, éd. Frédéric Deloffre, « Classiques Garnier », 1957 (rév. 1963, 1966 et 1990).

La Vie de Marianne, éd. Michel Gilot, Garnier-Flammarion, 1978.

Le Paysan parvenu, éd. Frédéric Deloffre, « Classiques Garnier », 1959 (rév. Françoise Rubellin, 1992).

Le Paysan parvenu, éd. Henri Coulet, Gallimard, « Folio », 1981.

SUR MARIVAUX

ARLAND Marcel, *Marivaux*, NRF, 1950.

BONACCORSO Giovanni, *Gli anni difficili di Marivaux*, Messine, Peloritana Editrice, 1964.

COULET Henri et GILOT Michel, *Marivaux. Un humanisme expérimental*, Larousse-Université, 1973.

CULPIN David J., *Marivaux and reason*, Peter Lang, 1993.

DELOFFRE Frédéric, *Une préciosité nouvelle. Marivaux et le marivau-dage*, A. Colin, 1955 (nouvelle éd. 1967; Slatkine Reprints, 1993).

EHRARD Jean, « Marivaux ou les chemins de la sincérité », dans *Le XVIIIᵉ siècle (1720-1750)*, de la série *Littérature française*, Arthaud, 1974.

FABRE Jean, « Marivaux », dans *Histoire des littératures*, t. III, « Encyclopédie de la Pléiade », Gallimard, 1958.

GAZAGNE Paul, *Marivaux par lui-même*, Seuil, 1950.

GILOT Michel, *Les Journaux de Marivaux. Itinéraire moral et accomplissement esthétique*, 2 vol., Service de reproduction des thèses de Lille, 1974.

HAAC Oscar A., *Marivaux*, New York, Twayne Publishers, 1973.

JACŒBÉE Pierre, *La Persuasion de la charité. Thèmes, formes et structures dans les « Journaux et œuvres diverses de Marivaux »*, Amsterdam, Rodopi, 1976.

JAMIESON Ruth Kirby, *Marivaux. A study in sensibility* (1941), 2ᵉ éd., New York, Octagon Books, 1969.

LAGRAVE Henri, *Marivaux et sa fortune littéraire*, Ducros, 1970.

Marivaux d'hier, Marivaux d'aujourd'hui, Actes des colloques de Riom et de Lyon (1988) dirigés par Henri COULET, Jean EHRARD et Françoise RUBELLIN, Éditions du CNRS, 1991.

MÜHLEMANN Suzanne, *Ombres et lumières dans l'œuvre de Pierre Carlet de Chamblain de Marivaux*, Berne, H. Lang et co., 1970.

POULET Georges, « Marivaux », dans *Études sur le temps humain*, t. II : *La Distance intérieure*, Plon, 1952.

ROY Claude, *Lire Marivaux*, La Baconnière-Seuil, 1947.

Voir également — et l'on se contente de quelques suggestions — les communications de Mario MATUCCI, Henri COULET, Jacques LACANT dans « Marivaux », *Cahiers de l'Association des Études Françaises*, mai 1973, nº 25, « Les Belles Lettres »; les articles de Oscar A. HAAC, Françoise RUBELLIN, Françoise GEVREY, Michel GILOT, Haydn MASON dans la *Revue Marivaux*, nº 1 (1990), nº 2 (1992), nº 3 (1992), nº 4 (1994); les articles de Michel GILOT, David J. CULPIN, Pierre JACŒBÉE dans la *Revue d'Histoire Littéraire de la France*, 1968, nᵒˢ 3-4; 1970, nº 3; 1987, nº 4; 1989, nº 1; le numéro spécial d'*Europe*, novembre-décembre 1996.

SUR MARIVAUX ROMANCIER
ET *LA VIE DE MARIANNE*

ANSALONE Maria Rosaria, *Una donna, una vita, un romanzo. Saggio su « La Vie de Marianne » di Marivaux*, Bari, Schena editore, 1985.

Barguillet Françoise, *Le Roman au xviiie siècle*, PUF, 1981.

Coulet Henri, *Marivaux romancier*, A. Colin, 1975.

Démoris René, *Le Roman à la première personne*, A. Colin, 1975.

Didier Béatrice, *La Voix de Marianne. Essai sur Marivaux*, Corti, 1987.

Fabre Jean, *Idées sur le roman de Mme de Lafayette au marquis de Sade*, Klincksieck, 1979.

Jugan Annick, *Les Variations du récit dans « La Vie de Marianne » de Marivaux*, Klincksieck, 1978.

Marivaux et les Lumières. L'Éthique d'un romancier, Actes du colloque d'Aix-en-Provence (1992), présentés par Henri Coulet, Publications de l'Université de Provence, 1996.

May Georges, *Le Dilemme du roman au xviiie siècle*, Paris-New Haven, 1963.

Rousset Jean, *Forme et signification*, Corti, 1962.

— *Narcisse romancier*, Corti, 1973.

Spitzer Leo, « À propos de *La Vie de Marianne* (lettre à Georges Poulet) » (1953), dans *Études de style*, Gallimard, 1970.

Weil Françoise, *L'Interdiction du roman et la librairie (1728-1750)*, Aux amateurs de livres, 1986.

Faute de citer ici tous les articles et ouvrages, anciens ou récents, consacrés, en partie ou en totalité, au roman de Marivaux et à *La Vie de Marianne* en particulier, il convient de renvoyer le lecteur exigeant aux « États présents des études sur Marivaux » procurés par Frédéric Deloffre (*L'Information littéraire*, 1964, n° 5), Henri Coulet (*L'Information littéraire*, 1979, n° 2) et, en dernier lieu, par Annie Rivara (*Dix-huitième siècle*, n° 27, 1995).

NOTES

La plupart des notes de langue ont été rédigées d'après le *Dictionnaire de l'Académie française*, éditions du XVIIIe siècle (1718, 1740, 1762).

PREMIÈRE PARTIE

Page 59.

1. Les personnages étant d'un autre temps, nul ne peut être concerné par cette histoire.

2. Vers 1690, par conséquent. Marianne, âgée « de cinquante ans passés » quand elle rédige son histoire, serait née autour de 1640 et venue à Paris en 1656.

Page 61

1. « On appelle *Petites-Maisons* l'Hôpital où l'on enferme ceux qui sont aliénés. »

2. Marianne prendra le ton naturel et habituel de ses lettres, elle ne pose pas à l'auteur.

Page 62.

1. Carrosse de voiture ou carrosse public assurant le trafic de ville en ville.

2. « Tombée dans la portière » : dans la partie creuse de la portière même étaient ménagées deux places. Ces sièges servaient de marchepieds quand le carrosse s'ouvrait.

Page 63.

1. « On dit courir la poste pour dire : courir sur des chevaux de poste, ou en chaise avec des chevaux de poste », « chevaux disposés ordinairement de deux lieues en deux lieues » et qui faisaient rapidement un trajet.

Page 64.

1. La sœur du curé a besoin du consentement de son frère pour garder Marianne.

2. « Procureur fiscal » : officier de la justice seigneuriale « qui a soin des intérêts d'un seigneur et de ses vassaux, dans l'étendue de cette terre ».

3. « Cela ne me regarde point » : ne me concerne pas et n'a pas d'intérêt pour le récit.

Page 65.

1. « Mignardise » ne se disait au singulier que pour désigner « la délicatesse des traits du visage ». Marianne l'applique ici à une qualité de sentiment.

Page 66.

1. Le goût que l'on avait pour la petite fille était à l'origine de bien des générosités.

Page 69.

1. « L'empire de la lune » : terme emprunté de la comédie de Fatouville, *Arlequin empereur de la lune* (1684) et qui désigne ici la grande nouveauté que représente Paris pour Marianne.

2. « Mouvements » : « Se dit des différentes impulsions, passions ou affections de l'âme. » Le mot est caractéristique du vocabulaire de l'affectivité chez Marivaux.

Page 72.

1. Si vous êtes fidèle à l'éducation que vous avez reçue.

2. « Qu'on se dérange » : qu'on mène une vie déréglée.

Page 74.

1. « Nouvelliste » : à l'origine « qui est curieux de savoir des nouvelles et qui aime en débiter ». Le terme désigne, dès l'époque classique, celui qui se fait un métier de chercher et débiter des nouvelles. Voir La Bruyère, *Caractères*, I, 33

Page 75.

1. « Quatre cents livres » : il est difficile d'établir une équivalence avec le cours actuel de la monnaie. Mais, à en juger par les sommes dont il sera question dans le roman (testament, promesse de mariage), les deux cents livres qui restent à Marianne à la mort de la sœur du curé paraissent peu de chose.

Page 77.

1. « Tombé dans l'imbécillité » : sénile et faible d'esprit.

Page 79.

1. « Embonpoint » : « Bon état, ou bonne habitude du corps. Il ne se dit que des personnes un peu grasses. » Voir p. 206-207 le développement sur l'embonpoint de la prieure, et p. 319 sur celui de Mlle de Fare.

Page 83.

1. « Je me suis laissée dans le carrosse » : Marianne narratrice revient à la situation du personnage un instant délaissé au profit des réflexions qu'elle a faites, et toujours dans le carrosse.

2. « Se mitiger » : « Adoucir, rendre plus aisé à supporter. Il se dit principalement des adoucissements qu'on apporte parmi les ordres religieux à la pratique des règles qui sont trop sévères. » Ici le mot désigne ironiquement le changement d'attitude de M. de Climal à l'égard de Marianne.

Page 85.

1. « Hardes » : « Se dit généralement de tout ce qui sert à l'habillement, à l'usage ordinaire et nécessaire de la personne. *De belles hardes, de riches hardes.* »

2. « Son domestique » : l'ensemble de tous les serviteurs de la maison.

3. « J'étais déplacée » : je n'étais pas à ma place, je n'étais pas dans mon milieu.

Page 86.

1. « S'y prendre » : s'y attacher.

Page 87.

1. « Ne passait pas son aune » : l'aune est la mesure de la toile que travaille Toinon. L'expression signifie que la jeune ouvrière entièrement absorbée par son ouvrage est incapable de penser à quoi que ce soit d'autre.

2. « Leurs facultés » : « Au pluriel, signifie les biens de chaque particulier. »

3. « Amant » : ici le prétendant qui doit l'épouser.

4. Emploi du style indirect libre qui donne un air de naturel aux propos.

Page 89.

1. L'élan de sensibilité se traduit par un geste qui touche M. de Climal.

Page 90.

1. On a du mal à imaginer qu'il vaut mieux n'avoir ni bien ni protection plutôt que d'être l'objet de sentiments qui asservissent.

2. « Se coiffer en cheveux » : « N'avoir pour coiffure que ses cheveux arrangés de telle ou telle façon. » Il est difficile de préciser de quel temps il s'agit.

Page 92.

1. « On ajuste cela » : on trouve un moyen pour s'accommoder de ce qui semblait ne pouvoir être accepté, attitude morale

Page 93.

1. « Commodité de son caractère » : la facilité de mœurs et même la complaisance.

2. « Très propre » : en parlant d'habit « bien séant et bien arrangé ».

3. « Dans ce qu'elles font de bien » : dans les manifestations de leur générosité.

4. « Ménage signifie épargne, économie, conduite que l'on tient dans l'administration de son bien. »

Page 94.

1. « Retraite » : demeure où se réfugier.

2. « Souplesse admirable » : adresse pleine de subtilité qui permet à Marianne d'être en règle avec sa conscience.

Page 99.

1. « Sauver l'achat » : au figuré, sauver signifie « cacher aux yeux du monde, ce qui peut donner du scandale ». M. de Climal a tu à Mme Dutour l'achat du linge qu'il présente comme hérité par Marianne de la sœur du curé qui l'a élevée.

2. « Façon » : « Manière, figure, forme dont une chose est faite » ; plus particulièrement, invention du mensonge.

3. « En voici bien d'une autre » : voici quelque chose de plus étonnant.

Page 102.

1. « Tourner » : examiner la chose de tous les côtés.

2. « Que chacun réponde pour soi » : « Faire réciproquement de son côté ce qu'on doit. »

Page 103.

1. « Mutin » : « Opiniâtre, querelleur, obstiné, têtu. »

2. « Qu'il s'accommode » : l'amant doit accepter avec docilité la situation qui lui est faite.

Page 104.

1. « Cadeau » : « Le repas, la fête que l'on donne principalement à des dames. »

2. « Brave » : « Vêtu, paré de beaux habits. *Vous voilà brave aujourd'hui, les femmes veulent être braves.* Il est de style familier. » Cet emploi n'est donc pas étonnant dans la bouche de Mme Dutour.

Page 107.

1. « Contrôler » : « Reprendre, critiquer, censurer les actions, les paroles d'autrui. Il se dit toujours en mauvaise part. »

2. « Sur sa bonne foi » : en se fiant à l'effet que produit naturellement son visage.

SECONDE PARTIE

Page 109.

1. « En cas » : « Cas signifie un fait arrivé, ou supposé comme pouvant arriver [...]. En ce sens, [...] on dit aussi : *en cas que cela soit.* »

Page 110.

1. États ou statuts sociaux.

Page 112.

1. « Ne vous regarde pas » : ne s'applique pas à vous.

2. L'exemplaire Y2 51161 de la BN (*La Vie de Marianne ou les Avantures* [sic] *de Mme la comtesse de* *** , Première Partie, Paris, Pierre Prault, 1731), belle édition, avec approbation et privilège, embellie de vignettes et lettre ornée, comporte deux fois la page 95. La mention « Fin de la première partie » n'apparaît qu'au bas du double. Suit une page 96 portant le titre « Deuxième Partie » et le texte suivant :

« Je sortais de l'église, où je vous ai dit précédemment que j'avais été, et où j'avais excité la curiosité d'une jeunesse étourdie et du beau monde indévot ; et j'avais à peine fait cinquante pas pour revenir à la maison, qui était assez éloignée, que je sentis derrière moi un carrosse qui allait fort vite. J'eus peur de n'avoir pas le temps de me ranger, ce qui fit que je tombai en me rangeant, et en tombant je me démis le pied.

Le cocher s'arrêta dans l'instant que les chevaux allaient marcher sur moi ; tout le monde cria, il n'y avait qu'un homme dans le carrosse qui cria plus que les autres, il descendit et vint voir dans quel état j'étais. J'avais tâché de me relever avec le secours qu'on me prêtait ; mais il n'y avait pas eu moyen à cause de la douleur que me faisait mon pied.

Je voulus un dernier effort, et »

S'il s'agit là, comme il est probable, de la première version de la seconde partie, on voit quels remaniements elle subira entre 1731 et 1734. La longue scène de coquetterie et de séduction dans l'église (p. 112 à 118) sera ajoutée et l'occupant du carrosse ne sera déjà plus un inconnu pour Marianne lorsqu'il viendra à son secours.

Page 113.

1. L'analyse de la coquetterie relève chez Marivaux d'une véritable anthropologie.

Page 114.

1. « Tournure » : « La manière de tourner, de présenter les choses. » Désigne ici les interprétations possibles de la situation.

Page 116.

1. Marianne a déjà signalé : « À peine étais-je placée, que je fixai les yeux de tous les hommes. »

2. « Industrie » : « Adresse, dextérité à faire quelque chose. »

3. La coiffe était un « ajustement de tête en toile ou en tissu léger ».

Page 117.

1. « À en devenir une » : une nudité. Notation discrètement sensuelle.

Page 118.

1. « Ajustement » : équivalent familier du mot « parure ».

Page 119.

1. Syntaxe vieillie de cette phrase qui n'est pas exempt de lourdeur.

Page 121.

1. Autre exemple de la casuistique où Marianne se révèle experte.

Page 122.

1. « À quartier » : à l'écart.

Page 123.

1. « Chaise » : s'agit-il du « siège fermé et couvert dans lequel on se fait porter par deux hommes » ou de la chaise roulante, « sorte de voiture légère à deux roues, traînée par un ou deux chevaux », ou encore d'un « petit carrosse pour deux personnes » ?

Page 125.

1. « Il ne prenait rien sur elle » : il n'empiétait nullement sur ses droits.

Page 128.

1. « Entrepris se prend quelquefois pour perclus, impotent. » L'adjectif s'applique surtout au corps ; qualifiant ici l'âme, il montre cette sorte de paralysie qui la gagne dans l'émotion.

2. « Neuf » : inexpérimenté.

Page 130.

1. « Simplicité » pouvait avoir un sens péjoratif, celui de « niaiserie trop grande, facilité à croire, à se laisser tromper », mais aussi celui de « candeur, sincérité, naïveté, ingénuité ». C'est le cas dans cette phrase.

2. « Bonnement » : « À la bonne foi, simplement, naïvement. » Même registre que précédemment.

Page 131.

1. « Minutie » : chose de peu de conséquence, détail sans importance.

Page 133.

1. « Excédé » : « Accablé au-delà de ce qu'on peut supporter. »

Page 134.

1. « Se retrancher, verbe neutre passif. Se restreindre, se réduire. » Nous dirions aujourd'hui : se borner, se contenter.

Page 135.

1. « Illustre infortunée » : expression précieuse qui pose Marianne en héroïne de ces romans dont se moque et s'inspire Marivaux (*Les Effets surprenants de la sympathie*).

Page 137.

1. « Glorieuse » n'a pas ici un sens péjoratif. Tout ce qui précède prouve la fierté de Marianne et le soin qu'elle a de sa réputation.

Page 138.

1. « Le préoccupent » : le préviennent en ma faveur.

2. « Je ne suis pas faite pour être chez elle » : Marianne a déjà déploré d'être « déplacée » et se défend d'être destinée à l'état de lingère.

Page 141.

1. « Qui vengeait » : faisait compensation, réparation; en fait, démentait.

Page 142.

1. « Remener » : « Mener, conduire une personne, un animal au lieu où il était auparavant. » Deux lignes plus loin Marivaux emploie le verbe « ramener ».

2. « Je n'avais pas l'esprit bien fait » : bien disposé puisque Marianne redoute précisément qu'en la raccompagnant on n'apprenne où elle loge.

Page 143.

1. « On dit au figuré, *Prendre une chose à gauche*, pour dire, la prendre de travers, autrement qu'il ne faut. »

Page 145.

1. Mme de Valville sera ensuite nommée Mme de Miran. Inadvertance de Marivaux.

Page 149.

1. « Quand elles sont placées » : justifiées, fondées.
2. « Dégoûts » : « Signifie déplaisirs. »
3. « La paroisse » : « Signifie aussi l'église de la paroisse. »
4. L'aune était la règle en bois qui servait à mesurer le drap (voir p. 87, n. 1).
5. Mme Dutour veut payer douze sols une course pour laquelle le cocher en réclame vingt, soit une livre.

Page 150.

1. « Fiacre » : le nom désignait à la fois le cocher et la voiture de louage qu'il conduisait.
2. « Crasseux » : le terme s'appliquait à une avarice sordide.
3. « Brutalité » : « Signifie aussi parole dure et brutale. »

Page 151.

1. « Osé » : « Qui a l'audace de faire quelque chose qu'il ne devrait pas faire. » Synonyme de hardi.
2. « Cornette » : « Coiffe de toile que les femmes mettent la nuit sur la tête, ou quand elles sont en déshabillé. »

Page 152.

1. On pense aux habitants de Paris tels que Montesquieu les décrit dans les *Lettres persanes*. Marivaux s'est plu à évoquer le peuple de Paris au chapitre I des *Lettres sur les habitants de Paris*.

Page 153.

1. Le denier est le douzième du sol qui est le vingtième de la livre.

Page 154.

1. Saint Matthieu est fêté le 21 septembre, ce qui donne un repère chronologique pour l'histoire de Marianne.

2. « On dit proverbialement *Bon jour, bonne œuvre*, quand quelqu'un fait une méchante action le jour d'une bonne Fête. »

Page 155.

1. « Le beau carillon » : « Crierie, grand bruit. »

2. La colère de Mme Dutour rejaillit sur Toinon qu'elle invective alors qu'elle est absente en lui donnant le sobriquet injurieux de « bégueule » qui désigne « une femme folle et impertinente ».

Page 156.

1. « Enfances » : puérilités.

Page 157.

1. « Épiloguer » : « Censurer, trouver à redire. » L'emploi pronominal marquant la réciprocité relève de la langue populaire.

Page 158.

1. « Fait » : « Se dit de la part qui appartient à quelqu'un dans un total. *Il a perdu, il a mangé son fait.* »

TROISIÈME PARTIE

Page 159.

1. « Trop longtemps » : la seconde partie est parue fin janvier 1734, la troisième en novembre 1735.

2. Rappel de la situation à la fin de la seconde partie.

Page 160.

1. « Faubourg Saint-Marceau » : faubourg populeux et misérable (actuellement boulevard Saint-Marcel) que traversaient les voyageurs venus du Sud.

Page 161.

1. « Taudis » : « Se dit aussi d'une chambre en désordre et malpropre. »

2. « Salle » : apparemment ici arrière-boutique. De façon générale, « la première pièce d'un appartement complet, et qui est ordinairement plus grande que les autres ».

Page 162.

1. « *La laideur de son caractère* » : en italique dans l'édition originale, expression nouvelle.

Page 163.

1. « D'où vient est-ce que » : locution quelque peu emphatique ou insistante, synonyme de pourquoi et que l'on rencontre dans le théâtre de Marivaux.

Page 164.

1. L'adjectif « honnête » appliqué plus haut par Climal à lui-même (« on n'en est pas moins honnête pour aimer une jolie fille ») a le sens classique de « qui vit conformément aux usages du monde ». Ici, s'agissant de Valville, il se charge d'une signification morale, Climal doutant des intentions vertueuses de son neveu, d'où l'ironie de la formule.

Page 165.

1. « Un caractère » : « Absolument, fermeté. » Le manque de fermeté désigne peut-être l'inconstance des jeunes gens.

2. « Grisette » : « Se dit d'un habit d'étoffe grise de peu de valeur que portent les femmes » et par suite « Se dit d'une jeune fille ou d'une jeune femme de basse condition ».

Page 166.

1. « De regarder de trop près à vous » : la condition d'orpheline de Marianne, privée aussi d'état civil, ne lui permet pas beaucoup d'exigence envers elle-même.

2. « Maîtresse » : le mot n'a plus l'acception classique de femme qui aime et est aimée, mais il se rapproche de son sens moderne.

Page 168.

1. « Confondre » : « Signifie convaincre en causant de la honte, réduire à n'avoir rien à répondre. »

Page 169.

1. Jeu de mots sur petit mal (d'ordre moral) et grand bien (d'ordre matériel). Cf. plus loin : « Je prétends [...] vous assurer sourdement une petite fortune. » On pense à la conclusion du conte de Voltaire *Cosi-Sancta*, écrit, croit-on aujourd'hui, dans les années 1714-1716 : « Un petit mal pour un grand bien. »

Page 170.

1. Ce discours reprend d'assez près la tirade de Tartuffe à Elmire, l'assurant de sa discrétion.

2. « Pareil détail » : « En parlant d'affaires, et dans le récit qu'on fait de quelque chose, signifie tout ce qu'il y a de circonstances et de particularités dans l'affaire dont il est question. »

3. « Maîtresse » : le terme désigne « les femmes qui ont des lettres de maîtrise pour certains métiers » : ici lingère.

Page 171.

1. La distinction introduite par Climal ne rappelle-t-elle pas la distinction établie dans « la querelle du Pur Amour » ?

Page 172.

1. « Solliciteur de procès » : gens diligentés pour hâter l'instruction et la conclusion de certains procès.

Page 173.

1. « Cinq cents livres de rente » : voir p. 75, n. 1. Il s'agit en effet d'une « petite pension ».

Page 175.

1. « Action » : « Se dit de la contenance, du maintien, du geste d'un homme. » La stupéfaction et la honte paralysent Climal.

2. « Cavalier » : le mot reprend à peu près l'adjectif « dédaigneux » qui caractérise le regard de Valville sur Marianne à son arrivée. Il est ici synonyme de « hautain ».

Page 176.

1. « Vous vous ménagiez à mes dépens » : Marianne n'a aucune confiance dans le faux dévot : elle craint et à juste titre qu'il ne lui impute la responsabilité de cette scène.

Page 179.

1. Voir p. 151, n. 2.

2. « Avanie » : « Se dit des affronts, des insultes qu'on fait de gaieté de cœur à quelqu'un. »

Page 180.

1. « Déconforté » : qui n'a plus de courage.

2. Donc finir l'année. L'expression « encore faut-il bien tirer pour y aller » marque la difficulté qu'il y aura pour arriver jusqu'à ce terme.

Page 181.

1. « Pénard » : locution méprisante qui désigne un vieillard décrépit.

2. « Fourber » : « Tromper par mauvaises finesses. »

Page 182.

1. « S'aviser » : « Faire réflexion, faire attention, prendre garde. »

Page 183.

1. « Bravoure » : on attendrait le terme familier « braverie » qui désigne l'élégance de la parure (voir p. 104, n. 2). Faut-il penser que cette impropriété caractérise la langue de Mme Dutour ?

Page 184.

1. Jean de Vert, figure de légende inspirée du général allemand Jean de Weerdt (guerre de Trente Ans), se rencontre dans les locutions populaires pour renforcer une négation (F. Deloffre la relève dans *Le Télémaque travesti*).

2. Considérations d'un grand intérêt sur le suicide, donc sur le sens de la vie.

Page 186.

1. « Regrettables » : au premier sens du mot de « gens dignes d'être regrettés ». Forte valeur ironique de la question.

Page 188.

1. « Tapisserie » : le mot désigne, en général, l'étoffe tendue sur le mur. Il est mis ici pour « mur ».

Page 192.

1. « Loin de me ressentir » : c'est-à-dire : loin d'éprouver du ressentiment à mon égard.

Page 194.

1. « Abondance de cœur » peut être défini comme « épanche-
ment ». Cf. Fénelon : « Il faudrait que la bouche parlât selon
l'abondance du cœur. » (Abondance de cœur et du cœur se disent
également, d'après Littré.)

Page 196.

1. La « propreté » désigne la qualité des habits que porte
Marianne : habits élégants sans ostentation et de bon goût (voir
p. 93, n. 2).

2. « Accommodée » : terme de valeur assez générale. Le verbe
signifie : « Ranger, agencer, ajuster, mettre dans un état convenable. »

3. « Épargner » : « User d'épargne dans la dépense, employer
avec réserve, ménager. » Le père Saint-Vincent croit à la générosité
désintéressée de Climal.

4. Marianne demande au religieux de n'avoir pas de préjugé
favorable pour Climal sans savoir son aventure.

5. « Au moins » insiste sur le fait que Marianne n'est pas responsable du choix.

Page 197.

1. On ne peut pas ne pas songer à Orgon et au leitmotiv « le
pauvre homme » dans *Tartuffe*.

2. « Chagrin » : rancœur.

Page 198.

1. « La chose » : humour de l'opposition « idée » et « chose ».

Page 202.

1. « De meilleur courage » : plus abondamment et plus librement.

Page 203.

1. « Gêner » : « Tenir en contrainte. »

Page 205.

1. « Tourière » : dans un couvent, la sœur chargée du « tour »,
sorte d'armoire pivotante logée dans le mur du couvent et qui servait pour faire entrer ou sortir courrier, paquets, etc.

Page 207.

1. « Friande » exprime une idée de délicatesse.

Page 210.

1. Construction ancienne. Comprendre : « dont je me suis bien doutée qu'ils n'étaient pas honnêtes ».

Page 212.

1. « Converse » : « Il n'a d'usage que dans ces phrases *Frère convers, Sœur converse*, qui se disent d'un religieux ou d'une religieuse, qui ne sont employés qu'aux œuvres serviles du monastère. »

Page 215.

1. « Le dessus » : l'adresse de la lettre.

Page 216.

1. « S'enquêter » : « S'informer, faire recherche. »

Page 217.

1. « Vous me remettez son nom » : sous-entendu « en mémoire ».

2. Légère erreur de chronologie : il faudrait plutôt compter sept à huit jours.

3. « Récollet » : religieux, frère mineur de l'ordre de saint François.

Page 218.

1. Plus bas, Marianne l'appelle « le crocheteur », autre nom du portefaix (il attachait ce qu'il portait sur le dos à l'aide de bretelles et de crochets).

Page 219.

1. « Amuser » pouvait être employé au sens de « distraire ».

Page 220.

1. Dans votre couvent, par conséquent.

QUATRIÈME PARTIE

Page 222.

1. Ces deux mois indiquent-ils l'intervalle entre la fin de la rédaction des troisième et quatrième parties, ou entre les dates de publication ? Il semble que l'intervalle entre les dates de publication ait été de quatre mois.

Page 223.

1. Mme de Miran est supposée représenter Mme de Lambert (1647-1733) dont Marivaux fréquenta le salon. Le portrait qui en est fait n'est pas vraiment flatteur pour l'esprit de cette dame. Mme de Lambert et son salon sont désormais bien connus grâce à Roger Marchal (*Madame de Lambert et son milieu*, Oxford, 1991). Mais l'influence de la dame et du milieu sur Marivaux n'a-t-elle pas été exagérée ?

Page 227.

1. « Âmes malignes » : « Maligne, malfaisant, qui prend son plaisir à faire le mal. »

Page 228.

1. « Pour l'acquit de mon exactitude » : Marianne méritera une « quittance » en échange de ce portrait qu'elle fera comme elle le promet.

Page 230.

1. Accord ancien du pronom : « la » pour « le ».

Page 233.

1. « Fantaisie » : « Se prend aussi pour caprice, boutade, bizarrerie. » Mme de Miran admettrait donc pour son fils ce qu'on pourrait appeler une « passade ».

Page 234.

1. Voir p. 165, n. 2.

Page 238.

1. « En effet » : en fait, en réalité.

Page 240.

1. « Finesse » désigne la ruse dont s'est servi Valville pour pénétrer dans le couvent, déguisé en laquais.

Page 241.

1. Que Valville, un noble, ait revêtu un habit de laquais pour approcher de Marianne prouve à sa mère combien il est épris de la jeune fille.

Page 242.

1. Voir p. 196, n. 5.
2. L'expression « bel esprit » n'a évidemment rien ici de péjoratif. C'est même tout le contraire.

Page 243.

1. « Qui pensent mal » : dont le jugement n'est pas droit.
2. « Disgrâces » : dans le sens de « malheurs », mais le mot est moins brutal dans la bouche de Mme de Miran.

Page 245.

1. « D'abord » : dès le premier abord.

Page 246.

1. Ce n'est pas le naturel et la simplicité qui caractérisent ce billet de Valville, mais plutôt une recherche quelque peu précieuse et même un goût d'éloquence.

Page 249.

1. « M'amuser et me distraire » : les deux verbes ont la même signification, mais le premier en emploi absolu.

Page 250.

1. « Lâchement » : « Mollement, avec nonchalance, avec peu de vigueur. »

Page 251.

1. Voir p. 118, n. 1.

Page 256.

1. « Vous dérange » : « Vous fait perdre la tête. »

Page 258.

1. Moment d'intense émotion où Valville est la proie d'un véritable égarement. On retrouve souvent la même expression dans la bouche des personnages de la comédie.

Page 260.

1. Exclamation qui prouve que Mme de Miran, en dépit du pathétique de la scène, a gardé assez de clairvoyance pour juger le pouvoir de Marianne qu'elle admire et redoute à la fois.

Page 261.

1. Si Marianne ruse en refusant de voir Valville, c'est qu'elle agit seulement pour impressionner favorablement Mme de Miran à son égard. Il y a bien là de sa part un calcul.

2. « Profession » : « L'acte solennel par lequel un religieux ou une religieuse fait les vœux de Religion, après le temps de son noviciat expiré. »

Page 262.

1. Grille qui sépare le chœur où se tiennent les religieuses, de la nef.

Page 264.

1. Critique fréquente (La Bruyère, Fénelon) des orateurs de la chaire. La formule paraît tranchante.

Page 270.

1. « Tant pis » : « Façon de parler adverbiale dont on se sert pour marquer qu'une chose est désavantageuse et qu'on en est fâché. »

Page 273.

1. Mme Dorsin en qui on peut voir une image idéalisée de Mme de Tencin (1682-1749), fidèle amie de Marivaux. Marianne l'a déjà nommée p. 229 : « c'était le nom de la dame en question. » « Chanoinesse » relevée de ses vœux en 1715, Mme de Tencin mena d'abord une vie assez scandaleuse. Tout en poursuivant intrigues politiques ou académiques, elle réunit autour d'elle philosophes, artistes, financiers, magistrats, etc., augmentant en 1733 sa « ménagerie » des habitués du salon de Mme de Lambert. À la fin de sa vie, ses amis ne voulaient plus connaître que la générosité de cette femme exceptionnelle.

CINQUIÈME PARTIE

Page 277.

1. Environ six mois.

Page 278.

1. « Médiocrité » : « État de ce qui est médiocre. » « Médiocre » : « Qui est entre le grand et le petit, entre le bon et le mauvais. » Sens voisin de notre adjectif « moyen », sans connotation péjorative.

Page 279.

1. « Rabattu » : retranché.
2. « Se débrouillent » : verbe employé à la forme pronominale : ils ne démêlent pas les sentiments qui sont en eux.

Page 281.

1. « Contre elle » : ce qui va à l'encontre de la réputation qu'elle mérite.
2. « Littéralement » : à la lettre, en satisfaisant exactement et précisément vos demandes.
3. Hommage rendu au dévouement généreux et efficace de Mme de Tencin qui épousait la cause de ses amis, par exemple celle de Marivaux lors de sa candidature à l'Académie française.

Page 283.

1. « Les mettait sur ce ton-là » : les amenait à prendre une certaine manière, un certain procédé (voir : « Donner le ton de la conversation ou en musique monter un instrument sur ce ton-là »).

Page 286.

1. « Sous aucun accident humain » : fermeté et stoïcisme au-dessus de toutes les vicissitudes de l'existence. Mme de Tencin avait été accusée par les jansénistes d'avoir assassiné le conseiller La Fresnaye qui s'était suicidé chez elle le 6 avril 1726 et laissait un testament qui calomniait la dame. Placée à la Bastille où elle retrouva Voltaire, arrêté et incarcéré dans la nuit du 17 au 18 avril, elle ne fut libérée qu'au début de juillet, grâce à Fleury qui a succédé entre-temps au duc de Bourbon. La maladie de Mme Dorsin évoquée ensuite rappelle celle qui affligea Mme de Tencin à la suite de ces fausses accusations et de son incarcération.

Page 288.

1. « Intriguer » : « Embarrasser : il ne se dit que de personnes. »

Page 290.

1. Le pronom féminin « la » renvoie à la qualité exprimée par l'adjectif « belle » (tour courant dans le style de Marivaux, voir p. 230, n. 1).

Page 291.

1. « La fable de l'armée » : allusion au propos d'Achille à Ériphile : « Suis-je sans le savoir la fable de l'armée ? » (*Iphigénie*, II, 7, v. 754), c'est-à-dire sujet de conversation et objet de moquerie.

Page 297.

1. « Je pensais mal » : je me trompais.

Page 301.

1. Il existe des degrés dans la générosité; certains sont si élevés qu'ils ne peuvent être atteints par des âmes même très généreuses.

Page 305.

1. « Qui se meurt a cent ans » : c'est-à-dire a atteint une vieillesse absolue. En fait, Climal « était un homme de cinquante à soixante ans » (p. 79).

Page 311.

1. « Satisfaction » : réparation.

Page 314.

1. Marianne, émue par cette confession et cette mortification, a du mal à retenir des cris de douleur.

Page 316.

1. Voir p. 151, n. 2.

Page 318.

1. Expression propre à Marivaux; « flexible » évoque la souplesse curieusement appliquée ici à la figure. Étrange construction également avec la préposition « à ».

Page 320.

1. « Une sagacité de sentiment » : « Pénétration d'esprit, perspicacité, par laquelle on découvre, on démêle ce qu'il y a de plus caché, de plus difficile dans une intrigue, dans une affaire » ; « Sentiment signifie aussi l'opinion qu'on a de quelque chose, ce qu'on en pense, ce qu'on en juge. »

Page 322.

1. « Honnêtetés » : « Les civilités qu'on se fait. »

Page 324.

1. « Mènerons » : emmènerons.
2. « Petite partie » : projet de divertissement.

Page 327.

1. Voir p. 183, n. 1.

Page 328.

1. Voir p. 154, n. 2.
2. « Je n'y veux rien » : n'avoir aucune prétention sur une chose.

Page 330.

1. « Gens de condition » : de naissance noble.

Page 332.

1. « Partager la mienne avec elle » : faire part de. On n'imagine pas que Valville soit assez fou pour partager effectivement avec la femme de chambre.
2. « Les puissances » : « Se dit aussi de ceux qui possèdent les premières dignités de l'État. Et alors, il se met toujours au pluriel. »

SIXIÈME PARTIE

Page 333.

1. L'intervalle entre la cinquième et la sixième partie n'aura été que de deux mois.

Page 334.

1. « Le parti que je vais prendre » : sous couvert de s'adresser aux amis de la destinataire, Marivaux ou sa pseudo-narratrice prend le parti d'admettre qu'il s'adresse en fait à un public de lecteurs.

Page 338.

1. « Ne pouvons quitter » : ne pouvons partir.
2. « Arrêter » : « Faire différer le temps du départ ou empêcher de continuer sa route. »

Page 341.

1. En réalité Valville suit Marianne dans le carrosse de Mme de Fare.

Page 343.

1. « Finesse » : « Signifie aussi ruse, artifice et se prend presque toujours en mauvaise part. » Marianne se reproche ce qui serait une dissimulation.

Page 352.

1. « Vous m'avez décelé » : « Découvrir ce qui est caché. Se dit des choses et des personnes. »
2. « Mutin » : « Opiniâtre, obstiné, têtu. »
3. « Mettre quelqu'un au pis » : « Cela se dit par manière de défi et pour marquer à un homme que quelque mauvaise volonté qu'il ait on ne le craint point. » La suite du texte explique ce défi.

Page 354.

1. « Surprendre » : « Se prend pour tromper, abuser, induire en erreur. »

Page 355.

1. « Il n'y avait rien de plus positif » : « Constant, certain, assuré. »

Page 356.

1. « De bonne heure » car on vient chercher Marianne entre dix et onze heures, et le dîner avait lieu vers une heure et demie dans le monde.

Page 357.

1. Voir p. 354, n. 1.

Page 358.

1. Par une lettre de cachet.

Page 361.

1. Voir p. 262, n. 1.
2. « Dissipe » : « Apaise, distrait. »

Page 362.

1. « Prudhomie » : à la fois probité et sagesse.

Page 364.

1. « On dit dans les conversations, dans les procès et dans toutes sortes de différends, *Demander quartier* pour dire, demander grâce, demander de n'être pas traité à la rigueur. »
2. « Dégoûtant » : capable de donner de la répugnance.

Page 365.

1. « Chétif » : « Vil, méprisable. »

Page 366.

1. « Ne vous passe point » : « Que ceci reste entre nous. »

Page 367.

1. Vie terrestre et vie éternelle, péché et damnation.

Page 371.

1. « Partie signifie aussi complot contre quelqu'un. *On avait fait une partie pour le perdre.* »

Page 372.

1. « Sens froid » : « Calme et fermeté » (Littré). Même signification que sang-froid moins courant à l'époque.

Page 373.

1. « Ôtez que » : hors le fait que.

Page 375.

1. « Révérencieux, qui affecte de faire des quantités de révérences. Il n'est bon que dans le style très familier, et ne se dit que par moquerie. »

Page 378.

1. Expressions qui évoquent, de façon imagée et familière, l'homme qui dilapide son bien pour mener joyeuse vie.

Page 380.

1. « Soit que » non redoublé; emploi exceptionnel.

Page 381.

1. « Discontinuer » : « Ne poursuivre pas ce qu'on avait commencé, l'interrompre pour quelque temps. »

Page 382.

1. Voir p. 122, n. 1.
2. On pense généralement que M. de... est le cardinal Fleury (1653-1742), Premier Ministre de Louis XV de 1726 à 1742; Marivaux peut en effet s'être inspiré d'un personnage qu'il estimait, tout en modifiant son état civil.

Page 383.

1. « Suspects d'une profonde politique » : soupçonnables d'être capables de profondes pensées.
2. « Industrie » : « Adresse »; le mot pouvait prêter à raillerie comme ici.

Page 384.

1. Ce qui est frappant, c'est que l'activité du ministre est décrite comme quasiment invisible et que ses bienfaits d'une discrétion exemplaire passent inaperçus. L'analogie avec le comportement de Mme Dorsin est manifeste.

Page 386.

1. Considérez ce que vous êtes.

SEPTIÈME PARTIE

Page 388.

1. Rappel intéressant du rythme des envois. Marivaux entretient le jeu de la fiction. L'intervalle entre la sixième partie et la septième partie n'est encore que de deux mois.

Page 390

1. « Perquisitions » : « Recherches exactes que l'on fait de quelque chose. » « Perquisitions exactes » fait pléonasme mais marque
une insistance.

2. « Ces instructions » : ces informations.

Page 393.

1. « Opiner » : « Dire son avis. »

Page 394.

1. « Qu'on lui sauve » : qu'on lui évite.

2. Usage courant chez Marivaux de ne pas mettre de « ne »
explétif dans les comparatives.

Page 397.

1. « Demoiselle signifie aussi une femme née de parents nobles,
et alors il se dit aussi bien des femmes mariées que des filles. »

2. « Impose » : inspire le respect.

Page 399.

1. « Avouer » : « Autoriser une chose, déclarer qu'on
l'approuve. »

Page 400.

1. « Intriguer » : « Embarrasser. »

Page 410.

1. « Mouvements » : « On dit d'un homme agissant et intrigant,
que *C'est un homme qui se donne bien du mouvement.* »

Page 412.

1. Le dîner avait lieu dans les couvents plus tôt que dans le
monde. Voir p. 356, n. 1.

Page 413.

1. « Saillie » : « Signifie figurément emportement, boutade,
échappée. » Marianne se livre à un mouvement impétueux pour
exprimer sa reconnaissance.

Page 414.

1. « Il va » : il passe en premier dans mon cœur, il y a la première place.

Page 419.

1. Au XVIIe siècle, on peut rencontrer le verbe « rappeler » au sens pronominal (exemple : *Phèdre*, III, 3, v. 853 : « Je connais mes fureurs, je les rappelle toutes »).

Page 420.

1. « Dissipé » : « Qui se partage en trop d'occupations » ou « Toujours distrait, sans application à ce qu'il dit, à ce qu'il fait, à ce qu'on lui dit ».

Page 421.

1. Quel est ce roi ? Charles Ier décapité en 1649 comme peut le laisser penser la chronologie ? ou Jacques II qui s'enfuit en France en 1688 après l'intervention de Guillaume d'Orange et dont les partisans étaient installés à Saint-Germain-en-Laye ? F. Deloffre adopte cette seconde solution qui paraît la plus vraisemblable.

2. « Positivement » : « Il signifie aussi *précisément*. »

Page 422.

1. « « Corps » est aussi cette partie de certains habillements, qui est depuis le col jusqu'à la ceinture. Corps de jupe, corps de robe. » Désigne le corsage fermé dans ce cas par un lacet.

Page 425.

1. « Imaginer » : « Croire, se persuader. »

Page 428.

1. « Arranger » : « Ranger comme il faut. »

Page 438.

1. Voir p. 338, n. 1.

Page 441.

1. « Je suis encore à recevoir » : attendre avec impatience ou dépit.

HUITIÈME PARTIE

Page 448.

1. Après la proscription des romans en 1737, le privilège leur étant désormais refusé, la huitième partie fut imprimée à La Haye chez Gosse et Néaulme.

Page 449.

1. « Prendre le change » : terme de vénerie ; au figuré, « sortir de son sujet pour s'attacher à des choses dont il n'est point question » ou « entendre une chose pour une autre ».

Page 451.

1. De faire naître des passions.

Page 457.

1. « Y » : sur ce point, là-dessus.
2. « Insinuantes » : « Qui a l'adresse de s'insinuer », de « gagner adroitement la bienveillance, les bonnes grâces de quelqu'un ».

Page 459.

1. « Ramener » : faire revenir mon esprit de son emportement, l'apaiser.

Page 464.

1. « Se dissiper » a seulement ici le sens de se distraire.
2. Il ne lui fallait qu'un objet à aimer, quasiment quel qu'il soit.

Page 469.

1. Voir p. 372, n. 1.

Page 470.

1. « Penser » : « Être sur le point de », « avoir dans l'esprit ».

Page 473.

1. Voir p. 464, n. 1.

Page 484.

1. Construction assez lâche, traduit la rapidité du raisonnement implicite.

Page 485.

1. « Démarche » : « Au figuré, signifie la manière d'agir de quelqu'un dans une affaire, son procédé, sa conduite. »

2. « De tous les mouvements qu'il avait essuyés » : de toutes les émotions qui l'ont affecté.

Page 488.

1. « Étonner » : « Il signifie au figuré ébranler, faire trembler par quelque grande, quelque violente commotion. »

Page 493.

1. Voir p. 65, n. 1.

Page 496.

1. « Oisive » : « Qui n'a point d'occupation. » Ici l'adjectif est expliqué par ce qui précède : pour l'instant, il n'arrive rien à Marianne, le hasard ne lui procure aucune aventure.

Page 497.

1. Frédéric Deloffre suggère qu'il pourrait s'agir de Poullain de Saint-Foix (1698-1776), officier et littérateur, donné pour intime ami de Marivaux. Mais que sait-on de précis sur les rapports des deux hommes, tous deux auteurs dramatiques ? C'est un Poulain de Sonnis (Melchior) qui est témoin au mariage de Marivaux en 1717 (chronologie de Michel Gilot).

Page 500.

1. « Uni » : « Simple, sans façon. »

2. « Sans m'amuser » : sans perdre de temps.

Page 502.

1. « Retour » : « Ce qu'on ajoute, ce qu'on joint à la chose qu'on troque contre une autre pour rendre le troc égal. »

NEUVIÈME PARTIE

Page 506.

1. Il s'agit en fait des trois dernières parties, toutes consacrées au récit de la vie de Tervire. Ces trois parties sont publiées en novembre-décembre 1741 (voir notre chronologie). La huitième partie l'a été en décembre 1737.

Page 511.

1. La lieue vaut en général 4,180 km.

Page 514.

1. « Légitime » : « La portion que la loi attribue aux enfants sur les biens de leurs pères et de leurs mères. *Un père ne peut pas ôter la légitime à son fils.* »

Page 516.

1. « À sa discrétion » : libre de faire selon sa volonté.

Page 520.

1. « Par se plaindre » : construction obsolète : en se plaignant.

Page 523.

1. « M. Villot » : par inadvertance sans doute, Marivaux donne au fermier de M. de Tresle le nom qu'il avait déjà donné au prétendant de Marianne (p. 381).

Page 524.

1. « On appelle *reprises* en termes de pratique, ce que les veuves, les enfants doivent reprendre sur la succession avant toute chose. »

Page 525.

1. « Ceux qui l'ont dirigée » : c'est-à-dire ses directeurs de conscience.

Page 526.

1. « Basse-cour » : « Cour séparée de la principale cour, et destinée pour les écuries, les équipages... » et aussi les logements des domestiques.

Page 530.

1. C'est comme si Villot manifestait à l'égard de la petite fille la sollicitude qu'il eût témoignée à la grand-mère.

Page 532.

1. « Au pair » : sur un pied d'égalité avec moi.
2. Cette veuve devait à sa fraîcheur et à son embonpoint d'avoir conservé quelque beauté.

Page 533.

1. « S'affectionner à une chose, pour dire s'y attacher. »

Page 534.

1. Voir p. 457, n. 2. Valeur péjorative plus marquée ici.

2. « Prédestinée » : « Destinée à la gloire éternelle. » Suggère que Tervire est marquée par la grâce.

Page 535.

1. Allusion satirique aux vocations forcées. Thème courant au xviiie siècle (cf. Diderot, *La Religieuse*). Marivaux a évoqué un cas analogue dans la première des *Lettres contenant une aventure* (*Journaux et œuvres diverses*, p. 79). Cf. Challe, *Les Illustres Françaises*, Livre de Poche, 1996, p. 202 *sq.*

Page 536.

1. « Naturel » : « Qui n'est point déguisé, point altéré, fardé, mais tel que la nature l'a fait. »

Page 537.

1. « Parloir » : la grille du parloir.

Page 538.

1. « Si vous êtes bien appelée » : si vous avez véritablement la vocation.

Page 539.

1. « Cadette » : la plus jeune des enfants d'une famille et, comme telle, généralement destinée à l'état religieux.

Page 542.

1. « Bénéfice : titre de dignité ecclésiastique accompagné de revenu. »

Page 545.

1. « Une personne éclate : pour dire qu'elle fait paraître son ressentiment. »

Page 546.

1. On peut penser ici à la religieuse des *Lettres portugaises* (1669). Les *Lettres portugaises* sont citées dans les *Lettres contenant une aventure* (*Journaux et œuvres diverses*, p. 98).

Page 549.

1. « On dit qu'un homme vit de régime, pour dire que pour le soin de sa santé, il vit non seulement avec beaucoup de règle, mais encore avec abstinence. »

Page 550.

1. « Les retirer » : leur donner la retraite, l'asile du mariage.

Page 553.

1. « On appelle les ecclésiastiques, *Petits collets*, *Gens à petits collets* à cause qu'ils portent un collet plus petit que les autres. » Le collet est la pièce de toile mise autour du cou en guise d'ornement.

Page 557.

1. « Combattue » : rebutée, portée à la résistance.

Page 570.

1. « Son évasion » : sa fugue.

Page 571.

1. « L'arrêta » : le retint.
2. « Envahir » : « Usurper, prendre par force, par violence, par artifice. »

Page 572.

1. Parce qu'« il avait peu d'esprit », il ne songea qu'à son intérêt du moment, sans considération pour l'avenir et les conséquences fâcheuses d'une vente fixée à un prix exagéré.

DIXIÈME PARTIE

Page 579.

1. « On dit *Faire grâce à quelqu'un* pour dire, lui accorder, lui remettre ce qu'il ne pourrait pas demander avec justice. » Donc je ne serais pas dans la situation d'avoir à lui pardonner.

Page 584.

1. « Qui nous a retirés » : qui nous a donné l'hospitalité.

Page 587.

1. Voir p. 372, n. 1.

Page 589.

1. « Mettre à » : employer.

Page 590.

1. « De bon lieu » : de bonne origine, de bonne naissance.
2. « Honnêteté » : civilité.

Page 591.

1. « S'accommoder » : quoique nous n'ayons pas fait affaire ensemble.
2. « Accommodement » : « Il signifie l'accord que l'on fait d'un différend, d'une querelle entre quelques personnes. » Ici il s'agit d'un arrangement entre gens d'une même famille qui sont brouillés.

Page 592.

1. Battu en duel.

Page 597.

1. « Arrêter » un domestique : le retenir, l'engager.

Page 598.

1. « Nous concilier » : nous concerter.

Page 599.

1. « Ajusté » : bien arrangé, bien monté.

Page 601.

1. Mme Dursan n'établit pas de contrat, en engageant Brunon comme on passe une « convention » avec un nouveau domestique.

Page 603.

1. « Hydropisie » : « Enflure causée en quelque partie du corps par les eaux qui se coulent entre cuir et chair. »

Page 608.

1. Voir p. 175, n. 1.

Page 611.

1. Euphémisme pour : s'il meurt.

Page 620.

1. Ici s'interrompt le texte de cette dixième partie dans l'édition de 1741 figurant dans le volume factice de la BN cote Y2 51201-2-3 et le début de la onzième partie ne donne pas les quatre pages manquantes. On note toutefois que, dans cet exemplaire, les neuvième et dixième parties sont sans indication de libraire et de lieu d'édition, ne présentent ni approbation ni privilège, à la différence de la onzième publiée par Jean Néaulme : ne peut-il s'agir de publications pirates offrant un texte incomplet ? En revanche les éditions de 1742 (Jean Néaulme, BN 16° Y2 17776) ou 1745 (Amsterdam, aux dépens de la Compagnie, BN Y2 51207) proposent le texte que nous lisons aujourd'hui.

Page 621.

1. Mille écus, grosse somme. L'écu valant trois livres (voir Marcel Marion, *Dictionnaire des institutions de la France aux xviie et xviiie siècles*, 1976, p. 383), la pension due par Dursan à Tervire est de trois mille livres. Voir p. 75, n. 1.

2. Dans la communauté de biens qui accompagne le mariage.

ONZIÈME PARTIE

Page 627.

1. « Quittance » : « Déclaration par écrit que l'on donne à quelqu'un, par laquelle on le tient quitte de quelque somme d'argent ou de quelque autre redevance. »

Page 628.

1. Voir p. 62, n. 1.
2. Voir p. 62, n. 2.
3. Première apparition de celle qui est en réalité la mère de Tervire dont le comportement révèle déjà l'urbanité.

Page 629.

1. Voir p. 511, n. 1.
2. « Buvette » : endroit où les voyageurs et les chevaux pouvaient boire sur le trajet des voitures.

Page 632.

1. « N'est fait que pour vous » : je ne le dis qu'à vous.

Page 634.

1. « Je fais ma charge » : je remplis ma charge.
2. « Le magasin » : « Le grand panier qui est derrière certaines diligences publiques, où l'on met les portemanteaux et les paquets » (Littré).

Page 635.

1. Voir p. 122, n. 1.
2. La rue Saint-Louis correspond à l'actuelle rue de Turenne, proche de la place Royale, l'actuelle place des Vosges. Voir *infra*.

Page 636.

1. « Suisse » : domestique chargé de la garde d'un hôtel.

Page 640.

1. « Procureur » : « Signifie plus particulièrement un officier établi pour agir en justice au nom de ceux qui plaident en quelque juridiction. »

Page 641.

1. « Hobereaux » désigne les petits gentilshommes campagnards : terme de dénigrement.

Page 644.

1. « Attenant la sienne » : touchant à la sienne, contiguë.

Page 648.

1. « Nantissement » : le gage qu'on donne pour assurance d'une dette.
2. Le *Dictionnaire de l'Académie française* cite l'expression : « Le repos de la bonne conscience. »

Page 653.

1. « Mortifier » : « Causer du chagrin à quelqu'un et lui faire de la peine par quelque réprimande ou quelque procédé dur et fâcheux. »

Page 662.

1. Voir p. 514, n. 1.

Page 663.

1. « Ressentiment » : « Le souvenir qu'on garde des bienfaits ou des injures. Absolument il signifie toujours souvenir des injures. »

Page 665.

1. « Épineuse » : « Qui fait des difficultés sur tout. »

Page 669.

1. « Pour soi » : par respect de soi.

Page 670.

1. Voir p. 114, n. 1.

SUITE DE MARIANNE

Page 675.

1. Lettre écrite en 1765.

2. « Mes lettres » : *Les Lettres de la comtesse de Sancerre, L'Histoire d'Ernestine, L'Abeille, Les Lettres de Zelmaïde, La Suite de Marianne (seconde partie)* réunies dans *Le Recueil de pièces détachées* (1765).

3. « Dont la moitié a paru » : en 1761 dans *Le Monde comme il est*, de Jean-François de Bastide.

4. Avant d'être romancière, Mme Riccoboni (1714-1792) avait été comédienne au Théâtre-Italien. Son premier ouvrage, *Lettres de Fanni Butlerd*, parut en 1757. *La Suite de Marianne* a été composée vers 1750.

Page 677.

1. Remplace la *Lettre à M. Humblot* dans les éditions des *Œuvres complètes* de Mme Riccoboni à partir de 1786.

2. Voir p. 497, n. 1.

3. La fée Moustache, personnage du conte de Crébillon *L'Écumoire ou Tanzaï et Néadarné*, paru en 1734, s'exprime en un style qui parodie celui de Marivaux (livre III, chap. 4 *sqq.*).

Page 679.

1. « Se casse le cou » : expression bien familière et quelque peu déplacée par rapport au roman.

Page 685.

1. Frédéric Deloffre et Michel Gilot sont enclins à supposer, d'après le rédacteur de la *Bibliothèque universelle des romans* (Bastide vraisemblablement), que le portrait du comte de Saint-Agne est celui de Marivaux. Ce Marivaux-là paraît bien naïf qui croit que personne n'est capable de feindre. Mme Riccoboni a-t-elle pu s'abuser sur la naïveté et le naturel affichés par un Marivaux bonhomme ?

Page 693.

1. « On dit d'un homme et d'une femme qu'il est un peste, pour dire qu'il est malin, qu'elle est maligne. Il est du style familier. » À peu près, malicieux.

Page 696.

1. « Zeste » : exclamation de comédie.

Page 697.

1. Là s'arrêtait la première partie de la *Continuation* telle qu'elle parut dans *Le Monde comme il est* : le dernier paragraphe était plus succinct.

Page 709.

1. Voir p. 205, n. 1.

Page 714.

1. La scène entre les deux rivales se termine par un dernier trait d'impolitesse de la part de Varthon. Mme Riccoboni dans sa peinture de la jeune fille n'a pas la délicatesse et le sens des nuances qu'on trouve chez Marivaux.

Page 715.

1. « Que j'y rêve » : que j'y réfléchisse.

RÉSUMÉ

douteux de la Dutour, protestations de vertu de la narratrice (102-103), mais accommodement moral (104), anatomie de la coquette-rie (105-106). Parée des atours payés par Climal, Marianne se rend à l'église, s'essayant à faire valoir ses charmes (107-108).

DEUXIÈME PARTIE

Avertissement : ce n'est pas un roman (109-110). Marianne à l'église : la guerre des coquetteries (111-117). Premiers signes de l'amour (117-118). Chute de Marianne : transportée chez Valville (jeune homme distingué à l'église, qui se révélera être le neveu de Climal) (118-120). L'examen de l'entorse (121-123). Marianne veut partir, échapper aux marques d'amour de Valville, mais ne pas révéler son adresse (123-131). Comment refuser le carrosse de Val-ville ? désespoir de Marianne qui finit par avouer la Dutour (131-138). Arrivée de Climal et d'une dame : embarras, l'orgueil de Marianne aux abois (138-145). Arrivée du carrosse où l'on embarque Marianne (146-147). Retour chez la Dutour et querelle de la lingère et du cocher (148-155). Où le geste de Marianne payant le cocher lui vaut une algarade de la Dutour : portrait en actions de la lingère (155-158).

TROISIÈME PARTIE

Climal chez la Dutour : bavardage et complaisance de la lingère qui s'absente (159-161). Dispositions hostiles de Marianne (161-163). Climal à Marianne : du chantage à la pauvreté à la déclara-tion d'amour ; propositions malhonnêtes du vieil amant providen-tiel (163-174). Apparition de Valville et explication violente de Cli-mal et Marianne aux abois (174-179). La Dutour là-dessus revient et renchérit : fausse pitié, dévotion au seul gain (179-183). Méditation de Marianne dans sa chambre : moi, Valville, Climal, la belle robe (184-190). Marche dans Paris : bilan d'une âme esseulée (190-192). Chez le religieux, le père Saint-Vincent : patelinades de Climal, indignation du père qui veut voir dans Marianne le diable (192-198). Retournement : Marianne convainc le religieux des intentions sournoises de Climal (199-203). Marianne se retire en larmes et va cacher son désespoir dans l'église d'un couvent, où une dame (qui se révélera être Mme de Miran, sœur de Climal et mère de Valville) et une sœur tourière la remarquent (203-206). Amenée au parloir, elle raconte son histoire devant la prieure et la

dame de l'église : réticences et froideur de la première (206-213).
La dame se charge du sort de Marianne dont elle va payer la pension au couvent : les meilleurs renseignements sont donnés par la
Dutour (213-216). Marianne revient chez celle-ci prendre ses
affaires et envoie à Valville les effets achetés par Climal, son oncle.
Adieux à Mme Dutour et au quartier de Valville (217-219). Installa-
tion au couvent : trois semaines après, Valville déguisé en laquais
vient lui remettre une lettre (219-221).

QUATRIÈME PARTIE

Rapidité de l'envoi de cette partie (222). Annonce les portraits de
ses deux visiteuses : difficulté du portrait qui intéresse des « objets
de sentiment » (222-223). Portrait de Mme de Miran, sa bienfaitrice : cinquante ans, bonne, franche, de cœur excellent, indul-
gente, avec des vertus de sa façon, peu chrétiennes (223-228).
Annonce le second portrait, même cœur, esprit supérieur (228).
Reprise du récit : présentation de Marianne à Mme Dorsin (228-
230). Inquiétude de Mme de Miran et enquête sur une passion
intempestive de son fils pour une « grisette » qui se reconnaît peu à
peu (230-236). Aveu de Marianne et précisions sur le cours de cette
aventure (236-240). Comment guérir Valville sinon avec l'aide de
Marianne elle-même (240-243). La lecture de la lettre de Valville à
Marianne conduit celle-ci à révéler l'identité de son protecteur
(Climal), puis à avouer qu'elle aime Valville comme il l'aime (sa
lettre le confirme) (244-247). Marianne écrit à Valville de venir la
voir : Mme de Miran viendra constater que Marianne a convaincu
Valville de se détacher d'elle (247-248). Les deux dames parties,
Marianne admire sa belle âme (249). Le lendemain : Marianne
avant la rencontre et à l'arrivée de Valville, mystère et émotion
(249-253). Arrivée de Mme de Miran, plaidoyer et sacrifice de
Marianne (253-257). Crise extrême qui se résout au profit de
Marianne, amours tolérées (257-260). Espoir et réflexions de
Marianne, qui refuse une visite irrégulière de Valville (260-261).
Une cérémonie de prise de voile au couvent : Mme de Miran autorise les amours et les perspectives de mariage des jeunes gens malgré l'opinion et les mœurs (261-267). Extrême joie, vive tension
intérieure, puis apaisement (267-268). Préparatifs (parure, compliments, conseils) d'une visite chez Mme Dorsin (268-271). Dîner et
conversation de bons esprits (271-273). Portrait de Mme Dorsin :
grâce et mobilité d'âme (273-275). Suite dans la cinquième partie,
avec vie du couvent et histoire d'une religieuse (276).

CINQUIÈME PARTIE

Sur la diligence de la narratrice. Retour au portrait de Mme Dorsin (277). Longue réflexion sur la reconnaissance et la grandeur d'âme (277-279). Mme Dorsin : ce qu'un bon esprit ajoute d'excellence à un bon cœur (279-282). Un esprit qui élève à lui et rend égales toutes les intelligences (283-286). Une âme supérieure à tout événement (286). Adorée des domestiques et des amis (287-288). Au retour, commentaires satisfaits et douceurs de sentiment (288-290). Scènes de la vie de couvent : rivalités de pensionnaires, Marianne humiliée et vengée par la communauté des religieuses (290-297). Dîner chez Mme Dorsin interrompu par l'annonce de l'apoplexie de Climal (297-300). Marianne affolée à l'idée de la mort de Climal (300-305). Grande scène de confession de Climal mourant : ses remords et le testament en faveur de Marianne (306-315). Portrait des deux parentes : la mère curieuse, mauvaise, pauvre en pensée (315-318); la fille, Mlle de Fare, image de la jeunesse, toute grâce, noblesse aisée, finesse et feu (318-320). Dîner avec les dames de Fare qui invitent Valville et Marianne, dont le mariage est annoncé, à se rendre dans leur maison de campagne (321-325). Bonheur et jeux à la campagne (325-326). Irruption de Mme Dutour qui raconte l'histoire de Marianne devant Mlle de Fare (326-329). Intervention de Valville qui chasse Mme Dutour et met dans la confidence Mlle de Fare (329-332), laquelle exige le secret d'une femme de chambre — qui a déjà parlé (332).

SIXIÈME PARTIE

La narratrice se loue de sa diligence et annonce qu'elle va bientôt rejoindre l'histoire de la religieuse, qu'elle fera sans réflexions (333-334). Mme de Fare, avertie du secret de Marianne, la traite si mal qu'elle repart suivie de Valville, jugeant son mariage compromis (334-341). Contre l'avis de Valville, Marianne révèle à Mme de Miran sa mésaventure : il n'y a plus de secret, donc plus de mariage (341-348). L'aveu héroïque de Marianne engage sa « mère » davantage en sa faveur : Marianne, qui reçoit la pension de Climal, en éprouve une ivresse de gratitude (348-351). Dix ou douze jours sans visite, sinon d'une femme maigre, parente de Mme de Miran, malintentionnée envers Marianne (351-355). Enlèvement de Marianne, transportée et reçue avec des façons patelines dans un autre couvent (355-360). Spéculations tristes de Marianne et consolations : scènes de couvent (360-362). Marianne confrontée à l'abbesse qu'elle conquiert mais dont elle reçoit un ultimatum (362-368). Annonce de l'entrevue du lendemain : hypothèses et frayeurs de Marianne (368-372). Marianne chez le ministre, parent de Mme de Miran ; conversation avec Villot, le mari annoncé (372-381). Entrée de Marianne : le ministre exemplaire, le public (381-386). L'ultimatum du ministre, résistance de Marianne. Arrivée inopinée de Mme de Miran et de Valville (386-387).

SEPTIÈME PARTIE

Bref prélude sur le rythme des livraisons et l'inconstance des humeurs (388). Comment Mme de Miran et Valville ont appris l'enlèvement de Marianne (389-393). Chez le ministre, confrontation de la parente maigre et de Mme de Miran (393-399). Intervention du ministre qui propose de nouveau le mariage de Marianne avec Villot, peu au gré de Mme de Miran (399-402). Marianne se défend d'épouser Villot et de prétendre épouser Valville ; elle proteste de son attachement envers Mme de Miran, puis de son amour pour Valville et de son intention d'épargner l'un et l'autre en se retirant dans un couvent (402-406). Heureux dénouement, Mme de Miran ramène Marianne chez elle (407-409). Scènes douces dans la maison de Mme de Miran : promesses de bonheur (410-416). Deux dames en visite (416-418). Attente, Valville aime autrement et moins (418-420). L'incident au couvent : Varthon évanouie, Valville remué (420-427). Marianne et Varthon en grande sympathie : Marianne raconte son histoire sans nommer Valville (427-430). Très malade, Marianne fait son testament (431-435). Valville au couvent voit Varthon, n'écrit pas à Marianne (435-437). Il n'écrit pas davantage à la convalescente : inquiétudes de Marianne, confidences à Varthon et plaintes (438-441). La révélation : Valville et Varthon s'aiment. Varthon conte ses amours, récit qui « tue » Marianne (442-447). Nouvelle annonce de l'histoire de la religieuse (447).

HUITIÈME PARTIE

Prologue sur l'infidélité de Valville (448-450). Contre Valville, accusé de faiblesse, Varthon affecte de prendre le parti de Marianne (449-453). La religieuse consolatrice (453-458). Méditation de Marianne et retour de la maîtrise de soi (458-461). Le lendemain, de nouveau agitée, elle subit le récit de la nouvelle entrevue de Varthon avec Valville (461-464). L'explication des rivales tourne à l'affrontement et à la rupture : Marianne abandonnée se résigne à une tristesse froide (465-469). Au parloir, en face de Valville : gêne de l'un, feinte ignorance de l'autre (470-473). Les deux rivales et Valville vont dîner chez Mme de Miran avec Mme Dorsin : malaise, on s'épie (474-477). La scène du cabinet de verdure : Valville confondu, Marianne obtient une « vengeance généreuse » (477-484). Pathétique : le mariage avancé par Mme de Miran est refusé par Marianne (485-489). L'aveu de Varthon, son exclusion, Marianne souveraine des âmes (490-493). Varthon tente de se racheter, sans abuser Marianne (493-496). Un ami de la maison de Miran, officier de cinquante ans, parfait honnête homme, connaissant l'histoire de Marianne et l'infidélité de Valville, vient au couvent proposer à Marianne de l'épouser (497-504). Marianne s'interroge sur le choix qui s'offre : pourquoi ne pas entrer en religion ? La religieuse amie va l'éclairer par le récit de sa vie (504-505).

NEUVIÈME PARTIE

La religieuse fera un long récit qui instruira et distraira Marianne (506-507). Tervire est fille d'un père qui s'est marié contre la volonté paternelle avec Mlle de Tresle : à trois mois et demi elle est secourue et reconnue par son grand-père qui meurt aussitôt, avant de modifier son testament (508-514). La mère de Tervire bientôt veuve et remariée avec un grand seigneur, un marquis, délaisse sa fille et finit par l'abandonner aux soins de sa grand-mère, Mme de Tresle (515-520). À la mort de cette grand-mère, par haine et par égoïsme, les tantes ignorent Tervire et sa douleur (521-528), puis la confient à M. Villot[1], un ancien fermier du grand-père Tervire, qui vient la recueillir (528-531). Jusqu'à près de dix-sept ans, Tervire reste chez Villot où elle est bien traitée (531-532). Séduite par une veuve de gentilhomme, Mme de Sainte-Hermières, dévote à mœurs suspectes, et par sa parente religieuse, Tervire est tentée d'entrer au couvent (532-536). Une religieuse mélancolique met en garde Tervire contre les charmes illusoires de la vie monastique et lui avoue la persécution dont elle

---

1. Sur l'homonymie avec le personnage de la p. 381, voir la n. 1 de la p. 523.

fait l'objet de la part d'un abbé hypocrite (536-543). Guérie de son goût de religion, Tervire éloigne de la religieuse égarée, qui rentre dans ses devoirs, l'abbé-tartuffe qui ne se repent pas (543-546). Devant Mme de Sainte-Hermières et la compagnie de dévots, Tervire se défend d'avoir la vocation : elle y gagne le mépris de tous (546-549). Sa protectrice s'avise alors de la marier au baron de Sercour, gentilhomme riche, maladif et dévot de quarante ans, et Tervire se résigne (549-553). L'abbé-tartuffe, neveu et héritier de Sercour, prépare de longue main avec Mme de Sainte-Hermières un piège ignoble : Tervire y tombe et se trouve déshonorée (553-563). Des mois après, une femme de Mme de Sainte-Hermières, très malade et repentante, qui dénonce les manigances de l'abbé, et Mme de Sainte-Hermières, à l'article de la mort, réhabilitent Tervire (564-567). Mme Dursan, sœur du grand-père Tervire, rachète le château de famille, y accueille Tervire et la garde auprès d'elle, avec l'accord de Villot : elle a rompu depuis plus de dix-sept ans avec son fils qui l'a volée et s'est mésallié (568-574).

DIXIÈME PARTIE

La narratrice promet de la diligence dans la livraison de la suite (575)! Belle et modeste, Tervire est aimée de tous, surtout de sa tante, Mme Dursan, qui, après cinq ou six ans, fait son testament en sa faveur (575-580). Signes de la fin proche, Tervire reste auprès de sa tante qu'affecte vivement la mort d'une femme de chambre fidèle (580-583). L'intervention brutale du garde du château donne occasion à Tervire de connaître un jeune homme noble et pauvre qui lui inspire l'envie de l'obliger (583-588). Le jeune homme s'attire les bonnes grâces non seulement de Tervire dont le cœur est touché, mais de Mme Dursan (589-592). Une amie de Mme Dursan, Mme Dorfrainville, met Tervire en présence de Dursan fils, de sa femme et de leur fils, le jeune homme charmant déjà connu. Aussitôt résolue à sacrifier ses droits d'héritage, Tervire suggère de proposer incognito à Mme Dursan sa belle-fille comme femme de chambre (593-597). Mise en scène de la présentation à Mme Dursan de la fausse Mlle Brunon, de fait sa belle-fille que Tervire s'évertue à faire valoir (597-603). De passage au château, Dursan très malade est installé dans une chambre basse où médecin et prêtre le visitent (603-609). Le complot charitable de Tervire, les sollicitations de tous ses complices parviennent difficilement à convaincre Mme Dursan de se rendre au chevet du mourant (609-

613). Triple reconnaissance bien pathétique qui épuise la vieille mère et désormais grand-mère (614-618). Alitée, elle apprend la mort de son fils qu'elle n'a pu revoir, refait son testament et meurt dix jours après (618-620). Mme Dursan morte, sa belle-fille use de toutes les fourberies pour reprendre le tiers de l'héritage attribué à Tervire, pour éloigner celle-ci de son fils, rompre avec Mme Dorfrainville, obliger enfin Tervire à quitter le château (620-625). Tervire est réduite à se tourner vers sa mère qui l'ignore depuis des années (625).

ONZIÈME PARTIE

La narratrice déclare assumer le récit de la religieuse comme celui de sa propre vie et Marianne auditrice dit l'intérêt de comparer son histoire à celle de la religieuse (626-627). Tervire part pour Paris inquiète pour ses amours (627). Dans le carrosse, avec une inconnue qui se fait nommer Mme Darneuil, est en mauvaise santé et désargentée : Tervire lui offre aussitôt son affection et sa bourse (628-635). À Paris, Tervire cherche en vain sa mère et recueille à son sujet des nouvelles inquiétantes (636-638). Avec sa compagne, Mme Darcire, Tervire obtient à l'hôtel du jeune marquis, son demi-frère, et d'un procureur du quartier de la place Royale des informations alarmantes sur sa mère et le mépris que lui manifestent son fils et sa belle-fille (638-643) ; l'enquête progresse (643-646). Demi-hasard : Tervire et Mme Darcire viennent au secours d'une dame malade, de bonne mine mais sans argent, que son aubergiste met à la rue (646-650). Nouveau hasard : Tervire et Mme Darcire introduites auprès de cette dame de l'auberge retrouvent en elle Mme Darneuil, la passagère du carrosse, prise en sympathie par Tervire (650-654). Pathétique reconnaissance dans la chambre d'auberge : Mme Darneuil est la mère de Tervire (655-659). L'émotion violente laisse la mère paralysée (659-661). Elle raconte sa vie à Tervire, qu'elle s'est dépouillée de tout au profit d'un fils et d'une belle-fille méprisante (661-667). Tervire chez sa belle-sœur : l'affrontement, le « sermon » de Tervire, tableau de la détresse maternelle, appel à la pitié (667-673). La cloche du couvent interrompt le récit : la narratrice promet la fin de l'histoire de Tervire et de sa propre histoire (673-674).

DOSSIER

DU MÊME AUTEUR

Dans la collection Folio classique

LE PAYSAN PARVENU. *Édition présentée et établie par Henri Coulet.*

Dans la collection Folio théâtre

LE JEU DE L'AMOUR ET DU HASARD. *Préface de Catherine Naugrette-Christophe. Édition établie et annotée par Jean-Paul Sermain.*

LES FAUSSES CONFIDENCES. *Édition présentée et établie par Michel Gilot.*

Composition Euronumérique.
Impression Bussière Camedan Imprimeries
à Saint-Amand (Cher),
le 2 avril 1997.
Dépôt légal : avril 1997.
Numéro d'imprimeur : 1/954.
ISBN 2-07-040221-5./Imprimé en France.